新潮日本古典集成

蜻蛉日記

犬養 廉 校注

新潮社版

目次

凡例

一、本書は、現代の読者に『蜻蛉日記』の最も読みやすい本文を提供し、独力で味読できるように校注・解説をこころみたものである。

一、本文は、現存諸本中、最も善本と目される宮内庁書陵部蔵御所本『蜻蛉日記』三巻を底本として、巻末付載の歌集及び勘物をも収録した。翻刻にあたっては、次の方針に従った。

1　本日記は、諸本ともに本文の乱れが甚だしく、底本もまた例外ではない。よって適宜、改訂を施したが、その場合は能う限りその旨を頭注に明示した。

2　本文は、読解の便宜を考え、段落を分かち句読点・濁点を付し、随時、仮名を漢字に改めた。頭注欄の小見出し（色刷り）は、段落ごとの主要記事あるいは心象風景によった。

3　表記は、送り仮名を補い歴史的仮名遣いに改め、漢字はすべて通行の字体に統一した。

4　反復記号「〳〵」「ゝ」は用いず、「また〳〵」→「またまた」、「こゝろ」→「こころ」のごとく改めた。

5　会話・手紙の類には「」を付し、（）によって話者・筆者を示し、和歌も同様の方法で詠作者を示した。

6　漢語・漢字には適宜、歴史的仮名遣いによって振り仮名を付した。

7　なお、底本に現れる同一語で表記の異なる場合は底本のままとした。「さうずく」→「装束（さうずく）」、「さうぞく」→「装束（さうぞく）」のごとくである。

一、傍注の現代語訳（色刷り）は、頭注とあい補って、原文の通読が容易なように工夫した。ただし紙面の関係で一部を頭注にまわしたところもある。

一、傍注で本文にない言葉を補う場合は〔 〕印を付した。

一、頭注には、語釈・文法・引歌及び固有名詞の説明などを掲げ、本文上・解釈上の問題点をも指摘した。また必要に応じ、＊印の注を設け、読解の一助とした。

一、巻末の「解説」は、『蜻蛉日記』の内外の世界、すなわち作者と作品とその時代を全円的に理解するための手引きとして編んだものである。

一、なお付録として、「蜻蛉日記関係年表」「系図」及び「和歌索引」を掲げた。

一、本書の頭注に引用した注釈書の略号は次のごとくである。

『解環』　『かげろふの日記解環』　坂徴・天明五年
『解環補遺』『かげろふの日記解環補遺』田中大秀・文政九年
『紀行解』『遊絲日記紀行解』田中大秀・文政十三年
『講義』『蜻蛉日記講義』喜多義男・武蔵野書院・昭和十二年（増補改訂版・至文堂・昭和十九年）
『大系』『かげろふ日記』川口久雄・岩波書店日本文学大系・昭和三十二年
『全講』『全講蜻蛉日記』喜多義男・至文堂・昭和三十六年

『全注釈』　『蜻蛉日記全注釈上下』柿本奨・角川書店・昭和四十一年

『校注』　『校注古典叢書蜻蛉日記』上村悦子・明治書院・昭和四十三年

『注解』　『蜻蛉日記注解』秋山虔・上村悦子・木村正中・「解釈と鑑賞」昭和三十七年五月〜昭和四十六年三月

『新注釈』　『蜻蛉日記新注釈』大西善明・明治書院・昭和四十六年

『全集』　『蜻蛉日記』木村正中・伊牟田経久・小学館日本古典文学全集・昭和四十八年

『総索引』　『改訂新版かげろふ日記総索引』佐伯梅友・伊牟田経久・風間書房・昭和五十六年

一、本書の校注にあたっては、先学の諸注釈・研究論文等に負うところが大きかった。就中、『全注釈』『注解』『全集』には多大な恩恵を蒙った。記して衷心より謝意を表する。

蜻蛉日記

蜻蛉日記　上

序

かくありし時過ぎて、世の中にいとものはかなく、とにもかくにもつかで、世に経る人ありけり。かたちとても人にも似ず、心魂もあるにもあらで、かうものの要にもあらであるも、ことわりと思ひつつ、ただ臥し起き明かし暮らすままに、世の中におほかる古物語の端などを見れば、世におほかるそらごとだにあり。人にもあらぬ身の上まで書き日記して、めづらしきさまにもありなむ。天下の人の、品高きやと、問はむためしにもせよかし、とおぼゆるも、過ぎにし年月ごろのことも、おぼつかなかりければ、さてもありぬべきことなむおほかりける。

一このように凌いで来た歳月も流れて　まことに頼りなく　二どっちつかずのありさまで　三一人の女があった　顔だちといっても人並みではなし　四　あるわけでもないので　五　暮しているのも　無理はないと　当今もっぱら流行している　六　七みな絵空事ばかり　それでももてはやされている　人並みでもない身の上まで　八　きっと風変りなものともなろう　九　一〇　尋ねたらそんな時はこれを実例にしてほしい　と思うのだが　うろおぼえになってしまったので　一一これでよかろうという適当な記事が多くなってしまった

一　御覧のように。「かく」は、以下の日記の内容をさす。この唐突な書き出しは、作者の日常を既に見聞している身辺の者に語りかける趣があり、序文は、少なくとも上巻脱稿後に付加されたものであろう。
二　兼家の妻であるような、ないような中途半端な状態で。兼家の妻であるなら確たる生活の基盤が、全くの他人であるなら宮仕えか再婚の道も選べよう。だがそのいずれともつかない不安定な現状で。
三　「人」は三人称。一人の女の人生としてこの日記を跡づけようとする物語的表出。
四　事に処してゆくための智慧才覚。
五　何の役にも立たない、無気力な状態で。
六　当時流行していた作り物語。荒唐無稽な綺麗ごとの、多くはハッピーエンドで局を結ぶ物語。
七　「世におほかる」は前文の「世の中におほかる」と同趣の反復。「そらごと」は、非現実的な作りごと。「だにあり」は、「だにめづらしきさまにあり」の略。
八　日記としてあからさまに綴ったなら（まして）。
九　世間の人、古物語の読者たちが。「天下の人の」は「問はむ」の主語。他に、「天下の」を「人の品高き」を最大限に強めた連体修飾として、「この上もない身分の高い人」と解く考え（『注解』ほか）もある。
一〇　身分の高い殿方（の夫人たる者）の、実際の生活はどんなものかと。「や」の後に「いかに」を補う。
一一　克明ではないが、まあこの程度でこと足りようといった曖昧な記事内容。

天暦八年――兼家の求婚

さて、[一]あはつけかりし[二]すきごとどものそれはそれとして、[三]柏木(かしはぎ)の木高(こだか)きわたりより、[四]かくいはせむと思ふことありけり。例の人は、[五]案内(あない)するたより、もしは、なま女などして、言はすることこそあれ、これは、[六]親とおぼしき人に、たはぶれにもまめやかにも、ほのめかししに、「[七]びなきこと」といひつるをも知らず顔に、馬にはひ乗りたる人して、うちたたかす。「たれ」など言はするには、おぼつかなからず、騒いだればもてわづらひ、[八]取り入れてもて騒ぐ。見れば、[九]紙なども例のやうにもあらず、[一〇]いたらぬ所なしと聞きふるしたる手も、あらじとおぼゆるまで悪しければ、いとぞあやしき。ありけることは、

　[一一]音(おと)にのみ聞けば悲しなほととぎす
　　ことかたらはむと思ふこころあり

とばかりぞある。「いかに。返りごとはすべくやある」など、さだむるほどに、[一二]古代(こだい)なる人ありて、「なほ」と、かしこまりて書かす

一 うたかたのような　二 その場限りの恋の駈け引きなどはともかくとして　高貴なあたりから　四 求婚の意向を伝えて寄越されることがあった　普通の人は　はしたな侍女などを介して　取り次がせるものなのだが　冗談とも本気ともつかず　（作者）七 とんでもないこと　使者を寄越して　「わが家の門を」　（家人）どなた様から　わかりきったように　「人も無げに」騒ぎ立てるので当惑して　求婚の手紙とはとても思えないほど　ぞんざいなので　なんとも合点がゆかない　（兼家）一一　（作者）どうしましょう　お返事をしなければ悪いかしら　相談しているとと　（母）やはりお返事を　恐縮して書かせるので

一 通り一遍の淡々(あわあわ)しい。底本は「あのけかりし」とあるが、「あはつけかりし」と改める説（『解環』）に従った。

二 「すきごと」は恋愛。男性の懸想に対する臨機の応酬(おうしゅう)。

三 名門の貴公子兼家（当年二十六歳）から。「柏木」は兵衛(ひょうえ)・衛門(えもん)の異名。兼家は天暦五年五月以来、右兵衛佐。「木高き」は「柏木」の縁語で、兼家が藤原北家の嫡流右大臣師輔(もろすけ)の子息であることによる。

四 「かく」は求婚の意思表示をいう。以下の記事内容を先取りした表現。

五 仲介の労を取る然るべき縁故者。つて。

六 作者の父藤原倫寧(ともやす)。「とおぼしき」は朧化(ろうか)表現。

七 作者本人の意向。身分柄不釣合、の意。もっとも、この求婚は受領の娘に降って湧いた玉の輿(こし)で、作者の内心は満更でもなかったはずである。

八 使者から手紙を受け取り、奥に取り次いで、そこでまた大騒ぎをする。

九 こうした際は、ことさら凝った料紙を用いると聞いていたが、そんなものでは、さらさらなく。

一〇 こういう場合は、すみずみまで心を配って、入念に書くものと常々聞いていた、その書き振りも。「手」は筆跡。なお、この部分を「非の打ちどころもないと聞いていた兼家の筆跡も」と解く考えもある。

一一 お噂だけ聞いていていて、お逢いできないのは切ない

れば、

（作者）一三 かたらはむ人なき里にほととぎす

かひなかるべき声なふるしそ

これをはじめにて、またまたもおこすれど（再三手紙を寄越すけれども）、返りごともせざりければ、また、

（兼家）一四 おぼつかな音なき滝の水なれや

ゆくへも知らぬ瀬をぞたづぬる

これを、（作者）一五「いまこれより（のちほどこちらから）」といひたれば、痴（し）れたるやうなりや、一六 かくぞある。

（兼家）一七 人知れずいまやいまやと待つほどに

かへり来（こ）ぬこそわびしかりけれ

とありければ、例の人（例の母親が）、「かしこし（畏れ多いこと）。一八 をさをさしきやうにも、きこえむ（お返事をさし上げるのがよいでしょう）こそよからめ」とて、一九 さるべき人して、あるべきに（そつなく適当に）書かせてやりつ。それをしも（その代筆の手紙を）、まめやかにうち喜びて（心底よろこんで）、しげう通はす（頻りに手紙を寄越す）。

こと。是非とも、直接お目にかかってお話したいと思っております。「ほととぎす」は、折柄の初夏の景物であると同時に、作者を譬（たと）えたもの。

一二 古風な人。母親をいう。

一三 このあたりには、お話相手になるような人もおりませんのに、いくらお便りを下さっても無駄でございます。贈歌の「ほととぎす」を、逆に兼家に取りなしたもの。

一四 気がかりでなりません。一向に御返事のないところを見ると、貴女は音無しの滝なのでしょうか。私はあてどもない逢う瀬を捜しあぐねております。「音なき滝」は京都市左京区大原の歌枕、音無しの滝。

一五 態（てい）のよいことわりの言葉。

一六 正常な分別もないみたいだ。婉曲にことわったにも拘らず、それを無視した（或いは気付かぬ）兼家の、次の歌に対する批評。なお、底本を「知りたるやうなりや」と改め、満更でもないこちらの内心を見すかしたように、と解く考えもある。

一七 心ひそかに、貴女からのお返事を、今か今かと待っておりますのに、梨の礫（つぶて）で、一向にお返事のないのがつらいことです。

一八 一人前の大人らしく、きちんと。

一九 こうした場合に、然るべく無難に返事ができるような女房に代筆させて。

また、添へたる文（ふみ）[一]見れば、

（兼家）[二]浜千鳥あともなぎさにふみ見ぬは

　　われを越す波うちや消つらむ

このたびも、例の、まめやかなる[三]返りごとする人あれば（侍女がいるので）、まぎらは（その代筆で間に合せた）しつ。またもあり。（兼家）「まめやかなるやうにてあるも（律儀にお返事を下さるようなのも）、いと思ふやうなれど（まことに結構なことですが）、このたびさへならうは、いとつらうもあるべきかな（この期に及んで御自身の手紙が頂けないのは なんともつらいことです）」など、まめ文（ぶみ）の端に書きて、添へたり。

（兼家）[四]いづれともわかぬ心はそへたれど

　　こたびはさきに見ぬ人のがり

とあれど、例のまぎらはしつ（例のごとく代筆ですませた）。かかれば（こんな調子で）、まめなることにて（浮いたこともなく）、月日は過ぐしつ。

秋つかたになりにけり。添へたる文に、（兼家）[五]「心さかしらづいたるやうに見えつる憂さになむ（御用心しすぎておいでのようにお見受けされるのがつらくて）、念じつれど（我慢はしておりましたが）、いかなるにかあらむ（どうしたことでしょう）、

（兼家）[六]鹿の音（ね）も聞こえぬ里に住みながら

一　結婚の承諾を求める父母宛の手紙に添えた文。

二　浜千鳥の足跡が波にかき消されるように、全然、お返事が頂けないのは、私以上のお方がいて、それで私など問題になさらないのでしょうか。「千鳥のあと」は文字（手紙）をいう。「なぎさ」は「渚」に「無き」を、「ふみ」は「踏み」に「文」を掛ける。「浜」「なぎさ」「ふみ」「越す」「波」は「千鳥」の縁語。下句は、「君をおきてあだし心をわが持たば末の松山波も越えなむ」（『古今集』東歌（あずまうた））、「浜千鳥頼むを知れとふみそむるあとうち消つなわれを越す波」（『後撰集』恋二、平貞文）などを本歌とする。

三　折目正しく真面目な。色めかしくない、の意。

四　代筆であろうと御自筆であろうと、こだわりなく嬉しくは存じておりますが、今度こそ、今までお返事の拝見できなかったお方（作者）のもとへさし上げたく。是非とも御自身のお返事が頂きたいもので。「見ぬ」は、兼家がまだ見ていない、の意。代筆ばかりゆえ、はたして自分の手紙が作者のもとに届いているかどうか、兼家にはそんな危惧がある。

五　男に騙（だま）されないよう、思慮深く構えていること。

六　ここは奥山ならぬ都の内。鹿の音も聞えぬ所に住んでいながら、不思議に眠れぬ夜を重ねております。これも貴女に逢えぬゆえです。「鹿の音」は、小牡鹿（さおしか）が妻を恋うて鳴くあわれな声。「あはぬ」は、目が合わぬ（眠れぬ）意に、貴女に逢わぬの意を掛ける。一首は「山里は秋こそことにわびしけれ鹿の鳴く音に目

あやしくあはぬ目をも見るかな」

とある返りごと、

(作者)[七]「高砂のをのへわたりに住まふとも
　　しかさめぬべき目とは聞かぬを

また、ほどへて、

げに(本当に)[八]あやしのことや(おかしなことですわね)」とばかりなむ。

(兼家)[九]逢坂の関やなになり近けれど
　　越えわびぬれば嘆きてぞふる

返し、

(作者)[一〇]越えわぶる逢坂よりも音に聞く
　　勿来(なこそ)をかたき関と知らなむ

などいふまめ文、通ひ通ひて(表向きの手紙が何度も往来して)、[一一]いかなる朝(あした)にかありけむ、

(兼家)[一二]夕ぐれのながれくるまを待つほどに
　　涙おほゐの川とこそなれ

を覚ましつつ」(『古今集』秋上、壬生忠岑)による。

七 鹿の多い高砂(たかさご)の高嶺あたりに住んでいたとしても、そんなに寝覚めがちになるとは聞いておりませんわ。「高砂」は兵庫県加古川市の歌枕。「秋萩の花咲きにけり高砂の尾の上の鹿は今や鳴くらむ」(『古今集』秋上、藤原敏行)を踏まえたもの。

八 兼家の贈歌の「あやしく」を逆手に取ったもの。

九 逢坂の関(貴女との逢う瀬の関)とは、何と忌々しいもの。すぐ近くだというのに、なかなか越えられないで嘆き暮しております。「逢坂の関」は京都府と滋賀県との境にある逢坂山に設けられた関。

いかなる朝

一〇 私の所は有名な勿来(来てはならない)の関です。あなたが越えられぬと嘆いておいでの逢坂どころではなく、もっと手強い関だとお含みおき下さい。「勿来の関」は福島県勿来。

一一 どんな朝だったかしら。兼家を初めて通わせた翌朝(後朝(きぬぎぬ))の朧化表現。

一二 貴女に再びお逢いできる夕暮れの訪れを待っている間、切なさに泣く私の涙は、とめどもなく、大井川となって流れております。「夕ぐれ」の「くれ」は「暮」に「榑(くれ)(山から切り出した原木)」を、「ながれ」は「流れ」に「泣かれ」、「おほゐ」は「多い」に「大井(京都の保津川の下流、嵐山付近)」を掛ける。一首は、夕暮れまでの待ち遠しさを、榑(くれ)を筏(いかだ)に組んで大井川に流す趣向で仕立てたもの。

返し、

（作者）一
思ふことおほゐの川の夕ぐれは
　こころにもあらずなかれこそすれ

また、二三日ばかりのあしたに（三日夜の明けた朝）、

（兼家）三
しののめにおきける空はおもほえで
　あやしく露と消えかへりつる

返し、

（作者）四
さだめなく消えかへりつる露よりも
　そらだのめするわれはなになり

かくて、あるやうありて（子細があって）、しばし旅なるところにあるに（よそに移り住んでいたところに「あの人が」）、ものして、つとめて（翌朝）、「今日だにのどかにと思ひつるを（今日はせめてくつろぎたいと思っていたが）、びなげなりつれば（迷惑そうなので「おいとました」）。五 いかにぞ。身には山隠れとのみなむ（私には山里に隠れたとしか思えない）」とある返りごとに（といって寄越した返事に）、ただ、

（作者）六
おもほえぬ垣ほにをれば撫子の
　花にぞ露はたまらざりける

一 あなたがお見え下さるかどうかと、物思いの多い夕暮れには、ただもう不安でわれ知らず泣けてまいります――大井川に浮ぶ榑が、よるべもなく流れるように。贈歌の「大井川」を受けて、川の縁語で仕立てたもの。「夕ぐれ」は「榑」、「なかれ」は「泣かれ」と「流れ」を掛ける。

二 いわゆる三日夜。当時は、新郎が新婦のもとに、初夜より三夜通い続けて、はじめて婚姻が成立する。第三夜には新夫婦が小餅（三日夜の餅）を食べて祝い、翌朝は家中にも配って、婚姻の披露とした。露顕。

三 夜明け前に起きて、そなたのもとから帰る（昨日までの）私の気持は、悲しみにかき昏れて物も覚えず、露でもないこの身が、どうしたことか、消えも入りそうだった。「しののめ」は早暁。「おき」は「起き」から「置き」に転じて「露」「消え」が導かれる。「消えかへる」は「消ゆ」を強めた語。

四 朝日とともにはかなく消えてしまう露のよう、とおっしゃるあなたよりも、そのあなたにはかない望みをつないでいるこの身は、一体何にたとえたらよいのでしょう。「そらだのめ」は、あてにならない期待。

五 その後、どうしているか。見舞の挨拶。

六 思いもかけぬこの山里に来て、垣根の撫子を手折ってみると、ささやかな花から露がはらはらと落ちたことです。私の涙のように。「垣ほ」は垣根の歌語。「をれ」は「居れ」と「折れ」を掛ける。

兼家の夜離(よが)れ

などいふほどに〔やり取りするうち〕、九月(ながつき)になりぬ。

つごもりがたに〔月末ごろに〕、しきりて〔打ち続いて〕二夜(ふたよ)ばかり見えぬほど、文(ふみ)ばかりある〔手紙だけが来た〕返りごとに〔その返事に〕、

（作者）七 消えかへり露もまだ干(ひ)ぬ袖の上に
今朝はしぐるる空もわりなし

たちかへり〔折り返し〕、返りごと、

（兼家）八 思ひやる心の空になりぬれば
今朝はしぐると見ゆるならむ

とて、返りごと書きあへぬほどに〔返事を書き終えぬうちに〕〔あの人は〕見えたり。

また、ほど経て〔しばらくして〕、見えおこたるほど〔訪れのとだえていた頃〕、雨など降りたる日、「暮(くれ)九に来(こ)む」などやありけむ、一〇

（作者）一一 柏木(かしはぎ)の森の下草(したくさ)くれごとに
なほたのめとやもるを見る見る

返りごとは、みづから来てまぎらはしつ〔本人自身が来てはぐらかしてしまった〕。

七 お見えがないので、消え入る思いで夜を明かし、涙の露もまだ乾かぬ袖の上に、今朝はまたあやにくに、時雨(しぐれ)まで降り添うとは、本当に切ないことです。折からの時雨を恨む風情で、さりげなく兼家の無情を詰問したもの。

八 そなたに思いを馳せる私の涙が、空にかよって、それで、そなたには今朝の時雨と見えるのだろう。作者の訴えを逆手に、はぐらかした詠みぶり。

九 夕方には、伺おう。「来む」は作者の側に視点を置いた表現。

一〇 などと言って寄越した折のことだったか。「……やありけむ」は、歌稿を手懸(が)かりに当時の経緯(いきさつ)を回想した物言い。

一一 私は柏木の森の下草のように、所詮あなたにお縋(すが)りしている身の上。だからといってあなたは、夕暮れごとに性懲(しょうこ)りもなく待っておれ、とおっしゃるのですか。こんなむなしい期待を繰り返しながら。「柏木」は兵衛・衛門の異名で、右兵衛佐(うひょうえのすけ)兼家をさす。「森の下草」はその庇(ひ)護下にある身の自卑表現。「もる」は、期待もむなしく、あてがはずれる、の意に、柏木の森を雨が漏れ、下草（作者）が（涙に）濡れる意を響かせたもの。哀艶な調べだが、「なほたのめとや」には、強く相手に反問し釈明を求める語勢がある。さればこそ兼家は、返歌にも及ばず、みずから訪れて紛らわしたものである。

かくて、十月になりぬ。ここに（私の家で）物忌[一]なるほどを、心もとなげに（気掛りでならないと）いひつつ、

（兼家）[二]
嘆きつつ返す衣の露けきに
いとど空さへしぐれそふらむ

返し、[三]いと古めきたり（変りばえのしないものだった）。

（作者）[四]
思ひあらば干なましものをいかでかは
返す衣のたれも濡るらむ

とあるほどに、[五]わが頼もしき人（頼りにしている父が）、陸奥[六]へ出で立ちぬ。時はいとあはれなるほどなり（哀れをそそる初冬のことである）。人はまだ（あの人はまだ）見馴るといふべきほどにもあらず（馴染んだといえるまでにはなっていないし）、見ゆるごとに、ただ、さしぐめるにのみあり（逢うたびごとに［私は］黙って涙ぐんでいるばかりで）、いと心細く悲しきこと、ものに似ず（たとえようもない）。[七]見る人も（あの人も）、いとあはれに（たいそう同情して）、忘るまじきさまにのみ語らふめれど（決して忘れたりはしないとばかり慰めてくれるようだが）、人の心はそれにしたがふべきかはと（言葉どおりにはゆくまいと）思へば、ただひとへに悲しう心細き[八]ことをのみ思ふ。

いまはとて（これでお別れと）、みな出で立つ日になりて、ゆく人もせきあへぬまで（旅立つ父もせきかねるほど涙にくれ）

父の旅立ち

一 陰陽道上の凶日、あるいは穢れに触れた場合などに、身を慎んで籠居すること。本来は文通も憚られた。

二 逢えぬのを嘆きつつせめて夢にでも逢いたいと、裏返して着て寝た衣も、涙でしっとり濡れているのに、その上、空までがどうして、意地悪くも時雨を降り添えるのだろう。「いとせめて恋しき時はむばたまの夜の衣を返してぞ着る」（『古今集』恋二、小野小町）を踏まえたもの。「返す衣」は、夜着を裏返しに着て寝ると、夢に恋人と逢えるという俗信による。

三 次の歌の、「思ひ（火）」があれば乾くという、常套的で陳腐な発想に加えた自己批評だが、それはまた、この歌を詠んだ当時から十余年の辛酸を経た、日記執筆時の心境に立った回想的批評でもある。

四 「思ひ」の火があれば必ずや乾くでしょうに、お互いに、「返す衣」がなぜに濡れているのでしょう。私の衣は、「思ひ（火）」を凌ぐ切ない涙のゆえですが、あなたのそれは、私に対する「思ひ（火）」など持ち合せていらっしゃらないからでしょう。

五 作者が経済的にも精神的にも支柱と頼む父倫寧。

六 陸奥守として赴任することになった。

七 作者の世話をする夫兼家。文中の用例から、侍女と見る説もあるが、従えない。

八 父は去り、夫にも見捨てられようかとの不安。

＊ 陸奥は大国で、国守は従五位上相当。陸奥任国は多くの場合、諸国歴任の受領の隠退の花道の観が

あり、とまる人、はたまいていふかたなく悲しきに、「時たがひぬる」といふまでも、え出でやらず、かたへなる硯(すずり)に、文をおし巻きてうち入れて、またほろほろとうち泣きて出でぬ。しばしは見む心もなし。見出ではてぬるに、ためらひて、寄りて、なにごとぞと見れば、

(倫寧)九
君をのみ頼むたびなる心には
ゆく末遠くおもほゆるかな

とぞある。一〇見るべき人見よとなめりとさへ思ふに、いみじう悲しうて、ありつるやうに置きて、とばかりあるほどに、ものしためり。目も見あはせず、思ひ入りてあれば、「などか。一一世の常のことにこそあれ。いとかうしもあるは、われを頼まぬなめり」なども、あへしらひ、硯なる文を見つけて、「一二あはれ」といひて一三門出のところに、

(兼家)一四
われをのみ頼むといへばゆく末の
松の契りも来てこそは見め

〔傍注（現代語訳）〕
ている　後に残る私は　ましてのこと言いようもなく　〔供人が〕出立の時刻が狂って
しまうとせきたてるまで　〔父は〕座も立ちやらず　かたわらの硯箱に　手紙を巻いてそっと
納めると　〔それを〕見る
気にもならなかった　見送りを済ませてから　気を取りなおして　何が書いてあるのかし
らと見ると
あの人に見てもらいたいというつもりなのだなとまで思うと
もとの通りに　〔あの人が〕やって来たようだ
顔も合わせずうつむいて　沈みこんでいると　どうしたのだ　よくあることではな
いか　そんなに悲しんでいるのは　私を信じていないのだろう　取りな
し慰めて　不憫な

九　このたび、あなたお一人を頼みに旅立ってゆく私は、陸奥までのはるかな旅路さながらに、娘を末長くとひたすら祈る心地です。「たび」は「度(たび)」と「旅」、「ゆく末遠く」は任国への遠路と娘の行く末を掛ける。

一〇　「見るべき人」は、夫として娘に連れ添う人。兼家をさす。「見よとなめりとさへ」の「さへ」は、父の思いやりを、そこまでつきつめて忖度(そんたく)すると、の意。

一一　地方赴任の父との、しばしの別離など、ざらにあることだ。地方官の任期は普通四年である。

一二　娘を思う親心に対する感動。

一三　旅立ちのため、仮に移っている所。当時は、実際の旅立ちに先立ち、日の吉凶・方位等を勘案、仮に出立、そこで準備を整えて出発した。

一四　私一人が頼みとの仰せならば、御安心下さい。松の緑のように変らぬ夫婦仲を、上京の暁には、とっくりと見て頂きたいと存じます。「ゆく末の松」は、不変の操(みさお)の意だが、同時に、「君をおきてあだし心をわが持たば末の松山波も越えなむ」(『古今集』東歌(あずまうた))を踏まえた表現。「末の松山」は宮城県多賀城市の歌枕で、倫寧の任国にちなんだもの。

となむ。

かくて、日の経(ふ)るままに、〔旅先の父に思いを馳せる私の心は〕旅の空を思ひやるここち、いとあはれ[一]なるに、〔あの人の心もあまり頼りになりそうには見えないのだった〕人の心もいと頼もしげには見えずなむありける。

十二月(しはす)になりぬ。横川(よかは)[二]に〔所用があって〕[三]ものすることありて〔登ったあの人が〕登りぬる人、「雪に降りこめられて、〔しみじみとそなたのことがよろずに恋しくてならない〕いとあはれに恋しきことおほくなむ」とあるに[四]つけて、

（作者）[五]こほるらむ横川の水に降る雪も
わがごと消えてものは思はじ

などいひて、〔これということもなく暮れてしまった〕その年ははかなく暮れぬ。

正月(むつき)ばかりに、二三日(ふつかみか)〔主人が〕見えぬほどに、〔他所へ出掛けようと思って〕ものへ渡らむとて、（作者）[六]「人来ば〔お渡しして〕取らせよ」とて、書きおきたる。

（作者）[七]知られねば身をうぐひすのふり出でつつ
なきてこそゆけ野にも山にも

返りごとあり。

一 身にしみて心細く。父の旅立ちを十月中下旬とすれば、これはすでに十一月、わびしい冬枯れの季節が作者の心を一段と滅入(めい)らせる。

二 比叡山延暦寺の三塔の一。横川中堂（首楞厳院(しゅりょうごんいん)）を中心とする寺院群とその地域をいう。

三 兼家の所用の内容は不明だが、彼の父右大臣師輔(もろすけ)は、この十月十八日、横川に法華三昧堂を創設、この日、仮屋で営んだ法会に参加、さらに、十二月五日より行われた良源大法師の法華八講にも登山している（『扶桑略記』）。兼家はこの折、父に随行、経営上の用務を弁じたものでもあろう。

四 兼家からの使者に、折り返しことづけて。

五 凍(い)てついた横川の水に降る雪（あなた）も、私のように消え入るほどの物思いに沈むことはないでしょう。氷の上に降る雪は、積りこそすれ、消えはすまいとの発想で、兼家以上に切ない慕情を訴えたもの。「水」は横川の縁語。「降る雪」は、そこに日を経るあなた、の意を掛ける。

六 あの方が見えたら。

天暦九年――道綱誕生

七 （私の気持がわかって頂ければ、訪れても下さるでしょうに）一向にわかって頂けないので、憂き身と思い諦め、あの鶯(うぐいす)のように泣きながら、野にも山にもさ迷い出てまいります。「うぐひす」の「うく」には「憂く」を掛ける。「野にも山にも」は、「いづくにか世をばいとはむ心こそ野にも山にもまどふべらなれ」（『古今集』雑下、素性(そせい)）を踏まえたもの。

（兼家）八
うぐひすのあだにてゆかむ山辺にも
　なく声聞かばたづぬばかりぞ

などいふころより、なほもあらぬことありて、春、夏、なやみ暮らして、八月つごもりに、とかうものしつ。そのほどの心ばへはしも、ねんごろなるやうなりけり。

（九 体が普通ではなくなって　ずっと具合が悪くて　月末に　一〇 無事に出産も済ませた　その頃のあの人の心づかいといったら　まことに深切に見えた）

手箱のふみ

さて、九月ばかりになりて、出でにたるほどに、箱のあるを手まさぐりに開けて見れば、人のもとに遣らむとしける文あり。あさましさに、見てけりとだに知られむと思ひて、書きつく。

（〔あの人が〕帰っていった後で　手なぐさみに　よその女のもとに宛てた手紙があった　あまりのことに　一一 見たとだけでもせめて知らせてやろうと　〔手紙の端に〕書きつけた）

（作者）一二
うたがはしほかに渡せる文みれば
　ここやとだえにならむとすらむ

など思ふほどに、むべなう、十月つごもりがたに、三夜しきりて見えぬ時あり。つれなうて、「しばしこころみるほどに」など、気色あり。

（などと気をもんでいると　一三 案の定　一四 うち続いて　一五 平気な顔でやって来て　〔そなたの〕様子を見ているところだ　言い訳がましくいう）

これより、夕さりつかた、「うちのがるまじかりけり」とて出づ

（私の家から　一六 よんどころのない用事があって）

八 鶯（そなた）は、おのが気まぐれで出かけたものであろう。どこの山辺に隠れようと、鳴き声さえ聞けば探し出すだけのことだ、の意。「あだにて」は、浮き浮きと移り気で、の意。贈歌を逆手に取り、深刻な応酬というよりも、軽口を楽しむ風情がある。

九 懐妊をいう。体の不調は悪阻である。

一〇 男子出生。後の右大将道綱である。

一一 口に出して難詰するのもはしたないが、さりとて黙ってもいられない気持。

一二 気がもめること。よそのお方に差し上げる手紙のあるところを見ると、私などもうお見限りのおつもりでしょうか。「うたがはし」の「はし」は「橋」を掛ける。その縁語で「渡せる」「とだえ」が導き出される。こうした表現技巧は、生一本な難詰を多少とも和らげることになろう。

一三 兼家の新しい女性関係を危惧していたところ、その予想が適中して。

一四 三夜引き続いての夜離れとなると、その三夜は、兼家が件の女性のもとに通いつめ、一応の婚姻が成立したことにもなる。

一五 「つれなうて」は、兼家の態度に対する作者の批評。大方の察しはついているのに、「いけしゃあしゃあと」の意。これを兼家の言葉として、「わざと、つれなくして」と解く考えもある。

一六 底本は「うちのかたるましかりけり」とあって意味不明。『全講』の改訂案に従った。

るに、心得で（不審に思って）、人をつけて見すれば（召使に後をつけさせてみたところ）、「町の小路[一]なるそこそこに（これこれの所に）なむ、とまりたまひぬる（車がおとまりになりました）」とて来たり。さればよ（やはりそうだったと）と、いみじう心憂し（とてもくやしくは思ったけれども）と思へども、いはむやうも知らであるほどに（何と言ってやろうかと思いあぐねているうちに）、二三日ばかりありて、

[二]あかつきがたに、門をたたく時あり。さなめり（てっきりあの人だとは思ったが）と思ふに、憂くて（不愉快で）、開けさせねば、例の家とおぼしきところにものしたり（件の女の家と思われるあたりに出かけて行った）。つとめて（翌朝）、[三]なほもあらじ（このままでは済まされまいと）と思ひて、

（作者）[四]
嘆きつつひとり寝る夜の明くる間は
　　いかに久しきものとかは知る

と、[五]例よりはひきつくろひて（いつもよりは取りつくろって）書きて、[六]うつろひたる菊にさしたり（色の移ろいそめた菊に添えて贈った）。返りごと、「[七]あくるまでも、こころみむとしつれど（様子を見ようと待っていたが）、とみなる召使（急用の召使が）の来あひたりつればなむ（来合せてしまったのでね）。いとことわりなりつるは（「そなたの」お腹立ちも無理はない）。

（兼家）[八]
げにやげに冬の夜ならぬ真木の戸も
　　おそくあくるはわびしかりけり」

さても（それにしても）、いとあやしかりつるほどに（全く気が知れないほどに）、ことなしびたる（けろりとしている）。しばしは（当座の間は）、

一 「町の小路」は固有名詞。左京の、室町と西洞院との間にある南北の通り（『拾芥抄』）。
二 暁がたの来訪は、宮中の宿直明けの場合もあろうが、女性のもとからの帰途を思わせる。「憂くて、開けさせ」ぬゆえんであろう。
三 かりにも、夫を門前払いしたので、このままでも済まされまいと思って、作者は難詰・哀訴・弁解の一首を贈る。
四 あなたの夜離れをいつも嘆きながら、わびしい独り寝を重ねる私にとって、夜の明けるまでの間が、どんなに長いものか御存じでしょうか。門の開くのも待ちきれず、（私は門を開けるつもりでした、それが手間どっているうちに）お帰りになってしまったあなたには、とてもお分りにはなりますまい。「明くる間」は、夜の明ける間と、門を開ける間を掛ける。
五 他人行儀に改まって。やや開き直った書きぶり。
六 折からの景物だが、兼家の愛情の移ろいに、うちしおれたわが身をよそえたもの。
七 夜が明け、そして門の開くまで。
八 ごもっとも、ごもっとも。そなたの言う通り、冬の夜がなかなか明けないのはつらいものだが、さりとて、冬の夜ならぬ真木の戸（門）を、いつまでも開けてもらえないのも、つらいことだ。入念な贈歌に対してひどく無雑作な返歌である。
九 嘘とわかっても、私の手前を取り繕って。
一〇 （急用ができて）参内したとでも。

天暦十年——桃の節供

忍びたるさまに、「内裏に」など、言ひつつぞあるべきを（言ってその場を取り繕うべきなのに）、いとど（いよいよ）しう心づきなく（腹が立って無性にいけ好かなく）思ふことぞ（思うのだった）、かぎりなきや。

年かへりて、三月ばかりにもなりぬ。桃の花などや取りまうけたりけむ（用意しておいた折だったろうか）、待つに見えず。いまひと方も（姉の婿なる人も）、例は立ち去らぬところに（普段は入り浸りのようなのに）、今日ぞ見えぬ。さて、四日のつとめてぞ（早朝になって）、みな（二人とも）見えたる。昨夜より待ち暮らしたる者ども（侍女たちが）、「なほあるよりは」（このまま無駄にするよりは）とて、こなたかなた（こちらもあちらも）取り出でたり（〔お供えを〕）。心ざしありし（そのつもりで用意した）花を折りて、内のかたよりあるを見れば（〔侍女たちが〕奥の方から出てきたのを見ると）、心ただにしもあらで（黙ってもいられず）、手習ひにしたり（手すさびに書いた）。

（作者）
待つほどの昨日すぎにし花の枝は
今日折ることぞかひなかりける

と書きて、よしや（ままよ）、憎きにと思ひて（憎らしいからと思って）、隠しつる気色を見て（その気配を見て）、奪ひ取りて、返ししたり。

（兼家）
三千歳を見つべき身には年ごとに
すくにもあらぬ花と知らせむ

一一 上巳の節供。古くは三月初の巳の日に行われたが、当時はすでに三日に定着。宮中では御燈の儀（天皇が北辰を拝する儀）、曲水の宴などが行われ、一般家庭でも桃の花を飾り、その花びらを浮べた酒を飲んで、病災を除く呪とした。

一二 姉のもとに通っていた藤原為雅と思われる。

一三 さりげない仕草だが無論、夫を意識してのこと。

一四 せっかくお待ちしていたのに、昨夜はよそのお方のもとで過し、桃の花酒をお飲みになったのですもの。今日になってお見えになったからとて、今さら桃の枝を折っても無駄なことですわね。「すぎ」は「過ぐ」に「すく（飲む）」および「好く（すきごとをする）」を、「折る」は「居る」を掛ける。従って「花の枝」は暗に兼家を諷したもの。兼家と為雅が揃って訪れたとすれば、宮中の御遊で一夜過しての帰りであろう。作者もそれと知りながら、あえて、女性のもとからの朝帰りに取りなして詠んだもの。明るい媚態を感じさせる。

一五 三千年に一度、実のなるという西王母の桃を食べた武帝ではないが、せいぜい長生きをして、末長くそなたと連れ添うつもりの私には、年ごとの桃の花酒など、飲むにも当るまいと、それを、お教えしたくてね。それで昨夜は失礼したのだ。西王母の桃は漢の武帝の故事。「年ごとにすくにもあらぬ」は、毎年、よその女性に心を移したりはしない、の意も含む。

とあるを、いまひと方(姉の夫為雅も)にも聞きて、

(為雅)一 花によりすくてふことのゆゆしきに

よそながらにて暮らしてしなり

かくて今は、この町の小路(こうぢ)にわざと色に出でにたり(公然と通うようになってしまった)。〔本〕二は、三 人をだに(あちらの方さえ)、あやしう(どうしたことか)、くやしと思ひげなる時がちなり(厄介者に思う時が多いようだ)。いふかたなう心憂しと思へども(つらいことだとは思うが)、なにわざをかはせむ(何としようにも手の打ちようがない)。

姉の転居

このいまひと方の(為雅が〔この邸に〕)出で入りするを見つつあるに、〔為雅は〕今は心やすかるべきところへと(気がねのいらないところへと)て、ゐて渡す(〔姉を〕移すことになった)。とまる人(残る私は)まして心細し。四 影も見えがたかべいことなど、まめやかに(心底から)悲しうなりて、車寄するほどに(車を寄せた時)、〔私は〕かくいひやる。

(作者)五 などかかるなげきは繁さまさりつつ

人のみかかる宿となるらむ

返りごとは、男(為雅が)ぞしたる。

(為雅)六 思ふてふわが言(こと)の葉をあだ人の

一 桃の花酒を飲(す)く三日に伺ったのでは、花に惹(ひ)かれたすき者のようです。それが厭(いと)わしさに、昨日はことさら、よそで暮したのです。「花」は桃の花と女性、「より」は「因(よ)り」と「寄り」、「すく」は「飲(す)く」と「好く」を掛ける。兼家に追従(ついしょう)、座興を添えたもの。

二 祖本の脱字（空白）を示す傍注が、本文化したものらしい。この作者には、同じ語を繰り返す筆癖（近接類語）があり、そのことから、この部分に「今」をあてる説（『全講』）、また、「本」を最初からの本文と認め、「は」を「つ」に改め、「本つ人（本妻時姫）」とする説（『全注釈』『新注釈』）もあるが、不明とするほかない。

三 注二の〔本〕の問題に拘らず、「人」は時姫をさす。「人」を兼家として、下文を「兼家と結婚したことさえ今は後悔している」と解く考え（『全集』）もあるが、「……と思ひげ」は、自分の心理ではなく、第三者の心理を推測した表現である。

四 よそに移ってしまったら、恐らくもう、なかなか姿も見せられないだろうなどと。姉に対する思い。

五 私の家はこうした嘆きがつのる一方で、どうしてまた、親しい人ばかりが遠のく宿となったのでしょう。「なげき」は「嘆き」に「投げ木」を、「かる」は「離(か)る」に「枯る」を掛ける。「繁さ」「枯る」は「投げ木」の縁語。父は陸奥に去り、夫は夜離れ、姉は転居という嘆きである。

六 あなたのことは、いつも心にかけていますが、そ

繁きなげきに添へて恨むな

などいひおきて、みな渡りぬ（二人とも）。思ひしもしるく（思った通りはたして）、ただひとり臥し起きす。

おほかたの世の[七]、うちあはぬことはなければ（不如意なわけでもないので）〔それでよいが〕、ただ人の心の（夫の心が）思はずなるを[八]（あんまりなので）〔堪えがたい〕。われのみならず、年ごろのところにも（年来の夫人時姫のもとにも）絶えにたなりと聞きて（途絶えてしまったそうだと）、〔時姫のもとに〕文など通ふことありければ（ついでがあったので）、五月三四日（さつきみかよか）のほどに、かくいひやる。

（作者）[九] そこにさへかるといふなる真菰草（まこもぐさ）
いかなる沢に根をとどむらむ

返し、

（時姫）[一〇] 真菰草かるとはよどの沢なれや
根をとどむてふ沢はそことか

六月（みなづき）になりぬ。ついたちかけて（月初めにかけて）長雨（ながあめ）いたうす（ひどく降った）。見出だして（外をながめながら）、ひとりごとに、

ういう私の言葉を、実（じつ）のないお方（兼家）ゆえにつのる嘆きと等しなみに、「あだごと」などと、恨んでは下さるな。「言の葉」「繁き」「なげき（投げ木）」は縁語。

七 表面的な夫婦仲。主として物質的経済的な生活面をいう。

八 見込み違いで薄情なので。「を」は下文には続かない。慨嘆的中止法。

同病相憐れむ

九 あなたのもとにさえ、このごろは夜離れがちと伺う真菰草（兼家）は、一体、どこの沢辺に根を下ろしているのでしょう。「そこ」は「其所（そこ）（あなた）」と「底」、「かる」は「離（か）る」と「刈る」、「根」には「寝」を掛ける。「底」「刈る」「沢」「根」は「真菰草」の縁語。

一〇 真菰草（兼家）が寄りつかないのは私のところです。根を下ろしているのは、あなたのお宅とか伺っておりますが。「よど（淀）の」は「夜殿（寝室）」を掛ける。

＊ 時姫との贈答は作者の素朴な善意に発し、ともに嘆きを分ち合うつもりであったろう。だが、「そこにさへ」の初句は恐らく、時姫のプライドを傷つけたに違いない。時姫にとっては、兼家の愛を奪う者として、作者も町の小路の女も変りはなく、所詮、いたわり合えるはずがない。従って、時姫の返歌の上句には自嘲の響きが、下句には皮肉な棘（とげ）が含まれてもいよう。

（作者）一 わが宿のなげきの下葉色ふかく
　　うつろひにけりながめふるまに

などいふほどに、七月（ふみづき）になりぬ。
絶えぬと見ましかば（いっそ絶えてしまったとならば）、かりに来るにはまさりなまし（お義理で通ってくるよりはましだろう）など、思ひつづくる折に、ものしたる（やって来た）日あり。ものもいはねば（〔私が〕口もきかないので）、さうざうしげなるに（〔あの人が〕つくねんとしていると）、前なる人（侍女が）、ありし下葉のことを（先日の下葉の歌のことを）、もののついでに言ひ出でたれば、聞きてかくいふ。

（兼家）二 をりならで色づきにけるもみぢ葉は
　　時にあひてぞ色まさりける

とあれば、（〔私は〕）硯引き寄せて、

（作者）三 秋にあふ色こそましてわびしけれ
　　下葉をだにも嘆きしものを

とぞ書きつくる。
四 かくありつつも（こんな事を繰り返しながら）、絶えずは来れども、心のとくる世なきに（〔私は〕気の休まる時もないので）、あれ（いよいよ）

一 長雨の降り続く間に、わが家の木々の下葉はすっかり紅葉したが、私の色香も、この日頃の物思いで見る影もなく褪（あ）せてしまったことだ。「うつろひ」は下葉の色と容色の衰えを、「ながめ」は「長雨」と「物思い」を、「ふる」は「降る」と「経る」を掛けたもの。「下葉」「色」「うつろひ」は「なげき（木）」の縁語。「花の色は移りにけりないたづらにわが身よにふるながめせしまに」（『古今集』春下、小野小町）と同想の歌である。

下葉の紅葉

二 その季節でもないのに、早くも色づきそめたという「もみぢ葉」（そなた）は、秋を迎えてひときわ美しくなったことだ。「下葉」の歌はまだ六月中、夏の末である。その「うつろひ」を、逆に、美しく染まったと取りなしたもの。

三 そらぞらしいこと。まさるのは秋の色です。色香も褪せ、あなたから見捨てられてゆくこの身こそ、わびしい限りです。下葉の移ろいさえ嘆いておりましたのに。「秋」は、厭（いと）われる意の「飽き」を掛ける。

四 底本「かくありつつき」の「き」を「も」と改めた。この部分は意味不明のため、「ありへて」（『全注釈』『新注釈』）、また、「ありきつつ（夜歩きを続け）」（『全集』）などの改訂案もある。

五 「嶮（けわ）しくて旅人は倒れるが立山（富山県）は平然と聳（そび）え立っている」という俗諺があったらしい。兼家が閉口しても（たふるるに）、作者は頑として動じな

まさりつつ（よそよそしくなって）、来ては気色悪しければ（〔私の〕機嫌が悪いので）、五たふるるにたち山と（根負けしたので退散だと）立ち帰る時もあり。近き隣に心ばへ知れる人（すぐ隣に住む内輪を知っている人が）、出づるに合はせて（〔あの人の〕帰るのと同時に）かくいへり。

（隣人）六 藻塩やく煙の空に立ちぬるは
　　ふすべやしつるくゆる思ひに

など、隣さかしらするまでふすべかはして（お隣がおせっかいをやくまでお互いにすねてしまって）、このごろはことと久しう見えず（とりわけ長いこと姿も見せない）。

ただなりしをりは（格別のこともない普段は）、さしもあらざりしを（それほどでもなかったが）、かく心あくがれて（よその女にうつつを抜かしてからは）、いかなるものも、七ここにうち置きたるもの（私のもとに預けて置いた物を）、とどめぬくせなむありける（持ち帰るという妙な癖が出るのだった）。かくてやみぬらむ（このまま絶えてしまうのだろうか）、そのものと思ひ出づべきたよりだになくぞありけるかし（あの人の思い出ぐさになるような物は何もなくなってしまったこと）、と思ふに、十日ばかりありて、文あり。なにくれといひて、「（兼家）八 帳の柱に結ひつけたりし小弓の矢取りて」とあれば、これぞありけるかし（まだこんなものが残っていたよ）と思ひて、解きおろして、

（作者）九 思ひ出づるときもあらじと思へども
　　やといふにこそ驚かれぬれ

い（たち山）の意で、「ほとほと手を焼いた」という、兼家一流の猿楽言（諧謔）であろう。

六 藻塩草を焼く煙が空に立ち昇るように（他目にもそれと分るように）、御主人が腹を立ててお帰りになったのは、くやしさのあまり嫉妬でもお焼きになったのでしょうか、つまらないことを。「ふすべ」は、「くすぶらせる」の意から、嫉妬するのを言う。「くゆる」は「燻ゆる」と「悔ゆる」を掛ける。「焼く」「煙」「立ち」「ふすべ」「くゆる」「思ひ（火）」は縁語。

七 この部分は底本にかなりの乱れがあり、改訂にも諸案がある。一例を挙げれば、「そこにうち置きたるものも、見えぬくせ」（『全集』）などがそれである。これによれば、一種のヒステリー性視神経障害となろう。とすれば、前文の「かく心あくがれ」も兼家の行動ではなく、茫然と魂の抜けた作者の心理状態（発作の誘因）と見るのがよい。だがこれも、この前後にそのような症状はなく、また、下文には、兼家を偲ぶよすがの品のないことが頻りに嘆かれている。従って、下のごとき改訂案（『全注釈』）に従っておきたい。

八 御帳台。畳二畳の四隅に柱を立て、周囲に帳を垂れた寝所。小弓の矢は、魔よけのまじないである。

九 あなたのことなど、もう思い出す時とてあるまいと思っておりましたが、「おい、矢を取って」とおっしゃるので、はっと思い当りました。矢が残っていたことを、そして、あなたのことも。「や」は、小弓の「矢」と、呼びかけの感動詞「や」を掛けたもの。

一 作者の家は内裏の東、一条西洞院(にしのとういん)にあり、兼家邸(京極殿)は、さらにその東に当る。

二「秋夜長、夜長無レ眠天不レ明」(『白氏文集』巻三、上陽白髪人)による。上陽人は、十六歳で玄宗皇帝の後宮に召されたが、楊貴妃に妬(ねた)まれ上陽宮に閉じこめられて、六十歳に至るまで、ついに帝にまみえることなく、世を去った。

三 好奇心からの同性の言葉。これを男性の言葉として、「兼家と絶えたなら、私が……」と、侍女に仲介を打診したと見る(『全注釈』)のは、穿(うが)ち過ぎであろう。

四 兼家の夜離(よが)れは、世人の蔭口や侍女たちの手前、作者の女性としてのプライドが許さないのである。

五 時姫腹(ばら)の子は、この時点では長男道隆(四歳)と超子のみ。この後、道兼・道長・詮子が生れるが、「あまたあり」は、後年からの回想による。

六 蜘蛛(くも)(兼家)の、おぼつかない通い路(糸)が、ふっつりと絶えてしまおうとも、風につけてでも、あなたにはお便りを差し上げて、お互いに慰め合ってゆきたいと存じます。「ささがに」は蜘蛛の古名。「わが背子が来べき宵なりささがにの蜘蛛のふるまひかねてしるしも」(『古今集』墨滅歌(すみけちうた)、衣通姫)など、蜘蛛がしきりに巣がくのは恋人の訪れる前兆とされていた。

七 御厚情はいたみ入りますが、人の心は移ろい易いもの。「風につけても」とおっしゃる、その風も、今は草木の色も変る秋風と思えば、いまわしく存じま

夜ごとの前渡り

とてやりつ。

かくて、絶えたるほど、わが家[一]は内裏(うち)より参りまかづる道にし(〔あの人が〕参内退出する道筋に)もあれば、夜中あかつきと(夜中でも明け方でも)、うちしはぶきてうち渡るも(咳払いをして通ってゆくのも)、聞かじと思へども(〔耳について〕)、うちとけたる寝もねられず(おちおちと眠ることもできず)、夜長うして眠(ねぶ)ることなけれ[二]ば、さなりと見聞くここちは(〔前駆の気配を〕それらしいと見聞く心地は)、なににかは似たる(何にも譬えようがない)。いまはいかで(何とかして)見聞かずだにありにしがなと思ふに(せめて目にも耳にもとめずにいたいと思うのに)、「むかし、すきごとせし人も[三](〔知人〕御執心だったお方も)、いまはおはせずとか(お見限りとか)」など、人につきてきこえごつを聞くを(侍女をとらえて蔭口をたたくのを聞くのも)、ものしうのみおぼゆれば(不愉快で全くやりきれないので)、日暮れ[四]はわびしうのみおぼゆ。

子ども[五]あまたありと聞くところも(時姫の所にも)、むげに絶えぬと聞く(〔あの人は〕ふっつり絶えてしまったそうだ)。あはれ、ましていかばかりと思ひて(私以上に)、とぶらふ(お見舞をした)。九月(ながつき)ばかりのことなりけり。あはれなど、しげく書きて(同情の言葉などをいろいろ書き連ねて)、

(作者)[六]
吹く風につけてもとはむささがにの
通ひし道は空に絶ゆとも

返りごとは、こまやかに(ねんごろにしたためて)、

す。いつまでもお変りなく。作者の厚意に対する儀礼的な返歌だが、「ゆゆしくも……」には、所詮、一人の男性をめぐる女同士に友情などあり得ないとする、醒めた思いが潜んでもいよう。

八「いかでなほ網代の氷魚に言問はむなにによりてかわれを訪はぬと」（『拾遺集』雑秋、修理・『大和物語』）による。初句が「いかにして」ならば、「どんな方法で」の意となるが、本意は下句「どうして私を訪れてくれないのかしら」にある。「網代」は冬期、氷魚（鮎の稚魚）を獲るため、川に杭を打ち、竹や木を編んで、網代りに立てたもの。

九 これまでは、心安く書物なども置いてゆかれたのに、お互いの心も隔たり、すさみきってしまった今ではもう、荒天の浜に千鳥が舞い下りないように、書物も足も、私のもとにはお留め下さらないのですね。「ふみ」は「踏み」と「書物」、「うら」は「浦」と「心」、「あれ」は「荒れ」と「離れ」を掛けたもの。「ふみ」「うら」「跡」は「千鳥」の縁語。「千鳥」は無論、兼家をいう。

一〇 私の心が冷たくなったからといって、すげなく書物を突っ返してよこしたところで、浜千鳥がいずれは浦州に舞い下りるように、私の身を寄せるのは結局、そなたのところ以外にはないのだ。書物を取りにやったのは兼家だが、それを逆に、作者が書物を突っ返してきたごとく取りなしたもの。

（時姫）七
色かはる心と見ればつけてとふ
　風ゆゆしくもおもほゆるかな

とぞある。

かくて、つねにしもえいなびはてで（そんなに始終はぐらかすこともできず）、ときどき見えて、冬にもなりぬ。臥し起きはただ幼き人をもてあそびて（幼い道綱の遊び相手をして）、「いかにして網代の氷魚に言問はむ」八とぞ（という古歌が）、心にもあらでうち言はるる（われにもなく口ずさまれるのだった）。

天暦十一年――千鳥のふみ

年また越えて春にもなりぬ。このごろ読むとて、もてありく（［あの人が］持ち歩いている）書取り忘れても（忘れていった時も）、なほ取りにおこせたり（やはり取りによこした）。包みてやる紙に、

（作者）九
ふみおきしうらも心もあれたれば
　跡をとどめぬ千鳥なりけり

返りごと、さかしらに（言い訳がましくも）、たちかへり（折り返し）、

（兼家）一〇
心あるとふみかへすとも浜千鳥
　うらにのみこそ跡はとどめめ

使あれば（使いがまだいたので）、

町の小路の女、出産

（作者）[一]浜千鳥跡のとまりをたづぬとて
　　ゆくへも知らぬうらみをやせむ
などいひつつ、夏にもなりぬ。

　この、[二]時のところに子産むべきほどになりて、[三]よきかたえらびて、[四]ひとつ車にはひ乗りて、一京ひびき続けて、いと聞きにくきまでののしりて、この門の前よりしも渡るものか。われはわれにもあらず、[五]ものだにいはねば、見る人、使ふよりはじめて、「いと胸いたきわざかな。世に道しもこそはあれ」など、言ひののしるを聞くに、ただ死ぬるものにもがなと思へど、心にしかなはねば、今よりのち、[六]たけくはあらずとも、たえて見えずだにあらむ、いみじう心憂しと思ひてあるに、三四日ばかりありて、文あり。あさましう[七]つべたましと思ふ思ふ見れば、「このごろ、ここにわづらはるることありて、え参らぬを、昨日なむ、たひらかにものせらるめる。[八]穢（けが）らひもや忌むとてなむ」とぞある。あさましうめづらかなること限りなし。た

（傍訳）時めく女の所では出産の予定が近づいて　よい方角を選んで　都中響き渡るほど車を連ねて　聞くにたえないほど派手に先払いをして　よりによって私の家の門の前を通ってゆくなんて　私はすっかり上気して　口もきけず黙りこんでいるので　侍女を始めとして皆　広い世間に道は沢山ありましょうに　騒ぎたてるのを聞くと　ただもう死んでしまいたいと　［寿命は］思うにまかせないので　せめて金輪際逢うことだけはすまい　手紙がきた　あきれた　人の気も知らないでと思いながら　（兼家）こちらのお方が［お産で］臥せっておられたので　伺えなかったが　無事に［お産も］お済みになったようだ　御迷惑かと思って［失礼する］　非常識なことこの上もない

一　浜千鳥の舞い下りる、ついのとまりを捜し求めたところで、あてどもなく広い浦辺をむなしく見まわすだけのこと。お通い所の多いあなたの行く先を詮索したところで、見当もつかず、いつ果てるともない恨みを重ねるのがおちでしょう。「うらにのみこそ……」などと、見えすいたことをおっしゃいますが。「浜千鳥」は兼家。「うらみ」は「浦見」に「恨み」を掛ける。「ゆくへ」は、浜千鳥（兼家）の「行方（ゆくえ）」から、「ゆくへも知らぬうらみ」（とめどもない閨怨）と展開する。

二　今や兼家の愛情を独占している町の小路の女。

三　出産のため、陰陽師に吉方を占（うらな）わせ、その方角の家を選んで。底本は「よきかたはこひて」とあり、「町の小路の女とその女房たちを連れて」（『全講』）とする解もあるが、不自然であろう。「はこ」を「えら」の誤写と見る説（『全注釈』）に従う。

四　兼家と女が一台の車に同乗して。牛車の出衣（いだしぎぬ）などを見た侍女の報告によって、それと知ったもの。

＊　兼家の仕打ちは、作者に町の小路の女の存在を公認させる、彼一流の計算であろうがまた、いささかかたくなな作者の反応を楽しむ風情があろう。

五　兼家の踏みつけなやりかた（従って作者の悲嘆）を目のあたりにした侍女たち。

六　気丈夫に、この意地（たえて見えずだにあらむ）を貫き通せないにしても、ぎりぎりのところ。

七　情を解さない、酷薄な。

八 出産は穢れである。兼家が産所に居た場合は、触穢(そくえ)によって七日の謹慎が必要。その兼家が作者のもとを訪れ同座した時は、作者もまた触穢となる。よって訪問を遠慮する、の意。ただし、口実ともとれよう。

九 相撲の節会(せちえ)。例年、七月二十七日前後に催される年中行事。この年は、師輔室康子内親王の薨去(こうきょ)(六月六日)と飢渇疫病のことによって、中止された。

一〇 町の小路の女の邸。時姫邸と見る説もあるが、時姫邸ならば、然るべき侍女も揃っていよう。以下の物言いから、町の小路の女のもとと見るのが穏当。ただし、作者邸には、作者を始め、ことさら裁縫に堪能な侍女が揃っていたらしく、兼家は、以後も再三仕立て物を依頼している。

一一 なまじいの心得しかない、未熟な侍女たち。

一二 やや端折った物言いである。「えせで」の主語は、先方の「なま心」ある侍女たち。従って、先方では仕立てることもできないくせに、の意。「わろからむ」は、先方の批評。「聞かめ」は、作者側が耳にする、の意。すなわち、できもしないくせに口だけは達者で、こちらの仕立てた物を、「まあ、これぐらいの出来なら」などと、勝手な言い草を聞くのがおちだろう、の意。

一三 おどけた、例の猿楽言(さるごうごと)である。

だ、(作者)「賜はりぬ」〔頂戴しましたとだけ〕とて、やりつ〔言ってやった〕。使に人〔侍女が〕問ひければ、(使)「男君になむ」といふを聞くに、いと胸ふたがる〔胸の詰る思いだった〕。三四日ばかりありて、みづから〔当の本人が〕、いともつれなく見えたり〔平気な顔でやってきた〕。なにか来たるとて見いれねば〔何の用で来たのかと相手にもしないでいると〕、いとはしたなくて〔取りつくしまもなくて〕帰ること、たびたびになりぬ。

嵐吹く宿のすすき

七月(ふみづき)になりて、相撲(すまひ)[九]のころ、古き新しきと〔古い衣装と新しい衣装を〕、ひとくだりづつ〔一と組ずつ〕ひき包みて、(兼家)「これせさせたまへ」〔仕立てさせて下さい〕とてはあるものか〔と言ってよこすとは〕。見るに目くるる心地ぞする〔中を見ると腹が立って目のくらむ思いがした〕。古代の人は〔昔気質の母は〕、「あないとほし〔まあ お気の毒に〕。[一〇]かしこには〔あちらでは〕、えつかうまつらずこそはあらめ〔して差し上げられないのでしょうよ〕」、(侍女)[一一]「なま心ある人などさし集まりて〔たむろしていて〕、すずろはしや〔はしたないこと〕」、(侍女)[一二]「えせで〔出来ないくせに〕、わろからむをだにこそ聞かめ〔せいぜいけちをつけられるのがおちだわ〕」などさだめて〔話し合って〕、返しやりつるもしるく〔案の定〕、ここかしこになむ、もて散りてする〔分けて仕立てさせている〕と聞く。

かしこにも〔あの人のほうでも〕、いと情なしとかやあらむ〔薄情と思ったのだろうか〕、二十余日おとづれもなし。

いかなる折にかあらむ〔どんな時だったろうか〕、文ぞある。(兼家)「まゐり来まほしけれど〔お伺いしたいのだけれど〕、つつましうてなむ〔気がさしてね〕。たしかに来とあらば〔はっきり来いと言ってくれたら〕[一三]、おづおづも〔恐る恐るでも［伺おう］〕」とあり。返りごともすまじと思ふも、これかれ〔侍女たちが〕、「いと情なし、あまりなり〔無愛想すぎます〕」な

どものすれば、

（作者）一 穂に出でていはじやさらにおほよその
　　なびく尾花にまかせても見む

たちかへり（折り返し）、

（兼家）二 穂に出でばまづなびきなむ花薄
　　こちてふ風の吹かむままに

使あれば、

（作者）三 あらしのみ吹くめる宿に花薄
　　穂に出でたりとかひやなからむ

など、よろしう言ひなして（ほどよく受け答えて）、また見えたり。

四 前栽の花いろいろに（色とりどりに）咲き乱れたるを見やりて、臥しながら（横になったまま）かくぞ言はるる。かたみに恨むるさまのことども（おたがいに不満に思うことなど）あるべし。

（兼家）五 もも草に乱れて見ゆる花の色は
　　ただ白露のおくにやあるらむ

一 おいで下さいなどと、こちらからは決して申しますまい。私にはお構いなく、どちらに靡こうと尾花（あなた）のお心にまかせて、拝見しておりましょう。「穂に出でて」は、薄は穂が出ることから、言葉に出して、の意。「おほよその」は、自分のあずかり知らぬ、の意を含む。「尾花」は穂の出た薄。

二 東風（こちらへ）という誘いの風が吹けば、花薄もおのずと、そちらへ靡くのが道理。来てほしいと、ひとこと言ってくれさえすれば、何はさて置きそなたのもとを訪れように。「花薄」は尾花に同じ。「こち」は「東風」で「こちらへ」の意を掛ける。

三 すげない嵐しか訪れない私の家では、花薄が穂に出ても、吹き散らされるだけのこと。一向お見えにならないあなたには、おいで下さいと申し上げてみたところで、所詮、甲斐もございますまい。「あらし」は、花薄を吹き散らす「嵐」であり、また「あらじ（兼家が訪れない）」の意を掛ける。

＊ この応酬を順次追ってゆくと、「穂に出でて」の歌は、兼家の手紙「たしかに来とあらば」に反発、いささかかたくなにすねたもの。「穂に出でば」の歌は、男の面子もあって、何とか、作者に我を折らせようとしたもの。「あらしのみ」の歌は、その辺を心得て、「……かひやなからむ」と、うち萎えた詠みぶりで、言外に訪れを訴えかけたもの。次文「よろしう言ひなして」は、そのあたりの呼吸をいう。

とうち言ひたれば（ふとつぶやいたので）、かくいふ。

（作者）六
身のあきを思ひ乱るる花の上の
　露のこころはいへばさらなり

などいひて、例のつれなうなりぬ（またしてもすげなくなってしまった）。七 寝待ちの月の、八 山の端出づるほどに、出でむとする気色あり（［あの人は］帰ろうとする素振りである）。さらでもありぬべき（帰らないでもよさそうな）夜かなと思ふ気色や見えけむ（［私の］気持が見えたのだろうか）、「とまりぬべきことあらば（泊らなければならぬとならば）」などいへど、さしもおぼえねば（是非にとも思わなかったので）、

（作者）九
いかがせむ山の端にだにとどまらで
　心も空に出でむ月をば

返し、

（兼家）一〇
ひさかたの空に心の出づといへば
　影はそこにもとまるべきかな

とて、とどまりにけり。

さてまた、一一 野分のやうなることとして（風が吹き荒れて）、二日ばかりありて来たり。

四 庭の前の低い植込み。「せんざい」の撥音（ん）は表記しないのが普通である。

五 乱れ咲く百草の花の色は、白露が染め分けたものではない。あれこれとそなたが思い悩むのは、何も私一人のせいではあるまい。そなたに隔て心があるからであろう。もっと素直に、打ちとけてくれればよいのだ。「花の色」は物思わしげな作者の「顔色」、「白露」は自分（兼家）、「おく」は「置く」に「心をおく（心を隔てる）」の意を掛ける。

六 百草も、滅びの秋を思い知ればこそ悩ましげです。あなたに疎んじられ、思い乱れているこの身の上の、露のようなものはかなさは、訴える言葉とてありません。「あき」は「秋」と「飽き」を掛け、「露のこころ」は、消え入りそうな作者の心をいう。これを前の歌との関係から、作者を物思いに染める、兼家の不実の心と見る説（『全注釈』）もあるが、従い難い。

七 十九日の月。陰暦八月十九日の月の出は、ほぼ午後八時半ごろ。

八 山の稜線。「山」は東山をさす。

九 何としましょう。山の端にさえとどまらず、うわの空にあくがれ出てゆく月（兼家）ですもの。おとめしようにも、いたしかたがありませんわ。

一〇 そなたは私が心も空に出てゆくと言うが、月が中空に昇れば、その影は水底に宿ることになろう。つまるところ、今宵はそなたのもとに泊らねばなるまい。

一一 二百十日前後に吹く激しい風。

(作者)「ひと日の風は（先日の大風は）、いかにとも、例の人はとひてまし（普通の人なら見舞ってくれたでしょうに）」といへば、げ[一]にとや思ひけむ、ことなしびに、

(兼家)[二]言の葉は散りもやするととめ置きて
今日はみからもとふにやはあらぬ

といへば、

(作者)[三]散りきてもとひぞしてまし言の葉を
こちはさばかり吹きしたよりに

かくいふ。

(兼家)[四]こちといへばおほぞうなりし風にいかが
つけてはとはむあたら名だてに

負けじ心にて、また、

(作者)[五]散らさじと惜しみおきける言の葉を
きながらだにぞ今朝はとはまし

これは、さもいふべしとや（そう言うのももっともだと）、人ことわりけむ（あの人もうなずいたらしい）。

一 もっともだと思ったのだろうか、さりげなくはぐらかして。

二 あの大風だもの。言の葉（手紙）は、あらぬ方に吹き散らされもしようかと、手もとに留めておいて、そのかわり今日はこうして、自身で見舞に来たではないか。「散りもやする」は、間違って届けられる意。「みから」は、みずから。「から（幹）」は、「散り」「とめ」と共に「言の葉」の縁語。「人づては散りもやすると思ふまに我れが使に我れが来たるぞ」（『袋草紙』河内重如）と同じ発想。

三 本当にその気がおありなら、お見舞のお便り（言の葉）は、吹き散らされても、私のもとに届いたことでしょう。東風が、こちらへあれほど強く吹いたのに運ばれて。「こち」は「東風」と「此方」を掛けたもの。兼家邸は作者の家の東に当る（二六頁注一）。

四 そなたは、こちらへ吹いたというが、東風といえば大ざっぱなもので、そなたのもとにだけ吹き寄るとは限らない。そんないい加減な風に、大切な手紙を何で託せよう。よそに届いて、あたら浮き名を立てるのがおちだ。「あたら」は、惜しむべき、の意。

五 よそへは散らすまいと、そんなに大切になさっていたお言葉なら、今朝、おいでになって、すぐにでもおっしゃればよろしいのに。「きながら」は、来てすぐに、の意と、「木ながら（木についたまま）」を掛け、「葉」の縁語。

また十月(かみなづき)ばかりに、「[六]それはしも、[七]やんごとなきことあり」とて出でむとするに、時雨といふばかりにもあらず、あやにくにあるに、なほ出でむとす。あさましさに〔思わずこうつぶやいた〕かくいはる。

〔(作者)〕[八]ことわりのをりとは見れど小夜(さよ)ふけて
　かくや時雨のふりは出づべき

といふに、強(し)ひたる人あらむやは。〔強引に出てゆく人なんてあろうか〕

〔こうしているうちに〕かうやうなるほどに、〔あの時めいていた女の所では〕[九]かのめでたきところには、子産(う)みてしより、〔あの人の足が遠のいてしまったようなので〕[一〇]すさまじげになりにたべかめれば、〔憎さ余った私が心の中で思ったのは〕人憎かりし心思ひしやうは、〔長らえさせておいて〕命はあらせて、〔私が悩んだように〕わが思ふやうに、〔逆に［あの女に］つらい思いをさせてやりたいと〕おしかへしものを思はせばやと思ひしを、〔すっかりそのようになってしまったあげくに〕さやうになりにしはてては、〔大騒ぎをして産んだ子供まで死んでしまうとは〕産みののしりし子さへ死ぬるものか。[一一]孫王(そんわう)の、[一二]ひがみたりし皇子(みこ)の落胤(おとしだね)なり。〔お話にもならぬほど〕いふかひなく[一三]わろきこと限りなし。ただこのごろの〔事情を知らぬ人たちがちやほやするのに甘えすがっていたのだが〕知らぬ人の、もて騒ぎつるにかかりてありつるを、にはかにかくなりぬれば、〔［あの女は］どんな気持がしていることだろう〕いかなるここちかはしけむ。〔私の悩みよりももう少し余計に〕わが思ふにはいますこしうちまさりて嘆くらむと思ふに、今〔やっ〕

六 それはそれこそ。「それ」を特に強めた表現。「それ」は、帰らなければならない理由を漠然とさす。「それ」の内容を「あちら（兼家邸）」とする説（『全注釈』）もある。なお「それはしも」を「こよひしも」（『解環』）、「内裏(うち)にしも」（『大系』）と改訂する説もある。

七 捨てておけない大事な用事がある。

八 大切な御用事とあれば、お帰りになるのも無理はないと存じますが、夜もふけてこんなに時雨(しぐれ)が降るというのに、ふり切ってお帰りにならなくても、よろしいでしょうに。「ふり」は「降り」に「振り切って」の意を掛ける。

町の小路の女の失意

九 兼家の寵愛を独占していた町の小路の女。

一〇 「すさまじげ」は、兼家が女に興味（愛情）を失ったらしい様子をいう。

一一 町の小路の女は孫王（天皇の孫）であって。「の」は同格の格助詞。

一二 世をすねた偏屈者の皇子。「ひがみたりし」を、正常ならざる関係で生れた、いわゆる日蔭者の、とする解（『全集』）もある。だが、「ひがむ」は心情語で、婚姻関係の不都合に言う語ではあるまい。

一三 「わろき」は一応、町の小路の女の素姓と見る。女の経済状態と見る説（『全注釈』）もある。

ぞ胸はあきたる（と胸がすいた）。今ぞ例のところに（時姫のもとに）うち払ひて（一 よりを戻して通っているとのことだ）など聞く。されど、ここには例のほどに（今までどおりたまさかに）ぞ通ふめれば、ともすれば心づきなうのみ（不満にばかり）思ふほどに、ここなる人（幼い道綱が）、二片言などするほどになりてぞある。出づとて（「あの人が」帰りがけには）は、必ず、「いま来むよ（すぐに来るよ）」といふも聞きもたりて、まねびありく（おぼえていて いつもその口真似をする）。

かくてまた、心のとくる世なく（心の休まる時もなく）嘆かるるに、なまさかしらなどする人は（余計なおせっかいなどする人は）、三「若き御心地に（四 お気が若いこと）」など、かくては（五 こうしていると）、いふこともあれど、人は（あの人は）いとつれなう（一向平気で）、「われや悪しき」など、うらもなう（悪びれもせず）、罪なき（責められる覚えはないといった）さまにもてないたれば（態度なので）、いかがはすべき（どうしたらよかろう）など、よろづに思ふことのみしげきを（くよくよと悩むことばかりが胸に余るので）、いかで（なんとか）六つぶつぶと言ひ知らするものにもがな（つぶさにこの思いをわからせてやりたいものと）と思ひ乱るるとき、心づきなき胸うち騒ぎて（鬱屈した胸のうちは沸き返るばかりで）、ものいはれず（てんで言葉にもならない）のみあり。

長歌の応酬

なほ書きつづけても見せむと思ひて、

（作者）
思へただ　むかしも今も　わが心
のどけからでや　果てぬべき　七見そ
めし秋は　八言の葉の　薄き色にや

考えてもごらん下さい。昔も今も、心の休まる時とてもなく、私は、このまま生涯を終えてしまうのでしょうか。初めてお逢いしたあの秋は、あなたのねんごろなお言葉も、折

一 「うち払ひ」は、夜離れ（よがれ）の床に積った塵を払い、ねんごろに通う、の意。下文の長歌に「枕の塵も……」とあり、中巻にも、兼家の夜離れを嘆いて、「うち払ふ塵のみつもるさむしろの……」とある。

二 このあたりは年次が判然としないが、天徳二年とすれば、道綱は数え年四歳である。

＊ 町の小路の女の出現は、この作者にとって、確かに青天の霹靂（へきれき）だった。その出産時の、人も無げな兼家の振舞いに、作者は身も世もない鬱憤をぶちまける。それだけに、町の小路の女の退場に一と息つくが、その後も兼家の夜離れは相変らずである。かくて、作者の鬱情は哀切な長歌となって奔騰（ほんとう）する。

三 意見がましく作者に説教などする古女房。あるいは、前出（二五頁）の隣人か。

四 まだ世馴れていない、の意。男の浮気など大目に見て、自分たちの生活を穏便に運んでゆく世知に欠けたことをいう。この部分、「わかき御そらになどかくては」と本文を立て、「まだ若いのに、どうしてこんなわびしい目にあっていて、我慢することがあろうか」と解き、兼家との離別、再婚をすすめると見る説（『全講』）もある。

五 心の休まる時なく、嘆き沈んでいる状態をいう。

六 逐一もらさず。こまごまとくわしく。

七 天暦八年秋、結婚当初のことをいう。

八 兼家のねんごろな言葉。以下、折からの紅葉にちなみ、「色」「うつろふ」「なげき（木）」は、それぞれ「葉」の縁語である。
九 投げ木の下に、すなわち、心のうちで、の意。「いかにしてこと語らはむほととぎすなげきの下になけばかひなし」（『後撰集』恋六、読人しらず）など。
一〇 天暦八年十月、父倫寧の陸奥下向をいう。
一一 「霜の」は、「言ひおき」の「置き」にかかる序詞。同時に、霜の置くごとく、人知れずそっと、の意を含む。
一二 「君をのみ頼むたびなる……」の歌（一七頁参照）をさす。
一三 いくら不実でも、忘れることはあるまいと。
一四 中空の白雲ほどに（隔たって）。白雲の「しら」には、「知らない」の意も含む。
一五 茫然とうわの空で、何事も手につかず。
一六 「霧」は兼家との仲を隔てるもの。「白雲」「そら」「霧」「絶え」は縁語。
一七 住み馴れた作者のもとをいう。
一八 「つら」は、打ち連なった列で、「雁」の縁語。同時に、「……の類」の意を含む。
一九 「蟬」は上下にかかる。すなわち、「むなしき蟬」は、蟬の脱け殼。「蟬の羽の」は、蟬の羽の薄いことから、「薄し」にかかる枕詞。
二〇 「今しも」は、今に限って、の意。
二一 「涙の川」は、とめどもなく流れる涙。

うつろふと　なげきの下に　なげかれき　冬は雲居に　別れゆく　人を惜しむと　初時雨　曇りもあへず　降りそほち　心ぼそくは　ありしかど　君には霜の　忘るなと　言ひおきつとか　聞きしかば　さりともと　思ふ　ほどもなく　とみにはるけき　わたりにて　白雲ばかり　ありしかば　心そらにて　経しほどに　霧もたなびき　絶えにけり　またふる里に　かりがねの　帰るつらにや　と　思ひつつ　経れどかひなし　かくしつつ　わが身むなしき　蟬の羽の　今しも人の　薄からず　涙の川の

からの木の葉のように、時ならず色褪せ、移ろうてゆくだろうと、心ひそかに嘆かれたことでした。その冬は、遠く陸奥に旅立つ父との別れを惜しんで、初時雨さながらに、かきくらす間もなく、泣き濡れて、心細さに打ちひしがれておりました。けれども、あなたには、父が、「娘を決してお忘れなく」と、言い残していったとか伺いましたから、いくら何でもと思っておりましたところ、それも束の間、急におみ足も遠のき、お見限りの御様子なので、私も、うつろな心地で月日を重ねておりましたが、とかくするうち、いよいよ仲も隔たり、音沙汰も、ふっつりと絶えてしまいました。それでもまた、あの雁のように、時節が来れば再び、住みなれた私のもとに、帰ってきて下さるかしらと思いながら、暮しておりましたが、一向にその甲斐もございませんでした。こうして、今の私は蟬の脱け殻も同然、むなしさをかこっておりますが、その蟬の羽にも似た

の　はやく[一]より　かく[二]あさましき　[三]うらゆゑに　[四]ながるることも　絶えねども　いかなる罪[五]か　重からむ　ゆきも離れず　かくてのみ　人の[六]うき瀬に　ただよひて　つらき心は　水の泡の　消えば消えなむと　思へども　かなしきことは　みちのくの　[七]躑躅(つつじ)の岡の　[八]くまつづら　くるほどをだに　[九]待たでやは　宿世(すくせ)絶ゆべき　[一〇]阿武隈(あぶくま)の　あひ見てだにと　思ひつつ　嘆く涙の　衣手(ころもで)に　[一一]かからぬ世にも　経(ふ)べき身を　なぞやと思へど　[一二]あふはかり　かけ離れては　[一三]しかすがに　恋しかるべき　唐(から)

あなたの薄情さは、今に始まったことでもなく、そんな見込み違いのお方ゆえ、そもそもの馴れそめから、私の涙は絶える時とてありませんでした。だが一体、私は前世で、どんな重い罪を犯したというのでしょう。あなたとの縁(えにし)から逃れることもできず、ただこうして、つらい憂き世に漂いながら、この切なさは、いっそのこと、水泡(みなわ)のように、消えるものなら、消えてもしまいたいと思うのですが、それにつけても悲しいのは、遠い陸奥(みちのく)にいる父のこと、その父の上京を待たずには、何で死ぬことなどできましょう。せめて一と目なりと、父に逢ってからと思いながら、悲嘆にくれておりますと、またしても、涙が袖に降りかかります。こんな嘆きを重ねないでも済むように、み仏にお縋(すが)りし出家の身となって、暮せば暮せもしようのに、それをまた、どうしてとは思いますが、あなたとすっかりかけ離れて、お逢いするあてどもなくなってしまったなら、そうはいう

一　以前から。「はやく」は「川」の縁語。
二　あまりといえば、あんまりな。「あさましき」の「あさ（浅）」は「川」の縁語。
三　「うら」は「情(うら)」と「浦」を掛ける。「うら」を「そこ（底、そなた）」と改訂する説（『全注釈』）もある。
四　「流る」に「泣かる」を掛ける。「川」の縁語。
五　前世の罪業(ざいごう)。
六　「うき瀬」は、兼家とのつらい関係。「うき」は「浮き」に「憂き」を掛ける。「川」の縁語。
七　仙台市の東方にある歌枕。その地の父をいう。
八　馬鞭草(ばべんそう)。蔓草(つるくさ)の一種で、「くる（繰る、来る）」の序となっている。この部分は、「みちのくの躑躅の岡のくまつづらつらしと妹(いも)を今日ぞ知りぬる」（『古今六帖』第二）の上句を踏まえたもの。
九　（父の上京を）待たずに。「や」は反語の係助詞。
一〇　阿武隈川。「あぶ」から「あふ（逢ふ）」の序となる。
一一　涙がかからぬ意と、このようではない、の意を掛ける。「かからぬ世」は、煩悩を脱した尼僧の生活。
一二　「はかり」は「秤(はかり)」に「はかり（めあて）」の意を掛ける。「かけ」は「秤」の縁語。「逢ふはかりなくてのみふるわが恋を人目にかくることのわびしさ」（『後撰集』恋六、読人しらず）などがある。
一三　そうはいっても。出家して、今の苦悩からは逃れても、の意。
一四　「着」に「来」を掛ける。

衣うちきて人の　うらもなく　なれし心を　思ひては　うき世を去れる　かひもなく　思ひ出で泣き　われやせむ　と思ひかく思ひ　思ふままに　山と積れる　しきたへの　枕の塵も　ひとり寝の　数にし取らば　つきぬべし　なにか絶えぬる　たびなりと　思ふものから　風吹きて　一日も見えし　天雲は　帰りしときの　なぐさめに　いま来むといひし　言の葉を　さもやとまつの　みどりごの　絶えずまねぶも　聞くごとに　人わろげなる　涙のみ　わが身をうみと　たたへども　みるめも

ものの、やはり恋しくてならないでしょう。あなたがお見えになり、打ちとけて馴染みかわした、その昔のお心を思い起したなら、つらいこの世を捨てた甲斐もなく、思い出の涙に咽ぶようなことにも、なりかねません。あれこれと、思い悩んで過すうち、寝屋戸に積る枕の塵は山となり、その塵の数も、打ち続く独り寝の夜数に較べたら、及びもつきますまい。なんの、これきり絶えてしまうことなどあろうか。今は一時の夜離れなのだと、われとわが身に言いきかせてはみるものの、あの野分のあとの一日、お見えになったあなたが、帰りしなの気休めに、「すぐ来るよ」とおっしゃった、そのお言葉を真に受けて、幼いあの子が、いつも、その口真似をしておりますが、それを聞くたびに、人目も恥ずかしいほどに、身の憂さを嘆く涙が、まるで湖のように溢れてまいります。といって、今はすっかりお見限りの私のところへは、とてもお立ち寄り下さるは

一五 隔意なく。「うら」は「裏」と「情」を掛ける。「衣」の縁語。
一六 馴染みかわした心。「なれ」は、衣の糊気が落ちてなよやかになる意と、馴染む意を掛けたもの。「衣」の縁語。
一七 「しきたへの」は、「枕」にかかる枕詞。
一八 兼家の夜離れが続き、寝所も用いないゆえ、枕の塵も積るにまかせてある。以下、その塵の数よりも、独り寝の夜数の多いことをいう。
一九 反語表現。何で、このまま絶えることがあろうか、現在のところ、他所に旅寝を続けているだけなのだ、必ず自分のもとに帰って来る、の意。
二〇 天徳元年秋の、野分の翌々日の来訪（三二頁）。
二一 遠い存在となった兼家をいう。
二二 帰りがけに言う兼家の気休めの言葉（三四頁四行目）。
二三 本当に、すぐ来るだろうかと。「まつ」は「待つ」に「松」を掛け、下の「みどりご（道綱）」に続く。
二四 いかにも体裁の悪い。侍女たちの手前を意識したもの。底本は「人わろくなる」とあるが、「く」を「け」と改める説に従う。
二五 「うみ」は「憂み」に「湖」を掛ける。「うみ」は海とも考えられるが、「みるめも寄せぬ」の表現から、「湖」とするのが穏当であろう。
二六 「みるめ」は海藻の「海松布」に「見る目（兼家の訪れ）」を掛ける。

一 大津下坂本あたりの湖畔。作者宅を掛けている。
二 「かひ」は「貝」に「効」を掛ける。
三 命のある限り忘れまい、の意。本日記には見えないが、兼家が常々、作者に漏らしていた言葉であろう。「頼め」は、頼みに思わせる、の意。
四 「しらなみの」は、「立ちも寄り」の序。本心のほどは知らないが、の意を含む。
五 二階棚。上下二段構造の戸棚で、火取、泔坏などの日用品を収納するもの。
六 いつもほどの間をおいて。
七 初めて手折った。結婚当初をいう。贈歌の「見そめし秋」に対応する。
八 紅葉の色の褪せてゆくのに、愛情の移ろいを掛けたもの。
九 ただそれだけの、至極普通のことだ、の意。「さ」は、結婚後、愛情の薄れてゆくことをさす。
一〇 めぐり来る秋ごとに。年々歳々（繰り返される）。
一一 贈歌の「なげきの下になげかれき」を受ける。
一二 「木の葉」の「木」には「子」を掛け、倫寧の子たるそなたに、の意となる。
一三 一段と。「なりにけむ」にかかる。
一四 父倫寧の「君をのみ頼むたびなる……」の歌（一七頁）をさす。
一五 贈歌の「君には霜の……」と対応。「初霜」は「おく」の縁語。

寄せぬ　御津の浦は　かひもあらじ
と　知りながら　命あらばと　頼め
こし　ことばかりこそ　しらなみ
の　立ちも寄り来ば　問はまほしけ
れ

と書きつけて、二階の中に置きたり。

例のほどにものしたれど（やって来たけれど）、そなたにも出でずなどあれば（そちらに出て応対などもしないでいると）、居わづらひて（居づらくなって）、この文ばかりを取りて帰りにけり。さて、かれよりかくぞある（あちらからはこう言ってよこした）。

（兼家）折りそめし　ときの紅葉の　さだめ
なく　うつろふ色は　さのみこそ
あふ秋ごとに　常ならめ　なげきの
下の　木の葉には　いとど言ひお
く　初霜に　深き色にや　なりにけ

ずもなく、はかない望みとは存じながら、つねづね、「命のある限り、忘れはせぬ」とお約束なさってきた、そのお言葉が、御本心かどうか、いまだに測りかねますので、今度お見えになったら、そのことを、とくと、お尋ねしたいと存じております。

折り初めた秋の紅葉が、いつともなく、移ろうように、新婚当座の愛情が、時とともに色褪せてゆくのは、何の変哲もない、世の常のことであろう。だが、私は違う。遠い陸奥に旅立った父上が、悲嘆に昏れるそなたのことを、くれぐれも頼むと言い残していった、そのお言葉が身にしみて、私は、そなたへの愛

む　思ふ思ひの　絶えもせず　[一六]いつしかまつの　みどりごを　ゆきては見むと　[一七]するがなる　[一八]田子(たご)の浦波　立ち寄れど　富士の山辺の　煙(けぶり)には　[一九]ふすぶることの　絶えもせず　[二〇]天雲とのみ　たなびけば　絶えぬわが身は　[二一]しらいとの　[二二]まひくるほどを　思はじと　[二三]あまたの人の　[二四]ゑにすれば　身は[二五]はしたかの　すずろにて　なつくる宿の　なければぞ　[二六]ふるすに帰る　まにまには　[二七]とひくることの　ありしかば　ひとり[二八]ふすまの　床にして　寝覚(ねざめ)の月の　真木の戸に　光残さず　漏(も)りてくる　影だ

情を、ひとしお深く募らせたことだ。そなたを思う気持は絶えるどころか、私が行くのを心待ちしている幼いあの子を、一刻も早く、たずねてやりたいと、田子の浦波のように、頻りに立ち寄ってはみたけれど、富士の山辺の煙のように、そなたは性懲りもなく嫉妬(やきもち)を焼いて、天雲とばかりよそよそしく、私に背を向けているではないか。それでも、そ知らぬ顔で、途絶(とだ)えもおかず通ってゆくのを、周囲(まわり)の者たちが、そなたへの愛情がないと、恨みごとばかり並べるので、私は取りつくしまもなく、何とも居心地が悪いのだ。といって私には、他に暖かく迎えてくれる宿とてもないので、すごすごと自分の邸(やしき)に帰るより仕方がない。そうした合間にも、やはり、そなたのもとに足が向くのだが、いつぞやなど、出迎えてもくれず、私はわびしく独り寝の床で、眠れぬ一夜を過したけれど、真木の板戸から閨(ねや)一杯に射し込むのは、寝覚めの月ばかりで、そなたは影さえ見せて

一六「いつしか」は「見む」にかかる。「まつ」は「待つ」に「松」を掛け、「みどりご」の序となる。

一七「ゆきては見むとする」から「駿河」に展開する。

一八「田子の浦」は静岡県庵原(いはら)郡（駿河）の歌枕。「浦波」は「立ち寄れ」の序。

一九 内に籠って燃える意。嫉妬。

二〇 遥かに隔たった存在。富士の縁語。「天雲のよそにも人のなりゆくかさすがに目には見ゆるものから」（『古今集』恋五、紀有常女(きのありつねのむすめ)）などを踏まえる。

二一「くる（繰る）」の枕詞。「しら」には、知らぬ顔で、の意を響かせてある。

二二「舞ひ繰る」に「参来(まゐ)る」を掛ける。「舞ひ繰る」は糸巻が回転するさまをいう。

二三 作者の周囲の侍女たちと見る。一説に、兼家をめぐる女性たちと見て、彼女らが、兼家の作者邸に入り浸るのを恨むとする（『全集』）が、不自然であろう。

二四 怨ず。恨み言(ごと)をいう。底本は「せにすれは」とあって意味不明。「せかすれば」と改訂して、「仲を隔てさせる」と解く説（『全注釈』『新注釈』）もある。

二五 鷂(はしたか)。鷹の一種で、普通の鷹より小形。鷹狩に用いた。足に鈴を付けたことから、「すずろ」にかかる。なお、「はした」は、中途半端、「すずろ」は、間が悪くて落ちつかぬ、の意。

二六 兼家の自邸をいう。「鷹」の縁語。

二七「訪(と)ひ来る」に「飛び来る」を掛ける。「鷹」の縁語。

二八「臥す」から「衾(ふすま)（寝具）」に展開する。

に見えず　ありしより　うとむ心ぞ　つきそめし　たれか夜妻と　明かしけむ　いかなる罪の　重きぞと　いふはこれこそ　罪ならし　いまは阿武隈の　あひも見で　かからぬ人に　かかれかし　なにの岩木の　身ならねば　思ふ心も　いさめぬに　浦の浜木綿　いくかさね　隔て果てつる　唐衣　涙の川に　そほつとも　思ひし出でば　薫物の　このめばかりは　乾きなむ　かひなきことは　甲斐の国　速見の御牧に　荒るる馬を　いかでか人は　かけとめむと　思ふものから　たらちね

くれなかった。そんなことがあってから、そなたを疎む心が萌えそめたのだ。誰が一体、あだし女と夜を明かしたりしようぞ。それなのに、わが身の咎は棚に上げ、前世の罪にかずけて、恨みつらみを言ったりするのは、それこそ、仏罰に当るというものだ。こうなった以上、今はもう、父上の上京を待つまでもなく、私のようではない、もっとましな人に縋るがよい。そなたとて、何の木石の身でもないのだから、どう考えようと、別にとめだてはすまい。浦の浜木綿のように、二人の仲が幾重にも隔たってしまい、涙の川に泣き濡れるようなことになっても、昔のことを思いおこしたなら、その「思ひ」の火で、涙もきっと乾くだろう。今さら言っても効のないことだが、甲斐の国の速見の牧場に荒れ狂う馬のような、そんなそなたを、人はどうして繋ぎとめられよう。勝手にするがよい。とは思うものの、物心づいて、私を父親と知っているあの子を、片親

一 贈歌の「いかなる罪か重からむ」を逆手に取りなしたもの。

二 わが身をかえりみず、前世の宿業に責めを負わせること。

三 「阿武隈」は陸奥の歌枕で、「あひ」の序詞。贈歌の「阿武隈のあひ見てだにと」を受け、「父との再会も待たず」の意。自分（兼家）と逢わないで、と見る説（『全注釈』）もある。

四 「岩木」は人情を解さないもの。「人非木石皆有情」（『白氏文集』巻四、李夫人）によるが、なお、岩木（磐城）は陸奥の地名で、「阿武隈」の縁語である。

五 「浜木綿」は、はまおもと。紀州の海浜などに自生、葉が幾重にもかさなって生えることから、「み熊野の浦の浜木綿幾かさねわれをば君が思ひへだつる」（『古今六帖』第五）などと詠まれる。

六 「薫物」は種々の香を合わせて作った煉香。

七 「こ」は火取（香炉）の上に覆う伏籠（金網の籠）で、「此」の意を掛ける。「め」は伏籠の「目」に「眼」を掛ける。

八 甲府市の北西、八ヶ岳山麓。「御牧」は朝廷の御料牧場。「小笠原速見の御牧に荒るる駒も取ればぞなつく子らが袖はも」（『古今六帖』第二）

九 「かたかひ」は不十分な飼育。女手ひとつで養育される、の意。

一〇 「駒」は「子（道綱）」を掛ける。

一一 「い」は接頭語。泣かせる、の意。

の　親と知るらむ　かたかひの　駒一〇
や恋ひつつ　一一いなかせむと　思ふば
かりぞ　あはれなるべき

とか。（とか言って寄越した）

育ちにして、父恋しさに泣かせることにもなろうかと思うと、それぱかりが、何とも不憫でならないのだ。

使あれば、かくものす。

（作者）一二
なつくべき人もはなてば陸奥(みちのく)の
むまやかぎりにならむとすらむ

いかが思ひけむ、たちかへり（折り返し）、

（兼家）一三
われが名を尾駮(をぶち)の駒のあればこそ
なつくにつかぬ身とも知られめ

返し、また、

（作者）一四
こまうげになりまさりつつなつけぬを
こなは絶えずぞ頼みきにける

また、返し、

一二 手なずけるべき飼主――素直に靡(なび)くように仕向けて下さるはずのあなたまでが、投げ出してしまわれたのでは、もう私は、これでおしまいなのでしょうか。「なつくべき人」は飼い馴らすはずの人（兼家）。「むまや」の「むま」は「馬」と類音の「今」を掛ける。「陸奥のむま」は、兼家の長歌の「速見の御牧に荒るる馬」を受けて、陸奥守倫寧(ともやす)の娘の立場で答えたもの。

一三 御自分の名が、あの有名な尾駮の悍馬(かんば)で、勝手に荒れ狂うからこそ、私は一所懸命、飼い馴らそうとするのだが、一向、なついてくれない身（そなた）なのだと、分別するがよい。「われが名」の「われ」は、おのれ、すなわち道綱母。諸注はこれを兼家とするが、兼家の長歌に続くこの一連は、いずれも道綱母を「馬」、兼家を「なつくべき人」として応酬(おうしゅう)されている。従って「なつく」は他動詞、主語は兼家。「つかぬ」は素直に従わないの意。「身」は道綱母。「尾駮」は青森県上北郡。「陸奥の尾駮の駒も野飼ふには荒れこそまされなつくものかは」（『後撰集』雑四、読人しらず）などがある。

一四 私のもとには、いよいよおみ足が遠のいて、一向に、靡かせようとなさらぬ御様子ですが、そんなあなたを、あの子は始終あてにしてお待ちしております。「こまうげ」は「来ま憂げ」で、来ることが物憂い様子。「こま」は「駒」を掛ける。「こなは」は、馬を繋ぎとめる「小縄」、特に「こ（小）」を添えたのは「子（道綱）」を掛けたもの。

（兼家）白河の関のせけばやこまうくて
あまたの日をばひきわたりつる

明後日ばかりは逢坂、とぞある。時は七月五日のことなり。ながき物忌にさしこもりたるほどに、かくありし返りごとには、

（作者）天の川七日を契る心あらば
星あひばかりの影を見よとや

ことわりにもや思ひけむ、すこし心をとめたるやうにて月ごろになりゆく。

めざましと思ひしところは、いまは天下のわざをし騒ぐと聞けば、心やすし。むかしよりのことをばいかがはせむ、たへがたくとも、わが宿世のおこたりにこそあめれなど、心をちぢに思ひなしつつあり経るほどに、少納言の年経て、四つの品になりぬれば、殿上もおりて、司召に、いとねぢけたるものの大輔などいはれぬれば、世の中をいとうとましげにて、ここかしこ通ふよりほかのありきなども

一 白河の関が拒んでいるせいか、そなたのもとへは、どうも行きづらくて、つい多くの日数を過してしまった。「白河の関」は奥州の歌枕で道綱母を寓したもの。「こまうくて」の「来ま」は「駒」を掛ける。「ひきわたり」は「駒」の縁語で、陸奥から良馬を朝廷に献ずる年中行事「駒引き」（八月）を踏まえる。

二 歌に続く追而書。逢坂の関に「逢いに行く」の意を掛ける。なお、駒引きの折には、左馬寮の官人が逢坂山まで迎えに出る。

三 七夕の二日前という説明。このあたり年次が判然としないが、前文に「十月ばかり」（三三頁）とあるのは天徳元年（九五七）、長歌の応酬は越えて天徳二年六月末乃至七月早々のことであろう。

四 兼家の物忌。明後日が忌み明けとなることの説明。作者の物忌と見る説（『全集』）もあるが、従えない。

五 天の川で織女と牽牛の逢う七月七日をお約束なさるところを見ると、年に一度の星合ぐらいで我慢せよと仰せなのですか。

応和二年――宮との贈答

六 兼家の寵愛を回復するための、あらゆる手段。

七 太政官に属し、詔勅・官印などの事をつかさどる。天皇の側近で五位相当官。兼家は天暦十年（九五六）任少納言、以後、六年を経て応和二年正月、従四位下に昇り、同年五月、兵部大輔に任じた。

八 京官任命の公事。

九 固陋にして不粋な。兵部省をいう。「ものの大輔」

なければ、〔私のもとに〕いとのどかにて〔大そうのんびりと〕二三日(ふつかみか)などあり。

さて、かの心もゆかぬ司(つかさ)〔気のりもしない役所〕の宮より一〇かくのたまへり。

（宮）一一 みだれ糸のつかさひとつになりてしも
　くることのなど絶えにたるらむ

御返り、

（兼家）一二 絶ゆといへばいとぞ悲しき君により
　おなじつかさにくるかひもなく

また、たちかへり、

（宮）一三 夏引(なつびき)のいとことわりやふためみめ
　よりありくまにほどのふるかも

御返り、

（兼家）一四 七ばかりありもこそすれ夏引の
　いとまやはなきひとめふために

また、宮より、

で一連の語。なにやらの大輔の意。大輔は省の次官。

一〇 兵部卿宮章明(のりあきら)親王。醍醐天皇の皇子で、母は更衣桑子（兼輔女）。詩文にすぐれた風流貴公子である。

＊ 兼家の四位昇叙・任兵部大輔の記事から応和二年のことと知られる。従って「心をちぢに思ひなしつつあり経るほどに」には、天徳三年より応和元年に至る三年が封じ込められていることになる。

一一 せっかく同じ司(つかさ)になりながら、どうして出仕が絶えておしまいなのだろう。「みだれ糸の」は「つかさ」の「つか（糸を束(つか)ねること）」の序。「くる」は「来る」に「繰る」を掛け、「糸」の縁語。

一二 あなたがおいでだからこそ、同じ役所に参りましたのに、「絶えた」などとおっしゃると、悲しくなります。「絶ゆ」「いと」（副詞「いと」を掛ける）「つか」「くる（繰る）」は、「糸」の縁語。

一三 出仕がないのは、ごもっとも。二人三人と隠し妻のもとを寄り歩いているうちに、時が経ってしまうのだろう。「夏引のいと」は春蚕(はるご)の繭からつむいだ糸で、副詞の「いと」を、「ふためみめ」の「め」は「匁（糸の目方をはかる単位）」と「妻(め)」を掛ける。「より」は「縒り」と「寄り」を掛け、「糸」の縁語。

一四 憚(はばか)りながら、夏引の糸は七ばかり――それほど沢山の妻(め)がおります。二妻三妻なら、暇のないはずはございません。催馬楽(さいばら)「夏引」の「夏引の　白糸　七ばかりあり……」を踏まえた歌。「はかり（斤）」は糸の量目をはかる単位（匁の上の単位）。

(宮)一「君とわれなほしら糸のいかにして
　　憂きふしなくて絶えむとぞ思ふ
ふためみめ（隠し妻二三人とは）は、げに少なくしてけり（見積りかたが少なかったな）。忌あれば（物忌になったので）、とめつ（これでやめる）」とのたま
へる御返り、

(兼家)二 世をふとも契りおきてし仲よりは
　　いとどゆゆしきことも見ゆらむ
と、きこえらる（申し上げられた）。

そのころ、五月(さつき)二十余(よ)日ばかりより、四十五日の忌(いみ)たがへむとて、三
四 あがたありきのところに（地方回りの父の屋敷に）渡りたるに、宮ただ垣を隔つるところに（ほんの垣根を隔てた隣に）五渡
りたまひてあるに、六月(みなづき)ばかりかけて、雨いたう降りたるに、たれ（あちら）
も（もこちらも）降りこめられたるなるべし、こなたには（私のところでは）、あやしきところなれば（粗末なところなので）、
漏り濡るる騒ぎをするに、かくのたまへるぞいとどものぐるほしき（いよいよもって酔狂にもほどがある）。

(宮)六 つれづれのながめのうちにそそくらむ
　　ことのすぢこそをかしかりけれ

一 そんなに通い所があっては、私の相手などできまい。そなたと私とは、やはり何とかして、気まずい思いをしないうちに、手を切ったほうがよさそうだ。下句は兼家との仲を男女関係に取りなして、軽く皮肉ったもの。「しら糸」は、前の催馬楽を受け、「絶え」の序。「ふし」は「事」の意に、つむいだ糸にできる瘤(こぶ)の意を掛ける。

二 長年、連れ添っても、言い交わした男女の仲なら、縁起でもない夫婦別れなどということもありましょう。だが、私どもは男同士、そんなことのあろうはずもありません。どうぞ、今後ともよろしく。「ふ」は「経」と「綜(ふ)(経糸(たていと)を整えて機(はた)にかける)」を掛け、「ちぎり」「いとど」とともに「糸」の縁語。宮の歌の「絶えむ……」に対する社交的挨拶。

三 陰陽道(おんみょうどう)上、王神相神の方角を避け、その王相のいる四十五日間を忌んで、他家へ移ること。

四 「あがたありき」は地方歴任の父倫寧(ともやす)に対する自卑表現。ただし、この年、倫寧は左衛門権佐検非違使として在京中であった。

五 「東北辺之末、鴨河堤之内、有(り)二弾正尹章明親王之第一」(『政事要略』)とあるのがそれかという。とすれば、倫寧邸は「京なるほども四五条のほど」(六七頁)であるから、作者が移ったのは、父の別邸ということになる。

六 長雨に降りこめられて、所在なくぼんやりしている折柄、そちらは雨漏りで大童(おおわらわ)の御様子、はたから見

御返り、

（兼家）七　いづこにもながめのそそくころなれば

世にふる人はのどけからじを

また、のたまへり。「のどけからじ（じっとしていられないとか）とか。

（宮）八　あめのした騒ぐころしも大水に

たれもこひぢにぬれざらめやは」

御返り、

（兼家）九　世とともにかつ見る人のこひぢをも

ほす世あらじと思ひこそやれ

また、宮より、

（宮）一〇　しかもゐぬ君ぞ濡るらむ常にすむ

ところにはまだこひぢだになし

（作者）まあ ひどいおっしゃりようだこと「さもけしからぬ御さまかな」などいひつつ、もろともに見る。（あの人と一緒に）

雨間（あまま）に、［あの人が］いつものように時姫方に出掛けていった日 例の通ひどころにものしたる日、［宮の］例の御文あり。「（侍女）御不『おは

ていると、面白くて退屈もまぎれることだ。「ながめ」は「長雨」に「物思いに沈む」の意を、「そそく」は「雨が注ぐ」に「忙しく立ち動く」の意を、「すぢ」は「事の次第」と「雨あし」の意を掛ける。

七　私どもに限らず、どこでもこの長雨では雨漏りがして、大騒ぎをしている当節です。世間の人は皆、のんびりともしていられますまいに。宮様は結構な御身分で……。「ふる」は「経る」に「降る」を掛ける。

八　世間では皆、この長雨で大騒ぎの昨今、誰でも大水の泥に濡れないものはあるまい。――世の中の人は誰でも、愛人のもとに通えず、涙で袖を濡らしていることだろう。その意味では、私とてもご同様だ。「こひぢ」は「濃泥（こひぢ）」に「恋路」を掛ける。兼家の歌の言葉尻「のどけからじを」を、恋人に逢えぬいらだちに取りなしたもの。

九　いつも夜な夜な、あちこちと忍ぶ恋路を辿（たど）られるあなたは、その道もとざされ、さぞかし涙で袖の乾く間もあるまいと、お察し申し上げます。「世とともに」は、「いつも」と「夜毎」を掛ける。「かつ」は一方では、次から次へと、の意。「人の」は宮をさす。

一〇　そのように、一人の女性のもとに腰を落ちつけないあなたこそ、恋の涙に濡れもしよう。律義に一人の女性に住みついているこの私には、恋路（「濃泥（こひぢ）」に濡れること）など、ありようはずがない。「しかも」は、宮を諷した兼家の「世とともにかつ見る」を逆手に取って応酬（おうしゅう）したもの。

せず（在ですと申しましたが）』といへど、『なほ』[一]とのみ給ふ（構わないと強引に下さいました）」とて、入れたる（取り次いだのを）を見れば、

（宮）[二]「とこなつに恋しきことやなぐさむと
君が垣ほにをると知らずや

さても（それにしても）、かひなければ、まかりぬる（おいとまします）」とぞある。さて、二日ばかりありて、（兼家が）見えたれば、（作者）「これ、さてなむありし（しかじかの次第でした）」とて見すれば、（兼家）[三]「ほど経にければ（時機をのがしたので）、びんなし（格好がつかない）」とて、ただ、（兼家）[四]「このごろは仰せ言もなきこと」ときこえられたれば（申し上げられたところ）、かくのたまへる、

（宮）[五]「水まさりうらもなぎさのころなれば
千鳥の跡をふみはまどふか

とこそ見つれ（とお見受けしました）、[六]うらみたまふがわりなさ（お恨みなさるのは筋違いというもの）。みづからとあるはまことか（御自身お越しというのは本当ですか）」と、女手（をんなで）[七]に書きたまへり。男の手にてこそ[八]苦しけれ（お気の毒だ）[九]、

（兼家）[一〇]うらがくれ見ることかたき跡ならば
潮干（しほひ）を待たむからきわざかな

また、宮、

一 「なほ」は宮の意を受けた使いの言葉。この手紙は形式上、兼家宛のものだが、実際は、兼家の外出を見届けた上で、宮が作者に贈ったもの。

二 おわかり頂けませんか。お宅の垣根の撫子（なでしこ）を、手折っては眺めながら、あなたへの恋しさが慰みもしようかと、いつまでもここにいる私の気持を。「とこなつ（常夏）」は撫子の歌語で、「常（とこ）」の意を含んで「をる（折る・居る）」にかかる。この歌は撫子に添えて贈られたものであろう。内容は風雅な挨拶といった程度のものである。

* 当時は男同士にも、懸想（けそう）仕立ての贈答はまま見られる。宮の狙いはその辺を心得て巧妙である。従って作者も、飽くまで兼家宛と見て、はしたない反応は示さない。二日後、「さてなむありし」と報告する作者は、慎ましく兼家を立てながら、しかし、まんざらでもなかったに違いない。

三 兼家の物言いは宮のすき心を、それと察した上で、さりげなく自分宛の御文として扱ったもの。

四 宮の御文を見ていないと、とぼけたもの。宮に、はしたない思いをさせないための心遣い。

五 大雨で水かさが増して岸辺もなくなったこのごろ、千鳥は舞い下りることもならず、とまどっているのだろうか、――お手紙が届かないとか。そちらのお二人は、今やしっとりと睦び合っているせいか、私の手紙など眼中にないのだろう。「うらもなき」は、増水して岸も水没した意に、隔意もなく、の意を掛けた

（宮）一一「うらもなくふみやる跡をわたつうみの
　　潮の干るまもなににかはせむ

とこそ思ひつれ（と思っているのだが）、ことざまにもはた（また妙に勘ぐられたものだ）」とあり。

かかるほどに（こうしているうちに）、一二祓のほども過ぎぬらむ、七夕は明日ばかりと思ふ。忌（物忌）も四十日ばかりになりにたり。日ごろなやましうて（ここ数日気分がすぐれないで）、咳など、いたうせらるるを（ひどく出たりするので）、もののけにやあらむ（物の怪のせいだろうか）、一三加持もこころみむ、せばどころの（［父の家は］狭い所で）、わりなく暑きころなるを（むやみに暑いこのごろなので）、例ものする（いつも出かける）一四山寺へ登る。十五六日になりぬれば、一五盆などするほどになりにけり。見れば、あやしきさまに（おかしな格好で）、担ひいただき（［お供えを］になに）、さまざまにいそぎつつ（とりどりに用意して）集まるを、もろともに（［主人と］一緒に）見て、あはれがりも笑ひもす（感心もしました）。さて、心地もことなることなくて（気分も別条ないし）、忌も過ぎぬれば、京に出でぬ。秋冬はかなう（これということなく）過ぎぬ。

応和三年——安穏な日々　宮との雅交

年かへりて、なでふこともなし（格別変ったこともない）。人の心の一六ことなるときは（あの人の心がねんごろなときは）、よろづおいらかにぞありける（万事私の心も安穏なのだった）。このついたちよりぞ（正月の初めから）、一七殿上ゆるされてある（［あの人は］昇殿を許されている）。

もの。「千鳥の跡」は文字・筆跡の意で手紙をいう。
六「このごろは仰せ言もなきこと」に対する物言い。件の手紙が兼家の手に渡っていることを、十分に意識したもの。「うらみ」は「恨み」に「浦見」を掛ける。
七 女文字。草仮名をさらにくずした書体。前の「となつに」の歌も女手で、今回もそれに倣ったもの。
八 男文字。万葉仮名のように、漢字をあまりくずさぬ書体。
九 情趣を楽しむ宮のすきに対し、男手でしたためた兼家の不粋な書きざまを、宮に心苦しく思う気持。
一〇 大水にまぎれて、見ることの叶わない——家内が隠しているお手紙なら、潮干を（出てくるのを）待って拝見するまでのこと。それにしても、待つのはつらいことです。「うら」は「浦」に「下心」を掛ける。「潮干」「からき」は「浦」の縁語。
一一 何の下心もなく差し上げたお手紙ゆえ、潮干を待って御覧になったところで、何になろう。張合い抜けがするだけのことだ。
一二 六月晦日の六月祓。
一三 真言密教における修法の一種。
一四 鳴滝の般若寺かと思われるが、不明。
一五 お盆のお供え。盆供。
一六 薄情を常態と見て、その常態と異なる、すなわち懇切な時。
一七 兼家は応和三年正月三日、昇殿を許された。

禊(みそぎ)[一]の日、例の宮より、「物見られば、その車に乗らむ」とのたまへり。御文の端(はし)にかかることあり。

〔(宮)見物にお出かけなら　そちらの車に乗せてほしい　こんな歌が添えてある〕

わがとしの[二]
　　　ほんのまま[三]

例の宮にはおはせぬなりけり。町の小路(こうぢ)[四]わたりかとて、まゐりたれば、うべ[五]なむ「おはします」といひける。まづ硯こひて、かく書きて入れたり。

〔いつものお邸にはいらっしゃらないのだった　参上してみたところ　はたして（召使）　硯をお借りして〕

君が[六]この町の南にとみにおそき
　　　春にはいまぞたづねまゐれる
〔(兼家)〕

とて、もろともに出でたまひにけり。

〔〔宮は〕私どもと一緒に〕

そのころほひ過ぎてぞ、例の宮[七]に渡りたまへるに、まゐりたれば、去年(こぞ)[八]も見しに花おもしろかりき、薄(すすき)むらむらしげりて、いと細やかに見えければ、「これ掘りわかたせ給はば、すこし給はらむ」と、きこえおきてしを、ほど経(へ)て河原へものするに、もろともなれば[九]、「これぞかの宮かし」などいひて、人を入る。「『まゐらむとするに
〔賀茂の祭の頃も過ぎて　〔宮が〕例のお邸に　去年見た折にも花が趣深かった　むらがり繁って　(作者)　株分けなさいますならば　頂きとうございます　お願い申し上げておいたのだが　賀茂の川原へ出かけた時　あの人と一緒だったので　(作者)これがあの宮様のお邸よ　供の者を遣った　(作者)参上しようと存じながら〕

一　賀茂の祭の前に、斎院が賀茂の川原に出て禊祓をする行事。この年の禊は四月十三日、祭は十六日。

二　歌の初句で、二句以下が脱落したもの。

三　親本(おやぼん)の脱落をそのまま写したとする書写者の注記。脱落部分には、歌の二句以下と、それに続く若干の文章があったはずである。

四　宮の通い所の一つであろう。臆測は無論、兼家によるもので、作者は兼家の言うなりに同行したもの。

五　「うべ」は、なるほど、はたして。この部分を、「うへ（上）なむおはします」と読んで、「宮の北の方は御在宅です」、また「兼家殿の北の方がお越しです」とする解釈もあるが、「うへ」を宮の北の方とするのも作者とするのも、唐突で不自然であろう。

六　宮様のお住まいの、この町の南に、遅まきの春が訪れたように、遅れ馳せながら捜し当てて、急遽(きゅうきょ)、参上した次第です。「とみに（急に）」は「まゐれる」にかかる。「おそき（春）」は現在四月（初夏）であることに、宮の所在を尋ねあぐねて、参上するのが遅くなった意を掛けたもの。用語・内容に不審も残るが、「ほんのまま」とある先の脱文部と関連するものであろう。この歌は、形式的には兼家のもの。

七　倫寧(ともやす)別邸と垣を隔てた宮の邸宅（四四頁参照）。

八　「去年も見しに花おもしろかりき」は挿入文。

九　同行者が兼家ならば、「これぞかの宮かし」の説明は不要として、同行者を親戚知友と見る考えもある。だが、ただ「もろとも」とあるのは、兼家と一緒

康保元年——揺らぐ妻の座

折なき〔機会がなくて〕。類のあればなむ〔連れがございますので〕。一日とり申しし薄きこえて〔お願い申しておいた薄をよろしく〕』と、さぶらはむ人に〔お側の方に〕言へ〔取り次いでもらうように〕」とて、引き過ぎぬ〔通り過ぎた〕。はかなき〔ちょっとした〕祓なれば、ほどなう帰りたるに、「（侍女）宮より薄」といへば、見れば、一〇長櫃といふものに、うるはしう掘り立てて〔きちんと掘り並べて〕、一一青き色紙に結びつけたり。見れば、かくぞ、

（宮）一二 穂に出でば道ゆく人も招くべき
　宿のすすきをほるがわりなさ

いとをかしうも〔とても面白い歌だこと〕。この御返りはいかが〔何としたかしら〕、忘るるほど思ひやれば〔忘れたところをみると〕、かくてもありなむ〔取り上げるまでもなかろう〕。一三されど、さきざきもいかがとぞおぼえたるかし〔今まで書き留めた歌にもどうかと思われるものがあったことだ〕。

春うち過ぎて夏ごろ、宿直がちになるここちするに、つとめて〔早朝やって来て〕、一日ありて、一四暮るればまゐりなどするを〔参内したりするのを〕、あやしうと〔おかしなことと〕思ふに、ひぐらしの初声聞こえたり。一五いと〔ほんとに〕あはれと〔まあ〕おどろかれて、

（作者）一六 あやしくも夜のゆくへを知らぬかな
　今日ひぐらしの声は聞けども

といふに、〔あの人は〕出でがたかりけむかし。かくて、なでふこともなければ〔格別変ったこともないので〕、

と見るのが自然で、この場合、他に作者の親しい知人（後文の「類」）が同行、宮邸の説明は、この知人に対するものと見たい。

一〇 長持状の長方形の櫃。衣類調度などを収納、また運搬するのに用いた。

一一 青い色紙を用いたのは薄にちなんだもの。色紙は今日見るごとき厚手のものではない。

一二 美しく穂に咲き出たなら、ゆきずりの人だって招き寄せるに違いないわが家の薄を、御所望なればこそ掘り取って差し上げますが、何とも切ないことで。この薄によって、あなたを招き寄せたいところなのに。「ほる」は「欲る」に「掘る」を掛ける。

一三 「されど」以下は、読者に対することわり書き。

一四 日中を作者邸で過し、夕暮れから外出するのは、新しい通い所ができたことを思わせる。これを、兼家の四男道義を儲けた藤原忠幹女との関係と見る考えもある（坂口玄章「蜻蛉日記人物考」国語と国文学・昭和七年六月）。

一五 夏ごろから兼家の「宿直がち」が続き、いつしか初秋を迎えたという感慨。

一六 夜のお出まし先は、どちらやら、皆目、見当もつかず不審でなりません。今日は一日中御一緒しながら、この時間にお出かけとは。「ひぐらし」は蟬の「茅蜩」と「一日中」の意を、「声」は蟬の声と兼家の声とを掛けたもの。

人の心もなほたゆみなく見えたり。（一あの人の心もまだ怠りなく実意があるように見えた）

月夜のころ、よからぬ物語して（二気まずい話題になって）、あはれなるさまのことども語らひてもありしころ思ひ出でられて（しんみりとまめやかな語らいなどもして過した その昔のことが）、ものしければ（くさくさしてきたので）、かくいはる。

（作者）三
曇り夜の月とわが身のゆく末の
　おぼつかなさはいづれまされり

返りごと、たはぶれのやうに、

（兼家）四
おしはかる月は西へぞゆくさきは
　われのみこそは知るべかりけれ

など、たのもしげに見ゆれど、（あの人は）わが家とおぼしき所は（五ついの寄る辺と思っている所は）、ことになむあんめれば（私のところでは なさそうなので）、いと思はずにのみぞ、世はありける（何もかもまことに思うにまかせぬ 夫婦仲だった）。六 さいはひある人のためには（あの人のために）、年月見し人も（〔苦労して〕長年連れ添ってきた私なのに）、あまたの子などもたらぬを（大勢の子供に恵まれたわけでもなく）、かくものはかなくて（こんな心細い身の上で）、思ふことのみしげし。

七 さいふいふも、八 女親（めおや）といふ人あるかぎりはありけるを（母親が生きているあいだは ともかくも過せたが）、久しうわづらひて、秋のはじめのころほひ、むなしくなりぬ（亡くなってしまった）。さらにせむか（全く どうしようも）

一 この部分は底本に「人の心をなほたゆみなくこりいにたり」とあって、意味が通じ難い。前後の文章の流れ、殊に前文「かくて、なでふことなければ」を受けるものとしては、『注解』の改訂本文が穏当なので、これによった。他に、底本のままとして、「こり」に「懲り」「凝り」をあて、「警戒を緩められず思い懲りはてしまった」（『大系』）、「心を緩めず、じっと成り行きを観察していた」（『講義』）と解く説、また、「たゆみなたりにたり」（『解環』）、「たゆみなくわびにたり」（『全注釈』）とする改訂案などもある。

二 「よからぬ」は、話の内容とみる。ただし。「莫下対二月明一思中往事上」（『白氏文集』巻十四、贈レ内）、「月の顔見るは忌むこと」（『竹取物語』）などから、月明のもとで語り合う行為自体を「よからぬ」、すなわち不吉なことと見る考え（『全集』）もある。

三 さだかに見えず気がかりな、曇り夜の月の行方と、見とおしの暗い私の将来の不安と、それはどちらが上でしょう。この歌は『後拾遺集』雑一の詞書に、「月のおぼろなりける夜、入道摂政まうで来て物語し侍りけるに、頼もしげなき事など言ひ侍りければ、よめる」とある。

四 察するに、目に見えぬ曇り夜の月だって、月というからには西へ行くのだ。同様に、そなたの将来は、そなたには分らなくても、この私だけは含んでいるのだ。心配には及ばぬ。

母の死

五 わが身を落ちつける所。本妻のもと。具体的には

たなくわびしきことの、九世の常の人にはまさりたり。一〇あまたある中に、これはおくれじおくれじと惑はるるもしるく、いかなるにかあらむ、足手などただすくみにすくみて、一一絶え入るやうにす。一二さいふいふ、ものを語らひおきなどすべき人は京にありければ、山寺にてかかる目は見れば、幼き子を引き寄せて、わづかにいふやうは、「われ、はかなくて死ぬるなめり。かしこにきこえむやうは、『おのがうへをば、いかにもいかにも、一三な知りたまひそ。一四この御後(のち)のことを、人々のものせられむ上にも、とぶらひものしたまへ』ときこえよ」とて、「いかにせむ」とばかりいひて、ものもいはれずなりぬ。日ごろ月ごろわづらひて、かくなりぬる人をば、いまはいふかひなきものになして、これにぞ皆人はかかりて、まして一五「いかにせむ。などかくは」と、泣くが上にまた泣き惑ふ人多かり。ものはいはねど、まだ心はあり、目は見ゆるほどに、一六いたはしと思ふべき人寄りきて、「親はひとりやはある。などかくはあるぞ」とて、湯をせめ

時姫を念頭に置いていう。このころ関係を生じた藤原忠幹(ただ)女と見る考えもあるが、従えない。

六 幸運に恵まれ順調に栄進を重ねる兼家と見る。「さいはひある人」を作者自身と見て、「作者の幸薄きを逆説的にいう」とする説(『大系』)、また一般化して「幸ある人であるためには(子供に恵まれなければならぬが)」とする説(『全注釈』『新注釈』)などもある。下文の「年月見し人も」は、作者自身。長年連れ添ってきたにも拘らず、の意。このあたりは、多分に、執筆時の感慨を投影したものである。

七 不如意を嘆きつつも、の意。

八 兼家との不安な生活の中で、母親は作者に、親身な助言を与え、心の支柱ともなっていた。

九 円満な夫婦関係に安住している、世間並みの人。

一〇 大勢集まっている、兄弟姉妹らの肉親たちの中で。

一一 「すくむ」は硬直する意。

一二 「絶え入るやう」になりながらも。兼家との関係とみて、薄情で頼りなくはあるが、さすがに……とする説もある。

一三 お構い下さいますな。「知る」は、世話をする、取り計らう、の意。「な……そ」は禁止を表す。

一四 おばあ様の、後の御法事を。

一五 「泣き惑ふ」にかかる。

一六 父倫寧(ともやす)。倫寧はこの年、河内に在任中。従って、たまたま上京中か、急を聞いて上京したものであろう。

て沃（い）る[一]れば、飲みなどして、身などなほりもてゆく（体の具合もだんだん回復していった）。さて、なほ思ふにも、生きたるまじきここちするは（[二]とても生きているような心地がしないのは）、この過ぎぬる人（亡くなった母が）、わづらひつる日ごろ、ものなどもいはず（他の事は何もいわず）、ただいふこととては、かくものはかなくてあり経（ふ）るを（こうして頼りない身の上で〔私が〕）、夜昼嘆きにしかば、「あはれ、いかにしたまはむずらむ」（〔母〕この先どうなさるおつもりなのだろう）と、しばしば息の下にもものせられしを（苦しい息の下でもおっしゃられたのを）思ひ出づるに、かうまでもあるなりける（これほどまでに切なくなるのだった）。

人（あの人が）聞きつけてものしたり。われはものもおぼえねば（意識も朦朧としていたので）、知りも知られず（全然何もわからず）、人ぞ会ひて（侍女が会って）、「しかじかなむものしたまひつる」（奥方様はこれこれでいらっしゃいました）と語れば、うち泣きて、穢（けが）らひ[三]も忌むまじきさまにありければ（触穢も構わないと言わんばかりの様子だったので）、「いとびんなかるべし」（〔侍女〕とんでもございません）などものして（引きとめて）、立ちながらなむ[四]。そのほどのありさま（その当座のあの人の態度といったら）しも、いとあはれに心ざしあるやうに（情がこもっているように）見えけり。

かくて、とかうものすることなど（あれこれと葬儀のことなども）、いたつく人（骨を折ってくれる人）多くて、みなしはてつ（滞りなく済ませた）。いまはいとあはれなる山寺につどひて、つれづれとあり（所在もなく暮している）。夜、目も合はぬままに（眠りもやらぬままに）、嘆き明かしつつ、山づらを見れば、霧はげに[五]麓（ふもと）

一 「沃る」（下二段動詞）は、口に注ぎこむ、の意。

二 現状を言ったもので、「この先、生きてゆけそうもない……」の意ではない。

＊母の死に直面した作者の衝撃はあまりに大きかった。父は任国に在り、姉も為雅とともに別居、兼家の愛情の保障もない現在、作者にとって母親は、孤独を癒す、文字通り心の支えだった。日記の文面には控え目な助言しか見えないが、作者がものはかなき身の上を、危うく今日に保ち得たのは、この母に負うところが多かったろう。作者における、母の存在の重みを思うべきである。

三 作者は母の死をみとって、すでに穢れている。これと同座すれば兼家もまた穢れに触れ（触穢（そくえ））、出仕にもさしつかえる。死の触穢は三十日の謹慎である。

四 着座せず立ったまま見舞った。当時、死穢の場合も、着座せず立ちながらの弔問なら、触穢を免れた。

五 「げに」は、なるほど（古歌さながらに）の意。「川霧の麓をこめて立ちぬれば空にぞ秋の山は見えける」（『拾遺集』秋、清原深養父（ふかやぶ））を踏まえたかという。

六 この「げに」も、しかるべき古歌を念頭に置いたものであろうが、不明である。

七 「たがもとへ」は、迎えてくれる母とてもない現在では、誰のもとへ、の意。

八 「生くる」を下二段他動詞と見る説（『大系』）に従う。すなわち、（作者を）生かして置く人、死なせ

をこめたり（籠に立ちこめている）。京もげに[六]たがもとへかは出でむとすらむ（[七]誰のもとへ帰ったらよいのだろう）。いで、なほここながら（このままこの山寺で）死なむと思へど、生くる人[八]ぞいとつらきや。

かくて十余日（よ）になりぬ。僧ども念仏のひまに、物語する（雑談しているの）を聞けば、（僧）「この亡くなりぬる人の、あらはに見ゆる（はっきりと見える）ところなむある。さて（そのくせ）、近く寄れば、消え失せ（う）ぬなり。遠うては見ゆなり」（僧）「いづれの国とかや」（僧）「[九]みみらくの島となむいふなる」など、口々語るを聞くに、いと知らまほしう、悲しうおぼえて、かくぞいはるる。

（作者）[一〇]ありとだによそにても見む名にし負はば
　　われに聞かせよみみらくの島

といふを、せうとなる人（兄に当る人が）聞きて、それも泣く泣く、

（兄）[一一]いづことか音（おと）にのみ聞くみみらくの
　　島がくれにし人を尋ねむ

かくてあるほどに（こうしている間も）、［あの人は］立ちながらものして（立ったまま見舞に訪れ）、日々にとふめれど、[一二]ただ今はなにごころもなきに、穢（けが）らひ（穢れの間）のこころもとなきこと（［逢えないことの］もどかしさ）、おぼつ

てくれない人。道綱をさす。他に、自動詞と見て、死ぬことのできない作者自身、また、後に生き残る道綱とする説もある。

九『肥前国風土記』松浦郡値嘉（ちか）の嶋の条に遣唐使発向の地として「美禰良久之埼」が見え、『万葉集』巻十六「筑前国志賀白水郎歌十首」の左注に見える「美禰良久之埼」も同所であろう。五島列島福江島の西北端、現在の三井楽町柏崎がそれに当るという。源俊頼の『散木奇歌集』に、「尼うへ失せ給ひてのち、みみらくの島のことを思ひ出てよめる　みみらくのわが日の本の島ならば今日も御影に逢はましものを」とあるごとく、古くから、死者の憩う島という伝承があったらしい。

一〇 みみらく（耳楽）の島よ。そなたが耳を楽しませてくれるという、その名の通りなら、何処にあるのか聞かせておくれ。早速にも行って亡き母上がそこにいると、せめてよそながらでも、お逢いしたいものだ。僧たちに贈ったのではなく、ひとりつぶやいたもの。従って、「みみらくの島」に呼びかけたものと見たい。

一一 一体、何処なのだろう、話にだけ聞いている「みみらくの島」は。その島に島隠れて（亡くなって）いった母上を、私もたずねてゆきたいものだ。

一二 兼家のねんごろな見舞、綿々たる手紙に対しても、うちひしがれた自分は、何の心も動かない。すなわち、兼家がいかに作者の心を惹（ひ）こうとも、現在のところ色恋沙汰など、およそ身に染まない、の意。

かなきことなど、むつかしきまで（煩わしいまでに）書きつづけてあれど、ものおぼえ（ただ茫然として）ざりしほどのことなればにや（暮していた頃のことだったせいか）、おぼえず。

一里にも急がねど、心にしまかせねば（身勝手も通せないので）、今日、みな出で立つ（［山寺を］）日になりぬ。来し時は、膝に臥したまへりし人を（私の膝にもたれていらっしゃった母上を）、いかでか（何とかして）安らかにと（［車中を］楽にと）思ひつつ、わが身は汗になりつつ、二さりともと思ふ心そひて（希望も持てて）、たのもしかりき（張り合いがあった）。こたみは（このたびは）、三いと安らかにて、あさましきまで（驚くほど）くつろかに（ゆったりと車に）乗られたるにも（乗られるにつけても）、道すがらいみじう悲し。四降りて見るにも、さらにものおぼえず悲し（何も分らなくなるほど悲しい）。もろともに（［母上と］）出で居つつ、つくろはせし（手入れをさせた）草なども、わづらひしよりはじめて（母の発病以来）、うち捨てたりければ、生ひこりて（一杯に生い繁って）五いろいろに咲き乱れたり。わざとのことなども（母のための特別の供養なども）、みなおのがとりどり（各自思い思いに行っている）すれば（ので）、われはただつれづれとながめをのみして（所在もなくぼんやりと物思いに沈むばかりで）、六「ひとむら薄虫の音の」とのみぞいはるる（われ知らず口ずさまれる）。

（作者）七
手ふれねど花はさかりになりにけり
とどめおきける露にかかりて

＊母の死に際しての兼家の態度を、作者は「そのほどのありさまはしも、いとあはれに心ざしあるやうに見えけり」（五二頁）と書きとめている。兼家の素朴な善意を真向から否定するのは酷だが、母の死は兼家にとって、憔悴する作者の心の隙に乗じて、かたくななその心を解きほぐす好機でもあったろう。彼の見舞は異常なまでにねんごろである。

母なき帰京

一 急いで家に帰るつもりはないが。「里」は寺からみて京の自宅をいう。母の終焉の山寺にいましばらくとどまりたい気持をいう。

二 いくら何でも（死ぬことはあるまい、元気になってくれさえすれば）と。

三 往路の苦労（わが身は汗になりつつ）に比べると、まことに安楽で、それだけに張り合いが抜けて。

四 自宅に下り立ってあたりの様子を見るにつけて。

五 秋草の花が色とりどりに咲き乱れている。

六 「君が植ゑしひとむら薄虫の音の繁き野辺ともなりにけるかな」（『古今集』哀傷、御春有助）をいう。なお、詞書には「藤原の利基の朝臣の、右近中将にてすみ侍りける曹司の、みまかりて後、人もすまずなりにけるに、秋の夜ふけて物よりまうで来けるついでに見入れければ、もとありし前栽もいと繁くあれたりけるを見て、はやくそこに侍りければ、むかしを思ひやりてよみける」とある。作歌事情も歌意も、作者の心境とまさしく符合しよう。

などぞおぼゆる。

[八]これかれぞ[九]殿上などもせねば、穢らひもひとつにしなしためれば、（触穢の謹慎も一緒にすることにしたようなので）おのがじし[一〇]ひきつぼねなどしつつあめる中に、（暮すその中で）[一一]われのみぞ紛るることなくて、（悲しみの紛れることもなくて）夜は念仏のこゑ聞きはじむるより、やがて泣きのみ明かさる。（そのまま朝までひたすら泣き明かした）[一二]四十九日のこと、たれも欠くことなくて、（欠ける者なく一同揃って）家にてぞする。[一三]わが知る人、おほかたのことを行なひためれば、（取りしきったようなので）人々多くさしあひたり。（弔問につめかけた）[一四]わが心ざしをば、（私の供養の志としては）仏をぞかかせたる。（仏像を描かせた）その日過ぎぬれば、みなおのがじしいきあかれぬ。（それぞれ引き払って別れて行くのだった）ましてわがここちは心細うなりまさりて、いとどやるかたなく、（いよいよやるせなく）人は（あの人は）かう心細げなるを思ひて、（察して）ありしよりは（以前よりは）しげう（足繁く）通ふ。

さて、寺へものせしとき、（山寺へ母を連れて行った時）とかう取り乱りしものども、（あれこれ取り散らかしたものなどを）つれづれなるままにしたたむれば、（整理していると）明け暮れ〔母が〕取り使ひし物の具なども、（道具類や）また[一五]書き置きたる文など見るに、絶え入るここちぞする。（息が止るような切ない思いがする）弱くなりたまひし時、[一六]忌むこと受けたまひし日、（戒をお受けになったその日）[一七]ある大徳（だいとこ）の袈裟（けさ）をひきかけたり

七 手入れもしなかったけれど、花はこのように盛りになったことだ。亡き母上が残しておかれた、いつくしみの露のお蔭で。

八 集まって喪に籠っている近親のたれかれ。

九 殿上に出仕する者もいないので。殿上人がいれば、当然、触穢を憚（はばか）って局も分けなければならない。

一〇 部屋の中を屏風・几帳などで仕切って、小さな個室をしつらえなどして。

一一 近親者の集団生活ゆえ、とかく気の紛れることもあるが、私だけは、の意。

一二 四十九日の法事。死後四十九日の間は死者の魂が中有に迷い、四十九日が過ぎると、六道（地獄・餓鬼・畜生・阿修羅・人間・天上）のいずれかに分属する。

一三 私と関係のある人。夫をいう。「わが領（し）る（支配するの意）人」と見る説（『全注釈』）もあるが、「わが」が作者自身をさすことからも、従えない。

一四 底本は「わか心さしをは」であるが、「……には」、「……とは」、「……ける」などの改訂案もある。

一五 書きさしの、あるいは書き上げて、どこぞへ出すつもりだった手紙であろう。いわゆる遺書ではない。

一六 受戒。仏法上の戒律を受け仏門に入ること。重病をなおす最後の手段である。

一七 「ある」は「在る」、すなわちそこに居あわせたの意。「或る」とする説（『注解』）もある。「大徳」は高徳の僧の意だが、転じて僧一般の敬称として用いられる。

しままに、やがて[一]穢(けが)らひにしかば、ものの中よりいまぞ見つけたる。これ（これをお返ししようと）やりてむと、まだしき（まだ暗いうちに）に起きて、（作者）「この御袈裟」など書きはじ（書き始めたと）むるより（ころとたんに）、涙に昏(く)らされて、「これゆゑに（（作者）この袈裟のお蔭で）、

　[二]蓮葉(はちすば)の玉となるらむむすぶにも
　袖ぬれまさるけさの露かな」

と書きてやりつ（持たせた）。

また、この袈裟の[三]このかみも法師にてあれば、祈りなどもつけて（お願いして）頼もしかりつるを、にはかに[四]亡くなりぬと聞くにも、このはらから（この弟君）のここちいかならむ（心中はどんなだろう）、われもいと口惜(くちを)し、頼みつる人のからのみ（私が頼みにしてきた人に限ってこのように）、など思ひ乱るれば、しばしばとぶらふ（お見舞をした）。さるべきやうありて（しかるべき事情があって）、[五]雲林(うりん)院(ゐん)にさぶらひし人なり。四十九日など果てて、かくいひやる。

（作者）
　[六]思ひきや雲の林をうちすてて
　空のけぶりにたたむものとは

などなむ、おのがここちのわびしきままに（私自身の心地が折からわびしくてならないままに）、[七]野にも山にもかかりけ（さ迷い出たい）

一 そのまま母が亡くなり、袈裟も穢れてしまったので。以下に「とりまとめて置いたが、その袈裟を」の語が端折られている。

二 この袈裟のお蔭で、故人は今しも極楽の蓮葉(はちすば)の玉となっておりましょう。今朝、この袈裟の紐を結んでお返しするに当り、悲しみもあらたに、私の袖は涙の露にひとしお濡れそぼつことです。「けさ」は「今朝」に「袈裟」を掛ける。「玉」「むすぶ」「露」は縁語。なお、前文の「これゆゑに」はそのまま、歌に受け継がれてゆく。

三 「このかみ」は年長の兄姉についていうが、ここは兄である。

四 底本は「又かくなりぬ」とあり、現行の本文は多くこれに従うが、「又か」を「な」に改め「なくなりぬ」とする説（『注解』）に従った。

五 京都市紫野にあった天台宗の寺。常康親王（仁明天皇皇子）が自邸を寺としたもので、その後、遍昭が経営、隆盛を極めたが、今は一堂宇を残すのみである。

六 思いもうけないことでした。兄君が雲林院をあとに、むなしく空の煙となって、あの世に旅立たれようとは。

七 「いづくにか世をば厭はむ心こそ野にも山にもまどふべらなれ」（『古今集』雑下、素性）を引歌とする。「かかり」は関わる、そんなことばかり考えていた、の意。作者は「頼みつる人のからのみ……」と思い乱れつつ、いっそ野にも山にもさ迷い出たい、憂き世

る〔気持だった〕。

はかなながら〔心細い思いのままに〕秋冬も過ごしつ。ひとつ所には〔同じ家には〕、せうと[八]ひとり、叔[九]母とおぼしき人ぞ住む。それを〔その叔母を〕親のごと思ひてあれど、なほ、昔[一〇]を恋ひつつ泣き明かしてあるに、年かへりて[一一]〔年が改まって〕、春夏も過ぎぬれば、いまは果てのことすとて〔一周忌の法事をすることになって〕、こたびばかりは〔今度ばかりは〕、かのありし山寺にてぞ〔あのいつぞやの山寺で〕する。ありしことども〔あの時のことなどを〕思ひ出づるに、〔私は〕いとどいみじうあはれに悲し〔いよいよ感慨も無量で悲しくてならない〕。導師[一二]のはじめ[一三]にも、〔（導師）〕「[一四]うつたへに秋の山辺をたづねたまふにはあらざりけり〔（あなたがたは）何も秋の山辺を探勝にお越しなされたのではございません〕。眼（まなこ）とぢたまひしところにて〔故人が永眠なさった所で〕、経の心、解（と）かせたまはむとにこそありけれ〔学ぼうとなされてのことでございます〕」とばかりいふを聞くに〔と言うのを聞いただけで〕、ものおぼえずなりて〔悲しみにかきくれて〕、のちのことどもはおぼえずなりぬ〔何もわからなくなってしまった〕。あるべきことども終はりて〔しきたりどおりの法要などが終って〕帰る。やがて服（ぶく）[一五]ぬぐに、鈍色（にびいろ）[一六]のものども〔喪服など〕、扇（あふぎ）まで祓（はらへ）[一七]などするほどに、

〔（作者）〕[一八]ふぢごろも流す涙の川水は
　きしにもまさるものにぞありける

とおぼえて、いみじう泣かるれば、人にもいはでやみぬ。

を捨ててしまいたいとする、暗い思いに（確たる意識ではないにしても）駆られていたものである。

八 同母兄の理能（まさよし）であろう。

九 母の姉妹と見るのが自然である。「おぼしき」は、……に当る、の朧化表現。

康保二年——母の周忌

一〇 母の健在だった往時のことを。

一一 康保二年。兼家三十七歳、道綱十一歳。

一二 法会・法要を主宰する僧。

一三 導師が、法会の趣旨を述べる最初に。

一四 「うつたへに」は、格別に、とりたてて、の意。下文に否定・反語をともなう、いわゆる陳述の副詞。

一五 喪も明け、喪服を脱ぐに当って。

一六 「鈍色」は染色の名。濃い鼠色。

一七 賀茂川などに出て、喪中に用いたものなどを祓い清める時に。

一八 喪服を脱いで川に流し祓い清めると、これを着た時よりもひとしお悲しく、とめどもなく流れる涙は、岸にも溢れるほどで、喪が明けても悲しみはつのるばかりだ。「藤衣」は元来、葛（くず）の繊維で織った布（葛布（くずふ））で仕立てた衣だが、喪服に常用されたので、原義を離れて喪服の歌語となった。「流す」は、祓い流す意に涙を流す意を掛けたもの。「きし」は「着し」に「岸」を掛けたもの。「藤衣祓へて捨つる涙川きしにもまさる水ぞ流るる」（『拾遺集』哀傷、読人しらず）などの類歌がある。先後関係は不明だが、道綱母の歌は恐らく、この歌を踏まえたものであろう。

忌日（きにち）[一]など果てて、例の（例のごとく）つれづれなるに、弾く[二]とはなけれど、琴おし拭（のご）ひてかきならしなどするに、忌なきほどにもなりにけるを[三]（いつのまにか喪も明けてしまったが）、あはれにはかなくても[四]、など思ふほどに、あなたより（叔母のもとから）、

（叔母）いまはとてひきいづる[五]琴の音（ね）を聞けば
　　うちかへしてもなほぞ悲しき

とあるに、ことなることもあらねど[六]（何も格別のことではないけれど）、これを思へば[七]、いとど泣きまさりて（いよいよ悲しく泣けてきて）、

（作者）[八]なき人はおとづれもせで琴の緒を
　　絶ちし月日ぞかへりきにける

姉の旅立ち

かくて、あまたある中にも（大勢いる兄姉たちの中でも）、頼もしきものに思ふ人（とりわけ頼りにしていた姉が）、この夏より[九]遠くものしぬべきことのあるを（遠く地方に下向することになっていたが）、服（ぶく）果ててとありつれば（喪が明けてからと延ばしていたので）、このごろ出で立ちなむとす。これを思ふに、心細しと思ふにもおろかなり[一〇]。

いまはとて出で立つ日、渡りて見る（会いに行った）。装束（さうずく）ひとくだりばかり（ひと揃いほどと［それに］ちょっとした餞別の品などを）、はかなきものなど、硯箱ひとよろひ[一一]に入れて［持って行ったが］、いみじう騒がしうののし[一二]

一 「忌日」は命日。一周忌の法事は、命日に先立って行われたと見るのが自然であろう。
二 弾くつもりではなかったが、手すさびに。
三 喪中は音楽を慎む。われとわが琴の音に喪明けを実感、作者はまたあらたな感慨に浸る。以下、「……はかなくても」までは心中思惟。
四 母を失った後の心細さ。兼家との関係における「はかなき身の上」ではない。「……ても」の後に、「あれば、あられけるよ」のごとき語が省略されている。
五 今は喪も明けたことだと、取り出してお弾きになる琴の音を聞いていると、ありし昔のことがよみがえってきて、いっそう悲しくてなりません。「ひきいづ」は「引き出づ」と「弾き出づ」を掛ける。
六 この部分は「格別のできばえでもない」の意とし、叔母の歌（『全講』）、また後出の作者の歌（『全注釈』）、或いは作者の琴（『大系』）に対する批評と見るのが普通だが、問題が残ろう。むしろ、この唱和自体を「格別とりたてて綴るにも及ばない、日常的なごく平凡なことではあるが」と解し、回想執筆の時点で挿入した、ことわり書きと見る説（『注解』）に従いたい。
七 叔母の歌に溢れる故人哀惜の情。
八 亡き人はもはや帰ってこず、帰ってきたのは、聞いて下さる人を亡くして琴を絶つに至ったあの日の悲しさだけです。伯牙（はくが）が、自分の琴を真に理解してくれた鍾子期（しょうしき）の死後、琴の緒を絶って再び弾かなかった

りみちたれど、われもゆく人も目も見あはせず〔顔もまともに合わせず〕、ただむかひゐて、涙をせきかねつつ、皆人は、「など〔(侍女)どうしてそんな〕。念ぜさせたまへ〔我慢なさいませ〕」「いみじう忌むなり〔涙は大そう不吉と申します〕」などぞいふ。されば、車に乗りはてむを見むは〔車に乗り込むのを見届けるのは〕、いみじからむ〔さぞかしつらかろう〕と思ふに〔と思っていると〕、家より、「とく渡りね〔(兼家)早くお帰り〕。ここにものしたり〔こちらに来ているのだ〕」とあれば、車寄せさせて乗るほどに、ゆく人〔旅立つ姉〕は二藍の小袿なり、とまる〔残る私〕はただ薄物の赤朽葉を着たるを、脱ぎかへて別れぬ〔お互いに交換して別れた〕。九月十余日のほどなり。家に来ても〔帰っても〕、「などかく、まがまがしく〔(兼家)どうしてそんなに泣くのだ　縁起でもない〕」と咎むるまで、いみじう泣かる。

さて、昨日今日は関山ばかりにぞものすらむかし〔辺にさしかかっているだろう〕と思ひやりて、月のいとあはれなるに、ながめやりてゐたれば、あなたにも〔叔母のところでも〕まだ起きて、琴弾きなどして、かくいひたり。

(叔母)ひきとむるものとはなしに逢坂の
関のくちめの音にぞそほつる

これも、おなじ思ふべき人なればなりけり〔私と同様に姉のことを案じている身内だからだった〕。

「絶絃」の故事(『呂氏春秋』)を踏まえる。だが無論、作者は母を鍾子期にたとえたわけではなく、琴の音に母存命の昔をなつかしみ、琴を絶つに至った母の死に思いを潜めたものである。

九 姉が夫為雅の地方赴任に伴って下る事情をいう。

一〇 心細く思うなどという言葉で、こと足りるような並々のものではない。

一一 硯箱は、身と蓋で「ひとよろひ」となる。「よろひ」は複合された調度その他を数える単位。

一二 出発する一行は急がしく活気づいているが、の意。以下、それに引きかえ、姉の部屋は、ひっそりとうちしなえていると展開する。

一三 藍と紅藍で染めた、青味を帯びた紫の小袿。「小袿」は女性が裳・唐衣を付けない場合、打衣の上に着る通常礼服。なおこの「二藍」を襲の色目(表が赤味を帯びた濃い縹色、裏が縹色)と見る説もある。

一四 赤味がかった黄褐色。これも小袿であろう。

一五 山城と近江の国境にある逢坂山。

一六 旅行く人を引きとめられるものでもないのに、ひとりわびしく琴を弾いていると、今ごろは逢坂の関口にさしかかったのかしらと、離別の思いに堪えかね、泣き濡れていることです。これは「関」と「琴」の縁語仕立ての歌である。「ひきとむる」は関所の機能と、琴を弾きその魅力で人を引きとめる意を掛け、「関のくちめ」は関の入口と、和琴の名器として有名な「朽目」を掛けたもの。

(作者)[一] 思ひやる逢坂山の関の音は
聞くにもそでぞくちめつきぬる

〔姉を〕など思ひやるに、年[二]もかへりぬ。

康保三年――兼家病む

三月(やよひ)ばかり、ここに渡りたるほどにしも苦しがりそめて、いとわりなう苦しと思ひ惑ふを、いといみじと見る。いふことは、(兼家)「ここにぞいとあらまほしきを、なにごと[三]もせむに、いとびんなかるべければ、[四]かしこへものしなむ。つらしとな[五]おぼしそ。にはかにもいくばくもあらぬ[六]ここちなむするなむ、いとわりなき。あはれ、死ぬとも[七]思(おぼ)し出づべきことのなきなむ、いと悲しかりける」とて、泣くを見るに、ものおぼえずなりて、またいみじう泣かるれば、「な泣きたまひそ。苦しさまさる。よにいみじかるべきわざは、心はからぬほどに、かかる別れせむなむありける。いかにしたまはむずらむ。[八]ひとりはよにおはせじな。さりとも、おのが忌(いみ)のうちにしたまふな。もし死なずはありとも、かぎりと思ふなり。ありとも、こちはえま

（傍注）事もあろうに私の所に来ていた時に 〔あの人が〕／ひどく苦しがってもだえていたのを／大変な事になったと思った／(兼家)ここに居たいのは山々だが／何をするにしても／不便なことだろうから／あちらへ移ることにしよう／薄情な仕打ちと／お思い下さるな／この先長くもないような／切なくてならぬ／私が死んでも／動転して何もわからなくなって／私もまた／(兼家)お泣きでない／何よりもつらいのは／思いもうけない時に／こんな別れをする羽目になることだ／〔私が死んだら〕どうなさるおつもりだろう／再婚するにしても／万一死なないでいても／これが最後と思うのだ／命があっても／とてもこちらへ

一 今ごろは逢坂の関かしらと、旅先の姉に思いを馳せながら、叔母様の琴の音を聞いていると、涙がとめどなく流れて、私の袖は朽ちてしまいそうです。「くちめ」は、朽ちた部分、の意で、前出の和琴の名器「朽目」を掛ける。この贈答には、会者定離(えしゃじょうり)の感慨を詠んだ蟬丸(せみまる)の「これやこの行くも帰るも別れては知るも知らぬも逢坂の関」(『後撰集』雑一)なども影を落していよう。

二 康保三年(九六六)。兼家三十八歳。道綱十二歳。

三 病気平癒の加持祈禱、その他、下僚への公事(くじ)関係の指示などの雑事も含んでいよう。

四 兼家の本邸をいう。

五 「なおぼしそ」の「な……そ」は禁止を示す。

六 「……ここちなむするなむ」には、あえぎあえぎ訴える語気があろう。

七 思い出のよすがとなるようなことも、何ひとつしてさし上げられなかったことが。

八 よもや独身を通すおつもりではあるまい。

* 当時の、夫に先立たれた女性の処世は、実家の父親のもとに身を寄せるか、宮仕えに出るか、はたまたしかるべく再婚するか、出家して尼になるかである。ここに見える兼家の言葉が、どこまで往時を再現しているかは不明だが、「ひとりはよにおはせじな……」は注目してよかろう。この逼迫(ひっぱく)した中での兼家の危惧が、作者の再婚に向けられ

ゐるまじ（は伺えまい）。おのがさかしからむ時こそ（私の目の黒いうちは）、九 いかでもいかでもものしたまはめと思へば、かくて死なば（このまま死んだなら）、これこそは見たてまつるべき限りなめれ（これがあなたとお逢いする最後となろう）」など、臥しながらいみじう語らひて泣く（悲しげにかき口説いて泣くのだった）。これかれある人（居合せた）人呼び寄せつつ（侍女を）、「ここには（〔兼家〕私は）、いかに（どんなに）一〇 思ひきこえたりとか見る（大切にお思いしていたと思うか）。かくて死なば、また対面せでや止みなむと思ふこそいみじけれ（二度とお目にかかれなくなってしまうと思うのがたまらないのだ）」といへば、みな（〔侍女たちは〕）泣きぬ。みづからはましてものだにいはれず、ただ泣きにのみ泣く。かかるほどに、ここちいと重くなりまさりて（容態はいよいよひどくなってゆき）、車さし寄せて乗らむとて、かき起こされて、人にかかりてものす（人にすがってようやく車に歩み寄った）。うち見おこせて（こちらを振り向いて）、つくづくうちまもりて（私を見つめて）、いといみじと思ひたり（ひどく切なげに思っている）。とまるは（残る私は）、さらにもいはず（言うまでもない）。このせうとなる人なむ（私のもとにいる兄が）、「なにか（〔兄〕どうして）、かくまがまがしう（こんなに縁起でもなく泣くのです）。さらになでふことかおはしまさむ（格別何ということもございますまい）。はや（早く）一一 奉りなむ（お乗りなさいませ）」とて、やがて（兄もそのまま）乗りて、抱へてものしぬ（本邸へ向った）。思ひやる（〔私の〕）ここちいふかたなし。日にふたたびみたび文（ふみ）（〔見舞の〕）をやる。一二 人憎しと思ふ人もあらむと思へども、いかがはせむ（何とも仕方がない）。返りごと（〔兼家からの〕）は、かしこなるおとなしき人して書かせて（あちらにいる年配の女房に代筆させて寄越した）

ているのは、作者への愛執が、はしなくも口をついて出たものであろうし、またこの作者に、再婚を思わせる色香が十分に残っていたことを物語ってもいよう。続く「さりとも、おのが忌のうちにしたまふな」に至っては、男の身勝手もいいところだが、ここでは、病んだ男の真率な甘えが、却って女心に迫ることにもなろう。作者の筆づかいがこまやかなゆえんでもある。だが、こうした愛の交感も、死の予感の中にしかなく、平常に立ち戻った兼家は、例の漁色で作者の生身をさいなむことになる。これがあやにくなこの日記の基調である。

九 どうなりと私にすがっているがよい。「め」は勧誘。「こそ……め（已然形）」は逆接的な余韻を含んで、「だがそれも叶わないと思うので」と展開する。なお、「ものしたまはめ」の内容を、「本邸に来ていただきたい」（『全集』）、「妻として力になってほしい」（『全注釈』）と解く考えもある。

一〇 「思ひきこえ」の対象は作者道綱の母。兼家が侍女たちの前で、作者への愛情を訴えたもの。

一一 「奉る」は「（車に）乗る」の敬語動詞。

一二 「人憎し」は一語で、「憎らしい」「不愉快だ」の意。「……と思ふ人」は本邸の女房。本邸の女房から事情を聞くであろう時姫の反応も、作者の意識には、当然あったであろうが、この時まだ時姫は、本邸に迎えられていなかったと思われる。

兼家邸訪問

あり。『みづからきこえぬがわりなきこと』とのみなむきこえたまふ」などぞある。一ありしよりもいたうわづらひまさると聞けば、二いひしごと、みづから見るべうもあらず、いかにせむなど思ひ嘆きて、十余(よ)日にもなりぬ。

読経(どきやうず)修法(ほふ)などして、いささかおこたりたるやうなれば、三案のごと、みづから返りごとす。「いとあやしう、おこたるともなくて日を経るに、いと惑はれしことはなければにやあらむ、四おぼつかなきこと」など、五ひとまにこまごまと書きてあり。「六ものおぼえにたれば、あらはになどもあるべうもあらぬを、夜のまに渡れ。七かくてのみ日を経(ふ)れば」などあるを、八人はいかがは思ふべきなど思へど、われもまたいとおぼつかなきに、たちかへり、おなじことのみあるを、九いかがはせむとて、「車を賜へ」といひたれば、一〇さし離れたる一一廊(らう)のかたに、いとよう一二とりなししつらひて、端に待ち臥したりけり。一三火ともしたる、一四かい消(け)たせて降りたれば、いと暗うて、入らむかたも知

(傍注)(侍女)自分でしたためられないのがとてもつらい　とばかりを始終おおせになられます　いつぞやよりもずっと容態がひどくなった　あの人が言ったように　私自身の手で看病するわけにもゆかず　どうしたものだろうなどと　快方に向ったようなので　案の定　あの人自身の返事がきた　(兼家)全く妙な具合で　よくなる気配もなくて　日数を重ねたが　今までこんな大病をしたことがなかったせいだろうか　心細くて　人目をぬすんで　(兼家)人心地もついてきたので　おおっぴらというわけにもゆくまいが　夜に紛れておいで　人が見たら何と思うだろう　気がかりでならないので「迷っていると」折り返し　(作者)車をお回し下さい　綺麗に　取りつくろい用意して　端近かに　入口もわからずにいる

一 作者邸で発病した折の模様をいう。

二 「いひしごと」は「みづから……」を修飾するが、前文の兼家の言葉のうちには対応するものがない。敢えて取り上げれば、「もし死なずはありとも、かぎりと思ふなり。ありとも、こちはえまゐるまじ」(六〇頁一四行)あたりをさす。兼家の方から作者のもとへ行くことは、とてもできない、さりとて、こちらから看病に出かけることもできないし……と展開する。

三 侍女の代筆の手紙「みづからきこえぬがわりなきこと」を受けるが、ここには、兼家の言葉をひたむきに信じる作者の、素直な心情がのぞかれよう。なお、底本には「ゆふのこと」とあるが、『全注釈』の改訂案に従った。

四 回復するかどうか不安で。なお、「しばらく逢っていないので、あなたのことが気がかりで」(『全集』)とする説もある。

五 「ひとま」は、人の見ていない隙、の意。

六 前文「いとあやしう、おこたるともなくて……」の手紙とは、別の折の手紙。

七 「かくて」は、作者に逢えない状態をいう。

八 女性の身で兼家のもとを訪れたりしたなら。

九 何としよう。この際だ、仕方があるまい。

一〇 「早速、車を回してよこした。そこで出かけてみると」の意が端折られている。

一一 寝殿(母屋)から離れた廊。恐らく東の対(たい)から南に延びた廊であろう。「廊」は渡り廊下だが、今日の

〔と〕らねば、（兼家）「あやし〔どうしたのだ〕、ここにぞある」とて、手を取りて導く。（兼家）「など〔どうして〕、から久しうはありつる〔こんなに手間どったのだ〕」とて、日ごろありつるやう〔ここ数日来の容態を〕、くづし語らひて〔片端から少しずつ話して〕、とばかりあるに、（兼家）「一五火ともしつけよ。いと暗し。さらにうしろめたなくはな思しそ〔少しも心配なさることはない〕」とて、一六屏風のうしろに、ほのかにともしたり。（兼家）「まだ一七魚（いを）なども食はず、今宵なむ、〔貴女が〕おはせば、もろともにとてある〔一緒にと思って用意していたのだ〕。一八いづら〔どれ〕」などいひて、ものまゐらせたり〔お膳を運ばせた〕。すこし食ひなどして、一九禅（ぜ）師（じ）たちありければ〔詰めていたので〕、夜うち更（ふ）けて、二〇護身（ごしん）にとてものしたれば〔やって来たので〕、（兼家）「いまはうち休みたまへ。日ごろよりはすこし休まりたり〔多少気分も楽になりました〕」といへば、二一大徳（だいとこ）、「しかおはしますなり〔そのようにお見受けいたします〕」とて、立ちぬ。

さて、夜は明けぬるを、（作者）二二「人など召せ〔誰かお呼びになって〕」といへば、（兼家）「なにか〔なんの〕。まだいと暗からむ。しばし〔もうしばらく〕」とてあるほどに、明（あか）うなれば、をのこども呼びて、二三蔀（しとみ）上げさせて見つ〔［庭を］眺めた〕。（兼家）「見たまへ。草どもはいかが植ゑたる〔前栽の草花の風情はどうかな〕」とて、見出だしたるに、（作者）「いとかたはなるほどになりぬ〔はしたない明るさになってしまいました〕」など急げば、（兼家）「なにか〔いいではないか〕。いまは二四粥（かゆ）などまゐりて〔召しあがってから〕」とあるほどに、昼にな

それと違って、片側あるいは両側に小部屋がある。
一二 几帳・屏風その他の調度をととのえ設けて。
一三 作者を迎えるため、縁先にともした灯。作者の供人のたいまつではない。
一四 底本は「ともしたるにいけさせて」とあるが、『全集』の改訂案に従った。
一五 「火ともし……暗し」までは兼家邸の侍女に、「さらに……な思しそ」は作者に対する言葉。
一六 作者の顔を直射しないようにとの配慮。いわゆる間接照明である。
一七 読経修法などのため、精進を続けていたが、その精進落しを、同じことなら、そなたとともに……と展開する。
一八 さあ、こちらへ。侍女に食膳をうながす語。
一九 本来は、宮中の内道場に奉仕する僧をいうが、一般の僧にも転用していう。
二〇 護身法。真言の修法で、印を結び陀羅尼（だらに）を唱えて心身を護持する法。
二一 五五頁注一七参照。
二二 辞去の準備のため。牛車の支度などのため。
二三 日射・風雨を防ぐため格子の片面に板を張った戸。上下二枚より成り、上の戸は上辺を蝶番（ちょうつがい）で固定、外に釣り上げ軒の掛金にとめ、下の戸は固定し、必要に応じて取りはずした。
二四 粥には固粥（かたがゆ）と汁粥（しるがゆ）があるが、ここは固粥で、今日の御飯に当るもの。

りぬ。さて、(兼家)「いざ、もろともに帰りなむ〔一 御一緒に帰るとしよう〕。または、ものしかるべし〔またこちらへ来るのは具合が悪かろう〕」などあれば、(作者)「かくまゐり来たるをだに〔こうして参上したことでさえ〕、人いかにと思ふに〔二 どう言うかと思っているのに〕、三 御迎へなりけりと見ば〔見られたら〕、いとうたてものしからむ〔それこそ本当にいやですわ〕」といへば、(兼家)「さらば、をのこども、車寄せよ」とて、寄せたれば、乗るところにも四 かつがつと歩み出でたれば〔危い足どりで出てきたので〕、いとあはれと見る見る〔こみ上げる思いでその様子を見ながら〕、(作者)「いつか、御ありきは〔いつになりましょう お越しは〕」などいふほどに、涙うきにけり。(兼家)「いと心もとなければ〔気がかりでならないから〕、明日明後日のほどばかりにはまゐりなむ」とて、いとさうざうしげ五なる気色なり。〔車を〕すこし引き出でて、六 牛かくるほどに〔牛を付ける時に〕見通せば、〔あの人は〕ありつるところに〔さきほどの部屋に〕帰りて、〔私を〕見おこせて、つくづくとあるを〔しんみりとしているそれを〕見つつ引き出づれば、心にもあらで〔思わず知らず〕、かへりみのみぞせらるるかし〔振り返らずにはいられなかった〕。

さて、昼つかた、文あり。なにくれと書きて、

(兼家)七 かぎりかと思ひつつ来しほどよりも
　なかなかなるはわびしかりけり

返りごと、(作者)「なほ〔やはりまだ〕、いと苦しげに思したりつれば〔とてもつらそうな御様子だったので〕、いまもいとおぼ〔心配で〕

一 病中の兼家の虚勢またはお愛想とみるべき言葉。
二 「人」は兼家邸の侍女たち。無論、いずれ時姫の耳に入ることも考慮した発言。
三 作者が、療養中の兼家を迎えにきたのだと。
四 「かつがつと」は、どうにかこうにか、やっとといった具合に、の意。
五 もの足りなく淋しそうな様子である。
六 牛は中門のあたりで車の轅につなぐ。
七 そなたに逢うのも、これが最後かと思いながら別れたあの時よりも、なまじ束の間の逢う瀬だった今日のほうがつらいことだ。「かぎりかと」は、前文の「もし死なずはありとも、かぎりと思ふなり」、「これこそは見たてまつるべき限りなめれ」に照応する。
八 「なかなか（兼家の歌）」とおっしゃるのは。次の歌「われもさぞ」に直接かかってゆく。
九 私も同様でございます。ゆっくりとくつろげる夜床でもなく、そそくさと帰る道々は不思議なほど切なくてなりませんでした。「とこ」は滋賀県犬上郡の歌枕「鳥籠の山」で「床」を掛け、「うら」はその山裾の琵琶湖岸と「床の中」を掛ける。「かへる（帰る）」は、浦・波の縁語「返る」から「波路」と展開する。
一〇 平素と同じような間隔（間遠さ）で通ってくる。
＊ 作者の兼家邸訪問――女性側からする男性訪問は、当時としては、まさしく異常体験である。このくだりは、この日記において二人の心が素直に触れ合ったたまゆらの一と時であり、それだけに回想

の中でさえ、言々句々に衷情が溢れている。作者は絶えず時姫を意識しながら、あるいはそれゆえにこそ少なくともこの段階では、時姫に対するひそやかな優越感に自足したことであろう。兼家は全快すると旧態然と、「例のほどに通ふ」ことになるが、ともかくも兼家の愛情を確かめた作者の自信と昂揚は——これもはかないものではあるが——次の葵祭の、時姫との応酬にも揺曳していよう。

平安な日々

一一 賀茂の祭。康保三年は四月十四日であった。

一二 「かのところ」は無論、時姫をさす。

一三 時姫の物見車の向い側に立てた。親近感というよりむしろ対抗的ととれる。

一四 今日は葵祭——「逢う日」とか聞いておりますが、そ知らぬ顔でよそに橘（お立ち）とは。賀茂の祭は葵を飾ることから葵祭とも呼ばれ、その「葵」は「逢ふ日」にかけて、しばしば歌に詠まれる。「たちばな」は「橘」に「立ち」の意を含ませたもの。

一五 よそに立っておいでなのは、あなたのほう。あなたの薄情さを、今日こそはしかと拝見しました。「きみ」は「君」に橘の「黄実」を響かせたもの。「きみがつらさ」には、隠題的に「桂（楓のことという）」が詠み込まれている。「かつら」は「葵」とともに、賀茂の祭の插頭とされていた。

一六 （あなた、橘を）食いつぶしてやりたい気がする。時姫の消極的な詠みぶりを揶揄した付句。

つかなくなむ（なりません）。八なかなかは、

九われもさぞのどけきとこのうらならで
かへる波路はあやしかりけり」

さて、なほ苦しげなれど、念じて（我慢して）、二三日のほどに見えたり。ややうやう例のやうになりもてゆけば（体も回復してくると）、一〇例のほどに通ふ。

このごろは、四月、一一祭見に出でたれば、一二かのところ（時姫も）にも出でたりけり。さなめりと見て（そうらしいと見て取って）、一三むかひに立ちぬ（車を立てた）。待つほどのさうざうしければ（［行列を］手持ちぶさたなので）、橘の実などあるに（ありあわせの橘の実に）、葵をかけて（添えて）、

（作者）一四あふひとか聞けどもよそにたちばなの

といひやる。やや久しうありて、

（時姫）一五きみがつらさを今日こそは見れ

とぞある。（侍女）「憎かるべきものにては年経ぬるを（憎らしいと思って長年過してきたのでしょうに）、など（どうして）、今日とのみいひたらむ（今日と限って言ったのでしょう）」といふ人もあり。帰りて、（作者）「さありし（これこれでした）」など語れば、（兼家）一六「『食ひつぶしつべきここちこそすれ』とやいはざりし（とても返してよこさなかったかね）」とて、い

とをかしと思ひけり。

一今年は節(せち)きこしめすべしとて、いみじう騒ぐ。いかで見むと思ふに、二ところぞなき。（兼家）「見むと思はば」三とあるを聞きはさめて、（作者）「四双(すぐ)六(ろく)うたむ」といへば、（兼家）「よかなり。五物見つくのひに」とて、六目うちぬ。よろこびて、七さるべきさまのことどもしつつ、宵の間(ま)、静まりたるに、硯(すずり)引き寄せて、手習ひに、

（節会をお催しのはずといって〔世間では〕／何とかして見物したいと思うが／小耳にはさんで／よかろう／物見の桟敷を賭けて／人が寝静まったころ／手なぐさみに）

（作者）八あやめ草おひにし数をかぞへつつ
　引くや五月(さつき)のせちに待たるる

とて、さしやりたれば、うち笑ひて、

（さし出したところ）

（兼家）九隠れ沼(ぬ)におふる数をばたれか知る
　あやめ知らずも待たるるかな

といひて、見せむの心ありければ、一〇宮の御一一桟敷(さじき)のひとつづきにて、一二二間(ふたま)ありけるを分けて、めでたうしつらひて見せつ。

（見せてくれる気があったので／〔席を〕仕切って／立派に席をととのえて見せてくれた）

かくて、一三人憎(にく)からぬさまにて、一四十(とを)といひて一つ二つの年はあまり

（まずは平穏な日常で／連れ添ってから十一二年の歳月が流れていっ）

一「節」は節会。ここは五月五日の端午(たんご)の節会。この日、宮中では、邪気を払う菖蒲(あやめ)を軒にふき薬玉(くすだま)を飾り、天皇が菖蒲のかずらをつけて武徳殿に出御、群臣に宴を賜う。その後、左右近衛府・左右兵衛府の騎射・競馬なども行われた。「今年は」とあるのは、村上皇后安子（康保元年四月二十九日崩）の喪によって、康保元、二年には行われず、久しぶりのことによる。

二 物見の席が手に入らない。

三 なんとか都合をつけよう、の意が略されている。

四 双方十二に割った盤上に白黒十五の駒石(こまいし)を並べ、筒に入った二つのサイを交互に振り出し、出た数だけ駒石を進め、早く相手方の陣に入ったほうを勝ちとする遊戯。

五「つくのひ」は、負けた場合の代償をいう。

六 サイの目をうまく打ち出した。すなわち、うまく勝った、の意。なお、この部分を「目かちぬ」とする改訂案（『全注釈』）もある。

七 物見に必要な用意を、美々しくととのえて。

八 沼に生い立った菖蒲(あやめ)の数をかぞえつつ、その根を引く五月の節供が、今から指折りかぞえ、とても待ち遠しくてなりません。「かぞへ」は菖蒲の数と、その日の来るのを指折りかぞえる意。「せちに」は五月五日の節供と「切に（しきりに）」の意を掛けたもの。

九 人目につかぬ沼に生えている菖蒲の数など、誰にわかろう。物見の席とて、

荒れゆく宿

にけり。されど（〔内実は〕）、明け暮れ、世の中の人のやうならぬを（一五 人並みならぬ不幸を）嘆きつつ、つきせず過ぐすなりけり（つきぬ物思いを重ねて過すのだった）。それもことわり（それもそのはず）、身のあるやうは（私の暮しぶりは）、夜とても、人の見えおこたる時は（あの人の足の遠のいた時は）、人少なに心細う、いまはひとりを頼むたのもし人は（今ではたった一人頼りにしている父）、この十余年のほど、あがたありきにのみあり（受領として地方回りばかりしているし）、たまさかに京なるほども（在京している時でも）、四五条のほどなりければ（四五条あたりに住んでいたので）、われは（私の家は）左近の馬場をかたきしにしたれば（一八 片隣りにした所なので）、いとはるかなり。かかるところをも（こんな心細い住まいも）、とりつくろひかかはる人もなければ（手をかけ世話をしてくれる人ともないので）、いと悪しくのみなりゆく（荒れ放題に荒れてゆく）。これをつれなく出で入りするは（平気で出入りしているあの人は）、ことに心細う思ふらむなど（〔私が〕）、深う思ひよらぬなめりなど（たいして気にもとめていないらしいなどと）、ちぐさに思ひみだる（あれこれと思い乱れるのだった）。ことしげしといふは（公務繁多というのは）、なにか、この荒れたる宿の蓬よりもしげげなりと（一九 隙がないみたいだと）、思ひながむるに（物思いに沈んでいるうち）、

八月ばかりになりにけり。

心のどかに暮らす日（屈託もなく暮していたある日）、はかなきこと言ひ言ひのはてに（些細なことを言い合ったあげくのはて）、われも人も（私もあの人も）悪しう言ひなりて（気まずい口喧嘩になって〔あの人が〕）、うち怨じて出づるになりぬ（出てゆく羽目になった）。端のかたに歩み出でて（縁先に出て）、幼き人を（幼い道綱を）呼び出でて、「われはいまは来じとす（私はもう来ないつもりだ）」など言ひ

どうなるかわからないのに、もうその気になって、むやみに待ちこがれておいでのようだね。「あやめ知らずも」は、わけもなく、むやみに、の意。「あやめ」はすじ道、道理、の意に菖蒲を掛ける。

一〇「宮」は章明親王。

一一 道路ぎわに一段高く設けた臨時の見物席。

一二 柱と柱の間を一間という、その二間。

一三 外見上、まずは確執のない円満な夫婦の態で。ただし、この部分を、ようやく成長した道綱の様子と見る考え（『解環』『全注釈』など）もある。

一四 天暦八年（九五四）結婚後、今年は十三年目に当る。「……といひて……」は、「手を折りてあひ見しことをかぞふれば十といひつつ四つはへにけり」（『伊勢物語』）などの例がある。

一五 本邸に迎えられ、妻の座に安住する世間の奥方。

一六「ひとりを頼むたのもし人」は、兼家の頼みがたさの間接表現。倫寧は天徳三年陸奥守の任を終えて上京、暫く右衛門権佐だったが、応和三年河内守となって現在下向中。従って天暦八年以降、八年余を地方に過したことになる。ここにいう「この十余年」は、後年の日記執筆時の意識の反映であろう。

一七 左近衛府の馬場。一条西洞院にあったという（『河海抄』）が、現在の正確な位置は不明。

一八「かたきし」は「片岸」で片隣り、の意。

一九「ことしげし」を雑草の繁茂に取りなし、この宿の「蓬」よりも多そうだと、皮肉ったもの。

おきて、出でにけるすなはち[一]、はひ入りて（〔道綱が〕入ってきて）、おどろおどろしう（大声をあげて）泣く。「こはなぞ、なぞ」（(作者)一体どうしたの）といへど、いらへもせで[二]、ろんなう[三]、さやうにぞあらむ（そんなことだろう）と、おしはからるれど（大方の察しはつくけれど）、人の聞かむもうたてものぐるほし[四]ければ、問ひさして[五]、とかうこしらへてあるに（あれこれなだめて過すうちに）、五六日ばかりになりぬるに（いつになく日数がたってゆくので）、音もせず（何の音沙汰もない）。例ならぬほどになりぬれば、あなものぐるほし[六]、たはぶれごとこそわれは思ひしか[七]、はかなき仲なれば、かくてやむやうもありなむかし（このまま絶えてしまうようなこともあろうよ）、と思へば、心細うてながむる（ふさぎ込んでいると）ほどに、出でし日（出ていったあの日）使ひし泔坏（ゆするつき）[八]の水は、さながらありけり（そのままになっていた）。上に塵（ちり）ゐてあり（つもっていた）。かくまでと（こんなになるまでと）、あさましう（あきれて）、

(作者)[九]
　絶えぬるか影だにあらば問ふべきを
　　かたみの水は水草（みくさ）ゐにけり

など思ひし日しも[一〇]、見えたり。例のごとにてやみにけり[一一]。かやうに胸つぶらはしき[一二]をりのみあるが（胸のつぶれるような気の滅入る時ばかりで）、世に心ゆるびなきなむ（心からくつろげる折とてないのが）、わびしかりける。

一　あの人が出てゆくとすぐ。
二　あの子（道綱）は返事もせず。「……で」は中止法。
三　「ろんなう」は「論なく」の音便。無論。
四　夫婦のいさかいを、人に聞かれるのもいやで、正気の沙汰でもないので。「人」は周囲の侍女たち。
五　問いただすのをやめて。「さす」は中止する、の意。
六　常軌を逸した仕打ちだ、の意。先日の争いを根に持って、打ち絶えた兼家の態度をいう。
七　冗談だとばかり思っていたのに。「たはぶれごと」は「われはいまは来じとす」と言った兼家の捨てぜりふをさす。
八　「泔」は鬢（びん）を撫（な）でつける整髪料。米の磨汁（とぎじる）を用いた。「坏」はその泔を入れる器だが、必ずしも土器とは限らない。
九　二人の仲はもう絶えてしまうのだろうか。せめてあの人の影でも宿っているなら、おたずねしたいところだが、形見の泔には水草がはえて、影も映りはしない。塵を水草に見立てたもの。
一〇　ちょうど折も折、その日に。「し」「も」は強意。
一一　例のごとく、打ちとけるでもなく、ちぐはぐな気持で過してしまった。「やみにけり」を、「いさかいが解消した」と解く考え（『全注釈』）もあるが、続く「かやうに胸つぶらはしき」との関係で見ると、依怙地（いこじ）な態度で通したとすべきであろう。
一二　「胸つぶらはしし」は、はらはらと不安で、胸のうずく意。「心ゆるび」は、そうしたストレスから解放

される意。
一三「あるところ」は下文から伏見稲荷とわかる。伏見稲荷は上中下の三社に分れ、現在は京都市伏見区深草藪之内町にあるが、当時とは若干、位置がずれているようである。
一四 一串の幣帛。幣帛は神前に手向けるぬさで、古くは麻・木綿を用いたが、このころは布・絹または紙などで代用した。
一五 霊験あらたかな下の御社ならば、この入口で早速、御神意（御霊験）をお示し頂きとう存じます。「山口」は山の入口。すなわち下の御社をいう。「かみのけしき」は御神意に、上の御社の御意向を含めたもの。
一六 私は長の年月、このお社に参詣、「しるしの杉」に頼みをかけて参りましたが、まだ一向に御利益にあずかりません。どうか一刻も早く御利益を……。「越え」は「山」の縁語。「しるしの杉」は、霊験の杉。すなわちこの稲荷神社の境内の杉を家に持ち帰って植え、枯れなければ御利益を得るという信仰による。
一七 上中下の神々にお祈りすべく、上り下りするこの坂道は随分とつろうございますが、こらえております。それなのにまだ、仕合せにめぐり逢えない心地でございます。なにとぞ御不憫を。「さかゆかぬ」の「さか」は「栄」に「坂」を掛ける。
一八 九月の月末。
一九 次に見える「いつしかも」の歌から、賀茂神社と知られる。

物詣で

九月になりて、世の中をかしからむ（外の景色はすばらしいだろう）、ものへ詣でせばや（物詣でにでも出かけたいものだ）、かうものはかなき身の上も申さむ（お祈り申そう）、などさだめて（などと心にきめて）、いと忍び（こっそりと）、一三あるところにものしたり。一四ひとはさみの御幣に、かう書きつけたりけり。まづ、

下の御社に、

（作者）一五 いちしるき山口ならばここながら
かみのけしきを見せよとぞ思ふ

中のに（中の御社に）、

（作者）一六 いなりやまおほくの年ぞ越えにける
祈るしるしの杉をたのみて

果てのに（上の御社に）、

（作者）一七 かみがみと上り下りはわぶれども
まださかゆかぬここちこそすれ

また、一八おなじつごもりに、一九あるところにおなじやうにて詣でけり。

ふたはさみづつ（みてぐらを二串ずつ）、下のに（下の御社に）、

（作者）[一] かみやせくしもにや水屑(みくづ)つもるらむ
思ふこころのゆかぬみたらし

また、

（作者）[二] 榊葉(さかきば)のときはかきはに木綿垂(ゆふしで)や
かたくるしなるめな見せそ神

また、上の御社に上のに、

（作者）[三] いつしかもいつしかもとぞ待ちわたる
森の木間(こま)よりひかり見むまを

また、

（作者）[四] 木綿襷(ゆふだすき)むすぼほれつつ嘆くこと
絶えなば神のしるしと思はむ

などなむ、[五] 神の聞かぬところに、きこえごちける。

秋はてて、冬はついたちつごもりとて、あしきもよきも騒ぐめるものなれば、独り寝のやうにて過ぐしつ。

やれついたちやれつごもりと 身分の上下を問わずあわただしく過すようなので「あの人も来てくれず」

一 私の願いごとの叶わないのは、上流（上社）で堰(せ)きとめられているのでしょうか。下流（下社）に水屑がつもって妨げておいでなのでしょうか。とんと流れもやらぬ（望みの叶わぬ）御手洗川(みたらしがわ)（賀茂の神様）でございます。「かみ」「しも」は上流下流の意に賀茂の上下両社を掛けたもの。「みたらし」は神社の前を流れる小川で、参詣する人が手を洗い口をすすぐ川。

二 常緑の榊葉(さかきば)に木綿垂(ゆうしで)を結んで奉納し、ひたすらにお祈り申し上げます。神さま。どうか私にだけ苦しい片思いをさせないで下さい。「ときは（常磐）」「かきは（堅磐）」は、ともに永遠に変らない意。「木綿」は楮(かじ)の繊維を水で漂白して縒(よ)った糸。「木綿垂(ゆうしで)」はそれを榊に結び垂らしたもの。「かたくるし」は、兼家に対する片恋の苦しさをいう。

三 一刻も早くとこの年月、待ち続けておりました。神域の森の木の間から神さまのみ恵みの光を拝する日を。「いつしかも」は隠題的に賀茂を詠み込んだもの。

四 晴れやらぬ思いに嘆き沈む、この悲しみが止(や)みましたら、それこそ神さまのみしるしと存じ上げましょう。「木綿襷」は木綿で作った清浄な襷。襷は結ぶものゆえ、「むすぼほれ（鬱屈する）」の序となる。

五 御幣(みてぐら)に書いて奉納したものの、内容が多分に神に対する恨みつらみになっているので、「神の聞かぬところに」としたもの。ちょっと首をすくめたポーズである。なお、この賀茂参詣は九月末、もうすぐ神無月ゆえ、「神の聞かぬところ」としたとする説もある。

康保四年――御代がわり

三月(やよひ)つごもりがたに、かりのこ〔六〕の見ゆるを（目についたので）、これ十づつ重ぬるわざをいかでせむとて〔七〕（これを十個ずつつなぎとめるくふうを何とかやってみようと）、手まさぐりに（手なぐさみに）生絹(すずし)〔八〕の糸を長う結びて、ひとつ結びてはゆひゆひして（くくりくくりして）、引き立てたれば、いとよう重なりたり。なほあるよりはとて（このままにしておくのは勿体ないと）、九条殿〔九〕の女御殿の御方に奉る。卯(う)の花にぞつけたる（〔それを〕結びつけた）。なにごともなく（何もとりたてて書かず）、ただ例の御文にて（普通のお手紙として）、端に、「この十重(とをかさ)なりたるは、かうてもはべりぬべかりけり（こんな危うげな状態でもいればいられるものですね）」とのみきこえたる御返り、

（女御）〔一〇〕
　数しらず思ふ心にくらぶれば
　　十かさぬるものとやは見る

とあれば、御返り、

（作者）〔一一〕
　思ふほど知らではかひやあらざらむ
　　かへすがへすも数をこそ見め

それより（そののち）、五〔一二〕の宮になむ、奉れたまふと聞く（おさし上げになったと聞く）。

五月(さつき)にもなりぬ。十余日に、内裏(うち)の御薬〔一三〕のことありて、ののしる（大騒ぎをしている）ほどもなくて（うちにまもなく）、二十余日のほどに、かくれ〔一四〕させたまひぬ。東宮〔一五〕、す

六 雁の卵、鴨・軽鴨の卵など諸説があるが不明。

七 「鳥の子（卵）を十づつ十は重ぬとも思はぬ人を思ふものかは」（『伊勢物語』）に見るごとく、「累卵」は非常に困難なこと、苦労なことの譬(たと)えとされた。

八 生糸で織った絹布、また生糸そのものをいう。

九 右大臣師輔(もろすけ)の女怤子。兼家の妹で冷泉院の東宮時代に入内(じゅだい)。女御となったのは、この翌年十二月七日のこと。従って、この「女御殿」の表記は、この部分の執筆が安和元年十二月以後であることを暗示する。

一〇 測り知れないほど貴女のことを思っている私の心にくらべれば、卵を十かさねるぐらいの苦労は、物の数でもありますまい。「十（有限）」と「数しらず（無限）」を対照、座興的に好意を訴えたもの。

一一 貴女様の御好意のほどを存じ上げないでは、甲斐もございません。「数しらず」とおっしゃる、その御好意を（具体的に）拝見させて頂きたいもの。「かひ」は「甲斐（効(かひ)）」に「卵(かひ)」を掛け、「かへすがへす」は、くれぐれも、の意に、卵の縁語「孵化する」の意を掛ける。

一二 村上天皇の第五皇子守平親王。のちの円融天皇。当年九歳。母は兼家の同母姉安子。

一三 村上天皇の御発病。五月十四日のことである。

一四 村上天皇崩御。五月二十五日。

一五 村上天皇第二皇子憲平親王。即位して冷泉天皇。当年十八歳。母は安子皇后。

なはち、かはりゐさせたまふ（代って御即位あそばされた）。東宮亮(とうぐうのすけ)[一]といひつる人は（あの人は）、蔵人頭(くらうどのとう)[二]など
[三]いひてののしれば（騒ぎ立てるので）、悲しびはおほかたのことにて（並みひとどおりのこととして）、御よろこびといふことのみきこゆ（お祝いということばかり言上にやって来る）。あひこたへなどして（〔私は〕会って応対などして）、すこし人ここちすれど（人並みになった気はするけれど）、[四]わたくしの心はなほおなじごとあれど（相変らず不満が絶えない　それなのに）、ひきかへたるやうに騒がしくなどあり（うって変ったように人の出入りも賑やかになった）。

御陵(みささぎ)[五]やなに[六]やと聞くに、時めきたまへる人々いかにと、思ひやりきこゆるに（御寵愛に花やいでいらした方々はどんなにお悲しみかとお察し申し上げると）、あはれなり（胸が一杯になる）。やうやう日ごろになりて（ようやく日数もたったころ）、貞観殿(ぢやうぐわんでん)[七]の御方に、いかになどきこえけるついでに（いかがお過しでなどお見舞い申し上げたついでに）、

（作者）[八]
世の中をはかなきものとみささぎの
　うもるる山になげくらむやぞ

御返りごと、いと悲しげにて、

（登子）[九]
おくれじとうきみささぎに思ひいる
　心は死出の山にやあるらむ

[一〇]御四十九日果てて、七月(ふみづき)になりぬ。上にさぶらひし（殿上に出仕していた）兵衛佐(ひやうゑのすけ)[一一]、まだ

一 東宮職の次官。兼家はこの年（康保四年）二月五日に左京大夫から東宮亮となっていた。
二 蔵人所の次官で四位相当。定員は二名で、天皇に近侍して公事をとりまとめる要職。兼家はこの年六月十日に補任された（『公卿補任(くぎようぶにん)』）。
三 「いひて」の主語は、周囲の人々。
四 「わたくしの心」は、兼家との愛情関係に即した私的な心境をいう。
五 村上天皇の御遺体は六月四日、山城国葛野郡田邑郷北中尾（京都市右京区鳴滝）の山陵に葬られた。
六 御葬送にともなう、もろもろの仏事。
七 兼家の同母妹登子。式部卿重明(しげあきら)親王に嫁したが、天暦八年親王が薨去、応和四年安子皇后崩御ののち、村上天皇に召されて寵愛をほしいままにした。ただし登子が「貞観殿の尚侍」と呼ばれるのは安和二年十月十日以後のことである。
八 世の中をはかないものと観じ、亡き帝の埋れておいでの御陵に思いを馳せて、さぞかし悲嘆に沈んでいらっしゃることでしょうね。「みささぎ」の「み」は「見」を掛ける。「や」「ぞ」は感動・強意の助詞。
九 みかどに後(おく)れ申すまい、この憂き身もみあとを慕って御一緒に御陵に入りたいと思いつめています。この心はもう死出の山辺にさ迷い出ているのでしょう。「うきみささぎ」の「み」は「身」を掛ける。
一〇 村上天皇の四十九日の御斎会が清涼殿で行われたのは七月十四日のことである（『日本紀略』）。

年も若く、思ふことありげもなきに（悩みごとなどありそうもないのに）、親[一二]をも妻（め）[一三]をもうち捨てて、山（比叡）にはひのぼりて（山にこっそり登って）、法師になりにけり。あないみじとののしり（まあ大変なことと人々が騒ぎ）、あはれといふほどに（おいたわしいと噂をしているうち）、妻はまた（奥方がまた）尼になりぬと聞く。さきざきなども（これまでも）、文通はしなどする仲にて（文通などする間柄だったし）、いとあはれにあさましきことを（まことに悲しくあまりの出来ごとだったので）とぶらふ（お見舞をした）。

（作者）[一四]奥山の思ひやりだに悲しきに
　　またあまぐものかかるなになり

[一五]手はさながら、返りごとしたり。

（佐理室）山深く入り[一六]にし人もたづぬれど
　　なほあまぐものよそにこそなれ

とあるも、いと悲し。

かかる世に、[一七]中将にや三位にやなど（中将になったとか三位に昇ったとか）、よろこびをしきりたる人は（昇進の喜びを重ねているあの人は）、「ところどころなる（別々に離れて住んでいるのは）、いとさはりしげければ（さし障りが多くて）、悪しきを（具合が悪いのだが）、近うさりぬべきところいできたり（近くに格好な家が手に入った）」とて、渡して（〔私を〕移らせて）、乗物なきほどに（乗物がなくても）、はひ渡るほどなれば（すぐ来られる所になったので）、[一八]人は思ふやうなりと思ふべかめり（人は私が満足していると思っているようだ）。十一月（しもつき）なかのほ

一一　右兵衛佐藤原佐理（すけまさ）。中納言敦忠の子。年齢不詳。

一二　父敦忠は天慶六年（九四三）に他界しているので、この「親」は母親をさすものであろう。

一三　佐理との間に邦明を儲けた藤原文範女（ふみのりのむすめ）かという。文範女ならば、作者の姉の夫為雅の妹に当る。

一四　奥山に籠られた御夫君を思うだけでも悲しいのに、その上、貴女までがこうして尼になり、天雲のように遠く隔たっておしまいになろうとは、一体どうしたことでしょう。「あまぐも」の「あま」は「天」に「尼」を、「かかる」は「斯（か）くある」に「懸かる」を掛ける。「天雲」「懸かる」は「奥山」の縁語。

一五　姿は変ったけれども、手（筆跡）は昔ながらで。

一六　山深く分け入った夫の後を追おうとして、出家はいたしましたものの、所詮は女の身、叡山にたずねてゆくこともならず、天雲のように遠く隔たってしまいました。「天雲のよそにも人のなりゆくかさすがに目には見ゆるものから」（『古今集』恋五、紀有常女・『伊勢物語』）を踏まえたもの。

一七　兼家はこの年十月七日に左近中将となったが、従三位に昇ったのは、この翌年、安和元年十一月二十三日のことである。ただしここは、記憶違いというより、冷泉天皇（兼家の甥（おい））の即位によって、しきりに栄進を重ねる兼家を、回想の中で強調した筆法であろう。

一八　私たち夫婦仲の実情を知らぬ世間の人。「人」を兼家と見て、兼家自身が悦に入っていると解く説（『全注釈』ほか）もある。

安和元年――登子の里さがり

どなり。

十二月（しはす）つごもりがたに、貞観殿（登子様）の御方、この西なる方にまかでたまへり（わが家の西の対に里下がりなさった）。つごもりの日になりて（大みそかの日になって）、一儺など（追儺などというものを）いふもの、こころみるを、まだ昼より（うちに）、ごほごほはたはたとするぞ（ごとごとばたばたと賑やかなので）、ひとり（ひとりで）笑みせられてある（ついにこにこしている）ほどに（ので）、明けぬれば（元旦になると）、昼つかた、二客人（まらうと）の御方、男なんどたちまじらねば（年賀の男客なども訪れてこない）、のどけし。われも（作者）、三ののしるをば隣に聞きて（隣りの騒ぎをよそに聞きながら）、「四待たるるものは」なんど、うち笑ひて（〔口ずさんで〕）あるほどに、あるもの（侍女が）、手まさぐりに（手なぐさみに）、五かい栗を編みたてて（糸でかがりつけて）、六贄（にへ）にして（仕立てて）、七木を作りたるをのこの、片足に八尰（こひ）つきたるに担（にな）はせて、もて出でたる（持ってきたのを）を、取り寄せて、ある色紙（そばにあった色紙）の端を脛（はぎ）におしつけて（貼りつけて）、それに書きつけて、あの御方（貞観殿の御方にさし上げた）に奉る。

（作者）九かたこひや苦しかるらむ山賤（やまがつ）の
　あふこなしとは見えぬものから

ときこえたれば（と申し上げたところ）、一〇海松（みる）の一一引干（ひきぼし）の短くちぎりたるを結（ゆ）ひ集めて（〔新しく〕）、木の（天秤棒の先にかつぎ替えさせて）先に担ひかへさせて、細かりつるかたの足にも、ことの（別の）尰（こひ）をも削り

一 追儺（ついな）。大晦日の夜、桃の弓・葦の矢で悪鬼を払う宮廷行事。寺社・民間でも行われた。
二 貞観殿登子のいる西の対は。
三 賑やかに活況を呈しているのは兼家邸。それをよそながら（隣に）聞いて。ただし、これを登子のいる西の対と見る説（『注解』）もある。
四 「あらたまの年立ちかへる朝（あした）より待たるるものは鶯の声」（『古今六帖』第一、素性）によるが、ここで「待たるるもの」は、無論、鶯の声ではなくて、兼家の訪れである。
五 搗栗（かちぐり）。正月の祝儀用食料。ただし「貝」と「栗」とする説（『全注釈』）などもある。
六 魚鳥・果物など、貴人に対する捧げ物をいう。
七 木を細工して作った下僕姿の人形の意。
八 「尰（こひ）」は足にできるこぶのような腫物（はれもの）。
九 御覧下さい。片尰（かたこい）の足でこの重荷はさぞ苦しいことでしょう。山賤なら朸（おうご）（天秤棒）ぐらいはありそうなのに。――いえ片恋は苦しいもの。すぐお隣りですもの、お逢いする機会はありそうなのに。「かたこひ」は「片尰」に「片恋」を、「あふこ」は「朸（天秤棒）」に「逢ふ期」を掛ける。一首は、「人恋ふることを重荷と担ひもてあふこなきこそわびしかりけれ」（『古今集』雑体、読人しらず）を踏まえたもの。
一〇 「海松（みる）」は海藻。「見る」の意を寓したもの。
一一 乾物。その短くちぎった物を薪のように束ねて。

つけて、もとのよりも大きにて〔［それを］もとのこぶよりも大きくして〕返したまへり。見れば、

（登子）山賤（やまがつ）一二のあふこ待ち出でてくらぶれば

こひまさりけるかたもありけり

日たくれば〔日が高くなったので〕、節供（せく）一三まゐりなどすめる、こなたにもさやうになどして〔こちらでも同じようにして〕、

十五日一四にも例のごとして〔いつものようにして〕過ぐしつ。

三月（やよひ）にもなりぬ。客人の御方にとおぼしかりける〔宛てたらしい〕文を〔［あの人からの］手紙を〕、もてたがへたり〔間違えて持ってきた〕。見れば、なほしもあらで、一五「近きほどにまゐらむと思へど〔（兼家）近いうちにお伺いしようとは思うが〕、一六『われならで』と思ふ人やはべらむとて」など書いたり。年ごろ見たまひなれにたれば〔ふだんから親しくしていらっしゃるので〕、かうもあるなめりと思ふに〔こんなぶしつけな物言いもするのだろうと思うと〕、なほもあらで〔捨ててもおけず〕、いと小さく書いつく〔ほんの小さく書き添えた〕。

（作者）一七松山のさし越えてしもあらじ世を

われによそへて騒ぐ波かな

とて、「あの御方〔登子様〕にもてまゐれ」とて返しつ。見たまひてければ〔［登子が］〕、すなはち御返りあり。

一二 山賤の「あふこ（朸）」、いえ、お目にかかる機会を待ちつけて、くらべて御覧下さい。貴女の片恋（こい）（⿺辶盧）よりも、こちらの恋（⿺辶盧）のほうがまさっております。「あふこ」「こひ」の修辞は贈歌と同じ。私（登子）の貴女に対する思いのほうが、まさっている、の意。

一三 節会の料理。「まゐる」は召し上がる。

一四 十五日は望粥（もちがゆ）（小豆（あずき）粥）を作って食し、その燃料の薪で女の尻を打って、子供の生れるまじないとした。『枕草子』（粥の木）参照。

一五 登子宛の手紙だが、私のことに全然触れないわけにもゆかないので、の意。これを地の文とせず、兼家の手紙の文言とする見方（『全注釈』）もある。

一六 私以外の人を通わせてはならない。「われならで下紐解くな朝顔の夕影待たぬ花にはありとも」（『伊勢物語』）を引いたもの。本歌は男から女へ贈ったもので、私以外の男には身を許すな、の意だが、これを女（作者）の立場に転用、私（兼家）が貴女（登子）のもとを訪れると、嫉妬する人（作者）がいるから……と、たわむれに言いなしたもの。

一七 末の松山を波が越すなんて――御兄妹である貴女に心を移すなど、あるはずもないので、私は別に気にしてもおりません。それをあの人は、御自分の浮気心に引きつけて、とんだ気を回しておいでの御様子。本当に失礼な。一首は、「君をおきてあだし心をわが持たば末の松山波も越えなむ」（『古今集』東歌（あずまうた））を踏まえたもの。

松島の風にしたがふ波なれば
　寄るかたにこそたちまさりけれ

この御方、東宮の御親のごとしてさぶらひたまへば、まゐりたまひぬべし。「かうてや」など、たびたび「しばし、しばし」とのたまへば、宵のほどにまゐりたり。時しもこそあれ、あなたに人の声すれば、「そそ」などのたまふに、聞きもいれねば、「宵まどひしたまふやうに聞こゆるを、ろなうむつかられたまふは。はや」とのたまへば、「乳母なくとも」とて、しぶしぶなるに、もの歩みきて、きこえたてば、のどかならで帰りぬ。またの日の暮れに、まゐりたまひぬ。

五月に、帝の御服ぬぎにまかでたまふに、さきのごと、こなたになどあるを、「夢に、ものしく見えし」などいひて、あなたにまかでたまへり。さて、しばしば夢のさとしありければ、「ちがふるわざもがな」とて、七月、月のいとあかきに、かくのたまへり。

一 松島の波は風に従って打ち寄せるものですから、波の寄る方――間違ってでも、手紙の届いた貴女のほうにこそ、兄上の愛情はつのっているのです。「松島」は贈歌の「(末の)松山」に因んだ奥州の歌枕。「波」は兼家を譬える。「寄る」「たち」は「波」の縁語。

二 前出の五の宮、守平親王(七一頁注一二)。康保四年九月一日立太子、当年十歳。生母安子が他界されたので、登子が親代りとなっていた。

三 このままお別れすることになるのでしょうか(それではお名残り惜しいことです)。

四 「宵まどひ」は、幼児が宵の口から眠たがりぐずること。

五 言うまでもなく、きっと。兼家を駄々っ子に見立てたもの。「ろなう」は「ろんなく(無論)」の音便で撥音無表記の例。

六 底本は「むつかられたまはいや」(ぐずられなさったら、お困りでしょう)とあるが、『全集』の改訂案に従った。

七 「今さら乳母(私)がいなくても」と、登子の冗談に調子を合わせたもの。

八 (登子に、作者を帰すよう)しきりに催促申し上げるので。「きこえ」は登子に対する敬語表現。

九 先帝の一周忌も過ぎ、除服のために。喪服を脱ぐ時は、賀茂の川原で修祓するのが例であった。

一〇 こちら(私のもと)へ、などという話もあったが。

一一 「ちがふ」は「夢違え」をすること。別の夢を見て前の凶夢を払ったり、祈禱、まじないなどの方法が

（登子）一二
見し夢をちがへわびぬる秋の夜ぞ
　寝がたきものと思ひ知りぬる

御返り、

（作者）一三
さもこそはちがふる夢はかたからめ
　あはてほど経る身さへ憂きかな

たちかへり（折りかえし）、

（登子）一四
あふと見し夢になかなかくらされて
　なごり恋しくさめぬなりけり

とのたまへれば、また、

（作者）一五
こと絶ゆるうつつやなにぞなかなかに
　夢は通ひ路ありといふものを

また、（登子）「『こと絶ゆる』（仲が絶えるとは）はなにごとぞ（何をおっしゃいます）。あな（まあ）、まがまがし（縁起でもない）」とて、

（登子）一六
かはと見てゆかぬ心をながむれば
　いとどゆゆしくいひやはつべき

あったらしく、『袋草紙』には「吉備大臣夢違誦文歌」として、「あらちをのかる矢のさきに立つ鹿もちがへをすればちがふとぞ聞く」の例も見える。

一二 不吉な夢をなかなか違えかねて困っているこのごろ、秋の夜長というものが、どんなに寝苦しいものか、身にしみて思い知ったことです。

一三 仰せのように夢違えはむずかしいもののようです。でも、私どもへの方違え（かたたがえ）ならおできになるはず。このままお目にかかれず日数を重ねておりますと、私までが、つらくなってまいります。

一四 「あはでほど経る」とか。私は夜な夜な夢でお逢いしています。なまじその夢の名残りで醒めての後も悲しみにかき昏（く）れ、うつろな心地です。それでお伺いすることも叶わないのです。

一五 ふっつりと往来（ゆきき）も絶えたこの現実（うつつ）は、一体どうしたことなのでしょう。夢の中なら通い路はあると申しますのに。「うつつには言（こと）絶えにたり夢（いめ）にだにやまず見えこそただに逢ふまでに」（『万葉集』巻十二）を踏まえたかという。

一六 あれが貴女のお住まいと見ながら、川に隔てられたように、私は、心ならずも伺えないで塞（ふさ）ぎ込んでいるのです。それなのに、「こと絶ゆる（仲が絶える）」などと、不吉に詠み捨ててよいものでしょうか。「かは」は「川」と「彼は」を、「ゆかぬ」は、中を隔てた川が渡れないの意と、心の満ち足りないの意を掛けたもの。

とある御返り、

〔(作者)〕一 渡らねばをちかた人になれる身を
　心ばかりは淵瀬やはわく

となむ、夜一夜いひける。〔夜どおし歌を詠み合った〕

かくて、年ごろ願あるを〔年来祈願の筋があったので〕、いかで〔是非とも〕初瀬二にと思ひ立つを、たたむ月〔来月になった〕らと思ふを〔らと思っていたが〕、さすがに心にしまかせねば〔やはり思い通りにもならないで〕、からうじて九月に思ひ立つ。〔(兼家)〕「たたむ月には大嘗会(だいじやうゑ)三の御禊(ごけい)、これより〔当方から〕女御代(にようごだい)四出で立たるべし〔お立ちになる予定だ〕。これ過ぐしてもろともにやは〔これを済ませて御一緒にどうだろう〕」とあれど、わがかたのことにしあらねば〔こちらには全く関係のないことなので〕、忍びて〔主人には内証で〕思ひ立ちて、日悪しければ〔日柄が悪かったので〕、門出ばかり〔仮の出立だけを〕法性寺(ほふしやうじ)五の辺(へ)にして、暁より出で立ちて、午(うま)の時ばかりに〔昼の十二時ごろに〕宇治の院六にいたり着く。

見やれば、木(こ)の間(ま)より水の面(おもて)つややかにて〔きらきらと光って〕、いとあはれなるここちす〔しみじみと興をそそられた〕。忍びやかにと〔目だたぬようにと〕思ひて、人あまたもなうて〔供人もあまり連れずに〕出で立ちたるも、わが心のおこたりにはあれど〔私の不用意ではあったけれども〕、われならぬ人七なりせば〔私のような日蔭者でなかったなら〕、いかにののしりてとおぼゆ〔どんなににぎにぎしく出かけたろうと〕。車さしまはして〔車をぐるりと回して〕、幕など引きて、しりなる人八ばかり

一 お越し下さいませんゆえ、遠く隔たってしまったこの身ですが、心だけは淵瀬もなく、貴女様のもとに通っております。「をちかた人」は遠方の人。「淵瀬やはわく」は、淵瀬の見さかいもなく、の意。

二 奈良県桜井市初瀬町の長谷寺。本尊の十一面観音の霊験によって、広く上下に尊信されていた。

初瀬詣で

* この初瀬詣でを「願かけ」と見るか「願ほどき」と見るかは、意見の分れるところ。前者と見れば、意に染まない現状から開運を願う旅立ちとなり、後者と見れば、昨今をまずは平穏な日々と肯定したお礼参りとなろう。いずれにもとれるが、途次の作者は心細さを訴えながらも、旅そのものの風情を楽しんでいるようである。

三 「大嘗会」は、天皇即位後の最初の新嘗祭。新嘗祭は、その年の新穀を供えて天神地祇を祭る神事。「御禊」は大嘗会に先立って十月下旬、天皇が賀茂の川原に行幸、禊(みそぎ)を行われる儀式。冷泉天皇の御禊はこの年十月二十六日、大嘗会は十一月二十四日。

四 御禊に際し、選ばれて女御の代りを奉仕する者。この折の女御代は兼家女超子(ちようし)(時姫腹(ばら))。超子は御禊に先立って十月十四日、天皇のもとに入内していた。

五 貞信公藤原忠平の創建にかかり、現在の東福寺がその旧跡という。

六 宇治の別荘。兼家の所領と思われる。

七 「われならぬ人」とは一般的な物言いだが、前文

をおろして、川にむかへて〔車を川に向けて〕、簾まき上げて見れば、網代[九]どもし渡したり〔一帯にしかけてある〕。ゆきかふ舟ども、あまた見ざりしことなれば〔こんなにたくさんは見たこともないので〕、すべてあはれにをかし〔何もかも身にしみて面白かった〕。しりのかたを見れば、来困じたる[一〇]下衆ども、悪しげなる柚[一一]や梨やなどを、なつかしげにもたりて〔大事そうに手に持って〕食ひなどするも、あはれに見ゆ〔いじらしく見える〕。破子[一二]などものして、舟に車かき据ゑて〔かつぎ乗せて〕、いきもていけば、贄[一三]野の池、泉川[一四]などいひつつ、鳥どもゐなどしたるも〔水鳥などの群がっている風景も〕、心にしみてあはれにをかしうおぼゆ〔感慨深く面白く思われた〕。かい忍びやかなれば〔ひっそりと人目を忍んだ旅なので〕、よろづにつけて涙もろくおぼゆ。

その泉川も渡らで[一五]、〔手前の〕橋寺[一六]といふ所にとまりぬ。酉の時〔午後六時ごろ〕ばかりに降りて休みたれば、旅籠[一七]どころとおぼしきかたより〔思われるあたりから〕、切り大根[一八]、柚の汁してあへしらひて、まづ出だしたり。かかる旅だちたるわざどもをしたりしこそ〔こうした旅情ゆたかな経験をしたことが〕、あやしう忘れがたう〔妙に印象に残って〕をかしかりしか。

明くれば、川渡りていくに〔泉川を渡っていったが〕、柴垣し渡してある家どもを見るに〔柴垣をめぐらしてある家などを見るにつけて〕、いづれならむ〔どれだろう〕、よもの物語[一九]の家など〔よもの物語に出てくる家はなど〕思ひいくに、いとぞあはれなる〔まことに風情がある〕。

「これより女御代……」、「わがかたのことにしあらねば……」と展開する中で考えると、やはり時姫を意識したものであろう。

八　車の後ろに乗っている人。道綱をさす。

九　木や竹を編んで川瀬に立て、その端に簀をつけて氷魚（鮎の稚魚）を取るしかけ。

一〇　歩き疲れた下人たち。

一一　柚子の実をいう。

一二　内に仕切りのある弁当箱。転じて弁当そのもの。

一三　久世郡南部か綴喜郡北部あたりかという（『全注釈』）が、なおさだかでない。

一四　木津川、山城川とも呼ぶ。

一五　底本は「渡りて」とあるが、下文に「（翌日）川渡りて」とあるのに矛盾する。底本のままとして、筆の勢いで翌日までのことを先に述べて言いさした形と見る考え（『全集』）もあるが無理であろう。『紀行解』『全注釈』に従って、「渡らで」と改めた。

一六　泉川北岸の泉橋寺。古くからの渡し場である。

一七　旅中の食物をととのえる調理所。調理するのは、もとより一行の侍女たちである。

一八　「切り大根」は大根を刻んだもの。これを柚子の汁で、あえ物に作って。

一九　「よも（四方）の物語」は散佚物語であろう。「かもの物語」とする本文があり、泉川の南部に「加茂」の地名のあるところから、これに従う説（『全集』『新注釈』など）もあるが、いずれにせよ内容は不明。

今日も寺めくところにとまりて、またの日は椿市(つばいち)[一]といふところにとまる。またの日、霜のいと白きに、詣でもし帰りもするなめり[二]、脛(はぎ)を布の端して引きめぐらかしたる[三]ものども、ありきちがひ、騒ぐめり。蔀(しとみ)[四]さし上げたるところに宿りて[五]、湯[六]わかしなどするほどに見れば、さまざまなる人のいきちがふ、おのがじしは思ふことこそはあらめと見ゆ。

とばかりあれば、文(ふみ)ささげてくる者あり。そこにとまりて[七]、「御文」といふめり。見れば、「昨日今日のほど、なにごとか。いとおぼつかなくなむ。人少なにてものしにし、いかが。いひしやうに[八]、三日さぶらはむずるか。帰るべからむ日聞きて、迎へにだに」とぞある。返りごとには、「椿市といふところまではたひらかになむ。かかるついでに、これよりも深く[九]と思へば、帰らむ日を、えこそきこえさだめね」と書きつ。「そこにてなほ三日さぶらひたまふこと、いとびんなし」などさだむるを、使、聞きて帰りぬ。

（傍注）お寺のような所に／霜がまっ白に置いている頃／参詣に行き帰りするのであろう／巻いている者たちが／行き来して／騒いでいるようだ／湯を沸かしたりする間に外を見ると／往来している〔そのさまは〕人それぞれに悩みごとがあるのだろうと見受けられる／しばらくすると／手紙を捧げてやって来る者がいる／（使）お手紙です／（兼家）／変ったことはないか／気がかりでならない／小人数で出かけたが／別条はないか／三日間参籠するおつもりか／帰る予定の日を聞いて／せめて迎えにでも行こう／（作者）／無事に参りました／こうしたついでに／もっと山深く分け入ろうと存じますので／いつ帰るか／はっきりとは申し上げかねます／（侍女）あそこでやはり三日お籠りなさるのは／よろしくございません／相談しているのを

一 現在の桜井市金屋町に当るという。初瀬・伊勢に通ずる交通の要衝。初瀬詣での人々が、燈明その他、参籠に必要な品を調えるために宿泊して賑わった。

二 「詣でもし……するなめり」は挿入句で、「ありきちがひ……」にかかる。

三 いわゆる脚絆(きゃはん)。当時は俗に「はばき」（『和名抄』）と呼ばれていたが、貴族女性である作者は、こうした名称など知るべくもなかったものであろう。

四 夜も明け離れ蔀戸を上げている家に。「蔀」は、格子組みの裏に板を張り、日射・風雨を防いだ戸。

五 今朝、宿ったのではなく昨夜来泊っていた、の意。

六 斎戒沐浴(もくよく)のための湯である。

七 私の宿っている家の前に止って。

八 出発前に、そなたが言っていたように。

九 「これよりも深く……」は、ここよりもっと深い山に入ろう、の意。いっそ出家して……の意を寓す。

一〇 世の常の川音よりも高く。この部分、前文を「水の声す」と切って、「例の杉も」とする改訂案（『全集』）もある。「例の杉」は「初瀬川ふる川の辺に二本(ふたもと)ある杉年を経てまたも逢ひ見む二本ある杉」（『古今集』雑体、読人しらず）を踏まえたものだが、下文「立ちわたり」は、二本杉ではなく、あたり一帯の「杉むら」をさしたもので、敢えて二本杉と限定、「わたり」を時間的経過（昔からずっと）と見る（『全集』）のは不自然であろう。

一一 この部分、底本には「もと、有さして」とあって

それより立ちて〔そこから出立して〕、いきもていけば、なでふことなき道も〔これといった見どころもない道も〕山深きここちすれば、いとあはれに〔まことに趣深く〕、水の声も〔谷川の音も〕例に[一〇]すぎ、木も空さし[一一]て立ちわたり〔天を突いて立ちむらがり〕、木の葉はいろいろに見えたり〔とりどりに色づいて見える〕。水は石がちなる中よりわきかへりゆく〔川は石のごろごろした中を奔騰して流れてゆく〕。夕日のさしたるさまなどを見るに、涙もとどまらず〔涙がとめどもなく流れてくる〕。道[一二]はことにをかしくもあらざりつ〔今までの道中は格別景色もよくなかった〕。紅葉もまだし〔まだ早いし〕、花もみな失せにたり〔散ってしまっていて〕、枯れたる薄(すすき)ばかりぞ見えつる。ここはいと心ことに見ゆれば〔格段に風情も深く見えるので〕、〔車の〕簾まきあげて、下簾(したすだれ)[一三]おしはさみて見れば、着なや[一四]したるものの色も、あら[一五]ぬやうに見ゆ。薄色[一六]なる薄物の裳をひきかくれば〔裳をつけると〕、腰[一七]などちがひて、こ[一八]がれたる朽葉(くちば)に合ひたるここちも〔しっとりと調和した感じなのも〕、いとをかしうおぼゆ〔なかなか面白いと思った〕。乞食(かたゐ)どもの、坏(つき)、鍋(なべ)など据ゑてをるも〔地面に置いて坐っているのも〕、いと悲し。下衆(げす)[一九]ぢかなるここちして、入[二〇]りおとりしてぞおぼゆる。眠(ねぶ)りもせられず〔眠ることもできず〕、いそがしからねば〔忙しい勤行でもないので〕、つくづくと聞けば〔つくねんと聞いていると〕、目も見えぬ者の、いみじげ[二一]にしもあらぬが、思ひけることどもを〔心に思っている願いの筋を〕、人や聞くらむとも思はず、ののしり申すを〔大声でお祈り申している〕聞くもあはれにて〔それを聞くのも不憫で〕、ただ涙のみぞこぼるる。

難解。一応、「き（木）もそら（空）さして」とする改訂案（『全注釈』）に従っておく。「木」は三輪の杉木立。

一二 下文に「……あらざりつ」とあることから、この「道」は都から椿市までの道中をいう。

一三 牛車後部の簾の内側にさげた左右二枚の帷子(かたびら)。長さ九尺五寸ほどで、その裾は車外に垂らした。「おしはさみて」とは、その帷子を左右に押し開き、端を挟(はさ)み留めて、の意。

一四 道中、着くたびれて糊気(のりけ)もなくなった衣服。

一五 夕日と紅葉を反映して、見違えるほど美しく見える、の意。「全く光彩を失ったように見える」（『全集』）とする考えもあるが、従えない。

一六 「薄色」は淡紅色または薄紫色。「薄物」は紗(しゃ)または絽(ろ)のような薄い織物。「裳」は婦人が正装時に袴(はかま)の腰からうしろに纏(まと)ったもの。寺も近づいたので身づくろいをととのえたのである。

一七 裳の腰の左右に付いた飾りの紐。引腰(ひきごし)という。「ちがひて」とは、その引腰が左右交錯して、の意。

一八 焦げた朽葉色。「朽葉」は赤味を帯びた黄色。

一九 身分の賤しい者たちの中におり立った心地で。

二〇 寺に入って、かえって身を落としたような気分になった。

二一 （盲人相応に）尾羽うち枯らしたといった風にも見えない者。「いみじ」の内容を、年齢と見て「ひどい年寄りでもない者」（『全注釈』）、身分と見て「たいして立派でもない者」（『全講』）などの解もある。

宇治の渡り

かくて、いましばしもあらばやと思へど（〔私は〕もうしばらく籠っていたいと思っているのに）、明くれば、ののしりて（あたふたと騒いで）出だし立つ（出立させる）。帰(かへ)さは、忍ぶれど、[一]ここかしこ、[二]饗(あるじ)[三]しつつとどむれば（もてなして引きとめるので）、もの騒がしうて（賑やかな道中になった）過ぎゆく。三日といふに京に着きぬべけれど（帰り着けそうだったが）、いたう（あまり）暮れぬとて（暗くなったというので）、山城の国久世(くぜ)[四]の三宅(みやけ)といふところにとまりぬ。いみじう（ひどく）むつかしけれど（むさくるしい所だったが）、夜に入りぬれば、ただ明くるを待つ（ひたすら夜明けを待った）。まだ暗き（まだ暗いうち）よりいけば（そこを立ってゆくと）、[五]黒みたるものの、[六]調度(てうど)負ひて、〔馬を〕走らせて来(く)。やや遠く（少し遠く）より下りて（馬からおりて）、ついひざまづきたり（かしこまってひざまずいている）。見れば随身(ずいじん)[七]（供人）なりけり。「なにぞ」と、これかれ問へば、（随身）「昨日の酉の時ばかりに（夕刻六時ごろに）、〔兼家殿が〕[八]宇治の院におはしまし着きて（御到着なさって）、『帰らせたまひぬやとまゐれ』（お帰りあそばされたかどうかお迎えにまいれ）と、仰せごとはべりつればなむ」といふ。先なるをのこども（前駆の男たちが）、（前駆）[九]「とう促(うなが)せや」など、おこなふ（指図をする）。

宇治の川に寄るほど（近づいたころ）、霧は、来(き)しかた見えずたちわたりて（通って来た方が見えないほど立ちこめて）、いとおぼつかなし（心もとない気がする）。[一〇]車かきおろして、こちたくとかくする（大仰に騒いで）[一一]ほどに、人声[一二]おほくて、[一三]「御車おろし立てよ」とののしる（大声で叫ぶ）。霧の下より例の網代

一 兼家夫人という身分は隠していたけれども。
二 途中、行く先々の役所・荘園などで。
三 この接待は、兼家の手配によるもの。
四 久世郡久世郷。「三宅」は「屯倉(みやけ)」が地名化したもの。「屯倉」はもと、朝廷御料田の収穫物を収めた倉庫で、それを管理する役所をも称した。
五 まだ薄明で、しかと判別できない黒ずんだ人影。
六 底本は「くろみたるものゝてそおひて」とあって意味不明。傍点部を「てうど（調度）」とする改訂案（『全集』）に従った。「調度」は弓・胡簶(やなぐい)（矢を盛って背中に負う武具）の類をいう。なおこの部分、「黒みたるもの、乗りてぞ追ひて」（『全講』）、「黒みたるもの、ものを負ひて」（『全注釈』）などの改訂案もある。
七 「随身」は、貴人の護衛のため勅宣によって賜る近衛府の舎人(とねり)。当時、左近衛中将だった兼家の随身は四人。そのうちの一人であろう。
八 七八頁注六参照。
九 さっさと車を進めよ。牛飼を叱咤(しった)する言葉。
一〇 車から牛をはずし、轅(ながえ)を下ろして。
一一 あれこれ渡河の準備をする意。
一二 兼家側からの出迎えの人数もふえて。
一三 御車を川べりに降ろして立てよ。兼家方の迎えの者達の指図。
一四 あなたのお心もつれないこと。御同行くださらなかったつぐないに、せめて出迎えだけでもと、私の帰る日取りをお尋ねくださいましたが、これとても御本

も見えたり。いふかたなくをかし〔何ともいえず風情がある〕。みづからはあなたにあるなるべし〔あの人自身はむこう岸で待っているようである〕。まづかく書きて渡す〔とりあえずこうしたためて使いに託した〕。

（作者）[一四]
人心うぢの網代にたまさかに
よるひをだにもたづねけるかな

舟の岸[一五]に寄するほどに、返し、

（兼家）[一六]
帰るひを心のうちにかぞへつつ
たれによりてか網代をもとふ

見るほどに〔返事を読んでいるうちに〕、車かき据ゑて〔車を舟に担い乗せて〕、ののしりて〔掛け声も勇ましく〕さし渡す。いとやんごとなきにはあらねど〔たいして高貴なやからではないけれど〕、いやしからぬ家の子ども〔相応な良家の子弟たちや〕、なにの丞（ぞう）[一七]の君などいふ者ども、轅（ながえ）、鴟（とみ）[一八]の尾の中に入りこみて〔びっしり入って渡ってゆくと〕、日の脚（あし）のわづかに見えて〔日射しがわずかに洩れてきて〕、霧ところどころに晴れゆく。あなたの岸に、家の子、衛府の佐（すけ）[一九]など、かいつれて見おこせたり〔連れ立ってこちらを見ている〕。中に立てる人も〔その中に立ちまじっているあの人も〕、旅だちて狩衣（かりぎぬ）[二〇]なり。岸のいと高きところ[二一]に舟を寄せて、わりなうただ〔ただもうしゃにむに車を〕あげに担（にな）ひあぐ。轅を板敷に〔縁先に〕ひきかけて立てたり。

心は、宇治の網代に寄る氷魚（ひお）をたまたま御見物がてらなのでございましょう。「うぢ」は「宇治」と「憂し」、「よる」は、氷魚が網代に寄る意と作者が宇治に帰り着く意、「ひを」は「氷魚」と「日を」、「たづね」は、椿市まで作者の帰京の予定を問い合せた意と、今しも宇治まで出迎えた意を、それぞれ掛けたもの。兼家への感謝の気持を、屈折的にすねた形で表明、一種の媚態を含んだ詠みぶりである。

一五 底本には「きしきする」とあって、そのまま「儀式する」（舟を立派によそおい威儀をととのえる）の意ととりなす考え（『全注釈』）もあるが、「岸に寄する」（『全集』）の改訂案に従った。

一六 そなたの帰る日を、心のうちで指折りかぞえながら待っていたのだ。そなた以外の誰のために、わざわざこの宇治の網代をたずねたりするものか。

一七 某役所の丞。「丞」は三等官。兼家の下僚で甥に当る左近将監（ぞう）藤原時光（二十一歳）と見る説もある。

一八 轅の反対側、牛車の後部に出ている二本の棒。

一九 兼家の長男道隆（時姫腹（ばら）、十六歳）と思われる。ただしこの時はまだ侍従で、左兵衛佐となったのは、これより約二か月後（安和元年十二月十八日）である。日記（上巻）執筆時の呼称によったものであろう。

二〇 当時の貴人は直衣（のうし）を常服としていた。狩衣は元来、狩猟用の服で、気軽な外出着として用いられていた。

二一 岸の高い所は車を担ぎ上げるのには不便だが、山荘に近いのであろう。衆を頼んだ威勢がしのばれる。

一としみのまうけありければ、とかうものするほど、川のあなたには、二按察使大納言の領じたまふところありける、「このごろの網代御覧ずとて、ここになむものしたまふ」といふ人あれば、「かうてありと聞きたまへらむを、まうでこそすべかりけれ」などさだむるほどに、紅葉のいとをかしき枝に、三雉、氷魚などをつけて、「かうものしたまふと聞きて、もろともにと思ふにも、四あやしう、ものなき日にこそあれ」とあり。御返り、「ここにおはしましけるを、ただいまさぶらひ、かしこまりは」などいひて、単衣ぬぎてかづく。五さながらさし渡りぬめり。また鯉、鱸など、しきりにあめり。あるすき六者ども酔ひ集まりて、「いみじかりつるものかな。御車の七月の輪のほどの、日にあたりて見えつるは」ともいふめり。車のしりのかたに花、紅葉などやさしたりけむ、家の子とおぼしき人、八「近う花咲き、実なるまでなりにける日ごろよ」といふなれば、しりなる人も、とかくいらへなどするほどに、あなたへ舟にてみなさ

用意がしてあったので　食べたりしているうちに　御所領の山荘があったのだが　大納言様は昨今　こちらにお越しでいらっしゃいます　(兼家たち)こうして来ているとはお聞き及びだろうから　こちらから御挨拶に参上すべきだ　相談しているところに　添えて(大納言)お揃いでお見えの由とうけたまわって　御一緒にと存じましたが　あいにく今日は　目ぼしい物のない日でして　とお手紙が来た　(兼家)こちらにおいでしたのに　早速参上いたしまして　御挨拶をば　(使者に)　祝儀に与えた　次々に贈って来たようである　すばらしいものでしたよ　月のようなわだちのあたりが　日射しに輝やいて見えたのは　言っているようだ　花や紅葉が挿してあったのだろうか　一門の子弟と見える人が　やがて花が咲き実がなるまでに御運のきざしてきた昨今でございますね　後ろに乗っている道綱も　適当に受け答えなどしているうちに　あちらの山荘へ舟で皆渡ることに

一 「としみ」は「おとしいみ(落忌)」の略。参詣のための精進を終え、肉食をとる、いわゆる精進おとし。
二 兼家の叔父師氏、当時五十六歳。師氏が按察使(地方行政の監察官)に任じたのは康保五年正月だが、この安和元年はまだ中納言で、権大納言に昇ったのは翌二年二月のことである。従って「按察使大納言」の呼称は、後年、日記(上巻)執筆時のものである。
三 野鳥の狩猟は秋から早春にかけてで、従って、雉も氷魚と同様、季節のものである。
四 「思ふにも」の後には、「都合がつかなくて……」の意が省略されている。
五 使者は祝儀のかずけ物を肩にかけた、その姿のまま漕ぎ帰って行ったようだ、の意。
六 「すき者」は、気のきいた風流人というほどの意。
七 作者の牛車の車輪を月にたとえ、折柄の太陽(日輪)と対照したもの。月と日が同時に作者のもとに集まったという、多分に追従的な言寿ぎ。
八 近々、花も実もという、繁栄の予祝はこれもまた多分に追従的な言寿ぎだが、それと知りながらもこれを特筆する作者は、不幸な回想の中でもこの場面が、誇らかな心のはずむ思い出だったことによろう。作者は素直に往時の充足感に浸っているのであって、これをしも、前後の不幸を際立たせるための意識的な配材・技巧と見るのは、いささか穿ち過ぎであろう。
九 轅を載せて車を立てる台。車を回転、今まで板敷に託してあった轅を榻に載せて立てたもの。

し渡る。「ろなう、酔はむものぞ」とて、みな酒飲む者どもを選りて、ゐて渡る。川のかたに車むかへ、[九]榻立てさせて、二舟にてこぎ渡る。さて、酔ひ惑ひて、うたひ帰るままに、「御車かけよ、かけよ」と[一〇]ののしれば、困じていとわびしきに、いと苦しうて来ぬ。

明くれば、[一一]御禊のいそぎ近くなりぬ。「ここにしたまふべきこと、それそれ」とあれば、[一二]「いかがは」とて、し騒ぐ。[一三]儀式の車にて引きつづけり。[一四]下仕、[一五]手振などが具しいけば、[一六]色ふしに出でたらむここちして、いまめかし。月たちては、大嘗会の[一七]検見やとし騒ぎ、われも物見のいそぎなどしつるほどに、つごもりにまた、いそぎなどすめり。

（なった　（人々）きっと　したたか飲めようぞ　酒豪ばかりをよりすぐって　連れて渡った　川面の方に車を向けて　〔見ていると〕　すっかり酔い痴れて　歌いながら帰って来るとすぐ　（人々）お車に牛をかけよ　わめき立てるので　私は疲れてとてもつらいのに　苦しい思いで都に帰って来た　一夜明けると　準備がさし迫ってきた　（兼家）こちらでなさって頂きたいことはこれこれ　（作者）結構ですとも　〔当日は〕　従って行くので　晴れがましい儀式に自分も立ち交ったように心が浮き立った　月が改まると　見物の支度などにかまけているうちに　〔年も暮れ〕年の暮れにはまた　新年の用意などに追われていたようだ）

跋

[一八]かく、年月はつもれど、思ふやうにもあらぬ身をし嘆けば、[一九]声あらたまるも、よろこぼしからず、なほ、ものはかなきを思へば、[二〇]あるかなきかのここちする、かげろふの日記といふべし。

（私は不如意なこの身を嘆いてばかりいるので　格別うれしくもなく　相変らず心細い明け暮れを思うと　〔この手記は〕　あるかなきかの思いに漂う　かげろうのような女の日記ということになろう）

一〇 酔いも手伝って賑やかに帰り支度をする様子。
一一 「御禊」は十月二十六日（七八頁注二）。
一二 「いかがは」の後に、「せざらむ」などの語が省略されている。どうして、しないでいられましょう、の意。いそいそと協力する意思表示。
一三 女御代（時姫腹超子）が威儀を正した車を仕立て。
一四 宮家以下、上流貴族の邸宅で雑用を勤める女。
一五 供の者、従者。手振人ともいう。
一六 「色ふしに出づ」は、きわだって花やかで晴れがましいこと。作者は路傍で見物していたのである。
一七 「検見」は本来、大嘗会に供える神稲のでき具合を検分することであるが、転じて物事の下検分をもいう。ここは、大嘗会が十一月二十四日なので、その準備に万遺漏のないように下検分すること。
一八 「かく」以下は、上巻末のいわゆる跋文。
一九 新年を迎えても。「ももちどりさへづる春は物ごとに改まれどもわれぞふりゆく」（『古今集』春上、読人しらず）などがある。
二〇 「世の中と思ひしものをかげろふのあるかなきかの世にこそありけれ」（『古今六帖』第一）、「あはれとも憂しともいはじかげろふのあるかなきかに消ぬる世なれば」（『後撰集』雑二、読人しらず）など、「あるかなきか」——「かげろふ」は、当時の常套句であった。「かげろふ」には、蜻蛉・蜉蝣・陽炎・遊糸などの諸説がある。巻末の解説参照。

安和二年――三十日三十夜は

一かくはかなながら、二年たちかへる朝にはなりにけり。年ごろ、あやしく、世の人のする三言忌などもせぬところなればや、かうはあらむとて、起きて、ゐざり出づるままに、「いづら、ここに、人々、今年だにいかで言忌などして、世の中こころみむ」といふを聞きて、四はらからとおぼしき人、まだ臥しながら、「五ものきこゆ。六天地を袋に縫ひて」と誦ずるに、いとをかしくなりて、「さらに、身には、七『三十日三十夜はわがもとに』といはむ」といへば、前なる人々笑ひて、「いと思ふやうなることにもはべるかな。おなじくは、これを書かせたまひて、殿にやは奉らせたまはぬ」といふに、臥したりつる人も起きて、「いとよきことなり。八天下の修法にもまさらむ」

一　こうして、ものはかない日々を送りながらも。
二　安和二年（九六九）。兼家四十一歳、道綱十五歳、作者三十四歳。
三　縁起をかついで、不吉な言葉を忌み慎むこと。
四　作者と同居しているところから、妹であろう。
五　「ものきこゆ」は、普通、地の文とするが、「きこゆ」の丁寧表現から、「はらから」の言葉と見る説（『全集』）が穏当であろう。
六　「天地を袋に縫ひて幸を入れて持たれば思ふことなし」という、年頭の寿歌。
七　妹の唱えた寿歌「天地を袋に縫ひて」（五・七音）に替えて、「三十日三十夜はわがもとに」（七・五音）と即興的に作りなしたもの。
八　どんな御祈禱にも負けますまい。「修法」は底本に「えほう」とある。「えほう」なら「恵方（歳徳神のいる方角）」ととれなくもないが、やや不自然。「修法」とする改訂案（『全注釈』）に従った。

など、笑ふ笑ふ（笑いながら言うので）いへば、[一]さながら書きて（そのまま書いて）、[二]小さき人して奉れたれば（道綱にことづけてさし上げたところ）、このごろ（昨今あの人は）[三]時の世（よ）の中人（なかびと）にて、人はいみじく多くまゐりこみたり（大勢の人が参賀に来てひどく立てこんでいた）。内裏（うち）へもとくとて（早く参らねばと）、[四]いと騒がしげなりけれど（とても忙しそうだったけれど）、かくぞある（こう言ってきた）。今年は[五]五月（さつき）二つあればなるべし。

（兼家）[六]
年ごとにあまれば恋ふる君がため
　うるふ月をばおくにやあるらむ

とあれば、[七]祝ひそしつと思ふ。

またの日（正月二日）、こなたあなた（私どもと時姫方と）、下衆（げす）の中より（下人の間で）[八]事いできて（いざこざが起って）、いみじきことども（厄介なことが）あるを（あれこれあったが）、人はこなたざまに（あの人は私のほうに）心寄せて（同情して）、いとほしげなる気色に（気の毒がっている様子だったが）あれど、われは、すべて（何もかも）[九]近きがすることなり（住まいの近いのが原因なのだ）、くやしく（失敗だった）、など思ふほどに、[一〇]家移りとかせらるることありて（転居するようにとかの沙汰があって）、われはすこし離れたるところに渡りぬれば（ので）、わざときらぎらしくて（〔主人は〕ことさら美々しく行列を整えて）、日まぜなどにうち通ひたれば（足しげく一日おきに通ってくる）、はかなきここちには（はかない今の気持からすれば）、なほ（やはり）[一一]かくてぞあるべかりけるを（満足すべきだったのだが）、[一二]錦を着てとこそいへ、[一三]ふるさとへも帰りなむ（いっそ旧宅へでも）と思ふ。

一 「三十日三十夜はわがもとに」の上に、「月のうちの」「月ごとの」などの初句を補って、一首に仕立てたものであろう。
二 すでに十五歳の道綱を「小さき人」と回想している点に注意。因（ちなみ）に、光源氏は十二歳で元服している。
三 特異な語。世間で取沙汰されている時の人、の意。当時、兼家は従三位蔵人頭左近中将で、兄兼通を凌（しの）いで時めいていた。
四 宮中では小朝拝（こちょうはい）、元旦の節会など行事が立てこんでいる。蔵人頭はそれらすべてを取りしきる劇職。
五 五月が閏（うるう）月に当っている。
六 毎月三十日三十夜というなら、毎年日数が大分余ってしまう。それで恋するそなたのために、余分な閏月を設けたのだろうか。当時の暦法では、小の月は二十八、九日、一年は三百五十四、五日、従って、時に、三百八十三、四日の年を設けて、閏月を定めた。
七 「三十日三十夜」などと縁起を担いではしゃぎ過ぎた。「そす」は、過度にする、の意。
八 これを、二月七日の兼家方と右大臣師尹（もろただ）方との乱闘（『日本紀略』）と見る説もある。だが、日時が違う上に、作者方とあまり直接の関係はない。むしろ時姫方との争いと見たい。『源氏物語』葵の、葵上と六条御息所との車争いの類であろう。
九 康保四年十一月、作者は兼家邸の近くに迎えられていた（七三頁）。
一〇 「家移り」（底本、家うつる）」は転居。「らるる」

三月(やよひ)三日、節供(せく)[一四]などものしたるを〔用意しておいたのに〕、人なくてさうざうしとて〔お客さまもこなくて手持無沙汰だと〕、この人々〔侍女たちが〕、かしこ[一五]〔あちらの〕の侍(さぶらひ)に、かう書きてやるめり〔こうしたためてやったようだ〕。たはぶれに、

〔(侍女)〕桃の花すきものどもを西王(せいわう)が[一六]

そのわたりまでたづねにぞやる

すなはち〔すると早速〕、かい連れて来たり〔連れ立ってやって来た〕。おろし出だし〔節供のおさがりを出して〕、酒飲みなどして、暮らしつ。

中の十日のほどに〔二十日ごろに〕、この人々〔あちらの侍たちが〕、方(かた)[一七]わきて〔組を分けて〕、小弓[一八]のことせむとす〔競射をすることになった〕。かたみに〔おたがいに〕出居(いでゐ)[一九]などぞ、し騒ぐ。しりへの方のかぎり〔後組の者たちが全員〕、ここに集まりてならす日〔練習する日〕、女房に賭物(かけもの)[二〇]乞ひたれば、さるべき物〔適当な物を〕や、たちまちにおぼえざりけむ〔当座に思いつかなかったのだろう〕、わびざれ〔苦しまぎれの洒落で〕に青き紙を柳の枝に結びつけたり。

〔(侍女)〕山風のまへより吹けばこの春の[二一]

柳の糸はしりへにぞよる

返し〔[侍たちは]〕、口々したれど、忘るるほど〔忘れる程度だから〕[二二]はからなむ。ひとつはかくぞある〔一首はこんな具合だった〕。

は受身。兼家の配慮で作者が転居させられた、の意。兼家自身の転居と見る説（『解環補遺』『全注釈』）もあるが、従い難い。

桃の節供・賭弓

一一「かくて」は、このように、適当に離れた所に住むこと。

一二 錦を着て故郷に帰る（『史記』）というが、私はそこまではゆかないにしても、ともかく。

一三 むかし住んでいた一条西洞院(にしのとういん)の旧宅。

一四 節供の御馳走。いわゆるおせち。

一五 兼家邸。

一六 今日の、桃の花酒を飲んで下さる風流人を探しに、西王母の桃園まで―― いえ、そちらのお邸まで、お迎えに人を遣(や)ります。どうぞ、お越しを。「すき」は「飲む（すく）」の意に「すき（数奇）」を掛け、「すきもの（風流人）」へと展開する。「西王」は漢の武帝に仙桃を献じた西王母をいう（『漢武帝内伝』）。桃の節供には桃の花弁を浮べた酒を飲んで、邪気を払った。

一七 前方(まえかた)と後方(うしろかた)と、二組に分けて。

一八 遊戯用の弓。二尺七寸ほど（『嬉遊笑覧』）。

一九 練習場。転じてそこで練習する意にもいう。

二〇 主催者側が用意する、競射の賞品。

二一 山風が前（前方(まえがた)）から吹いてくるので、今春の柳の枝（私たち）は、自然、後（後方(うしろかた)）に心を寄せております。初句は、的のうしろに張る幕を「山形」というところから、「山風」と詠みなしたもの。

二二 およそ、お察し頂きたい。「なむ」は願望。

（侍）かずかずに君かたよりて引くなれば
　　柳のまゆもいまぞひらくる

つごもりがたにせむと、さだむるほどに、世の中に、いかなる咎まさりたりけむ、天下の、人々流るるとののしることいできて、紛れにけり。

二十五六日のほどに、西の宮の左大臣流されたまふ。見たてまつらむとて、天の下ゆすりて、西の宮へ、人走りまどふ。いといみじきことかなと聞くほどに、人にも見えたまはで、逃げ出でたまひにけり。愛宕になむ、清水に、などゆすりて、つひに尋ね出でて、流したてまつると聞くに、あいなしと思ふまでいみじう悲しく、心もとなき身だに、かく思ひ知りたる人は、袖を濡らさぬといふたぐひなし。あまたの御子どもも、あやしき国々の空になりつつ、ゆくへも知らず、ちりぢり別れたまふ、あるは、御髪おろしなど、すべていへばおろかにいみじ。大臣も法師になりたまひにけれど、しひて

〔試合は〕月末ごろに催おそうと　この世で　どんな重い罪を
犯したというのだろう　人々が流されるという大騒動が勃発して　その事で取り紛れ
てしまった
〔三月〕　その模様を拝見し
ようというので　世間は上を下への大騒ぎで
〔左大臣殿は〕人に姿もお見せにならないで
騒ぎ立てて　とうとう探し出して
たまらないと　世情に
うとい者でさえ
〔左大臣殿の〕　辺鄙な国々にそれぞれ遠流の身となって
あるいは　出家なさるなど
言葉では尽せぬほどおいたわしい　しゃにむに

一　いろいろと、皆さんがお心をお寄せ下さっておいでの由、それで私どもも、柳が芽ぶくようにやっと、愁眉が開けてまいりました。「かたより（片寄り）」は一方に傾く、味方する。「柳のまゆ」は漢語「柳眉」で、「柳眉を開く」は危惧が去りほっとする、の意。「かたより（片縒り）」「引く」は、「まゆ（繭）」の縁語。

二　「天下の」は、大変な、途方もない、の意で、「人々流るるとののしること」にかかる。

三　次注の左大臣源高明が、為平親王（村上天皇皇子・高明の女婿）を擁して謀叛を企てたとする、いわゆる安和の変。実は、実頼ら藤原氏側の謀略という。

西の宮左大臣の配流

四　醍醐天皇皇子源高明。当時、正二位、左大臣兼左大将、五十六歳。西の宮はその邸宅の名。

五　愛宕山。京都市右京区。「なむ」の後に、「のがれたまひにける」などの語が省略されている。

六　清水寺。京都市東山区。

七　詮ないことと知りながら、あるいは知るからこそ、無性に切ない、の意。

八　「かく思ひ知りたる人は」は挿入句。このように情味を解し、分別のある人は。

九　忠賢・致賢・惟賢・俊賢ら。経房はこの年に出生。配流されたのは男子のみである。

一〇　忠賢・致賢は出家、他はつまびらかでない。

一一　高明は、三月二十六日午の刻、詮議に先立って出

家したが、在俗並みに配流された（『扶桑略記』）。

一二 大宰権帥。「帥」は大宰府の長官で親王が任ぜられた（ただし親王は在京、大弐が現地で職を代行した）。大臣配流の場合は、権帥として左遷した。「権」は員外、仮の意。

＊ 高明の失脚は、この作者にとって、外界の政治問題ではなく、人の世の転変そのものだったに違いない。さればこそ、権門にものはかなく身をつなぐ作者は、高明一族の悲運を、わが身に重ね合せて涙にくれるのである。

一三 閏月に先立つ、はじめの五月。

一四 後文から御嶽参詣のための精進潔斎であろう。

一五 書いて寄越したのだろう。「……あるべし」は、手もとにある歌稿から、往時の情況を復原する物言い。

一六 私とて、よろず心細く思っている折も折、このようにひどい五月雨で水かさはまさるいっぽう、遠くお出かけのあなたは、お帰りになれますまいが、これ以上、日数が重なったら、どういたしましょう。「時しもあれ」には、高明左遷の悲しみも尾を引いていよう。「をちかた」は遠方の意。「ふれ」は「降れ」に「経れ」を掛ける。

一七 水かさが増して、これ以上、逢えない日数が重なるようなら、この雨でできた沼に、一緒に下り立ちもしよう——長精進などやめて下山、そなたのもとに帰ろう。「真清水の」は「ましての」の序詞。

帥[一二]になしたてまつりて（左遷申し上げて）、追ひくだしたてまつる（〔筑紫に〕御追放申し上げた）。そのころほひ（その当座は）、ただこのことにて過ぎぬ（このことで持ちきりだった）。

身の上をのみする日記には（身の上だけを綴るこの日記にはあえて）入るまじきことなれども（入れるべき事柄ではないけれども）、悲しと思ひ入りしも誰ならねば（ほかならぬこの私なので）、記しおくなり。

その前の五月雨[一三]の二十余日のほど、物忌もあり（物忌のためもあり）、長き精進[一四]もはじめたる人（あの人は）、山寺にこもれり。雨いたく降りて、ながむるに（滅入っていると）、（兼家）「いとあやしく（妙に）心細きところになむ（ここは心細い所だ）」[一五]などもあるべし、返りごとに、

（作者）[一六] 時しもあれかく五月雨の水まさり
　をちかた人の日をもこそふれ

とものしたる返し、

（兼家）[一七] 真清水のましてほどふるものならば
　おなじ沼にもおりも立ちなむ

といふほどに、閏五月にもなりぬ。

蓮葉の露

つごもりより（その月末から）、なにごこちにかあらむ（何の病気だろうか）、そこはかとなく（どこということもなく）、いと苦

しけれど、さはれ[一]とのみ思ふ。いのち惜しむと人に見えずもありにしがなとのみ念ずれど、見聞く人ただならで、芥子(けし)焼き[二]のやうなるわざすれど、なほしるしなくて、ほど経るに、人はかくきよまはるほどとて、例のやうにも通はず[三]、新しきところ[四]造るとて通ふたよりにぞ、立ちながら[五]などものして、「いかにぞ」などもある。ここち弱くおぼゆるに、惜しからで悲しく[六]おぼゆる夕暮に、例のところより帰るとて、蓮の実一本(ひともと)[七]を、人して入れたり。「暗くなりぬれば、まゐらぬなり。これ、かしこのなり、見たまへ」となむいふ。返りごとには、ただ、（作者）「『生きて生けらぬ』[八]ときこえよ」といはせて、思ひ臥したれば、あはれ、げに、いとをかしかなるところを、命も知らず、人の心[九]も知らねば、（兼家）「いつしか見せむ」[一〇]とありしも、さもあらばれ[一一]、やみなむかしと思ふもあはれなり。

（作者）[一二]花に咲き実になりかはる世を捨てて
うき葉の露とわれぞ消(け)ぬべき

あの人には見られたくないとばかりじっと我慢はしていたけれど　まわりの者たちが心配して　やはりきき目がなくて　あの人はこうして潔斎中だからといって　その見回りのついでに　そこそこに見舞ったりして　（兼家）どんな具合だ　ぐらいの調子である　私も気が弱くなってきて　例の新邸からの帰り道だといって　使いに持たせてよこした　（兼家）参らぬのだ　新邸のものだ　と申し上げよ　ああ　ほんとうに　すばらしいお邸だそうだが　命のほどもわからず　あの人の心も頼み難いので　（兼家）早く見せてやりたい　と言っていたのも　それきりになるだろうと思うと悲しくてならない

一　「さはれ」の略。ままよ、かまうものか、の意。
二　乳木(にゅうもく)を焚き、火中に芥子(けし)の実を投じて祈禱、悪因悪業を滅却する真言の行法。
三　本日記では「例のほどに通ふ」がすでに、兼家の間遠な訪れを意味しているようである（六四頁注一〇）。従って、「例のやうにも通はず」は、それ以上に足の遠のいたことをいう。
四　兼家の本邸東三条院の改修と思われる。東三条院は、良房―忠平と伝領された旧邸で、経緯は不明だが、兼家の所有に帰したもの。後に詮子(せんし)（兼家女）が一条天皇を出産したのも当邸で、一時期、藤氏権謀の拠点ともなった。作者が、当新邸に迎えられるか否かを、人生の岐路と観じていたことは確かであろう。
五　当時は、着座せず立ったままの見舞いなら、病中の穢(けが)れには触れないとされていた。
六　「惜しからで悲しきものは身なりけり人の心のゆくへ知らねば」（西本願寺本・類従本『貫之集』）を引く。この命は惜しくもないが、今のわが身には、あの人（兼家）の頼み難さが悲しくてならない。あの人の本心さえ、しかと確かめられたら、の嘆きである。
七　茎に付いた蓮の実を一本。「蓮のみ（手紙はなく蓮だけ）」と見る説（『解環補遺』）、また、「蓮のえ（枝）」とする改訂案（『全注釈』）などもある。
八　生きていながら死んだも同然です。「生きて生けらぬ」には、存命中の作者に蓮（極楽の象徴）を送ったことへの皮肉も籠められていよう。

九 前掲の貫之歌（注六）の下句に当る。
一〇 兼家は、かつて新邸を話題として、作者を迎えることなども、睦言にほのめかしていたものであろう。
一一 どうなとなれ。「さもあらばあれ」の略。
一二 花と咲き、実を結ぼうとする（繁栄の）矢先に、私はこの世を捨てて、池に浮ぶ蓮葉（はちすば）の、その上に置く露のように、はかなく消えてしまうのだろうか。「うき」は「浮き」に「憂き」を掛ける。一首が、初瀬詣での帰途の、はなやかな宇治川における、家の子の追従「近う花咲き実なるまでなりにける日ごろよ」（八四頁）と照応していることは、注目すべきであろう。
一三 主語は兼家。「おこす」は、他所から当方へ寄越す、の意で、主語を作者邸の侍女と見るのは不当。
一四 このような病状を繰り返しながら。
一五 「あるほど」の「ある」は、この世に生きている、「あらば」の「ある」は兼家が訪れる、の意。
一六 かねての思いを、次第もなく、心に浮ぶままにでも。「したがひ」は「従ひ」。「し違（たが）ひ」ではない。
一七 命のある限り添いとげたいとばかり。底本「見えて」に従えば、「兼家と対面して（この遺書を直接、さし上げよう）」の意となる。兼家と逢えないことを前提とした遺書と見て、「見はて」とする改訂案（『全講』『全集』）に従った。
一八 「かぎりにもや」は、底本に「小二らもや」とあって意味不明。『全注釈』その他の改訂案に従った。

遺書をしたたむ

など思ふまで、日を経ておなじやうなれば、心細し。よからずはとのみ思ふ身なれば、つゆばかり惜しとにはあらぬを、ただ、このひとりある人いかにせむとばかり思ひつづくるにぞ、涙せきあへぬ。なほあやしく、例のここちにたがひておぼゆる気色も見ゆべければ、やむごとなき僧など呼びおこせなどしつつ、試みるに、さらにいかにもいかにもあらねば、かうしつつ死にもこそすれ、にはかにては、おぼしきこともいはれぬものにこそあなれ、かくて果てなば、いとくちをしかるべし、あるほどにだにあらば、思ひあらむにしたがひても、語らひつべきをと思ひて、脇息（けふそく）におしかかりて、書きけることは、「命長かるべしとのみのたまへど、見はててまつりてむとのみ思ひつつありつるを、かぎりにもやなりぬらむ、あやしく心細きここちのすればなむ。つねにきこゆるやうに、世に久しきことの、いと思はずなれば、ちりばかり惜しきにはあらで、ただこの幼き人の上なむ、いみじくおぼえはべるものは、ありける。

（傍注）同じような容態なので／命が惜しいというわけではないが／駄目ならそれまでとしか思わない今の私なので／たったひとりのこの子がどうなるだろうかと／やはり妙に／容態が普通ではないと思っている様子が／おのずとわかるので／〔あの人は〕すぐれたお坊さんを／再々呼んでくれたりして／どうもいっこうに好転しないので／ひょっとしたら死ぬかも知れない／急にそうなったら／思っていることも／言えないものだというのに／さぞかし心残りだろう／せめて命のある内に来てくれたら／話すこともできようものをと／（作者）まだまだ大丈夫だよとばかりいつも仰せですが／日頃思って参りましたが／命も限りとなったのでしょうか／どうしたことか／いつも申し上げているように／長生きすることなど／全く考えてもみなかったので／つゆほども命が惜しいわけではなく／とても気がかりに思われてならないのでございます

たはぶれにも御気色のものしきをば（あなた様の御機嫌の悪いのを）、いとわびしと思ひてはんべめ（〔あの子は〕とてもつらく思っているような）るを（ので）、いと大きなることなくてはべらむには（たいしたしくじりでもございません限りは）、御気色（御不快なそぶりなど）など見せたまふな。一いと罪深き身にはべれば、

（作者）二風だにも思はぬかたに寄せざらば
この世のことはかの世にも見む

はべらざらむ世にさへ（私が亡くなりました後にでも）、うとうとしくもてなしたまふ人あらば（〔あの子を〕邪険になさるようなお方がございましたなら）、〔私は〕つらくなむおぼゆべき。年ごろ、三御覧じはつまじくおぼえながら（最期までお世話は下さるまいとは存じながら）、か（今）はりもはてざりける御心を見たまふれば（までお見限りもなさらなかった御厚意を拝見しておりますので）、それいとよくかへりみさせたまへ（この子を格別よろしくお世話下さいませ）。譲りおきてなど思ひ（後の事はおまかせしてと）四たまへつるもしるく、五かくなりぬべかめれば、いと長くなむ思ひきこゆる（〔この子を〕いつまでもお願い申し上げます）。六人にもいはぬことの、七をかしなどきこえつるも、忘れずやあらむとすらむ（忘れずにいて下さるでしょうか）。折しもあれ（今は折あしく）、対面（お目に）にきこゆべきほどにもあらざりければ（かかって申し上げられる時でもございませんので）、

（作者）八露しげき道とかいとど死出の山
かつがつ濡（ぬ）るる袖いかにせむ」

＊作者はしきりに道綱の将来を案じているが、行文から察するに、兼家の愛は時姫腹の子息に厚く、道綱には薄かったらしく、そのことがひとしお、作者のうちに、時姫に対する敗北感を決定づけたものであろう。

一 現世の不幸を前世の罪業ゆえとする宿世観。底本は「はべらば」とあるが、「はべれば」とする説（『注解』）に従う。「はべれば」はそのまま次の歌に接続する。

二 （私は罪深い身ですから）風でさえ、物思いのない彼岸（極楽）へは吹き送ってくれないでしょう。そうなったら、現世の執着も断ち切れず、この世のこと（わが亡き後の道綱の処遇）は、いつまでも、あの世から見守っておりましょう。この歌は、わが亡き後の道綱のことを訴えたもので、下句を、「この世の不幸を来世まで引きずってゆき、あの世でもつらい目を見る」とする解もあるが、従えない。

三 「御覧じ」は、兼家が作者の面倒を見る、の意。「はつ」は、その行為を最後までやりとげる意。

四 かねて思っておりました通り、まさしく。

五 死期を迎えるようになったので。

六 誰にも話さぬ睦言で。「の」は同格。

七 面白いなどと申し上げたことも。「をかし」は、二人の会話、贈答などで、心に触れて興をそそられたこと。

八 死出の山路は、ひとしお露が多いとか。その道に

向う前から、もうぼつぼつ涙の露に濡れそめているこの袖を、私は一体、どうしたらよいのでしょう。「かつがつ」は、少しずつの意。

九「とひ」は、式部省施行の官吏登用の試験、いわゆる省試であろう。「だい(題)」とする改訂案(『全注釈』)などもある。

一〇 漢籍の学問・学力をいう。

一一 忌日などが済んでから。「忌」は、死後七七日の謹慎期間。あるいは妻の服喪三か月間をいうか。

一二「からびつ」の音便。衣類・調度などを納める箱で、六脚の外反り(そとぞ)りの足のついたもの。ここは、文箱の代用とした小唐櫃(一尺立方)であろう。

一三 病状が昂進、やがて筆も執れなくなったら、の意。

一四 病気平癒のため、陰陽師に行わせる祈願。

一五 配流された前左大臣大宰権帥源高明の夫人愛宮(師輔五女・兼家の異母妹)をいう。

一六「四月一日戊申、午刻、員外帥西宮家焼亡、所レ残雑舎両三也」(『日本紀略』)。高明の左遷は三月二十六日(九〇頁注一一)だが、「流されたまひて三日……」とあるのによれば、同日は処分決定で、実際に流されたのは三月二十八日のこととなる。

一七 愛宮が父師輔から伝領した桃園の別邸であろう。桃園は一条の北、大宮の西で、当時、貴族たちの別荘が点在していた。

と書きて、端に、「あとには、『とひ[九]なども、ちりのことをなむあやまたざなる才[一〇]、よく習へとなむ、きこえおきたる』と、のたまはせよ」と書きて、封じて、上に、「忌[一一]などはてなむに、御覧ぜさすべし」と書きて、かたはらなる唐櫃[一二]に、ゐざり寄りて入れつ。見る人あやしと思ふべけれど、久しくしならば[一三]、かくだにものせざらむことの、いとむねいたかるべければなむ。

〔(作者)私の亡き後は　試問などにも　ささいな間違いもおかさないような学力を　言い残しておいた　と　「あの子に」仰せつけ下さい　(作者)　お目にかけなさい　にじり寄って　侍女は　変なことをと　せめてこんな遺書でも書いて置かなければ　きっと後悔するに違いないと思うからだった〕

愛宮に長歌を贈る

かくて、なほおなじやうなれば、祭[一四]・祓などいふわざ、ことごとしうはあらで、やうやうなどしつつ、六月のつごもりがたに、いささかものおぼゆるここちなどするほどに、聞けば、帥殿の北の方[一五]、尼になりたまひにけりと聞くにも、いとあはれに思うたてまつる。西の宮は、流されたまひて三日といふに、かきはらひ焼けにしかば[一六]、北の方、わが御殿の桃園[一七]なるに渡りて、いみじげにながめたまふと聞くにも、いみじう悲しく、わがここちのさはやかにもならねば、つくづくと臥して思ひ集むることぞ、あいなきまで多かるを、書き

〔相変らず同じような容態なので　あまり大袈裟ではなく　ぼつぼつこころみたりして　多少とも人心地のついてきたころ　まことにお痛わしいと　西宮のお邸は　三日目に　たいそう悲しげにかきくれておいでだと　自分の気分がすっきりしない昨今なので　あれこれと思い合せることが　むやみなまでたくさんあるのを〕

いだしたれば、いと見苦しけれど、

（作者）あはれ今は　かく[一]いふかひも　なけれども　思ひしことは　春の末[二]　花なむ散ると　騒ぎしを　あはれあはれと　聞きしまに　西のみやま[三]の　鶯は　かぎり[四]の声を　ふりたてて　君[五]がむかしの　愛宕山　さして入りぬと　聞きしかど　人言[六]しげく　ありしかば　道なき[七]ことと　嘆きわび　谷隠れ[八]なる　山水の　つひに流ると　騒ぐまに　世をう[九]月にも　なりしかば　山ほととぎす　たちかは[一〇]り　君をしのぶの　声絶えず　いづれの里か　なかざりし[一一]　ましてなが[一二]

ああ本当に、今となっては、こんなことを申し上げたとて、なんの甲斐もございますまいが、思い起せば去る春の末つ方、咲きほこる花があわただしく散るように、左大臣さまがにわかに御配流と、世間では上を下への大騒ぎでした。お傷わしいお気の毒にとお聞きしておりますうちに、悲しげな声をふり絞って深山に帰る鶯のように、殿さまは、どんな宿世ゆえでございましょう、今はこれまでとおっしゃって、愛宕の山寺さしてお入りになられた……と伺っておりましたところ、それも束の間、たちまち人の口端にのぼってしまい、非道なこと、遁れる道もないと嘆いて、身を潜めておいでだったのに、とうとう探し出されて、お流されになると大騒ぎでございました。とかくするうち、物憂い世の中も、やがて四月になりますと、鶯と入れかわりに山ほととぎすがおとずれて、どこの里でも鳴くように、巷には、殿さまを偲ぶ人々の嘆きが満ち満ちており

一「かく」は、以下の長歌の内容をさす。
二 三月二十五、六日の高明の失脚事件をいう。以下、「花」「散る」は「春」の縁語。
三「西のみや（西の宮・高明邸）」から「西のみやま（西山・愛宕）」に展開。「鶯」は高明をさす。
四 今はこれまでという、最後の声。「声の限り」ではない。鶯は、わが世の春が終ったので、今はこれまでと深山に帰ってゆく、そのように。
五「君」は高明。「むかしのあた（仇）」から「愛宕」に展開する。「むかしの仇」は前世の罪業。今生を支配するのは、すべて前世の宿業とする考え。「わがためになにのあたごの山なれや恋しと思ふ人の入るらむ」（『古今六帖』第二）などがある。
六 世間に、あれこれと噂が立ったので。
七 今回の事件が根も葉もない非道なこと、の意と、寺へ行く道（出家する術）のない意を掛ける。
八 山間では谷隠れの山川も、平地に出ると人目につくように（発見されて）、の意。「谷」「山水」「流る」は縁語。
九 世を憂しと思う「うづき（四月）」の意。
一〇 春が暮れ、初夏を迎えて、鶯と入れ替りにほととぎすが訪れ。
一一 ほととぎすがしきりに鳴く意と、人々の泣く意を掛ける。
一二 長雨に、鬱々と物思いに沈む意を掛ける。

めの　五月雨（さみだれ）は　うき世の中に　ふる[13]るかぎり　たれが袂（たもと）か　[14]ただならむ　たえずぞ[15]うるふ　五月（さつき）さへ　重ねたりつる　衣手は　[16]上下（うへした）分かず　[17]くたしてき　まして[18]こひぢに　おりたてる　あまたの[19]田子は　[20]おのが世世　いかばかりかは　そほちけむ　[21]四つにわかるる　むら鳥の　おのがちりぢり　巣離（すばな）れて　わづかに[22]とまる　[23]巣守（すもり）にも　何かは[24]かひの　あるべきと　くだけてものを　思ふらむ　[25]いへばさらなり　九重（ここのへ）の　内をのみこそ　馴らしけめ　[26]おなじ数とや　[27]九州（ここのくに）　島二つをば　ながむら

ました。まして、鬱陶しい五月雨の頃ともなりますと、ひとしお心も結ぼほれ、つらいこの世に住む限り、物思わしさに、誰しも袖を濡らさぬ者とてございません。その五月も、今年はあやにく閏（うるう）ということで、うち続く長雨と、とめどもない涙で、私どもの重ねた着物は、上下ともに朽ち果てるほどでした。ましてや、父君を恋い慕われる大勢のお子さまがたは、それぞれの御境遇で、どんなにか、涙にかき昏（く）れたことでございましょう。四鳥の別れと申しますが、古巣を離れて四散してゆく群鳥のように、お子さまがたもちりぢりに行き別れ、頑是ないお方だけが、わずかに後に残られたというのも、これでは何の甲斐がございましょう。お方さまも、さぞかしちぢに思い乱れておいでのことと、お察し申し上げます。申すまでもなく殿さまは、高貴な九重の内にばかり住み馴れていらっしゃいましたが、それが今は、同じ数とはいえ、九州の地で、九国二島を、うらわびしくながめておいでのことでございましょう。お方さ

一三「降る」に「経る（過す）」の意を掛ける。
一四 平然としていられようか、いられない。すなわち、しっとりと濡れそぼつ、の意。
一五「うるふ」は、涙で袖が「潤（うる）おう」意と、「閏（うるう）」を掛けたもの。あやにく五月が閏に当り、五月雨が常よりも長く降り続いて。
一六 重ねた着物の上下をいう。身分の上下を掛けたと見る考えもあるが、身分関係の場合は上下（かみしも）が普通ゆえ、無理であろう。
一七「くたす」は、涙で濡れて腐らす、の意。
一八 五月雨の縁語「泥土（こひぢ）」に「恋路」を掛ける。
一九 お子さまがた。「田子」は農夫。「おりたつ」「田子」は、「こひぢ（泥土）」の縁語。
二〇 各自それぞれの境遇。具体的には不明だが、それぞれの配流や出家後の生活をいう。
二一「桓山（くわんざん）之鳥、生四子、羽翼既成、将分于四海、其母悲鳴而送之」（『孔子家語』顔回篇）による。
二二 配流をまぬがれて、北の方のもとに残った。
二三 孵化しない卵。ここでは幼児の意。十一歳の俊賢、あるいは当年出生の経房であろうか。
二四「効（かひ）」に「卵（かひ）」を掛ける。
二五 改めて言うまでもなく。
二六「九重」と同じ数を冠した「九州」と続く。
二七「九州」は、豊前・豊後・筑前・筑後・肥前・肥後・日向・大隅・薩摩の九国。「島二つ」は、壱岐・対馬をいう。

む　かつは夢かと[一]　いひながら　逢ふべき期なく　なりぬとや　君も嘆[二]きを　こりつみて　塩焼くあまと[三]なりぬらむ　舟を流して[四]　いかばかり　うらさびしかる[五]　世の中を　ながめかるらむ[六]　ゆきかへる　かりの[七]別れに　あらばこそ　君が夜床も[八]あれざらめ　塵のみ置くは　むなしくて　枕のゆくへも[九]　知らじかし今は涙も　みなつきの[一〇]　木蔭にわぶる　空蟬も[一一]　胸さけてこそ　嘆くらめ　ましてや秋の　風吹けば　籬の荻の　なかなかに　そよと答へむ[一二]をりごとに　いとど目さへや　あは

ませ、この転変を、なかばは夢かとつぶやきながら、紛うかたない現実なればこそ、もう再会の折もなくなったと、嘆きに嘆きを重ねて、塩焼く海人も同然、世を背いて、わびしく尼とおなり遊ばしたものと存じ上げます。時の流れには抗えないもの。潮のまにまに舟を流した海人のように、遠く御夫君と隔たって、どんなにか心細く、物思いの日々をお過しのことでしょう。飛び去ってもやがて帰ってくる雁のように、これがかりそめの別れとならば、お方さまの夜床の荒れ果てることもございますまいが、あてどもない長の別れゆえ、塵ばかりがむなしく積って、枕は涙に流されて行くえも知らぬことでございましょう。そして今は六月、涙もみな尽きはてて、折から、空蟬の殻を破って脱け出した蟬が、わびしく木蔭で鳴き続けるように、胸も張り裂ける思いで悲嘆に沈んでおいでのことと存じます。まして昨今、秋風が吹きそめると、なまじいに籬の荻が慰め顔に、そよそよと御傷心に答えてもくれましょうが、そんな折々は

一「かつは」は、一方では、の意。

二「君」は高明夫人。以下、「嘆き（木）」の縁語で「樵り」「積み」となり、さらに、「塩焼く」と展開する。

三「あま」は、「海人」と「尼」を掛けたもの。

四「……年へて住みし　伊勢の海人も　舟流したる　心地して　寄らむかたなく　悲しきに……」（『古今集』雑体、伊勢）を踏まえたもの。「舟」は、わが身を託す夫君高明を寓したもの。

五「うら」は舟の縁語「浦」に「心（うら）」を掛けたもの。

六「ながめ」は物思いに沈む意と、海藻の「長海布」を掛け、「かる（刈る）」と続く。

七「かり」は渡り鳥の「雁」に「仮」を掛ける。

八 底本は「きみかとこも」とあり、字足らず。「よとこも」とする改訂案（『全注釈』）に従う。

九 とめどもない涙に枕が流されて、の意。

一〇「みなつき」は、「六月」に「皆尽き」を掛ける。

一一「空蟬」は蟬の脱け殻。現身を掛ける。蟬が殻を破って脱け出ることから、現身も胸さけてと展開する。

一二「そよ」は風にそよぐ擬音語で、「さよう、そうです」の意を掛ける。荻の葉が、高明夫人の傷心を理解し、同情するように答える、の意。

一三「君が」は夫人が。「君を」は御夫君高明を。

一四「人につくたよりだになしおほあらきの森の下なる草のみなれば」（『後撰集』雑二、躬恒）を踏まえた

ざらば　夢にも君が[一三]　君を見で　長き夜すがら　鳴く虫の　おなじ声にや　たへざらむと　思ふこころは　[一四]おほあらきの　森の下なる　草のみも　[一五]おなじく濡ると　知るらめや[一六]つゆ

いよいよ目も冴えてお眠りになれますまい。そうなると、お方さまは、夢の中でも御夫君にお逢いできず、秋の夜長をよもすがら、鳴く虫に声を合わせてこらえかね、忍びねにお泣き遊ばすことでございましょう。お方さまのお身の上を、そのように御推察申し上げながら、大荒木の森の下草のようなしがないこの私も、同じ涙に濡れていると、御存じでいらっしゃいましょうか、すこしでも。

また、奥に、

(作者)宿見れば[一七]蓬の門もさしながら
あるべきものと思ひけむやぞ

と書きて、うち置きたるを、前なる人(侍女が)見つけて、「いみじうあはれ(ほんとうにお心の籠った)なることかな(歌ですこと)。これをかの北の方(愛宮様)に見せたてまつらばや(お見せしたいものでございます)」など言ひなりて(などということになって)、(作者)「[一八]げに、そこよりといはばこそ(どこそこからと言ったならそれこそ)、[一九]かたくなはしく見苦しからめ(野暮にもなろう)」とて、[二〇]紙屋紙に書かせて、[二一]立文にて、[二二]削り木につけたり。「(作者)『いづこより』とあらば(聞かれたら)、『[二三]多武の峰より』といへ」と教ふるは、こ(愛宮)

もの。躬恒の歌は、中納言兼輔邸へ出入の斡旋を貫之に依頼したもので、下句は寄るべない下級官人の身を自卑したもの。従って、長歌の場合も、高明夫人に対する作者の謙退表現である。「おほあらきの森」は歌枕。奈良県五条市今井町の荒木神社の森というが、さだかでない。「草のみ」は、「実」に「身」を掛ける。

一五　作者自身、頼るべき夫の足も遠のいた現下の境遇から、同じ涙に昏れる、というのである。

一六　「つゆ」は涙の縁語で、少しでも（副詞）、の意。

一七　お邸を拝見いたしますと、蓬が生い茂り、御門もとざしたまま。このように荒れはててしまおうとは、思ってもみなかったことです。「宿」は桃園邸。「ある」は「荒る」に「かくある（なる）」の意を掛ける。

一八　なるほど、それはよい、だが……と下文に続く。

一九　「かたくなはしく」は、愚直で気のきかぬこと。作者と高明夫人は今まで格別、文通もなかったのであろう。それを突然、大袈裟な長歌を贈っては、挨拶にとまどうことにもなろうという判断。

二〇　宣旨紙とも呼ばれる厚手の料紙。紙屋川のほとりにある紙屋院（図書寮の別院）で、漉き返した紙。

二一　書状を礼紙で包んで、上下の余った部分を折ったもの。正式の書状の包みかた。

二二　皮をはいだ白木。神事など、改まった折に用いる。

二三　奈良県桜井市にある山。同山には、藤原鎌足を祀った談山神社がある。なお、当時、下文に言うように、少将入道高光が籠っていた。

の御はらからの入道[一]の君の御もとよりといはせよとてなりけり。人取りて入りぬるほどに、使は帰りにけり[二]。かしこに、いかやうにかさだめおぼしけむは、知らず。

（様の御兄弟の　使いに言わせよとのつもりだったのだ　先方が受け取って奥に入った間に　あちらでは　御判断なさったろうか　それはわからない）

かくあるほどに、ここちはいささか人ごこちすれど、二十余(よ)日[三]のほどに、御嶽(みたけ)[四]にとて急ぎ立つ。幼き人も御供にとてものすれば、とかく出だし立ててぞ、その日の暮にぞ、われも、もとのところ[五]など修理(すり)し果てつれば、渡る。供なるべき人など、さし置きてければ[六]、さて渡りぬ。それより[七]、まだうしろめたき人をさへ添へてしかば、いかにいかにと念じつつ、七月一日(ふみづきついたち)の日、あかつきに来て、「ただ今なむ帰りたまへる」など語る。ここは、ほどいと遠くなりにたれば、しばしは、ありきなどもかたかりなむかしなど思ふに、昼つかた、なへぐなへぐと[八]見えたりしは、なにとにかありけむ[九]。

（私の具合は多少とも人心地を取り戻したけれども　［あの人は］にわかに出立した　幼い道綱も　あれこれ支度をして送り出して　［御嶽に］連れてゆくはずの侍などを　その後　まだ気がかりな子どもまで一緒にやったので　どうだろう大丈夫かしらと祈っていたが　帰って来て（道綱）　［父上は］お帰りになりました　今度の家は本邸からも大分遠くなってしまったので　お通いなどもめったにあるまいなどと　疲れきった足どりで姿を見せたのは　どんなつもりだったのだろう）

さて、そのころ、帥殿(そちどの)の北の方、いかでにかありけむ、ささのところよりなりけり、と聞きたまひて、この六月(みなづき)[一〇]どころとおぼしける

（どうしてお判りになったのだろう　［例の長歌は］　これこれの所からだった）

一 藤原高光。師輔の子息。母は雅子内親王で、愛宮の同母兄に当る。応和元年（九六一）十二月五日、右近少将の官を捨て横川に登って出家、翌二年八月、多武峰(とうのみね)に移り住んだ。法名如覚、世に多武峰少将と呼ばれる。作者が「入道の君の御もとより」と言わせたのは、面識も文通もない愛宮への、唐突な、しかも差し出た見舞が面映ゆく、「親身に御同情申している者」というほどの意で、さりげなく書き紛らわしたもの。

二 こちらの意を伝えるまでで、先方からの返事は、ことさらに遠慮したのである。

三 六月二十日過ぎのころ。

四 金峰山(きんぶせん)。奈良県吉野郡。天平年間、行基が山中に蔵王権現を祀(まつ)ってから、世の尊信を集めていた。入山には長期の精進、いわゆる御嶽精進が必要で、前文に「その前の五月雨の二十余日のほど……長き精進もはじめたる人」（九一頁）とあるように、兼家はそのころから精進に入っていたもののようである。

五 一条西洞院の旧宅。

六 移転要員として、特に割(さ)いて残しておいてくれたので。下の「さて」は、その者たちを使って、の意。

七 「それより」は、「念じつつ」に懸かる。

八 足どりのおぼつかないさま。「……と」は、といった具合に、の意。

九 兼家の来訪は、転居の検分のためもあろうが、長途の旅の疲れを押してのことである。予期せぬ来訪に、当座の作者は満更でもなかったに違いない。にも

を、使、もてたがへて、一一いまひとところへもていたりけり。一二取り入れて、はた、あやしともや思はずありけむ、返りごとなどきこえてけり、と伝へ聞きて、一三かの返りごとを聞きて、ところたがへてけり、いふかひなきことを、またおなじことをものしたらば、一四伝へても聞くらむに、いとねぢけたるべし、いかに心もなく思ふらむとなむ、騒がるる、と聞くがをかしければ、一五かくてはやまじと思ひて、さきの手して、

(作者)一六山彦の答へありとは聞きながら
　あとなき空を尋ねわびぬる

と一七浅縹(あさはなだ)なる紙に書きて、いと一八葉繁うつきたる枝に、立文(たてぶみ)にしてつけたり。また、さし置きて消えうせにければ、さきのやうにやあらむとて、つつみたまふにやありけむ、一九なほおぼつかなし。二〇あやしくのみもあるに、など思ふ。ほど経て、たしかなるべきたよりを尋ねて、かくのたまへる、

〔愛宮の〕届け間違えて 〔先方では〕一二受け取って 変だとも 〔愛宮方に〕 〔私は〕人伝てに聞いたが 一三愛宮方ではその返事を聞いて 届け先を間違えてしまった つまらない歌を〔届けそこねて〕またそれを〔作者のもとに〕送ったなら 一四すでに聞き及んでもいるだろうに まったく野暮なことだし なんて気がきかないと〔愛宮方では〕 一五このまま終るのも残念と思って 前と同じ筆跡で 添えて送った 〔使いは〕帰って来てしまったので〔先方では〕また前のように失敗してはと 慎重を期しておいでなのだろうか やはり 間違いなく届くつてをさがして

拘らず、「なにとにかありけむ」と訝る(いぶか)のは、その後の曲折を経た執筆時の回想によるものである。

一〇「六月どころ」は、一条西洞院に移る以前の、作者が長歌をしたためた邸宅をいう。愛宮は、そこに返事をとお思いになったところ、の意。

一一 兼家の妻妾の一人の所へ。恐らく時姫の所であろうが、確かなことは不明。

一二 主語は、「いまひとところ」の女性。

一三「いまひとところ」からの返事を聞いて。

一四 間違って別人に送った手紙の内容を、すでに作者方が、人伝てにでも聞いているだろうに。

一五 興に乗った作者の、つれづれのすさびである。

一六 御返事はあったと伺いましたが、どちらへ参ったものやら。まるで山彦のように、あとかたもなく消えてしまいましたので、私どもは尋ねあぐねております。「答へ」「あとなき」「空」は「山彦」の縁語。

一七 ごく薄い藍色。歌の「あとなき空」に合わせたもの。

一八「葉繁うつきたる枝」は、「言の葉繁う」(歌語)などの意を掛け、言わずもがなの「文」の遊びというほどの意を籠めたものか。

一九 返事がないので、気がもめる。

二〇 差し出し人も紛らわし、使いもそそくさと帰るなど、こちらが変なことばかりするので、先方が困惑するのも、無理はない、などと思っている。

（愛宮）[一]吹く風につけてもの思ふあまのたく
　　塩の煙はたづね出でずや

とて、いときなき手して〔幼げな筆つきで〕、薄鈍[二]の紙にて、むろ[三]の枝につけたまへり。

御返りには、

（作者）[四]あるる浦に塩の煙は立ちけれど
　　こなたに返す風ぞなかりし

とて、胡桃色[五]の紙に書きて、色変りたる〔枯れて赤くなった〕松につけたり。

左大臣算賀の屏風歌

八月になりぬ。そのころ、小一条の左大臣[六]の御[七]とて、世にののしる〔世間では大騒ぎで〕。左衛門督[八]の、御屏風[九]のことせらるるとて〔調製をなさることになって〕、えさるまじきたよりをはからひて〔とても断りきれないつてを介して〕、責めらるることあり〔たってと御所望のことがあった〕。絵のところどころ書き出だしたるなり〔あちらこちらの風景を描き出した屏風である〕。いとしらじらしきこととて、あまたたび返すを〔私などの歌では興ざめもはなはだしいといって　何度も御辞退したが〕、責めて〔是非にと〕わりなくあれば〔無理におっしゃるので〕、宵のほど、月見るあひだなどに、一つ二つなど思ひてものしけり〔思案して作ってみた〕。

[一〇]人の家に、賀[一一]したるところあり。

一　吹く風につけても心配でなりません。海人の焚く藻塩の煙が風に流されるように、私（尼）のさし上げたこの間のつたないお手紙が、ひょっとして、あなたのお手もとに渡ってはいまいかと存じまして。この歌は、作者の長歌の一節、「君も嘆きを　こりつみて　塩焼くあまと　なりぬらむ」を踏まえたもの。

二　薄ねずみ色。出家の身ゆえである。

三　底本には「□ろ」とある。「むろ」と見る説に従う。「むろ」はハイネズの木でマツ科の常緑喬木。海岸地方に多く、愛宮の身辺にあったかどうかに疑問は残るが、歌の内容「あまのたく塩の煙」には相応しい。

四　わびしく荒れたお邸に立ちのぼる塩焼く煙――あなたからの御返事は下さったようですが、私のほうに吹き寄せてくれる風はございませんでした。「あるる浦」は桃園邸。先方の邸を荒廃したと言うのは、非礼に過ぎるとの説もあるが、作者は前に「蓬の門」（九九頁）とも詠んでいる。時勢の転変に同情したもので、さしつかえあるまい。

五　クルミの実の色。薄い赤黄色。

六　藤原師尹。兼家の叔父。高明失脚の後を承けて、この年三月二十六日、左大臣に昇った。

七　御賀の意。記録によれば、師尹の五十賀の行われたのは、この年の七月二十一日（『日本紀略』）である。

八　藤原頼忠。兼家の従兄。当年二月七日に左衛門督に任じていた（『公卿補任』）。「の」は主格を示す。

（作者）一二 大空をめぐる月日のいくかへり
今日ゆくすゑにあはむとすらむ

旅ゆく人の、浜づら（浜辺に）に馬（むま）とめて、千鳥の声聞くところあり。

（作者）一三 一声（ひとこゑ）にやがて千鳥と聞きつれば
世々をつくさむ数も知られず

一四 粟田山（あはたやま）より駒ひく、一五 そのわたりなる人の家に〔馬を〕引き入れて見るところあり。

（作者）一六 あまた年越ゆる山べに家居（いへゐ）して
つな引く駒も面（おも）なれにけり

人の家の前近き泉に（庭先の泉水に）、八月（はづき）十五夜、月の影うつりたるを、女ども見る（女たちが眺めている時）ほどに、垣の外（と）より（を通って）大路に笛吹きてゆく人あり。

（作者）一七 雲居（くもゐ）よりこちくの声を聞くなへに
さしくむばかり見ゆる月影

田舎人（ゐなかびと）の家の前の浜づらに松原あり、鶴群れて遊ぶ。「二つ歌ある（二首歌が必要だ）

九 算賀のための屏風で、図柄に合わせた歌、いわゆる屏風歌を詠み添えるのが恒例であった。
一〇 「人の家」は一語。どこかの家、の意。
一一 賀宴を催しているところ。「ところ」は図柄の意。
一二 大空をめぐる月日さながら、この先幾久しく、今日のようなお祝いにめぐり逢ってゆくことでしょう。
一三 一声ですぐに千鳥とわかります。さればこそ、その群れ飛ぶ千鳥の、無数の「千」にあやかって、千代万代（よろずよ）まで、限りなくお栄えのことと存じます。「一声」「千鳥」は、「一」と「千」との対照の趣向。
一四 京都の東郊。花頂山・日岡峠（ひのおか）・如意岳（にょいがたけ）一帯の山地。
一五 東国より朝廷あるいは上流貴族に献上する馬を引いて来ること。
一六 もう幾年も、駒引きの馬の越えるこの山辺に住みついているので、荒れさからう駒もすっかりなつくようになってしまったことだ。「越ゆる」は、「年」「山」両方に掛ける。「つな引く」は、牛馬が綱に引かれながら、進むまいと頑強にさからう意。
一七 天上から響いてくるような、澄んだ胡竹（こちく）の笛の音が、こちらに近づいてくるにつれて、泉水に映った月影は手に取って掬（すく）えるほどに見えることだ。家の内の女たちには、大路を来る笛の音の主は見えず、従って「雲居より」と聞える。「こちく」は胡竹（竹の一種）で作った笛に、「此方来（こちく）」の意を掛ける。「なへに」は、……とともに、……につれて、の意。

べし」とあり。

(作者)一 波かけの見やりに立てる小松原
　　心を寄することぞあるらし

(作者)二 松の蔭まさごのなかと尋ぬるは
　　なにの飽かぬぞたづのむらとり

網代のかた(絵を描いた)あるところあり。

(作者)三 網代木に心を寄せてひを経れば
　　あまたの夜こそ旅寝してけれ

浜べに漁火ともし、釣舟などあるところあり。

(作者)四 漁火もあまの小舟ものどけかれ
　　生けるかひある浦に来にけり

女車、紅葉見けるついでに、また紅葉多かりける人の家に来たり。(紅葉のたくさんある家に立ち寄っている)

(作者)五 よろづよをのべのあたりに住む人は
　　めぐるめぐるや秋を待つらむ

一 あの群をなして飛んでいる鶴は、波に洗われてむこうに見える小松原の、その松に好意を寄せているもののようだ。「波かけ」は波のかかる所、波打際。「見やり」は、見晴らせるあたり。「心を寄する」は、低回して舞う鶴は松に、の意。他に、松原の松同士が、松が波に好意を持つなどの解もあるが、従えない。

二 あちらの松蔭、こちらの砂の中と捜し回っているのは、群れ飛ぶ鶴よ、そなたは一体、何が不足なのだ。何一つ不足はあるまいに。屏風絵の図柄を、鶴が餌を求めて舞うことに見立てて、鶴に呼びかけたもの。

三 何の屈託もなく、氷魚の寄る網代の風情に魅せられて、ついうからかと日を過したので、随分と多くの夜を旅寝してしまったことだ。「ひを」は「氷魚」に「日を」を掛ける。「あまたの夜」には「あまたの世(齢)」を掛けて、祝意を籠めたもの。

四 漁火も漁師の釣舟も平穏無事であって欲しいものだ。生きた貝もあるし、いや、まさに生きていた甲斐もある素晴らしい浦辺に、こうしてやって来たのだから。

五 万代まで命を延べ、この野辺に住んでいる人は、紅葉見物に来るまでもなく、年ごとに、居ながらにして紅葉の秋を待ち得て、さぞかし心足ろうことであろう。紅葉見物に来た女車の人物の身になって、「紅葉多かりける家」の主人を羨み、寿いだもの。

六 採用され、先方の手もとにとどめられた、の意。

七 八月十三日冷泉天皇譲位、円融天皇践祚。同日兼

家春宮大夫辞任（道綱童殿上（わらわてんじょう））。九月二十一日兼家正三位昇叙。同二十三日円融天皇即位。なお、十月十日には登子が女御となり、同十四日には左大臣師尹が薨ずるなど、この年の秋から冬にかけては諸事が錯綜、作者に直接関係のあるのは、道綱の童殿上だけだが、日記はなぜかこの事に触れていない。兼家は着実に栄達の階段を昇ってゆくが、作者の心境は、以下に見るごとく、それと裏腹に蹉跌感が深い。新造の東三条邸に迎えられなかったことが、その要因でもあろうか。

八 音もなく降りつもる雪に、老いゆく齢（よわい）をよそえながら――雪ならやがて消えもしようが――つらいこの世から消える時とてもない、今のこの身を恨めしく思うことだ。いっそ死ねるものなら……。「ふる」は「降る」に「経る」を掛ける。「消えむ期」は寿命の尽きる時、死期。この歌の含む深々とした詠嘆は、上巻末の跋文と響き合うものがあろう。

九 修復した旧邸（一条西洞院）に、そのままいるがよい（兼家の意向）ということになってしまったらしい。作者自身の心境として、「どこへ行っても、どうせろくなことはない。このままでいいのではないか」という自虐的な感情表白と見る説（『全集』）もある。

一〇 兼家の言行不一致には懲りてしまっているので。前文「『いつしか（新邸を）見せむ』とありしも、……」（九一頁）と呼応するものであろう。

一一 宮中で行われる競射。これは臨時の賭弓である。

天禄元年―― 内裏の賭弓

など、あぢきなく（気も乗らないのに）、あまたにさへしひなされて（たくさん無理じいされたあげく）、これらが中に、「漁火」と「むらとり」とは（とだけが）とまりにけり[六]、と聞くに、ものし（心外だった）。

かうなどしゐたるほどに（こんなことなどしているうちに）、秋は暮れ、冬になりぬれば、なにごとにあらねど（格別これといったことはないけれど）[七]、こと騒がしきここちしてありふるうちに（過しているうちに）、十一月（しもつき）に、雪いと深くつもりて、いかなるにかありけむ（どういうわけだったろう）、わりなく（むしょうに）、身（わが身が）、心憂く（情けなく）、人（あの人が）、つらく（恨めしく）、悲しくおぼゆる日あり。つくづくとながむるに（物思いに沈みながら）、思ふやう、

（作者）[八] ふる雪につもる年をばよそへつつ
　　消えむ期（ご）もなき身をぞ恨むる

など思ふほどに、つごもりの日（大晦日となりやがて）、春のなかばにもなりにけり（新春もなかば）。

人は（あの人は）、めでたく造りかかやかしつるところに（立派に造りみがき立てた新邸〔東三条院〕に）、明日（あす）なむ、今宵なむと（いや今晩移ると）、ののしるなれど（大騒ぎをしているようだが）、われは、思ひしもしるく（案の定）、かくてもあれかしに〔音沙汰もなく〕[九]なりにたるなめり。されば（だから）、げに懲りにしかば[一〇]など〔これでよいなどと〕、思ひのべて（みずから慰めているうち）あるほどに、三月（やよひ）十日のほどに、内裏（うち）の賭弓（のりゆみ）[一一]のことありて、いみ

じくいとなむなり〔準備に大童だそうである〕。幼き人〔幼い道綱も〕、しりへの方にとられて出でにたり[一]〔後手組に選ばれて出場することになった〕。「方(かた)勝つものならば[二]〔味方が勝ったならば〕、その方[三]の舞もすべし」とあれば、このごろは、よろづ忘れて、このことをいそぐ〔その準備に追われていた〕。舞ならすとて〔舞の練習をするといって〕、日々に楽をしののしる〔毎日にぎやかに音楽を奏している〕。出居(いでゐ)[四]につきて、賭物(かけもの)[五]とりてまかでたり〔退出してきた〕。いとゆゆしとぞうち見る〔素晴らしいことだと眺めていた〕。

十日の日になりぬ。今日ぞ、ここにて〔私のところで〕試楽(しがく)[六]のやうなることとする。舞の師、多好茂(おほのよしもち)[七]、女房よりあまたの物かづく〔たくさんのかずけ物をもらった〕。男方(をとこがた)[八]も、ありとあるかぎり脱ぐ。「殿は御物忌なり[九]」とて、をのこども〔（侍たち）〕はさながら来たり〔本邸の侍たちは残らずやって来た〕。事果てがたになる夕暮に〔その日の行事も終りに近づいた夕暮れに〕、好茂、胡蝶楽(こてふらく)[一〇]舞ひて出で来たるに、黄なる単衣(ひとへ)脱ぎてかづけたる人あり〔与えた者がいる〕。折にあひたるここちす[一一]。また十二日、「しりへの方人(かたひと)[一二]〔後手組の〕さながら集まりて舞はすべし〔全部集まって舞の練習をする必要がある〕。ここには弓(ゆみ)場(ば)[一三]なくて悪しかりぬべし〔具合が悪かろう〕」とて、かしこ[一四]にののしる〔大騒ぎをする〕。「殿上人、数[一五]を多くつくして集まりて〔ほとんど全員仰々しくつめかけて〕、好茂埋(うづ)もれてなむ〔かずけ物に埋まった〕」と聞く。われは、いかにいかに〔どうだろう大丈夫かしらと気をもんでいたところ〕とうしろめたく思ふに、夜ふけて、送り人あまたなどし〔見送りの人を大勢つれたりし〕

一 前後二組に分けた後手組。年中行事としての内裏の賭弓は、正月十八日に行われるのが普通で、左右近衛・兵衛府の舎人が射手に選ばれるが、これは臨時の賭弓で、前年、童殿上した道綱が選ばれたもの。

二 後手組の世話役の言葉。

三 「その方」は後手組。すなわち、道綱が後手組を代表して、勝ち方の舞もしなければならない、の意。後手組の勝ち舞は納蘇利が恒例（『江家次第』）。

四 道綱は練習場に出向いて。「出居」は練習場。

五 「賭物」は賞品。練習試合の折のものである。

六 内裏・院などで行われる舞楽の予行演習。ここは作者邸の私的な予行演習ゆえ「……のやうなる」という。

七 多氏は舞楽相伝の家柄。好茂の名は舞楽の名人として『御堂関白記』その他に散見する。

八 居合せた限りの者が皆衣服を脱ぎ被け物とした。

九 物忌で、こちらへは伺えない、の意。

一〇 胡蝶の翼を背に付け、山吹の造花を冠に挿し、右手にも持って舞う。四人で舞う童舞だが、座興で好茂一人が舞ったものであろう。

一一 「黄なる単衣」が胡蝶楽の、造花の山吹に相応しい、の意。

一二 後手組の世話役の言葉。

一三 本来、宮中の、弓場を設けた建物「弓場殿」をいうが、ここは、単に、弓を射る場所、の意。

一四 「かしこ」は兼家邸。

てものしたり。さて、とばかりありて、人々あやしと思ふに、はひ入りて、「これがいとうらうたく舞ひつることと、語りになむものしつる。みな人の泣きあはれがりつること。明日明後日、物忌、いかにおぼつかなからむ。五日の日、まだしきに渡りて、ことどもはすべし」などいひて、帰られぬれば、常はゆかぬここちも、あはれに嬉しうおぼゆることかぎりなし。

その日になりて、まだしきにものして、舞の装束のことなど、人いと多く集まりて、し騒ぎ、出だし立てて、また弓のことを念ずるに、かねてよりいふやう、「しりへはさしての負けものぞ。射手いとあやしうとりたり」などいふに、舞をかひなくやなしてむ、いかならむ、いかならむと思ふに、夜に入りぬ。月いとあかければ、格子などもおろさで、念じ思ふほどに、これかれ走り来つつ、まづこの物語をす。「いくつなむ射つる」、「敵には右近衛中将なむある」、「おほなおほな射伏せられぬ」とて、ささとの心に、嬉しうかなし

（て帰って来た　〔あの人は〕人々が変に思うのも構わず私のところに入って来て　（兼家）この子が　一六 いじらしく立派に舞ったことを　涙を流して感動したことだった　私は物忌だ　一七 その間がとても気がかりだ　十五日の当日は　朝早くこちらへやって来て　何かと面倒をみてやろう　一八　ふだんはふさぎがちな私も）

（一九 〔あの人は〕朝早くからやって来て　〔指図して〕　人々が寄ってたかって　大騒ぎをして　送り出して　〔私はまた〕賭弓の首尾を心に祈っていると　かねての前評判では　（人々）後手組は　二〇 負けるにきまっている　人選がまずかった　せっかく練習した舞を無にしてしまうのかしら　どうだろう　うまくゆくのかしらと案じているうち　心のうちで祈っていると　召使のだれかれが走って来ては　何よりもまずこの報告をする　これで何番進みました　二一　二二　二三 懸命に奮闘若君がうち負かしておしまいです　二四 案じていただけに）

一五 飛ぶ鳥を落す兼家の権勢がしのばれよう。

一六 「らうたく」は、単に「可愛いく」ではなく、「幼いなりに健気に」の意を含む。

一七 物忌中は世話もできないから、その間、自分（兼家）は、どんなに気がもめることだろう、の意。主語を作者と見て、そなたはどんなに心配だろうとする説（『新注釈』）もある。

一八 「帰られ」の「れ」は兼家に対する尊敬。一般に、この作者は兼家に敬語表現を用いないとされているが、兼家が作者あるいは道綱に懇切な場合に限り、尊敬の「る」「らる」が、まま見られる。作者の感情が、回想の内容と共に揺れ動く跡を読み取るべきである。

一九 天禄元年三月十五日。「今日、殿上賭弓、天皇出御、親王以下参入」（『日本紀略』）。

二〇 「さしての」は、「指しての」すなわち、それと指定しての、きまりきった、の意。底本を「さしもの」（そう大したことではない）と改める説（『解環』『全集』）もある。

二一 道綱と番う相手。

二二 当時の右近衛中将は、源延光（四十四歳）と源忠清（二十八歳）の二名だが、年齢的に忠清（醍醐天皇皇孫）であろう。

二三 「おほなおほな」には諸説があるが、全力を傾注して、精一杯に、の意と見ておく。

二四 上述のごとく、あれこれと首尾を案じていた心には。「ささ」は、これこれしかじか、の意。

きこと、ものに似ず。「一負けものとさだめし方の、この矢どもにかかりてなむ、二持（ぢ）になりぬる」（引分けに持ちこみました）と、また告げおこする（報告してくる）人もあり。持になりにければ（〔先手組が〕）、まづ三陵王（りようわう）舞ひけり。それもおなじほどの童（わらは）にて（その子も同じ年かっこうの）、わが四甥（をひ）なり。ならしつるほど（舞の練習をしている間）、ここにて見、五かしこにて見など、かたみ（おたがいに見学し合った）にしつ。されば、六次に舞ひて（あの子が舞って）、七おぼえによりてにや（好評を博したためか）、御衣（ぞ）（〔帝から〕）賜はりたり。内裏（うち）よりはやがて車のしりに（舞姿のまま車の後ろに）、陵王も乗せて（陵王を舞った甥も乗せて）八まかでられたり。ありつるやう語り（一部始終を語って）、わが面（おもて）をおこしつること（面目をほどこしたこと）、九上達部（かんだちめ）どものみな泣きらうたがりつることなど（皆涙を流していとおしがったことなどを）、かへすがへすも泣く泣く一〇語らる。弓の師呼びに一一やり、来て（やって来ると）、またここにて（こちらで）なにくれとて、一二物かづくれば（褒美の品を与えるので）、憂き身かともおぼえず（つらい身の上などもすっかり忘れて）、一三嬉しきことはものに似ず。その夜も、のちの二三日まで、知りと知りたる人（ありとあらゆる知人が）、法師にいたるまで、若君の御よろこび（お喜びを言上にと入れ替り立ち替り）きこえにきこえにと、一四おこせ言ふを聞くにも（言って来るのを聞くにつけても）、一五あやしきまで嬉し。

かくて四月（うづき）になりぬ。十日よりしも、また五月（さつき）十日ばかりまで、

一 負けるに決っていると言われていた後手組が道綱の射た矢の殊勲によって。「矢ども」とあるのは、一回に甲矢（はや）と乙矢（おとや）と二本を射ることによる。

二 「持」は、もちあい。互角で引分け、の意。

三 雅楽曲。羅陵王（蘭陵王とも）。一人舞で龍頭の面をつけて舞うが、童舞（わらわまい）の場合は、面のかわりに天冠をつけて舞う。

四 作者の甥。作者の姉とその夫藤原為雅との間の子中清かという（『講義』）が、不明。

五 「かしこ」は前手組の練習場。「見」は、道綱と作者の甥が、互いに見学し合った、の意。

六 「持」の場合は、前手組が先ず舞い、次いで後手組がこれに答えて舞う。

七 列座の人々の賞讃によって。「兼家卿息童舞態已得二骨法一。仍主上給二紅染単衣一」（『日本紀略』三月十五日）と見える。

八 （あの人は）退出された。「られ」は兼家に対する尊敬。

九 三位以上及び四位の参議をいう。

一〇 「る」は兼家に対する尊敬表現。こうした尊敬表現の頻出は、前掲の指摘（一〇七頁注一八）を参照。

一一 「やり」は底本「やか」。「やる」と改める説が多いが、後文との続き具合から、「やり」とする説（『全集』）に従っておく。

一二 「物かづく」は、底本に「やや」かづく」とあり、次々と加増する意

「いとあやしく（（兼家）どうも妙に）、なやましきここちになむある（気分がすぐれない）」とて、例[一六]のやうにもあらで、七八日のほどにて（七八日おきに訪れて）、「念じてなむ（（兼家）我慢して来たのだ）。おぼつかなさに（気になるので）」などいひて、「夜のほどにてもあれば（（兼家）夜分でもあるから［こっそり来たのだ］）。かく苦しうてなむ（こう苦しくては［かなわない］）。内裏へもまゐらねば、かくありきけりと見えむもびんなかるべし（こうして出歩いていたなどと人に見られては具合が悪かろう）」とて、帰りなどせし人（あの人は）、おこたりてと聞くに（病気もなおったと聞くのに）、待つ[一七]ほど過ぐるここちす。あやしと、人知れず今宵をこころみむと思ふほどに（ひそかに今夜あたりはどうか様子をみてみようと思っているうち）、はては消息（せうそく）だになくて久しくなりぬ。めづらかにあやしと思へど（滅多にないこと変だとは思いながらも）、つれなし[一八]をつくりわたるに、夜は世界[一九]の車のこゑに（よそを通る車の音に）胸うちつぶれつつ[二〇]（もしやと胸をどきつかせ）、ときどきは寝入りて、明けにけるはと思ふにぞ[二一]（とうとう夜も明けてしまったと思うにつけ）、ましてあさましき。幼き人通ひつつ聞けど（子供が本邸に行くたびに聞いてみるが）[二二]、さるは[二三]なでふこともなかなり。いかにぞとだに問ひ触れざなり（母上はどうしているかなど尋ねさえしないそうだ）[二四]。まして、これよりは（私のほうからは）、なにせむにかは[二五]、あやしとももののせむと思ひつつ、暮らし明かして、（［ある朝］）格子などあぐるに、見出だしたれば（外を眺めてみると）、夜、雨の降りける気色にて、木ども露かかりたり（木々に露が宿っている）。見るままにおぼゆるやう（それを見るとすぐ心に浮んだのは）、

とする説（『全注釈』）もあるが聞き馴れない用語である。「ものかづく」の改訂案（『全集』）に従う。
一三 底本「ことそものこき」とあって不明。「ことはものににず」の改訂案（『全集』）に従う。
一四 使いを寄越したり、自身で出向いて祝う、の意。
一五 どうしてこんなに心が浮き立つのか、不思議なまでに。
一六 いつも、とだえがちだが、それ以上に足が遠のき。
一七 「待つほど」は、前文の「七八日のほど」。すなわち、今日あたりは来るだろうと、心待ちしているのに、それもむなしく過ぎてゆく、の意。
一八 弱味を見せまいと、意地を張って平然と構え。
一九 「世界」は、自分とかかわりのない外界。従って、疎外された孤独感が籠っている。
二〇 夫兼家の訪れかと思って。
二一 一縷（る）の期待を持った昨夜どころではなく、あきれて一段と気落ちがした。
二二 「さるは」は、それにしても、それで、など前文を受けて、次文を展開する語。
二三 （子供から聞き出したところ）格別、新しい女性をもうけた様子もないようだ。
二四 「まして」は、相手が、そんなすげない態度を取る以上、の意。作者の意地である。
二五 どうして、こちらから折れて、「あやし」などと手紙をやることがあろうかと思いながら。「あやし」は、このごろの変貌ぶりは腑（ふ）に落ちない、の意。

一 夜のうちは、松にも露が置くように、私も、あの人の訪れに、ささやかな期待を繋(つな)ぎながら、わびしく涙にくれている。だが、むなしく明けた朝ともなると、露ははかなく消えてゆくし、私も、消えも入りそうに切ない物思いに沈むことだ。「まつ」は「松」と「待つ」、「露」は「夜露」と「ほんの少し」、「かかり」は「露がかかる」と「期待を繋ぐ」を掛ける。一首は、「夕暮はまつにもかかる白露のおくる朝(あした)や消えははつらむ」(『後撰集』恋一、藤原かつみ)を踏まえたもの。

二 摂政太政大臣藤原実頼。師輔の兄で兼家の伯父に当る。五月十八日薨、七十一歳(『日本紀略』)。

三 政府は、筆頭者実頼の死によって、五月二十日より六月一日まで、関を閉じ警固を厳にし、後事を議するなど、世の中は騒然としていた。政治家兼家も政局の帰趨に全神経をとがらせていたであろうし、一女性にかかずり合っているいとまはなかったに違いない。男の世界と女の世界の、あやにくなずれといえよう。

四 さんざん無沙汰を重ねた、あげくのはてに。

五 服喪。伯父の服喪は三か月。

六 喪服あるいはその料の反物。

七 底本は「よるみること……ひるみること」とある。底本のままなら、「四十余日」の後に「とだえ」のごとき語を補う必要があろう。むしろ『解環』『全注釈』のごとく、「見る」の「る」を「ぬ」の誤写と見たい。

(作者)[一] 夜のうちはまつにも露はかかりけり

明くれば消ゆるものをこそ思へ

かくて経るほどに(こんな日々を過していうるうち)、その月のつごもり(下旬)に、「[二]小野の宮の大臣(おとど)かくれたまひぬ」とて[三]世は騒ぐ、[四]ありありて、(兼家)「世の中いと騒がしかなれば(世間が騒々しいようなので)、つつしむとて(謹慎していて)、えものせぬなり(伺えないのだ)。[五]服(ぶく)になりぬるを、[六]これら、とくして(早々に仕立ててくれ)」とはあるものか(とはよく言ったものだ)。いとあさましければ(全くあきれ返ったので)、(作者)「このごろ、ものする者ども里にてなむ(裁縫をする女房たちが里下がり中でして)」とて返しつ。これにまして心やましきさまにて(このことでますます機嫌をそこねた様子で)、絶えて言(こと)づてもなし。さながら(そのまま)六月(みなづき)になりぬ。かくてかぞふれば、[七]夜見ぬことは三十余日(夜訪れないことは三十日以上)、昼見ぬことは四十余(よ)日になりにけり。いとにはかにあやしといへばおろかなり(あまり突然な変りようでおかしいどころの騒ぎではない)。心もゆかぬ世(思うにまかせぬ夫婦仲)とはいひながら、まだいとかかる目は見ざりつれば(こんな夜離れは経験したこともないので)、見る人々(侍女たちも)もあやしうめづらかなりと思ひたり(ついぞこんなことはと)。ものしおぼえねば(〔あまりの仕打ちに〕ただ茫然として)、ながめのみぞせらる(物思いに沈んでばかりいる)る。人目も(まわりの見る目も)いと恥づかしうおぼえて、落つる涙おしかへしつつ(じっとこらえながら)、臥して聞けば、鶯ぞ[八]折はへて鳴くにつけて、おぼゆるやう、

八　時節がずれて。「はへ」は、延ばす意。

九　あの鶯も私同様、いつ果てるともない物思いを重ねているのだろう。六月(みなづき)になっても尽きないと見えて、声をはり上げて鳴いていることだ。「期もなき」は、際限もない、の意。「みなつき」は「六月」に「皆尽き」を、「なく」は「鳴く」に「泣く」を掛けたもの。このあたりに頻出する独詠歌「ふる雪に」(一〇五頁)、「夜のうちは」(一一〇頁)、そしてこの一首は、うちひしがれた作者の、真率な心情の表白であり、それはそのまま、本日記の基調でもある。

一〇　われとわが心を処理しかねるので。

一一　現在の不幸を祓い流そうと。六月末は、年中行事としての「六月祓(みなづきばらえ)」が行われる。

一二　琵琶湖の西岸、大津市下坂本に突き出た岬。

一三　午前四時ごろ。

一四　自分と同じような境遇にある人。同居している「はらからとおぼしき人」(八七頁)であろうか。

一五　道綱も同行しているが、騎馬であろう。

一六　懊悩のはてに心弱く、物に感じやすくなっている心境のせいであろうか。

一七　山城と近江の境にある逢坂の関。

一八　牛に飼料や水などを与えること。

一九　屋形のない車。荷車。

二〇　逢坂山を越えるあたりで、展望がひらける。

(作者)鶯も期(ご)[九]もなきものや思ふらむ
　　みなつきはてぬ音(ね)をぞなくなる

唐崎祓

かくながら(こんな状態のまま)、二十余(よ)日になりぬるここち、せむかた知らず(どうしようもなく)、あやしく(妙に)おきどころなきを[一〇](何ともやりきれないので)、いかで、涼しきかたもやあると(涼しいところでもあるかしらと)、心ものべがてら(気晴らしかたがた)、浜づら(浜辺のあたりで)のかたに祓(はらへ)[一一]もせむと思ひて、唐崎(からさき)[一二]へとてものす(出かけることにした)。

寅(とら)[一三]の時ばかりに出で立つに、月いとあかし。わがおなじやうなる[一四]人、またともに人ひとりばかりぞあれば(供には侍女を一人だけ連れていったので)、ただ三人(みたり)[一五]乗りて(同車して)、馬に乗りたるをのこども七八人ばかりぞある。賀茂川のほどにて、ほのぼのと明(あ)く。うち過ぎて、山路になりて、京にたがひたるさまを見る(京とは打って変った景色を見るにつけ)にも(ても)、このごろのここち[一六]なればにやあらむ、いとあはれなり(しみじみと心打たれる)。いはむや、関[一七]にいたりて、しばし車とどめて、牛かひ[一八]などするに、むな車[一九]引きつづけて(次々と何台も続いて)、あやしき木こりおろして(見たこともない木を切り出して)、いとを暗き中より([山から])来るも、ここちひきかへたるやうにおぼえて(滅入っていた気分も一掃されるような感じでまことにおもしろい)いとをかし。関の山路(関の山路にしきりに)あはれあはれとおぼえて(感動をおぼえながら)、行く先を見やりたれば、ゆくへも知らず[二〇](はてしもなく)([湖が])見えわたりて、[一]鳥の二つ三つゐたると見ゆるものを（浮んでいると見えるのを）、しひて思へば（よくよく考えてみると）、釣舟なるべし。そこにてぞ（そこまで来た時）、え涙はとどめずなりぬる（とめどもなく涙があふれてきた）。いふかひなき心だにかく思へば（物に感じない私でさえこれほど身につまされるので）、まして[二]異人はあはれと泣くなり（感慨を催して泣いているようだ）。はしたなきまでおぼゆれば（人目も恥ずかしいほど胸が一杯なので）、目も見合はせられず（まともに顔も合わせられない）。

行く先多きに（行く先は遠いが）、〔車は〕[三]大津のいとものむつかしき（ひどくむさくるしい）家どもの中に（家並みの中に）、引き入りにけり。それもめづらかなるここちして（そんな風景も目あたらしい感じがして）行き過ぐれば、はるばると浜に出でぬ（はるばるとひらけた浜に出た）。来し方を見やれば、湖づらに（湖岸に）並びて集まりたる家どもの前に、舟どもを[四]岸に並べ寄せつつあるぞ（ずらりと並べつないであるのが）、いとをかし。漕ぎゆきちがふ舟どももあり。行きもてゆくほどに、[五]巳の時はてになりにたり（終り近くになってしまった）。しばし馬ども休めむとて、[六]清水といふところに、〔を目指したが〕かれと見やられたるほどに（あれが清水だと遠くのぞまれるあたりに）、大きなる[七]楝の木、ただひとつ立てるかげに（一本だけ立っているその蔭に）、[八]車かき下ろして、馬ども浦に引き下ろして、〔脚を〕[九]冷やしなどして、「ここにて[一〇]御破子待ちつけむ。かの崎は、まだいと遠かめり」といふほどに、[一一]幼き人ひとり、疲れたる顔にて寄りゐたれば（物にもたれているので）、[一二]餌袋なる物取り（取り出して）

一「鳥の二つ三つ……釣舟なるべし」は、単に景色の珍しさではない。茫漠たる湖上に寄る辺なく漂う釣舟は、現下の作者の心情と重なって、「そこにてぞ、え涙は」と展開してゆく。
二 同行の妹（「わがおなじやうなる人」）。
三 今の滋賀県大津市付近。
四 底本は「きた」とあるが、「きし」説に従う。
五 午前十時前後の二時間ほど。
六「清水」は所在不明。本来、固有名詞ではなく、清水の湧いている所が、地名的に俗称されていたものであろう。以下、文章はかなり端折られている。
七 梅檀の木といわれるが、なお確かでない。
八 車から牛をはずして、轅を固定して立てること。
九 脚を冷やすのは、馬の疲労回復のためである。
一〇 食物の折詰め。弁当（七九頁注一二）。「待ちつけむ」は、弁当を調えて後から追って来る一行を。
一一 道綱。道綱の同行したことが、ここでわかる。
一二 もとは、鷹の餌を入れた容器で、竹などで編んだ壺型のもの。広く転用され、旅行時の食物・菓子などを入れる場合は、布製の巾着袋のようなものだったらしい。
一三 報告の手配などをしているらしい。「おこなひ」は、作者から京の留守宅への報告を家来が手配すること。「やり」は、そのために人を遣わすこと。
一四 車の牛をかけ替えて、とする説もある。

出でて食ひなどするほどに、破子もて来ぬれば、さまざまあかちなどして、かたへは、これより帰りて、「清水に来つる」と、おこな[一三]ひやりなどすなり。

さて、車かけて、その崎にさしいたり、車引きかへて[一四]、祓(はらへ)しに行くままに見れば、風うち吹きつつ波高くなる。行きかふ舟ども、帆引き上げつついく。浜づらにをのこ[一五]ども集まりゐて、「歌つかうまつりてまかれ」といへば、いふかひなき声引き出でて、うたひてゆく。祓のほどに、けだい[一六]になりぬべくながら来る。いとほどせばき崎にて、下(しも)のかたは、水際(みぎは)に車立てたり。あみ[一七]おろしたれば、しき波に寄せて、波残(なごり)[一八]には、なしと言ひふるしたる貝もありけり。しりなる人々は、落ちぬばかりのぞきて、うちあらはすほどに、天下(てんげ)[一九]の見えぬものども取り上げまぜて騒ぐめり。若きをのこも、ほどさし離れてなみゐて、「ささなみや志賀の唐崎[二〇]」など、例のかみごゑふ[二一]り出だしたるも、いとをかしう聞こえたり。風はいみじう吹けども、

（やって（あの子が）／あれこれと分配などして／供の一部は／清水まで無事御到着と／車に牛を付け／唐崎に到着し／車の向きを変えて／道すがら湖面を見ると／浜辺に／（舟人たちに）歌をお聞かせして行け／ひなびた声を張り上げて／歌いながら漕いでゆく／時間に遅れそうになりながらやっとたどり着いた／ひどくせまい岬で／しも手の方は／網をおろしたところ／しきりに波が寄せて／全然ないと言い古されてきた貝もあればあるものだ／車の後ろに乗っている人々は／落ちてしまいそうにのぞきこんで／身を乗りだしていたが／（侍たちは）見た事もない珍しい魚貝類をあれこれ拾い上げて大騒ぎのようだ／若い者たちも／すこし離れた所にずらりと坐って／神楽ごえを張り上げて歌っているのも）

一五 作者の家来たち。後文に「若きをのこ」とあるのに同じ。「土地の男たち」とする説（『全集』）もあるが、「集まりゐて」から「……つかうまつりてまかれ」への続きが不自然であろう。

一六 底本は「ほとにけいた」とある。「ほどにけだい」とする改訂案（『全注釈』）に従う。「けだい」は懈怠、遅参の意。なお、「ほどにぞはした（中途半端）」とする案（『全集』）などもある。

一七 底本は「みな」とあるが、「あみ」とする説に従う。『全集』が指摘するように、「粟田右大臣家の障子に唐崎に祓したるところに、網引くかたかけるところ」と題して、「みそぎするけふ唐崎におろす網は神のうけひくしるしなりけり」（『拾遺集』神楽歌、平祐挙(すけたか)）などがあり、祓と網、殊に唐崎と網は、屏風絵の画材ともなる、ポピュラーな風物だったらしい。

一八 波の引いたあとにできる水たまり。以下、「なしと……」は、唐崎には昔から貝がないと言いふるされてきたが、その貝もあった、の意。「貝」に「効(かひ)」を掛ける。この部分は、神楽歌「篠波(ささなみ)」の末（葦原田(あしはらだ)）の一句「腕挙(かひなげ)をするや」の「腕挙（蟹の動作）」を「貝無げ」に洒落れて転用したものという。

一九 世にも珍しい。「天下の」は強意。

二〇 神楽歌「篠波」。「ささなみ」は琵琶湖西岸一帯の地名。

二一 神楽歌をうたう時の声音か。耳馴れない言葉で、「から声（しわがれ声）」と改める説もある。

木蔭なければ、いと暑し。いつしか清水にと思ふ。〔一刻も早く清水に行きたいと思う〕未(ひつじ)[一]の終りばかり、
果てぬれば、〔お祓が終ったので〕帰る。〔帰途についた〕
[二]ふりがたくあはれと見つつ〔しみじみと眺めながら〕ゆき過ぎて、山口にいたりかかれば、〔逢坂山の麓にさしかかったところ〕
申(さる)[三]の果てばかりになりにたり。ひぐらしさかりと〔今を盛りと〕鳴きみちたり。聞〔それを聞いていると〕
けば、かくぞおぼえける、〔こんな思いが浮んだ〕

（作者）[四]なきかへる声ぞきほひて聞こゆなる
　　待ちやしつらむ関のひぐらし

とのみいへる、〔とひとりつぶやいたが〕人にはいはず。
[五]走り井には、これかれ馬うちはやして〔一行のうちには馬に鞭打って〕先立つもありて、〔さきがけする者もいて〕いたり着きたれば、〔一足先に着いていたので〕先立ちし人々、〔その先に行った者たちが〕いとよく休み涼みて、ここちよげにて、
[六]車かき下ろす所に〔われわれの車をとめる所に〕寄り来たれば、しりなる人、[七]

（侍女）[八]うらやまし駒の足とく走り井の

と言ひたれば、

（侍）[九]清水(しみづ)にかげはよどむものかは

一 午後三時ごろ。底本に「ひとしのおりはきに」とあるのを改めた。
二 めずらしい風景を振り捨てがたく、後髪(うしろがみ)を引かれる思いで、の意。
三 午後五時ごろ。「果て」は六時近く。
四 しきりに鳴く関のひぐらしは、まるで私と泣き競うように聞えることだ。私の帰りを一日中、待っていてくれたのだろうか。都には待っていてくれる人とてもない私なのに。「なきかへる」は、しきりに鳴く。「なく」は「鳴く」に「泣く」、「ひぐらし」は、蜩の「ひぐらし」に「一日中」の意を掛ける。
五 逢坂の関のほとりにあり、「関の清水」とも呼ばれた。歌枕としても有名で、「走り井のほどを知らばや逢坂の関引き越ゆる夕かげの駒」（『拾遺集』雑秋、清原元輔）などがある。
六 牛をはずし、轅(ながえ)を榻(しじ)に託して車を立てること。
七 車の後ろに乗っている人。侍女であろう。「わがおなじやうなる人（同行の妹）」と限定はできまい。
八 うらやましいこと。馬の早駆(はやが)けで、とっくにこの走り井に着いて、涼しい顔をしていらっしゃるとは。
九 うらやましいどころですか。足の早い馬なら、奔騰する清水に影がとどまらないように、この辺でゆっくり休んでなどおれますまい。「かげ」は「影」に「鹿毛」を掛ける。「よどむ」は停滞する、の意。この付け句は、「逢坂の関の清水にかげ見えて今や引くらむ望月の駒」（『拾遺集』秋、貫之）を踏まえたものだ

〔清水に〕近く車寄せて、一〇あてなるかたに（かみ手のほうに）幕など引きおろして（張りめぐらして）、みな降(お)りぬ。手足もひたしたれば（清水にひたしていると）、一一ここち（旅の疲れも）、もの思ひ晴るるやうに（日頃の憂さもすっきりと晴れてゆくように）ぞおぼゆる。石どもにおしかかりて（もたれかかって）、水やりたる（水を流した）一二樋(ひ)の上に一三折敷(をしき)ども据(す)ゑて、もの食ひて、手づから一四水飯(すいはん)などするここち（こしらえる気分は）、いと立ち憂きまで（本当に立ち去りがたいほどではあるが）あれど、〔供人〕「日暮れぬ」などそそのかす。かかるところにては（こんな素晴らしい所にいれば）、ものなど思ふ人もあらじかし（くだらない物思いをする人もあるまいと）と思へども、日の暮るれば、わりなくて立ちぬ（しかたなくそこを出立した）。

行(い)きもてゆけば、一五粟田山(あはたやま)といふところにぞ、京より一六まつ持ちて人（たい松を持って）来たる。〔召使〕「この昼、殿おはしましたりつ（殿さまがお越しになりました）」といふを聞く。いとぞあやしき（ほんとにおかしなことだ）、一七なき間をうかがはれけるとまでぞおぼゆる。「さて（それで）」など、これかれ問ふなり（供の者たちが聞いているようだ）。われはいとあさましうのみおぼえて（ほとほとあきれ果てながら）来着きぬ（家に帰り着いた）。降りたれば（車からおりると）、ここちいとせむかたなく苦しきに（気分がどうしようもないほど苦しいのに）、とまりたりつる人人（留守を預かっていた侍女たちが）、「おはしまして（殿がお見えになられて）、問はせたまひつれば、一八ありのままになむきこえさせつる（お答え申し上げました）。『一九なにとか（どうして）、この心ありつる（そんな気になったのだ）。悪しうも来にけるかな（あいにくの時に来てしまったものだ）』となむありつる（と仰せでございました）」などあるを聞くにも、夢のやうにぞおぼゆる（夢のような心地がした）。

が、「駒の足とく走り井」をめぐる軽口(かるくち)で、作者のものと見る考えもあるが、詠み口はむしろ、先着の侍のものであろう。

一〇 「あてなるかた」は意味不明。「あて」は、高貴の意ゆえ、一応、上座、かみ手のほうと解しておく。「あとなるかた（うしろのほう）」、「あうよるかた（奥まったほう）」などの改訂案もある。

一一 「ここち」は、今の気分。「もの思ひ」は、平素の鬱屈した悩みごと。「ここち」も「もの思ひ」も、と並列的に見るべきであろう。

一二 懸樋(かけひ)。水を離れたところに送るための、竹や木で造った管、いわゆる「とい」をいう。

一三 片木(へぎ)で作った四角な盆で、食器などを載せる物。

一四 乾飯(ほしいい)に水を注いで、やわらかくしたもの。

一五 一〇三頁注一四参照。

一六 「まつ」は、たい松。松の油の多い部分、また松に限らず、竹・葦などを束ねて火をともす照明。

一七 留守中を狙って、意地悪く訪れたとまで、気を回さずにはいられない、の意。事実は不明だが、後文の兼家の言葉を素直に受け取れば、何も知らずに偶然訪れたかにも見えよう。にも拘らず、かく勘(かん)ぐらざるを得ないまでに、作者の不信感は昂じていたといえよう。

一八 気晴らしがてら、祓もかねた微行で唐崎に出かけた事の次第を、そのまま。

一九 底本は「なさとか」とあるが、「なにとか」とする改訂案（『全注釈』）に従っておく。

またの日は、困(こう)じ暮らして（ぐったりして暮し）、あくる日、幼き人（あの子が）、殿へと出で立つ（お邸へといって出かけた）。

一あやしかりけることも問はましと思ふも（詰問でもしてやろうかと思ったが）、もの憂けれど（それも億劫だけれども）、ありし（先日の）浜べを思ひ出づるここちの（思い出すとその時の切なさだけは）、しのびがたきに負けて（言わずにはいられなくなって）、

（作者）二
うき世をばかばかりみつの浜べにて
涙になごりありやとぞ見し

と書きて、（作者）「これ、見たまはざらむほどに（父上が御覧にならないうちに）、さし置きて（そっと置いて）、三やがてものしね（そのまま戻ってお いで）」と教へたれば、（道綱）「さしつ（そうしました）」とて帰りたり。もし四見たる気色もや（見て何ぞ御返事でもと）と、した待たれけむかし（心待ちされたことだろうよ）。されど、つれなくて（そんな素振りもないまま）、つごもりごろ（月ずえ近くに）になりぬ（なってしまった）。

さいつころ（せんだって）、つれづれなるままに、草どもつくろはせなどせしに（庭草の手入れなどをさせた時に）、あまた［稲の］若苗(わかなへ)の生ひたりしを（生えていたのを）取り集めさせて、家(や)の軒にあてて植ゑさせしが（家の軒下に沿って植えさせたのが）、いとをかしうはらみて（みのり始めたので）、水まかせなどせさせしかど（水を引き入れたりなどもさせたけれど）、［今では］色づける葉の（黄ばんだ葉が）、なづみて立てるを見れば（力なく伸びなやんでいるのを見ると）、いと悲しくて、

（作者）五
いなづまのひかりだに来ぬ家(や)がくれは

一「あやしかりけること」は、直接には、留守中を狙ったような、腑に落ちない先日の来訪。「問はまし」の主語は作者と見る。これに対して、突然、唐崎に出かけた不可解な行動を、兼家が問いただすかも知れないと解く考え（『解環』『全注釈』）もあるが、作者の心理的な脈絡をたどると、不自然であろう。

二 あなたとの仲のつらさを、これほどまでに思い知らされ、泣き続けて参りましたが、先日の御津の浜辺では、涙の限りを尽して、私にはもう、一滴の涙もないのではと思ったことでした。「みつ」は「見つ」に「御津（大津市下坂本の海岸）」を、「なごり」は「波(な)残(ご)り」に「涙の残り」を掛けている。

三 さりげない仕ぐさだが、物ほしげに返事を期待しないという作者の意地である。だが、すぐ下の「もし（ひょっとしたら）」には、本心がのぞいていよう。

四「見たる気色」は、手紙を見たことによる兼家の反応をいう。「けむ」は執筆時からの回想。

軒端の稲

五 稲妻の光も届かぬ軒下の苗は、物思いにうちしおれているようだ。あの人の訪れもなく、ひっそりと家に籠っている私同様に。一首は、稲は稲妻によってみのるという俗信によるもの。「いなづま」の「つま（夫）」は兼家を、「軒ばの苗」は作者を寓している。

六 登子。兼家の同母妹（七二頁注七）。

七 登子が尚侍になったのは安和二年十月十日（『日

軒ばの苗もものの思ふらし

と見えたり。（と思われるのだった）

貞観殿の御方は、一昨年（をととし）[七]、尚侍（ないしのかみ）になりたまひにき。あやしく、か（[六] おかしなことに　この）
かる世をもとひたまはぬは、このさるまじき御仲のたがひにたれば、（ような私の暮しをお見舞も下さらないのは　[八] あってはならない御兄妹の仲にひびが入ったので）
ここをもけうとく思すにやあらむ、かくことのほかなるをも知りた（それで私のことまでうとましくお思いなのだろうか　案に相違した私たち夫婦の実情も御存じ）
まはでと思ひて、御文奉るついでに、（なくてと）

（作者）[九] ささがにのいまはとかぎるすぢにても
かくてはしばし絶えじとぞ思ふ

ときこえたり。返りごと、なにくれといとあはれに多くのたまひて、（と申し上げた　何やかやととても身にしむお言葉を綿々としたためられて）

（登子）[一〇] 絶えきとも聞くぞ悲しき年月を
いかにかきこしくもならなくに

これを見るにも、見聞きたまひしかばなど思ふに、いみじくここち（[一一] 私たちのことはとくと御存じなのだと思うと　いよいよ切なさがこみ）
まさりて、ながめ暮らすほどに、文あり。「文ものすれど、返りご（上げてきて　一日中物思いに沈んでいると　（兼家）手紙を出したけれど）
ともなく、はしたなげにのみあめれば、つつましくてなむ。今日も（いつもとりつくしまもないようなので　つい気が引けて　〔伺お）

本紀略』）、従って現在（天禄元年）から見れば昨年のこと。「一昨年」とあるのは、記憶違いというより、この部分の執筆が天禄二年だったことを暗示していようか。「尚侍」は内侍司（ないしづかさ）の長官。いわば女官長である。

八 登子と兼家との不和の事情は不明。登子の娘が、兼家と確執を生じた兼通の子朝光に嫁いでいることに起因するともいうが、確証はない。

九 あの人が私のことを、もうこれまでとお見限りになりましても、貴女様とまでこうして、しばしの間も仲絶えるようなことはいたしとうございません。「ささがに」は蜘蛛の古名で、通って来る「夫」の意を掛ける。「すぢ」は蜘蛛の糸と血縁の意を掛ける。「いまは」の「い（蜘蛛の巣）」「すぢ」「かく」「絶え」はすべて「ささがに」の縁語。

一〇 御夫婦の仲が絶えたと伺うのは、本当に悲しゅうございます。長の年月、どんなにかいたわり合って暮していらっしゃったでしょうに。初句の「絶え」は、登子と作者の仲ではなく、作者と兼家の仲をいう。「かきこし」は蜘蛛が巣を懸く、すなわち作者夫妻が生活を営んできた、の意。登子が作者に手紙を書いてきたと解くのは当らない。

一一 夫との現状をよく御存じなので、このように親身な手紙を下さったのだと思うと。すなわち、兼家との不和が、すでにかなりな噂になっていると思うと。

と思へども」[一]などぞあめる。これかれ[二]そそのかせば、返りごと書くほどに、日暮れぬ。まだ行きもつかじかしと思ふほどに、見えたる。人々、「なほ、[三]あるやうあらむ。つれなくて気色を見よ」などいへば、[四]思ひかへしてのみあり。「つつしむことのみあればこそあれ、さらに[五]来じとなむ、われは思はぬ。人の気色ばみ、くせぐせしきをなむ、あやしと思ふ」など、うらなく、気色もなければ、[六]けうとくおぼゆ。

つとめては、「ものすべきことのあればなむ。いま明日明後日のほどにも」などあるに、まこととは思はねど、[七]思ひなほるにやあらむと思ふべし、[八]もしはた、このたびばかりにやあらむとこころみるに、やうやうまた日数過ぎゆく。さればよと思ふに、ありしよりもけに、ものぞ悲しき。

つくづくと思ひつづくることは、なほいかで心として死にもしにしがなと思ふよりほかのこともなきを、ただこのひとりある人を思

うと」　書いてあるようだ　侍女たちが　すすめるので
〔私の使いが〕　向うには着くまいと思う頃　行き違いに〔あの人が〕
わけがあったのでしょう　知らぬふりで様子を御覧なさい
（兼家）物忌ばかり続いてそれで来られなかったのだ
決して　あなたがむきになって　すねているのを
どうしてかと思っているのだ　あけすけと　上機嫌なので
翌朝になると　（兼家）しなければならない用事があるので〔帰る〕　すぐまた
〔私は〕
これっきりになるのかも知れないと様子を見ていると
だんだんまたしても　案の定だと思うと　今までよりも
いっそう
やはり何とかして思い通りに死にでもしてしま
いたい　とばかりひとすじに思い詰めるのだが　子供のことを

一 兼家の手紙に「文ものすれど、返りごともなく……」（前頁）とあるのは気になるところ。事実とすれば、黙殺した作者の態度も、いささか片意地に過ぎよう。また、「などぞあめる（推定）」も、婉曲表現というより、ことさらに無関心をよそおった口吻に見える。

二 このあたりの行文は、みずから折れて筆を執るのは自尊心が許さない。侍女たちに促されて、気も進まないが……、といった書きぶりである。

三 今までの長い夜離れには、何か仔細があったのだろう、の意。

四 こみ上げてくる憤りを、じっと押し殺して。

五 「来じ」は、底本に「こず」とある。

六 作者の懊悩を知ってか知らずか、あまりに無頓着な兼家の態度ゆえ、嫌悪の情を催した、の意。

七 兼家の言葉に対する作者の解釈。「思ひなほるにや」は、私の機嫌がなおるかも知れない、の意。「思ふべし」は、兼家はそう思ったに違いない、の意。こうした解釈に対して、「思ひなほるにや」を、兼家の薄情が改まり、もとの仲に戻るかも知れないと解し、「思ふべし」を、作者自身が、そのように自分の心を忖度したと見る考え（『全注釈』）もある。だが、前文「まこととは思はねど」との関係からも、そのような自己忖度ととるのは無理なようである。

八 とはいえまた。「明日明後日のほどにも」などとはいっても、それは口先だけで。

ふにぞ（思うと）、いと悲しき。人となして（一人前に育てて）、うしろやすからむ（安心してまかせられる）妻（め）[九]などにあづけてこそ、死にも心やすからむとは思ひしか（死ぬのも気が楽だろうと思っていたのだが）、いかなるここちして（〔いま死んだらあの子は〕どんな気持で）[一〇]さすらへむずらむ、と思ふに、なほいと死にがたし（やはりとても死ねない）。「いかがはせむ（（作者）何としよう）。かたちを変へて（尼になって）、世を思ひ離るやとこころみむ（この世のことを思い切れるかどうかためしてみよう）」と語らへば、まだ深くもあらぬなれど（[一一]たいした分別もないようだのに）、いみじうさくりもよよと泣きて（ひどくしゃくり上げ）、「さなりたまはば（（道綱）母上がそうなられたら）、まろも法師になりてこそあらめ（私も法師になって暮しましょう）。なにせむにかは（何の甲斐あって）、[一二]世にもまじらはむ（世間に未練など残しましょう）」とて、いみじくよよと泣けば、われもえせきあへねど（私も涙を堰きかねるけれども）、[一三]いみじさに（余りの切なさに）、たはぶれに言ひなさむとて（冗談に紛らわそうと思って）、「さて（（作者）では）、[一四]鷹飼はでは（鷹が飼えなくなりますが）、いかがしたまはむずる（どうなさるおつもりなの）」といひたれば、やをら立ち走りて（そっと立つと駆け出していって）、[一五]し据ゑたる鷹を[一六]握り放ちつ。見る人も涙せきあへず（侍女も涙をこらえきれず）、まして、ひぐらし悲し（私は日がな一日悲しかった）。ここちにおぼゆるやう（胸に浮んだ思いは）、

（作者）[一七]
あらそへば思ひにわぶるあまぐもに
まづそる鷹ぞ悲しかりける

とぞ。日暮るるほどに、文見えたり（〔あの人から〕）。天下（てんげ）のそらごとならむ（とんだ嘘っぱちだろうと）と思へ

九 結婚させ、然るべき妻の手にゆだねて。

一〇 兼家もあてにはならず、私の死後は、頼る人とてもなく、さぞかし心細く暮すことになろう。

一一 作者が道綱に語った「世を思ひ離るや」は、具体的には、兼家との愛執を断ち切ることができようか、の意。従って、そうした夫婦仲の機微など、立ち入って理解できるような年頃でもないのに、の意。

一二 人中に立ち混って、社会生活を続けてゆくこと。

一三 事があまり深刻になったので。

一四 当時は、貴族間に鷹狩が流行、道綱も鷹を大切に飼育していたもののようである。

一五 「し据ゑたる」は、庭に鷹屋を設け、そこに繋ぎとめて置いた、の意。

一六 「握り放ちつ」は、鷹屋から取り出し、手にとまらせたその鷹を放った、の意。

一七 夫婦のいざこざに悩み疲れて、いっそ尼にでもなろうかと打ち明けると、それを聞いた子供が、大切な自分の鷹を先ず放って、剃髪（ていはつ）の決意を示すとは、いじらしくもまた悲しいことだ。「あま」は「天」と「尼」、「そる」は「逸る（そる）」（逃げてゆく）と「剃る（そる）」を掛ける。初句「あらそへば」を、出家するしないをめぐって母子が争うと見る説（『大系』『全注釈』）などもあるが、「あらそふ」はあくまで作者と兼家の確執であろう。いわば夫婦の争いと、その結果としての出家発願に、子供まで捲き込むことの切なさが、一首の中心となっていると見たい。

ば、「ただいま、ここちあしくて」とて、やりつ。

七月十余日にもなりぬれば、世の人の騒ぐままに、盆のこと、年ごろは政所にものしつるも、離れやしぬらむと、あはれ、亡き人も悲しう思すらむかし、しばしこころみて、ここに斎もせむかしと思ひつづくるに、涙のみ垂り暮らすに、例のごと調じて、文添ひてあり。「亡き人をこそ思し忘れざりけれと、惜しからで悲しきものになむ」と書きて、ものしけり。

かくてのみ思ふに、なほいとあやし、めづらしき人に移りてなどもなし、にはかにかかることを思ふに、心ばへ知りたる人の、「失せたまひぬる小野の宮の大臣の御召人どもあり。これらをぞ思ひかくらむ。近江ぞあやしきこと」などありて、「色めく者なめれば、それらにここに通ふと知らせじと、かねて断ちおかむとならむ」といへば、聞く人、「いでや、さらずとも、かれらいと心やすしと聞く人なれば、なにか、さわざわざしうかまへたまはずともありなむ」

近江ぞあやしき

一 以下に、「ご返事は失礼します」の意が省略されている。
二 盆の供物のこと。「十五六日になりぬれば、盆などするほどになりにけり」（四七頁）。
三 兼家邸の政所。「政所」は貴族の家政事務をまかなう所。
四 今はもう、兼家の念頭にはあるまいと思って。
五 底本には「すら済」とあって、明らかな誤写。諸説があるが、「ここに斎」とする説（『全注釈』）に従う。「斎」は本来、仏事の折、僧に出す食事。ここは仏に供える食事、供物。
六 この身など今さら惜しくもないと存じております。「惜しからで悲しきものは身なりけり人の心のゆくへ知らねば」（西本願寺本・類従本『貫之集』）を引歌とする。この歌は、先の「惜しからで悲しくおぼゆる夕暮に」（九二頁）にも引かれている。ここも、引歌の常として、隠れた部分すなわち下句（あなたのお心も、頼みがたいゆえ）を暗に訴えている。
七 「かくてのみ」は兼家の態度が相変らずなこと。「思ふに」は、あれこれ考えてみるに。「かくてのみあれば、思ふに」とあるべきところが省略された形。
八 右大臣藤原実頼（一一〇頁注一）。
九 単なる侍女ではなく、主人の身辺に侍して、情交関係のある女性。
一〇 「これら」は、召人風情。「ら」は本来、複数を表

などぞいふ。（侍女）「もし、さらずは（近江でなければ）、[一三]先帝（せんだい）の皇女（みこ）たちがならむ（あたりかも知れません）」と疑ふ。ともあれかくもあれ、ただいとあやしきを（皆目見当もつかないでいるのを）、（侍女）「入る日を見るやうにてのみやはおはしますべき（入り日を眺めるようにただ滅入ってばかりいらっしゃってはなりません）。ここかしこに、詣（まう）でなどもしたまへかし（お参りでもなさいませ）」など〔言うが〕、ただこのころは、ことごとなく（他のことは何も考えず）、[一四]明くれば言ひ（愚痴を言い）、暮るれば嘆きて（ため息をついて）、さらば（では）、いと暑きほどなりとも（とても暑い盛りだけれども）、げにさいひてのみやは（いかにもそう嘆いてばかりいても始まるまいと決心して）と思ひ立ちて、[一五]石山に[一六]十日ばかりと思ひ立つ（二十日頃に出かけようと思い立った）。

石山詣で

忍びてと思へば、はらからといふばかりの人にも知らせず（妹といったごく内輪の人にも知らせず）、心ひとつに（自分の胸ひとつに）思ひ立ちて、明けぬらむと思ふほどに出で走りて（夜も明けたろうと思う時分にあわただしく出立して〔行くと〕）、賀茂川のほどばかりなどにて、[一七]いかで聞きあへつらむ（どうして聞きつけたものであろう）、追ひてものしたる人もあり（後を追ってやって来た人もいる）。有明の月はいと明（あか）けれど、会ふ人もなし（途中出逢う人とてない）。河原には[一八]死人（しにびと）も臥せりと見聞けど（ころがっているとのことだが）、恐しくもあらず。[一九]粟田山といふほどにゆきさりて（あたりまではるばると来て）、いと苦しきを、うち休めば、[二〇]ともかくも思ひわかれず、ただ涙ぞこぼるる。[二一]人や見ると、涙はつれなしづくりて（涙はさりげなくとりつくろって）、ただ走りてゆきもてゆく。

すが、ここでは、多分に侮蔑的な表現。以下の「それら」「かれら」も同様。
[一一] 大宰大弐藤原国章（長良流）の娘で、天延二年、兼家との間に綏子を儲けた女性と思われる。
[一二] 使用人であって、格別、気をつかう必要もない。
[一三] 村上先帝の皇女。『栄花物語（さまざまの悦び）』には、兼家が村上天皇の第三皇女保子内親王に通いそめた記事があるが、もう少し後年のことらしい。あるいはこの頃すでに始まっていたのであろうか。「皇女たち」とあるのは、漠然とした風評であろうが、いずれにせよ、作者の懊悩（おうのう）と裏腹な、兼家の発展ぶりが偲ばれる。
[一四] 上巻冒頭の序文「……ただ臥し起き明かし暮らすままに」と響き合うものがあろう。
[一五] 滋賀県大津市の石山寺。
[一六] 中の十日、すなわち二十日頃とする説（『新注釈』）に従う。後文にも「有明の月は……」と見える。
[一七] 底本は「なとにそ」とあるが、「て」と改める。
[一八] 当時は浮浪者の死体などが遺棄されていた。
[一九] 一〇三頁注一四参照。
[二〇] なぜ、こうした行動を思い立ったのか、思い乱れて、われながら訳がわからない。
[二一] 人が見はしないかと。底本は「人やる」とあるが、「人やみる」とする説に従う。他に「人やくる」などの改訂案もある。

山科（やましな）[一]にて明けはなるるにぞ、いと顕証（けしよう）[二]なるここちすれば【あらわな感じなので】、あれか[三]人かにおぼゆる【はしたなさに人心地もない】。人はみな【供の者たちは皆】、おくらかし【遅れさせたり】先立（さいだ）てなどして【先に行かせたりして】、かすかに[四]【目立たぬように】て歩みゆけば、会ふ者見る人[五]【行き逢う人たちが皆】あやしげに思ひて、ささめき騒ぐぞ【がやがやささやき合っているのがとてもやりきれない】、いとわびしき。

からうじていき過ぎて[六]【そこを通り過ぎて】、走り井[七]にて、破子（わりご）[八]などものすとて【弁当などつかおうとして】、幕引きまはして、とかくするほどに【あれこれ用意をしている時】、いみじくののしる者来（く）【大仰に先払いをする一行が】。いかにせむ【何としよう】、たれならむ、供なる人[九]、見知るべき者にもこそあれ、あないみじ【まあ大変】、と思ふほどに、馬に乗りたる者あまた【騎馬の侍が大勢】、車二つ三つ引きつづけ【〔それに続いて〕】て、ののしりて来【威勢よくやって来る（従者）】。「若狭守（わかさのかみ）[一〇]の車なりけり」といふ。立ちも止まら[一一]でゆき過ぐれば、ここちのどめて思ふ【ほっと胸を撫でおろした】。あはれ、程[一二]にしたがひては、思ふことなげにても行くかな【何の屈託も無げに堂々たるものだ】、さるは【それにしても】、明け暮れひざまづきありく[一三]者、ののしりてゆくにこそはあめれと思ふにも【〔都を出ると〕大威張りで下ってゆくものらしいと思うにつけても】、胸さくるここちす【胸が張り裂ける思いだ】。下衆（げす）ども車の口につけるも【車の前に添っている者も】、さあらぬも【そうでない者も】、この幕近く立ち寄りつつ【私どもの幕のそばに立ち寄っては】、水浴（みづあ）み騒ぐ。振舞のなめうおぼゆること【その振舞いの無礼なことは】、ものに似ず【この上もない】。わが供の人、

一 現在の京都市東山区山科のあたりであろう。
二 朝の光に照らされて姿がまる見えなこと。作者は牛車ならぬ、徒歩（かち）詣でである。
三 恥ずかしさに上気して、自他の区別もつかぬさま。
四 兼家夫人の物詣でと、さとられないための配慮。
五 一見して貴人らしい、いわくありげな作者の姿をけげんに思って。
六 人目の多い山科の駅（うまや）あたりであろう。
七 逢坂の関の清水（一一四頁注五）。
八 一一二頁注一〇参照。
九 「いみじくののし」って来る一行の供人。その中にはこちらの侍と顔見知りの者がいるかも知れない。
一〇 この折の若狭守は誰とも不明。
一一 「立ちも止まらで」は、威勢あたりを払う様子。
一二 「程」は身分。身分相応の環境では。すなわち、都ではうだつも上がらないが、地方長官として下向するともなると。
一三 任官するまでは、辞を低くして権門（兼家、あるいは作者まで）に、おもねり歩く連中。
＊ このあたりには、屈折した作者の感情が見え隠れする。まず、きらきらしく任国に下る受領風情に対する侮蔑の情があらわだが、受領の娘たる作者のこうした発想は、わが身を権門の夫人と自負すればこそである。にも拘らず、この旅立ちは、その地位が危うく崩れ去ろうとする折からのもの。従って、下文の「胸さくるここち」も、単に、人

わづかに、「あふ[14]、立ちのきて」などいふめれば、「例もゆききの人、寄るところとは知りたまはぬか。咎めたまふは」などいふを見るここちは、いかがはある。

（（従者）おいおい そこをどいて などいうらしい すると（下衆）いつも行き来の旅人が 立ち寄る所とは御存じないのか 咎めだてなさるのは 何と言ったらよかろう）

やり過ごして、いまは立ちてゆけば、関うち越えて、打出（うちいで）[15]の浜に死にかへり[16]ていたりたれば、先立ちたりし人、舟に菰屋形（こもやかた）[17]引きてまうけたり。ものもおぼえずはひ乗りたれば、はるばるとさし出だしてゆく。いとここち、いとわびしくも苦しうも、いみじうもの悲しう思ふこと、類（たぐひ）なし。

（〔一行を〕 逢坂の関を越えて 辿り着いたところ 先に行った者たちが ととのえておいてくれた 前後もおぼえず夢中で這うようにして乗ると 棹をさして漕ぎ出して行った その時の気持たるや）

申（さる）[18]の終りばかりに、寺の中につきぬ。斎屋（ゆや）[19]に物など敷きたりければ、行（い）きて臥しぬ。ここちせむかた知らず苦しきままに、臥しまろ[20]び[21]てぞ泣かるる。夜になりて、湯などものして、御堂[22]に上（のぼ）る。身のあるやうを仏に申すにも、涙に咽（むせ）[23]ぶばかりにて、言ひもやられず。夜うち更けて、外のかたを見出だしたれば、堂は高くて、下（しも）は谷と見えたり。片崖（かたきし）[24]に木ども生ひこりて、いと木暗（こぐら）がりたる、二十日月、

（敷物などが敷いてあったので 気分がどうしようもなく 湯などつかって わが身の有様を仏様に訴えお祈り申す時にも よう言葉にもならない 高い所にあっても 木々がこんもりと生い茂って 〔あたりに〕）

もなげな受領の一行に対するものではなく、権門の端に繋がりながら、微行の道中ゆえ身分を秘して屈辱に堪えなければならない、現下のわが身に視線を落した傷心である。

一四 「あふ」は不明。一応、呼びかけ、あるいは注意を喚起する感動詞と見ておく。別に、「おう（奥）」と見て、「あちらへ」と解く考え（『全注釈』）もある。

一五 大津市の松本・石場のあたりという。船着場であり、歌枕でもある。

一六 疲れはててほとほと死にそうになって。「……かへり」は、上の語を強調する語法。

一七 菰で葺いた屋形。

一八 午後五時ごろ。

一九 参詣者の斎戒沐浴する浴堂で、また休息用にも供された。

二〇 うつぶせて身をよじるさま。

二一 底本には「て」がない。「……まろびぞ」は不自然なので、『講義』『全集』に従って補った。

二二 本尊を安置した御堂。

二三 「咽ぶばかりにて」は、底本に「むせふとすて」とあって意味不明。『解環補遺』に従って改めた。

二四 片側の崖。

夜更けていとあかければ、木蔭にもりて、ところどころに来しかたぞ見えわたりたる。見おろしたれば、麓にある泉は、鏡のごと見えたり。二高欄におしかかりて、とばかりまもりゐたれば、片崖に、草の中に、そよそよ、しらみたるもの、あやしき声するを、「こはなにぞ」と問ひたれば、「鹿のいふなり」といふ。などか例の声には鳴かざらむと思ふほどに、さし離れたる谷のかたより、いとうら若き声に、はるかにながめ鳴きたなり。聞くここち、そらなりといへばおろかなり。思ひ入りて行なふここち、ものおぼえでなほあれば、見やりなる山のあなたばかりに、田守のもの追ひたる声、いふかひなく情なげにうち呼ばひたり。一〇かうしもとり集めて、肝を砕くこと多からむと思ふに、はてはあきれてぞゐたる。さて、一一後夜行なひつれば下りぬ。身よわければ斎屋にあり。

夜の明くるままに見やりたれば、東に風はいとのどかにて、霧たちわたり、一二川のあなたは絵にかきたるやうに見えたり。川づらに放一三

夜が更けても　一 明るいので　木蔭をすかして　登って来た道
池は
もたれかかって　しばらく　三 目を凝らしていると
四 白っぽい物がうごめいて　妙な声を立てるので　(作者)あれは何
です　(僧)鹿が鳴いているのでしょう　どうして普通の声で
とても若々しい
声で　遠くから　五　六 われにもなく気が遠
くなるどころではない　七　しばらくぼんやりして　八
遥かに見える山の向うあたりで　九　何かを追い払う声が　田舎びていか
にも無風流に　叫び立てている　淋しさにさいなまれ
ることが　しまいには茫然となるのだった
疲れていたので　斎屋で休んだ
東側は風がのどかに吹いていて
川辺には

一　底本は「あかるくけれ」とあるが、「あかければ」とする説に従う。
二　簀子の外縁に設けられた欄干。
三　「まもり」は「目守り」。
四　草の葉のそよぐ擬音語。
五　長く尾を引くように鳴いた。「ながむ」は本来、詩歌などを声を長く引いて吟詠すること。
六　「そらなり」は、はるかにながめ鳴いたその風情に引きこまれて、われにもなく茫然となった状態。無論、甘美な陶酔ではなく、妻を恋うて鳴く小牡鹿の長鳴きが、物思う作者の心を、気が遠くなるほど揺すったということである。
七　一心不乱に勤行に専念していたのに。それが、哀切な鹿の声に中断され、茫然として、と展開する。
八　経文を唱えることも忘れて、そのままでいると。
九　獣害を防ぐための、田の番人。「もの」は鹿・猪などのけもの。
一〇　奥山ともなると、こんなにまでいろいろと。従って、以下は、行く末の出家生活を仮想した物言い。
一一　一日を六時に分けて行う勤行。六時とは晨朝・日中・日没・初夜・中夜・後夜。後夜は午前四時ごろ。
一二　石山寺の東を流れる瀬田川。
一三　放牧の馬。その中には親子もあろう。作者の感慨を揺する所以である。
一四　かけがえもなく思う我が子。道綱。
一五　行動の自由を束縛するもの。すなわち、死のうと

ち馬どものあさりありくも、遥かに見えたり。いとあはれなり。[14]二なく思ふ人をも、人目によりて、とどめおきてしかば、出で離れたるついでに、死ぬるたばかりをもせばやと思ふには、[15]まづこのほだしおぼえて、恋しう悲し。涙のかぎりをぞ尽くし果つる。をのこどもの中には、「これよりいと近かなり。いざ、[16]佐久奈谷見には出で[17]む」、「[18]口引きすごすと聞くぞ、からかなるや」などいふを聞くに、[19]さて心にもあらず引かれいなばやと思ふ。

かくのみ心尽くせば、ものなども食はれず。「しりへのかたなる池に[20]蕺といふもの生ひたる」といへば、「取りて持て来」といへば、持て来たり。[21]笥にあへしらひて、[22]柚おし切りてうちかざしたるぞ、いとをかしうおぼえたる。

さては夜になりぬ。御堂にてよろづ申し、泣き明かして、あかつきがたにまどろみたるに、見ゆるやう、この寺の[23]別当とおぼしき法師、[24]銚子に水を入れて持て来て、右のかたの膝に[25]いかくと見る。ふ

しても死なせてくれない道綱の存在。

一六「佐久奈谷」は「さくら谷」の古名。現在の大津市大石中町。石山寺から瀬田川を六キロほど下った渓谷で、「桜谷」または「鹿跳」と呼ばれているところが、その跡という。祓所 七瀬の一つで、『八雲御抄』（名所部・渓）には、「さくらだに、是は祓の詞に冥土を云ふと云へり」とある。激流が岩を嚙む奇観から、冥界と結びついた怪異伝説があったようである。

一七「出でむ」は底本に「いても」とあり意味不明。下の語に続けて、「いまも」「ゐても」とする考えもあるが、「いてん」とする説（『大系』）に従う。

一八 谷の口から冥土に吸い込まれてしまうそうだが。

一九 道綱を思えば、みずから進んで死ぬことはできない。わが心からではなく、いっそ不可抗力で、の意。

二〇 どくだみの異名というが不明。「しぶくさ」とする説（『大系』）もある。食欲不振の作者を案じて、侍女などがすすめたものであろう。

二一 物を盛る食器。

二二 柚子。作者はかつて初瀬詣での途次（七九頁）にも、「切り大根、柚の汁してあへしらひ」て出した風味を「あやしう忘れがたうをかしかりしか」と記しとどめている。

二三 寺務を統轄する長老の僧。

二四 酒などを注ぐための金属製の器で、長い柄がついている。

二五「い」は「いる（沃る）」で、注ぐの意。

とおどろかされて、仏の見せたまふにこそはあらめと思ふに、ましてものぞあはれに悲しくおぼゆる。

明けぬといふなれば、やがて御堂より下りぬ。まだいと暗けれど、湖の上白く見えわたりて、さいふいふ、人二十人ばかりあるを、乗らむとする舟の差掛のかたへばかりに見くだされたるぞ、いとあはれにあやしき。御燈明たてまつらせし僧の、見送るとて岸に立てるに、ただ差し出でにさし出でつれば、いと心細げにて立てるを見やれば、かれは目なれにたらむところに、悲しくやとまりて思ふらむとぞ見る。をのこども、「いま、来年の七月まゐらむよ」と呼ばひたれば、「さなり」と答へて、遠くなるままに影のごと見えたるもいと悲し。

空を見れば、月はいと細くて、影は湖の面にうつりてあり。風うち吹きて湖の面いと騒がしう、さらさらと騒ぎたり。若きをのこども、「声細やかにて、面痩せにたる」といふ歌をうたひ出でたるを聞

一 この夢の内容について、「銚子――膝――いかく」は、明らかに性的な象徴であろう。そこに「抑圧された願望の昇華されたもの」（岡一男『道綱母』）を読み取るのは、恐らく正しいであろう。だが、この夢をここに位置づけた作者にはそうした自覚はなく、むしろ現下の懊悩からの救済を暗示する、霊験譚的な夢告として受け取られていたようである。水を「いかく」というのは、川口久雄の説くごとく、一種の呪術的水治療法（『大系』補説）でもあろうか。下文の、長精進の二十日目の夢（一三九頁）にも見える。

二 一面に白々と見渡されて。以下に、「ここを立ち去り難くは思うが、舟に乗ることとした」のごとき文が端折られている。

三 いくら微行とはいっても。「さ」のさすところを敢えて求めれば、この旅立ちの冒頭に、「忍びてと思へば、はらからといふばかりの人にも知らせず……」（一一二頁）とある部分。

四 浅沓の一種で、四位以下の人の履く木沓。外側に漆を施し、内側に絹・紙などを貼ったもの。

五 燈明の奉納などの世話を依頼した僧。

六 住み馴れて目新しさのなくなった所。いい加減に都にでも出たいと思いながら定住している現在の寺。

七 底本には「友月友ひ」とあるが、通説に従った。

八 当時の俗謡の一節であろうが、内容は不明。

九 「いかが崎」「山吹の崎」は、ともに湖岸の地名であろうが、所在不明。「いかが崎」は河内の歌枕（『能

くにも、つぶつぶと（ぼろぼろと）涙ぞ落つる。九 いかが崎、山吹の崎などいふところどころ（名所旧跡などを遥かに眺めて）見やりて、葦の中より（葦の間を縫って）漕ぎゆく。まだものたしかにも見えぬ（物の形がさだかにも見えない）ほどに（時分に）、遥かなる（遠くから）楫（かぢ）の音して、心細くうたひ来る舟あり。ゆきちがふほどに（すれちがう時に）、（供人）「いづくのぞや（どちら様の舟で）」と問ひたれば、（舟人）「石山へ、人の御迎へに」とぞ答ふなる（答えているようだ）。この声もいとあはれに（とてもなつかしく）聞こゆる一〇は、言ひおきしを（申しつけて置いたのに）、一一 おそく出でくれば、かしこなりつるして出でぬれば（石山にあった舟で帰ってきてしまったので）、たがひていくなめり（かけちがって迎えに行くらしい）。とどめて、をのこどもかたへ（供の男たちの一部）は乗り移りて、一二 心のほしきに（気の向くままに）うたひゆく。一三 瀬田の橋のもとゆきかかるほどに（橋のあたりにさしかかる頃）ぞ、ほのぼのと明けゆく。千鳥うち翔（かけ）り一四つつ飛びちがふ。もののあはれに悲しきこと（何もかもが身にしみて悲しく思われることは）、一五 さらに数なし。さて、一六 ありし浜べにいたりたれば（くだんの浜辺に着いてみると）、迎への車ゐて来たり（迎えの車を引いて来ていた）。京に巳（み）の時一七ばかりいきつきぬ。

これかれ（誰かれが）集まりて、（侍女）「一八 世界にまでなど、言ひ騒ぎけること（大騒ぎでございましたよ）」などいへば、（作者）「さもあらばれ（どうとでも言うがよい）、いまはなほ然（しか）一九るべき身かは」などぞ答ふる。

因歌枕』『八雲御抄』）だが、同名の歌枕が湖岸にもあったものか、作者の記憶違いか、さだかでない。

一〇 底本は「聞こゆるめ」とあるが、『全集』の改訂案に従った。他に「聞こゆめる」（『講義』）、「聞こゆなる」（『全注釈』）などの案がある。

一一 かねて命じておいた舟が、なかなか迎えに来なかったので、待ち切れず、の意。

一二 今まで、多人数で窮屈な舟に乗っていたのに、余裕ができたので、解放されて思う存分、の意。

一三 瀬田川が琵琶湖に流れ入る所に架けられた大橋。

一四 空高く群がり飛びながら。

一五 全くとめどもない。「数なし」は、無限である。

一六 往路、舟出をした打出の浜（一一三頁注一五）。

一七 午前十時ごろ。

一八 石山とは、うすうす存じておりましたが、さらに奥深くと思い立たれたのではないかと。「世界」は、「前渡りせさせたまはぬ世界もやある」（一四二頁）のごとく、遠い所、未知の世界と見る説（『注解』）に従う。すなわち、石山から、さらに知らぬ世界――山奥――出家遁世の境涯まで、の意となろう。ただし底本は、「せかゐにさてる」とあり、「世界に『さて』など……」の本文を立て、「世間の人々が、さては道綱母は寺に籠って尼にでもなられたのではないか、などと」とする解（『大系』『全注釈』）もある。

一九 あっさりと世を捨てられる身ではない。「然る」は、噂のように世を捨てる、の意。

はてしなき懊悩(おうのう)

おほやけに【宮中では】相撲(すまひ)[一]のころなり。幼き人まゐらまほしげに思ひたれば、【あの子が見物に参内したそうにしているので】装束(さうぞ)かせて出だし立つ【支度をして出してやった】。まづ殿へとてものしたりければ【まず御本邸へということで出向いたところ】、〔あの人は〕車のしりに乗せて、暮には、[二]こなたざまにものしたまふべき人【こちらの方角にお帰りになる】のさるべきに【然るべきお方に】、申しつけて【子供をお願いして】、[三]殿は[四]あなたざまに【あちらのほうへ御帰館】と聞くにも、ましてあさまし【いよいよあきれてしまう】。またの日も、[五]昨日のごと、まゐるままに【参内するなりあとは】、[六]えしらで【構ってもくれず】、夜さりは【夜になると】、(兼家)[七]「所の雑色(ざふしき)、これらかれら【なにがしくれがし】、これが送りせよ【この子を送ってまいれ】」とて、先立(さいだ)ちて【一足先に】出でにければ、〔あの子は〕ひとりまかでて、いかに心に思ふらむ【内心どんなにさびしく思ったろう】、例ならましかば【私たちの仲が普通なら】、もろともにあらましをと【連れだってこちらに帰れたろうにと】、幼きここちに思ふなるべし、[八]うち屈(く)したるさまにて【ふさぎこんだ様子で】入り来るを見るに、せむかたなくいみじく思へど【何ともやるせなく悲しくは思うのだが】、なにのかひかあらむ【さて、どうなるものでもない】。身ひとつをのみ切り砕くここちす。

かくて八月(はづき)になりぬ。二日の夜さりがた、〔あの人が〕にはかに見えたり。あやしと思ふに、(兼家)「明日は物忌なるを、門(かど)強くささせよ【しっかり閉めさせよ】」などうち言ひちらす【大声でわめき散らす】。いとあさましく、[九]もののわくやうにおぼゆるに【胸が煮えくり返るような思いでいると】、[一〇]これさし寄り、かれひき寄せ、(兼家)[一一]「念ぜよ、念ぜよ【辛抱せよ】」と[一二]耳おしそへつつ、ま

一 相撲の節会(せちえ)。七月下旬、内取(うちどり)(練習試合)、召合(めしあわせ)(本試合)、抜出(ぬきで)(勝ち抜き試合)と三日に亙って行われる。

二 「乗せて」以下に、「連れて行ってくれたが」の意が省略されている。

三 底本「をは」。「殿は」とする改訂(『全集』)に従う。「殿」の呼称は、道綱の報告をそのまま本文化したもの。

四 「近江」の許(もと)とする説(『講義』)に一応、従う。ただし、兼家がこの頃すでに近江と交渉を持っていたか、また、報告する道綱が、その辺の事情をどこまでのみこんでいたか、疑問が残る。

五 底本は「きの□のことまいるさまに」とある。

六 底本は「えらて」、他の諸本によって改めた。

七 蔵人所で雑用を勤める役人。「これらかれら」は、実際には実名をあげて命じたもの。

八 作者が道綱の心中を忖度(そんたく)したものだが、当の道綱は相撲見物に打ち興じ、そのため単に疲れたのかも知れない。とすれば、極端な作者自身の感情移入ということになろう。

九 長い夜離(よが)れの末、突然来訪、一言(こと)の弁解もなく、むしろ、てれ隠しのごとく、身勝手にわめき散らす兼家の態度に、煮えくり返る、の意。

一〇 ある侍女にはさし寄り、ある侍女は引き寄せて。「これ」「かれ」は、いずれも侍女をさす。以下、極めて難解だが、常軌を逸した兼家の戯態と見る。

ねび、ささめき、まどはせば、われか人かのおれ者[13]にて、向かひゐたれば、むげに屈じはてにたりと見えけむ。またの日も、ひぐらし言ふこと、「わが心のたがはぬを、人のあしう見なして」とのみあり。いといふかひもなし。

五日の日は司召とて、大将[14]になど、いとどさかえまさりて、いと[15]めでたし。それより後ぞ、すこししばしば見えたる。「この大嘗会[16]に院の御給ばり[17]申さむ。幼き人にかうぶり[18]せさせてむ。十九日」とさだめてす。ことども例のごとし。引入[19]に源氏[20]の大納言、ものしたまへり。ことはてて、方塞がりたれど、夜更けぬるをとて、とどまれり。かかれども、こたみやかぎりならむと思ふ心になりにたり。

九十月もおなじさまにて過ぐすめり。世には、大嘗会[21]の御禊とて騒ぐ。われも人も、物見る桟敷とて、渡り見れば、御輿[22]のつら近く、つらしとは思へど、目くれておぼゆるに、これかれ、「や、いで、なほ人にすぐれたまへりかし。あなあたらし[23]」などもいふめ

一一 女主人（作者）の不機嫌には、目をつぶって、じっとこらえてくれ、の意であろう。

一二 兼家が侍女たちの耳に口を押しつけて。「まねび」は、作者の恨み言などを真似て。「まどはせ」は、どう受け答えたらよいか、侍女たちを困惑させる、の意。

一三 自他の分別もつかないように上気して。「おれ者」は、愚か者。作者はこの狂態を茫然と見守るばかり。

一四 中納言兼家は、この八月五日、右近衛大将を兼任した（『公卿補任』）。

一五 多分に皮肉がこめられていよう。

一六 前出（七八頁注三）。これは円融天皇の大嘗会で、十一月十七日に行われた（『日本紀略』）。

一七 「院」は冷泉院。「御給ばり（年爵、年給）」は、院・東宮・三宮などが一定枠の利権を持っており、その枠内で恩顧の者を叙任させ、その収入を納めさせる制度。たとえば、従五位下に叙して、位階相当の位田八町の収入を提供させるなど。

一八 初冠、すなわち元服。

一九 加冠役。元服の折、冠に髻を引き入れる役。

二〇 醍醐天皇皇子、従二位大納言源兼明。

二一 前出（七八頁注三）。この御禊は十月二十六日であった（『日本紀略』）。

二二 天皇の乗られた鳳輦。「近く」の後には、「あの人が供奉していて」のごとき語が省略されている。

二三 「あたらし」は、惜しむべき、の意。通り過ぎてゆくのが惜しい（いつまでも見ていたい）、の意。

一 この「かうぶり」は「元服」ではなく「叙爵」、すなわち従五位下に叙せられること。
二 私同様、兼家も。「あいなし」は、まだ弱年で心もとない、の意。なお底本は、「あゐなしと思ふ〳〵のわさもならへて」とある。
三 大嘗会の行事の終る日。大嘗会は卯の日に始まるのが例で、四日間節会が続く。叙位が行われるのは最終日。この折は二十日（午）で、その夜は豊明(とよのあかり)の節会が行われた。
四 当夜、天皇が還御されるのは深夜であり、右大将（兼家）は当然、供奉(ぐぶ)しなければならない。なお、底本は「行からに候えて」とあるが、「……候はで」とする案（『全集』）に従った。
五 胸の苦痛をよそおうこと。
六 道綱の叙位の模様を一刻も早く知らせようとの配慮であろうが、多少、恩着せがましい物言いである。
七 道綱を五位の朝服（緋色(ひいろ)）に着せ替えて。
八 兼家が多少とも、こまかな配慮をしてくれた昔。
九 「られ」は尊敬表現（一〇七頁注一八）。
一〇 「つつしむべきこと」は物忌・方塞(かたふた)がりなど。この部分は恐らく、いつもの兼家の多分に口実的な口吻を、やや皮肉に書きなしたものであろう。
一一 「ゆゆし」は、心配して気をもむ、の意。立派だ、すばらしいと見る（『全注釈』）のは疑問。
一二 こんな夜更けに、道綱を一人で帰すようなことは

暮れゆくこころ

り。聞くにも、いとどもののみすべなし（いっそう何ともやるせなくなってくる）。

十一月(しもつき)になりて、大嘗会とてののしるべき（ひどく多忙なはずなのに）、その中には（その最中としては）すこし間(ま)近く見ゆるここちす（通って来るようである）。一かうぶりゆゑに（叙爵の儀があるので）、二人もまたあいなしと思ふ人（幼くてまだ無理なあの子に）のわざも（拝舞の作法を）、習へとて、とかくすれば（あれこれ教えるので）、いと心あわたたし（とてもいそがしい）。三こと果つる日、夜更けぬほどにものして、（兼家）「四行幸(ぎやうがう)に候はで（お供しないで）あしかりぬべかりつれど（よくないことではあったが）、夜の更けぬべかりつれば（夜が更けてしまいそうだったので）、五そら胸病みてなむ（仮病をつかって）六まかでぬる。いかに人いふらむ（人は何と陰口を）。明日はこれ（この子の）が七衣(きぬ)着替へさせて出でむ」などあれば、いささか八昔のここちしたり（昔に帰ったような気がした）。つとめて（翌朝）、（兼家）「供にありかすべき（〔あの子の〕供に連れてゆくつもりの従者たちが）のこどもなど、まゐらざめるを（まだ参らぬようだから）、かしこにものしてととのへむ（本邸へ帰って用意しよう）。装束(さうぞく)して来(こ)よ」とて出でられ九ぬ。〔あの子が〕よろこびにありきなどすれば（叙爵のお礼回りに出歩いたりするので）、いとあはれに嬉しきここちす。それよりしも（それが済むとまた）、一〇例のつつしむべきことあり（例によって物忌だからといった調子だ）。二十二日も、かしこになむと聞くにも（あの子が本邸へ行くというので）、たよりにもあるを（よいついででもあるし）、さもやと思ふほどに（来てくれるかしらと待っていたが）、夜いたく更けゆく。一一ゆゆしと思ふ人もただひとり出でたり（心配していたあの子もたった一人で帰って来た）。胸うちつぶれてぞあさましき。（道綱）「ただ今なむ、〔父上は〕帰りたまへ

る」など語れば、夜更けぬるに、〔［あの人が］〕昔ながらのここちならましかば、[二一]かからましやはと思ふ心ぞいみじき〔堪らなく悲しい〕。それより後もおとなし〔音沙汰がない〕。

十二月(しはす)のついたちになりぬ。七日ばかりの昼、さしのぞきたり〔ちょっと顔を見せた〕。[一三]今はいとまばゆきここちもしにたれば〔まともに顔を合わせるのも不愉快な気分なので〕、几帳(きちやう)[一四]引き寄せて、〔［私が］いかにも不機嫌そうなのを見て〕気色ものしげなるを見て、〔(兼家) いやもう〕「いで、日暮れにけり。内裏(うち)より召しありつれば」とて立ちにしままに〔帰って行ったなりそのまま〕、おとづれもなくて、十七八日になりにけり。

今日の昼つかたより、雨いといたうはらめきて〔たいそうわびしくぱらつきだし〕、あはれにつれづれと降る〔しみじみと所在もなく降り続いた〕。[一五]まして、もしやと思ふべきことも絶えにたり〔ひょっとしたらという期待も〕。いにしへを思へば〔昔のことを振り返ってみると〕、[一六]わがためにしもあらじ、心の本性(ほんじやう)[一七]にやありけむ、雨風に[一八]も障らぬものとならはしたりしものを〔雨風などものともせずいつも通って来てくれたものだのに〕、今日思ひ出づれば〔だが今になって考えてみると〕、昔も心のゆるぶやうにもなかりしかば〔心底気の許せるような時はなかったのだから〕、[一九]わが心のおほけなきにこそありけれ〔私の望みが分に過ぎておごっていたということだ〕、あはれ〔ああ〕、[二〇]さらぬものと見しものを〔［昔は］そんなものではないと思っていたが〕、[二一]それさも思ひかけられぬと〔そんな甘い望みはつなげないものだと〕、ながめ暮らさる〔ふさぎ込んで日を暮した〕。

雨の脚おなじやうにて〔相変らず同じようで〕、灯(ひ)ともすほどにもなりぬ。南面(みんなみおもて)に、こ

したであろうか。そんなことはすまい。

一三「まばゆき」は、目がくらんで顔をそむける、の意。

一四 その几帳の蔭に身を隠して。

一五 天気のよい時でも訪れないのだから、このような日にはまして。

一六 せっせと通って来たのも、私への愛情からというわけでもなく。

一七 持ちまえの性格（漁色性）だったのだろうか。

一八 雨を冒して来た記事は天暦八年（一五頁）。なお、引歌に「石上(いそのかみ)ふるとも雨にさはらめや妹(いも)に逢はむといひてしものを」（『万葉集』巻四、大伴像見(かたみ)）がある。

一九「わが心」は、兼家をひたすら自分の許に繫ぎとめておこう、あるいは繫ぎとめておけるなどと思っていた心。

二〇 この部分は極めて難解だが、「さらぬ（さあらぬ）」の「さ」は、直前の「おほけなき」を受けると見たい。すなわち、夫を独占したいと思うのは、決して、分不相応なことではない、夫婦ならば当然のことだと思っていたが、それは、とんでもないこと……と展開する。なお、「さらぬ」を「さは（障）らぬ」と改め、前文「雨風にも障らぬものと……」を繰り返したと見る考え（『全集』）もある。

二一「それさも」は、底本に「それさてい」とある。「さ」は、夫を独占しようなどという、甘い考え。『全集』は「それまして」と改め、「雨風に障らず」などいうことは、いよいよ期待できないの意に解く。

のごろ来る人[一]あり。足音すれば、(作者)「さにぞあなる（あの方らしいわ）。あはれ（よくもまあ）、をかしく[二]来たるは（この雨にも障らずお越しだことと）」と、わきたぎる心をばかたはらにおきて（[三]私の煮えくり返る心は一応さしおいて）、うち言へば（つぶやくと）、[四]年ごろ見知りたる人、（侍女が）向かひゐて（前に坐っていて）、「あはれ（ほんとに）、これにまさりたる雨風にも（これよりひどい吹き降りの時でも）、いにしへは、人の障りたまはざめりしものを（殿も苦になさらない御様子でしたのに）」と言ふにつけてぞ（と言うのにさそわれて）、うちこぼるる涙のあつくてかかるに（つい溢れ出る涙が熱く頬を伝ったので）、おぼゆるやう、

(作者)[五]思ひせく胸のほむらはつれなくて
　涙をわかすものにざりける

と、くりかへしいはれしほどに（つぶやかれたがそのまま）、寝（ぬ）るところにもあらで（寝所にも入らないで）、夜は明かしてけり〔うとうとして〕。

その月、三度（みたび）ばかりのほどにて（訪れただけで）、[六]年は越えにけり。そのほどの作法例のごとなれば、記さず（年末年始のしきたりはいつものとおりなので　書くまでもない）。

さて、年ごろ思へば（今までの事を考えてみると）、[七]などにかあらむ（どうしたことか）、ついたちの日は見えずしてやむ世なかりき（元日の日に見えずじまいの時はなかった）。〔だから〕[八]さもやと思ふ心づかひせらる。[九]未（ひつじ）の時ばかりに、さき追ひののしる（賑やかな先払いの声がする）。[一〇]そそなど（それそれなど）、人も騒ぐほどに（侍女も）、ふと引き過ぎぬ（さっと通り過ぎてしまった）。

一　同居している妹に通ってくる愛人であろう。
二　「をかしく」は、前掲の万葉歌「石上ふるとも雨にさはらめや妹に逢はむといひてしものを」（一三一頁注一八）の連想によろう。
三　兼家の不実に対する、許し難い憤り。
四　長年、作者のもとに仕えて、兼家と作者の仲を、つぶさに見知っている侍女。
五　私の胸に封じこめた怨情の焔は、外に現れないで、さりげなく見えるけれども、心のうちでは燃えさかって、こんなにも熱く、涙を煮えたぎらせるものなのだ。「思ひ」には「火」を掛け、「ほむら（焔）」「わかす」はその縁語。「つれなくて」は、表面は平然として。「にざり」は「にぞあり」の詰ったもの。
六　年が改まって、天禄二年を迎えた。
七　年来、元日には必ず訪れたことに対する疑問。
八　もしかしたら、今日（元日）は来てくれるかも知れないと、自然、兼家を迎える心づもりになって来る。
九　午後二時ごろ。
一〇　兼家を迎える用意をそそのかす語。
一一　元日の夕刻は小朝拝（こちょうはい）（天皇への参賀）があり、引き続き節会が行われる。小朝拝に参内するまでに済ませねばならぬ急用でもあろうかと、一応、善意に解釈したものの。例年の来訪は、節会が果ててからのことであろう。
一二　所用を済ませてからと思っていたが、日が暮れて

天禄二年――うち続く前渡り

急ぐにこそはと思ひかへしつれど[一一]、夜もさてやみぬ。つとめて、ここに縫ふ物ども取りがてら、「昨日の前渡りは、日の暮れにし」[一二]などあり。いと返りごとせま憂けれど、「なほ、年の初めに、腹立ちな初めそ」などいへば、少しはくねりて、書きつ。かくしもやすからずおぼえいふやうは、[一三]このおしはかりし近江になむ文通ふ、さなりたるべしと、世にも言ひ騒ぐ心づきなさになりけり。さて二三日も過ごしつ。[一四]四日、また申[一五]の時に、一日よりもけにののしりて来るを、「おはします、おはします」といひつづくるを、一日のやうにもこそあれ、[一六]かたはらいたしと思ひつつ、さすがに胸走りするを、近くなれば、ここなるをのこども、中門[一七]おし開きて、ひざまづきてをるに、[一八]むべもなく引き過ぎぬ。[一九]今日まして思ふ心おしはからなむ。

またの日は、大饗[二〇]とてののしる。[二一]いと近ければ、今宵さりともとこころみむと、人知れず思ふ。車の音ごとに胸つぶる。夜よきほどにて、みな帰る音も聞こゆ。門のもとよりもあまた追ひちらしつつ

しまったので（そのまま参内した）。

一三 「この」は先日話題になった、の意（一二〇頁）。「文通ふ」とあるのは、目下、求婚が進展中の意で、それ以上の仲をいうのではあるまい。

一四 底本は「三日」。「四日」と改める説に従う。下文の「またの日」の大饗（伊尹邸）は、記録上、五日のことで、その前日となると四日である。

一五 午後四時ごろ。

一六 侍女たちは兼家の来訪とそそめき立つが、作者は素直には同調できない。先日のような前渡りともなれば、侍女たちの手前、それこそはしたなく、引込みがつくまい（かたはらいたし）と思って、じっとこらえている。だが、「さすがに……」と展開する文脈。

一七 表門から寝殿に通ずる途中にある、渡廊下を切り通して設けた門。

一八 「むべもなく」は、悪い予感が適中した時の表現。はたせるかな。

一九 人も無げな兼家の態度に対する憤りと、それ以上に女主人としての使用人に対するプライドの喪失。「おしはからなむ」は、読者に対する訴え。

二〇 中宮・東宮・大臣家などで行う大饗宴。この年の正月の大饗は、二日中宮大饗、三日東宮大饗、五日右大臣伊尹（兼家の兄）邸大饗と続いた（『日本紀略』）。その右大臣家の大饗をいう。

二一 伊尹邸は「一条南、大宮東二町」（『拾芥抄』）であり、作者の家、一条西洞院とはごく近い。

ゆくを、過ぎぬと聞く（通り過ぎてしまったと）たびごとに、心はうごく[一]（気もそぞろになる）。かぎりと聞き果てつれば（これが最後と聞き終ってしまうと）、すべてものぞおぼえぬ（何ともただ茫然としてしまった）。あくる日まだつとめて、（夫は）[二]なほもあらで文見ゆ（手紙を寄越した）。返りごとせず。

また二日ばかりありて、（兼家）[三]「心の怠りにはあれど（怠慢といえばそれまでだが）、[四]いとことしげきころにてなむ（とても多事多端な折柄なので「失礼している」よう）。夜さりものせむに（夜にでも伺おうと思うが）、いかならむ（どうだろう）。[五]恐しさに」などあり。（作者）「ここち悪しきほどにて（気分の悪いところでして）、えきこえず（お返事もできません）」とものして、思ひ絶えぬるに（あきらめていたのに）、つれなく見えたり（平気な顔でやって来た）。あさましと思ふに、うらもなくたはぶるれば（何のこだわりもなくふざけるので）、[六]いとねたさに、ここらの月ごろ念じつることをいふに（幾月もの間こらえてきた鬱憤をぶちまけてやると）、いかなるものと（どうだとも）、[七]絶えていらへもなくて、寝たるさましたり（寝たふりをしている）。聞き聞きて（聞いているうちに）寝たるが（寝込んだのが）、うちおどろくさまにて（ふと目をさましたという調子で）、（兼家）「いづら（どうした）、はや寝たまへる（もうおやすみか）」と言ひ笑ひて、人わろげなるまでもあれど（はた目にはきまりが悪いほどだけれど）、[八]石木（いはき）のごとして明かしつれば（つんとして夜を明かしたところ）、つとめて（翌朝は）、ものも言はで帰りぬ。

それより後、[九]しひてつれなくて、（兼家）「例の、ことわり。[一〇]これ、とかくして（仕立ててくれ）[一一]」などあるも（など言って来るのも）、いと憎くて、言ひ返しなどして（ことわって突返しなどして）、言（こと）絶えて（消息も絶えて）、

一 心が動揺する。底本は「心はうとく」とある。
二 昨夜の前渡りを、さすがに、ほうってもおけないと思ったとみえて、の意。
三 こまかな配慮を怠った、の意、怠慢。底本は「心の怠りは」とあるが、「に」を補う説に従った。
四 新年で、節会・大饗など行事が立てこむ折柄。
五 作者の不機嫌に恐れをなして、の意だが、勿論、兼家独自の猿楽言（さるごうごと）、すなわち一種のおどけである。
六 これほどの懊悩を、何処吹く風かといった兼家の態度が、全く以ていまいましいので。
七 もっともらしい釈明のひとこともなく。
八 感情を押し殺し、身を固くして。「人非（ズ）木石（ニ）皆有（リ）情」（『白氏文集』巻四、李夫人）による。
＊ 作者が恨み詰（なじ）って言いつのる。兼家はとぼけて寝たふりをする。憤懣（ふんまん）やるかたのない作者が口をつぐむ。やや呼吸を置いて兼家は、「おや、もうおやすみか（もっと話はないのか）」と言って笑う。演技派兼家は、挑発し、まぜ返し、韜晦（とうかい）する。こうるさい事は面倒と、一切をこの「言ひ笑ひ」の中に解消したいのである。作者はそれが許せない。生一本で非妥協的な女心には逆効果である。本日記の根源的な不幸のひとこまでもあろう。
九 気まずく過した先夜のことなど、何くわぬ顔で。
一〇 例によって。そなたの不機嫌は毎度のことだが、私の怠慢ゆえ、それも無理ない、の意。無論、本音の反省ではなく、面倒なことは御免だという、多分には

二十余日になりぬ。「あらたまれども」[一二]〔物ごとに改まれども と詠まれている春の日ざし〕といふなる日の気色、鶯の声などを聞くままに、涙の浮かぬ時なし。

二月(きさらぎ)も十余日になりぬ。聞くところに〔噂に聞く近江のもとに〕三夜[一三]なむ通へると、ちぐさ〔さまざま〕に人はいふ。つれづれとあるほどに〔所在もなく過しているうち〕、彼岸[一四]に入りぬれば、なほあるよりは〔何もせずにいるよりは〕精進(しやうじ)せむとて、上莚(うはむしろ)[一五]、ただの莚の清きに敷きかへさすれば〔こざっぱりした普通の莚に敷きかえさせる時〕、〔侍女が〕塵払ひなどするを見るにも、かやうのことは思ひかけざりしものを〔塵を払うまでになるとは〕、など思へば、いみじうて〔たまらなくなって〕、

(作者)[一六] うち払ふ塵(ちり)のみつもるさむしろも
　　嘆く数にはしかじとぞ思ふ

これよりやがて〔これからすぐ〕長精進(しやうじ)して、山寺[一七]に籠りなむに、さて[一八]もありぬべくは、いかでなほ〔何とかしてやはり〕世の人の絶えやすく[一九]〔人の足がおのずと遠のき〕、背(そむ)くかたにもやなりなまし〔私自身も尼の身にでもなってしまいたいと思い立ったが〕と思ひ立つを、人々、(侍女)「精進は秋つかたよりするこそ〔秋ごろからするのが〕、いとかしこかなれ〔格別よいと申します〕」といへば、えさらず[二〇]〔知らぬ顔もできない〕思ふべき産屋(うぶや)[二一]のこともあるを、これ過ごすべしと思ひて〔これを済ませてからにしようと〕、たたむ月をぞ待つ〔翌月になるのを待っていた〕。

ぐらかした物言いである。

一一 使いに持たせて寄越した着物あるいは布地。

一二 「ももちどり囀(さへづ)る春は物ごとに改まれどもわれぞふりゆく」(『古今集』春上、読人しらず)を踏まえたもの。

一三 三夜通ったというのは、婚姻の成立を意味する。

一四 毎年二月と八月の、春分・秋分をはさんで前後七日間行われる法会。

一五 帳台の中の畳の上に敷く、綿の入った敷物。

一六 あの人の訪れもなく、積るにまかせたこの上莚の塵、その塵の数も私の嘆きの数には、とても及ぶまいと思われる。払うほど塵が積ったのは、夫の夜離(よが)れが続いたからである。上巻の長歌にも「山と積れる　しきたへの　枕の塵も　ひとり寝の　数にし取らば　つきぬべし」(三七頁)とある。

一七 後の鳴滝籠りを考えると、作者の心には、同地の般若寺(はんにゃじ)あたりがあったかも知れない。

一八 そうしたことが叶うならば。「さ」は出家をさす。

一九 世間の人が、自分との関係を断ち易く、の意。「たえやすく」を「たはやすく(容易に)」と改める考え(『全注釈』)もある。

二〇 「えさらず」は、避けることのできない、ほうっておけない。

二一 産所、転じて出産そのものをいう。この「産屋」の主は不明だが、「えさらず」から推測すると、同居している妹であろう。

さはれ、よろづにこの世のことはあいなく思ふを、去年の春、呉竹植ゑむとて乞ひしを、このごろ「奉らむ」といへば、「いさや、ありも遂ぐまじう思ひにたる世の中に、心なげなるわざをやしおかむ」といへば、「いと心せばき御ことなり。行基菩薩は、ゆくすゑの人のためにこそ、実なる庭木は植ゑたまひけれ」などいひて、おこせたれば、あはれにありしところとて、見む人も見よかしと思ふに、涙こぼれて植ゑさす。二日ばかりありて、雨いたく降り、東風はげしく吹きて、一筋二筋うちかたぶきたれば、いかで直させむ、雨間もがな、と思ふままに、

なびくかな思はぬかたに呉竹の
うき世のすゑはかくこそありけれ

今日は二十四日、雨の脚いとのどかにて、あはれなり。夕づけて、いとめづらしき文あり。「いと恐しき気色に怖ぢてなむ、日ごろ経にける」などぞある。返りごとなし。

呉竹の憂き世

一 「あいなし」は、つまらなく、生きる張り合いの無い気持をいう。
二 淡竹の異名。呉から渡来したゆえ、その名がある。なお、呉竹は千代を祝うものとして珍重、歌にも詠まれた。
三 人並みの仕合せな人生など、全うできそうもないと思うに至ったこの俗世に。近く出家して袂を分とうと思っているこの世に。
四 「心なし」は、思慮分別もない、の意。呉竹を植えるのは、末長くそれを楽しもうという心。世を背こうという現下の作者にとって、それは「心なげなる」営みである。
五 奈良薬師寺の僧で、諸国を遍歴して福祉、教化に努めた。天平二十一年（七四九）没。「所レ止之房、多植二菓樹一」（『扶桑略記』、天平十七年）とある。
六 あの女が、あるかなきかのかげろうのように住んでいた跡だと、私の死後、見る人があったら、見て欲しいと思うと。「あはれに」は、上文の述語とも、「ありし」「見む」「見よ」「思ふ」の連用修飾とも見ることができようが、「あはれにありし」と直接つながるのが、もっとも自然であろう。
七 呉竹は東風によって無惨に倒れながらも、物思いのない西方浄土に靡き伏していることだ。私にしても、あの人に連れ添って来た憂いつらい暮しの、行きつくところは、こうした物思いのない彼岸しかないのだ。

九 五日、なほ雨やまで、つれづれと、「思はぬ山に」一〇とかやいふや〔とかいう歌さながら〕うに、もののおぼゆるままに〔物思いに駆られるにつけて〕、尽きせぬものは涙なりけり。一一

(作者)一二 降る雨のあしとも落つる涙かな
　こまかにものを思ひくだけば

いまは三月つごもりになりにけり。いとつれづれなるを、一三忌もたがへがてら〔忌違えかたがた〕、しばしほかにと思ひて〔よそに移ろうと思って〕、一四県ありきのところに渡る。一五思ひ障りしこともたひらかになりにしかば〔気にかけていたお産も無事に済んだので〕、長き精進始めむと思ひ立ちて、物など取りしたためなどするほどに〔取り片付けたりしている時に〕、(兼家)一六「勘事はなほや重からむ〔お咎めはまだ解けまいか〕。許されあらば暮に〔お許しがあれば暮に伺おう〕。いかが」とあり。これかれ見聞きて〔侍女たちがそれと知って〕、「かくのみ〔こんなふうに〕一七あくがらし果つるは、いと悪しきわざなり。なほこたみだに〔やはり今度だけでも〕御返り〔御返事を〕。やむごとなきにも〔捨て置くわけにも参りますまい〕」と騒げば、ただ、(作者)一八「月も見なくに〔幾月もお会いしないのに〕、あやしく〔どうしたことで〕」とばかりものしつ〔とだけ書いてやった〕。世にあらじ〔よもや来るまい〕と思へば、急ぎ渡りぬ〔〔父の邸へ〕〕。つれなさは〔あの人のあつかましさは〕、そこに夜うち更けて見えたり。例の〔いつものように〕、わきたぎることも〔煮えくり返ることも〕多かれど、程狭く人騒がしきところにて〔手ぜまで人の立てこんでいる所なので〕、息もえせず〔息も殺して〕、胸に手を置

八 兼家の例の、猿楽言である。
九 下の五日、すなわち二十五日。
一〇 物思いのない山にでも逃れたい。「時しもあれ花の盛りにつらければ思はぬ山に入りやしなまし」(『後撰集』春中、朝忠)を引く。
一一 「君まさで年は経ぬれどふるさとに尽きせぬものは涙なりけり」(『後撰集』哀傷、貫之)を踏まえた表現であろう。この歌は、中納言兼輔の没後、土佐から上京した貫之が詠んだもの。
一二 降り続く雨脚のように、とめどもなくしたたる涙だこと。心もちぢに砕けて物思いに浸っていると。
一三 陰陽道における、王相方の禁忌。いわゆる四十五日の物忌であろう。「四十五日の忌たがへむとて、県ありきのところに渡りたるに」(四四頁注三)。
一四 地方歴任の父倫寧(四四頁注四)の邸。
一五 前文「えさらず思ふべき産屋のこと」(一三五頁)をいう。
一六 勘気。作者の不機嫌を大袈裟に、おどけて表現したもの。
一七 「あくがらし」は、作者の拒否によって、兼家を、寄りつき難くさまよわせること。
一八 「あやしくも慰めがたき心かなをば捨て山の月も見なくに」(『小町集』)を引き、「月も見なくに」は、現在「つごもり(月末)」であることに即して、兼家がここ数か月、姿を見せぬことを皮肉ったもの。

きたらむやうにて、明かしつ。つとめて（翌朝）、「（兼家）そのことかのことも（あれも　これも）のすべかりければ（しなければならないので）」と急ぎぬ（と急いで帰った）。一なほしもあるべき心を、また今日や今日や（今日来るか今日来るかと思っていたが）と思ふに、おとなくて四月（うづき）になりぬ。

二□もいと近きところなるを、「（召使）三御門（みかど）にて車立てり（車がとめてあります）。こちやおはしまさむずらむ（こちらへお越しのおつもりでしょうか）」など、四やすくもあらず（やきもきするように）、いふ人さへあるぞ（言う者までいるのは）、五いと（とても）苦しき（つらい）。ありしよりもまして（自邸にいた時よりもいっそう）六心を切り砕くここちす。返りごとをも（〔あの人への〕）、なほせよせよ（やはり出すようにと再三）と、七いひし人さへ、憂くつらし（いとわしく恨めしい）。

長精進

ついたち（四月一日）の日、幼き人（道綱）を呼びて、「（作者）長き精進をなむ始むる（長精進を始めることにしました）。八『一もろともにせよ（緒にするように）』とあり（とのことです）」とて始めつ。われはた（とはいえ私は）、初めより（初めから）もことごとしう（大げさには）はあらず（せず）、ただ九土器（かはらけ）に香（かう）うち盛りて、一〇脇息（けふそく）の上に置きて、やがておしかかりて（そのまま寄りかかって）、仏を念じたてまつる。その心ばへ（その趣は）、一一ただ、きはめて幸ひ（さいはひ）なかりける身なり（不幸な身でございます）、年ごろをだに（今までの長い年月でさえ）、世に心ゆるびなく憂し（少しも気の休まる時がなくつらい）と思ひつるを（と思って参りましたが）、一二ましてかくあさましくなりぬ、とく（早く）、一三しなさせたまひて（御弟子にして下さって）、一四菩提（ぼだい）かなへたまへとぞ、行なふままに（勤行をしながら）、涙ぞほろほろとこぼ

一　私は期待など持たないで、そのまま放っておけばよいものを。これを兼家の心として、「彼はこのまま放って置くつもりなのに」と見る考え（『全注釈』）もある。「……あるべき」は、みずからを規制する語調であろう。
二　底本は一字分空白。兼家邸、あるいは父倫寧邸との距離を示す短文が脱落したものであろう。
三　兼家邸の門をいう。
四　作者の心をゆさぶるように。召使が気をもんで、とする解（『全注釈』）もある。
五　これもまた例の前渡りであれば、召使たちの手前も不体裁だと、身も細る気持。
六　自邸とは違って、父の邸ゆえ一段と周囲の人目に心をつかって。
七　「なほこたみだに御返り。やむごとなきにも」（一三七頁）と、しきりに勧めた侍女。「さへ」は、兼家はもとより、その侍女までが、の意。
八　陰陽師、あるいは僧の意見であろう。
九　素焼の土器。
一〇　肘（ひじ）を掛けてくつろぐ調度。経机にも代用した。
一一　「ただ」は、「菩提かなへたまへ」にも、「行なふ」にもかかる。
一二　現在は、このように、思いも設けぬ不如意な夫婦仲になってしまいました。
一三　「しなさせ」は、「為成（しな）させ」の意。出家を達成、仏の御弟子にさせて下さい、の意。「死なさせ」なら

るる。あはれ〔ああ〕、今様は〔一五 当節は〕、女も数珠（ずず）ひきさげ〔手にかけ〕、経ひきさげぬなし〔お経を持たない者はいない〕、と聞きし時、あな〔まあ〕、まさり顔な〔一六 みじめったらしい〕、さる者ぞやもめにはなるてふなど〔そんな者に限ってやもめになるそうななどと〕、もどきし心はいづちかゆきけむ〔けなしていたあの気持は何処へ行ったやら〕。夜の明け暮るるも心もとなく〔一七 気が気でなく〕、いとまなきまで、そこはかともなけれど〔一八 どうなるというあてもないけれど〕、行なふとそそくままに〔お勤めに精を出しながら〕、あはれ〔あ〕、さいひしを聞く人〔一九 そんな悪口を聞いた人は〕、いかにをかしと思ひ見るらむ〔どんなに滑稽だと思って見ているだろう〕、はかなかりける世を〔はかない夫婦仲だったのに〕、などてさいひけむ〔なんであんなに言ったのかしら〕、と思ふ思ふ行なへば〔と思い思いお勤めをしていると〕、片時、涙浮かばぬ時なし。人目ぞいとまさり顔なく恥づかしければ〔二〇 人の目にはさぞみじめに映るだろうと〕、おしかへしつつ〔涙をじっとこらえながら〕、明かし暮らす。

二十日ばかり行なひたる夢に〔勤行をした頃の夢に〕、わが頭（かしら）をとりおろして〔髪を切り落して〕、額を分くと見る〔二一 額髪を分けると見た〕。悪し善しもえ知らず〔凶夢か吉夢かもわからない〕。七八日ばかりありて、わが腹のうちなる〔私の胎内にいる〕蛇（くちなは）ありきて〔歩き回って〕、肝（きも）を食（は）む、これを治（ぢ）せむやうは〔なおすには〕、面（おもて）に水なむいる〔二二 注ぐ〕べきと見る〔のがよいと見た〕。これも悪し善しも知らねど、かく記しおくやうは〔このように書きとめておくのは〕、かかる身の果てを見聞かむ人〔こんな身の成りゆく果てを見聞く人が〕、夢をも仏をも〔二三〕、用ゐるべしや〔信ずるに足るのか〕、用ゐるまじやと〔信ずるに足りないか〕、定めよとなり〔決めてほしいと思ってなのだ〕。

ば、「死なせ」とあるべきところ。

一四 煩悩を解脱した悟りの境地。

一五 現代の風俗。

一六 「まさり顔なし」の語幹。「あな」に続く形容詞は、しばしば語幹のみとなる。「あな、みにく」「あな、まさな」の類。「まさり顔」は、人にまさって得意顔、の意。これを否定した形で、みじめな、悄然（しょうぜん）としている、の意。

一七 寸暇を惜しんで余念ない気持。他に、山寺に籠る日を待ち遠しく思うと解く考え（『全注釈』）もある。

一八 挿入句。これといって、確たる目安（救われるあてど）もないけれど。

一九 「さ」は、前文の「あな、まさり顔な」という酷評をさす。

二〇 尾羽うち枯らして勤行にはげむ自分の姿が。

二一 額髪を左右に分けるのは尼姿。

二二 「い（沃）る」は、水をそそぎかける、の意。前出の石山詣での夢にも、「右のかたの膝にいかく……」と見えた（一二五頁注二五）。

二三 夢の現在と執筆の現在との距離はあるが、ひたすら仏を念ずる作者の、「夢をも仏をも、用ゐるべしや、用ゐるまじや……」という発想は、かなり異常なもの。胎内の蛇が臓腑を食うという夢、二度繰り返される「悪し善しもえ知らず」とともに、身も世もない絶望と怨念が吐露されていよう。

五月にもなりぬ。[一]わが家にとまれる人（残してある侍女）のもとより、「おはしまさずとも（お留守中でも）、[二]菖蒲ふかではゆゆしからむを（葺かないでは縁起が悪いでしょうが）、いかがせむずる（どういたしましょう）」といひたり。[三]いで、なにかゆゆしからむ（いやもう　今さら何で縁起など担ごう）、

（作者）[四]世の中にあるわが身かはわびぬれば
　さらにあやめも知られざりけり

とぞ、いひやらまほしけれど（言ってやりたいと思ったけれど）、[五]さるべき人しなければ（しかるべき侍女もいないので）、[六]心に思ひ暮らさる。

長雨のころ

かくて[七]忌果てぬれば、例のところに（もとの家に）渡りて、[八]ましていとつれづれにてあり。長雨になりぬれば（長雨の季節になったので）、草ども[九]生ひこりてあるを、行なひのひまに（勤行の合い間に）、掘りあかたせなどす（掘って株分けさせたりした）。

あさましき人（あきれたあの人が）、[一〇]わが門より、例のきらぎらしう追ひちらして（いつものように派手に先払いをしながら）、渡る日あり。行なひし[一一]ゐたるほどに、[一二]「おはしますおはします（（召使）お越しです）」とののしれば（と騒ぎ立てるので）、例のごとぞあらむと思ふに（例によって素通りだろうとは思いながらも）、[一三]胸つぶつぶと走るに（胸をどきどきさせていたのに）、引き過ぎぬれば、みな人、おもてを[一四]まぼりかはしてゐたり（お互いに顔を見合せていた）。われはまし

一「わが家」は、一条西洞院の自邸。
二 五月五日、端午の節供には、菖蒲を軒に葺いて邪気を払うのが習慣だった。
三 習慣を破ったところで、どうして不吉なことなどあろう。
四 私は人並みに、この世の中で暮してゆける身なのだろうか。今の私はとてもそんな身の上ではない。不如意な夫婦仲を嘆き崩折れて、遠からず出家するつもりなのだから、この世の分別、しきたりなど、どうでもよいことなのだ。「あやめ」は「文目・道理」に「菖蒲」を掛ける。下句によれば、作者は、五日の菖蒲のことなど念頭に無く、侍女の手紙でそれと気づいたらしい。
五 留守宅には、自分の胸中を理解してくれるような侍女も残っていないので。
六 心のうちに呟いただけで書き送ることもせず。
七 作者の四十五日の忌。
八 人の出入りも多く、賑やかだった父の邸から帰って見ると、今まで以上に。
九「生ひこ（凝）る」は、かたまって生える、の意。
一〇 門の前を通って。「より」は経過を示す。
一一 底本は「ゐりたる」。「り」は衍字と見たい。
一二 作者邸の召使の言葉。兼家の供人の掛け声と見る説（『全注釈』）もあるが、不自然であろう。
一三 もしかしたらと、来訪を期待する心。
一四「まぼり」は目欲り。凝視する、の意。

て、一五二時三時(ふたときみとき)まで、ものも言はれず。人は、「あなめづらか。いかなる御心ならむ」とて、泣くもあり。わづかに一六ためらひて、「いみじうくやしう、人に一七言ひさまたげられて、いままでかかる一八里住みをして、またかかる目を見つるかな」とばかりいひて、胸の焦がるることは、いふかぎりにもあらず。

六月(みなづき)のついたちの日、「御物忌なれど、一九御門(みかど)の下よりも」とて、文あり。あやしくめづらかなりと思ひて見れば、「二〇忌はいまはも過ぎぬらむを、二一いつまであるべきにか。二二住み所、いとびんなかめりしかば、えものせず。二三物詣では穢(けが)らひいできて、とどまりぬ」などぞある。ここにと、いままで聞かぬやうもあらじと思ふに、心憂さもまさりぬれど、念じて、返りごと書く。「いとめづらしきは、二四おぼめくまでなむ。ここには久しくなりぬるを、げにいかでかは二五思しよらむ。さても、二六見たまひしあたりとは思しかけぬ御ありきの、たびたびになむ。すべて、いままで世にはべる身のおこたりなれば、さ

侍女は　まあ奇態なこと
私はやっと　(作者)無性
に悔しいことに　あれこれ引きとめられて　町住みを
して　こんなひどい目にあってしまったこと　胸の焼けるようなつ
らさは　とても言葉では尽せない
(使)殿は御物忌中ですが　(兼家)
手紙が来た　どうしてだろう珍しいことだと　物忌はもう　お済
みだろうに　何かと具合が悪そうだった
ので　行けなかったのだ　穢れにあって　とり止めにした
こちらに帰ったと　聞かないはずもあるまいと思うと　うとましさも
ひとしお募るのだが　我慢して　(作者)　〔お手紙は〕どな
たからかと存じました　こちらに戻ってから随分になりますのに
それにしても　以前お通いになった妻の家など　お心にもとめぬ御前渡りが　たび重
なりましたことで　何もかも　この世に留まっていたわが身の怠慢ですから　何も

一五 一時は、ほぼ二時間。
一六 気を取りなおして。躊躇して心を落ち着ける意。
一七 直接には、「精進は秋つかたよりするこそ……」(一二五頁)など、とめだてした侍女の言葉をさす。
一八 山住みに対する、いわば町住み。俗界にあること。
一九 物忌中は門を閉じて、外部との文通は慎しむが、緊急の場合は、「門の下より」として送った。実際に門の下より差し出すのではなく、「内々に」「そっと」という一種の挨拶の言葉であろう。「御門」は、兼家邸の門と見るのがよい。
二〇 作者の物忌。
二一 (倫寧邸には)いつまでいるつもりなのだ。作者がまだ倫寧邸にいると見なした物言いは、先日の前渡りに対する兼家流の弁解。
二二 倫寧邸。「程狭く人騒がしきところ」(一三七頁)である。
二三 前文にそれらしい記事は見えないが、兼家には物詣での予定があり、二人の間で話題になったらしい。
二四 「おぼめく」は、判然とせず、不審に思うこと。
二五 もう帰っているなどと、なんでお気付きになりましょう。私などには、もう御関心もないようですから、それも、ごもっとも、の意。
二六 「見たまひし」は、昔、お通いになった。今はお見限りの、という皮肉。

らにきこえず（申し上げません）」とものしつ。

鳴滝籠り

さて思ふに、一かくだに思ひ出づるもむつかしく（こんなふうに思い出しても気がくさくさするし）、二さきのやうにくやしきこともこそあれ（後で悔むようなことにもきっとなろう）、なほしばし三身を去りなむ（身を引くことにしようと）と思ひ立ちて、四西山に、例のものする（いつもお参りする）寺五あり、そちものしなむ（そこへお籠りしよう）、かの（あの人の）物忌果てぬさきにとて、四日、出で立つ。

物忌も今日ぞあくらむ（今日あたり終るだろうと）と思ふ日なれば、心あわたたしく思ひつつ（せわしない思いでそそくさと）、物取りしたためなどする（身辺の整理などしていると）に、上筵（六うはむしろ）の下に、つとめて食ふ薬といふもの（〔あの人が〕早朝服用する薬というのが）、畳紙（七たたうがみ）の中にさしれてありし（はさんであったものが）は、八ここにゆき帰るまでありけり（こちらに帰って来るまでそのまま残っていた）。これかれ見出でて（侍女たちが見つけて）、「これ何ならむ」（侍女）といふを、取りて（受け取って）、やがて（そのまま）、畳紙の中に、かく書きけり（〔戻すと〕そこにこう書いた）。

（作者）九
さむしろのした待つことも絶えぬれば
　おかむかただになきぞ悲しき

とて、文には（作者）、一〇『身をし変へねば』とぞいふめれど、前渡りせさせたまはぬ世界もやあるとて（門前を素通りなさらぬ世界もあろうかと存じまして）、今日なむ。一一これもあやしき問はず語（言わずもがな）

一「かく」は直前の兼家宛の手紙の内容、及び、ことさらに人も無げな兼家の仕打ち。
二 このまま里住みを続けたならば「さきのやうに……」と展開する。「さきのやうに」は、「いみじうくやしう……またかかる目を見つるかな」（一四一頁）とある兼家の前渡りをいう。
三 兼家との交渉を、ひとまず断とう、の意。
四 京都市の西、衣笠山から嵯峨野一帯の総称。
五 京都市右京区般若寺町にあった般若寺。
六 帳台の畳の上に敷く綿の入った敷物。
七 檀紙などを折り畳んで懐中に持ち歩き、鼻紙または歌文をしたためるのに用いたもの。「ありし」は、二月の彼岸の精進の折、「上筵、ただの筵の清きに敷きかへ」」（一三五頁）させた時のこと。
八 その後、父倫寧邸に移り（三月末）、自邸に帰って（五月中旬）、現在まで二か月余そのままになっていた。よくぞ夜離れ（よがれ）が続いたものという慨嘆。
九 あなたのお越しを心待ちすることも、今は全くなく、この薬を手もとに置く必要もなくなってしまいました、やるせないこの思いを、私はどう取りさばけばよいのやら、本当に悲しいことです。「さむしろ（さ筵）の」は、「した」の枕詞だが、上筵の下から取り出した意にもいう。「おかむかた」は、薬を置く所と、自分の心を処理する術（すべ）を掛ける。
一〇「いづくへも身をし変へねば雲かかる山ぶみしてもとはれざりけり」（『仲文集』）を引く。一首の意

「私は何処へ行っても、疎まれるこの身を変えるわけにはゆかないのだから、山籠りをしたところで、訪れてなど下さるまい」を踏まえながら、それでも私は、あなたの前渡りのない世界へ、と続く。

一一 「なむ」の後には、「出立する」などの語が略されている。

一二 ひたすら屋内に籠ること。この先は当分、参籠ということになりましょう。

一三 「を」は、強めの間投助詞。

一四 私の出立が、足もとから鳥が飛び立つように思われたのであろう。「れ」は自発。

一五 取りあえず知りたいのは、行く先だ、の意。兼家の狼狽は、唐突に作者が出家することである。愛情というより、多分に正三位中納言右大将の体面である。

一六 何ということだ。のんびりと安心してそなたを頼りにしていたのに、その二人の仲（床の内）を、ひっくり返すようなやり方は。「とこのうら」は、床の中の意に、歌枕「鳥籠（とこ）の浦」（六五頁注九）を掛けたもの。「うら」「返し」「波」は縁語。

一七 応和二年七月、作者は兼家と共に「例もものする山寺」（般若寺であろう。四七頁注一四）に籠った。「時々」とあるのは、これ以外にもあったのであろう。

一八 前注一七応和二年の折には、「日ごろなやましうて……加持もこころみむ」と、病気の由が見える。

一九 文脈混乱。「三四日籠ったのも」の意であろう。

りにこそなりにけれ（の御報告になってしまいました）」とて、幼き人（道綱が）の、「一二ひたやごもりならむ（長いお籠りになりましょう）。消（その）息きこえに（御挨拶を言上に）」とて、ものするにつけたり（出かけるのにことづけた）。「（作者）もし、問はるるやうも（お尋ねになるようなことで）あらば（もあったら）、『〔母上は〕これは書きおきて、はやくものしぬ（とっくに出かけました）。追ひてなむまかるべき（私も後を追って参るつもりです）』と一三をものせよ（御返事なさい）」とぞ、いひ持たせたる。

〔あの人は〕一四文うち見て、心あわたたしげに思はれたりけむ、返りごとには、（兼家）「よろづいとことわりにはあれど（もっともではあるが）、一五まづいくらむはいづくにぞ（何処の寺に行くつもりなのだ）。このごろは行なひにもびんなからむを（この ごろの暑さでは勤行にも具合が悪かろうに）、こたみばかり（今度だけは）、いふこときくと思ひて（私の言うことを素直に聞いて）、とまれ（思い止まりなさい）。言ひ合はすべきこともあれば（話し合わなければならないこともあるので）、ただいま渡る」とて、

（兼家）一六「あさましやのどかに頼むとこのうらを
　　うち返しける波の心よ
いとつらくなむ（本当に酷いじゃないか）」とあるを見れば、まいて急ぎまさりてものしぬ（よけいせき立てられる思いで出かけた）。

山路なでふことなけれど（格別の風情もないけれど）、あはれに（そぞろ身にしみて）、一七いにしへもろともにのみ（あの人と一緒に）、時々はものせしものを（この道を通ったのに）、一八また病むことありしに（それに私が病気になった時に）、一九三四日も、このご

ろのほどぞかし、宮仕[一]へも絶え〔出仕も怠って〕、こもりてもろともにありしは〔ここに籠って一緒に過したのは〕、など思ふに、はるかなる道すがら涙もこぼれゆく。供人三人(みたり)ばかり添ひていく。

まづ僧坊[二]におりゐて〔落ち着いて〕、見出だしたれば、前に籬(ませ)[三]ゆひわたして、また、なにとも知らぬ草どもしげき中に〔一面に繁っている中に〕、牡丹草(ぼうたんぐさ)[四]どもいと情なげにて〔何の風情もない姿で〕、花散りはてて立てるを見るにも、「花も一時[五]」〔花の命は短かくて〕といふことを、かへしおぼえつつ〔かえすがえす思い浮べながら〕、いと悲し。

湯などものして〔湯あみなどして〕御堂にと思ふほどに、里より心あわたたしげにて〔いかにもあたふたと〕人〔使いが〕走り来たり。とまれる人〔留守居の侍女〕の文あり。見れば、〔(侍女)〕「ただいま、殿より御文もて某(それがし)[六]なむまゐりたりつる。〔(某)〕『ささして[七]まゐりたまふことあなり〔これこれの次第で山寺へお出かけなさるそうだ〕。かつがつまゐりてとどめきこえよ〔とりあえずそなたが参上してお止め申せとのこと〕。ただいま渡らせたまふ〔殿御自身も今すぐお越しになられます〕』といひつれば、ありのままに、〔(侍女)〕『はや出でさせたまひぬ〔すでにお出かけなさいました〕。これかれも〔侍女たちも〕追ひてなむまゐりぬる』といひつれば、〔(某)〕『いかやうにおぼしてにかあらむとぞ〔どういうおつもりで山寺へなど行かれるのだろうと〕、御気色ありつるを〔御心配の御様子でしたのに〕、いかがさはきこえむ〔何でそんな事が申し上げられましょう〕』とありつれ

一 応和二年五月、兵部大輔(たいふ)に任じた兼家は、不如意な役職ゆえ、出仕も怠りがちであった（四二頁）。
二 僧たちの起居する建物。
三 竹や木を編んでめぐらした低い垣根。
四 牡丹。五月ごろ咲くが、その盛りは短かい。
五 「秋の野になまめき立てる女郎花(をみなへし)あなかしがまし花も一と時」（『古今集』雑体、遍昭）を引く。花の命の短かさに、わが身の命運を重ね合せた感慨。
六 兼家邸の年配の侍女であろう。男性ともとれるが、作者の説得に有効なのは、ある程度、作者と懇意な侍女であろうし、下文の「うち泣きて」も女性を思わせる。
七 「ささして」は、かくかくの事情で。「かつがつ」は、不十分だが何とかまあ、の意。「とどめきこえよ」は、そなたが行ってお引き止め申せ、の意。「ささして……とどめきこえよ」は、兼家の言葉をそのまま伝えたものと見たい。なお、この部分を、兼家の意を体した某自身の物言いと見て、「かつがつまゐりて……」を、出立した作者の後を追って、ともかくお引き止め申せと、作者邸の侍女に指示したと解く考え（『全注釈』）もある。だが、某も（兼家も）この段階では、作者がまだ自邸に居ると思っての物言いで、作者の出立を知ったのは、次の侍女の言葉によるものである。
八 「御消息」は、何分の御沙汰。兼家自身の訪問、あるいは手紙など。
九 「しない」は、「しなし」の音便。ことさらに語り

なす、の意。
一〇 月の障りにでもなったなら。
一一 沐浴（もくよく）のための湯の準備。
一二 山ふところのようになっている場所柄のうえに。
一三 四日ゆえ、月は早々と沈んで暗闇である。
一四 初夜の勤行。「初夜」は六時の一。「日没」の後、「中夜」の前（一二四頁注一二）。
一五 ばたばたと、せわしく立ち動く。
一六 前文に「戸おし開けて」とあるが、その戸を開けたまま、の意。
一七 心に念じながら、口に仏の名号や経文を唱えること。
一八 「山寺わざ」で一語。山寺のしきたり。
一九 法螺貝を四たび吹く時刻、すなわち十時ごろ。宮廷では、陰陽寮の漏刻博士が水時計で時刻を測定、その下僚が鐘を鳴らして時刻を知らせた。『陰陽寮式』によれば、「四つ」は巳（午前十時ごろ）と亥（午後十時ごろ）である。「山寺わざ」もこれに倣っておよその時間を法螺貝で知らせた。
二〇 寺の総門。
二一 「おはします……」は、作者の召使、あるいは寺僧の言葉。兼家の従者の掛け声とする説もある。
二二 姿があらわに見えないための配慮。
二三 たいまつの火。「一ともし二ともし」とあるのは、一行の供揃いも極めて少なく、微行の態で、取る物も取りあえぬ出立を物語る。

ば、月ごろの御ありさま〔これまでの御様子〕、精進のよしなどをなむものしつれば〔御精進の趣などを話しましたところ〕、うち泣きて、『〔（某）〕とまれかくまれ、まづとくをきこえむ〔先ず早速御報告申し上げましょう〕』とて、急ぎ帰りぬる。されば、論（ろ）なうそこに〔きっとそちらへ〕[八]御消息ありなむ。さる用意せよ〔その心づもりをなさいませ〕」などぞいひたるを見て〔言って寄越したのを見て〕、うたて〔いやなこと〕、心幼くおどろおどろしげに〔考えもなくさぞかし大げさに〕も[九]やしな〔話し〕いつらむ〔たのだろう〕、いとものしくもあるかな〔全くやりきれないことだ〕、[一〇]穢れなどせば、明日明後日（あすあさて）なども出でなむとするものを〔下山するつもりなのに〕、と思ひつつ、[一一]湯のこと急がして堂に上（のぼ）りぬ。

兼家の迎え

暑ければ、しばし戸おし開けて見渡せば、堂いと高くて立てり〔とても高い所に立っている〕。山めぐりて〔山が取り巻いて〕[一二]懐（ふところ）のやうなるに、木立いとしげくおもしろけれど〔木立がとてもこんもり茂って趣深い所だけれども〕、[一三]闇のほどなれば、ただいま暗がりてぞある〔今はちょうど暗くて見えない〕。[一四]初夜（そや）行なふとて、法師ばら[一五]そそけば、[一六]戸おし開けて[一七]念誦（ねんず）するほどに、時は〔時刻は〕[一八]山寺わざの、[一九]貝四つ吹くほどになりにたり。

[二〇]大門（だいもん）のかたに、〔（召使）〕[二一]「おはしますおはします〔お成りです〕」といひつつ、ののしる〔騒ぎ立てる〕音すれば、あげたる〔捲き上げてあった〕[二二]簾（す）どもうちおろして見やれば、木間より〔木の間越しに〕[二三]火二（ふた）と

もし三(み)ともし見えたり。[一]幼き人けいめいして(取り次ぎの労を買って出たところ)[二]出でたれば、車ながら(車のまま)[三]立ちてある(下りて来ない)。「御迎へになむまゐり来つるを、(兼家)今日までこの穢らひあれば(今日一杯私は物忌中だから)、え降りぬを(下りるわけにはゆかないが)、いづくにか車は寄すべき(何処に車をつけたらよかろう)」といふに、[四]いとものぐるほしきここちす(正気の沙汰ではないと思う)。返りごとに、(作者)「いかやうに思してか(どのようなお考えで)、かく[五]あやしき御ありきはありつらむ(非常識なお出ましをなさったのでしょう)。今宵ばかりと思ふことはべりてなむ(私は今夜だけのお籠りというつもりで)、のぼりはべりつれば、[六]不浄のこともおはしますなれば、〔お迎えなど〕いとわりなかるべきことになむ(全く御無体というものでございましょう)。夜更けはべりぬらむ。とく帰らせたまへ(早くお帰り下さいませ)」と[七]いふをはじめて、〔子供が〕ゆき帰ること[八]、たびたびになりぬ。

[九]一丁のほどを、石階(いしばし)おりのぼりなどすれば、ありく人(取り次ぎの子供が)困(こう)じて[一〇]、いと苦しうするまでなりぬ。これかれなどは、(侍女)「あないとほし(まあ可哀そうに)」など、[一一]弱きかたざまにのみいふ(気の弱いことばかり言う)。このありく人、(道綱)「『すべて、[一二]きんぢいとくちをし(そなたが不甲斐ないのだ)。かばかりのことをば、言ひなさぬは(うまく取りなせないとは)』などて(などと)御気色悪(あ)し」とて、泣きにも泣く。されど、(作者)「などてかさらにものすべき(どうして今さら下山できましょう)」といひ果てつれば(言い切ってしまったので)、(兼家)[一三]「よしよし、かく穢らひたれば(私はこんな物忌中の身だから)、とまるべきにもあ

一 道綱。作者は相変らずここでも「幼き人」と呼ぶが、道綱はすでに元服、叙爵して十七歳である。
二 「けいめい（経営）」は、奔走し世話をする。ここは、兼家と母との仲介の労を取る意。
三 物忌中ゆえ、下車せず車を寺の外にとめている、の意。車中で立っているのではない。「立ちてある」は連体止め。なお、「車ながら立ちてある」を兼家の言葉に含める考えもある。
四 物忌をおかしての外出であり、有無を言わせず作者を連れ戻そうとする、強引な兼家の態度をいう。
五 「あやしき」は、理解に苦しむ、合点のゆかぬ。
六 あなた様は御物忌もおありの由ですから。「不浄のこと」は、兼家の物忌をいう。
七 と言ってやったのを始めとして。
八 双方の言い分を取り次ぐための往復。
九 「一丁」は六十間、約一〇九メートル。
一〇 へとへとに疲れはてて。
一一 侍女たちの、道綱への同情の物言いには、作者に対し、いい加減に折れて兼家の迎えに応じたら……の意を含む。
一二 「きんぢ」は、汝。対称の代名詞。
一三 ままよ、それならそれでよい。作者のかたくなさに負けて、投げ出した物言い。
一四 ……と言ったと、道綱から聞いたので。
一五 車の後に徒歩で従って、と見る考えもあるが、そ

れならば、「しりに具して」とでもありたいところ。
一六 母との別れを悲しんで、泣く泣く。
一七 父母の不和は、物心つく頃から道綱の心を蝕(むしば)んできたに違いない。嘗ては、母のために愛蔵の鷹を放って出家の決意を示した道綱（一一九頁）だが、これは、一時の激情にせよ、かたくなな母への、きっぱりとした反抗であり、作者の衝撃も大きかったに違いない。
一八 さればとて、道綱をなだめて、兼家に折れて出ることもならず、無言でいると。
一九 見送りも拒んでかなり突き離した物言いである。
二〇 「しし」は、嗚咽(おえつ)の声。
二一 まあ馬鹿ね。慰めの言葉。
二二 「八つ」は、丑(うし)（午前二時ごろ）と未(ひつじ)（午後二時ごろ）。ここは前者。例の法螺貝でそれと知ったもの。
二三 あまり唐突な出立だったので、供人は、取りあえず集められた限りの者を連れて、の意。
二四 人を出してやることにした。「人」は不特定の使者をいうが、この折は、下文のように、たまたま道綱がその役を果した。
二五 道綱。「大夫」は五位の者の称。道綱は天禄元年十一月二十日、叙爵して従五位下となった（一三〇頁）。
二六 昨夜の父上の御機嫌が。
二七 道綱は昨夜、「きんぢは呼ばむ時にを来」と、不興を買ったので、多少とも遠慮した物言い。無論、文字通り「門前で」の意ではなく、お目にかかれないでも、よそながらというほどの意。

らず。いかがはせむ（仕方がない）。車かけよ（車に牛を付けよ）」と一四ありと聞けば、いと心やすし（ほっとした）。ありきつる人（道綱）は、「御送りせむ（お見送りを致します）。一五御車のしりにてまからむ（父上のお車の後ろに乗って帰ります）。さらに、またはまうで来じ（もう二度とこちらへは参りますまい）」とて、一六泣く泣く出づれば、これを頼もし人にてあるに（この子一人を頼りにしているのに）、一七いみじうも言ふかなと思へども（ひどいことを言うものだとは思ったけれど）、一八もの言はであれば、人（あの人）などみな出でぬと見えて（の一行が皆帰って行ったと見えて）、この人（あの子は）は帰りて、（道綱）「御送りせむとしつれど、一九『きんぢは呼ばむ時にを来(こ)（そなたは呼んだ時に来ればよい）』とて、おはしましぬ（行ってしまわれました）」とて、二〇しし（よよと）と泣く。いとほしう思へど、（作者）二一「あな痴(し)れ。そこをさへ（あなたまで）、かくてやむやう（このまま見捨てることなど）もあらじ（ありますまいに）」など言ひなぐさむ。時は二二八つになりぬ。道はいと遥かなり。（侍女）「御供の人は、二三とりあへける（ほんの間に合せのままで）にしたがひて、京のうちの御ありき（お出ましの時よりも）よりも、いとすくなかりつる」と、人々いとほしがりなどするほどに、夜は明けぬ。

京へものしやるべきことなどあれば（京のわが家へ言ってやらなければならぬ用事があるので）、二四人出だし立つ。二五大夫(たいふ)、「二六昨夜(よべ)のいとおぼつかなきを（とても気がかりですから）、（本邸の）二七御門の辺(へん)にて御気色も聞かむ（御機嫌を伺ってきましょう）」とてものすれば（出かけるので）、それにつけて文ものす（ことづけて手紙をやった）。（作者）「いとあやしうおどろおどろしか（何とも異様で人騒がせな昨夜の）

一 この山寺に物忌をおかしてまで迎えに来たのは、どのようなお考えからなのか。作者への愛情に発するものなのか、単に世間態を思ってのことなのか、の意。なお、底本には「いかにおぼえたる……」とあるが、通説によって改めた。底本によれば、「私がどんな思いで、この山寺へ来たか」と、作者自身の心となろう。
二 迎えに見えたあなたの真意を測りかねたので。
三 兼家の迎えを拒んだ昨夜の弁解である。
四 私と一緒に、あなたも御覧になられた道中を、の意。応和二年七月の折のことなど。
五 「入りしかど」は「いまいとく……」に続く。「たぐひなく……きこえさせし」は挿入句。
六 その頃のあなたをなつかしんで、追憶にふけったことでした。
七 我を張り通した後のうつろさ、拒否した後によみがえる慕情でもあろうが、入山の決意・昨夜の態度とは、あまりに裏腹な、思い崩折れた心である。
八 さるおがせ。老木に糸状に垂れさがる苔。
九 ぞっとするほど、さびしさが身に迫る。
一〇 兼家が在宅していても。
一一 「この」は鶯にかかる。すぐ軒先に来ているので、近称の「こ」を用いたもの。
一二 「ひとく(人来)」は、鶯の鳴き声。「梅の花見にこそ来つれ鶯のひとくひとくといとひしもをる」(『古今集』雑体、読人しらず)など。

りし御ありきの、夜もや更けぬらむと思ひたまへしかば、ただ仏を、送りきこえさせたまへとのみ、祈りきこえさせつる。さても、[一]いかにおぼしたることありてかはと思うたまふれば[二]、いまはあまえいたくて、[三]まかり帰らむこともかたかるべきここちしける」など、細かに書きて、端に、「昔も御覧ぜし[四]道とは見たまへつつ、まかり入り[五]しかど、たぐひなく[六]思ひやりきこえさせし、[七]いまいとくまかでぬべし」と書きて、苔[八]ついたる松の枝につけてものす。

曙を見れば、霧か雲かと見ゆるもの立ちわたりて、あはれに[九]心すごし。昼つかた、出でつる人、帰り来たり。「御文は、出でたまひにければ、をのこどもにあづけて来ぬ」とものす。[一〇]さらずとも、返りごとあらじと思ふ。

さて、昼は日一日、例の行なひをし、夜は主の仏を念じたてまつる。めぐりて山なれば、昼も人や見むのうたがひなし。簾巻き上げてなどあるに、[一一]この時過ぎたる鶯の、鳴き鳴きて、木の立ち枯れに、

「ひとくひとく」[二二]とのみ、いちはやく[一三]（鋭い声で鳴くので）いふにぞ、簾おろしつべくおぼゆる。そも（それも）うつし心[一四]もなきなるべし（心がうつろになっているせいだろう）。

かくてほどもなく、不浄のことあるを（月の障りになったが）、出でむと思ひおきしかど（そうなったら帰る予定だったけれども）、京は（京では皆）みなかたち異（こと）に[一五]言ひなしたるには[一六]、いとはしたなきここちすべしと思ひて（さぞかし恥ずかしい思いをするだろうと思って）、〔お寺から〕さし離れたる屋（や）に下（お）りぬ[一七]。

叔母のおとずれ

京より、叔母[一八]などおぼしき人ものしたり（たずねて来た）。（作者）[一九]「いとめづらかなる住まひなれば（何もかもの珍しい）、静心（しづごころ）もなくてなむ（気分も落ち着かなくて）」など語らひて、五六日経（ふ）るほど、六月（みなづき）盛りになりにたり。

木蔭いとあはれなり（まことに風情がある）。山蔭の暗がりたるところを見れば、螢（ほたる）は驚[二〇]くまで（驚くほどたくさん）照らすめり。里にて、昔、物思ひうすかりし時（あまり物思いのなかったころ）、「二声と聞くとはなしに」[二一]と腹立たしかりし（じれったく思っていた）ほととぎすも、うちとけて鳴く（気を許していくらでも鳴く）。くひな[二二]はそこと思ふまでたたく（〔近くで〕鳴く）。いといみじげさまさる物思ひの住みかなり（ひとしおわびしさがつのって物思いの多い住まいである）。

人やりならぬ[二三]わざなれば（みずから求めて入った山籠りなので）、とひとぶらはぬ人ありとも（訪ねたり見舞ったりする人がなくても）、夢にも[二四]つら

一三「いちはやし」は、非常に激しく、の意。

一四「うつし（現）心」は、正気、たしかな心。

一五「かたち異に」は、落飾して尼姿になること。

一六 噂をしているようなので。以下、おめおめともとの姿で帰ったならば、などの語が略されている。

一七 生理中の穢れのため、寺の外にさがったもの。

一八 作者邸に同居している叔母（五七頁）であろう。

一九 叔母の言葉と見る説もあるが、作者が自然である。

二〇「さ夜ふけてわが待つ人やいま来ると驚くまでに照らす螢か」（『古今六帖』第六）を踏まえたもの。

二一「二声と聞くとはなしにほととぎす夜深く目をもさましつるかな」（『後撰集』夏、伊勢）を引く。何の屈託もなく風雅を愛することのできたその頃は、二声と聞けないで腹立たしかったほととぎすが、物思いにさいなまれて、風雅どころではなくなった今になって、惜しげもなく、いくらでも鳴く。

二二 くいな科の渉禽類。和歌に詠まれるのは「ひくいな」、俗に「なつくいな」と呼ばれるもので、鳴き声が戸を叩く音に似ている。「くひなだにたたけば明くる夏の夜を心みじかき人や帰りし」（『古今六帖』第六）など。

二三「人やりならぬ」は、人がしむけたことではない。

二四「忘れねといひしにかなふ君なれどとはぬはつらきものにぞありける」（『後撰集』恋五、本院のくら）などを、漠然と踏まえた物言いである。

くなど思ふべきならねば、いと心やすくてあるを、ただ、かかる住まひをさへせむとかまへたりける[一]身の宿世ばかりをながむるにそひて、悲しきことは、日ごろの長精進しつる人の、頼もしげなけれど[二]、見譲る人もなければ、頭もさし出でず、松の葉[三]ばかりに思ひなりにたる身の同じさまにて食はせたれば、えも食ひやらぬを見るたびにぞ、涙はこぼれまさる。

[四]かくてあるは、いと心やすかりけるを、ただ涙もろなることこそ、いと苦しかりけれ。夕暮の入相（いりあひ）[五]の声、茅蜩（ひぐらし）[六]の音（ね）、めぐりの小寺のちひさき鐘ども、われもわれもとうちたたき鳴らし、前なる岡に神の社（やしろ）[七]もあれば、法師ばら読経（どきやう）[八]奉りなどする声を聞くにぞ、いとせむかたなくものはおぼゆる。かく不浄なるほどは、夜昼のいとまもあれば、端のかたに出でゐてながむるを、この幼き人、「入りね入りね[九]」といふ気色を見れば、ものを深く思ひ入れさせじとなるべし。「などかくはのたまふ[一〇]」「なほいと悪し。ねぶたくもはべり」などいへば、

思う筋合いではないので　その点とても気は楽だが
決意するに至った身の定めを　ただつくづくと思うのと　それに
加えて　あの子が
他に世話を頼む人もいないので（一緒に）山寺に籠りきりで　我慢するつもりに
なっている私と同様に　粗食に甘んじさせているので　とても物が喉を通らないでいるのを
とても心がなごむのだったが
どの寺も競うように
何ともやるせなく
物思いをもよおす　このように月の障りの内は（勤行もせず）
縁先に出て　道綱が
（私に）　（作者）どうして
そんなことを言うの　（道綱）やはりなりません

一 「かまへたりける」は、企てるに至った。兼家との不如意な生活から、そこまで追い詰められるに至った。
二 ひどく衰弱した様子だけれど。他に、「こんな私では道綱の頼りにはなれそうもないが」（『全注釈』）、「道綱はまだ信仰に無関心で頼りないが」（『全講』）などの解もある。
三 出家の粗末な食事。必ずしも松の葉ではなく、木の実、山菜など。
四 兼家との愛憎にさいなまれることのない山住み。
五 入相の鐘。日没時の鐘。
六 晩夏から秋にかけて鳴く蟬。いわゆるカナカナ。
七 京都市右京区鳴滝の福王寺の社という（『大系』）が、さだかでない。
八 神社に読経を捧げるのは、神仏習合による。
九 「入りね」は、部屋にお入りなさい、の意。「ね」は完了の助動詞「ぬ」の命令形。
一〇 両者の言葉は地の文を介さず直接、会話体となっている。
一一 わが身（作者）をどう始末したらよかろう。
一二 尼姿でも、ともかく生きていたなら。
一三 あなた（道綱）の事が心配にならない程度に、私のもとに顔を見せて。「通ひ」の主語は道綱。
一四 たとい一と時でも、よくぞ、あなたとこうして山籠りのできたものだと。

「ひた心になくもなりつべき身を、そこに障りていままであるを、（（作者）ひと思いに死んだほうがましなこの身を／あなたがほだしでこれまで長らえてきたのに）いかがせむずる。[一一]（この先どうしましょう）世の人のいふなるさまにもなりなむ。（噂のように尼にでもなってしまいましょうか）むげに世になからむよりは、（全くこの世から姿を消してしまうよりは）さてあらば、[一二]おぼつかなからぬほどに[一三]通ひつつ、（〔あなたが〕訪ねて来て）かなしきものに思ひなして見たまへ。（私をふびんな母と思ってお世話下さい）かくていとありぬべかりけり[一四]と、身ひとつに思ふを、（私自身は思うのですが）ただいとかく悪しきもの[一五]して、ものをまゐれば、（食事をなさっているので）いといたく痩せたまふを見るなむいといみじき。（とてもつらいのです）かたち異に[一六]ても、京にある人こそはと思へど、（京にいる父上）[一七]それなむいともどかしう見ゆることなれば、[一八]（私の出家自体非難の的ともなろうと思うので）かくかく思ふ」[一九]（あれこれ思案するのです）といへば、（〔道綱は〕）いらへもせで、さくりもよよに泣く。（しゃくり上げて）

さて、五日ばかりにきよまはりぬれば、（穢れもなくなったので）また堂に上（のぼ）りぬ。日ごろものしつる人、（来ていた叔母は）今日ぞ帰りぬる。車の出づるを見やりて、つくづくと立てれば、（つくねんと立ち尽していると）木蔭にやうやういくも、（次第に遠ざかって行くのも）いと心すごし。[二〇]（身にしみてわびしい）見やりてながめ立てりつるほどに、気（け）や上りぬらむ、[二一]（上気したのだろうか）ここちいと悪しうおぼえて、わざと（格別に）いと苦しければ、山籠りしたる禅師（ぜじ）[二二]呼びて護身（ごしん）[二三]せさす。

一五 粗末な食糧。
一六 私が尼となって、あなたの面倒が見られなくなっても。
一七 「こそは」の後には、あなたを見捨てるようなことはあるまい、何かと世話をしてくれるだろう、の意が省略されている。文脈は、だからそれで安心だとは思うけれど、と反転してゆく。
一八 「それ」は、尼になること。「もどかし」は、非難に当る、の意。従って、夫を恨み子供を捨てて出家すること自体が、社会的に指弾されることになろうと思われるので、の意。ただし、前文の「かたち異に」（注一六）を、道綱の出家とし、「それ」も同様に考え、「あなたが私と共に出家しても、京にいる父上だけはお見捨てなさるまいと思うけれども、将来あるそなたまで巻き添えにして出家させることは、いけないことと思われるので」と解く説（『全注釈』）もある。筋は通るが、「かたち異に」を道綱の出家とするのは、やや唐突で不自然であろう。なお考えたい。
一九 「ひた心になくもなりつべき身を」以下の全体を受けると見たい。
二〇 荒涼たる孤独感をいう。
二一 あれこれと心を砕き、神経が昂ぶって上せること。
二二 宮中の内道場に奉仕する僧をいうが、転じて一般の僧の尊称にも用いた。
二三 真言の修法。印を結び陀羅尼を唱えて心身を護持する法。

夕暮になるほどに念誦(ねんず)[一]声に加持(かぢ)[二]したるを、あないみじと聞きつつ思へば、昔、わが身[三]にあらむこととは夢に思はで、あはれに心すごきこととて、はた、高やかに[四]、絵にもかき、ここちのあまりに言ひにも言ひて、あなゆゆしとかつは思ひしさまにひとつたがはずおぼゆれば、かからむとて、もの[五]知らせ言はせたりけるなりけりと、思ひ臥したるほどに、わがもと[六]のはらから一人、また人[七]もろともにものしたり。はひ寄りて、まづ、「いかなる御ここちぞと里にて思ひたてまつるよりも、山に入り立ちては、いみじく[八]もののおぼえはべること。なでふ御住まひなり」とて、ししと泣く。人やりにもあらねば、念じかへせど、え堪へず。泣きみ笑ひみ、よろづのことを言ひ明かして、明けぬれば、「るいしたる人急ぐとあるを、今日は帰りて、後にまゐりはべらむ。そもそもかくてのみやは[九]」などいひても、いと心細げにいひても、かすかなるさまにて帰る。

ここちけしうはあらねば、例の見送りてながめ出だしたるほどに、

（傍訳）身にしみて有難いと　〔山里の生活は〕ぞっとするほどわびしいものと思って　その一方でまあ縁起でもないと思った　時に　思い浮ぶままに言い立てたりして　そんな境遇に今の私はそっくりだと思われるので　こうなるさだめだと　何かが知らせもし言わせもしたのだったのだと　思いながら臥せっていると　ほかの人と連れだって見舞に来た　（妹）どんなお気持でお過しかと　お察ししていたのよりも　何かにつけて身にしみて　心細く思われますわ　何というお住まいでしょう　しくしくと　われから求めてのことなので　じっとこらえてはいるが　語り明かして　（妹）一緒に来た人が急ぐそうなので　とても心細そうに言いながら　ひっそりした供回りで帰っていった　気分も悪くはないので　例のごとく

妹のおとずれ

一 念誦する時の、口の中で低く呟くような声。
二 真言の修法。護身（前頁注二三）に同じ。
三 世をはかなんで出家して、山里にひっそりと暮すようなことが、わが身の上に起ろうなどとは。
四 どうせ他人ごとと思って遠慮なく、大っぴらに。
五 「ものの」は、目に見えぬ霊的な何かが。底本は「物ゝ思らせいはてなりけるなりけり」とある。『全集』の改訂案に従った。終末の「なりけり」は、今にして思い当ったことの、実感的な詠嘆表現。
六 作者邸に同居している妹。
七 底本は「また人もかへりもにものしたり」とあって不明。文脈上、「かへり」を「ろと」と改め、「もろともに」とする説（『全集』）に従った。ただし、「また人もかへりみに（世話をしに）」とする（『全注釈』）のも一案であろう。
八 このあたり、底本は「おほえはへることなてふさすまるなり」とあって不明。『全集』の改訂案に従った。他に、「おぼえはべることなむ、ふさにあるなり」（『新注釈』）など、諸説がある。
九 こんな心細い生活ばかりを、いつまで続けておいでになれましょう。
一〇 兼家からの使い。以下の口上からみると、恐らく老女格の女性でもあろう。
一一 閑寂な山寺とは打って変って、京の町中のような気がして。

兼家よりの使い

一二 護衛の侍の乗って来た馬や、下文にある布施の品を積んで来た荷馬など。
一三 あちらこちらに引きとどめて。「散らかい」は「散らかし」の音便。
一四 折り詰め（七九頁注一二）。
一五 「誦経」は、誦経の礼物としての布施の意。
一六 裏のない衣類の総称。
一七 麻や葛などで織った布類の反物をいう。
一八 指図、配慮。
一九 六月四日夜、兼家が迎えに来たことをいう。
二〇 「おのがものせむには」は、「さこそあらめ」に続く。倒置法。
二一 そなた（使い）が寺に参上して。
二二 「あはめ」は、相手を軽蔑して扱うの意だが、転じてここは、たしなめる、小言をいう、の意。ただし、底本は「あがめ」とあり、底本に従えば、参上して敬意を表して来い、の意となる。
二三 法師らが、不埒（ふらち）にも作者に経を教えたりしていると聞くのは。「すなる」の「なる」は伝聞。
二四 すでに出家を遂げておしまいになったのなら。「かぎりに」は、限度を越えて取り返しがつかなくなっている、の意。
二五 このまま山籠りを続けていて。
二六 誰も下山をおすすめにならなくなってから。「人」は間接的には兼家をさす。

また、「おはすおはす」〔(召使)お成りだ〕とののしりて〔騒ぎ立てて〕、来る人あり。一〇 さならむと思ひてあれば〔それらしいと思っていると〕、いとにぎははしく、一一 里ここちして、美しきものどもさまざまに装束（しやうぞ）き集まりて〔着飾って大勢〕、二車（ふたくるま）ぞある。一二 馬（むま）どもなど、ふさに〔たくさん〕一三 ひき散らかいて騒ぐ。一四 破子（わりご）やなにやとふさにあり〔何やかやと沢山届いた〕。一五 誦経うちし〔布施を配り〕、あはれげなる〔みすぼらしげな〕法師ばらに、一六 帷子（かたびら）や一七 布やなど、さまざまに配り散らして、物語のついでに、「おほくは〔(使)大体は〕殿の一八 御催（もよほ）しにてなむ、まうで来つる〔参上いたしました〕。一九『さしてものしたりしかど〔これこれで私が迎えに行ったけれども〕、出でずなりにき〔とうとう下山しなかった〕。またものしたりとも〔また迎えに行ったところで〕、さこそあらめ〔同じことになろう〕、二〇 おのがものせむには〔私が出向いたのでは〕、と思へば、えものせず〔行くわけにはいかぬ〕。二一 のぼりて二二 あはめたてまつれ〔おたしなめ申せ〕。法師ばらにも、いと二三 怠々（たいだい）しく経教へなどすなるは、なでふことぞ〔何たることだ〕』となむのたまへりし。かくてのみは〔こんなふうにばかりして〕、いかなる人かある〔誰がいられましょう〕。世の中にいふなるやうに〔噂をしているように〕、ともかくも二四 かぎりになりておはせば、いふかひなくてもあるべし〔残念ですがそれはそれで仕方がありません〕。二五 かくて二六 人も仰せざらむ時、帰り出でて〔里に帰って〕ゐたまへらむも〔お暮しになるのも〕、をこにぞあらむ〔ぶざまでございましょう〕。さりとも〔それでも〕、いま一度（ひとたび）はおはしなむ〔お迎えに参られましょう〕。それにさへ出でたまはずは〔そのしおにも下山なさらなければ〕、いと人笑はえに〔さぞかし物笑いに〕はなり果てたまはむ」など、ものほこりかに言ひののしるほどに［一 かさにかかったようにまくし立てていると］、（侍女）[二]「西の京にさぶらふ人々［お仕えしている人々が］、『ここにおはしましぬ［こちらに来ておいでだ］』とて［と知って］、奉らせたる［贈って参りました］」とて、天下（てんげ）[三]の物ふさにあり［たくさん届いた］。山の末と思ふやうなる人［山奥に逃れてしまおうと思っている私］のために、はるかにある［はるばる送ってくれたが］に、ことなるにも[四]、身の憂きこと［わが身のつらさが］はまづおぼえけり。

夕影になりぬれば、（使）「急ぐとあれば[五]、え引きはきこえず[六]［今日はお連れ申せません］。〔しかし〕おぼつかなくはあり［気がかりですし］、〔山籠りは〕なほいとこそ悪しけれ［やはりよろしゅうございません］。さて［ところで］、〔お帰りは〕いつとも思さぬか」といへば、（作者）「ただいまは、いかにもいかにも思はず［どうとも考えておりません］。いまものすべきことあらば［そのうち帰らなければならぬ事があったら］、まかでなむ［下山しましょう］。つれづれなるころなればにこそあれ[七]」などて、とてもかくても[八]［どんな帰りかたをしても］、出でむも［今さら帰っては］、をこなるべき［もの笑いになろう］、さや思ひなる[九]とて、はたさじと思ふなる人のいはするならむ[一〇]［あの人が言わせるのだろう］、里とても［里に帰っても］、何わざをかせむずる[一一]と思へば、（作者）「かくてあべきほどばかりと思ふなり[一二]［いられる間だけでもいようと思うのです］」といへば、（使）「期（ご）もなく思すにこそあなれ［いつまでもいるおつもりのようですね］。よろづのことよりも、この君の［若君が］、かくそぞろなる[一三]精進（しやうじ）をしておはするよ」と、かつうち泣きつつ、車にものすれば、ここなるこれかれ［侍女たちが］、送りに立ち出でたれば、

一 兼家の威をかりて得々と、えらそうに。

二 右京。朱雀大路以西の京。源高明夫人愛宮とその侍女たちと見る説もあるが、不明。

三 天下に比類のないもの。大そうな立派な品物。

四 これから山奥にでも籠ろうという身には不相応。そんな物を受け取る境遇とは異なる、の意。他に、「はるかにあるにことなる」と続けて、遠くから送って来る物にしては異常に豪華であるとする説（『全注釈』）もある。

五 供の者たちが帰途をせき立てるので。

六 底本は「えひきは」とあるが、通説によって改めた。「え日々には……」と改訂、毎日はお訪ねできないと解く説（『全集』）もあるが、いかがなものか。

七 兼家の夜離れ（よがれ）が続く以上、帰ったところで、所在のない昨今なので。

八 ひとりで帰っても、迎えられて帰っても。

九 出るに出られぬ気持になっているのだろうと思って。「さ」は「出でむも、をこなるべき」を受ける。

一〇 どうせ出家など果すまいと思っている人（兼家）。底本は「いたさし（出ださじ）」とある。底本に従えば、作者を下山させまいと思っている人、すなわち時姫あたりのさしがね（『大系』）となろうが、時姫の登場はやや唐突であろう。底本を「いづまじ」と改める案（『全集』）もある。

一一 兼家が顧みてくれない以上、勤行以外なにをするというのだ。

一二「あべきほど」は、底本に「あつきほと（暑い間だけ）」とある。次の「期もなく」との照応から、通説のごとく「あべき」と改めた。
一三 何という意味もない。
一四 女性に対する、親愛敬意を籠めた二人称。
一五 物足りなくて淋しい、の意。今回は叔母・妹の訪れとは違って兼家の使いであり、しかも都ぶりの賑々しい一行であったゆえ。
一六 家父長に対する絶対服従というのではなく、精神的な支柱として作者が縋（すが）る唯一の頼もしびと、の意。
一七 父倫寧はこの頃、丹波守（『日本紀略』天禄元年五月十九日）だったらしい。
一八「さ」は、使いの伝えた「さりとも、いま一度はおはしなむ」（一五三頁）を受ける。「言はるる」の「るる」は軽い敬語。『全集』が、この種の「る」「らる」をすべて、自発と見るのは従いかねる。
一九 腹を立てた様子で。「と」は、「とて」の意。
二〇 兼家が六月四日夜帰ったまま。
二一 私に万一のことでもあったなら。
二二 葬送・法事など、そうした世話などしてくれるだろうか。恐らく何一つ構ってはくれまい。
二三「いもひ」は、六斎日（ろくさいにち）すなわち毎月、八・十四・十五・二十三・二十九・三十日には斎戒して、午後は食物を一切、口にしないこと。
二四 道綱には精進をさせない配慮。

消息往来

「（使）一四おもとたち（あなたたちも）もみな、勘当にあたりたまふなり（殿のおとがめをお受けですよ）。よくきこえて（よくおさとしして）、はや（早く）出だしたてまつりたまへ（山からお出し申すようになさい）」など、言ひ散らして帰る。このたびの名残（後の気持）は、まいていとこよなく（今までにもまして格別に）一五さうざうしければ、われならぬ人（侍女たち）は、ほとほと泣きぬべく思ひたり。

かくおもておもて（各人各様）に、とざまかくざまに言ひなさるれど（手を変え品を変え下山するように説得されるが）、わが心はつれなくなむありける（一向に動かなかった）。あしともよしともあらむを（悪いとも良いとも言われた場合）、一六いなむまじ（私としては反対のできない父は）き人は、このごろ京に一七ものしたまはず、文にて、「（作者）かくてなむ」と（こういうわけでと知らせたところ）あるに、「（倫寧）はたよかなり（よかろう）。忍びやかにて、さてしばしも行なはるる（そうして暫くお勧めをなさるのは）」とあれば、いと心やすし。

人はなほすかしがてらに（あの人はやはり機嫌をとるつもりで）、一八さも言はるるにこそあらめ（そんな事を口にするのであろうが）。かぎりな（すっかり）き一九腹を立つと、かかるところを見おきて（こちらの暮しぶりを見届けて）二〇帰りにしままに、いかにともおとづれ来ず（手紙一本よこさない）。二一いかにもいかにもなりなば、二二知るべくやはありける、など思へば、これより深く入るともとぞおぼえける（〔京へは帰るものかと〕）。

今日は十五日、二三いもひなどしてあり（精進潔斎などをして過す）。からく催して（やっと促して）、（作者）二四いを「魚なども（食べ）

のせよ」（て来なさい）とて、今朝、京へ出だし立てて、思ひながむるほどに、空暗がり[一]、松風音高くて、神ごをごをと鳴る（[二] 雷がごろごろと）。いまはまた降りくべからむものを（いまにもまた降り出しそうな空模様だが）、道にて（途中で）雨もや降らむ、神もや鳴りまさらむと思ふに（雷がいっそうひどく鳴りはしないかと思うと）、いとゆゆしう[三]悲しくて、仏に申しつればにやあらむ（み仏にお祈りした甲斐があったのか）、晴れて、ほどもなく帰りたり。「いかにぞ」（（作者）どうだった）と問へば、「雨もやいたく降りはべると思へば（（道綱）[四] ひょっとしたら山はどしゃ降りかしらと思ったので）、神の鳴りつる音になむ（音を聞いてすぐ）、出でてまうで来つる（[五] あちらを出て帰ってきました）」といふを聞くにも、いとあはれにおぼゆ（[六] いじらしく思った）。このたびのたより[七]にぞ、文ある（［あの人から］[八]）。

「いとあさましくて帰りにしかば（（兼家）[九] 先日はあきれはてて帰って来たので）、またまたも（また迎えに行っても）、さこそはあらめ（同じことだろう）、憂く思ひ果てにためればと（[一〇] 思い込んでしまっているようだからと）、思ひてなむ。もし、たまさかに（万が一にも）出づべき日あらば（下山の予定がきまったなら）、告げよ。迎へはせむ（迎えには行こう）。恐しきものに（空恐ろしいまでに）思ひ果てにためれば（[一一] 思い詰めているようなので）、近くはえ思はず（[一二] 当分は行く気になれない）」などぞある。

また人の文どもあるを見れば（他の人から何通か手紙が来たのを見ると）、「さてのみやはあらむとする（[一三] いつまでそうして過すおつもりですか）」、「日の経るままにいみじくなむ思ひやる（たまらない思いでお案じしております）」など、さまざまにとひたり。またの日、返りごとす。「さてのみやは」とある人のもとに、

一 底本は「くらき」とあるが、『河海抄』（次注二）の引用本文によって改めた。
二 「神」は、かみなり。底本は「我」とあるが、この部分は『河海抄（夕顔）』に、次の引用がある。「蜻蛉日記云、空くらがり松風のをとたかくて神こほ〳〵となる」。「ごをごを」も、あるいは「こほこほ」と改めるべきかも知れない。
三 道綱の身に凶事が起りそうな予感がして。
四 都から鳴滝に思いを馳せて母の身を案じたもの。
五 「出でて」は、兼家邸であろう。
六 道綱の、母を思う気持に心打たれた、の意。
七 「たより」は、機会、ついで。道綱は今回も兼家邸に挨拶に立ち寄ったもの。その道綱にことづけて。
八 入山以来、初めての兼家からの手紙である。
九 六月四日夜、兼家自身が迎えに出向いた折のことをいう。これに対して、先日、兼家の意を体して訪れた使者のことと見る考え（『大系』『全注釈』など）もある。
一〇 「憂く」は、そなたはこの世をうとましく。私（兼家）をうとましくと解くのは、露骨に過ぎよう。
一一 「思ひ果て……」は、前文「憂く思ひ果て……」を反復したもの。なお、『全注釈』は、先日の使いも、そなたの権幕に恐れをなしたようなのでと解く。
一二 触らぬ神に祟（たた）りなし、といった物言い。
一三 「さてのみ……」と「日の経るままに……」を、同一人の手紙と見る説もあるが、「文ども」「さまざま

にとひたり」などから、別便と見るのが穏当。
一四 予想だにしないことでした。こんな山深く分け入って、入相の鐘に音を添えて泣く身となろうとは。「いり」は、「山深く入る」と「いりあひ」を、「音」は、鐘の「音」に泣く「音」を掛けたもの。
一五 「ことば」は歌に対して文章。あなたのお気持に、言葉（文章）でお答えする術はない、の意。涙にくれて文字も書けないと解く説（『全注釈』）もある。
一六 入相の鐘に音を添えんとは、とおっしゃる当のあなたよりも、承る私のほうが悲しくてなりません。あなたに見捨てられた都で暮している私どもの気持は、何と申したらよいのやら。「敷島の」は、もと「布留（天理市）」の枕詞だが、転じて広く同音の語に用いられる。「ふる」は、世に「経る」と「古里（住み馴れた都）」を掛ける。
一七 夜、主人の寝所近くにはべる侍女。
一八 作者邸を辞して、すでに結婚したものであろう。
一九 世にも数奇なさだめ。兼家との仲についていう。
二〇 「いにしへの倭文の苧環賤しきもよきも盛りはありしものなり」（『古今集』雑上、読人しらず）を引く。一首は、貴賤を問わず栄枯盛衰はあるもの、の意。従って、賤しい私ですが、奥方様の胸中は十分にお察しできるの意となる。特に第三句を引いたのは、もと使用人の差し出口を、遜った物言い。

「かくてのみとしも思ひたまへねど、ながむるほどになむ、はかなくて過ぎつつ、日数ぞつもりにける。

（作者）一四
　かけてだに思ひやはせし山深く
　　いりあひの鐘に音をそへむとは」

またの日、返りごとあり。（知人）一五「ことば書きあふべくもあらず。入相になむ肝くだくここちする」とて、

（知人）一六
　いふよりも聞くぞ悲しき敷島の
　　世にふるさとの人やなになり

とあるを、いとあはれに悲しくながむるほどに、一七宿直の人、あまたありし中に、いかなる心あるにかありけむ、ここにある人のもとに、いひおこせたるやう、（昔の侍女）「いつもおろかに思ひきこえさせざりし御住まひなれど、一八まかでしよりは、一九いとどめづらかなるさまになむ、思ひ出できこえさする。いかにおもとたちも思し、見たてまつらせたまふらむ。二〇『賤しきも』といふなれば、すべてすべてきこえさすべ

（作者）こうしてばかりいようとは存じませんけれど　物思いにふけっているうちに　とりとめもなく明け暮れて
何とも申し上げる言葉もございません　入相のお歌には　胸もはり裂ける心地です
大勢いた　侍女のうちで　よほど情味のある者だったのだろう　この山寺に来ている侍女のもとに
あだやおろそかにはお思い申し上げなかったお邸でございますけれど　お暇を頂いてからは　いよいよ奇しきめぐり合せのお方様だと　おしのび申しております
あなたがたもどんなお気持で　お世話申し上げておいでのことでしょう　と古歌にも申しますから　何とも　申し上げようもござ

きかたなく（いません）なむ。

（昔の侍女）一 身を捨てて憂きをも知らぬ旅だにも

山路に深く思ひこそ入れ」

といひたるを、もて出でて（侍女が持って来て）読み聞かするに、またいといみじ（またしても胸が一杯になる）。かばかりのことも（こんなわずかなことでも）、またいとかくおぼゆる時あるものなりけり（これほどまで身にしみる時があるものなのだ）。（作者）「はや返りごとせよ」とてあれば、（侍女）二「をだまきは、かく思ひ知ることもかたきとよと思ひつるを（そこまで深くわきまえることなどあるまいよと）。御前にも（奥方様も）、いとせきあへぬまでなむ（涙をこらえかねるまでに）、思しためるを（感じられた御様子ですが）、三 見たてまつるも（拝見する私どもの胸中も）、ただおしはかりたまへ。

（侍女）四 思ひ出づるときぞ悲しき奥山の

木の下露のいとどしげきに」

となむいふめる（と書いてやったようである）。

大夫（道綱）、「一日（ひとひ）の御返り、五 いかで給はらむ（何とか頂きとう存じます）。六 また勘当ありなむを（父上のお叱りを受けましょう）、もてまゐらむ」といへば、（作者）「なにかは（いいとも）」とて書く。（作者）「すなはち（早速）きこえさすべく思うたまへしを（御返事をさし上げなければと存じておりましたが）、いかなるにかあらむ、［あの子が］まうでがたくの（すっかりそちらへ参上）

一 世を捨てて出家するわけでもなく、世の憂さを知ったわけでもない人（私ども）が、たまたま物詣での旅に出てさえ、山路深く分け入りたくなりますのに、まして、世のつらさをとくと御存じの奥方様のお気持は、さぞかしとお察し申し上げます。「知らぬ」の「ぬ」は、初句「身を捨て」をも打消す。

二 「をだまき（苧環）」は苧（お）（麻糸）を、からげ巻いたもの。前便の「賤しきも」（一五七頁）を受けて、相手の女性（昔の侍女）をさしていう。「をだまき」に、賤しいの意のあることから、相手ではなくこの筆者の自卑表現と見る考え（『全集』）もあるが、いかがなものであろう。作者のもとを去った元侍女は、身分も低く年端もゆかなかったものであろう。現在、作者に添っている老女（この手紙の筆者）が、往時を回想しながら、未熟だったそなたは、そこまでは察すまいと……と解くのが自然であろう。

三 そのような作者の姿を。

四 花やかだった昔を思い出すと、本当に悲しくなります。この奥山は木の下露もひとしおしげく、涙に濡れる明け暮れなので。

五 十五日の兼家の手紙（一五六頁）に対する返事。

六 「また」は、六月四日夜の兼家の叱責「すべて、きんぢいとくちをし。かばかりのことをば、言ひなさぬは」（一四六頁）を受けていう。

み思ひてはべめるたよりになむ。まかでむことは、いつとも思うたまへわかれねば、きこえさせむかたなく」など書きて、なにごとにかありけむ、「御端書はいかなることにかありけむと、思うたまへ出でむに、ものしかむべければ、さらにきこえさせず。あなかしこ」

など書きて、〔道綱を〕出だし立てたれば、例の、時しもあれ、雨いたく降り、神いといたく鳴るを、胸塞がりて嘆く。すこし静まりて、暗くなるほどにぞ帰りたる。（道綱）「もののいと恐しかりつる陵のわたり」などいふにぞ、いとぞいみじき。返りごとを見れば、（兼家）「一夜の心ばへよりは、心よわげに見ゆるは、行なひよわりにけるかと思ふにも、あはれになむ」などぞある。

その暮れてまたの日、なま親族だつ人、とぶらひにものしたり。破子などあまたあり。まづ、（親族）「いかでかくは。なにとなどせさせたまふにかあらむ。ことなることあらでは、いとびんなきわざなり」といふに、心に思ふやう、身のあることを、かきくづし言ふにぞ、

七 あの子は敷居が高くなったらしく、そちらへ伺うついでが、おのずと間遠になったので（それで御返事も、つい遅く）、の意。「たより」は、ついで。

八 日記執筆時の自注として地の文と見る説（『全集』）に従う。この部分も手紙の詞に含ませ、前文「いかなるにかあらむ」の反復として、道綱が本邸に行くのを嫌っているのは、何事があったのであろうと解く説（『全注釈』など）もある。

九 「端書」は、添え書き、追而書。以下は、読者にとって唐突、かつ難解だが、十五日の兼家の手紙には、作者は紹介しなかったが、端書があり、それも多分に作者を刺激する文言であったと見たい。これに対して、『全注釈』は、「御端書」を作者の手紙の端書（御は兼家への丁寧表現）と見て、「さらにきこえさせず」に続け、道綱が本邸行きを嫌っている事情を、この端書に記すべきだが、不愉快なので書かない、と解く。

一〇 「陵」は底本に「みさま」とあるが、通説に従って改めた。この「陵」を、『全注釈』は、兼家邸（一条京極）から鳴滝に至る途中の、仁和寺西方の光孝陵とするが、従うべきであろう。

一一 これも六月四日夜のことをさす。

一二 あまり近くない親戚。「だつ」は、……めいた、の意。

一三 どうして、こんな山住みをなさっているのか。

一四 「なにと」は、どういうおつもりで。

一五 片端から崩すように、少しずつ。

いとことわりと言ひなりて（なるほど無理もないとしまいには同情して）、いといたく泣く。ひぐらし語らひて、夕暮のほど、例の[一]、いみじげなることどもいひて（いかにも悲しい別れの言葉などを残して）、鐘の声どもし果つるほどに（入相の鐘の鳴り終るころに）ぞ帰る。心深くもの思ひ知る人にもあれば（思いやりも深く物の分別もある人なので）、まことにあはれとも思ひ（しんそこ同情して）いくらむ[二]と思ふに、またの日、旅[三]に久しくもありぬべきさまのものども（こちらに当分は籠っていられるように必要な品々を）、あまたある（たくさん届けてくれたのは）、身には（私には）、言ひ尽くすべくもあらず、悲しうあはれなり（身にしみた）。「（親族）帰りし空なかりしことの[四]、はるかに木高き道を分け入りけむと見しままに（あなたがはるばるこの木深い山道を分け入って来られたのだと思うと）、いとどいみじうなむ（いよいよたまらなくなって）」など、よろづ書きて、

「（親族）世の中の[五]世の中ならば夏草の
しげき山べもたづねざらまし

ものを[六]、かくておはしますを見たまへおきて（そうして山住みを続けられるあなたを後に残して）、まかり帰ること（ひとり帰ってしまうことよ）、と思うたまへし（思いましたら）には、目もみなくれまどひてなむ[七]。あが君[八]、深くもの思し乱るべかめるかな（深刻に思い悩んでおいでの御様子でございますね）。

（親族）世の中は[九]思ひのほかになるたきの

一 「例の」は「いひて」に懸かる。叔母・妹など、ここを訪れる親身な人たちが、帰り際には、いつも言うように、の意。
二 （夕暮れの山路を帰る道すがら）さぞかし、そう思って帰って行ったであろうと、想像していたところ。
三 「旅」は山籠り。当時、自宅を離れることは、すべて「旅」である。
四 「帰りし空なかりしことの」は、「いとどいみじうなむ」に懸かる。あなたを思い後ろ髪を引かれながら帰途に就いた時の気持（帰りし空）は、うちひしがれて人心地もなく、どこをどう帰ったのかもわからなかった、その悲しさは。
五 御夫婦の仲が世の常の仲でいらっしゃったなら、夏草の茂った、心細い山奥まで、分け入ったりはなさいますまい。初句の「世の中」は夫婦の仲、第二句の「世の中」は世の常、の意。「夏草のしげき」は、鬱屈して晴れやらぬ、の意も響かす。
六 「ものを」は、歌からそのまま散文に続く表現。
七 涙で目もかき昏（く）れて何も見えませんでした。「には、目も」は底本に「にいぬめも」とある。「い」は「ハ」の誤写、「ぬ」は衍字（えんじ）と見る説に従った。
八 親しみをこめた呼び掛けの語。
九 世の中は、思いもかけぬことになるもの。鳴滝の奥深く分け入る道を、どなたがお教えしたのでしょう。「世の中」は、夫婦仲に限定してもよい。「思ひのほかになる」の「なる（成る）」は「鳴滝」に展開する

掛け詞。第五句は、そう仕向けたのは、あのお方（兼家）の意を響かす。「鳴滝」の地名はここに初めて出てくる。これによって、作者の籠ったのは鳴滝の般若寺と知られる。「鳴滝」は京都市右京区。般若寺は鳴滝川の北岸の崖の上にあった。

一〇「げに」は、おっしゃるとおり。前文の親族の言葉「いかでかくは……」（一五九頁）を肯定したもの。

一一 私の物思いと、丈高い夏草の茂みと、どちらが深いか、較べに来てみましたら、夏草の茂みなど、物の数でもございません。

一二「かく」は、前便の文面「かくておはしますを見たまへおきて……」（一六〇頁）を受ける。

一三 このように、わびしい身の上に、私ひとりがなってゆくのかと思って、鳴滝に来てみますと、私のほかにも、流れて帰らぬ（鳴滝川の）水が、澄み切って、ここには住んでおりました。「かくなる」の「なる」は、注九と同じ修辞。「すみ」は「澄み」に「住み」を掛ける。一首は、「かへらぬ水」に託して、当分、下山しないの意を訴える。

一四 私のほかに、帰らぬ例として川の水がある、の意。

一五 貞観殿尚侍登子（七二頁注七）。

一六 手紙の包み紙に書いた上書き（うわがき）。

　　「深き山路をたれ知らせけむ」

など、すべてさし向かひたらむやうに（まるで向い合って話をしているように）、こまやかに書きたり。鳴滝といふぞ、この前より行く水なりける（この前を流れてゆく川なのだった）。返りごとも、思ひいたるかぎり（思い及ぶかぎり）ものして（こまごまと書いて）、（作者）「たづねたまへりしも（お訪ね下さいましたにつけても）、[10]げにいかでと思うたまへしに（どうしてこんな山籠りをと存じましたが）、

（作者）[11]ものおもひの深さくらべに来てみれば
　　夏のしげりもものならなくに

まかでむこと（下山のあては）はいつともなけれど（いつとも考えておりませんが）、[12]かくのたまふことなむ思うたまへわづらひぬべけれど（あのように仰せられますとどうしたものかと迷いそうにもなりますけれど）、

（作者）[13]身ひとつのかくなるたきを尋ぬれば
　　さらにかへらぬ水もすみけり

と見れば（と思いますと）、[14]例（ためし）あるここちしてなむ」などものしつ。

また、[15]尚侍（ないしのかん）の殿よりとひたまへる（お見舞い下さった）御返りに、心細く書き書きて、[16]上文（うはぶみ）に、（作者）「西山より」と書いたるを、［あちらでは］いかが思しけむ、またある御

返りに、「東の大里より」[1]とあるを、いとをかしと思ひけむも（その時はとても興を覚えたのだが）、い[2]かなる心々にてさるにかありけむ。

かくしつつ日ごろになり、ながめまさるに（いよいよう ち沈んでいると）、[3]ある修行者（この寺の修行者で）、御嶽よ[4]り熊野[5]へ、大峰[6]どほりに越えけるがことなるべし（越えていった者のしわざであろう）、

（修行者）外山[7]だにかかりけるを白雲の
深きこころは知るも知らぬも

とて、落とし[8]たりけり。

道隆のおとずれ

かくなむと見つつ経るほどに（こんなこともあったと思いながら過すうち）、ある日の昼つかた、大門[9]のかたに、馬のいななく声して、人のあまたあるけはひしたり（大勢やって来る気配がした）。木の間より見通しやりたれば、[10]ここかしこ、直人[11]あまた見えて、歩み来（〔こちらへ〕）めり。兵[12]衛佐なめりと思へば、大夫呼びいだして（〔佐が〕道綱を）、（道隆）「いままで、きこえさせざりつる（御挨拶も申し上げずにおりました）かしこまり（お詫びを）、とり重ねてとてなむ（兼ねてと存じまして）、まゐり来たる」といひ入れて、木蔭に立ちやすらふさま（たたずんでいる様子は）、[13]京おぼえていとをかしかめり（とてもしゃれて見える）。このごろは、[14]のちにといひし人ものぼりたれば（のち程またと言って帰った妹もこちらに来ていて）、それに（その妹に）な[15]ほしもあ（まんざらで）

一 「西山」に対して、京を「東」、山を「里」と洒落れたもの。底本は「とは（鳥羽）の大里」とあるが、登子と鳥羽との結び付きは不明。「とは」を「東」の誤写と見る説に従った。

二 お互いにどんな気持で、そんな軽口の応酬をしたのであろう。それどころではない日々だったのに。底本は「心々にもたるきか」とあるが、『全注釈』の改訂に従った。他に、「心々にもあるにか」「心々に見たるにか」などの改訂案もある。

三 「ある」は、この寺に身を置く、の意。

四 奈良県吉野郡。金峰山と呼ばれる修験道の霊地。

五 和歌山県。熊野川流域及び熊野灘に臨む一帯の地で、本宮・新宮・那智のいわゆる三社を中心に、修験道の霊場が多い。

六 大峰経由で。「大峰」は奈良県吉野郡、十津川の東に横たわる山脈。

七 里近い山でも、この鳴滝はこのように淋しいのに女性の貴女がそれに耐えてお籠りのお気持は、いかばかりかと、御事情を知る者も知らない者も、お察し申しております。まして、貴女のお姿に励まされて、白雲のかかる深山に分け入る私には、なおさらのことでございます。「外山」は里近い山。「かかり」は「斯くあり」の意で「白雲」の縁語。「深きこころ」は、深山の趣と、作者の深い悲しみを掛ける。

八 落し文。作者と面識もなく、身分も低い修行者ゆえ、落書の形で、さりげなく気持を表したもの。

らぬやうにあれば、いたく気色ばみ立てり。返りごとは、[一六]「いとうれしき御名(みな)なるを。はやく、こなたに入りたまへ。さきざきの御不浄は、いかで、ことなかるべく祈りきこえむ」とものしたれば、歩み出でて、[一七]高欄におしかかりて、まづ手水(てうづ)などものして入りたり。よろづのことどもいひもてゆくに、「[一八]昔、ここは見たまひしは、おぼえさせたまふや」と問へば、「いかがは。いとたしかにおぼえて。いまこそかく疎くてもさぶらへ」などいふを思ひまはせば、ものもいひさして、[一九]声変はるここちすれば、しばしためらへば、人もいみじと思ひてとみにものもいはず。さて、「御声など変はらせたまふなるは、いとことわりにはあれど、さらにかくおぼさじ。よにかくてやみたまふやうはあらじ」など、[二〇]ひがざまに思ひなしてにやあらむ、いふ。「『かくまゐらば、[二一]よくきこえあはめよ』などのたまひつる」といへば、「などか。人のさのたまはずとも、いまにもなむ」などいへば、「さらば、おなじくは、今日出でさせたまへ。やがて

（傍注）もない様子なので　〔道隆は〕ひどく気取って立っている　（作者）　これまでの　御罪障が　どうか御無事に消えますように　〔木陰から〕　使ってからはいって来た　よもやまの話をしてゆくうちに　（作者）私にお会い下さったことは　（道隆）何で忘れましょう　このように御無沙汰しておりますが　思いめぐらしてみると　言葉も詰って　相手も感に堪えない様子ですぐには何も言わない　（道隆）　まことにごもっともと存じますが　決してそのようにお思い下さるな　よもやこのまま見捨てのはずはございますまい　私の気持を勘違いしたのであろうか　そんな事を言う（道隆）　参上したなら　おたしなめ申せ　父上は仰せでした　（作者）何でそんな　あちらでそうおっしゃらないでも　すぐにも下山しましょう　（道隆）　このまま

九　総門、いわゆる正門である。

一〇　「ここかしこ」は底本に「すかた（姿）」とあるが、『全注釈』の改訂に従った。「姿、直人」ならば、みなりが直人である者たちの意となろう。

一一　身分の低い、供揃いの者たち。

一二　藤原道隆。兼家の長男、母は時姫。「兵衛佐」は兵衛府の次官。道隆は安和元年十二月、左兵衛佐に任じていた。当年十九歳。道綱より二歳の年長である。

一三　優雅な公達(きんだち)姿が、京の風俗(てぶり)をしのばせて。

一四　作者の妹。前文に「今日は帰りて、後にまゐりはべらむ」（一五二頁）とあった。

一五　そのままにしておけない。すなわち、関心を持ち心惹かれている、の意。

一六　お名前を伺って嬉しい。よくいらっしゃいましたというほどの挨拶の言葉。

一七　廊の外縁に設けたてすり。欄干。

一八　安和元年九月、道隆は父兼家と共に、初瀬詣で帰途の作者を宇治川に出迎えている（八三頁）。

一九　作者が、涙で声をくもらせたことをいう。

二〇　作者の気持は、道隆の成長ぶりに歳月の感慨を催し、それはまた我が身の移ろいに回帰するものであろうが、道隆には、そうした心の陰翳はわからず、作者が、兼家を失うことを危惧していると誤解したもの。

二一　「きこえあはせよ」（御相談申せ）と改める説が強いが、底本「きこえあはめよ」のほうが、高圧的な兼家らしい物言いであろう（一五三頁注二二）。

御供つかうまつらむ。まづは（何はともあれ）、この大夫（道綱が）のまれまれ京にものしては（出てきては）、日だにかたぶけば（一 日影さえ傾くと）、山寺へと急ぐを見たまふるに、いとなむゆゆし（二 大変だなという気がいたします）きここちしはべる」などいへど、気色[三]もなければ（から）、しばしやすらひ（しばらくためらって）て帰りぬ。かくのみ出でわづらひつつ（下山を思いあぐねてばかりいて）、人もとぶらひ尽きぬれば（見舞の人も一とわたり来てしまったので）、またはとふべき人もなしとぞ（もう他にはたずねてくれる人もいないと）、心のうちにおぼゆる。

兼家の迎え

さてあり経るほどに、京[四]のこれかれのもとより、文どもあり。見れば、「今日、殿おはしますべきやうになむ聞く（殿がそちらへおでましの御予定と伺っております）。こたみさへおりずは（今度も下山なさらぬようでは）、いとつべたましきさまに（五 情味がないように）なむ、世人（よひと）[六]も思はむ。またはた、よにものしたまはじ（殿にしてももう二度とお迎えにはあがりますまい）。さらむ後にものしたらむは（七 そうなった後に下山なさるのは）、いかが[八]、人笑へならむ（物笑いともなりましょう）」と、人々おなじことどもをものしたるに（書いて寄越したので）、いとあやしきことにもあるかな（九 妙なこともあるものだ）、いかにせむ、こたみはよにしぶらすべくもものせじ（よもや一〇 私に有無を言わせたりはすまい）と思ひ騒ぐ[一一]ほどに、わが頼む人（父が）、ものより（一二 任国から）、ただいま上りけるまま（たった今上京したその足で）に来て、天下（てんげ）のこと語らひて（言葉の限りを尽して）、「げに[一三]かくてもしばし行なはれよと（このまましばらく勤行なさるがよいと）思ひつるを、この君（この若君が）、いと口惜しうなりたまひにけり（ひどく弱っておしまいになられた）。はやなほも（やはり早く下山な）

一 底本は「ひた□にたふけは」とあるが、通説に従って改めた。
二 「ゆゆし」は、このままこんな生活が続けてゆけるのかという不安感をいう。
三 私が何の反応も示さないので。作者は最初、道隆に親しみを覚えたが、その後の道隆の物言いに、見え透いた兼家のさしがねを読み取ったものであろう。
四 留守宅の侍女や親戚縁者らをいう。
五 心が冷たく、人情を解さない、の意。
六 兼家はもとより、世間の人々も。
七 兼家が手を引いてしまってから後。
八 どんなものでしょう。「人笑へならむ」を修飾するのではなく、独立句。
九 不思議なこと。二、三の人々が同じような手紙を寄越したことについて言う。背後に兼家の指示を意識したもの。
一〇 「しぶらす……」は、兼家が、下山について作者にぐずぐず言わせたりはすまい、の意。
一一 心中、穏やかならず動揺していると。兼家の強引な出迎えには反発するものの、自分の意志に反して連れ戻されたという形は、世間態にも無難で、下山の一つのしおでもある。
一二 倫寧は当時、丹波守だった（一五五頁注一七）。
一三 「げに」は、以前したためたように。作者の近況報告に対して父倫寧は、「はたよかなり。忍びやかにて、さてしばしも行なはるる」（一五五頁）と答えて

のしね（さい）。今日も日ならば（日が良いなら）、もろともにものしね。今日も明日も（〔都合によっては〕）、迎へにまゐらむ」など、うたがひもなく（至極当然のように）一四 言はるるに、いと力なく思ひわづらひぬ（すっかり気落ちして途方にくれてしまった）。（倫寧）「さらば（では）、なほ明日（やはり明日だな）」とてものせられぬ（帰って行かれた）。一五 釣する海人(あま)の泛子(うけ)ばかり思ひ乱るるに（心一つを決めかねていると）、ののしりて（先払いも仰々しく）、もの来ぬ（誰かがやってくる）。さなめりと思ふに（あの人らしいと）、ここちまどひたちぬ（気も動顚してしまった）。こたみは一六 つつむことなくさし歩みて、ただ入りに入れば（ずかずかと入ってくるので）、わびて（困ってしまい）几帳ばかりを引き寄せて、一七 端(はた)隠るれど、なにのかひなし。香盛り据ゑ、数珠(ずず)一八 ひきさげ、経うち置きなどしたるを見て、（兼家）「あな恐し。いとかくは思はずこそありつれ（まさかこれほどまでとは思わなかった）。いみじく気疎(けうと)くてもおはしけるかな（近づき難い御様子だな）。もし出でたまひぬべくやと思ひて（ひょっとしたら下山なさるかもしれないと思って）、まうで来つれど、一九 かへりては罪得べかめり（かえって仏罰を蒙りそうだ）。いかに、大夫、かくてのみあるをばいかが思ふ（こんな暮しを続けているのをどう思う）」と問へば、（道綱）「いと苦しうはべれど、二〇 いかがは」と、うちうつぶしてゐたれば（うつむいているので）、（兼家）「あはれ（可哀そうに）」と、うちいひて、（兼家）「さらば、二一 ともかくもきんぢが心（いずれにせよそなたの心次第だ）。出でたまひぬべくは（〔母上が〕下山なさりそうなら）車寄せさせせよ（車を呼ばせなさい）」といひも果てぬに、〔道綱が〕二二 立ち走りて、散りかひたるもの（散らかっている物などを）

寄越した。

一四 「るる」は尊敬。倫寧来訪のタイミングと口吻も、兼家の意を体したものであろう。

一五 「伊勢の海に釣する海人の泛子(うけ)なれや心一つを定めかねつる」（『古今集』恋一、読人しらず）の二、三句を引いたもの。「泛子」は釣具の一種、ウキで、絶えず揺れ動くものに譬える。

一六 前回の来訪時は、物忌中ゆえ車から降りなかったが、今回は、憚(はばか)るところなく。

一七 体全体を隠す暇もなく、少し隠れたけれども。

一八 底本は「るきあけ」とあるが、「ひきさけ」とする説に従う。前にも「女も数珠ひきさげ、経ひきさげぬなし」（一三九頁）とあった。

一九 かほどまで勤行に励んでおいでのお方を、俗界に連れ戻しては、かえって。兼家の皮肉である。

二〇 「いかがは」の後に「せむ」などの語が省略されたもの。何としましょう、しかたがありません。

二一 母上が下山するも、しないも、どちらにせよ。

二二 「立ち走り……」以下の主語は道綱と見るのがよい。他に、主語を兼家と見て、前文「ともかくもきんぢが心……」と言いも終らぬうち、しびれを切らした兼家が、口とは裏腹な行動に出たとする考え（『全注釈』）もあるが、後文に「人は目をくはせつつ、いとよく笑(ゑ)みてまぼりゐたるべし」とあるごとく、兼家は、道綱の行動を満足げに傍観していたと見るべきであろう。

ども、ただ取り[一]て、つつみ、袋[二]に入るべきは入れて、車どもにみな入れさせ、引きたる軟障(ぜざう)[三]なども放ち（はずし）、立て[四]たるものども、みしみし[五]と取り払ふに、ここちはあきれて（あまりのことに）、あれか人かにてあれば（〔私が〕ただ茫然としていると）、人は（あの人は）目[六]をくはせつつ（子供に目くばせをしながら）、いとよく笑みて（得意げに笑って）まぼりゐたるべし（見守っているらしい）[七]。「このこと、かくすれば（（兼家）この片づけを済ませたからは）、出でたまひぬべきにこそはあめれ（下山なさらなければなるまいな）。仏にことのよし申したまへ（み仏にその趣を申し上げるがよい）。例の作法なる（きまりの作法だよ）」とて、天下(てんげ)[八]の猿楽言(さるがうごと)を言ひののしらるめれど（大声でわめかれたようだけれど）、ゆめにものも言はれず（〔私は全然〕も）、涙のみ浮けれど、念じかへしてあるに（じっとこらえているうちに）、車寄せていと久しくなりぬ（それから随分時間がたった）。申(さる)[九]の時ばかりにものせしを、火ともすほどになりにけり。つれなくて（私がそしらぬ顔で）動かねば、「よしよし（（兼家））、われは出でなむ（私は帰ろう）。きんぢにまかす（後はそなたにまかせよう）」とて、立ち出でぬれば、「とくとく（（道綱）早く早く）」と、手を取りて、泣きぬばかりに（今にも泣き出しそうに）いへば、いふかひもなさに出づるこ（こうなってはもう仕方もなく下山する私の）ちぞ（気持は）、さらにわれにもあらぬ（全く我が身の心地もしない）。

大門引き出づれば、乗り加はりて（〔あの人も〕）、道すがら、うちも笑ひぬべきことどもを（吹き出してしまいそうな冗談などを）、[一〇]ふさにあれど（しゃべりまくるが）、夢路[一一]かものぞ言はれぬ。このもろとも

一 底本は「とりにつつ」とあるが、「とりてつつみ」とする説に従う。風呂敷の類に包むの意。
二 衣類・夜着などを収める袋。
三 生絹(すずし)などのおもてに景物・風俗などを描き、綱に通して張りめぐらした幕で、壁代(かべしろ)・間仕切りに用いた。
四 几帳・屏風の類をいう。
五 擬音語。ばりばりと音を立てて。
六 かいがいしく立ち働く道綱に目くばせをしながら。「目をくはせ」は、それでよいのだという意思表示。作者に対して目くばせしたと見る説（『全集』）もあるが従えない。この場合、兼家と道綱との間には、すでに手筈が打ち合されていたものであろう。
七 手際よく片づけられてゆく様子を。他に、作者を見守っていたとする説（『全注釈』）もある。
八 さんざんな冗談。「猿楽言」は、滑稽な言葉。「仏にことのよし……例の作法なる」は、すでに出家した者の還俗(げんぞく)を思わせる口吻である。
九 午後四時ごろ。
一〇 「ふさに」は、いろいろと沢山。
一一 さまざまの感慨にさいなまれ、動顚した今の気持は、下山のこの道中が、夢路を辿(たど)るかのようで。
一二 作者の山籠りに付き添っていた妹。道綱とする説もあるが、「暗ければあへなむ」が相応しくない。
一三 午後十時ごろ。

京への帰邸

なりつる人も[一二](妹も)、暗ければあへなむ(かまうまい)とて、おなじ車にあれば、それぞ(その妹が)時々いらへなどする(受け答えなどしている)。はるばるといたるほどに(帰り着いた頃には)、亥[一三]の時になりにたり。京には、昼さる[一四]よしいひたりつる人々、心遣ひし、塵かいはらひ(掃除も済ませ)、門も開けたりければ、あれにもあらずながら(茫然と虚脱したような気持で)、降りぬ。

ここち[一五]も苦しければ、(あの人とは)几帳さし隔ててうち臥すところに、ここにある人(留守居をしていた侍女が)、ひやうと(ひょいと)寄り来ていふ、(侍女)「撫子の種取らむとしはべりしかど、(枯れて)根もなくなりにけり。呉竹[一六]も、一筋倒れてはべりし(一本倒れておりました)。つくろは[一七](手入れは)せしかど(いたしましたが)」などいふ。ただいまいはでもありぬべきことかなと思へば(何も今すぐ言わないでもよいことなのに)、(私が)いらへもせであるに(返事もしないでいると)、眠るかと思ひし人[一八]、いとよく聞きつけて(耳ざとく)、このひとつ車にてものしつる人(帰って来た妹が)の、障子[一九]を隔ててあるに、(兼家)「聞いたまふや(お聞きですか)。ここ[二〇]に事あり(これは一大事)。この世を背きて家を出でて菩提[二一]を求むる人に、ただいま(たった今)ここなる人々(こちらの侍女たちが)が言ふを聞けば、撫子[二二]はなでおほしたりや(大切に育てたとか)、呉竹[二三]はたてたりや(立てなおしたとか)、とは言ふものか[二四]」と語れば、聞く人いみじう笑ふ(聞いた妹はひどく笑った)。あさましうをかしけれど(私もそれにはあきれておかしかったが)、つゆばかり笑ふ気色も見せず(笑うそぶりなど少しも見せなかった)。

一四 今日、兼家が迎えに行くとの旨を作者に知らせて寄越した人々が。

一五 山籠りの中の心労の蓄積に加えて、京までの長い道中で、気分も苦しいので。

一六 一三六頁注二参照。

一七 「つくろはせしかど」の後には、はかばかしくない、などの語が略されている。

一八 兼家。

一九 襖をいう。襖を隔てて隣室に寝ていた妹に。

二〇 ここに、取り立てて言うことがある。改まって重大事を切り出す時の前置き。これも例の猿楽言である。

二一 煩悩を絶って不生不滅の真理を悟り得た境地。

二二 「撫子」は「撫でおほしたりや」と、同音を繰り返した洒落。

二三 これも、「呉れたけ」は「たて……」と同音を踏んだもの。

二四 よくも言うものだ。「この世を背き」「家を出で」「菩提を求むる人」が、すでに皮肉を籠めた猿楽言で、それほどの決意をした人が、撫子とか呉竹とか、現世の瑣末なことに執着するなんて、の意。侍女の報告は作者の関心に答えたもので、兼家はそのような作者を揶揄したもの。「撫子は……たりや」「呉竹は……たりや」は、作者が鳴滝から留守宅に問い合せていたものであろう。

かかるに、夜やうやうなかばばかりになりぬるに（夜中近くなってしまった時分に）、「方はいづかた塞（ふた）がる」（(兼家)方角はどちらが）といふに、数ふれば、むべもなく（案の定）、こなた塞がりたりけり。「いかにせむ（(兼家)）。いとからきわざかな（ほんとに困ったことだな）。いざもろともに近きところへ（近くへ方違えにでも）」などあれば、いらへもせで（〔私は〕）、あなものぐるほし、いとたとしへなきさまにもあべかなるかなと（方違えだなんて全くとんでもないことだわ）思ひ臥して、さらに動くまじければ（いっこうに動こうともしないので）、「さふりはへこそはすべかなれ（(兼家)無理にでもしなければなるまい）、方あきなばこそはまゐり来（く）べかなれ（方角があき次第こちらへ伺えばよいとは思うのだが）と思ふに（〔そうすると〕）、例の六日（むゆか）の物忌になりぬべかりけり」など、なやましげに（つらそうに）いひつつ出でぬ（帰っていった）。

つとめて（翌朝）文あり。「夜更けにければ（(兼家)）、ここちいとなやましくてなむ（とても大儀だったのでね）、いかにぞ（そちらはどうだ）。はや（早く）としみをこそしたまひてめ（精進落しをなさるがよい）。この大夫の（道綱が）さもふつつかに見ゆるかな（いかにもやつれたように見えるのだ）」などぞあめる。なにかは（なんの）、かばかりぞかしと（手紙の上のお愛想だけだと）、思ひ離るるものから（気にかけてもいなかったが）、物忌果てむ日、いぶかしきここちぞそひておぼゆるに（来てくれるかしらと半信半疑の気持でいたところ）、六日を過ごして（六日の物忌も過ぎて）七月（ふみづき）三日になりにたり。

昼つかた、「渡らせたまふべし（(召使)お越しになるはずです）。『ここにさぶらへ』（こちらに控えておれ）となむ、仰（殿の仰）

一 夜中を過ぎて明日になってしまえば、今日の方塞がりを犯したことになる。すなわち、ぎりぎりのところで、気づいたもの。

二 陰陽道上の方塞がりには周期がある。深夜で手もとに暦がないので、前回の方塞がりから今日まで日数をかぞえてみると。

三 予想したとおり、はたして。

四 兼家邸から見て作者邸の方角が。

五 鳴滝から帰ったばかりのこの深夜、他所へ方違えなど正気の沙汰ではない、の意。

六 「たとしへなきさま……」は、「ものぐるほし」とほぼ同じ内容。帰る早々、これから一緒に方違えなど、譬えようもなく、常規を逸した振舞いだ、の意。「あべかなる」は「あるべかるなる→あんべかんなる」の撥音無表記で、「……であるはずのようだ」の意。

七 「さ」は、兼家の誘いを非常識と見て、動く気配のない作者の心を、肯定的に受けたもの。そなたがそうなら私一人でも「ふりはへ……」となる。「ふりはへ」は、わざわざ事を行うこと。

八 陰陽道では、天一神のいる方角を犯すことを忌むが、天一神は四方に五日ずつ、四隅に六日ずつ居を変えて巡行するゆえ、六日の物忌が生ずる。「六日（むゆか）」は「六日（むいか）」の転。

九 鳴滝参籠中の食事は当然、魚肉を避けた精進食だが、下山した昨夜もまだそのままである。「としみ」は精進落し。

せごとありつる」といふものども来たれば、これかれ騒ぎて、一二日
ごろみだれがはしかりつるところどころをさへ、ごほごほとつくる
を見るに、一三いとかたはらいたく思ひ暮らすに、暮れ果てぬれば、来
たるをのこども、「御車の装束(さうぞく)などもみなしつるを、などいままで
はおはしまさざらむ」などいふほどに、やうやう夜も更けぬ。ある
人々、「なほあやし。いざ人して見せにたてまつらむ」などいひて、
見せにやりたる人、帰りきて、「ただいまなむ御車の装束解きて、
一四御随身(みずいじん)ばらもみな乱れはべりぬ」といふ。さればよとぞまた思ふに、
はしたなきここちすれば、思ひ嘆かるること、さらにいふかぎりな
し。山ならましかば、かく胸塞(ふた)がる目を見ましやと、一五うべもなく思
ふ。ありとある人も、あやしくあさましと思ひ騒ぎあへり。一六ことし
も一七三夜ばかりに来ずなりぬるやうにぞ見えたる。いかばかりのこと
にてとだに聞かばやすかるべしと思ひ乱るるほどに、客人(まらうと)ぞものし
たる。ここちのむつかしきにと思へど、とかくもの言ひなどするに

せごとがありました　本邸の召使たちも　侍女たちが
ばたばたと取りつくろうの
を見ると　とてもいたたまれない思いで暮していたが　本邸
から来た召使たちが　(召使)　すっかり済んでいたのに　どうして今まで
お見えにならないのだろう　侍女た
ちが　やはり変ですね　どれ　誰かを遣って様子を見させましょう
(召使)　支度を解いて
解散してしまいました　それみたことかとまたしても思うと
きまりの悪い思いがするので　こみ上げてくる切なさは　とても言葉にも尽せない
あのまま山にいたなら　見たろうかと
侍女たちも皆　得心のゆかぬあきれたことと　まるで
新婚の三夜ほどで婿君が打ち絶えてしまったような騒ぎようである　どれほどの大事があって
とせめて事情でも聞いたなら気も休まろうにと　おしゃべりなどしているうちに
気がくさくさしているのにと

一〇 六日の物忌の終る日をいう。
一一 兼家邸の召使の口上。
一二 作者の鳴滝参籠中、手を抜いて乱雑にしてあったあちらこちらを、すみずみまで。
一三 これほど騒ぎ立てて、もし兼家が来なかったらと、侍女たちの手前をおもんばかる気持。
一四 貴人の護衛のため朝廷から賜る近衛府の舎人で、弓矢を帯して随従する。右大将兼家の外出には八人の随身がつく。
一五 下山して京に戻ったら、また必ずつらい目に遭うだろうと、鳴滝で予想したとおり。
一六 「ことしも」は、下の「やうに」と呼応して、あたかも……、まるで……の意となる。底本は、「こととも」とあるが、「ことしも」とする説に従う。
一七 当時の婚姻は、男性が、初夜より三夜続けて女性のもとに通うことによって成立する。従って、「三夜ばかりに来ずなりぬる」は、婚姻の成立早々、婿君が通って来なくなった、の意。作者も侍女も、あいな頼みにせよ、下山後の生活に多少とも兼家の実意を期待したであろう。それが無惨に砕かれ、下山当夜の新枕もそこそこ、危惧したごとく兼家の足の遠のいたのを、新婚直後のそれになぞらえたもの。

一「昨夜は……」以下は、本邸から戻った道綱の報告。

二 兼家の弁解（道綱の報告）が、おざなりで一片の誠意もないのに対する、憤懣やるかたない語気。「し」「も」「ぞ」は、いずれも強意。

三「障り」は月経。兼家側の支障と見る説もあるが、その場合は、「障りにぞある」の「に」が気になるし、加えて前文に兼家方が「渡らせたまふべし……」（一六八頁）と明言しているなどの疑問が残ろう。

四 ひょっとしたら伺えないと、せめて一と言、知らせてくれたなら。

五 貞観殿登子。前出（七二頁注七）。

六「さ」は、そんなふうに。「しげさ……」は、草の茂るのに、嘆きの募る意を掛けたもの。「わが恋はみ山がくれの草なれやしげさまされど知る人のなき」（『古今集』恋二、小野美材（よしき））を踏まえる。

七「住まひ」は底本に「すさび」（風流・気慰め）とある。底本のままだと、作者の生活を多少とも皮肉った物言いとなって、前後の文脈にそぐわない。作者の返事にも「山の住まひ」とあるので、「すまひ」と改める説に従う。

八「それ」は物思いの繁さをいう。「筑波山端山繁山（はやましげやま）しげけれど思ひ入るには障らざりけり」（『重之集』）による。一首は、物思いはいくら繁くても、一途に思い慕うには、何の障りがあろう、の意。

登子の見舞

ぞ、少し紛れたる。

さて、明けぬれば、大夫、「なにごとによりてにかありけむと、まゐりて聞かむ」とてものす。「昨夜（よべ）[一]は悩みたまふことなむありける。『にはかに、いと苦しかりしかばなむ、えものせずなりにし』となむのたまひつる」[二]といふしもぞ、聞かでぞおいらかにあるべかりけるとぞおぼえたる。[三]障りにぞあるを、[四]もしとだに聞かば、何を思はましと思ひむつかるほどに、[五]尚侍（ないしのかん）の殿より御文あり。見れば、まだ山里とおぼしくて、いとあはれなるさまにのたまへり。「などかは、[六]さしげさまさる[七]住まひをもしたまふらむ。されど、[八]それにも障りたまはぬ人もありと聞くものを、もて離れたるさまにのみ言ひなしたまふめれば、いかなるぞとおぼつかなきにつけても、

[九]妹背（いもせ）川むかしながらのなかならば
人のゆききの影は見てまし」

御返りには、「山の住まひは[一〇]秋のけしきも見たまへむとせしに、ま[一一]

（傍訳）道綱が　〔本邸へ〕　〔昨夜は〕どんな御事情だったのか　出かけた（道綱）　御気分がお悪かったそうです　行けなくなってしまったのだ　と言うなんて　〔そんなことなら〕わけなど聞かずに大様に構えていればよかったと　当っていたので　何で気を揉んだりしようと不快に思っていたところ　山里にいるとお思いらしくて　（登子）　物思いのつのる　それにもめげず追いすがってゆく人もあると聞いておりますのに　〔貴女は〕兄上にすっかり背を向けたようにばかりおっしゃられるので　どうしたことかと気にしております　それにつけても　（登子）　（作者）　秋の景色を見るまで続けようと存じましたが

九 御夫婦が昔ながらの仲でしたら、兄上の通ってゆく姿も、絶えずお見受けできましょうに——早く昔の仲にお返り下さい。「妹背川」は、紀の川が和歌山県伊都(いと)郡の妹山と背山の間を流れるあたりの呼称。
一〇 当時の暦では、七月からが秋である。
一一 「世を憂しと山に入る人山ながらまた憂き時はいづちゆくらむ」(『躬恒(みつね)集』)による。わが身一つを思いあぐねて、このたびは下山しましたが、の意。「やすらひ」は、どうしてよいか分らずためらうこと。
一二 「なかぞら」は中空。夫に背き通すでもなく、縋(すが)るでもなく、中途半端な状態。「なか空に立ち居る雲のあともなく身のはかなくもなりにけるかな」(『伊勢物語』)を踏まえたもの。
一三 登子の手紙の引歌、小野美材の歌(前頁注六)の下句によったもの。
一四 現在の私の噂が、どのようにお耳に入ったのか。
一五 夫から疎まれてゆく身の嘆きは、もうどうなろうと仕方がございません。妹山と背山の間を流れる川、その名の妹背も、今ではすっかり変ってしまいました。「流れては妹背の山の中に落つる吉野の川のよしや世の中」(『古今集』恋五、読人しらず)を本歌とする。
一六 七月四日。従って下の「あくる日」は七月六日。
一七 「られ」は尊敬。
一八 三日の夜、急病で来られなかったこと。
一九 物忌を避けるため、他家へ移ること。
二〇 「あがた(県)」は地方。地方歴任の父をいう。

それもまた物憂く思案の末に下山して　この物思いの繁さはどなたも
た憂き時のやすらひにて、一二なかぞらになむ。一三しげさは知る人もなし
分るまいと存じておりましたが　それとなくお見舞い下
とこそ思うたまへしか。一四いかにきこしめしたるにか、おぼめかせた
さるお言葉も　ごもっともで私もまた
まふにも、げにまた、

(作者)
一五よしや身のあせむ嘆きは妹背山
なかゆく水の名も変はりけり」

などぞきこゆる。

その日だけあいていて　次の日は　待ってみようと性懲りもなく思って
かくて、一六その日をひまにて、また物忌になりぬと聞く。あくる日、
こちらの方角が塞がった　その次の日
こなた塞がりたる、またの日、今日をまた見むかしと思ふ心こりず
いると　(あの人は)　先夜　これこれだと弁解し
まなるに、夜更けて見えられ一七たり。一八一夜のことども、しかじかとい
て　(兼家)せめて今夜だけでもと　家の者が皆出かけるのを
ひて、「今宵だにとて急ぎつるを、一九忌たがへにみな人ものしつるを、
送り出して　そのままあとの事はほうり出して　悪びれもせず　平気な顔をして
出だし立てて、やがて見捨ててなむ」など罪もなく、さりげもなく
あきれて言葉も出ない　(兼家)　忌違えに出かけた
いふ。いふかひもなし。明くれば、「知らぬところにものしつる
人々が　どうしているか気になって　とそそくさと帰った
人々、いかにとてなむ」とていそぎぬ。
(訪れもなく)　父倫寧のところでは　初瀬詣でに
それより後も七八日になりぬ。二〇あがたありきのところ、初瀬へな

再び初瀬へ

どあれば、もろともにとて、つつしむところに渡りぬ。[一]ところ変へたるかひなく、午時（むまどき）[二]ばかりに、にはかにののしる。「あさましや、たれか、あなたの門（かど）は開けつる」など、あるじも驚き騒ぐに、ふとはひ入りて、日ごろ、例の香盛り据ゑて行なひつるも、にはかに投げ散らし、数珠（ずず）も間木（まぎ）[三]にうち上げなど、らうがはしき[四]に、いとぞあやしき。その日のどかに暮らして、またの日帰る。

さて、七八日ばかりありて、初瀬へ出で立つ。巳（み）[五]の時ばかり、家を出づ。人いと多く、きらぎらしうてものすめり。未（ひつじ）[六]の時ばかりに、この按察使（あぜち）[七]大納言の領じたまひし宇治の院にいたりたり。人はかくてののしれど、わが心ははつかにて[八]、見めぐらせば[九]、あはれに、心に入れてつくろひたまふと聞きしところぞかし、この月にこそは、御はてはしつらめ、ほどなく荒れにたるかなと思ふ。ここのあづかりしけるものの、まうけをしたれば、立てたるもの、このなめり[一〇]と見るもの、みくり[一一]簾（すだれ）、網代（あじろ）[一二]屏風、黒柿（くろがい）[一三]の骨に朽葉（くちば）[一四]の帷子（かたびら）かけたる

（父の精進しているところに移った／先払いの声がする（倫寧）とんでもない／〔あの人は〕／父も／例のごとく／お勤めに使っていた物も／放り上げるなど／乱暴をするので／ほんとに訳がわからない／ゆっくりくつろいで／従者も大勢連れて／きらびやかな供ぞろいで行くようだ／あの／御所領だった／父の一行は／賑やかだけれども／感慨もひとしおで／〔こは大納言が〕心を籠めてお手入れなさっていたと伺った所なのだ／一周忌をされたのだろうが／いくばくもなく／留守居役の者が／饗応の用意をしていたが／立て回した調度類は／御遺愛の物らしいと見えて）

一 父倫寧邸であろう。自宅の精進では、兼家に制止されようかとの配慮による。
二 正午前後。
三 長押（なげし）の上に設けた棚であろうという。
四 兼家の衝動的な暴挙は、作者の居を移しての精進を、再度の山籠りの準備と誤解したものであろう。父との初瀬詣でと知るや、「その日のどかに」となる。
五 午前十時ごろ。
六 午後二時ごろ。
七 藤原師氏（もろうじ）、兼家の叔父（八四頁注二）。天禄元年（九七〇）七月十四日、五十八歳で没。
八 旅の興もわずか、の意。作者の浮かぬ心は、前年没した師氏を偲ぶよりも、初度初瀬詣での帰途、宇治に兼家の出迎えを受け、師氏とも交歓を重ねた、あの折の充足感（八四頁）と現下のわが身の蹉跌感との、その落差によろう。
九 初度初瀬詣での帰途は、兼家と家来たちが師氏の山荘に渡ったもので、作者は今回が初めてである。
一〇 「のこの」は「のこん（残）の」の意で、遺品。ただし、「立てたるものの、この（あの師氏使用の物）なめり」と読み解く案（『全集』）もある。
一一 「みくり」は三稜（みくり）草科の草で、その三稜形の茎を編んだ簾。『枕草子』にも鄙（ひな）びた調度として見える。
一二 網代で張った屏風。「網代」は七九頁注九。
一三 柿の木の、芯（しん）に黒い縞（しま）のある地肌を生かした調度材。「骨」は几帳の骨組み。

几帳どもも、いと[一五]つきづきしきも、あはれとのみ見ゆ（身にしみて眺められた）。困じにたる（疲れ切っている）に（上に）、風は払ふやうに吹きて、頭さへ痛きまであれば（頭痛までするほどなので）、[一六]風隠れ作りて、見出だしたるに、暗くなりぬれば、鵜舟ども、かがり火さしともしつつ、[一七]ひとかはさしいきたり（川一面に棹をさしてゆく）。をかしく見ゆることかぎりなし。頭の痛さの紛れぬれば、端の簾巻きあげて、見出だして、あはれ（ああ）、わ（われ）が心と詣でしたび（から思い立って参詣した時）、かへさに（帰りしなに）、[一八]あがたの院にぞゆき帰りせし（〔あの人が〕往復したのは）、ここ（ここへ）になりけり（だったのだ）。ここに按察使殿のおはして、[一九]ものなどおこせたまふめりしは（数々の土産などを贈って下さったようだったが）、あはれにもありけるかな（御厚意は本当に身にしみたことだった）、[二〇]いかなる世に（どんな時代に）、さだにありけむと思ひつづくれば（あんな楽しい一と時があったのだろうと）、目も合はで（目も冴えて）夜中過ぐるまでながむる（物思いに沈んでいた）、鵜舟どもの上り下りゆきちがふを見つつは、

（作者）[二一]うへしたとこがるることをたづぬれば
　胸のほかには鵜舟なりけり

などおぼえて、なほ見れば（なおも見ていると）、あかつきがたには、ひきかへて（うって変って）、[二二]いさりといふものをぞする。またなくをかしくあはれなり。

一四 赤味がかった黄色。
一五 いかにも場所柄（山荘）に相応しいのも。
一六 屏風・衝立などによる風よけ。
一七 底本「ひとりは」を通説によって改めた。
一八 師氏の山荘。「あがた（県）」は、地方・田舎の意とも、地名（平等院の南に県神社がある）ともいうが、判然としない。兼家の別荘は宇治川の北岸、師氏のそれは南岸にあったことから、「あなたの院」と改める説（『全注釈』）もある。
一九 八四頁参照。
二〇 「いかなる世に」を、どのような前世の因縁でと解く説、「さだにありけむ」を「さだめありけむ」と改めて、師氏の後世はどうであろうと解くなど、諸説がある。しかし、文脈的に見て、作者は、初度初瀬詣での幸福な想い出に浸っているのであって、「不幸な私の人生の、どんな果報な時期だからといって、かつがつあの一と時の仕合せ（さだに）があったのだろう」と解くのが自然であろう。
二一 水の上と下、すなわち外と内とで、漕がれる（焦がれる）ものはなに、と反問してみると、それは今しも行き交う鵜舟とわが胸の煩悩の焔なのだ。「うへした」は水の上の篝火と水底に映るそれに、眼前の景観と作者の心を掛けたもの。「こがるる」は、「焦がるる」に「漕がるる」を掛けたもの。
二二 「いさり」は、鵜を使わず、網で魚を取ること。

明けぬれば、急ぎ立ちてゆくに、贄野の池[一]、泉川[二]、はじめ見しにはたがはであるを見るも、あはれにのみおぼえたり。よろづにおぼゆることいと多かれど、いともの騒がしくにぎはしきに紛れつつあり。ようたての森[三]に車とどめて、破子などものす。みな人の口むまげなり。春日[四]へとて、宿院[五]のいとむつかしげなるにとどまりぬ。

それより[六]立つほどに、雨風いみじく降りふぶく。三笠山[七]をさしてゆくかひもなく、濡れまどふ人多かり。からうじて、まうで着きてみてぐら[八]奉りて、初瀬ざまにおもむく。飛鳥[九]に御燈明奉りければ、ただ釘貫[一〇]に車を引きかけて見れば、木立いとをかしきところなりけり。庭清げに、井[一一]もいと飲ままほしければ、むべ「宿りはすべし」[一二]といふらむと見えたり。いみじき雨いやまさりなれば、いふかひもなし。

からうじて、椿市[一三]にいたりて、例のごと、とかくして[一四]出で立つほどに、日も暮れはてぬ。雨や風、なほやまず、火ともしたれど、吹

一 七九頁注一三参照。

二 七九頁注一四参照。

三 京都府相楽郡木津町の南、現在の市坂付近かという（石川広「枕冊子〝ようたてのもり〟私考」平安文学研究二十一輯）。『枕草子』「森は」の段に見えるが、「かそたての森」（能因本）、「よこたて（横縦）の森」（三巻本）、「世うたての森」（前田本）とあって異同がはげしい。本日記の底本によれば、「ようたての森」が正しいことになる。

四 春日神社。藤原氏の氏神。

五 参詣者が休憩宿泊する宿坊。

六 底本「あれより」を通説によって改めた。

七 春日山前面西方に位置する円錐形の山。「さして」は目指しての意に、傘をさしての意を掛け、その効もなく濡れると展開する。「さして来と思ひしものを三笠山かひなく雨のもりにけるかな」（『後撰集』恋六、読人しらず）などの和歌的発想を踏まえたものだが、再度の初瀬紀行に散見する、この種の飄逸な物言いは、それが諦念と表裏をなすにせよ、また父と同行した気安さがあるにせよ、鳴滝籠りを経た作者の、やや落ち着いた心の余裕を覗かせるものでもあろう。

八 「みてぐら」は、神に捧げる物をすべていう。

九 飛鳥寺。平城新京に遷した新元興寺で、奈良市役所の南にある。現在の明日香村の飛鳥寺ではない。

一〇 柱を立て並べ、横木を貫いた柵。牛をはずして、これに車の轅を引きかけて車を立てた、の意。

き消ちて、いみじく暗ければ、夢の路のここちして（夢の中で道をたどる感じで）、いとゆゆしく（とても気味が悪く）、いかなるにかと（どうなることかと）まで思ひまどふ。からうじて、[一五]祓殿（はらへどの）にいたり着きけれど、雨も知らず（雨の様子も分らず）、ただ水の声のいとはげしきをぞ（川の音がひどく激しいのを〔聞いて〕）、[一六]さななりと聞く。御堂にものするほどに、ここちわりなし（気分がたまらなく苦しかった）。[一七]おぼろけに思ふこと多かれど、かくわりなきにものおぼえずなりにたるべし（このように疲労困憊しているので意識も朦朧としてしまったのだろう）、なにごとも申さで（お願い申さぬうち）、明けぬと言へど、雨なほおなじやうなり。昨夜（よべ）にこりて[一八]むげに昼になしつ（出立を昼にした）。

[一九]音せでわたる森（物音を立てないで通る森）の前を、[二〇]さすがに、[二一]あなかまあなかま（静かに）と、ただ手をかき、面（おもて）を振り（振ったり）、そこらの人の（大勢の人たちが）[二二]あぎとふやうにすれば（魚のように口をぱくぱくするので）、[二三]さすがに、いとせむかたなくをかしく見ゆ。椿市に帰りて、としみなどいふめれど（〔人々は〕精進落しなどと）、われはなほ精進なり。そこよりはじめて[二四]あるじするところ（もてなしをしてくれる所が）、ゆきもやらずあり（道もはかどらぬほどである）。ものかづけなどするに（被け物などを与えてやると）、手を尽くしてものすめり（あらん限りのもてなしをするようである）。

泉川、水まさりたり。いかになど（どうしたものか）いふほどに、「宇治より舟の上（じやう）（土地の官人）

一一 飛鳥寺（新元興寺）境内の、いわゆる飛鳥井。
一二「飛鳥井に　宿りはすべし　や　おけ　蔭もよし　みもひも寒し　みまくさもよし」（催馬楽（さいばら）「飛鳥井」）。
一三 八〇頁注一参照。
一四 燈明その他、参籠に必要なものをととのえて。
一五 参詣に先立ち、身を清めるため修祓する所。
一六「ささなり」の「さ」は雨の激しさをいう。「なり」は推定。
一七「おぼろけ」は、「おぼろけならず」に同じ。並み一と通りでなく、切実に。
一八「むげに」は、たって、ひたむきに、の意。普通なら朝、出立すべきところを、昨夜で懲りたので、作者が強引に説得して、昼まで出立を遅らせたもの。
一九 初瀬から椿市に至る間の森であろうが、所在不明。物音を立てて通ると祟り（たた）があるといった民間信仰が、半ば地名化したものであろう。なお、初瀬の枕詞「こもりく（山に囲まれた所）」が、しばしば「隠り口」と書かれたことから派生したものとする説もある。
二〇 ふだんは騒々しい一行であるが、やはり。
二一「あなかまびすし」の略で、「しっ、しっ」と人を制する語。
二二 魚が水面近く浮んで、口をぱくぱくさせること。
二三 厳粛な禁忌とはいえ、やはり。
二四 国司や郡司たちが、丹波守倫寧や兼家夫人の一行と知って饗応するのである。あるいは兼家からの通達も考えられよう。

手具してまゐれり」[一]といふに、「わづらはし、例のやうにて、ふとわたりなむ」と、[二]男がたには定むるを、[三]女がたに、「なほ舟にてを」とあれば、さらばとて、みな乗りて、はるばると下るここち、いと[四]労あり。楫取りよりはじめ、うたひののしる。宇治近きところにて、また車に乗りぬ。さて、[五]「例のところには方悪し」とて、[六]とどまりぬ。

[七]さる用意したりければ、鵜飼ひ、数を尽くして、ひとかはうきて騒ぐ。「いざ、近くて見む」とて、岸づらに[八]もの立て、[九]榻など取りもていきて、おりたれば、[一〇]足の下に、[一一]鵜飼ひちがふ。[一二]魚どもなど、まだ見ざりつることなれば、いとをかしう見ゆ。来困じたるここちなれど、夜の更くるも知らず、見入りてあれば、これかれ、「いまは帰らせたまひなむ。これよりほかに、いまはことなきを」などいへば、「さは」とてのぼりぬ。[一三]さても、あかず見やれば、[一四]例の夜一夜、[一五]ともしわたる。いささかまどろめば、舟端をごほごほとうちた

一 主語は判然としないが、一行をもてなした在地官人の言葉と見ておく。作者側の供人の言葉とも取れる。
二 「男がた」は倫寧方。「女がた」は作者方。
三 男方が簡便な陸路を主張したのに対して、女方では川下りの珍しい舟旅を楽しもうとしたもの。
四 すぐれて見どころのある、の意。
五 京の倫寧邸。
六 下文から、一行の泊ったのは、往路と同じ師氏の山荘であろう。
七 往路に泊った折に、鵜飼見物のことなど所望してあったものであろう。
八 「もの立て」は、平張・上張など、仮屋ふうに幕を張りめぐらして、の意。
九 車の轅を置く台。腰掛けに代用したものであろう。底本には「しき（敷）」とあるが、通説に従った。
一〇 川面にさし掛けて作った桟敷での見物ゆえ。
一一 鵜飼舟が鵜を操りながら右往左往している。「浮びちがふ」と読む説（『全注釈』）もある。
一二 底本は「うつし」とあるが、漢字「魚」の誤写と見る説に従う。
一三 山荘に帰ってからも。
一四 往路、宿泊した時のように。
一五 川一面に鵜舟が篝火をともしている。「鵜舟ども、かがり火さしともしつつ……」（一七三頁）。
一六 鵜飼いを終えた船頭、鵜匠たちが、獲物の整理、舟の清掃などで舟端をたたく音であろうか。川波が舟

たく音[一六]に、われをしもおどろかすらむやうにぞさむる。明けて見れば、昨夜[一七]の鮎、いと多かり。それより、さべきところどころ[一八]にやりあかつめるも、あらまほしきわざなり。日よいほどにたけしかば、暗くぞ京に来着きたる。われもやがて出でむと思ひつれど、人も困じたりとてえものせず。

またの日も、昼つかた、ここなるに文あり。「御迎へにもと思ひしかども、心の御ありきにもあらざりければ、びんなく[一九]おぼえてなむ。例[二〇]のところにか、ただいまものす」などあれば、人々、「はやはや」とそそのかして、渡りたれば、すなはち[二一]と見えたり。かうし[二二]もあるは、昔[二三]のことをたとしへなく[二四]思ひ出づらむとてなるべし。つとめては、「還饗[二五]の近くなりたれば」など、つきづきしう言ひなしつ。あしたの、かごとがちになりにたるも、「いまさらに[二六]」と思へば悲しうなむ。

八月といふは、明日になりにためれば、今日より四日、例の物忌

端をたたく音とする考えもあるが、山荘の作者の目をさまさせるほどの音でもあるまい。

一七 底本「よるのあゆ」は、「よべ」とする説に従う。

一八 こうした折に挨拶などすべき人々のもとに。

一九 父の一行と一緒だから、作者だけを出迎えるのは気がひける、だから出迎えはさし控えた、の意。

二〇 作者の自邸をさす。この手紙は作者邸に宛てたものが、倫寧邸に転送されたのであろう。

二一 「すなはちと」は珍しい言い方である。すぐ駆けつけたとでもいうように、の意。「すなはちも」と改める説もある。

二二 往年の兼家とは較ぶべくもないが、「かうしもあるは」以下、作者は兼家の心遣いを一応、すなおに肯定している。

二三 初度初瀬詣での帰途、兼家が宇治川まで賑々しく出迎えたあの時のこと。

二四 何とも、たとえようもなく悲しく、の意。

二五 相撲の還饗。相撲の節会の後、左右近衛大将が、慰労のため私邸で催す饗宴。相撲の節会は七月下旬で、還饗は八月中旬ごろが恒例である。

二六 「いつはりと思ふものから今さらに誰がまことをかわれは頼まむ」(『古今集』恋四、読人しらず)を踏まえる。従って、この「いまさらに」は、見え透いた言い訳とは思うが、今となってはもう、この人の言うことをそのまま受け入れ、頼みにするより仕方がないの意となる。

とか、あきて（忌が明けてから）、ふたたびばかり見えたり。還饗は果てて、いと深き山寺に、一修法せさすとて（御祈禱をさせに出かけた）など聞く。〔それから〕三四日になりぬれど、おとなく（音沙汰もなく）て、雨いといたく降る日、（兼家）「心細げなる山住みは、人とふものとこそ（普通の人なら見舞うものと）聞きしか（と聞いていたが）、二さらぬはつらきものといふ人もあり（とわぬはつらきとぼやいている人もいるのだよ）」とある返りごとに、（作者）「きこゆべきものとは（お見舞い申し上げなければとは）、人よりさきに思ひよりながら（誰よりも先に気づいてはおりましたが）、三ものと（つらいも）知らせむとてなむ（のだと分って頂こうと思って）。四露けさは（私の涙は）、なごりしもあらじと思うたまふれば（もう一滴も残っていまいと存じますのに）、『五よそのくもむら』も（涙が溢れてくるのも）あいなくなむ（埒のないことで）」とものしけり。またもたちかへり（折り返し）などあり（手紙がきた）。さて三日ばかりのほどに、（兼家）「今日なむ」〔下山した〕とて、夜さり見えたり。つねにしも（いつだって）、いかなる心の（どんな気でいるのか）、六え思ひあへずなりにたれば（見当もつかなくなってしまったので）、われはつれなければ（私がすげない態度でいると）、人はた（あの人はまた）七罪もなきやうにて（悪びれた様子もなく）、七八日のほどに（七八日おきに）ぞわづかに通ひたる。

九月のつごもり、いとあはれなる空の気色なり。まして昨日今日、風いと寒く、時雨うちしつつ、いみじくものあはれにおぼえたり。遠山をながめやれば、八紺青を塗りたるとかやいふやうにて（とでもいうふうで）、「九霰降

一 兼家自身が祈禱を修するために出掛けた、の意。

二 「さ」は「人とふ」を受ける。従って「さらぬはつらき」は「とはぬはつらき」となる。「忘れねと言ひしにかなふ君なれどとはぬはつらきものにぞありける」(『後撰集』恋五、本院のくら)を引歌とする。

三 「ものと」は「とはぬはつらきものと」の意。兼家の不実に泣かされてきた作者が、そのつらさを思い知らせようとのつもりで。

四 折からの雨に因んで、涙に昏れた状態をいう。

五 「今ははや移ろひにけむ木の葉ゆゑよそのくもむらなにしぐるらむ」(御所本『元良親王御集』)を引歌とする。一首は、すでに心変りした女性(木の葉)なのに、つき離された私(親王・くもむら)は、なんで、未練の涙に昏れているのだろう、の意。本日記では、男女の立場を逆に取りなし、「よそのくもむら」は、兼家から疎外された作者自身をいう。そんな私が、今さら泣いたとて甲斐もあるまいに、なぜか涙のこみ上げてくるのは、「あいなくなむ」と展開する。「あいなし」は、埒もない、意味もない、の意。

六 人も無げな夜離れが続くかと思うと、飄然と訪れるといった、気まぐれな兼家の真意を測りかねたもの。

七 作者から見た兼家の態度。ただし兼家自身は、恐らく作者の鬱屈した心理を呑み込んだ上で、その曲折の一々につき合う煩わしさから、敢えてとぼけた態度を取っているのであろう。それがまた作者には心外だという。本日記の基調をな

るらし」とも見えたり。(作者)「野のさま〔野辺の景色は〕いかにをかしからむ、見がてら〔見物がてら〕ものに詣でばや〔お参りでもしたいわ〕」などいへば、前なる人、(侍女)「げに、いかにめでたからむ。初瀬に、このたびは忍びたるやうにて〔お忍びでそっと〕思し立てかし〔お出かけなさいませ〕」などいへば、(作者)「こぞもこころみむとて〔去年も御利益をためしてみようと〕、一〇いみじげにて詣でたりしに〔ひどく思い詰めてお参りしたのだが〕、石山の一一仏心(ほとけごころ)をまづ見果てて〔先ずとっくりと見て〕、春つかた一二さもものせむ〔出かけよう〕。そもそもさまでや〔それにしてもそれまで〕はなほ憂くて命あらむ〔このつらい身が長らえるかしら〕」など、心細うていはる。

(作者)一三袖ひつる時をだにこそ嘆きしか
身さへ時雨のふりもゆくかな

すべて世に経ることかひなく〔およそこの世に生きてゆく張り合いもなく〕、あぢきなきここち〔つまらないという思いが〕、いとするころなり〔しきりに湧くこのごろである〕。さながら〔そんな気持のまま〕明け暮れて一四二十日になりにたり。明くれば起き、暮るれば臥すをことにてあるぞ〔仕事としているのは〕、一五いとあやしくおぼゆれど、一六今朝もいかがはせむ〔何とも仕方がない〕。今朝も見出だしたれば、屋の上の霜いと白し〔屋根の上の霜がまっ白である〕。わらはべ〔女童たちが〕、昨夜(よべ)の姿ながら〔寝巻姿のまま〕、(女童)一七「霜くちまじなはむ〔霜やけのおまじないをしよう〕」とて騒ぐも、いとあはれなり〔いじらしい〕。(侍女)「あなさむ、一八雪恥づかしき霜かな〔雪も顔負けの霜だわ〕」と口おほひしつつ〔口もとを袖で覆いながら〕、かかる〔こんな私〕

す愛憎の悪循環である。
八 山肌の色をいう。「紺青」は、鮮やかな藍色の顔料。
九 「深山(みやま)には霰降るらし外山(とやま)なるまさきのかづら色づきにけり」(『古今集』神遊びの歌)を踏まえる。
一〇 「いみじげにて」は、「ひどく思い詰めた感情にかられて」とする説(『全集』)に従う。他に「ひどくやつして」と見る考えもある。
一一 昨年、参詣した石山寺の御仏の思し召し。霊験。
一二 「さ」は、侍女たちの言い分を受ける。そなたたちの言うように。
一三 袖が涙で濡れるのさえ嘆いていたのだが、それはまだしものこと、今では、袖どころか、この身まで時雨に濡れそぼち、涙に昏れて年老いてゆくことだ。「ふり」は「降り」に「旧(ふ)り」を掛ける。
一四 底本は「二十日より」とあるが、「二十日に」とする説に従う。ただし「二十日」を日数と見るか暦日と見るかは説が分れる。ここは一応、日数と見たい。
一五 世間の普通の人の生活とは違った、妙な生活だとは思うが。
一六 「今朝も」は、次行の「今朝も」と重複するが、近接類語として、作者の筆癖と見ておく。
一七 「霜くち(霜腐)」は、霜やけ、あかぎれ。当時、霜やけなどには逆療法として、霜を塗ることでその予防、まじないとする俗信があったらしい。
一八 雪そこのけの、一面に庭を覆った霜。

身を頼むべかめる人どものうちきこえごち、ただならずなむおぼえける。十月も、せちに別れ惜しみつつ過ぎぬ。

十一月もおなじごとにて、二十日になりにければ、今日見えたりし人、そのままに二十余日あとをたちたり。文のみぞ、ふたたびばかり見えける。かうのみ胸やすからねど、思ひ尽きにたれば、心よわきここちして、ともかくもおぼえで、「四日ばかりの物忌しきりつつなむ。ただいま今日だにとぞ思ふ」など、あやしきまでこまかなり。はての月の十六日ばかりなり。

しばしありて、にはかにかい曇りて、雨になりぬ。たふるるかたならむかしと思ひ出でてながむるに、暮れゆく気色なり。いといたく降れば、障らむにもことわりなれば、昔はとばかりおぼゆるに、涙のうかびて、あはれにもののおぼゆれば、念じがたくて、人出だし立つ。

悲しくも思ひたゆるか石上

一 音沙汰もないまま二十日以上も。暦の上ではすでに十二月中旬となっている。

二 恨み嫉みなどの、激しい感情に駆られる気力も失せた、うつろな気持になって。

三 何の反応も感じないで。「……おぼえで」は、「おぼえであるに」の意。

四 底本「ようか」は、そのままで「四日」を当てる説（『全集』）に従う。「やうか（八日）」とするのは誤り。今まで頻出した「四日の物忌」である。

五 「たふるる」は閉口する、とても勝てない、の意。

六 「ただいま今日だに」との文面を思い浮べて。

七 「年ごろ見知りたる人、向かひゐて、『あはれ、これにまさりたる雨風にも、いにしへは、人の障りたまはざめりしものを』と言ふにつけてぞ……」（一三二頁）の慨嘆を反復したもの。

八 おあきらめとは悲しいこと。昔はこのぐらいの雨など物ともせずお越し下さいましたのに、すっかりお変りになられて……。「思ひたゆ」は訪問を断念するの意。「石上ふるとも雨に障らめや妹に逢はむといひてしものを」（『万葉集』巻四、大伴像見）を踏まえたもの。「石上」は奈良県天理市一帯の古名。「ふる（布留）」は、石上にある地名。「石上」には、「そのかみ（昔）」の意を寓する。

九 寝殿造りの母屋の南正面をいう。

一〇 人の気配が感じられる。「人」は兼家及びその従者たち。

さはらぬものとならひしものを

と書きて、いまぞいくらむと《ちょうど今ごろ着いたろうと》思ふほどに、[九]南面(みなみおもて)の、格子(かうし)も上げぬ外(と)に、[一〇]人の気(け)おぼゆ。人はえ知らず《家の者は気がつかず》、われのみぞあやしとおぼゆるに《変だわと思っていると》、[一一]妻戸おし開けて、〔あの人が〕ふとはひ入りたり。いみじき雨のさかりなれば、音もえ聞こえぬなりけり。いまぞ(供人)[一二]「御車とくさし入れよ」などののしるも聞こゆる。(兼家)「年月の《長年の》[一三]勘事(かうじ)なりとも、今日のまゐりには許されなむと《今日この雨を冒しての参上でお許し頂けると思うが》[一四]ぞおぼゆる」など〔口数も〕多く、(兼家)「明日は、[一五]あなた塞(ふた)がる。明後日(あさて)よりは物忌なり、すべかめれば《しないわけにはゆくまいから》」などい[一六]と言(こと)よし。やりつる人はちがひぬらむと《出してやった使いは行き違いになったろうと》思ふに、いと[一七]めやすし《ほっとした》。夜のまに雨やみにためれば、(兼家)「さらば[一八]暮(くれ)に」などて帰りぬ。方塞がりたれば、[一九]むべもなく《予想どおり》、待つに、見えずなりぬ《見えずじまいだった》。(兼家)「昨夜は、人のものしたりしに《客人が来ていて》、夜の更けにしかば、[二〇]経など読ませてなむとまりにし《伺うのをやめにした》。例の、いかにおぼしけむ《さぞかし気をもまれただろう》」などあり。

暮れゆく年

山籠りの後は、「[二一]あまがへる」といふ名を〔兼家から〕つけられたりければ、

一一 寝殿造りの建物の四隅、廂(ひさし)の間と簀子(すのこ)との境にある両開きの板戸。

一二 お車を早く車宿(くるまやどり)など、雨のかからぬ所へ引き入れよ。

一三 勘気。作者の不機嫌をおどけて表現したもの。

一四 底本は「……おほゆるよしおほし」とある。『新注釈』は底本のままとし、形式名詞（由）を媒介に直接話法から間接話法へ転じてゆく書きざまと見る。また『全注釈』は「おぼゆる。なおぼし（機嫌をおなおし）」としてすべて兼家の言葉とする。いずれも無理であろう。『全集』の改訂案に従った。

一五 明日は、作者邸から兼家邸の方角が塞がる。従って今宵、泊ったなら明日は帰れなくなる、の意。

一六 とても言葉たくみである。

一七「悲しくも……」の催促がましい歌が、まだ兼家の手に渡っていなかったことに安堵したもの。

一八 今宵また来よう、の意。現在は十七日の朝。

一九 前言のように、十七日は作者邸から兼家邸の方角が塞がっている。夕暮れに来て、その日のうちに帰れば方塞がりを犯すことにはならないが、それほど律義な兼家でもあるまいと思っていたところ、案の定、の意。

二〇 十八日から物忌ゆえ、僧侶に読経などさせて。

二一 出家を志して鳴滝に籠り、本意を遂げずに帰って来た。いわゆる「尼帰り（尼の出戻り）」を「雨蛙」に掛けて、作者を揶揄(やゆ)したあだ名。

こう言ってやった　こちらの方角以外なら　方塞がりもないのかしらなど　一癪にさわって
かくものしけり。「こなたざまならでは、方も」など、けしくて、

(作者)二
おほばこの神のたすけやなかりけむ
契りしことを思ひかへるは

といった具合で　月末になってしまった
とやうにて、例の、日過ぎて、つごもりになりにたり。
知らせてくれる人があるので
三忌《いみ》のところになむ、夜ごとに、と告ぐる人あれば、心やすからで
そのまま流れて　四追儺の日になってしまったというので　あきれた
あり経《ふ》るに、月日はさながら、鬼やらひ来ぬるとあれば、あさまし、
ひどいことと思い諦めるのもみじめな心地だのに　まわりの者は　子供も　大人も皆一様に
あさましと思ひ果つるもいみじきに、人は、童、大人ともいはず、
鬼は外　はしゃぎ回るのを　つくねんとして
「五儺《な》やらふ儺やらふ」と騒ぎののしるを、六われのみのどかにて見聞
七まるで〔追儺などは〕何の屈託もない家だけが縁起を担いでしたがりそうな
けば、ことしも、ここちよげならむところのかぎりせまほしげなる
行事に　(侍女)　という声がする
わざにぞ八見えける。「雪なむいみじう降る」といふなり。年のをは
あらゆる物思いをし尽したことであろうよ
りには、何事につけても、思ひ残さざりけむかし。

一　納得がいかないので。底本「けしくて」を「物しくて（不愉快で）」と改める案（『全集』）もある。
二　大葉子《おおばこ》の葉を死んだ蛙に掛けると蘇生するとか申しますが、私にはその御利益もなかったのでしょうか。あなたがお約束を違えたばっかりに、この雨蛙（私）は、ほとほと死ぬほどつらい思いでした。「おほばこ（大葉子）」は、おおばこ科の多年生草本。大葉子には霊妙な神が宿り、死んだ蛙にこの葉を覆うと蘇生するとの俗信があったらしい。「契り」は、草葉をちぎる意と、兼家の来訪の約束を掛け、「思ひかへる」は、約束を変える意と、蛙を掛けたもの。
三　作者の忌み嫌う所。女性近江をさしていう。
四　追儺《ついな》。十二月晦日の夜、宮中で鬼やらいの儀が行われていたが、これに倣って貴族間でも同様のことが行われていた。
五　「儺」は、鬼やらいの時、追放される鬼をいう。
六　自分には関わりのない、よその世界のことと思って、取り残されたように傍観していると。
七　「ことしも」は、「せまほしげなる」と呼応して、「あたかも……のように」の意となる。
八　思えるのだった。わが身の上に絶望した物言い。次の淡々たる「『雪なむいみじう降る』といふなり」への展開には、中巻の辿り着いた心境が集約されているかに見える。

蜻蛉日記　下

かくてまた明けぬれば〔年が明けると〕、[九]天禄三年といふめり。[一〇]ことしも〔まるで〕、憂きも〔いやな事も〕つらきもともにここち晴れておぼえなどして〔つらい事もすっかり忘れてさわやかな気分になったような気がして〕、[一一]大夫装束かせて出だし立つ。おり走りてやがて〔〔大夫が〕庭に走り出てそのまま〕[一二]拝するを見れば、いとどゆゆしうおぼえて〔一段と立派になったような気がして〕涙ぐまし。[一三]行なひもせばやと思ふ今宵より、不浄なることあるべし〔月の障りが始まりそうだ〕。[一四]これ、人忌むといふことなるを〔世間では不吉だと言っていることなので〕、[一五]またいかならむとてにかと〔この先どうなってゆくのだろうかと〕、心ひとつに思ふ〔ひとりで気をもんでいた〕。今年は[一六]天下に憎き人ありとも〔どんなにあの人が憎らしくても〕、[一七]思ひ嘆かじなど、しめりて〔しみじみと〕思へば、いと心やすし〔とても気が楽である〕。三日は[一八]帝の御冠とて、世は騒ぐ。

[一九]白馬やなどいへども、ここちすさましうて〔〔私は〕一向に興もおぼえないで〕七日も過ぎぬ。

八日ばかりに見えたる人〔あの人は〕、「いみじう節会がちなるころにて〔立てこんでいる昨今なので〕」な[二〇]どあり。つとめて〔翌朝〕帰るに、しばし立ちどまりたる〔しばらく休んでいた〕[二一]をのこどもの中よ

天禄三年——初春のやすらぎ

九 天禄三年（九七二）。本日記中、年次を明記した唯一の箇所。結婚生活十八年、この年、兼家は四十四歳、道綱は十八歳、作者はほぼ三十七歳になっている。「めり」は傍観者的な、ややニヒルな表現。

一〇「ことしも」は「おぼえ」と呼応して、まずまず……のように、あたかも……のように、の意となる。

一一 大夫（道綱）に参賀のための装束をととのえてやって、送り出す。

一二 作者に対して、年頭の拝舞の礼をするのを見ると。

一三 勤行でもと思うのは、兼家来訪のあてもない故。

一四 元日に生理の始まることをいう。

一五 苦渋に満ちた昨年だったが、今年もまた、どんな不吉なことが待ち受けていようかと。

一六「天下に」は、この上もなく、最大限に、の意。「憎き」にかかる。「憎き人」は兼家をさす。

一七 底本は「おもひなをらし」とあるが、「おもひなけかし」と改める説に従う。

一八 円融天皇の元服。「三日甲午、天皇於紫宸殿加元服、御年十四」（『日本紀略』）。

一九 白馬の節会。正月七日、天皇が豊楽院に出御、左右馬寮の官人が引く二十一頭の白馬を御覧になり、諸臣に宴を賜う行事。

二〇 言いわけをする。

二一 本邸から兼家を迎えに来た侍たちの中から。

り、かく書きつけて、女房の中に入れたり。

（侍）一下野やをけのふたらをあぢきなく
　　影も浮かばぬ鏡とぞ見る

その蓋に、酒、二果物と入れて出だす。土器に、女房、

（侍女）三さし出でたるふたらを見ればみを捨てて
　　たのむはたまの来ぬとさだめつ

かくて、四なかなかなる身のびなきにつつみて（なまじ夫のある身はままならずさし控えて）、五世人の騒ぐ行なひも（正月の勤行も）せで（せずに）、六二七日は過ぎぬ。

十四日ばかりに、古き七袍、（兼家）「これ、いとようして（うまく仕立てなおして）」などいひてあり。（兼家）「着るべき日は（着る予定はいついつ）」などあれど、いそぎも思はであるに（急いで縫おうとも思わないでいると）、使の、つとめて（翌朝）、（使）「おそし」とあるに（催促してきて）、

（兼家）八久しとはおぼつかなしや唐衣
　　うち着てなれむさておくらせよ

とあるに、九たがひて（その通りにせず）、これより文もなくてものしたれば（手紙も添えずに送ったところ）、（兼家）「これは（出来ばえ）

一 この桶の蓋は何とつまらないこと。あなた方のお姿も映らぬ鏡――お酒でもあればともかく、空なので影も浮ばぬ、ただの木の鏡でございます。「下野や」は「ふたら（下野の地名、二荒）」の序詞。「ふた」は円形の桶の蓋の意で、以下これを鏡に見立てたもの。相手が思ってくれれば、水・鏡などにおのずから姿が映るという俗信を踏まえ、せめてお姿でもと詠みながら、実は酒を所望したもの。達者な戯れ歌である。

二 酒の肴。今日のくだものではない。

三 お寄越しになった蓋を見ると、実がありません。あなた方が身を捨てて懸命に御所望なのは、私たちではございますまい。それが証拠には一向にお心が届きません。お目当てはさぞかし、このお酒なのだと衆議一決しました。「み」は蓋に対する身（実）で、以下、身を捨てて（一所懸命）と展開、「たま（魂）」は、私たちを思う真心。その魂が私たちのもとに伝わらないのは、すなわち実意がない、の意。

四 兼家の訪れが全く絶えたならともかく、なまじいに、時々訪れるという中途半端な身の上。

五 正月八日から十四日まで、朝廷では、金光明最勝王経を講じ、国家安泰を祈る儀（御斎会）が行われ、民間でもこれに倣って仏事が行われていた。

六 十四日をいう。

七 束帯の正装時に用いる上着。袍。

八 すぐに出来ぬとは心もとない。昔馴染みのそなたと連れ添うつもりで、よれよれになるまで着よう。そ

よろしかめり〔はまずまずのようだ〕。まほならぬがわろさよ〔だが素直でないのが感心しないな〕」とあり。ねたさ〔しゃくなので〕にかくものしけり。

(作者)一〇 わびてまたとくと騒げどかひなくて
　　ほどふるものはかくこそありけれ

とものしつ。それより後、(兼家)一一「司召(つかさめし)にて」などて〔などと言って〕、おとなし〔音沙汰もない〕。

今日は二十三日、まだ格子(かうし)はあげぬほどに〔早朝に〕、一二ある人起きはじめて、妻戸おし開けて、(侍女)「雪こそ降りたりけれ〔雪が降ったのだわ〕」といふほどに、鶯(うぐひす)の初声したれど、一三ことしも〔まるで〕、まいてここちも老い過ぎて〔今までよりも一層気持もふけ込んだみたいで〕、例の、かひなき〔愚にもつかない腰折れ歌も〕ひとりごともおぼえざりけり〔思い浮ばないのだった〕。

司召〔司召があって〕、二十五日に、(あの人は)一四大納言になどののしれど〔大騒ぎだけれども〕、わがためは〔私のためには〕、一五ましてところせきにこそあらめと思へば〔自由がきかなくなるのだろうと思うと〕、御よろこびなど〔お祝い言上になどと〕、言ひおこする人も〔言って寄越す人も〕、かへりては〔かえって私を〕一六弄(ろう)ずるここちして、ゆめ嬉しからず。大夫ばかりぞ〔道綱だけは〕、えもいはず、下(した)には思ふべかめる〔内心喜んでいるようだ〕。またの日ばかり、(兼家)「などか〔どうして〕、一七『いかに』といふまじき〔とぐらい言わないのだ〕。よろこびのかひなくなむ〔これでは昇進も張り合いがない〕」などあり。

のまま送り返してくれ。初二句は、仕立て直しに手間どるもどかしさと、久しく逢わない心もとなさを掛け、三四句は、古い袍をそのまま着用する意と、古女房のそなたといつまでも、の意を掛けたもの。「さて」は、仕立て直さずそのまま、の意。

九 兼家の意に反して。すなわち、仕立て直して。

一〇 せかされて困り、そそくさとほどいて、大童で仕立てましたが、その甲斐もなく、古物の仕立て直しはせいぜいこんなところです。色褪(あ)せた私同様に。「とく」は、着物を「解く」と「疾(と)く」、「ほどふる」は、仕立てに手間どった意と、着物の古ぼけたことと、作者自身の年老いたことを掛けたもの。

一一 正月の除目（四二頁注八）。この年は正月二十三日から二十四日まで行われた（『日本紀略』）。

一二 作者の寝所近くにやすんでいた侍女。

一三 「ことしも」は、下に比況の表現を伴わないが、「まるで……のように」の意となる。

一四 太政官の次官で、天皇に近侍して諸政に参画する。兼家はこの年正月二十四日、権大納言に任じた。

一五 官位の昇進とともに、周囲の人目も憚(はばか)られ、行動の自由はいよいよ制約される。栄達も兼家にとっては結構だが、作者にとってはかえって迷惑でもある。

一六 今後ますます殿のお越しが少なくなろうと、作者をからかってでもいるような気がして。

一七 どんなにかお喜びで、の意。「いふまじき」は、言っていけないことがあろうか、かまうまいに、の意。

また、つごもりの日ばかりに、(兼家)[一]「なにごとかある。騒がしうてなむ(〔こちらは〕取り混んでいてね)。などかおとをだに(なんで手紙一本くれないのだ)。つらし(薄情な)」など、はては、いはむことのなさ(言うことがなくなったせい)にやあらむ(だろうか)、[二]さかさまごとぞある(逆恨みまでしてくる)。今日も[三]みづからは思ひかけられぬなめり(とても期待できないようだ)と思へば、返りごとに、(作者)「[四]御前申(おまへまう)しこそ、御いとま、ひまなかべかめれど(お手のあくひまとてないようですけれど)、あいなけれ(私はつまりませんわ)」とばかりものしつ。

[五]かかれど、いまはものともおぼえずなりにたれば(なんとも思わなくなってしまったので)、なかなか(かえって)いと(とても)心やすくて(気が楽になって)、夜もうらもなく(心おきなく)うち臥して寝入りたるほどに、門(かど)たたくに驚かれて(はっと目がさめて)、あやしと思ふほどに(おかしいと思っていると)、ふと開けてければ(〔召使が〕すぐ門を開けたので)、[六]心さわがしく思ふほどに、(〔あの人が〕)[七]妻戸口に立ちて、(兼家)「とく開け(早く開けろ)、はや(さっさと)」など[八]あなり。前なりつる人々も(侍女たちも)、みなうちとけたれば(気を許した格好だったので)、逃げかくれぬ。[九]見苦しさに、(〔妻戸口に〕)ゐざり寄りて、(作者)[一〇]「やすらひにだになくなりにたれば、[一一]いとかたしや」とて開くれば、(兼家)[一二]「さしてのみまゐり来ればにやあらむ」とあり。さて、あかつきがたに、松吹く風の音、いと荒く聞こゆ。ここら(幾晩も)ひとり明かす夜(ひとり寝で明かした夜な夜な)、かかる音のせぬは、[一三]もののたすけにこそありけ(神仏の御加護があったのだわ)

一 何か変ったことでもあるのか。兼家の昇任について、作者が押し黙っていることについていう。

二 「つらし」など、こちらが言いたいことだ、の意。

三 手紙だけで、兼家自身の来訪は。

四 天皇の御前に侍して政務を奏上すること。「大納言」のことを「おほいものまうすつかさ」という。

五 このように兼家の来訪はと絶えているけれど。

六 不意をつかれてうろたえていると。

七 寝殿造りの殿舎の四隅にある両開きの戸。

八 言っているらしい。「なり」は推定。

九 応対に手間どるのは見苦しいので、の意。

一〇 もしや、お見えになるのではと思って、錠をささずに寝ることなども、絶えてなくなってしまいましたので。「やすらひ」は、躊躇すること。「君や来む我やゆかむのやすらひに槇(まき)の板戸をささず寝にけり」(『古今六帖』第二)を踏まえていう。

一一 錠がとても固くて、開けにくいこと。「かたし」は「固し」に「難し」を掛ける。開けるのに手間どった弁解のうちに、日ごろの恨みごとを託したもの。軽妙な洒落には皮肉と媚態の響きがある。

一二 そなたのもとをさして、一目散にやって来たからだろうよ。「さして」は「目指して」に「(錠を)さして」の意を掛ける。兼家もまた、六帖の歌(注一〇)を媒介に、例の猿楽言(さるごうごと)で答えたもの。

一三 何かが守っていてくれたのだ(それが、今宵は夫が来ているので守ってくれない)。

れとまでぞ聞こゆる。

明くれば二月(きさらぎ)にもなりぬめり。雨いとのどかに降るなり。格子などあげつれど、例のやうに心あわたたしからぬ[一四]（そそくさと帰りを急がないのは）は、雨のする（雨のせいらしい）なめり。されどとまるかたは思ひかけられず（このままここにいるとは思えない）。とばかりありて（しばらくすると）、「をのこど（(兼家)供の者どもは）もはまゐりにたりや（参っているか）」などいひて、起き出でて、なよよかなる[一五]直衣(なほし)、しをれよいほどなる（ほどよくしなえた）掻練(かいねり)[一六]の袿(うちき)一襲(ひとかさね)垂れながら[一七]、帯ゆるるかにて、歩み出づるに、人々「御粥(かゆ)」など、気色ばむめれば[一八]、「例食はぬものなれば（(兼家)いつも食わないのだから）、なにかは[一九]（いらない）、なにに（構わぬ）」と心よげに（上機嫌に）うちいひて、「太刀(たち)とくよ[二〇]」（(兼家)）とあれば、大夫取りて、簀子(すのこ)にかた膝(ひざ)つきてゐたり。のどかに（〔あの人は〕ゆったりと）歩み出でて見まはして、「前栽(せんざい)をらうがはしく焼きためるかな（(兼家)乱雑に焼いたようだな）」などあり。やがてそこもとに（そのままそこに）、雨皮(あまかは)[二一]張りたる車さし寄せ、をのこどもかるらかにて（軽々と）、もたげたれば（〔車の轅を〕）、はひ乗りぬめり（〔あの人は〕乗り込んだようだ）。下簾(したすだれ)[二二]ひきつくろひて（きちんとおろして）、[二三]中門より引き出でて、さきよいほどに追はせてあるも（ほどよく先払いをさせて遠ざかってゆくのも）、ねたげに[二四]ぞ聞こゆる。

一四 兼家の態度についていう。作者の心境と解く考え（『全集』）もあるが、「されどとまるかたは……」との関連から、兼家の態度とみたい。

一五 糊気(のりけ)が落ち、しっとりと体に馴染んだ直衣。「直衣」は貴人の平服。

一六 紅の練絹の袿(うちぎ)。「練絹」は、生糸を加工してつやとやわらかさを出した練糸で織った絹布。「袿」は直衣の下に着る衣。

一七 袿を直衣の下から出した、くつろいだ姿。いわゆる出袿(いだしうちぎ)。袿は普通、指貫(さしぬき)（くくり袴）の内に着こめるもの。

一八 意向を外にあらわす。すなわち勧める、の意。

一九 「なにかは食はむ」などの略。「なにに」も、何のために食おうぞ、の意。

二〇 太刀を早く持って来い。

二一 雨のとき車の屋形を覆う布。生絹(すずし)に油を引いたものという。

二二 車の簾の内側に垂れた二枚の帳。簾の裾から外へおろして、長く垂れたもの。

二三 中庭から総門に通ずるところにある門。ここまでは、従者が車を支えて引き、ここで牛をつける。

二四 作者の懊悩(おうのう)をよそに、何の屈託もなく悠揚と帰ってゆく兼家の様子が、いかにも憎らしい、の意。

日ごろ〔ここ数日来〕、いと風はやしとて〔風が激しいといって〕、南面[一]の格子はあげぬを〔上げないでいたが〕、今日、から[二]て見出だして〔外を眺めながら〕、とばかりあれば〔しばらく坐っていると〕、雨[三]よいほどにのどやかに降りて、庭うち荒れたるさまにて〔庭はひどく荒れた風情ではあるが〕、草[四]はところどころ青みわたりにけり。あ[五]はれと見えたり〔身にしみる趣に見えた〕。昼つ方、かへし[六]うち吹きて、晴るる顔の空はしたれど〔晴れそうな空模様ではあったが〕、ここちあやしうなやましうて〔どうしたことか気分がすぐれぬままに〕暮れはつるまで、ながめ暮らしつ。

三日になりぬる夜降りける雪、三四寸ばかりたまりて、今も降る。簾を巻きあげてながむれば、（侍女）「あなさむ〔おお寒い〕」といふ声、ここかしこに聞こゆ。風さへはやし〔風まで激しく吹いている〕。世の中[七]いとあはれなり。

さて、日晴れなどして〔天気が回復したりしたので〕、八日のほどに、あがたありき[八]のところに〔地方回りの父の邸に〕渡りたり[九]。類[一〇]多く、若き人がちにて〔若い女性たちが大勢いて〕、箏[一一]、琵琶など、折[一二]にあひたる声にしらべなどして〔季節に合った調子にかなでたりして〕、うち笑ふことがちにて暮れぬ〔笑いさざめきながら一日暮してしまった〕。つとめて〔翌朝〕、客[一三]人帰りぬる後、心のどかなり〔のんびりとくつろいだ〕。

ただいま[一四]ある文〔たった今届いた手紙〕を見れば、（兼家）「長き物忌にうちつづき着座[一五]といふわ〔儀を〕

一 母屋の南面の間。平素、兼家を迎える座敷。
二 威風堂々、大官然として帰っていった兼家を「ねたげ」に見送った、その心の余韻のうちに。
三 日ごろの風がおさまって、ほどよく降る春雨の雨脚が物思いをそそる。以下このあたりの作者の胸中には、「起きもせず寝もせで夜を明かしては春のものとてながめ暮らしつ」(『古今集』恋三、業平・『伊勢物語』)などが去来していようか。
四 「草は」は底本に「くちは」とあり、底本のまま「朽葉（朽ちた落葉）」とする説もある。
五 もえ出る草のいのちをいじらしく思う気持だが、それはそのまま、よみがえるべくもない我が身の凋落の思いに落ちてゆく。
六 雨雲を吹き返し、天候を回復する風。
七 「世の中」は、目に触れ心に触れる何もかも。作者を取り巻く環境を漠然という。
八 父倫寧はこの年正月、丹波守の任を終え（岡一男『道綱母』）、上京中だったらしい。
九 底本は「わたりたるいおほく」とあるが、『全注釈』の改訂案に従った。
一〇 親類縁者。
一一 「箏」は十三絃の琴。「琵琶」は四絃の琴。
一二 当時は四季に応じてそれぞれ音調が定まっていた。いわゆる「時の音」で、春は普通、双調である。
一三 よそから来ていた親戚縁者。作者自身をも含めたと見る

昼下がりのおとずれ

ざしては、つつしみければ。[一六]今日なむ、いととくと思ふ」など、いとこまやかなり。返りごとものして、いととげにあめれど、[一七]よにもあらじ、いまは人知れぬさまになりゆくものをと思ひ過ぐして、あさましうちとけたることと多くてあるところに、午時(むまどき)[一八]ばかりに、「おはしますおはします」[一九]とののしる。いとあわたたしきここちするに、はひ入りたれば、あやしくわれか人かにもあらぬにて、[二〇]向かひゐれば、ここちもそらなり。しばしありて、台[二一]などまゐりたれば、すこし食ひなどして、日暮れぬと見ゆるほどに、「明日(あす)[二二]、春日(かすが)の祭なれば、御幣(みてぐら)出だし立つべかりければ」などて、うるはしうひき装束(さうぞ)き、御前(ごぜん)[二三]あまた引きつれ、おどろおどろしう追ひちらして出でら[二四]る。すなはち、これかれさし集まりて、「いとあやしううちとけたりつるほどに、いかに御覧じつらむ」など、口々いとほしげなることをいふに、まして見苦しきこと多かりつると思ふここち、ただ身ぞ憂(う)じはてられぬるとおぼえける。

済ませたりして　一六 潔斎していたので　早速伺うつもりだ　とても
情のこもった手紙である　返事を出して　一七 すぐにも来そうな口吻だけれど　よも
や来るまい　全くの日蔭者になってゆくのだものと思って　そのまま気にもかけずに
しどけなくよろず気を許しているところに　一八
(召使)一九 お見えです　騒ぎたてる　あわてふためいているところに
〔あの人が〕　二〇 変な格好ですっかり度を失って
気もそぞろである　二一 お膳などをさし上げると
(兼家)二二
出立させることになっているから　などと言って　一糸も乱れずきちんと
大勢ひき従えて　威風堂々と先払いをさせて
するとすぐに　侍女たちが　(侍女)ひどく見苦しい格好で油断しておりま
したところなので　殿は何と御覧になられたことやら　〔私に〕気の毒そうにあや
まるので　それ以上に〔私は〕見苦しいことだらけだったと思うと　ただもうこの身
が　愛想をつかされてしまったと思うのだった

(『全注釈』)のは不自然であろう。
一四 以下は作者の自邸が舞台らしく、父邸から帰ったことが省筆されている。従って「ただいま」は、帰宅直後の意である。
一五 儀式などの折、所定の座に着くこと。ここは、一月二十四日権大納言に任じられた兼家が初登庁して、晴れの座に着く儀をいう。
一六 新任着座後三日間は、潔斎するならわしである。
一七「いととげ」は、いと疾(と)げ。
一八 正午前後の二時間をいう。
一九 作者邸の召使の言葉。兼家の供人の言葉とする説(『全注釈』)もある。
二〇 身づくろいする余裕もなく。「われか人か」は、自他の区別もつかぬ上気した状態。これを受ける「にもあらぬ」は整わぬ表現だが、『全集』の指摘する如く、「われか人か」と「われにもあらぬ」の混合したものであろう。
二一 台盤。食事を載せる台をいう。
二二「明日」は「出だし立つ」に懸かる。「春日の祭」は奈良春日神社(藤原氏の氏神)の祭。普通、二月、十月の上の申(さる)の日に行われ、その前日には御幣使が立った。御幣使は近衛の少将(時に中将)が任ぜられ、権大納言兼右大将である兼家の所管事項である。「御幣」は、御幣使の意。
二三 権大納言兼右大将の格式をととのえたもの。
二四「らる」は尊敬の助動詞。

いかなるにかありけむ、このごろの日、照りみ曇りみ、いと春寒[一]き年とおぼえたり。夜は月あかし。十二日、雪、こち風[二]にたぐひて散りまがふ。午時[三]ばかりより雨になりて、しづかに降りくらすにしたがひて、世[四]の中あはれげなり。今日までおとなき人も、思ひしにたがはぬここちするを、今日より四日、かの[五]物忌にやあらむと思ふにぞ、すこしのどめたる。

似げなき夢

十七日、雨のどやかに降るに、方塞[六]がりたりと思ふこともあり、世の中あはれに心細くおぼゆるほどに、石山[七]に一昨年詣でたりしに、心細かりし夜な夜な、陀羅尼[八]いと尊う読みつつ礼堂[九]に拝む法師ありき、問ひしかば、「去年から山籠りしてはべるなり。穀断[一〇]ちなり」などいひしかば、「さらば、祈りせよ」と語らひし法師のもとより、いひおこせたるやう、「いぬる五日の夜の夢に、御[一一]袖に月と日[一二]とを受けたまひて、月をば足の下に踏み、日をば胸にあてて抱きたまふとなむ、見てはべる。これ夢解き[一三]に問はせたまへ」といひたり。い

一 「寒き」は底本「さむる」。通説は「さむかる」と改めるが、『全集』の改訂案に従った。
二 底本は「雪たち風に」とあるが、「雪、こち風に」とする説に従った。「こち風」は東風。「たぐひて」は、一緒に吹き送られて。
三 正午前後の二時間。
四 一八八頁注七参照。
五 今までしばしば見えた、兼家の四日の物忌。
六 兼家邸から作者邸の方角が方塞がり。従って兼家の来訪も期待できない、の意。
七 大津市石山の石山寺。「一昨年」は、天禄元年七月の石山参詣をいう（一二一頁）。
八 梵語のまま唱える経文。
九 本堂を礼拝する堂。本堂と庭を隔てて正面にある。
一〇 五穀を断って修行に専念すること。
一一 底本は「御にて」とあるが、通説により改めた。
一二 一般に「月」は后、「日」は帝であり、朝廷に時めく瑞夢である。後の『源氏物語』若菜上に明石入道の見た夢、「その年の二月、その夜の夢に見しやう、みづから須弥の山を右の手に捧げたり。山の左右より月日の光さやかにさし出でて世を照らす」なども思い合わされよう。
一三 「夢解き」は、夢判断をする者。
一四 件の僧の、口から出まかせの阿諛でもあろうかとの疑いも湧いて。

とうたておどろおどろしと思ふに、疑ひそひて[一四]、をこなるここちすれば、人にも解かせぬ時しもあれ、夢あはする者来たるに、異人(ことひと)[一五]の上にて問はすれば、うべもなく[一六]、「いかなる人の見たるぞ」と驚きて、「みかどをわがままに、おぼしきさまのまつりごとせむものぞ」[一七]とぞいふ。「さればよ。これがそらあはせにはあらず[一八]。いひおこせたる僧の疑はしきなり。あなかま[一九]。いと似げなし[二〇]」とてやみぬ。

（いやだ　大袈裟なことと思うと　馬鹿馬鹿しい気がするので　誰にも占わせなどしないでいた折も折　夢判断をする者が来たので　（夢解）　（夢解）朝廷を意のままに取りしきり　思いどおりの政治を行うことになりましょうぞ　（作者）やっぱりだ　言って寄越した石山の法師が　内緒だよ　とんでもない　そのままにした）

また、ある者のいふ、「この殿の御門(みかど)を四足(よつあし)[二一]になすをこそ見しか」といへば、「これは大臣公卿(だいじんくぎやう)[二二]出できたまふべき夢なり。かく申せば、男君の大臣近くものしたまふを申すとぞ思すらむ。さにはあらず。きんだち御行先(ゆくさき)のことなり」とぞいふ。

（侍女が言うのに　このお邸の　〔夢に〕　（夢解）　ご大夫君が近々大臣におなりになるのを申すとお思いでしょうが　そうではございません　[二三]御子息の）

また、みづからの一昨日(をととひ)の夜見たる夢、右のかたの足のうらに、男[二四]、門(かど)といふ文字を、ふと書きつくれば、驚きて引き入ると見しを問へば、「このおなじことの見ゆるなり」[二五]といふ。これもをこなるべきことなれば、ものぐるほしと思へど、さらぬ御族(ぞう)[二六]にはあらねば、

（私自身の　いきなり書きつけたので　足を引っこめたと見た夢を　尋ねると　（夢解）　馬鹿げた夢に違いないので　とんでもないこととは思ったけれど）

一五 わが身のこととしては、さし障りがあるので、他人の話として。

一六 予想した通り、やはり。「……疑ひそひて、をこなるここちすれば」を受けていう。

一七 具体的には、作者が将来、女子を儲け女御、后に立て、帝を意のままとするといった類(たぐい)のこと。

一八 この夢解きが、いい加減なのではない。

一九 「あなかまびすし」の略。しっ静かにと、人を制する語。ここは、他言するなというほどの意。

二〇 現在の自分には、およそ不相応だ、の意。

二一 四足門。門柱の前後に更に二本ずつの袖柱を設けた門。屋根は切妻破風(きりづまはふ)造りで、大臣以上の格式の門。

二二 大中納言、三位以上の者及び四位の参議。

二三 道綱。この折は従五位下十八歳。道綱が参議に任じたのは、こののち正暦二年三十七歳のことである。

二四 夢の中で、男が足の裏に「門」という文字を書いた、の意。僧が膝に水を注いだ夢（一一五頁）、胎内の蛇が肝を食む夢（一三九頁）などとともにグロテスクな夢で、抑圧された性的願望の顕れ(あらわ)といえよう。ただし、この部分は契沖(けいちゅう)以来、底本「をとこかと」を「おとゞかと（大臣門）」と改める説がある。先の四足門の夢とはよく照応して面白いが、なお考えたい。

二五 先ほどの夢と同じことが。「この」を「子の」と見て、道綱が同じ夢を見たと解く考えもある。

二六 「さあらぬ」すなわち、大臣公卿の出ない御族。「御族」は、兼家を含む藤原北家嫡流の一族をいう。

わがひとりもたる人［私のたった一人の息子が］、もしおぼえぬさいはひもやとぞ［もしや思いがけぬ幸運でもつかむのではと］、心のうちに思ふ。

養女を迎う

[一]かくはあれど、ただいまのごとくにては［現在のような有様では］、ゆくすゑさへ心細きに、［子供は］ただひとり男にてあれば［[二]それも男なので］、年ごろ［長年の間］も、ここかしこに詣でなどすると［お参りなどする先々では］ころには、[三]このことを[四]申しつくしつれば、いまはましてかたかるべ［今となってはいよいよそれも難かしい］き[五]年齢（としよはひ）になりゆくを、いかで［何とかして］、いやしからざらむ人の［素姓の賤しくない人の］女子（をんなご）ひとり取［迎え取って］りて、後見もせむ［世話でもしたい］、ひとりある人をも［一人息子の道綱とも］うち[六]語らひて、わが命のはて［[七]私の最後をも］にもあらせむと［みとらせようと］、この月ごろ［ここ数か月］思ひ立ちて、[八]これかれにも言ひ合はす［相談すると］れば、「[九]殿の通はせたまひし[一〇]源宰相兼忠（げんさいしやうかねただ）とかきこえし人の［とか申し上げた人の］御女（むすめ）の腹［儲けたお子様に］にこそ、女君いとうつくしげにて［とても可愛らしい姫君が］、ものしたまふなれ［おいでだそうでございます］。おなじうは［同じことなら］、それをやはさやうにもきこえさせたまはぬ［その姫君をそのようにお願い申してはいかがでしょう］。いまは[一一]志賀（しが）の麓（ふもと）になむ、かの[一二]せうとの禅師（ぜんじ）の君といふにつきて［すがって］、ものしたまふなる［暮しておいでだそうです］」などいふ人ある時に、「そよや［（作者）そうそう］、さることありきかし［そんなことがありましたね］。故[一三]陽成院（やうぜいゐん）の御後ぞ［御子孫でしたね］かし。[一四]宰相（さいしやう）なくなりてまだ服（ぶく）のうちに［喪の明けぬうち］、例のさやうのこと聞き過ぐ［そうした方面のことは聞き流せぬ］

一 夢では瑞兆がしきりにあったけれども。
二 女子は結婚次第で、思いがけない栄耀の端緒をつかむが、男子の出世は、その器量の限りでしかない。
三 女子を授かりたいということ。
四 漏れなく祈願の限りを尽してきたので。下に、利生（りしょう）があれば授かったろうに、の意が省略されている。
五 当年、作者の年齢はほぼ三十七歳。
六 よく相談させて。次行「あらせ（使役）」は、この語にも作用する。「語らふ」には、結婚するの意もあることから、道綱と妻合（めあわ）せてとする解もあるが、そこまでの考えはなかったと見ておく。
七 道綱はすでに十八歳、母親の手を離れて、しかるべき女性のもとに通う年頃である。作者の臨終を看取（み）るには、家に住みつく女子が必要である。
八 侍女ないし、気心の知れた親戚縁者であろう。
九 殿（兼家）が、かつてお通いあそばした。
一〇 陽成天皇の皇子源清蔭の子息。伯父貞元親王の養子となったらしく、正四位下、参議に昇った。「宰相」は参議をいう。
一一 大津市見世町西方の志賀山。
一二 兼忠女の兄。従って姫君には伯父に当る。「禅師」は本来、宮中の内道場に奉仕した僧をいうが、転じて一般の僧にもいう。
一三 第五七代陽成天皇。天暦三年（九四九）崩。
一四 宰相兼忠は天徳二年（九五八）七月一日、五十八

されぬ心〔御性分で〕にて、何くれとありしほどに〔何かと世話をしていたうちに〕、さめりしことぞ〔そんな仲になったようです〕。人[一五]はまづその心ばへにて〔例の好き心からだったし〕、ことに〔女も格別〕いまめかしうもあらぬうちに〔垢抜けしたところもない上に〕、齢（よはひ）なども、あうよりにたべければ[一六]〔かなりふけていたはずなので〕、女はさらむとも思はずやありけむ[一七]〔そうなるつもりもなかったようです〕。されど、返りごとなどすめりしほどに〔返事などは寄越していたらしくそのうち〕、みづから[一八]ふたたび〔二度ほど〕ばかりなどものし〔出かけて〕て、いかでにかあらむ〔どういうわけだか〕、単衣（ひとへぎぬ）[一九]のかぎりなむ〔女の単衣だけ〕、取りてものしたりしことどもなども〔持って帰って来たことなども〕ありしかど、忘れにけり。さて、いかがありけむ[二〇]、

（兼家）[二一]
関越えて旅寝なりつる草枕
かりそめにはた思ほえぬかな

とか、いひやりたまふめりし〔いっておやりになったようでしたが〕、なほもありしかば〔ありきたりの歌だったので〕、返り〔返事も〕、ことごとしうもあらざりき〔たいしたものではありませんでした〕。

（兼忠女）[二二]
おぼつかなわれにもあらぬ草枕
まだこそ知らねかかる旅寝は

とぞありしを、（兼家）[二三]『旅かさなりたるぞあやしき〔旅と繰り返したのはへんだね〕。などもろともに〔なんでまたこちらに合わせて〕』と[二四]て笑ひてき。後々しるきこともなくてやありけむ〔その後は目立ったこともなかったのでしょう〕、いかなる返りご〔どうした折の返事だっ〕

歳で没した。天徳二年の兼家は三十歳である。
一五 兼家。「その心ばへ……」は、持ち前の浮気ごころから、一時の戯れのつもりだったし、の意。
一六「あうよる」は、年がふけている、の意。
一七 兼家の求愛を受け入れようとも。
一八 手紙だけではなく、求婚のために兼家自身が。
一九『源氏物語』の空蟬（うつせみ）のように、兼忠女が脱ぎすべらかして逃れた単衣だけを、と考えるのは、いささか想像に過ぎようか。だが、考えられないこともない。
二〇 結婚の成立を暗示したもの。作者自身の結婚を「いかなるあしたにかありけむ」（一三頁）と記したのと同様の朧化表現。
二一 逢坂の関を越えて、ようやく一夜を共にしたが、かりそめの旅寝とは思えない。末長く忘れまいぞ。「関」「越え」「旅寝」「草枕」は「旅」の縁語。「草」から「かり」「かりそめ」と展開する。後朝（きぬぎぬ）の歌である。
二二 昨夜は気もそぞろに一夜を過しましたが、あのような旅寝は初めてのことでございます。この行く末が気がかりでなりません。
二三 兼家が「逢坂の関」に因んで「旅寝」と詠んだのにつられて、先方がまた「旅寝」と詠んだのを揶揄（やゆ）したもの。故兼忠邸に通った兼家には旅寝だが、兼忠女には旅寝ではない。
二四 底本「とぞ」。『全注釈』の改訂案に従った。なお、「など」以下を地の文として、「などもろともにも笑ひてき」と改める案（『全集』）もある。

とにか（たか）、かくあめりき（こう言って来たようです）。

（兼忠女）おきそふる露に夜な夜なぬれこしは[一]

思ひのなかにかわく袖かは

などあめりしほどに（などと訴えて来たようでその後）、[二]ましてはかなうなりはてにしを（いよいよ疎遠になってしまいましたが）、後に聞きしかば、『ありしところに女子（をんなご）生みたなり（（兼家）いつぞやの女の所では）。さぞとなむいふなる（私の子だと言っているそうだ）。[三]さもあらむ。ここに取りてやはおきたらぬ（こちらで引き取って面倒をみないかね）』などのたまひし、それなり。[四]させむかし（そうしましょうよ）」などいひなりて、たよりを（つてを）尋ねて（捜して）聞けば、この[五]人も知らぬ幼き人は、[六]十二三のほどになりにけり、ただ（〔母親は〕）それひとり（その子一人に）を身に添へてなむ（寄り添って）、かの志賀の東の麓（ふもと）に、湖をまへに見、志賀の山をしりへに見たるところの、いふかたなう心細げなるに、明かし暮らしてあなると（いるそうだと）聞きて、[七]身をつめば、[八]なにはのことを、さる住まひ（そんな心細い住まい）にて思ひ残し言ひ残すらむとぞ、まづ思ひやりける（で思いの限りを尽し愚痴の限りを尽していることだろうと先ず思いやるのだった）。

かくて、[九]異腹（ことはら）のせうとも京にて法師にてあり、ここに（私に）かくいひ出だしたる人（この話を持ちこんだ人が）、知りたりければ（〔その法師を〕）、[一〇]それして呼びとらせて（迎えにやって）語らはするに（相談させると）、

一 折からの露に加えて、夜な夜な涙に濡（ぬ）れてきた私の袖は、お口先だけの「思ひ」の「火」では乾くはずもございません。お越し下さいませぬ限りは。「思ひ」は、兼家の兼忠女に対するものとみる。

二 当初から、さだ過ぎて見栄えのしない兼忠女への愛情は、時とともに、ましてのこと。

三 かなり無責任な、つき離した物言いである。

四 かつて殿も言われたことだし、それを養女に迎えることにしよう、の意。

＊ 上中巻の作者なら、兼家が他の女性に生ませた子女を迎え取ることなど、思いも及ぶまい。それにしても作者は、「そよや、さることありきかし」（一九二頁）以下ここまで、一と息に語り続け、その折々の両者の贈答、また兼家の言葉をも混えて、往年をまざまざと再現する。そもそもこの一件は、上巻の世界に属することなのだが、かくまで鮮明な記憶にも拘らず、この兼忠女の件に関して、作者はなぜか上巻において一と言も触れていない。しかもこの事件を含む上巻四年間（天徳二年～応和元年末）の記事は、「……心をちぢに思ひなしつつあり経るほどに」（四二頁）と、わずか二、三行でさりげなく端折られている。意図的な構想でもあろうか。問題の潜むところである。

五 兼家。すなわち、父親も知らない。

六 この女子の誕生は、逆算すると、天徳三（九五九）、四年のこととなる。

(法師)一一「なにかは。いとよきことなりとなむ、おのれは思ふ。そもそも、かしこにまぼりてものせむ、世の中いとはかなければ、いまはかたちをもことになしてむとてなむ、ささのところに月ごろはものせらるる」などいひおきて、またの日といふばかりに、山越えにものしたりければ、異腹にてこまかになどしもあらぬ人のふりはへたるをあやしがる。「なにごとによりて」などありければ、とばかりありて、このことをいひ出だしたりければ、まづ、ともかくもあらで、いかに思ひけるにか、いといみじう泣き泣きて、とかうためらひて、「ここにも、いまはかぎりに思ふ身をばさるものにて、かかるところに、これをさへひきさげてあるを、いといみじと思へども、いかがはせむとてありつるを、さらば、ともかくも、そこに思ひ定めてものしたまへ」とありければ、またの日かへりて、「ささなむ」といふ。一八うべなきことにてもありけるかな。一九宿世やありけむ。いとあはれなるに、「さらば、かしこに、まづ御文をものせさせたまへ」

（傍訳）まことに結構なことだと　落飾し　一二 あちらで娘の面倒を見てゆくには　暮し向きも不如意で心細いので　て尼にでもなってしまおうというつもりで　一三 しかじかの所に　ここ数か月来移り住んでおいでです　早速その翌日 一四　一五 志賀の山越えをして出向いたところ　こまごまと気を配ってなどくれない人が　わざわざやって来たのを　いぶかった　(兼忠女)何の御用件で　しばらく間をおいて　養女の一件を持ち出したところ　否応も言わず　あれこれ思案のあげく　(兼忠女)私としても 一六　この子まで引き連れて住んでおりますのを　とてもつらいとは思っておりましたが　仕方のないことと諦めておりましたけれど 一七　どのようになりと　あなたの御判断でお取り計らい下さい　(法師)しかじかでした　胸が一杯になっていると　(法師)　何はともあれお手紙を差し上げて下さい

七 わが身を抓（つね）ってみると。夫に捨てられた女の身を他人ごととも思えず、わが身に重ね合せてみると。

八 「なには（難波）」は、「津の国のなには思はず山城のとはにあひ見むことをのみこそ」（『古今集』恋四、読人しらず）など、「何」「何事」の意の歌語として常用されている。従って、「何を……思ひ残し言ひ残すらむ」となって反語を形成、あらゆる物思い、恨み言の限りを尽したことであろう、の意となる。

九 兼忠女の異腹の兄弟。

一〇 「それ」は、作者にこの話を切り出した人。

一一 何の支障がありましょう。

一二 母兼忠女のもと。京の故兼忠邸であろう。「まぼり」は、見守り大切に世話する、の意。

一三 志賀山の東の麓なる、侘住（わびずま）いをいう。

一四 この敏速な反応は、件の法師が、厄介払いのつもりで、養女の件を渡りに舟と受けとめたもの。

一五 北白川から山中の里を経て志賀峠を越える山道。いわゆる志賀の山越えである。

一六 今はこれまでと先の見えたこの身は、ともかくとして。「かぎり」は、今はこの世を見限って、出家しよう、の意。

一七 そういうお話があるのなら。

一八 「うべなき」は、予想通りの。今まで散見した「うべなう」とともに、作者の筆癖である。

一九 前世からの約束ごと。因縁。

とものすれば、(作者)[一]「いかがは」とて、(作者)[二]「かく、年ごろはきこえぬ[三]ばかりに、[四]うけたまはりなれたれば、たれとおぼつかなく（御不審には）は思されずや（お思いになるまい）とてなむ（と存じまして）。[五]あやしと思されぬべきことなれど（さぞかしお思いのことでしょうが）、この禅師《ぜんじ》[六]の君に、〔私の〕[七]心細き憂へをきこえしを（訴え申したのを）、[八]伝へきこえたまひけるに（お取り次ぎ下さいましたところ）、いと嬉しくなむのたまはせし（とても嬉しい御返事をお寄せ下さいました）とうけたまはれば、よろこびながらなむきこゆる（お礼かたがた一筆したためた次第でございます）。[九]けしうつつましきことなれど（とんでもないぶしつけなことですが）、[一〇]尼にとうけたまはるには、むつましきかたにても（可愛がっておいでのお子様でも）、思ひ放ちたまふやとてなむ（お手離し下さるかと存じまして）」などものしたれば、またの日、返りごとあり。(兼忠女)「よろこびて」などありて、いと心よう許したり。[一一]かの語らひけることの筋もぞ、[一二]この文にある。[一三]かつは思ひやるここちも（母親の心中を推察すると）いとあはれなり（不憫でならない）。よろづ書き書きて、(兼忠女)「霞[一四]にたちこめられて、[一五]筆の立ちども知られねばあやし」とあるも、げにとおぼえたり。

それより後も、ふたたびばかり文ものして（手紙をやって）、事さだまり果てぬれば（話がすっかり纏まったので）、この禅師《ぜじ》たちいたりて（先方に行って）、京に出だし立てけり（娘を京に出立させることになった）。ただひとり出だ（送り出）

一 どうして書かずにいられましょう。「いかがは書かざらむ」の略。「とて」は、底本「せて」。上に続けて、「いかがはせん」と改める案もある。
二 斯く（このように）。他に、「とて書く」と地の文と見る考えもある。
三 こちらからお手紙を差し上げなかっただけで。
四 貴女がたの御動静は始終、お聞きしていたので、この手紙の差出人が誰なのか。
五 このたびのお申し入れを、不可解なこととは。
六 兼忠女とは異腹の、在京の法師。
七 「かくはあれど、ただいまのごとくにては、ゆくするゑさへ心細きに……」（一九二頁）とあった心境。
八 禅師の君が、貴女（兼忠女）に。
九 「けしう」は、常と異なる、の意。大切な姫君を譲り受けようという、異常な申し出をいう。
一〇 貴女が御出家なさると伺いますにつけても。「尼にと」は底本「あまたと」。通説に従って改めた。
一一 禅師が兼忠女との間に立って進めた話の経緯。
一二 兼忠女からの返事。底本は「この文も」とある。
一三 思い通りになったことを喜ぶ一方では。
一四 涙で目先もくもって。「霞」は、折柄の季節（二月）に即したもの。
一五 筆をおろす場所。「立ちど」の「ど」は、処。「あやし」は、しどけない手紙になってしまった、の意。

し立てけむも、思へば[一六]いと悲し。おぼろけにてかくあらむや、ただ、
[一七]親もし見たまはばなどにこそはあらめ、さ思ひたらむに、[一八]わがもと
にてもおなじごと見ることとかたからむこと、またさもなからむ時、
[一九]なかなかいとほしうもあるべきかななど思ふ心そひぬれど、いかが
はせむ、かくいひ契りつれば、[二〇]思ひかへるべきにもあらず。「この
十九日、よろしき日なるを」と定めてしかば、これ迎へにものす。
忍びて、ただ清げなる[二一]網代車（あじろぐるま）に、馬に乗りたるをのこども四人、下（しも）
人（びと）はあまたあり。[二二]大夫（たいふ）やがてはひ乗りて、しりに、このことに口入
れたる人と乗せてやりつ。

今日、めづらしき消息（せうそこ）ありつれば、「[二三]さもぞある。いきあひては
悪しからむ。いととくものせよ。[二四]しばしは気色見せじ。すべてあり
やうに従はむ」など、定めつるかひもなく、さきだたれにたれば、
いふかひなくてあるほどに、とばかりありて来（き）ぬ。「大夫は、いづ
こにいきたりつるぞ」とあれば、とかう言ひ紛らはしてあり。日ご

（傍注）した折の母親の心中も　並大抵の気持では手放したりできようか　などと考えてのことだろうが　そんな期待を持っていても　同様にあの人が面倒をみてくれることはまずあるまいし　構ってもくれない時は　かえって気の毒なことにもなろうよ　懸念も湧いてくるけれど　約束してしまったので　〔今さら〕　無難な日だから　その子を迎えにやることにした　こざっぱりした　侍たち　大勢つけてやった　そのまま乗りこんで　その車の後ろに　今度の一件に口をきいた人を一緒に乗せてやった　〔あの人からの〕　（作者）　かち合っては　まずかろう　大至急迎えておいで　知られたくないの〔でも〕　万事成り行きにまかせましょう　打ち合せた　〔あの人に〕先を越されてしまったので　がっかりしているうちに　〔迎えの一行が〕　（兼家）　何かと適当にごまかしておいた

一六　底本は「いかなし」とあり、普通、「はかなし」とする。「はかなし」ならば、親子の縁というものは、はかないものだ、の意となるが、「と」の脱落と見る説（『全集』）に従った。
一七　ひょっとして、父親（兼家）が面倒を見て下さるなら（それこそ願ってもないこと）、の意。
一八　兼家の足の遠のいた私の所に来ても。
一九　せっかく娘を手離したというのに、かえって。
二〇　約束をくつがえすわけにもゆかない。
＊　石山の僧が、作者に関する吉夢を知らせて寄越したのが二月十七日、「かくはあれど……」（一九二頁）と展開、養女を引き取ることになったのが同十九日、すなわち、養女の件は二日間で進捗したかにみえるが、禅師の志賀往復、作者からの手紙の往復（前後三回）等を考えると、なお数日は要したはずである。従って、養女の話は、石山の僧の夢とは関わりなく、それ以前に始まったこととなろう。
二一　檜（ひのき）の薄板を網代に編んで車体を覆った牛車。貴人の略式の外出に用いた。
二二　道綱。
二三　「さ」は、兼家の来訪をいう。「も」は万一を危惧（きぐ）する係助詞。ひょっとしたら、来るかも知れない、の意。
二四　当分は、養女を迎えたことを、兼家には伏せておきたい、の意。作者自身の目で養女を検分、多少とも身辺をととのえてやってから対面させたいという配慮。

ろもかく[一]思ひまうけしかば、「身の心細さに、人[二]の捨てたる子をなむ取りたる〔迎えることにしました〕」など、もの[三]しおきたれば、「いで見む〔（兼家）どれ拝顔しよう〕。たが子ぞ〔誰の子だ〕。われ〔私が〕いまは老いにたりとて〔もう年をとったからといって〕、若人（わかうど）[四]求めてわれを勘当（かんだう）[五]したまへるならむ」とあるに、いとをかしうなりて〔ふき出したくなって〕、「さは〔（作者）では〕、見せたてまつらむ。御子〔お子様〕にしたまはむや〔にして下さいますか〕」とものすれば、「いとよかなり〔（兼家）それはよい〕。させむ〔そうしよう〕。なほなほ[六]〔さあさあ早く〕」とあれば、われも、とう[七]いぶかしさに〔さっきから気になっていたので〕、呼び出でたり。

聞きつる年よりもいと小さう〔年のわりにはとても小柄で〕、いふかひなく〔頼りないほど〕幼げなり。近う呼び寄せて、「立て〔（作者）立ってごらん〕」とて立てたれば、丈（たけ）[八]四尺ばかりにて、髪は落ちた〔脱け落ち〕るにやあらむ〔たのであろうか〕、裾（すそ）[九]そぎたるここちして、丈に四寸ばかりぞ足らぬ。いとらうたげにて〔とてもいじらしい様子で〕、頭つきをかしげにて〔髪の具合も美しくて〕、様体（やうだい）[一〇]いとあてはかなり〔まことに上品である〕。見て、「あはれ〔（兼家）ああ〕、いとらうたげなめり〔とても可愛い子のようだね〕。たが子ぞ。なほいへいへ〔さあ隠さずに言いなさい〕」とあれば、恥[一一]なかめるを、さはれ[一二]、あらはしてむ〔打ち明けてしまおう〕と思ひて、「さは〔（作者）では〕、らうたしと見たまふや。きこえてむ〔申し上げましょう〕」といへば、まして責めらる〔ますますせがまれる〕。「あなかしがまし〔（作者）まあやかましいこと〕。御子〔〔あなたの〕〕ぞかし」といふに、驚きて、「いかにいか〔（兼家）なんと〕

一 慎重に段取を進める作者は、養女の引取りと兼家の来訪が、偶然かち合うこともあろうかと、そんな場合も予測していたので。

二 「人」は、男親をいう。

三 それとなく洩らしておいたので。不必要な衝撃、摩擦などを避けるため、恐らく手紙などにしたためたものであろう。さればこそ兼家も、すぐにそれと察して「いで見む……」と反応したもの。

四 若い男性。

五 お払い箱になさるおつもりだろう。「勘当」は、上位の者が下位の者に加えるもの。従って、立場を逆転させたこの物言いは、兼家一流の猿楽言（さるがうごと）（諧謔（かいぎゃく））。

六 ためらう相手をせき立てる語。

七 「とう」は、「疾（と）う」。さき程から。

八 一メートル二〇センチほど。

九 髪が脱け落ち、その裾がほっそりとして、まるでそぎ落したような感じで。なお、「そぎ」を綺麗に切り揃えたと見て、出発に当って母親が整髪したらしいが、なまじ整髪しなければ、丈に届いたろうに、惜しいことを、と解く考え（『全注釈』）もある。だがむしろ、ここは、貧しい生活の中で栄養も行き渡らず、髪も脱け落ちて、苦労の跡のしのばれる（従って、大切にかしずいたなら、さぞかし匂いやかにもなろう）様子と見ておきたい。

10 容姿の全体をいう。

一一 母は兼忠女と素姓を明かしても、この子は別段、

に。[一三]いづれぞ」とあれど、とみにいはねば《すぐは答えないでいると》、《（兼家）もしかしたら》「もし、ささの《[一四]しかじかの》ところにありと聞きしか《所で生れたと聞いた子供か》」とあれば、《（作者）そのようですわ》「さなめり」とものするに、《（兼家）それは》「いといみじきことかな《すばらしいことだ》。[一五]いまははふれうせにけむとこそ見しか《今は零落して行く方知れずになったと思っていたのに》。かうなるまで見ざりけることよ《こんな大きくなるまで知らないでいたとは》」とてうち泣かれぬ[一六]。この子もいかに思ふにかあらむ《どう思ったのか》、うちうつぶして泣きゐたり。見る人も《まわりの侍女たちも》、あはれに《胸が迫って》、[一七]昔物語のやうなれば、みな泣きぬ。〔私も〕[一八]単衣（ひとへ）の袖、あまたたび引き出でつつ《何度も何度も引き出しては》泣かるれば[一九]、（兼家）[二〇]「いとうちつけにも、〔私が〕[二一]ありきには、いまは来じとするところに《もう通っては来るまいと思っていたこちらに》、かくていましたること《こんな具合にお越しになられたとは》。[二二]われゐていなむ《連れて帰ろう》」など、たはぶれ言ひつつ《冗談を言いながら》、夜更（ふ）くるまで、泣きみ笑ひみして《泣いたり笑ったりして》、みな寝ぬ。

つとめて《あくる朝》、帰らむとて《帰りしなに》、〔娘を〕呼び出だして、見て、いとらうたがりけり《たいそう可愛がっていた》。（兼家）「いま《そのうち》、ゐていなむ《連れて行こう》。[二三]車寄せばふと乗れよ」とうち笑ひて出で[二四]られぬ。それより後、文などあるには、かならず、（兼家）「小さき人はいかにぞ《小さいあの子はどうしている》」など、しばしばあり。

近き火のこと

さて、二十五日の夜、宵うち過ぎてののしる《騒々しく人声がする》。火のことなりけり《火事だったのだ》。

恥じ入ることもなさそうなので、の意。別に、この子なら養女にしても、作者（或いは兼家）の恥にはなるまい、などの解もある。

一二 当分、素姓は伏せておきたいと思っていたが、これも成り行きだ、仕方があるまい、の意。

一三 何処（どこ）の女性（通い所）に生れた子なのだ。

一四「ささ」は、兼忠女をさす。

一五「はふれ」は、流浪する、落ちぶれる、の意。

一六「れ」は尊敬と見るのが自然。我が子を目前に感動した兼家の自発と見る考え（『全集』）もある。

一七 零落した姫君が、数奇な遍歴ののち父親にめぐり会うというのは、昔物語の格好なテーマである。その昔物語を地でゆくようなので。

一八 裏地のない下着。

一九「るれ」は自発。思わず貰い泣きをする。

二〇 全く藪から棒にも。「うちつけ（唐突）に」は、「かくていましたる」にかかる。

二一「ありき」は、通い所として訪れること。従って、以下は、もう見限ってしまったそなたの所になど、の意となるが、深刻な雰囲気を一転させる兼家の、例の猿楽言である。

二二「ゐていなむ」は「率（ゐ）て去（い）なむ」。

二三 迎えの車を寄越したなら。「ふと」は、躊躇（ちゅうちょ）せずすぐに。

二四 底本は「いてこれぬ」。通説によって改めた。「られ」は尊敬。

いと近しなど、騒ぐを聞けば、憎し[一]と思ふところなりけり。その五六日は例の物忌と聞くを、「御門[二]の下よりなむ」とて、文あり。なにくれとこまやかなり。いまは[三]、かかるもあやしと思ふ。七日は方[四]塞がる。

八日の日、未[五]の時ばかりに、「おはしますおはします」とののしる。中門[六]おし開けて、車ごめ引き入るるを見れば、御前[七]のをのこども、あまた、轅[八]につきて、簾巻きあげ、下簾[九]左右おし挟みたり。榻[一〇]持て寄りたれば、下り走りて、紅梅のただいま盛りなる下よりさし歩みたるに、似げなう[一一]もあるまじう、うちあげつつ、「あなおもし[一二]ろ」といひつつ歩み上りぬ[一三]。またの日を思ひたれば、また南塞がり[一四]にけり。「などかは、さは告げざりし」とあれば、「さきこえたらましかば、いかがあるべかりける」とものすれば、「たがへこそは[一五]せましか」とあり。「思ふ心をも[一六]、いまよりこそはこころみるべかりけれ」など、なほもあらじに、たれもものしけり。小さき人には、

一 兼家の通い所、近江（国章女）の邸宅。
二 物忌中は閉門して文通も慎む。「御門の下より」は、こうした折の形式的な挨拶の言葉だが、ここでは多分に恩着せがましい響きがあろう。
三 夫の足もすっかり遠のいた現在の夫婦仲では。
四 兼家邸から作者邸の方角が塞がっている、の意。
五 午後二時前後。
六 表門から寝殿に至る中間、南庭の入口にある門。
七 前駆の侍たち。
八 中門のところで牛をはずし、侍たちが轅を支えて引き入れる。「轅」は車の前方に延びた二本の柄。牛を付けるところ。
九 牛車の簾の内側に長く垂れた二枚の帳。開く時は左右に挟んだ。
一〇 車から牛をはずした時、轅を置く台。車の乗り降りの場合は踏み台にも用いた。
一一 悠揚迫らぬ貴公子兼家の動作が、折からの光景にいかにも相応しく。
一二 歌謡の一節であろう。「あはれ　あなおもしろ　あなたのし　あなさやけ　をけ」（『古語拾遺』神楽歌）かともいう。
一三 階段を昇って部屋に入ってきた。
一四 兼家の東三条邸は、一条室町の作者邸からは南に当る。従って、今宵、作者邸に泊れば、兼家は翌日自邸に帰れないことになる。
一五 ここには泊らず、方違えでもして帰ったろうに。

一七 手習ひ、歌よみなど教へ、ここにては〔こちらに置いても〕、けしうはあらじと思ふを〔不足はあるまいと思っているのに〕、〔（兼家）〕一八「思はずにてはいと悪しからむ。いま〔そのうち〕、一九 かしこなるともろともに〔あちらにいる娘と一緒に〕も二〇 裳着（もぎ）せむ」などいひて、日暮れにけり。〔（兼家）〕「おなじうは、二一 院へまゐらむ」とて、ののしりて〔高らかに先払いをして〕二二 出でられぬ。

このごろ、空の気色（けしき）なほりたちて〔すっかり直って〕、うらうらとのどかなり。二三 暖かにもあらず、寒くもあらぬ風、二四 梅（むめ）にたぐひて鶯をさそふ〔梅の香を運んで山の鶯を誘い出す〕。鶏（にはとり）の声など、さまざまなごう〔なごやかに〕聞こえたり。屋（や）の上〔屋根の上〕をながむれば、巣くふ雀（すずめ）ども、瓦（かはら）の下を出で入りさへづる。二五 庭の草、氷に許され顔なり〔氷からやっと解放された風情である〕。

閏二月（うるふきさらぎ）のついたちの日、雨のどかなり。それよりのち、二六 天（そら）晴れたり。三日、方（かた）あきぬと思ふを〔方角があいたと思うのに〕、おとなし〔音沙汰がない〕。二七 四日（ようか）もさて暮れぬるを〔そのまま暮れてしまったのを〕、あやしと思ふ思ふ〔おかしいと思いながら〕、寝て聞けば、夜中ばかりに火の騒ぎするところあり〔火事騒ぎを起した家がある〕。近しと聞けど、もの憂くて〔おっくうで〕起きもあがられぬを、これかれとふべき人〔見舞いに来るはずの人が〕、二八 徒歩（かち）からあるまじきもあり。それにぞ起きて〔それでしぶしぶ起きて〕、出でて、答へなどして〔応対などしたが〕、〔（見舞客）〕「火しめりぬめり〔火も鎮まったようだ〕」とて、あかれぬれば〔それぞれ帰っていったので〕、入りて〔奥に入って〕う

一六 底本は「心をや」。「や」の結びがないので、「心をも」とする改訂案（『全集』）に従った。

一七 習字と作歌は、当時貴族の女子の基本的な教養だった（『枕草子』宣耀殿（せんようでん）女御）。

一八 養女の母兼忠女、従って恐らく養女自身も、兼家の庇護（ひご）を期待していた、その期待に背いては、まずかろう、の意。

一九 時姫腹の詮子。当年十一歳。時姫はこの頃すでに子女とともに東三条邸に迎えられていたらしい。

二〇 女子が成人して、初めて裳を着け、髪を上げる儀式。女子の成人式。

二一 冷泉院。兼家の甥（おい）。時姫腹の超子が嫁いでいる。

二二 「られ」は尊敬。

二三 「不レ明 不レ暗 朧々月、非レ暖 非レ寒 漫々風」（『千載佳句』白楽天）を踏まえたもの。

二四 「花の香を風のたよりにたぐへてぞ鶯さそふしるべにはやる」（『古今集』春上、紀友則）を踏まえたもの。「たぐふ」は、ともなう意。

二五 「樹根雪尽催二花発一、池畔氷消放二草生一」（『千載佳句』白楽天）を踏まえたもの。

二六 底本には「天」に「ソラ」の傍注がある。

二七 底本は「ようこ（「こ」は不鮮明）」とあるが、通説によって「ようか」と改める。「ようか」は、四日の意で、八日ではない。

二八 身分柄、徒歩で来ることのできないような人も、車の用意が間に合わず、徒歩で駆けつけた、の意。

ち臥すほどに、さき追ふ者、門(かど)にとまるここちす。あやしと聞く〔変だなと思って〕ほどに、「おはします」〔(召使)殿がお越しです〕といふ。ともし火〔室内の燈火が〕の消えて、はひ入るに暗ければ、〔(兼家)〕「あな暗(くら)、一ありつるものを頼まれたりけるにこそありけれ。〔先刻の火事のあかりを当てにしてそれで燈もともさなかったのだな〕近きここちのしつればなむ〔火事が近かったような気がしたので〕。二いまは帰りなむかし〔帰るとしよう〕」といふいふ〔と言いながら〕、うち臥して〔横になって〕、〔(兼家)〕「宵よりまゐり来(こ)まほしうてありつるを〔お伺いしたくてそのつもりでいたが〕、をのこどもも〔侍たちも〕、三みなまかり出(で)にければ、えものせで〔出ることもならず〕、四昔ならましかば、馬にはひ乗りてものしなまし〔やって来たろうに〕、なでふ身にかあらむ〔何という窮屈な身分だろう〕、なにばかりのことあらば〔どれほどの変事が起ったら〕、五かくて来なむ〔こうして伺えようなどと〕など思ひつつ寝にけるを、からののしりつれば〔〔ちょうど〕こんな騒ぎが起きたので〕、六いとをかし。あやしうこそありつれ〔不思議な気持がしたよ〕」など、心ざしありげにありけり〔気遣ってはいてくれるようだった〕。

明けぬれば、「七車など異様(ことやう)ならむ」とて、急ぎ帰られ八ぬ。六七日、物忌と聞く。八日、雨降る。夜は九石の上の苔苦しげに聞こえたり。

賀茂へ詣づ

十日、賀茂(かも)へ詣(まう)づ。「忍びて、もろともに〔御一緒に〕」といふ人あれば、一〇なにかは〔結構ですともと〕とて、詣でたり。いつも、めづらしきここちするところなれば〔新鮮な感じのするところなので〕、今日も心の一一ばふる一二ここちす。田かへしなどするも〔田を耕したりする農夫の姿も〕、一三かうしひけ〔あんなにまで〕

一 「ありつるもの」は、先刻の火事をいう。別に、「先刻まで一緒にいた男」として、見舞客を作者の愛人に見立てて戯れたと見る考えなどもある。

二 鎮火したから、今はもう。

三 仕事を終え、それぞれ帰ってしまい、供揃いもととのわなかったので。

四 自由に行動のできた軽輩の昔であったなら。

五 底本は「かかとて」。『全集』に従って改めた。

六 思っていた変事が、偶然起ったのも面白い。

七 車のしつらいなども十分でなく、見苦しかろう。

八 「れ」は尊敬。

九 石の上の苔が雨に打たれて、咽(むせ)び泣くように。「春風暗(ひそかに)剪(きる)庭前樹(ヲ)、夜雨偸(ひそかに)穿(うがつ)石上苔(ヲ)」(『千載佳句』傅温)を踏まえ、眠れぬ夜の閨怨(けいえん)を重ね合せたもの。上中巻の直情的な物言いに対して、冷えさびた物静かな表現である。

一〇 「なにかはものせざらむ」の略。

一一 底本は「のはゐる」。通説によって改めた。心がのびのびする、の意。

一二 この部分は、底本に「ここちあらたかへし」とあって、改訂に諸説がある。難解なところだが、「あら」を「す」の誤写と見て、「ここちす。たかへし」とする説(『校注』『全集』)が穏当なようである。

一三 私以外の他人が見たなら、よくもあのように無理をして、あくせく働くものだと思うであろう、の意。

るはと見ゆらむ（無理をしてと）。さきのとほりに（前回のように）、[14]北野（きたの）にものすれば、沢にもの摘む女わらはべ（女や子供たち）などもあり。[15]うちつけに（見たとたん）、[16]ゑぐ摘むかと思へば、[17]裳裾（もすそ）思ひやられけり。[18]船岡（ふなをか）うちめぐりなどするも（麓をぐるりと回ったりしたのも）、いとをかし。暗う家に帰りて、うち寝たるほどに、門（かど）いちはやく（激しく）たたく。胸うちつぶれ（はっとして）て覚めたれば、思ひのほかに、さなりけり（あの人だった）。[19]心の鬼は、もし、[20]ここ近きところに障りありて（さしさわりがあって）、帰されてにやあらむと思ふに、人は（あの人は）さりげなけれど、うちとけずこそ（〔私は〕こだわりが解けず）思ひ明かしけれ。つとめて、すこし日たけて（日が高くなって）帰る。さて、五六日ばかりあり。

十六日、雨の脚（あし）いと心細し。明くれば、この寝るほどに（私がまだ寝ているうちに）、こまやかなる（ねんごろな）文（ふみ）見ゆ。「今日は、方塞がりたりければなむ（〔兼家〕そちらの方角が塞がってしまったので）。いかがせむ」など[21]あべし。返りごとものして、とばかりあれば（しばらくすると）、みづからなり（当人がやって来た）。日も暮れがたなるを、[22]あやしと思ひけむかし（変だと〔私は〕思ったに違いないよ）。夜（よ）に入りて、「いか（〔兼家〕）に。[23]御幣（みてぐら）をや奉らまし」などやすらひの気色あれど（帰るのをためらう様子だったが）、（〔作者〕）「いと[24]ようないことなり（そんな事何にもなりませんわ）」など、そそのかし出だす（せき立てて送り出した）。歩み出づるほどに（部屋から出しなに）、あいな（わけもな）

作者が、農夫の苦労とわが身の心労を、人それぞれに背負わされた前世からの宿命として受けとめていると見る考え（『全集』）に従いたい。

一四 現在の北野だけでなく、船岡山も含めて京都北方に広がる野原。

一五 だしぬけに。唐突に。「思へば」にかかる。

一六 山沢に自生し、早春に摘んで食用とした。「くろぐわい」とも「せり」の別名ともいうが、不明。

一七 さぞかし裳の裾が濡れることだろうと、その苦労が思いやられる、の意。「君がため山田の沢にゑぐ摘むと雪消（げ）の水に裳の裾濡（ぬ）れぬ」（『万葉集』巻十。『古今六帖』第六は、初句「あしびきの」、五句「裳の裾濡らす」）を踏まえたもの。

一八 船岡山。京都市北区紫野の平地に孤立した岡。

一九 疑心暗鬼で、もしかしたら。「心の鬼」は、心のうちにうごめく疑惑。必ずしも良心の苛責とは限らない。

二〇 兼家の通い所、近江（国章女）をさす。

二一 「あるべし」の音便「あんべし」の撥音脱落。など書いてあったに違いない。他人ごとのように突き放した表現。

二二 方塞（かたふた）がりで泊ることもできないのに、夕暮れに何でまた訪れたのかと、いぶかる心。

二三 天一神（なかがみ）に幣帛（へいはく）を奉って、今夜、泊ることのお許しを頂こう、の意。

二四 無用、すなわち効（き）き目がない。無駄である。

う、「夜数にはしもせじとす」と忍びやかにいふを聞き、「さらば、いとかひなからむ。異夜はありと、かならず今宵は」とあり。それもしるく、そののちおぼつかなくて、八九日ばかりになりぬ。かく思ひおきて、「数には」とありしなりけりと思ひあまりて、たまさかに、これよりものしけること、

かたときにかへし夜数をかぞふれば
鴫の諸羽もたゆしとぞなく

返りごと、

いかなれや鴫の羽がきかず知らず
思ふかひなき声になくらむ

とはありけれど、おどろかしても、くやしげなるほどをなむ、いかなるにかと思ひける。このごろ、庭、もはらに花降りしきて、海ともなりなむと見えたり。

今日は二十七日、雨昨日の夕より降り、風残りの花を払ふ。

一 「夜数」は、来訪の回数をいう。
二 他の夜は数に入れなくても。「ありと」は、「さありとも」の意。
三 今夜は是非とも数のうちに入れてほしい。
四 ほんの片時のお越しを一夜のお泊りにみなして、それっきりお見えにならない夜数をかぞえてみますと、あまり多くて、これでは鴫の双羽もだるくなって悲鳴を上げるでしょう。そんな夜な夜な、私は涙に咽んでいるのです。「かへ」は、置き替えるの意。「鴫」は、鶴に似て嘴の長い水鳥。「なく」は「鳴く」に「泣く」を掛ける。一首は「暁の鴫の羽搔き百羽搔き君が来ぬ夜はわれぞ数かく」(『古今集』恋五、読人しらず)を踏まえたもの。
五 鴫の百羽搔きではないが、私は数かぎりもなく、そなたのことを思っているのだ。それなのに、その甲斐もなく泣いてばかりいるとは、どうしたことなのだ。「かひ」は「効」に「卵」(鴫の縁語)を掛ける。
六 私の胸のうちを判ってくれるでもなし、実際には訪れてもくれない。それなら便りなど出すのではなかったと後悔する。こうした夫婦仲の、あやにくな実情。
七 典拠は未詳だが、以下にも散見するごとく、多分に漢詩文的な表現である。一説に「桜花散りぬる風の名残りには水なき空に波ぞ立ちける」(『古今集』春下、貫之)を踏まえ、庭上を海に見立てたとする。

三月（やよひ）になりぬ。木（こ）の芽（め）すずめがくれ[九]になりて、[一〇]祭のころおぼえて（賀茂の祭の頃の感じで）、[一一]榊（さかき）、笛こひしう、いとものあはれなるにそへても（しみじみとした気分になるとともに）、おとなきことを（手紙ひとつ来ないのに）[一二]なほおどろかしけるもくやしう（〔こちらから〕歌など送ったのも悔まれ）、例の絶え間よりも（いつもの途絶えよりも）やすからずおぼえけむは（気がもめてならなかったが〔あれは〕）、[一三]なにの心にかありけむ（どういう気持だったのだろう）。

この月、七日になりにけり。今日ぞ、（兼家）「これ縫ひて。[一四]つつしむことありてなむ（慎しむことがあって〔私は行けぬが〕）」とある。めづらしげもなければ（今に始まったことでもないので）、（作者）「給はりぬ（頂戴しました）」などつれなうものしけり（そっけなく言ってやった）。昼つかたより雨のどかにはじめたり。

十日、おほやけは（朝廷では）八幡（やはた）[一五]の祭のことどものしる（大騒ぎである）。われは人の詣[一六]づめるところあめるに（物詣でに行くようなので）、〔一緒に〕いと忍びて出でたるに（こっそり出掛けたところ）、昼つかた帰りたれば、[一七]主（あるじ）の若き人々、「いかでもの見む（是非見物に参りましょう）。〔行列は〕まだ渡らざなり（まだ通らないそうです）」とあれば、帰りたる車[一八]もやがて出だし立つ（そのまま出立させた）。

またの日、[一九]かへさ見むと（帰りの行列を見ようと）、人々の騒ぐにも、〔私は〕ここちいと悪（あ）しうて、臥し暮らさるれば（ずっと臥せっていたので）、見むここちなきに、これかれ（まわりの者が）そそのかせば、ただ[二〇]檳榔（びらう）一つに四人ばかり乗りて出でたり。[二一]冷泉院（れいぜいゐん）の御門（みかど）の北のかた

八　当時の漢文日記「雨下（くだる）」に倣（なら）ったものか。「雨……」「風……」も漢文的対句表現を思わせる。
九　草木のやや茂ったさま。「浅茅生（あさぢふ）も雀隠れになりにけりむべ木（こ）のもとはこぐらかりけり」（『曽根好忠集』三月終）などもある。
一〇　賀茂の葵祭（あおいまつり）。四月中（なか）の酉（とり）の日に行われた。当年は二月に閏（うるう）があり、三月はすでに初夏の趣があろう。
一一　「榊」「笛」はともに賀茂の祭の風物。
一二　「なほ（相変らず）」は、「くやしう」にかかる。
一三　当時の心の動揺をみずからいぶかる語気。
一四　物忌を口実とする、訪問できぬ言い訳である。
一五　石清水八幡宮（京都府綴喜（つづき）郡八幡町男山）の臨時の祭。天禄三年の当臨時の祭は三月十日であった（『日本紀略』）。
一六　作者の女友達であろうが不明。
一七　留守を預けた主人格の若者たち。道綱及び養女をさすものであろう。
一八　作者が物詣でから乗って帰って来た車。
一九　還立（かえりだち）。祭に奉仕した勅使一行が宮中に帰参すること。その行列。
二〇　檳榔毛の車。檳榔の葉を晒（さら）して屋形を葺いた車。天皇・上皇以下四位以上、また僧綱及び身分のある婦人の用いた牛車。
二一　大炊御門（おおいみかど）（現在の竹屋町）の南、堀川の西。歴代の仙洞御所であった。

に立てり〔車を立てた〕。異人多くも見ざりければ〔見物人もあまりいなかったので〕、一人ごこちして立てれば〔車をとめていると〕、とばかりありて二渡る人〔の中には〕、三わが思ふべき人も〔懇意な人も〕、四陪従ひとり、舞人にひとりまじりたり。このごろ、ことなることなし〔別段変ったこともない〕。

隣家の火事

十八日に、五清水へ詣づる人に、また忍びてまじりたり〔同行した〕。六初夜果ててまかづれば〔お寺からさがると〕、時は七子ばかりなり。もろともなる人のところに帰り〔一緒に出掛けた人の家に〕て、ものなどものするほどに〔食事などしていたところ〕、あるものども〔そこの召使たちが〕、「この八乾のかたに火なむ見ゆるを、出でて見よ」などいふ九なれば、〔（召使）〕「一〇唐土ぞ」などいふなり。うちには〔心のうちでは〕、一一なほ苦しきわたり〔やはり気になるあたりだ〕など思ふほどに、人々、「一二かうの殿なりけり」といふに、いとあさましういみじ〔あまりのことに仰天した〕。わが家も、一三築土ばかり隔てたれば、騒がしう、若き人をも一四惑はしやしつらむ〔とまどわせてもいよう〕、いかで〔何とか〕渡らむ〔早く帰りたいと〕と、惑ふにしも〔気も動顚して〕、車の簾は掛けられけるものかは〔掛けるひまさえなかった〕。からうじて乗りて来しほどに、一五みな果てにけり〔万事すんでしまっていた〕。わがかたは〔私の家は〕残り、一六あなたの人もこなたに集ひたり。ここには大夫ありければ〔道綱がいたお蔭で〕、いかに〔どうかしら〕、土に〔はだし〕や走らすらむと思ひつる人も〔で逃げさせでもと案じていた娘も〕、車に乗せ、門強うなどものしたりけ〔しっかり閉めなどしていたので〕

一 気分も恢復して。底本は「人ひとり人こち」とあるが、「人ひとり」を衍字と見て「人ごこち」とする説（『全注釈』）に従った。
二 行列の人々。「渡る人ありて」「渡る人見ゆるに」などとあるべきところを端折ったもの。
三 作者が心をかけずにはいられない人。身内または親しい知人であろう。
四 「陪従」は舞人に従う楽人で普通十二人。「舞人」は祭に東遊を舞う役の者で十人。
五 京都市東山区の清水寺。
六 初夜の勤行。「初夜」は、一日を六等分した六時の一で、午後六時ごろから同十時ごろまでに当る。
七 午前零時前後。
八 西北の方角。後文のごとく作者邸の方角に当る。
九 「なれ」は推定。下の「なり」も同様。
一〇 距離の遠さの誇張表現。「立ち寄れば塵立つばかり近けれどなど唐土の心地のみする」（『元良親王集』）など。
一一 「なほ」は、遠いとはいえ、自邸の方向なのでやはり、の意。
一二 「かう（かん・かみ）」は、督・頭・守など、広く役所の長官をいうもので、誰とも不明。次段に、二十日、倫寧邸に移った由が見えるので、作者の家庭とごく親しい隣人であろう。左兵衛督藤原済時、右衛門督藤原斉敏、また尚侍登子などを当てる考えもあるが、特定することはできない。

れば、一七らうがはしきこと（狼藉沙汰なども）もなかりけり。あはれ、をのことてよう行なひたりけるよと（男の子だけあってよく取りしきってくれたことだと）、見聞くもかなし（胸が熱くなる）。渡りたる人々は（逃れて来た人々は）、ただ「命のみわづかなり（命からがらでした）」と嘆くまに、火しめりはてて（すっかり鎮火して）、しばしあれど、とふべき人はおとづれもせず（当然見舞に来るべきあの人はやっても来ない）。一八さしもあるまじきところどころよりも（そんな筋合でもないような誰かれからも）とひつくして（もれなく見舞が来たので）、このわたりならむやのうかがひにて（〔昔は〕火事はこの近くではないかと様子を見に）、急ぎ見えし世々もありしものを（駆けつけてくれた時代もあった）、ましてもなりはてにけるあさましさかな（いよいよもって冷淡になってしまったとはあきれたことだ）、一九「さなむ」（しかじかですと）と語るべき（〔兼家に〕）人は、二〇さすがに、二一雑色（ざふしき）や侍やと聞きおよびけるかぎりは（かねて聞きおよんでいた者たちは皆）、語りつ（〔兼家に〕）と聞きつるを、あさましあさまし（あまりと言えばあんまりだ）と思ふほどにぞ、門たたく。人（召使）見て、「おはします（殿がお越しです）」といふにぞ、すこし心おちゐて（ほっとした）おぼゆる。さて（兼家）、「ここにありつる（こちらに来ていた）をのこども（侍たちが）の来て告げつるになむ驚きつる。あさましう（あまりにも）来ざりける（遅くなったのは）がいとほしきこと（何とも申し訳ない）」などあるほどに、とばかりになりぬれば（しばらく時もたってしまい）、鶏（とり）も鳴きぬと聞く聞く寝にければ（聞きながら床に就いたところ）、二二ことしも（まるで）二三ここちよげならむやうに、朝寝（あさい）になりにけり。いまも、とふ二四見舞客が人あまたののしれば（二五立て混んでいるので）とて、起きて答へたり（応対した）。「（兼家）騒がしうぞなりまさ

一三 土塀を隔てただけなので。

一四 道綱（十八歳）と養女（十二歳）。

一五 「みな」は、避難および衣類・調度の搬出など、当座の処置。

一六 「からの殿」の人々。

一七 火事場泥棒など、下人の闖入（ちんにゅう）をいう。

一八 「さ」は、火事見舞に訪れることをさす。

一九 作者の隣家が火事である旨を。

二〇 次の雑色・侍と同一である。

二一 兼家邸の雑色・侍で、この日、作者邸に詰めていた者たち。「雑色」は本来、蔵人所に属し雑用を弁ずる者だが、のち、上流貴族の邸宅で雑用に従事する者たちをもいう。このあたり、難解な文脈だが、兼家の雑色とか侍とか、かねがね聞き及んでいた人々の、誰に問い合せてみても、兼家に報告したと聞くのに、の意。

二二 あたかも。「……やうに」に続く。

二三 火事で大騒ぎだった翌朝というのに、何事もなかったように、屈託もなげに。

二四 底本は「とふ人きまた」とある。底本のままなら「訪ふ人来、また」となるが、「き」を「あ」の誤写と見る説（『全集』）に従った。

二五 底本は「のゝしれはせて本にてもしたり」とあって極めて難解。殊に「せて……」以下の改訂は多岐に分れる。ここでは一応、「とて起きて答へたり」とする案（『全集』）に従って、なお考えたい。

らむ」とて急がれぬ。

しばしありて、男（をとこ）の着るべき物どもなど、数あまたあり。「取りあへたるに従ひてなむ。かみにまづ」とぞありける。「かく集まりたる人にものせよ」とていそぎけるは、[一]いとにはかに、[二]檜皮（ひはだ）の濃き色にてしたり。[三]いとあやしければ見ざりき。もの問ひなどすれば、三人（みたり）ばかり、[四]病ひびと、[五]くぜちなどいひたり。

二十日はさて[六]暮れぬ。一日の日より四日、例の物忌（ものいみ）と聞く。

ここに集ひたりし人々は、[七]南塞（ふた）がる年なれば、しばしもあらじかし、二十日、あがたありきのところへみな渡られにたり。心もとなきことはあらじかしと思ふに、[八]わが心憂きぞ、まづおぼえけむかし。

かくのみ憂くおぼゆる身なれば、この命をゆめばかり惜しからずお[九]ぼゆる、[一〇]この物忌どもは柱におしつけてなど見ゆるこそ、ことしも惜しからむ身のやうなりけれ。その二十五六日に、物忌なり。果つる夜しも[一一]門（かど）の音すれば、「かうてなむ固うさしたる」とものすれば、

そそくさと帰られた
［あの人から］沢山届いた（兼家）さし当ってあり合せの物だが
こうの殿に先ず
（兼家）そちらに避難している人に分けてやりなさい
［あの人が］用意したのは　急ごしらえで　染めてある
あまり粗末なので見る気もしなかった［人々を］見舞ってみると
ぶつぶつ愚痴などこぼしていた
二十一日から四日間［あの人は］
［こちらには］暫くもとまる訳にはいかない
地方回りの父の邸に　移ってゆかれた［あちらなら］何の不安もあるまいよ
胸にこたえただろうよ
物忌の札などが柱にはってあったりするのが　まるで
わが身に未練でもあるように見えるのだった［私の］［物忌の］
（作者）御覧のように［物忌で門を］固く閉じております

一 底本は「い」の下一字空白。「いと」とする説（『全注釈』）に従う。なお、「いひ（飯）」として、急の炊き出しと見る考え（『大系』）もある。

二 黒ずんだ蘇芳（すおう）色。当時は下仕（しもづかえ）や山里人の着用した質素な色合だったらしい。

三 兼家の誠意の乏しさに対する不満と、「かうの殿」への恥かしさが、作者を依怙地（いこじ）にさせたもの。

四 底本は「やまひこと」。このままでも読めるが、やや不自然。『全注釈』に従った。

五 不慮の災難をぼやいたもの。「くぜち」は、口舌・口説の字音語。

六 十九日の朝帰ったまま、訪れもせず。

七 陰陽道上、大将軍（太白）のいる方角を忌むこと。大将軍は申酉戌の年には南におり、天禄三年は申年に当る。隣家は作者邸の北隣にあったことがわかる。

八 罹災した身内の世話も十分できない、すなわち兼家の顧みの薄いわが身の不幸。

九 底本は「おほゆるこのそのいみ」とあるが、通説に従った。

一〇 「この」は、特に取り立てて指示し、主観的な感動を表す用法（『注解』）。「物忌」は物忌の札。物忌中は、柳の木の札または白紙などに「物忌」と書いて、柱・簾・烏帽子・髪などに付けておいた。なお、この物忌札は、この年、作者三十七歳の厄年ゆゑかと見る説（吉川理吉「国語国文」昭和十七年六月）もある。

一一 門を叩く音。兼家の来訪。

一二 たふるるかたに立ち帰る音す。

またの日は、例の方塞がると知る知る、昼間に見えて、御さいまつ一四といふほどにぞ帰る。それより、例の障りしげく一五聞こえつつ、日経ぬ。

ここにも、物忌しげくて、四月（うづき）は十余日になりにたれば、世には一六祭とてののしるなり。人、「忍びて」とさそへば、一七禊（みそぎ）よりはじめて見る。わたくしの御幣（みてぐら）奉らむとて詣でたれば、一八一条の太政大臣（おほきおとど）詣であひたまへり。いといかめしうののしるなどいへばさらなり。さし歩みなどしたまへるさま、いたう似たまへるかなと思ふに、大方の一九儀式も、これに劣ることあらじかし。これを、「あなめでた、いかなる人」など、二〇思ふ人も聞く人もいふを聞くぞ、いとどものは二一おぼえけむかし。

さるここちなからむ人にひかれて、また二二知足院（ちそくゐん）のわたりにものする日、大夫もひきつづけてあるに、車ども帰るほどに、よろしきさ

（一二 閉口して　例によって　一三　承知の上で　一四 松明の　いるころになって　一五 支障が多いと噂を耳にしながら　世間では　〔見物に〕　私個人の　まことにたいした御威勢であたりを払うというどころではない　しずしずと進まれる御様子が　〔あの人も〕　この太政大臣に　（人々）まあすばらしい　何と立派なお方よ　いよいよ　物思いに沈んだことだろうよ　何の屈託もなさそうな人に　さそわれて　車で後についてきたが　私どもの車が帰る段になって　かなりな者と見）

一二 「たふる」は閉口する、の意で、前出「たふるるに立山とたち帰る」（一二五頁）のように、「倒る」と「立ち」との対応が響かせてある。

一三 兼家邸から作者邸が方塞（かたふた）がり。従って訪れても泊ることはできない。

一四 割松とも先松ともいう。松明（たいまつ）に同じ。

一五 三月二十八日より三十日まで太政大臣（伊尹）家の法華八講、四月一日天台山講堂舎利会など、公卿として参会すべき行事がたて混んでいた。

一六 賀茂の祭。当年の賀茂祭は四月二十日（『日本紀略』）。

一七 祭に先立つ午（うま）の日、斎院が賀茂の川原で行う禊（みそぎ）。この年は四月十七日に行われた。

一八 藤原伊尹。兼家の同母兄。天禄二年十一月、太政大臣に任じた。一条院（一条の南、大宮の東）に住んだので、一条太政大臣と呼ばれる。当年四十九歳。

一九 賀茂詣でに限らず、その他一般の折の晴れがましい装いも。「儀式」は行事ではなく、行事の折などの格式通りの装いをいう。

二〇 伊尹の姿を素晴らしいと思って賞讃する人も、その嘆声を聞いて同和する人も、の意であろう。

二一 伊尹の姿をまのあたりにして、これに劣らぬ兼家を自負しながら、その夫との薄幸の現状に視線を落してゆく物思いである。

大和だつ女

二二 所在不明。船岡山の東南にあったらしい。

まに見えける女車のしりにつづきそめにければ、おくれず追ひ来ければ、家を見せじとにやあらむ、とく紛れいきにけるを、追ひてたづねはじめて、またの日、かくいひやるめり。

（受けられる）（後に続くことになったので）（［大夫がその女車を］）（［先方では］家を知らせまいとであろうか）（すばやく行くえをくらましたのを）（先ず）（家を捜しあてて）

（道綱）一
思ひそめものをこそ思へ今日よりは
　あふひはるかになりやしぬらむ

とてやりたるに、（女）「さらにおぼえず」（とんと心当りがありません）などいひけむかし。されどまた、

（道綱）二
わりなくもすぎたちにける心かな
　三輪の山もとたづねはじめて

といひやりけり。三大和だつ人なるべし。返し、

（大和）四
三輪の山待ち見ることのゆゆしさに
　すぎたてりともえこそ知らせね

となむ。

かくて、つごもりになりぬれど、人（夫は）は五卯の花の蔭にも見えず（姿も見せず）、六お

一 貴女を思い初めて、打ちしなえています。葵祭の済んだ今日からは、再び逢う日（葵）も遠い先のこととなるのでしょうか。是非、近々お目にかかりたいものです。道綱の作とすれば、恐らく母親の力添えがあろう。以下の道綱歌も同様のことが考えられる。

二 貴女のお住まい（三輪山）を尋ね当ててからは、無性（むしょう）に恋しさが募ってなりません。「とぶらひ来ませ」という嬉しい古歌もありますものを。「すぎたち」は「過ぎ立ち（過度に恋しさが募る）」と「杉立ち」を掛ける。「三輪の山」は奈良県桜井市。一首は、「わが庵（いお）は三輪の山もと恋しくはとぶらひ来ませ杉立てる門」（『古今集』雑下、読人しらず）を踏まえる。

三 大和にゆかりのある女性。大和守の娘か。

四 どなたとも分らぬ貴方に身を許したところで、三輪山の昔話のようになるのがおち。それが忌わしさに「杉立てる門」とお教えするわけにもまいりません。一首は『古今集』歌（注二）と三輪山伝説を踏まえる。活玉依毘売（いくたまよりひめ）の許に素姓の知れぬ男が通い初めて、毘売は懐妊した。父母の知恵で一夜、男の着物の裾に、麻糸の針を付けておいたところ、翌朝その糸は鍵穴（かぎあな）を通って三輪の社に至っていた。すなわち男は神の子であったという（『古事記』崇神記）。

五 郭公（ほととぎす）が卯の花蔭に隠れて鳴く季節となったが、夫は姿も見せない。「卯の花」は初夏の風物。「卯」には作者自身の身の「憂さ」を響かす。「蔭」は「影（姿）」の意も掛ける。「卯の花は……郭公の蔭に隠るらむと

とだになくて果てぬ。(手紙一本来ないでその月も終った)

二十八日にぞ、例の、ひもろき[七]のたよりに(石清水に参詣したついでに)、(兼家)「なやましきことあ(体の具合が悪くて)りて」などあべき[八]。

五月(さつき)になりぬ。菖蒲(さうぶ)[九]の根長きなど(根の長いのがほしいなどと)、ここなる若き人[一〇]騒げば、つれづれなるに、取り寄せて、貫(つらぬ)[一一]きなどす。(作者)「これ、かしこに(御本邸にいる)、おなじほどなる人[一二]に(［養女に］)奉れ」などいひて、

(作者)[一三]隠れ沼(ぬ)に生ひそめにけりあやめ草
　知る人なしに深き下根(したね)を

と書きて中に(薬玉の中に)結びつけて、大夫のまゐる(道綱が［本邸へ］)につけてものす(ことづけてやった)。返りごと、

(時姫)[一四]あやめ草根にあらはるる今日こそは
　いつかと待ちしかひもありけれ

大夫、いま一つ(もう一つ)とかくして(［薬玉を］都合して)、かのところに(例の大和の女のもとに)、

(道綱)[一五]わが袖は引くと濡(ぬ)らしつあやめ草
　人の袂(たもと)にかけてかわかせ

思ふにいとをかし」(『枕草子』)など見える。

六 下文「ひもろきのたよりに……」と矛盾するが、これは四月下旬の心象を漠然と訴えたもの。

七 「ひもろき」は、神を祭る時、清浄の地に木を植えて神座とした処。転じて神に捧げる供物をいう。ここは二十八日、太政大臣(伊尹)の石清水参詣があり(『日本紀略』)、兼家もそれに随行したことをいう。

八 「あるべき」の撥音無表記。書いてあったようだ。底本は「あつき」とあるが、『注解』に従った。

九 五月五日の節供には、菖蒲を軒に葺(ふ)き、薬玉を飾って邪気を払った。菖蒲は根の長いものを珍重した。

一〇 養女。またその女房をも含むものであろう。

一一 菖蒲の葉を五色の糸で貫き、薬玉を作ること。

一二 時姫腹の詮子。当年十一歳。

一三 この菖蒲(この娘)は、長い下根を誰にも知られず、隠れ沼でひっそり成長したものです。お見知りおき下さい。養女自身の贈歌の態(てい)にして、さり気なく養女を紹介、披露したもの。

一四 今日は五月五日、菖蒲を引いて、埋もれた根があらわれるように、御養女のことを晴れて御披露頂き、いつかいつかとお待ちしていた甲斐がございました。

一五 私の袖は、この菖蒲を引くために、いや、貴女のお心を引くために、涙でしっとりと濡れております。貴女の袂にかけて乾かして頂きたいものです。「袂にかけ」は、袖を打ち交わして添い寝をする、の意。

一御返りごと、

（大和）二引きつらむ袂は知らずあやめ草

　あやなき袖にかけずもあらなむ

といひたなり。三

六日のつとめてより雨はじまりて、三四日降る。四川水まさりて、人流るといふ（人が流された）。それも（それにつけても）、五よろづをながめ思ふに（思い沈んでいると）、いといふかぎりにもあらねど（何とも言えず滅入ってはくるけれども）、いまは六おもなれにたることなどは（馴れっこになってしまっているので）、いかにもいかにも思はぬに（格別何とも思わないでいるのに）、この石山に会ひたりし法師のもとより、七（法師）八「御祈りをなむする」といひたる返りごとに、（作者）「いまは、かぎりに思ひ果てにたる身をば（これ以上どうにもならぬと諦めている私のことは）、仏もいかがしたまはむ（さぞかし仏様もお手あげでしょう）。ただ、いまは、この大夫を人々しくてあらせたまへ（一人前にしてくださるようにと）などばかりを申したまへ（ただそれだけをお祈り下さい）」と書くにぞ、なにとにかあらむ、かきくらして涙こぼるる。

は[illegible]め、今日ぞ大夫につけて文ある。九（兼家）「なやましきことのみありつつ（このところずっと具合が悪くて）、おぼつかなきほどになりにけるを（心配なほど御無沙汰を重ねてしまったが）、いかに（そちらはどうだ）」などぞ

卯の花隠れ

一 大和の女の返歌に「御」を付けるのは不審。作者の不用意であろうか。誤写も考えられる。

二 菖蒲を引くために貴方は袖を濡らされたそうな——いや、私に懸想なさって泣き濡れておいでとか。こちらは一向に存じません。それを私にかずけて袖を打ち交わしてなどと、理不尽にも、おっしゃらないで下さいませ。「あやなき」は、筋の通らないこと。

三 「たるなり」の撥音便無表記。「なり」は伝聞。

四 底本は「かはと」。底本のまま「川音」でも意味は通ずるが、やや不自然。「かは水」とする説に従った。

五 兼家との不如意な現状を、あれこれと。

六 「面馴れ」。すなわち、毎度、経験して平気になっている、の意。

七 「石山に一昨年詣でたりしに……礼堂に拝む法師ありき……さらば、祈りせよ、と語らひし法師」（一九〇頁）。

八 作者のために祈禱する、の意。この法師は、かつて作者に開運の夢を告げ、多分に追従的であった。

九 道綱が本邸に行くついででもなければ。以下、兼家がことさら作者を疎外している様子なので、こちらから使いを立てて手紙を出すのは憚(はばか)られ[illegible]す でに本邸に迎えられている[illegible]謙した物言い。

ある。返りごと、またの日ものするにぞつくる（本邸に行くあの子にことづけた（作者））。「昨日(きのふ)は、たちかへりきこゆべく（折り返し御返事申し上げなければと存じましたが）思ひたまへしを、このたよりならでは[九]、きこえむにもびなきここちに（お手紙を差し上げるのも具合が悪いような気分になっておりますので）なりにければなむ。『いかに』とのたまはせたる（仰せ下さいましたが）は、[一〇]なにか、よろづことわりに思ひたまふる（〔お見限りも〕万事ごもっともと存じております）。月ごろ見ねば（幾月もお目にかかっていないので）、なかなかいと心やすくなむなりにたる（却って気が楽になっております）。〔とはいえ〕[一一]『風だに寒く』ときこえさすれば（申し上げたなら）、ゆゆしや（縁起でもございますまい）」と書きけり。日暮れて、（道綱）「賀茂の泉[一二]におはしつれば（お出掛けだったので）、御返りもきこえで（母上の御返事もさし上げずに）帰りぬ」といふ。（作者）[一三]「めでたのことや（結構なことだわ）」とぞ、心にもあらで（われにもなく）うちいはれける。

このごろ、雲のたたずまひ（雨雲の動きが）静心(しづごころ)[一四]なくて、ともすれば、田子[一五]の裳裾(もすそ)思ひやらるる。ほととぎすの声も聞かず。もの思はしき人は（物思いがちな人は）、寝(い)[一六]こそ寝(ぬ)られざなれ、〔私は〕あやしう（不思議に）心よう寝らるるけなるべし（せいなのであろう）。これもかれも（侍女の誰かれも）、「一夜(ひとよ)聞きき」、「このあかつきにも鳴きつる」といふを、人しもこそあれ（人もあろうに）、〔物思いの多い〕われしもまだしといはむも（この私がまだ聞いていないというのも）、いと恥づかしければ、ものいはで、心のうちにおぼゆるやう、

一〇 何の、その必要がございましょう。お構い下さいませんように。

一一 「待つ宵の風だに寒く吹かざらば見え来ぬ人を恨みましやは」（『曾根好忠集』八月中）を引いたもの。一首は、風さえ寒く吹かなければ、訪れぬ人を恨んだりはすまいが、今は秋風なので、人のつれなさが身にしみる、の意。本日記のここは、五月ゆえ風は寒いはずもなく、従って、「風だに寒く……（いくら見えなくても恨むことはない）」と申したなら、それこそ現状に甘んじたことになり、縁起でもない（ゆゆしや）、の意となる。

一二 底本は「かもていつみ」とあって不明。「かものいつみ」とする説（『講義』）に従う。「賀茂の泉」は、下賀茂神社の東、出雲井於(いのお)神社の清泉で、人々が納涼を楽しんだ（『山城名勝志』）。

一三 前便に「なやましきことのみありつつ」とありながら、避暑に出掛けるとは結構な御身分、の意。

一四 雲の動きのあわただしさと、作者自身の情緒の不安定と両様に掛けて言う。

一五 「裳裾」とあることから、「田子」は田植えの女性をいう。「田子の裳裾……」は、五月雨(さみだれ)の頃の和歌的景物。ここも引き歌があろうが不明。本日記より時代は下るが、「いかばかり田子の裳裾もそほつらむ雲間も見えぬころの五月雨」（『伊勢大輔集(いせのたゆう)』）などもある。

一六 とても眠れないそうだが。「ざなれ」は「ざるなれ」の撥音便無表記。「なれ」は伝聞。

（作者）一 われぞけにとけて寝らめやほととぎす
　　もの思ひまさる声となるらむ

とぞ、しのびて〔ひそかにつぶやかれた〕いはれける。

蟬の声いとしげう

かくてつれづれと〔しょざいもなく〕六月になしつ。二 東面の朝日の気、いと苦しければ〔暑苦しいので〕、南の三 廂に出でたるに、つつましき人の四 気〔気のおけるような〕、近くおぼゆれば〔身近かに感じたので〕、やをら〔そっと〕かたはら臥して〔物陰に横になって〕聞けば、蟬の声いとしげうなりにたるを〔とても賑やかな季節になったのに〕、おぼつかなうて〔耳が遠くて〕、まだ五 耳を養はぬ翁ありけり〔蟬の声を楽しんでいない翁がいた〕、庭はくとて、箒を持ちて、木の下に立てるほどに、にはかにいちはやう鳴きたれば〔はげしく鳴き始めたので〕、驚きて、ふり仰ぎていふやう、（翁）六「よいぞよいぞといふなは七 蟬来にけるは〔やって来たわい〕。虫だに時節を知りたるよ」と、ひとりごつに合はせて〔独りごとを呟くのに〕、八「しかしか」と鳴きみちたるに、をかしうもあはれにもありけむここちぞ〔感じたのだが私の気持は〕、あぢきなかりける〔妙にやるせなかった〕。

大夫、九 柧棱の紅葉のうち混りたる枝につけて、例のところに〔大和だつ女のもとに〕やる。

（道綱）一〇 夏山の木のした露の深ければ

一 人以上に私こそ打ちとけて寝られようか。おちおちも寝られぬ私の嘆きが、そのまま郭公の声となってそれで、ひときわ物思わしげに聞えるのであろう。「けに（異に）」は一段と、の意。「げに」として、前文「もの思はしき人は、寝こそ寝られざなれ」を肯定したと見る説（『講義』『全注釈』）もある。

二 「なりぬ」との相違に注意。時の流れを自然に捉えたものではなく、打つべき手もないまま、六月を迎えてしまったという主体的な感慨。

三 寝殿造りの母屋と簀子との間にある細長い部屋。

四 人の気配。「人の気」で一語。「つつましき人の、気近く……」と読んで、「人」を「南面にこのごろ来る人（妹の夫）」（一三二頁）、或いは「かうの殿の人々」と見る説もあるが、特定するのは無理で、下文に出てくる「翁」と見ておきたい。

五 「耳を養ふ」は、聞いて楽しむ、の意。「鐘鼓管絃、所以養耳也」（『史記』礼書）による。

六 「よいぞよいぞ」は、蟬の鳴き声の擬音語。

七 蟬の種類であろうが不明。「名波世美（蚱蟬）」の名は『和名抄』にも見えるが、同書には「蚱蟬不能鳴者也」とあって不審。「いふなる蟬」と改訂する説（『全注釈』）もある。

八 蟬の鳴き声の擬音語。「然か然か」を掛ける。

九 にしきぎ。にしきぎ科の落葉灌木で、紅葉が美しい。ここは季節はずれの変則的な紅葉をいう。

かつぞなげきの色もえにける

返りごと、

（大和）[一一]露にのみ色もえぬればことのはを
いくしほとかは知るべかるらむ

などいふほどに、よひゐ[一二]になりて、〔あの人から〕めづらしき文（ふみ）こまやかにてあり。二十余日（よ）[一三]いとたまさかなりけり（まったく久しぶりだった）。あさましきことと目なれにたれば（人も無げな仕打ちは慣れっこになっているので）、いふかひなくて（今更言っても始まらないし）、なにごころなきさまにもてなすも[一四]（さり気なく応えることにしたが）、〔あの人も〕[一五]わびぬればなめりかしと（思いあぐねてのことだろうよと）、かつ思へば（一方では思うので）、いみじうなむあはれに（ひどく気の毒な気がして）、ありしよりけに急ぐ（今までよりいっそう急いで返事をした）。

そのころ、あがたありき（地方回りの父親）の家[一六]なくなりにしかば、ここに移ろひて（私の家に移って来て）、類（るい）多く、事騒がしくて（賑やかに）明け暮るるも（過していたが）、人目いかにと思ふ心あるまで（はた目にはどう映るかと思う程）〔あの人からは〕おとなし（音沙汰がない）。

七月（ふみづき）十余日になりて、客人（まらうと）[一七]帰りぬれば、なごりなう（波が引いたように）、つれづれにて、盆（ぼに）のことの料（れう）[一八]など、さまざまに嘆く人々の（侍女たちのため息）いきざしを聞くも、

一〇 夏山は木の下露も深いので、翠（みどり）したたる一方では、木々を燃えるような美しい紅葉に染め上げるものです。いえ、私の胸のうちも、貴女を恋うる嘆きで切ないまでに焦がれております。「露」は木の葉を美しく染め上げるものであり、「涙」を掛ける。

一一 露だけで柧棱の葉が、こんな燃え立つ色になったとすると、調子のよい貴方のお言葉は、何度染め直し飾り立てたと心得たらよろしいのやら。お上手な口先には乗りますまい。「しほ」は布を染料に浸す度数。

一二 宵居。宵にまだ起きていること。底本は「よにゐ」とあるが、通説によって改めた。

一三 五月十日の消息以来、二十余日ぶり、の意。六月二十余日（暦日）と見る考え（『全注釈』）もある。

一四 私は恨みつらみなどもいわず、無関心な態度を取りながらも。なお、兼家が無関心な態をよそおっているのも（困りはてたからであろう）と解く考え（『全注釈』）もある。底本は「なかころなき」とあるが、通説に従って改めた。

一五 こんな「こまやか」な手紙を寄越すのも、あの人が、私たちの仲を何とか円満にと心労しているからなのであろう、の意。

一六 焼失、増改築いずれとも不明。下文に、七月十余日に帰ったところを見ると、増改築でもあろうか。

一七 父倫寧邸の人々。

一八 盆供（ぼんぐ）の品物、布施など。「料」は底本「ふう」とあるが、「れう」とする改訂（『全集』）に従った。

あはれにもあり〔いとおしくもあり〕、安からずもあり[一]〔心中おだやかでもない〕。四日〔十四日〕、例のごと調じて[二]〔供物を調えて〕、政所(まどころ)のおくり文添へてあり。いつまでかうだにと[三]、ものはいはで思ふ〔ひそかに思うのだった〕。

さながら(そのまま)八月(はづき)になりぬ。ついたちの日、雨降り暮らす。時雨(しぐれ)だちたるに、未(ひつじ)[四]の時ばかりに晴れて、くつくつぼうし[五]、いとかしがましきまで鳴くを聞くにも、〔(作者)〕「われだにものは[六]」といはる。いかなるにかあらむ〔どうしたことだろうか〕、あやしうも心細う、涙浮かぶ日なり。たたむ月に死ぬべし〔来月にはきっと死ぬだろう〕といふさとしもしたれば〔というお告げもあったので〕、この月にやとも思ふ〔今月のことかしらと〕。相撲(すまひ)の還饗(かへりあるじ)[七]などののしるをば〔騒いでいるのを〕、よそに聞く〔よそ事のように聞いている〕。

十一日になりて、〔(兼家)〕「いとおぼえぬ〔全く思いがけない〕夢[八]見たり。ともかうも[九]」など、例のまことにしもあるまじきことも多かれど〔とても本当とは思えないようなことを書き連ねてはあるが〕、〔本に〕[一〇]もののいはれねば〔〔私が〕物も言えないでいると〕、〔(兼家)〕「などか〔なぜ〕、もののいはれぬ〔おし黙っておいでなのだ〕」とあり。〔(作者)〕「なにごとをかは〔何も申すことはございません〕」といらへたれば、〔(兼家)〕「『などか来ぬ〔どうして来ない〕、問はぬ〔尋ねてくれない〕、憎し、あからし[一一]〔あんまりだ〕』とて、打ちも抓(つ)みもしたまへかし〔なさったらよい〕」といひつづけらるれば〔とまくし立てられるので〕、〔(作者)〕「きこゆべきかぎりのたまふめれば〔申し上げたいことは全部おっしゃって下さったので〕[一二]、なにかは[一三]」とてやみぬ。つと

一 亡き母の盆供も今年はどうなるかと、兼家の顧みの薄さを嘆く気持。
二 上流貴族の邸宅で、家政事務をつかさどる所。
三 せめてこの程度の配慮が、いつまで続くやらと。
四 午後二時前後。
五 蟬の一種。つくつくぼうしの古名。
六 「かしがまし草葉にかかる虫の音よ我だに物は言はでこそ思へ」(『宇津保物語』藤原の君)によるか。結句「言はでこそ思へ」に感慨を託したもので、私だって泣きたいのだ。それを胸一つに収めて嘆き悲しんでいるのだ、の意。
七 相撲の節会の後日、近衛の大将の催す饗宴。兼家は現在、右近衛大将。
八 下文に「例のまことにしもあるまじき……」とあるのによれば、石山の法師の見た夢(一九〇頁)のような吉夢でもあろうか。
九 ともかくも、そちらへ伺って話そう。
一〇 脱文を示す傍注が本文に混入したもの。脱文には兼家の来訪、夢の報告などがあったものであろう。
一一 「あからし」は、痛切である、痛ましい、の意。
一二 『日本書紀(欽明紀)』『日本霊異記(上巻)』『宇津保物語(吹上、下)』などに見えるが、当時としても古語に属し、用例は稀(まれ)である。
一三 これ以上、何も申し上げることはございません。

めて、(兼家)「いま(やがて)、この経営(けいめい)[一四]過ぐしてまゐらむよ」とて帰る。十七日にぞ、還饗(かへりあるじ)と聞く。つごもりになりぬれば、ちぎりし経営多く過ぎぬ(約束の還饗も終って大分たったのに)れど、(〔音沙汰もないが〕)いまはなにごともおぼえず、つつしめといふ月日近うなりに(慎しむようにと言われた八月も残り少なく 死期が迫ったことを)けることを、あはれとばかり(ただひたすら心細く)思ひつつ経る。

くぐいの跡

大夫、例のところに(大和だつ女のもとに)文やる。さきざきの返りごとども(これまで寄越した返事など)、みづからのとは見えざりければ(自筆とは見えなかったので)、恨みなどして、

(道綱)[一五] 夕されのねやのつまづまながむれば
　　手づからのみぞ蜘蛛(くも)もかきける

とあるを、いかが思ひけむ、白い紙にものの先して(何か先の尖ったもので)[一六]書きたり。

(大和)[一七] 蜘蛛のかくいとぞあやしき風吹けば
　　空に乱るるものと知る知る

たちかへり(折り返し)、

(道綱)[一八] つゆにても命かけたる蜘蛛のいに
　　あらき風をばたれか防がむ

一四 相撲(すまい)の還饗の準備。

一五 夕暮れの寝室の隅々をぼんやりと眺めながら、貴女のことを思っていると、蜘蛛もおのが手ずから頻りに巣をかいています。貴女はどうして、御自筆の手紙を下さらないのでしょう。「かき」は、蜘蛛が巣懸(が)く意と、手紙を書く意を掛けたもの。「わが背子が来べき宵なりささがにの蜘蛛のふるまひかねてしるしも」(『古今集』墨滅歌、衣通姫(そとおりひめ))など、蜘蛛が巣懸くのは、恋人の訪れる前兆という俗信があった。

一六 針(はり)、楊子(ようじ)などであろう。「角筆(かくひち)して一首をなむ書きたりける」(『篁物語』)、「硯、筆もなかりければ、あるままに針の先して、ただかく書きたり」(『落窪物語』巻二)など見える。

一七 蜘蛛が巣懸くのは、本当に気が知れません。風が吹けばすぐ破れて、空に乱れ散ることがわかっていながら。私も、うっかり手紙を書こうものなら、何処に散らされ、浮き名を立てることになろうやら。「いと」は「糸」に副詞の「いと」を掛け、「空に乱るる」は、蜘蛛の糸が吹き散らされる意に、自分の手紙が散逸して人手に渡る意を掛けたもの。

一八 たといはかなくても、蜘蛛が命を託したその巣を吹き散らす荒い風を、(私以外の)誰が防ぎましょう。私が命がけで思う貴女のお手紙を、何で人手に渡したりいたしましょう。「蜘蛛のい(巣)」は、女の手紙をいう。

（大和）一「暗し」とて、返りごとなし。

またの日、〔道綱は〕昨日の白紙（しらかみ）二思ひ出でてにやあらむ、かくいふめり。〔こう詠み送ったらしい〕

（道綱）三たぢまのやくぐひの跡（あと）を今日見れば
　雪の白浜白くては見し

とてやりたるを、（大和）〔他出中でして〕「ものへなむ」とて、返りごとなし。またの日、（道綱）〔お帰りですか〕「帰りにたりや。〔御返事を〕返りごと」と、〔口頭で返事を貰いにやったところ〕言葉にて乞ひにやりたれば、（大和）「昨日のは、いと古四めかしきここちすれば、〔御返事できかねます〕きこえず」といはせたり。

またの日、（道綱）「一日（ひとひ）〔先日のは〕は古めかしとか。〔まことにごもっともです〕いとことわりなり」とて、

（道綱）五ことわりやいはで嘆きし年月も
　ふるの社（やしろ）の神さびにけむ

とあれど、（大和）「今日明日は物忌」と、返りごとなし。〔物忌も〕〔明けたろうと〕明くらむと思ふ日のまだしきに、〔朝早くに〕

（道綱）六夢ばかり見てしばかりにまどひつつ
　あくるぞおそき天（あま）の戸ざしは

一　もう暗くなったからといって、返事がない。

二　「ものの先」でしたためた白紙の手紙。

三　せっかく頂いた貴女のお手紙を、今日、拝見しますと、但馬（たじま）の雪の白浜に舞い降りた鵠（くぐい）の跡でもあるまいに、全くの白紙でした。この次は、是非とも御筆跡を拝したいものです。一首は次の古伝承を踏まえたもの。垂仁天皇の口のきけない皇子、誉津別命（ほむつわけのみこと）は、天翔（あまかけ）る鵠を見て、「これは何物ぞ」と初めて言葉を発した。喜んだ天皇が件の鵠を追わせたところ、鳥取造（ととりのみやつこ）の祖、天湯河板挙（あめのゆかわたな）が出雲に到って、或いは但馬の地でこれを捕えたという（『日本書紀』垂仁紀）。「くぐひ（鵠）」は白鳥。「くぐひの跡」は、「鳥の跡」すなわち文字。「雪の白浜」は但馬の歌枕。「但馬」を詠み込んだのは、女の父親の前任地が但馬だったのかも知れない。

四　古伝承を踏まえたもので、親しみにくくて、の意。

五　古めかしいとおっしゃるのはごもっとも。貴女への思いを胸に秘めて幾年、嘆き暮したことか。それで、神さびた布留（ふる）の社のように、すっかり古色蒼然となってしまったのです。「ふるの社」は天理市石上（いそのかみ）神宮。

六　夢のようにおぼつかない、白紙のお便りしか頂けなかった私は、途方に暮れております。天の岩戸を閉ざしたような貴女の物忌の明けるのが待ち遠しいことです。今度こそ、たしかなお手紙が頂きたいもの。天照大神の岩戸隠れの神話を踏まえたもの。「あくる」は、岩戸の開く意と、物忌の明ける意を掛けたもの。

七　さすが貴女は大和のお方、葛城の一言主（ひとことぬし）の神にお

このたびも、とかういひ紛らはせば（何のかのと）、また、

（道綱）「さもこそは葛城山になれたらめ[七]

ただ一言やかぎりなりける

たれかならはせる（どなたのお仕込みですか）」となむ。若き人こそかやう[八]にいふめれ。

われは、春の夜[九]のつね（常として〔また〕）、秋のつれづれ（秋の日の所在なさに）、いとあはれ深きながめを（身を削るような深刻な物思いを）するよりは、残らむ人の思ひ出でにも見よ（するよりは〔私の亡き後に〕）とて、絵[一〇]をぞかく。さるうちにも、いまや、今日やと待たるる命（もう死ぬか今日死ぬかと待たれる命なのに）、やうやう（次第に）月たちて日もゆけば（[一一]八月になって日数もたってゆくので）、さればよ（案の定だ）、よも死なじものを（まさか死ぬまいものを）、さいはひある人こそ、命はつづむれ（寿命は短いものだと）と思ふに、うべもなく[一二]（〔事もなく〕）、九月もたちぬ（九月にもなった）。二十七八日のほどに、土犯す[一三]とて、ほかなる夜しも（他所に移った丁度その夜）、めづらしきことありけるを（珍しくあの人から何か言って来たのを）、人告げに来たるも（家の者が知らせてくれたが）、何事もおぼえねば（格別何の関心もおぼえなかったので）、憂くてやみぬ（億劫で返事も出さなかった）。

十月、例の年よりも時雨がちなるころなり。十余日のほどに、例のものする（も出かける）山寺[一四]に、「紅葉も見がてら」と、これかれいざなはるれ[一五]（誰かれのお誘いがあったので）ばものす（出かけた）。今日しも時雨降りみ降らずみ（降ったり止んだり）、ひねもすに（一日中）、この山いみ

馴染の御様子。道理で、先日のただ一言（白紙の手紙）が最初で最後だったのですね。「葛城山」は奈良県南葛城郡。一言主神が住んでいた（『古事記』下巻）。

八 このように、衣通姫・但馬のくぐい・ふるの社・天の戸ざし・葛城山と、古代浪漫の世界に身を馳せて、自在に青春を謳歌しているようだ、の意。もっとも、「若き人」と特筆したのは、作者自身が年甲斐もない凝った代作を韜晦したのかも知れない。

九 「春の……」「秋の……」は対句。昨今の日常はいつも、というほどの意。

一〇 つれづれのすさびに絵を描く、の意。この絵を、「絵日記」と見、また本日記の素材としての絵日記を想定、さらに、この部分を本日記の成立（執筆）と関連づける見方もあるが、いささか飛躍に過ぎよう。

一一 前文にすでに「さながら八月になりぬ」（二一六頁）とあったが、ここは、「たたむ月（八月）に死ぬべし」という「さとし」を再び反芻した物言い。

一二 予想どおり。わが身の無事を幸福な人の短命に対置、不幸な身の上を再確認した嗟嘆が感じられよう。

一三 陰陽道上、土公神（土を司る神）は、春は竈に夏は門に秋は井に冬は庭にいるとされ、その場所に造作を加えることを忌んだ。敢えて造作を加える時は、他所に居を移すのがならいである。

一四 鳴滝の般若寺ともいうが、不明。

一五 作者の身内（尊族）の者たちでもあろう。「いざなはるれ」の「るれ」は尊敬。

じうおもしろきほどなり。ついたちの日、「（世人）一条の太政大臣（だいじやうのおとど）、失せ[二]たまひぬ」とののしる（大騒ぎである）。例の、「あないみじ」（例によって まあお気の毒に）などいひて聞きあへ[三]る夜、初雪七八寸のほどたまれり。あはれ（ああ）、いかできんだち歩みたまふらむ（どんなお気持で御子息がたは葬列に従っておいでだろう）など、[四]わがすることもなきままに、思ひをれば、[五]例の（例によって）世の中いよいよさかえののしる（あの人の立場はいよいよ威勢を増してくる）。十二月（しはす）の二十日あまりに見えたり（〔あの人は〕）。

さて年暮れはてぬれば、例のごとして（〔大晦日は〕しきたり通りの事をし）、ののしり明かして（賑やかに一夜を明かして）、[六]三四日にもなりにためれど、ここには（私の所では）、[七]改まれるここちもせず。[八]鶯（うぐひす）ばかりぞいつしか（早くも）音したるを、あはれと（しみじみと）聞く。五日ばかりのほどに昼見え、また十余日（よ）、二十日ばかりに、人寝くたれたるほど（皆がしどけなく寝込んでいる頃）見え、[九]この月ぞすこしあやしと見えたる。このごろ[一〇]司召（つかさめし）とて、例のいとまなげに（例によって忙しそうに）ののしるめる（立ち騒いでいるようだ）。

二月（きさらぎ）になりぬ。紅梅の、常の年よりも色濃く、めでたうにほひたり。[一一]わがここちにのみ（ひとり私だけが）あはれと見たれど（感慨深く見ているけれど）、なにと見たる人なし（格別目にとめて見る人もない）。大夫ぞ折りて、例のところに（大和だつ女のもとに）やる。

一　藤原伊尹。兼家の兄（二〇九頁注一八）。
二　「十一月一日丁巳、太政大臣従一位藤原朝臣伊尹薨〈年四十九〉」（『日本紀略』）。
三　話し合っている夜。必ずしも特定できないが、葬送の夜、すなわち五日と見るのが穏当であろう。「五日辛酉、故太政大臣葬送也」（『日本紀略』）。
四　私としては、することもなく所在のないまま。葬送に参加する兼家の、準備万端に追われる時姫方を意識した物言い。
五　要人の死による権力の交替は常のことである。この時、兼家は特に昇進していないが、実質的には、いよいよ政界に重きをなしてゆく。

いとど嘆きの

六　正月も三、四日にもなってしまったようだが。天延元年。兼家四十五歳。作者三十八歳。道綱十九歳。
七　私の気分は一向、改まらない。むしろ、老いの実感を深めるばかりである。「百千鳥（ももちどり）さへづる春は物ごとに改まれどもわれぞふりゆく」（『古今集』春上、読人しらず）を踏まえる。
八　「あらたまの年立ち返るあしたより待たるるものは鶯の声」（『古今六帖』第一、素性）を踏まえる。
九　正月は行事が立て混んで忙しいはずなのに、少しおかしいと思うぐらいに、足繁く見えた。
一〇　地方官任免の県召（あがためし）。この年は、二十二日より二十四日まで三日間行われた（『日本紀略』）。
一一　作者は、死の予言は当らなかったものの、人生の

（道綱）一二 かひなくて年経（へ）にけりとながむれば
袂（たもと）も花の色にこそしめ

返りごと、

（大和）一三 年を経てなどかあやなく空にしも
花のあたりにたちはそめけむ

といへり。一四なほありのことやと待ち見る。

さて、一五ついたち三日のほどに、一六午時（むまどき）ばかりに見えたり。老いて恥（ふけ込んで）づかしうなりにたるに、〔昼日中に対面するのは〕いと苦しけれど、いかがはせむ（どうしようもない）。とばかりありて、（兼家）「方塞（ふた）がりたり」とて、わが染めたるともいはじ（私の手染めだからというわけではないが）、にほふばかり（輝くばかりの）の一七桜襲（さくらがさね）の一八綾（あや）、一九文（もん）はこぼれぬばかりして、二〇固文（かたもん）の二一表袴（うへのはかま）つやつやとして、はるかに追ひちらして帰るを（声高く先払いをして帰ってゆくのを）聞きつつ、あな苦し（ああ心苦しい）、いみじうも（すっかり）うちとけたりつるかな（気を許していたことだ）、など思ひて、なりをうち見れば（身なりを見ると）、いたうしほなえたり（着古してよれよれである）、鏡をうち見れば、いと憎げにはあり（憎さげな顔つきである）。またこたび（今度も）憂（う）じはてぬらむと思ふことかぎりなし（すっかり愛想をつかしたろうとしきりに思うのだった）。かかることを尽きせず（際限もなく）なが（思いくず）

黄昏（たそがれ）を感じ、いつまでこの紅梅を賞美できようかと感慨にふけったもの。他に、紅梅は色濃く咲いたが、兼家の愛情は色褪（あ）せたとする感慨と見る考えもある。

一二 貴女を恋い慕う甲斐もなく、いたずらに年を重ねたことだと物思いに沈んでおりますと、私の袂もこの紅梅のように、血の涙で紅（くれない）に染まってまいります。

一三 この年月、貴方はどうしてまた理不尽にも、夢中になって私などに懸想なさったのでしょう。いくら紅の涙で袂をお染めになっても、所詮、無駄なこと、お諦め下さい。「空に」は、うわの空になってあこがれること。「花」は女自身をさす。「そめ」は「初め」に「染め」を掛ける。

一四 いつもながらの、気のない歌だと見受けられた。

一五 月初めの三日。「ついたち」は「月立ち」の意で、月の上旬をいう。

一六 正午前後の二時間。

一七 襲（かさね）の色目。表は白、裏は蘇芳（すおう）。一説に裏は縹（はなだ）色ともいう。下襲（したがさね）（束帯の時、袍（ほう）・半臂（はんぴ）の下に着たもの）についていうのであろう。

一八 地紋を交錯した模様に織り出した絹。

一九 こぼれそうに浮き織りになっていて。「文」は綾の模様。「こぼれぬばかりして」は、その「文」が、くっきりと浮き織りになっていること。

二〇 浮文に対して、糸を固く締めて「文」が浮かないように織ったもの。

二一 束帯に着用する白袴。

むるほど（折れているうち）に、ついたちより雨がちになりにたれば、「一いとど嘆きの芽をもやす」とのみなむありける（ただそんな心境だった）。五日、夜中ばかりに、世の中騒ぐ（外が騒がしい）を聞けば（ので聞いてみると）、さきに焼けにし二憎どころ、こたみはおしなぶるなりけり（今度は丸焼けだそうだ）。十日ばかりに、また昼つかた見えて、（兼家）「三春日（かすが）へなむ詣づべきほどのおぼつかなさに」（参詣しなければならないがその間が気がかりで）とあるも、例ならねば（いつにないことなので）、あやしうおぼゆ。

大夫の諸矢

三月（やよひ）十五日に四院の小弓始まりて、〔人々は〕五出居（いでゐ）などののしる（大騒ぎである）。まへ（先手組）、しりへ（後手組）と六分きて装束（さうぞ）けば、そのこと、大夫により（道綱のために）、とかうものす（あれこれと用意する）。その日になりて、上達部（かんだちめ）あまた、「七今年やむごとなかりけり（とても盛大だったな）。〔射手たちが〕八小弓思ひあなづりて念ぜざりける（身を入れなかったので）を、いかならむと思ひたれば、〔道綱が〕最初（さいそ）に出でて九諸矢（もろや）しつ。つぎつぎあまたの一〇籌（かず）、この矢になむ刺して（大夫の矢がきっかけで）勝ちぬる」などののしる。さてまた二三日過ぎて、（兼家）「大夫の諸矢はかなしかりしかな」（すばらしかったよ）などあれば、ましてわれも〔嬉しくて〕。

おほやけ（朝廷では）には、例の（例年どおり）、そのころ、一一八幡（やはた）の祭になりぬ。つれづれなるをとて、忍びやかに立てれば（こっそり出かけて〔車を〕）、ことにはなやかにて（ことさら派手に仕立てて）、いみじう追（仰々しく先払いし）

一　春雨が降れば、思ひ（火）も消えそうなものだのに、私の胸の思ひ（火）は消えることなく、いよいよ嘆き（木）が芽吹いてくることだ。「春雨の降るに思ひの消えなくていとど思ひのめをもやすらむ」（『古今六帖』第一）、または、この異伝と思われる『後撰集』春中、詞書中の「春雨の降らば思ひの消えもせでいとど嘆きのめをもやすらむ」の下句を引いて、吐息を漏らしたもの。他に、「とのみなむありける」を重視して、作者のもとに行けない嘆きを託した兼家の手紙と見る考え（『全注釈』）もあるが、従えない。

二　近江の家。近江の家の火災は前出（二〇〇頁）。

三　春日神社。当年の祭は十一日（『日本紀略』）。

四　「院」は冷泉院。「小弓」は小弓の競技（八九頁注一八）。

五　練習場、転じて練習場に出て練習をすること。

六　それぞれ別様に装束することになっているので。小弓の折には、前後の組の射手がそれぞれ下襲（したがさね）の色を統一するのが例であった。

七　「今年……」以下は、下文に「などののしる」とあるところから、複数の上達部の言葉と見る。

八　小弓など、たかが遊技だと見くびって。

九　弓の競技は、一手に甲矢（はや）・乙矢（おとや）と二本を射る。その二本とも射当てた、の意。

一〇　得点。「籌（かず）」は、籌刺（かずさし）に勝った数だけ串をさし入れること。従って下の「刺して」は点を加えて、の意。

ひちらす者来〔て来る者がいる〕。たれならむと見れば、御前(ごぜん)どもの中に、例見ゆる人〔いつも顔をみせる〕などあり〔侍などがいる〕。さなりけり〔あの人だったのだと〕と思ひて見るにも、一二ましてわが身いとほしき〔わが身がみじめでならない〕ここちす。簾(すだれ)巻きあげ、一三下簾おし挟(はさ)みたれば、おぼつかなきこともなし〔車内がまる見えで紛れもない〕。この車〔私の〕を見つけて、ふと扇をさし隠して〔さっと扇で顔をさし隠して〕渡りぬ。

御文ある返りごとの端に、(作者)一四『昨日はいと一五まばゆくて渡りたまひにき〔恥ずかしそうにしてお通りでした〕』と語るは、などかは〔あれはどうして〕。さはせでもありけむ、若々しう〔そんなになさらずともよろしいのに　年がいもなく〕」と書きたりけり。返りごとには、(兼家)一六「老いの恥づかしさにこそありけめ。まばゆきさまに見なしけむ人こそ憎けれ〔顔をそむけたように見て取った人〕」などぞある。

またかき絶えて、十余日になりぬ。日ごろの絶え間よりは久しきここちすれば、またいかになりぬらむ〔どうなっているのだろう〕とぞ思ひける。

大夫、例のところに〔大和だつ女のもとに〕一七文ものすること〔文通はするが〕、おいづきてもあらず〔「先方も」さっぱり世馴れていないし〕、これ〔こちら〕よりもいと幼きほどのことをのみいひければ〔にしても　他愛もないことばかりで埒があかないので〕、からものしけり〔こう言ってやった〕。

(作者)一八
みがくれのほどといふともあやめ草
なほ下刈らむ思ひあふやと

一一 石清水八幡宮(いわしみずはちまんぐう)の臨時の祭。この年は三月二十七日(『日本紀略』)であった。

一二 兼家の威勢に引きかえ、こっそりと物見車に身をひそめるわが身に視線を落すと、普段にもまして。

一三 八一頁注一三参照。

一四 「昨日は……渡りたまひにき」は侍女の言葉。目のあたり見た作者も、直接、口に出すのははしたなく、侍女の囁(ささや)きにことよせたもの。

一五 「まばゆくて」は、恥ずかしがる意に、顔をそむける(敬遠する)の意を籠めた皮肉。

一六 作者の「若々しう」を受けて言う。

一七 底本は「ふみものすることついつけても」とあるが、『全集』の改訂案に従った。「おいづきて」は、巧者(こうしゃ)に物馴れて、の意。他に「文ものすることは続けても」(『全注釈』)、「文ものす、かごといひ続けても」(『注解』)など、改訂に諸説がある。

一八 深窓のまだ年端のゆかないお方でも、やはりお心のうちはお尋ねしたいものです。こちらと同様、思って下さるかどうかを。「み」は「水」に「身」を掛ける。「みがくれのほど」は、菖蒲が未成育で水面に生い出ないことから、先方がまだ幼くて人目につかないことをいう。「あやめ草」は大和だつ女。「下刈る」は、菖蒲の縁語で、本心を尋ねる、の意。一首は、道綱の歌(或いは母の代作)と見るより、作者自身の歌、すなわち侍女の代作ばかりで埒のあかない相手に業を煮やして、作者自身が表面に出たものと見たい。

返りごと、なほなほし（平凡なものだった）。

（大和方）[一]下刈らむほどをも知らず真菰草
　よにおひそはじ人は刈るとも

かくてまた二十余日のほどに見えたり（〔あの人が〕）。さて、[二]三四日のほどに（二十三、四日の頃）、いととく見えたり（〔あの人は〕いち早く駆けつけた）。風吹きて、近う火の騒ぎす（火事騒ぎがあった）。驚き騒ぎするほどに、[三]久しううつりゆくほどに（燃え続け次第に遠のいてゆくうち）、[四]鶏鳴きぬ。（兼家）[五]「さらなれば（もう大丈夫だから）」とて帰る。（侍女）[六]「『ここにと見聞きける人は、まゐりたりつるよしきこえよとて（殿がこちらにおいでだと知った人達は　お見舞に参上した由をお取り次ぎ下さいと言って）、帰りぬ』と聞くも、[七]面だたしげなりつる（晴れがましく得意げでした）」など語るも、屈しはてにたるところにつけて見ゆるならむかし（普段すっかり滅入っているわが家なればこそそうも見えるのだろうよ）。また、つごもりの日ばかりにあり（〔あの人は〕）。はひ入るままに、（兼家）「火など近き夜こそ（火事などの）、[八]にぎははしけれ」とあれば、（作者）[九]「衛士のたくはいつも」と答へたり。五月のはじめの日になりぬれば、例の（例によって）、大夫、

（道綱）[一〇]うちとけて今日だに聞かむほととぎす
　しのびもあへぬ時は来にけり

一　こちらは菖蒲草ならぬ、取るにも足らぬ真菰草です。下根を刈る――内意を打診して下さる御本心のほども測りかねます。御子息様が求婚なさったとて、行末とも連れ添うことなど叶いますまい。「真菰草」は娘の素姓を菖蒲草よりも一段と貶しめたもの。「よ（節）」は真菰草の縁語。「おひそふ」は、幼い娘がこの先、成人して連れ添う、の意。「人」は道綱。一首は、兼家令息の求婚を、釣り合わぬは不縁のもとと、慎重に構えたもの。

衛士のたく火

二「廿四日丁未、今夜、前越前守源満仲宅、強盗繞囲放火……余焼及二三百余家一」（『日本紀略』）。

三　底本は「ひさしう〻つゆりゆく」とあるが、通説に従った。

四　底本は「とりすきぬ」とあるが、通説に従った。底本のままなら「酉（午後五時頃）過ぎぬ」となる。

五　これ以上いる必要もないから、の意と見ておく。

六『ここに……』は、侍女の紹介する下僕の言葉。

七　主語は、侍女に報告する下僕の様子。

八　活気づいているが。下に、普段は、ひっそりして淋しい、の意が略されている。例の兼家の猿楽言。

九　火事はなくても、私の胸の思いはいつも燃えていますわ、の意。「衛士」は、地方から徴発され宮中の警備に任じた兵士。夜は火焼屋で篝火を焚いて警固した。ここは、「御垣守衛士のたく火の昼は絶え夜は燃えつつ物をこそ思へ」（『古今六帖』第一、ただし『百人一首』は三句以下「夜は燃え昼は消えつつ物を

返りごと、

（大和）[一一]
ほととぎすかくれなき音（ね）を聞かせては
　かけはなれぬる身とやなるらむ

五日、

（道綱）[一二]
もの思ふに年経（へ）けりともあやめ草
　今日をたびたび過ぐしてぞ知る

返りごと、

（大和）[一三]
つもりける年のあやめも思ほえず
　今日もすぎぬる心見ゆれば

とぞある。（道綱）なぜ恨んでいるのでしょう「いかに恨みたるにかあらむ」とぞあやしがりける。[一四]

さて、[一五]例のもの思ひは、この月も時々（折りふしにつけ）おなじやうなり。二十日のほどに、（兼家）遠方に旅立つ人に「遠うものする人に取らせむ、この餌袋（ゑぶくろ）[一六]のうちに（内袋を付けて欲しいと）袋結びて」と（言うので）あれば、（内袋を）結ぶほどに、（兼家）「出で来にたりや。歌[一七]を一（ひと）餌袋（餌袋一杯入れて欲しい）入れて給へ。」とあれば、いとをかしうて、（私は）ここに、いとなやましうて（気分がすぐれなくてとても詠めそうもない）え詠むまじ」とあれば、

こそ思へ」大中臣能宣（おおなかとみのよしのぶ））を踏まえたもの。

一〇 郭公（ほととぎす）もおおっぴらに鳴く五月になりました。せめて今日なりと、腹蔵ない御本心を承りたいものです。

一一 あからさまに色よいお返事（結婚の承諾）などいたしましては、すぐ飽きられて、とどのつまり見捨てられ、泣きを見るのがおちでございましょう。「かけはなれ」は、「蔭離れ」すなわち、郭公が卯の花蔭を離れて自在に飛翔するように軽はずみなことをして、見捨てられる（懸け離れ）、の意。

一二 物思いのうちに年を重ねたものだと、菖蒲を葺く今日をたびたび過して、今さらに知ったことです。もういい加減で色よいお返事を下さい。懸想し始めてから二度目の五月五日を迎えるに至ったことを訴える。

一三 何年も経ったと仰せですが、どれほど年を重ねたものか、心も乱れてさっぱりわかりません。今日も貴方は、よその女（ひと）に懸想なさって、お姿も見せず、つれなく過しておしまいのようなので。「あやめ（菖蒲）」は「文目（あやめ）（筋みち）」を、「すぎ（過ぎ）」は「好（す）き」を掛ける。

一四 女の歌が、訪れぬ恨みを訴えたものゆえ、まだその段階でもないのにと、いぶかったもの。

一五 兼家の訪れぬ物思い。

一六 鷹の餌を入れた広口の容器。旅行に際して食物を入れるのにも用いた。

一七 遠国に旅立つ人に贈る、はなむけの歌であろう。

（作者）「のたまへるもの（御所望の和歌は）、あるかぎり詠み入れて奉るを（詠んだだけ全部お入れしましたが）、もし、漏り[一]や失せむ、こと袋をぞ給はまし（別の袋を下さいまし）」とものしつ。二日ばかりありて、（兼家）「こちのいと苦しうても（気分のすぐれないのを押して）[二]、こと久しければなむ[三]、一餌袋といひたりしものを[四]、わびて（仕方なく）、かくなむものしたりし（こんなふうに詠んでやった）。返しからう（〔先方からの〕返歌はこれこれだ）」などあまた書きつけて、（兼家）「いとようさだめて給へ[五]」とて、雨もよにあれば（雨の中を届けて来たので）[六]、すこし情あるここちして（風流な気持がして）、待ち見る。劣り優りは（〔双方とも〕）見ゆれど、さかしうことわらむもあいなくて（こざかしく批評するのもどうかと思って）、かうものしけり。

（作者）[七]こちとのみ風の心をよすめれば

かへしは吹くも劣るらむかし

とばかりぞものしける。

六七月（みなづきふみづき）、おなじほどにありつつ果てぬ（おなじ程度の訪れで過ぎてしまった）。[八]つごもり二十八日に、（兼家）「相撲のことにより、内裏（うち）にさぶらひつれど、こちものせむとてなむ（こちらへうかがおうと思って）、急ぎ出でぬる」などて、見えたりし人（姿を見せたあの人は）、そのままに、八月二十余日まで見えず。聞けば、[九]例のところにしげくなむと聞く（例の女のもとに足繁く通っているとのことだ）。[一〇]移りにけり（すっかり心

一 こぼれてなくなるかも知れません。餌袋は広口で竹籠状のものゆえ、うっかりこぼれもしよう、の意。

二 「ても」は、「ものしたりし」にかかる。

三 そなたの言うように、これから異袋（ことぶくろ）を用意したのでは、ことが手間どる（ひまがかかる）、の意。

四 「もの」は、詠草・和歌。

五 私の歌と返歌を、とくと比較、批評してほしい。

六 「雨もよ」は、雨模様の意か。

七 ひいき目で、あなたにばかり味方して見るせいか、返歌のほうが劣っているようでございます。「こち」は「東風」に「此方（こち）（兼家）」を、「かへし」は「吹き返す風」に「返歌」を掛ける。一首は、追従というより、いかにも無雑作な、おざなりな詠みぶりである。

八 「廿七日戊寅……今日相撲内取、廿八日己卯、相撲召合」（『日本紀略』）。

九 情人近江のもと。

一〇 いずれそのうち、兼家から忘れ去られると覚悟はしていたものの、いよいよその時が来たという実感。

一一 売却し処分したものであろう。

一二 鬱屈してノイローゼ気味の作者を見かねた父倫寧の配慮である。

広幡中川へ

一三 「広幡」は、京極東、近衛南、勘解由（かげゆ）小路北。中川と賀茂川の中間で、今の寺町荒神口（こうじんぐち）附近と見る（『大系』）のが穏当なところであろう。「中川」は、賀茂川（東川）と桂川（西川）の中間を流れる京極川で、大体、寺町通に沿って南北に流れていた。ここに、倫寧

と思へば、うつし心もなくてのみあるに、住むところはいよいよ荒
変りしたのだと思うと　うつろに思い乱れて過していたうちに

れゆくを、人少なにもありしかば、人にものして、わが住むところ
〔私の所は〕小人数でもあったので　一一人に譲って　〔父が〕自分の家に

にあらせむといふことを、わが頼む人さだめて、今日明日、広幡中
一二引き取ろうということを　父が取りきめて　今日明日にも　一三

川のほどに渡りぬべし。さべしとは、さきざきほのめかしたれど、
移ることになった　一四そんな予定だとは　かねて　一五それとなく言っておいたが

一六今日などもなくてやはとて、「きこえさすべきこと」と、ものした
（作者）一七御相談したいことがあります

れど、「つつしむことありてなむ」とて、つれもなければ、なにか
（兼家）物忌があって〔行けない〕　知らぬ顔なので　なに構うも

はとて、おともせで渡りぬ。
のかと思って　黙って

山近う、河原片かけたるところに、水は心のほしきに入りたれば、
〔新居は〕一八河原と庭続きになっている所で　遣り水は思いのままに引き入れてあるので

いとあはれなる住まひとおぼゆ。一九二三日になりぬれど知りげもなし。
まことに趣深い　〔あの人は〕知らんふりである

五六日ばかり、「さりけるを告げざりける」とばかりあり。返りご
（兼家）引越したのを知らせないとは〔ひどい〕

とに、「さなむとは告げきこゆべしとなむ思ひしかど、びなきとこ
（作者）二〇お知らせ申し上げなければとは　二一不便な所で

ろに、はたかたうおぼえしかばなむ。見たまひなれにしところにて、
お越しは御無理と存じまして　二二　お馴染み下さいましたあの家で

いまひとたびきこゆべくは思ひし」など、絶えたるさまにものしつ。
もう一度お話したいと存じておりましたが　縁が切れたような調子で書いてやった

「さもこそはあらめ。びなかなればなむ」とて、あとをたちたり。
（兼家）二三さもあろう　不便な所だそうだから　ぱったり便りもなくなった

の別邸があったものであろう。

一四「さるべし」の音便「さんべし」の撥音無表記。

一五「ほのめかし」の主語は父倫寧であろう。「うつし心」もない作者は、だんどり良く瀬踏みをしながら事を進める余裕もあるまい。

一六 今日、転居するという、事前の挨拶ぐらいは、しなくてはなるまいと。

一七 底本は、「きこえさすべきことものしたれど」と地の文のごとくであるが、「きこえさすべきこと」を消息文と見て、下に「と」を補う説（『全集』）に従う。

一八 この「河原」は西の中川の河原である。次頁に「東の門の前なる田ども」とあって東は川に面していない。「片かく」は、片側が続いている、の意。

一九 転居後二、三日たったが。「二三日」を暦日、すなわち二十二、三日と見る考えもある。

二〇 底本は「つけきこゆとなむ」とあるが、「つげきこゆべしとなむ」と、「べし」を補う説（『全集』）に従った。

二一 底本は「おもひしいとひなき」とあり、これに従えば「思ひし、いとびなき」となるが、「い」を「か」と改め、「思ひしかど、びなき」とする（『全集』）のが妥当であろう。

二二「なむ」の後には、「御遠慮しました」の意が省略されている。

二三「さもこそはあらめ」は、随分と突き放した物言いである。

九月(ながつき)になりて、まだしきに〔朝まだ早いうちに〕格子を上げて見出だしたれば〔外を見やると〕、内なる〔邸内の遣り水にも外の川にも〕にも外なるにも、川霧[一]立ちわたりて、麓も見えぬ山の見やられたる〔遥かにのぞまれるのも〕も、いともの悲しうて、

(作者)[二] 流れての床と頼みて来(こ)しかども
わがなかがははあせにけらしも

とぞいはれける。東(ひんがし)の門(かど)の前なる田ども刈りて、結(ゆ)ひ[三]わたしてかけたり。たまさかにも見えとふ人には〔訪れてくれる人には〕、青稲刈らせて馬に飼ひ〔馬のかいばとし〕、焼米(やいごめ)[四]せさせなどするわざに〔作らせなどする仕事に〕、おり立ちてあり〔進んで手を染めたりする〕。[五]小鷹の人もあれば〔小鷹狩りをする道綱もいるので〕、鷹ども、外(と)に立ち出でて遊ぶ。例のところに〔〔道綱は〕大和だつ女のもとに〕、おどろかしにやるめり〔気を引くつもりで手紙をやるらしい〕。

(道綱)[六] さごろものつまも結ばぬたまの緒(を)の
絶えみ絶えずみ世をや尽くさむ

返りごとなし。またほど経て、

(道綱)[七] 露深き袖にひえつつ明かすかな
たれ長き夜のかたきなるらむ

一 「川霧の麓をこめて立ちぬれば空にぞ秋の山は見えける」(『古今六帖』第一、深養父(ふかやぶ))を踏まえる。

二 末長く連れ添おうと頼みにはしてきたけれども、この中川の水の涸(か)れ果てたように、私たちの仲もすっかり冷えきってしまったようだ。「流れて」は「川の流れ」に「時の流れ(永遠)」、「床」は「川床」に「夫婦の寝床」、「なかがは」は「中川」に「夫婦の仲」、「あせ」は水の浅くなる意に、夫婦の疎遠になる意をそれぞれ掛けたもの。

三 刈り取った稲を束ね、稲架(いねかけ)に掛け渡す、の意。

四 新米を籾(もみ)のまま煎(い)り、搗(つ)いて籾を取り去ったもの。風情のない粗末な菓子である。

五 隼(はやぶさ)・鷂(はいたか)のような鷹属の小さな鳥で、飼い馴らして野鳥の狩りに用いた。「人」は道綱。

六 恋しさに堪えかねて、私の魂は夜な夜な貴女のもとにさまよい出てゆきますが、着物の褄(つま)を結んで、それを取り鎮めてくれるお方もないので、このままでは、私は命も絶え絶えに、生涯を終えることになるかも知れません。「さごろも」は「衣」の歌語。「つま」は着物の「褄」に「妻」を、「結ぶ」は褄を結ぶに、妻とする、契り交わすの意を掛ける。「たまの緒」は「命」の意。「結ぶ」「絶ゆ」は「緒」の縁語。一首は、人魂(ひとだま)を見たとき、三返唱えて、男は左、女は右の褄を結んで三日間過すという呪文歌「魂は見つぬしは誰とも知らねども結びとどめつしたがひのつま」(『袋草紙』)を踏まえたもの。

返りごとあれど、よし書かじ[八]（書かずにおこう）。

さて、二十余日にこの月もなりぬれど、あと（〔あの人は〕）絶えたり。あさまし（あきれたこと）さは（には）、「これして」（（兼家）これを仕立ててくれ）とて、冬[九]の物あり。「御文ありつるは（（使）お手紙はございましたが）、はやお（いつの間にか落してしまいました）ちにけり」といへば、おろかなるやうなり[一〇]（ぞんざいにもほどがある）。返りごとせぬにてあらむ（返事はやらないでおこう）とて、何事ともえ知らでやみぬ（〔手紙の内容は〕何だったか知らずじまいだった）。ありしものどもはして（寄越した着物は仕立てて）、文もなくてものしつ（手紙も添えずに送ってやった）。

その後、夢[一一]の通ひ路（ぢ）絶えて、年暮れはてぬ[一二]。つごもり（九月の月末に）にまた[一三]、「『これして』となむ」（（使）これを仕立ててとの仰せで）とて、果ては文だにもなうてぞ（とうとう手紙さえ添えずに）、下襲（したがさね）[一四]ある。いかにせまし（どうしたものかと）と思ひやすらひて（ためらって）、これかれに（侍女たちに）言ひ合はすれば（相談すると）、「なほ（（侍女）やはり）、このたびばかりこころみにせよ[一五]。いと忌みたるやうにのみあれば（〔お断りしては〕）」など、さだむることありて（相談の結果きめて）、とどめて（手もとに置いて）、きたなげなくして（こざっぱり仕立てて）、ついたち[一六]の日、大夫に持たせてものしたれば、『いと清らなり』となむありつる」（（道綱）とても綺麗にできたと仰せでした）とてやみぬ[一七]。あさましといへばおろかなり（あきれかえったどころの話ではない）。

七 晩秋の露深い夜ごとに、私は涙に濡れそぼちながら、独り寝の床に冷え冷えと夜を明かしています。この秋の夜長を、貴女と共に過すお相手は、どこのどなたなのでしょう。「かたき（敵）」は相手。夫の意。

八 陳腐で変りばえがしなかったからであろう。

九 翌十月から冬に入る。そのための冬物である。

一〇 兼家の作者に対する疎略な態度が、おのずと使いにも反映したと見て、反発したもの。別に、「おろかなる……あらむ」を作者の言葉（或いは心中思惟）と見て、兼家の文の内容も知らずに、なまじちぐはぐな返事を出したなら、使いの失態が露見して、責められることにもなろう、それが気の毒なので、返事も出さないでおこう、と解く考えもある。一案ではあるが、やや考え過ぎであろう。

一一 夢にさえ現れないで。「住の江の岸による波よるさへや夢の通ひ路人目よくらむ」（『古今集』恋二、藤原敏行）などによる。

一二 一応、年末までのことを言い切ったもの。以下、下襲（したがさね）の件など、同年九月末のことである。

一三 前回の冬物の仕立ての注文に続いて、また。

一四 仕立て直しのために下襲を届けて来た、の意。「下襲」は、袍（ほう）・半臂（はんぴ）の下に着て、裾（きょ）を袍の下に出して長く引く。

一五 反応を見るために、仕立ててさし上げなさい。

一六 十月一日。

一七 ただ、それきりで終ってしまった。

雪間の初花

さて、この十一月(しもつき)に、あがたありきのところに〔父倫寧邸で〕、産屋(うぶや)[一]のことありしを、えとはで〔見舞いもできずに〕過ぐしてしを、五十日(いか)[二]になりにけむ、これにだにと〔せめてこのお祝いでもと〕思ひしかど、ことごとしきわざは〔大げさなことは〕、えものせず〔とてもできないので〕、ことほぎを〔心ばかりのお祝いを〕ぞさまざまにしたる。例のごとなり〔しきたり通りである〕。白う[三]調じたる〔白い色に調えた〕籠(こ)、梅の枝につけたるに、

(作者)
冬ごもり[四]雪にまどひしをり過ぎて
　今日ぞ垣根の梅をたづぬる

とて、帯刀(たちはき)[五]の長(をさ)それがし〔なにがし〕などいふ人、使にて、夜に入りてものしけり〔届けさせた〕。使、つとめて[六]ぞ帰りたる。薄色[七]の袿一襲(うちぎひとかさね)かづきたり。

(女方)
枝わかみ[八]雪間に咲ける初花は
　いかにととふににほひますかな

などいふほどに、行なひのほども〔新年の勤行の時期も〕過ぎぬ。「忍びたるかたに[九]〔人目につかぬ所に〕、いざ〔御一緒に〕」と誘ふ人もあり。(作者)「なにかは〔いいですとも〕」とて、ものしたれば、人多う詣でたり。たれと知るべきにもあらなくに〔私をたれと気付くような人もいないのに〕、

一 出産。後の歌の「雪間に咲ける初花」は、女児の誕生を思わせる。とすれば、作者の異母妹で、後年、菅原孝標に嫁し、『更級日記』の作者を儲けた女性である可能性が強い。
二 誕生後五十日目の祝い。通説は「如何(いか)になりにけむ」と解くが、『全集』の説に従う。
三 白く染めた髭籠(ひげこ)。その中に産衣の類を納める。
四 雪に降り籠められて、お見舞もままならなかった冬も過ぎて、今日やっと、お宅の梅――お子様のお祝いを申し上げる次第でございます。内容から、年を越えた天延二年早春のことと知られる。
五 東宮御所の警固に任じた舎人（帯刀）の長官。
六 前夜は饗応などを受けて泊り、その翌朝。
七 薄紅あるいは薄紫。「袿」は直衣の下に着る衣。
八 雪間にほころびそめた梅の初花――若い母親が初めて儲けたこの子は、貴女のお祝いを頂いて一段と、美しく映えまさることとです。女方（或いは倫寧自身）の返歌と見る。身内の者を「枝わかみ」、生れた子を「初花」「にほふ」と自讃するのは不自然として、これを作者の歌と見る考え（『全注釈』ほか）もあるが、その場合は「いかにととふに」の解が無理となろう。
九 何処とも不明。作者が必要以上に人目を憚っているのは、男女関係の祈りをする所かとして、貴船神社あたりを擬する考え（吉川理吉「国語国文」昭和十八年四月）もある。
一〇 氷柱(つらら)。

われひとり苦しうかたはらいたし。祓(はらへ)などいふところに、[一〇]垂氷(たるひ)いふかたなうしたり。をかしうもあるかなと見つつ帰るに、[一一]大人なるものの、[一二]童装束(わらはさうずく)して、髪をかしげにてゆくあり。見れば、ありつる氷を、単衣(ひとへ)の袖に包みもたりて、食ひゆく。[一三]ゆゑあるものにやあらむと思ふほどに、わがもろともなる人、ものを言ひかけたれば、氷(ひ)くみたる声にて、「まろをのたまふか」といふを聞くにぞ、[一四]直者(なほもの)なりけりと思ひぬる。かしらついて、「これ食はぬ人は、思ふこと成らざるは」といふ。「まがまがしう、さいふ者の袖ぞ濡らすめる[一五]」とひとりごちて、[一六]また思ふやう、

(作者)[一七]わが袖のこほりははるも知らなくに
　　心とけても人の行くかな

帰りて、三日ばかりありて、賀茂に詣でたり。雪風いふかたなう降り暗がりて、わびしかりしに、風邪(かぜ)おこりて臥しなやみつるほどに、[一八]十一月(しもつき)にもなりぬ。十二月(しはす)も過ぎにけり。

（傍注）ひとりで心苦しく／恥ずかしくてならなかった／祓殿に／何とも／言えず見事にさがっていた／一人前のおと／ななのに／髪を綺麗につくろって行く者がいる／くだんの垂氷を／包むように持って／何か仔細のある者なのだろうか／連れの者が／氷を／ほおばった声で／(女)私に仰せですか／頭を地につけて／(女)／成就／しませんよ／(作者)縁起でもない／そういう自分が／また心に思ったことは／(作者)／難儀をした上に／たとえようもなく／苦しんでいるうちに

一一　男女いずれとも判然としないが、「髪をかしげ」とあるのは、女子と見るのが穏当であろう。

一二　汗衫(かざみ)姿であろう。「汗衫」は童女が正装時に着る表着。裾(きょ)を長く引く。

一三　大人なのにこんな童装束をしているのは、何か事情があるのであろう、の意。

一四　身分素姓の賤しい者。庶民。

一五　氷で濡らす意に、涙で濡らす意を掛ける。

一六　「……袖ぞ濡らすめる」と反発したものの、ふとわが身の現状に視線を落してみると「また」、の意。

一七　私の袖の涙は、いつ春になるとも知らず、凍(い)てついたままなのに、世の人は屈託もなげにのんびりと歩いていることだ。「はる」は「春」に、鬱情の「晴れる」意を掛ける。「はる（張る）」「とけ」は「氷」の縁語。この歌は外界の春と内心の冬を対照的に詠んだ実感であろう。天延二年早春のものと見たい。

一八　「十一月……過ぎにけり」の部分については、錯簡・誤写・竄入(ざんにゅう)など諸説がある。ちなみに『全注釈』はこれを「あさましといへばおろかなり」（二二九頁末）の次に置く。周到な考証を踏まえたものではあるが、「さて、二十余日に……」（二二九頁二行目）以下は、天延元年冬、同二年早春の記事が大幅に錯綜、混乱している。これらは、単に書写過程の問題としてではなく、作者による歌稿の未整理など、執筆事情にまでさかのぼって考えるべきであり、暫く底本のままとして置く。

天延二年――深山ごもり

一 正月。兼家四十六歳。道綱二十歳。作者三十九歳。
二 正月十五日、松飾りなどを焼き旧年の邪気を払う行事。さぎちょう。今のとんどに当るらしい。
三 元来、蔵人所で雑用に任ずる者。転じて、貴族の邸宅で雑用を勤める者をもいう。ここは後者。
四 正月十五日すなわち、満月である。
五 物思いのない山に入りたいと思っても、そんな山はないものだと思って。すなわち、この中川に移り住んだなら、兼家との愛憎から逃れられるかと思ったが、所詮それも叶わぬことだと思って、の意。「時しもあれ花のさかりにつらければ思はぬ山に入りやしなまし」(『後撰集』春中、藤原朝忠)を踏まえる。
六 一緒に泣きたい気持なのに、山の鶯は正月が来たとも、まだ知らないのだろうか。一向に訪れもせず、私はひとりで、声をあげて泣いていることだ。
七 底本は「十五日」とあるが、通説によって改めた。
八 底本は「大夫しもにかしなとにもきおこなひなとす」とあって難解。一応、『全注釈』の改訂案に従った。他に「大夫、除目ぞかしなど、そそき行なひなどす」(『全集』)、「大夫しもなにがしなどにも行なひなどす」(『新注釈』)など諸案がある。下文に「などぞすらむ」と疑問が発せられ、「司召のことあり」と展開する行文から見ると、「除目ぞかし」が先に提示されるのは、どうであろう。なお後考を待ちたい。
九 普段は無信心な道綱が、どうしてまた、の意。

[一]十五日、儺火(なび)[二]あり。大夫の雑色(ざふしき)[三]のをのこども、(雑色)「儺火す」とて騒ぐを聞けば、やうやう酔(ゑ)ひすぎて、(雑色)「あなかまや(やかましいぞ)」などいふ声聞こゆる、をかしさに、やをら(そっと)、端(はし)のかたに立ち出でて見出だしたれば、[四]月いとをかしかりけり。東(ひんがし)ざまにうち見やりたれば(はるかにながめやると)、山霞みわたりて、いとほのかに、心すごし(ぼうっと見えてぞっとするほど淋しい)。柱に寄り立ちて、[五]思はぬ山なく思ひ(思ってた)立てれば(たずんでいると)、八月(はづき)より絶えにし人(あの人は)、はかなくて(消息もないまま)正月(むつき)になりぬるかしとおぼゆるままに、涙ぞさくりもよよにこぼるる(しゃくり上げるようにどっと溢れてくる)。さて、

(作者)[六]もろ声に鳴くべきものを鶯(うぐひす)は
正月(むつき)ともまだ知らずやあるらむ

とおぼえたり。

[七]二十五日に、[八]大夫しも精進などそそき(そそくさと精進を始め)、行なひなどす(勤行などをする)。[九]などぞす(どうして)らむ(だろうと)と思ふほどに、[一〇]司召のことあり。[あの人からの]めづらしき文にて、(兼家)[一一]「右馬助になむ」と告げたり。[道綱は]ここかしこによろこびものするに(任官のお礼参りに出かけたが)、その司の[一二]頭(かみ)、叔父にさへものしたまへば、まうでたりける(御挨拶に伺ったところ)、いとかしこうよ(とてもひどく)

ろこびて、ことのついでに、「殿《(遠度)》にものしたまふなる《お宅にいらっしゃるという》姫君[一三]は、いか《どんな》がものしたまふ《お方ですか》。いくつにか、御年などは」と問ひけり。帰りて、「さなむ《(道綱)これこれ》」と語れば、いかで聞きたまひけむ、なに心もなく《〔あの娘は〕まだ無邪気で》、思ひかくべきほどしあらねば《懸想されるような年頃でもないので》、やみぬ《聞き流しておいた》。

そのころ、院[一四]の賭弓（のりゆみ）あべしとて、騒ぐ。頭（かみ）も助もおなじかたに《同じ組で》、出居（いでゐ）[一五]の日々にはいきあひつつ、おなじことをのみ《養女の一件ばかり》のたまへば、「いかなるにかあらむ《(道綱)どうしたことなのでしょう》」など語るに、二月二十日のほどに、夢に見るやう、〔本〕[一六]

あるところに、忍びて思ひ立つ《こっそり出かけようと思った》。「なにばかり深くもあらず」[一七]といふべきところなり《言ったようなところである》。野焼きなどするころの《季節で》、花はあやしう《桜はどうしたことか》おそきころなれば《〔今年は〕遅いので》、をかしかるべき道なれどまだし《〔いつもなら〕綺麗に咲いている道だのにまだ早過ぎた》。いと奥山は[一八]鳥の声もせぬものなりければ《見たこともないほど》、鶯[一九]だにおとせず。水のみぞ、めづらかなるさまに、湧きかへり流れたる。いみじう苦しきままに、かからである人もありかし《こんな苦労をしないですむ人もいるのに》、憂き身ひとつを《〔私は〕》もてわづらふにこそはあめれ《もてあましているていたらくだ》、と

一〇 正月の除目。当年の除目は正月二十六日に始まった（『日本紀略』）。

一一 道綱は右馬寮の次官に任ぜられた、の意。「馬寮」は宮中の厩、及び諸国の牧場のことを司る役所。

一二 右馬寮の長官、藤原遠度（とおのり）。兼家の異母弟に当る。

一三 養女。

一四 「院」は冷泉院。「賭弓」は競射。

一五 練習場に通う日々には。

一六 親本のまま書写したとの注。次行までの間に、夢の記事及び若干の脱文がある。

一七 「なにばかり深くもあらず世の常の比叡を外山（とやま）と見るばかりなり」（『大和物語』）を引く。「ゑしう（恵秀か）」が横川に籠った時、人からその場所を問われたところ、件の歌を以て答えたという。横川は比叡の奥山である。それを、比叡を外山（里近い山）と見るばかりと、逆説的にこともなげに言ってのけたもの。従って、ここも相当の深山の意。無論、女人禁制の横川ではない。

一八 「飛ぶ鳥の声も聞こえぬ奥山の深き心を人は知らなむ」（『古今集』恋一、読人しらず）。

一九 前文の「花はあやしうおそきころ……」とともに、「春やとき花やおそきと聞きわかむ鶯だにも鳴かずもあるかな」（『古今集』春上、藤原言直（ことなお））を踏まえた表現。

思ふ思ふ、入相（いりあひ）[一]つくほどにぞいたりあひたる〔ちょうどその時刻に寺に到着した〕。御燈明（みあかし）など奉りて、一数珠（ひとずず）[二]ばかり立ち居[三]するほど、いとど苦しうて〔ますます苦しくなってきて〕、夜明けぬと聞くほどに、雨降り出でぬ。いとわりなし〔あいにくだ〕と思ひつつ、法師の坊[四]にいたりて、（作者）「いかがすべき〔どうしたものだろう〕」などいふほどに、ことと明けはてて〔夜もすっかり明けきって〕、（供人）「簑（みの）、笠や」と人は騒ぐ。われはのどかにて[五]ながむれば、前なる谷より、雲しづしづと上る（のぼる）に、いともの悲しうて、

（作者）思ひきや[六]天つ空なるあまぐもを
袖してわくる山踏まむとは

とぞおぼえけらし[七]。雨いふかたなけれど〔雨はたとえようもなくひどいけれど〕、さてあるまじければ〔そうしてもいられないので〕、と〔あれ〕かう（これ）たばかりて[八]〔工夫をして〕出でぬ。あはれなる人[九]の〔いじらしいあの娘が〕、身に添ひて見るぞ〔私に寄り添っているのを見ると〕、わが苦しさも紛るばかりかなしうおぼえける〔いとしく思ったことだ〕。

遠度の求婚

からうじて帰りて、またの日、出居（いでゐ）のところより夜更け（ふ）けて帰り来て、臥したるところによりて[一〇]いふやう、（道綱）「殿なむ『きんぢ[一一]が司の頭（かみ）[一二]の、去年（こぞ）よりいとせちに〔しきりに〕のたうぶ[一三]ことのあるを〔言われていることがあるのだが〕、そこにあらむ子は〔そちらにいるあの娘は〕

一 入相の鐘。午後六時ごろ。
二 底本は「ひとすくはかり」とあるが、「く」は「ゝ」と読めないこともない。数珠を繰って一巡する間。別に「ひとときばかり」と改める案（『全注釈』）もある。
三 立ったり坐ったりして礼拝する意。
四 僧の起居する宿坊。
五 現在の自分は帰宅を急ぐ必要もなく。「のどかにて」には、自嘲的なうつろなものがある。
六 かつて思ったこともあろうか。この年になって、大空の雨雲を袖で掻き分けて登るような、奥深い山寺にお籠りする身となろうとは。
七「けるらし」の詰ったもの。「らし」は、当時の心境を回想したもの。
八 雨を冒して帰る算段をして。
九 ここで初めて、この物詣（ものもうで）に養女を伴ったことが知られる。この物詣の真意は不明だが、養女に対する遠度の懸想は、彼が道綱の上司、兼家の異母弟であってみれば、無下に退けるわけにもゆかず、その辺の心労、すなわち、作者自身の行く末と深く関わる養女の身の処し方についての祈願でもあろうか。
一〇 底本は「かへりて」とあるが、通説によって改めた。
一一 そなた。二人称代名詞。
一二 右馬頭遠度。
一三「のたうぶ」は、「のたまふ」に同じ意の男性語

で、「のたまふ」より敬意が浅いという。
一四 兼家の足が遠のいていたことを裏書きする。
一五 男女の情を解するようになったか、の意。
一六 これこれでございました。「さりつ」は「さありつ」の略。
一七 求婚のお手紙をさしあげよう。
一八 底本は「こてし日」とあるが、通説に従った。なお、「こてし日」全体を「その日」と改める案（『全注釈』）もある。
一九 遠度から、養女の保護者としての作者宛の文。
二〇 「いと」は「うちとけ……」にかかる。
二一 以下の遠度の手紙の内容をいう。兼家の内意を得、手順を踏んで抜け目なく、かつ道綱の上司たることもひけらかし、迂闊に返事をしたためたなら、言質も与えかねない、その意味で油断のならない書きぶり。
二二 心に思うこと、すなわち、姫君（養女）を御所望したいと存じまして。
二三 遠度の意向を兼家に取りついだ仲介者の報告。
二四 底本は「うけたまはりにしと」。「か」を補って「……にしかど」とする説（『全集』）に従った。
二五 主語は作者。
二六 遠度の手紙の文面は、作者を歴とした兼家夫人として遇した表現。作者の反応を十分計算した物言いである。

いかがなりたる。一四大きなりや。一五ここちつきにたりや』などのたまひつるを、また、かの頭も、『殿は仰せられつることやありつる』となむのたまひつれば、『一六さりつ』となむ申しつれば、『あさてばかりよき日なるを、一七御文奉らむ』となむのたまひつる」と語る。いとあやしきことかな、まだ思ひかくべきにもあらぬをと思ひつつ、寝ぬ。

一八さて、その日になりて文あり。一九 二〇いと返りごと、二一うちとけしにくげなるさましたり。うちのことばは、「月ごろは、二二思ひたまふることありて、殿に伝へ申させはべりしかば、『二三ことのさまばかりきこしめしつ。いまはやがてきこえさせよとなむ仰せたまふ』と二四うけたまはりにしかど、いとおほけなき心のはべりけると、二五おぼし咎めさせたまはむを、二六つつみはべりつるになむ。ついでなくてとさへ思ひたまへしに、司召見たまへしになむ、この助の君の、かうおはしませば、まゐりはべらむこと、人見咎むまじう思ひたまふるに」など、

大きくなったか
世ごころがついてきたか
遠度も
兼家殿は何か仰せられましたか
明後日ごろが
吉日ですから
〔あの娘は〕まだ男が懸想する年でもないのにと
奇態なことだなあ
返事は
気を許して迂闊には書けそうもない内容である
なかの文面は
（遠度）ここ数か月
〔人を介して〕内意をお伝え申したところ
ことの趣だけは
うけたまわった
今はもう　直接〔そちらへ〕御相談申せと仰せでした
だいそれた望みを持ったものだと
御勘気を蒙りそうなので
御遠慮していたのでございます
それによい機会もなくてと思っておりましたところ
このたびの司召の結果を見ますと
同じ役所におなりになったので
お宅へ伺うことも
人は怪しむまいと存じまして

いとあるべかしう[一]書きし端に、（遠度）「武蔵といひはべる人の[三]（武蔵と申します者の）御曹司（みざうし）に、いかでさぶらはむ」（何とか伺候いたしとう存じます）とあり。[二]返りごときこゆべきを（御返事をしなければならないのだが）、まづ、これは（これほど）いかなることぞと（どういうことでしょうと）、ものしてこそは（［あの人に］尋ねてからにしよう）、とてあるに、[四]（道綱）「『[五]物忌やなにやと、をり悪し』（今は都合が悪い）とて、え御覧ぜさせず」（お目にかけられませんでした）とて、もて帰るほどに、[六]五六日になりぬ。

おぼつかなうもやありけむ（［遠度は］もどかしかったものだろうか）、助のもとに、（遠度）「せちにきこえさすべきことなむある」（是非ともお耳に入れなければならないことがあります）とて呼びたまふ。（道綱）「いまいま」（おっつけすぐ）とてあるほどに（と答えておいて）、まづ（とりあえず）使は返しつ。そのほどに雨降れど、[七]いとほしとて出づるほどに、[八]文取りて帰りたるを（［道綱が］戻って来たのを）見れば、（［料紙は］）紅（くれなゐ）の[九]薄様一襲（うすやうひとかさね）にて、紅梅につけたり。ことばは（文面は）、（遠度）「『[一〇]石上（いそのかみ）』といふことは知ろしめしたらむかし（ご存じでしょうね）。

[一一]春雨にぬれたる花の枝よりも
人知れぬ身の袖ぞわりなき

[一二]あが君、あが君。なほおはしませ」（やはりお越し下さい）と書きて、などにかあらむ（どういうつもりか）、「あが君」とある上は（その上は墨で）[一三]かい消（け）ちたり。助（道綱）、[一四]「いかがせむ」といへば、（作者）「あ

一 もっともらしく、寸分の隙もないように。
二 底本は「になし」。『全注釈』の案に従った。
三 作者方の侍女。遠度の縁者か、かねてから懇意な者であろう。その曹司（部屋）に控えさせてほしいというのは、作者に直接、対面することを遠慮した謙退表現。
四 と思って返事を保留していたところ。次に、この間、兼家の指示を仰ぐ手紙を道綱にことづけた経緯が省略されている。
五 『物忌や……をり悪し』は、本邸の取次ぎの者の伝える兼家の言葉。
六 二月二十五、六日。暦日と見るのがよい。
七 お伺いしないでは（待たせては）お気の毒だと、道綱が出かけようとした、その出会いがしらに。以下遠度からの二度目の使いが来た由が省略されている。
八 道綱が、その二度目の手紙を受け取って。
九 鳥の子紙の薄手のもの。
一〇「石の上ふるとも雨にさはらめやあはむと妹にいひてしものを」（『古今六帖』第一、大伴像見）を踏まえたもの。遠度自身、女性の立場になって、道綱が「いまいま」と言っておきながら、雨に妨げられて来ないのを恨んで寄越したもの。
一一 春雨に濡（ぬ）れて鮮やかなこの紅梅よりも、人知れず姫君を恋うて嘆く私の袖のほうが、切ない血の涙に染まって真赤です。「春雨」は紅梅を美しく染めるもの。「袖」を染めるのは紅涙（血の涙）である。

なむつかしや（やっかいねえ）。道になむ会ひたるとて（途中で使いに会ったということにして）、まうでられね（お伺いしなさい）」とて出だしつ。帰りて（道綱）、『などか、[一五]御消息きこえさせたまふ間にても（殿に御相談なさる間にでも）、御返りのなかるべき（御返事の頂けないことがありましょうと）』といみじう恨みきこえたまひつる（頭はひどくお恨みでした）」など語るに、いま（それから）、二三日（ふつかみか）ばかりありて、（道綱）[一六]「からうじて見せたてまつりつ（〔お手紙を〕お目にかけました）。のたまひつるやう（〔父上が〕）は、『なにかは（何の構わぬ）。いま思ひさだめて（そのうち考えを決めて）となむいひてしかば（〔返事をしよう〕と言って置いたから）、返りごとは、はやうおしはかりてものせよ（さっさと適当にしておけ）。まだきに来むとあること（まだ子供なのに通いたいとは）なむ、びんなかめる（〔そなたも〕さぞ迷惑だろう）。そこにむすめありといふことは（そなたのもとに）、なべて知る人もあらじ（世間では知る人とてあるまい）。人、[一七]異様（ことやう）にもこそ聞け』となむのたまふ」と聞くに、あな腹立たし、[一八]そのいはむ人を知るはなぞと思ひけむかし。

さて、返りごと（〔遠度への〕）、今日ぞものする。（作者）[一九]「このおぼえぬ御消息は（思いがけぬ有難いお手紙は）、この除目の徳にや（この度の除目のお蔭かと）と思ひたまへしかば、すなはちもきこえさすべかりしを（早速にも御返事を申し上げなければと存じましたのに）、『殿に（殿に伝えた）』などのたまはせたることの（などとおっしゃったことが）、いとあやしうおぼつかなきを（まことに腑に落ちませんでしたので）、尋ねはべりつるほど（問い合せておりましたところ）の、[二〇]唐土（もろこし）ばかりになりにければなむ（手間どりました次第で）。されど、なほ心得はべらぬは（合点のゆかぬお話については）、いときこえさせむかたなく（何とも申し上げようもございません）」とても

一二 親しみをこめた呼びかけ。道綱に哀願する表現。

一三 「あが君」と二度繰り返した、そのうちの一方は消してある、の意か。なりふり構わぬ哀願の姿勢に気がさしたものであろう。

一四 二度の使いを受けて、やっと腰を上げたというのでは、遠度に対していかにも失礼である。どうしたものだろうと、作者に相談したもの。

一五 道綱は、返事の遅延した理由を、作者が兼家に問い合せ中であると弁解したものであろう。

一六 作者の先日の手紙を兼家に見せた道綱の報告。

一七 養女のことはまだ世間に公表してない。従って、遠度が作者自身のもとに通い初めたと、あらぬ噂も立つであろう、の意。

一八 そんな噂を立てる人がいると、わかっているのは、どうして……（それは、当のあの人が寄りつかないからだ、あの人が通ってくれさえすれば、そんな噂も立つまいに）の意。別に、「そのいはむ人」を、噂の当人（養女）と見て、養女のことは世間では知るはずもないのに、遠度が知っているのは、どうしてだろう。どうせ兼家がみずから洩らしたことだろうに、と解く考え（『全集』）もある。「あな腹立たし」の語気から、前者に従いたい。

一九 以下の作者の手紙は、上司の権威と兼家の名前をちらつかせた、慇懃無礼な遠度の押しつけに対して、多分に皮肉を籠めた書きぶりである。

二〇 唐土（中国）にでも問い合せたほど。

のしつ。端に、（作者）「『曹司[一]（ざうし）に』とのたまはせたる（おっしゃいました）武蔵は、『みだりに人[二]を』とこそきこえさすめれ（申しているようでございます）」となむ。さて後、おなじ[三]やうなることどもあり。〔私からの〕返りごと、たびごとにしもあらぬに（その都度出したわけでもないので）、〔遠度は〕いたうはばかりたり（遠慮していた）。

三月（やよひ）になりぬ。〔遠度は〕かしこにも（兼家のもとにも）、女房につけて申しつがせければ（ことづけて取り次がせていたので）、そ[四]の人の返りごと見せにあり（返事を見せて寄越した）。（遠度）[五]「おぼめかせたまふめればなむ（御不審の御様子なので）。これ〔お目にかけましょう〕、かくなむ殿の仰せはべめる（この通り殿のお許しがございますようで）」とあり。見れば、（侍女）[六]「『この月（今月は）、日悪しかりけり（日柄が悪いな）。月たちて（月が改まってから）』となむ、暦（こよみ）御覧じて、ただいまものたまはする（たった今も仰せでいらっしゃいます）」などぞ書いたる。いとあやしう、いちはやき暦にもあるかな（せっかちな暦沙汰だこと）、なでふことなり（なんということだ）、よにあらじ[七]、この文書く人のそらごとならむ（この手紙を書いた侍女の作りごとだろう）と思ふ。

ついたち（月が改まって）七八日のほどの昼つかた、（侍女）「右馬頭おはしたり」といふ。（作者）「あなかま（しっ静かに）。ここになし（こちらにはおりません）と答へよ（とお答え）。[八]もの言はむとあらむに、[九]まだしきにびなし（困ります）」などいふほどに入りて[一〇]、あらはなる[一一]籬（まがき）の前に立ちやす（たたずんでい）

遠度来訪

一 遠度の手紙に「武蔵といひはべる人の御曹司に、いかでさぶらはむ」とあったのを受ける。

二 むやみに人は寄せつけない、の意。「白川の滝のいと見まほしけれどみだりに人を寄せじものとや」（『後撰集』雑一、おほきおほいまうちぎみ〈藤原忠平〉の白川の家にまかりわたりて侍りけるに、人の曹司にこもり侍りて　中務）の下句を踏まえたもの。

三 遠度からは性懲りもなく、何度も同じような手紙が来る。

四 兼家の意向を伝える女房からの返事。

五 作者の手紙「『殿に』などのたまはせたることの、いとあやしうおぼつかなきを……」に対する申し開き。

六 侍女が、兼家の言葉を報告して寄越したもの。婚姻には吉日を選ぶのがならいである。

七 よもや、兼家がそんなことは言うまい。

八 結婚の内諾を得るために私と面談したい、の意。

九 この娘はまだそんな年齢でもないのに。

一〇 遠度はずんずん入って来て。

一一 家の内の様子がまる見えな。

一二 作者と遠度は、これまで面識はなかったであろう。にもかかわらず、「例も」とあるのは、以後、再々対面した執筆時からの表現。

一三 十分に打って艶（つや）を出した袿（うちぎ）を着て。「練る」は絹を打って艶を出すこと。「そす」は過度にする、の意。

らふ。例も清げなる人の、練りそしたる着て、なよよかなる直衣、太刀ひき佩き、例のことなれど、赤色の扇、すこし乱れたるをもてまさぐりて、風はやきほどに、纓吹きあげられつつ立てるさま、絵にかきたるやうなり。「清らの人あり」とて、奥まりたる女の、裳などうちとけ姿にて出でて見るに、時しもあれ、この風の簾を外へ吹き、内へ吹きまどはせば、簾を頼みたる者ども、われか人かにて、おさへひかへ騒ぐまに、なにか、あやしの袖口もみな見つらむと思ふに、死ぬばかりいとほし。昨夜、出居のところより夜更けて帰りて、寝臥したる人を起こすほどに、かかるなりけり。からうじて起き出でて、ここには人もなきよし言ふ。風の心あわたたしさに、格子を、みなかねてより下ろしたるほどなれば、なにごと言ふもよろしきなりけり。しひて簀子に上りて、「今日よき日なり。円座かいたまへ。居そめむ」などばかり語らひて、「いとかひなきわざかな」とうち嘆きて帰りぬ。

一四 糊気が落ちて、しっとりと体に馴染んだ直衣。「直衣」は貴人の平服。
一五 風流な洒落者にふさわしい派手な赤い扇の。「乱れたる」は、要がゆるみ加減であるのをいう。
一六 冠の巾子（髻を入れる部分）の後ろに垂れた、二枚の細長い羽根状の装飾。垂纓という。
一七 奥の方に引きこもっていた侍女たちが。
一八 底本は「おんなつのもなど」とあるが、通説に従った。他に「おんなどもなど」とする説（『全注釈』）などもある。
一九 簾を目隠しと頼みにしていた者たちは。
二〇 今さら、あわて騒いだとて何の役に立とう。何にもならない。
二一 侍女たちに満足な衣裳も調えてやれないわが身を思うと、死ぬほどみじめな思いがした。遠度に対する、兼家夫人としての気位と、にもかかわらずその顧みの薄い現下のわが身を思う屈辱感である。
二二 道綱が弓の練習場から、夜遅く帰って来て。
二三 作者は、道綱を起して応対させ、居留守を使うつもりである。
二四 侍女たちは、「あらは」な端近に出ていたが、作者は、かねてから格子を下ろしたままの奥にいた、そうした折柄なので。
二五 藺・菅などを編んで作った円形の座蒲団。
二六 坐りそめ（最初の訪問）といたしましょう。
二七 お留守では、伺った甲斐もないことです。

遠度、廂に

二日ばかりありて、ただことばにて〈〔こちらからは〕ただ口上で〉、「[一]侍らぬほどに〈(作者) 留守中に〉ものしたまへりける〈お越し下さいましたよし〉、かしこまり〈お詫び申し上げます〉」などいひて奉れて〈〔使を〕〉後、「いとおぼつかなくてまかでにしを〈(遠度) 心を後に残しながらおいとまいたしましたが〉、いかで〈なにとぞお目通りを〉」とつねにあり。[二]似げないことゆゑに、「[三]あやしの声までやは〈(作者)〉」などあるは〈などと言っているのは〉、[四]許しなきを、「助にものきこえむ〈(遠度) お話がしたい〉」といひがてら、暮にものしたり。いかがはせむとて〈仕方がないと言って〉、[五]格子二間（ふたま）ばかり上げて、簀子（すのこ）に火ともして、[六]廂（ひさし）にものしたり〈招じ入れることにした〉。助、対面して、「早く〈(道綱) さあどうぞ〉」とて、縁に上りぬ〈〔遠度は〕〉。[七]妻戸をひき開けて、「これより〈(道綱) こちらから〉」といふめれば、歩み寄るものの[八]〈入って来たようだが〉、またたちのきて〈また後に退って〉、「[九]まづ御消息きこえさせたまへかし〈(遠度) 参上の趣を母上にお取り次ぎ下さいませ〉」としのびやかにいふなれば[一〇]、入りて[一一]、「さなむ〈(道綱) これこれでと言うので〉」とものするに、「[一二]思しよらむところにきこえよかし〈(作者) お気に召すところでお話すればよい〉」などいへば、[一三]すこしうち笑ひて、よきほどにうちそよめきて〈ほどよく衣ずれの音をさせて〉入りぬ〈〔遠度は〕〉。

助と物語しのびやかにして、[一四]笏（さく）に扇のうちあたる音ばかりときどきしてゐたり。[一五]うちに音なうて、やや久しければ〈時がたったので〉、助に、「『一日（ひとひ）かひなうてまかでにしかば〈(遠度) 伺った甲斐もないままおいとましましたので〉、心もとなさになむ〈気になりまして〉』ときこえたまへ〈〔母上に〕〉」

一　先日の居留守をいう。
二　養女が年少で、結婚には不相応であることゆえ。「似げない……助にものきこえむ」までを、一と続きの遠度の言葉と見る考え（『全注釈』）もあるが、それでは、やや、遠度の独演に過ぎよう。
三　私の年老いた聞き苦しい声をお聞かせするまでもない。対面する必要もない、の意。
四　結婚は許さないという、婉曲（えんきょく）な意思表示なのに。
五　格子戸を二間。「間」は柱と柱との間をいう。
六　母屋の外側にある細長い部屋。「ものし」を、作者が廂に出たと解く説もあるが、作者は奥の部屋にいたと見るべきである。
七　廂と簀子との間にあり、外側に開く戸。
八　底本は「あゆみよるもの又」とあるが、「ゝ」を脱したと見て、「……もののまた」とする。
九　廂に入る前に、取りあえず。
一〇　推定の助動詞。奥の作者が気配で察したもの。
一一　遠度を簀子に待たせ、道綱が奥に入って来て。
一二　（そんなに家に入りたいのなら）お気の向く所でそなたとお話しなさい。先日の来訪の折、遠度が「居そめむ」と言ったのを受けて言う。「思しよらむところ」は、養女の部屋ではない。執拗な遠度の態度に皮肉をこめた物言い。
一三　道綱から作者の言葉を伝えられた遠度は、皮肉とは気付きながらも、思う壺と頬をゆるめる。「うち笑ひ」の主語を道綱とする考え（『全注釈』）もある。

とて入れたり。[16]（道綱）「早う」[17]といへば、（遠度は）ゐざり寄りてあれど、とみにも（すぐには）ものもいはず。うちよりは（私の方からは）たまして音なし（声もかけない）。とばかりありて、（先方は）おぼつかなう思ふにやあらむとて（気をもんでいはしまいかと思って）、（私が）いささかしはぶきの気色したるにつけて（咳払いをしてみせたところそれをしおに）、[18]（遠度）「時しもあれ（折も折）、悪しかりける折にさぶらひあひはべりて（〔先日は〕あいにくの時にたまたま参上いたしまして）」といふをはじめにて、思ひはじめけるよりのこと（娘を思い初めてからのことを）、いと多かり（くどくどと話した）。うちには、ただ、（作者）「いと[19]まがまがしきほどなれば、かうのたまふも（そのように仰せ下さいますのも）夢のここちなむする。小さきよりも（小さいどころか）、世にいふなる鼠生ひ（ねずみおひ）[20]のほどにだにあらぬを（ほどにさえなっておりませんから）、いとわりなきことになむ（とても御無理な話でございます）」などやうに答ふ。（遠度の）声いといたうつくろひたなりと聞けば（声がひどくとり澄ましたように聞えるので）、われも、いと苦し（とても気が張る）。雨うち乱る[21]暮にて、蛙（かはづ）の声いと高し。夜更けゆけば、うちより、（作者）「いとかくむくつけげなるあたりは（まことにこんなうす気味の悪いあたりでは）、うちなる人だに（家の内にいる者だって）静心（しづごころ）[22]なくはべるを」といひ出だしたれば、（遠度）「なにか（いえなに）、これよりまかづと思ひたまへ[23]むかし（今すぐおいとましようと存じておりますよ）、おそろしきことはべらじ」といひつつ、いたう更けぬれば、（遠度）「助の君の御[24]いそぎ（お支度）も近うなりにたらむを、そのほどの雑役（ざふやく）をだにつかうまつらむ（雑用でも勤めさせて頂きましょう）。

一四 使う扇が笏に当る音であろう。「笏」は、束帯の時、右手に持つ細長い板。遠度は宮中から退出の途次、立ち寄ったものらしい。底本は「さくら」とあるが、「ら」を衍字（えんじ）と見る説に従う。

一五 私の居る奥の部屋からは声もなく。このあたりの客観描写は極めて物語的である。

一六 申し入れた。すなわち道綱に取り次がせた、の意。

一七 さあさあ。直接、作者と話をするようにと、遠度を促す言葉。

一八 咳払いは、話を促すための合図。

一九 養女が幼少すぎ、この年齢で結婚すると、不吉なことが起りそうで憚られる、の意。

二〇 幼い子供を、生れて間もない子鼠に譬える俗語。道長が、幼い小式部内侍を見て、その母和泉式部に贈った歌「よめの子の小鼠いかがなりぬらむあなうつくしと思ほゆるかな」（『夫木抄』二十七、鼠）などもある。

二一 「乱る」は、四段自動詞の連体形。

二二 落ち着かない気分ですのに。

二三 「かし」は底本のままとした。「からに」（『全注釈』）、「には」（『全集』）などの改訂案もある。

二四 次段に見るごとく、賀茂祭に道綱が右馬寮の使に立つ、その準備である。

殿に、一かうなむ仰せられしと、御気色給はりて（殿の御意向を承って）、またのたまはせむ（〔殿の〕お言葉をお伝え申しに）ことききこえさせに、明日明後日（あすあさて）のほどにもさぶらふべし（参上いたしましょう）」とあれば、立つなり二とて、几帳（きちやう）の三ほころびよりかきわけて見出だせば（外を見ると）、簀子にともしたりつる火は、はやう（とっくに）消えにけり。うちにはもののしりへ（几帳の内では物蔭に〔灯を〕）にともしたれば、光ありて（明るくて）、外（と）の消えぬるも知られぬなりけり（気がつかなかったのだ）。四影もや見えつらむと思ふに（こちらの姿も見えたかも知れないと思うと）、あさましうて（あきれて）、（作者）「腹黒う（お人の悪いこと）、消えぬとものたまはせで（灯が消えたともおっしゃらないで）」といへば、（供人）五「なにかは」と、六さぶらふ人も答へて立ちにけり（〔遠度は〕帰っていった）。

来そめぬれば（一度訪れ始めると〔遠度は〕）、しばしばものしつつ、おなじことをものすれど（繰り返し言うけれども）、（作者）「ここには（こちらでは）、七御許されあらむところより（お許しの出るところから）、八さもあらむ時こそは（そのようなお話のあった時には）、わびても（つらくても）九あべかめれ（そういたしましょう）」と一〇いへば、（遠度）一一「やんごとなき許されはなりにたるを（是非とも必要なそのお許しは頂いておりますのに）」とて、かしがましう責む（うるさく責め立てる）。（遠度）一二「この月とこそは殿にも仰せはあり一三しか。二十余日（よ）のほどなむ、よき日はあなる（吉日があるようです）」とて一四責めらるれど、助、一五司（つかさ）の使にとて、祭にものすべければ（賀茂祭に参列しなければならないので）、そのことをのみ思ふに、

一 こちら（作者方）では、こう仰せでしたと（御報告して）。
二 「なるなり」の撥音便無表記。「なり」は、推定の助動詞。遠度の口上から、帰る気配を察したもの。
三 几帳の帷子（かたびら）のとじつけてない部分。
四 「影」は作者の姿。あるいは、養女の姿をも含むのかも知れない。
五 何の、御懸念には及びません。「なにかはと」の「と」は底本にないが、補う説に従った。
六 遠度の供人。
七 承諾を与えるところ、すなわち兼家をさす。「御」は遠度に対する丁寧表現。
八 「さ」は「御許され」を受ける。
九 「あるべかるめれ」の撥音便無表記。
一〇 底本は「思人は」とあるが、「いへば」と改める説（『講義』ほか）に従う。
一一 「やんごとなき」は、捨てて置けない、すなわち、無視できない。
一二 四月。三月の遠度宛の手紙に「月たちてとなむ、暦御覧じて……」（二三八頁）とあった。
一三 底本は「あし」とあるが、通説によって改めた。
一四 「らるれ」は受身。
一五 馬寮から立つ賀茂祭の使。五位以上の者が任ぜられた。当年の祭は四月十九日（『日本紀略』）。
一六 祭に先立って斎院が禊をされる日。この年は四月十六日に行なわれた（『日本紀略』）。

人はいそぎのはつるを待ちけり。禊の日、犬の死にたるを見つけて、いふかひなくとまりぬ。

さて、なほここにはいとはやきここちすれば、思ひかくることもなきを、（遠度）「これより、『〔殿は〕かくなむ仰せありき』とて責むるごときこえよ」とのみあれば、（作者）「いかでさはのたまはするにかあらむ。いとかしがましければ、見せたてまつりつべくて。御返り」といひたれば、（兼家）「さは思ひしかども、助のいそぎしつるほどにて、いとはるかになむなりにけるを、〔遠度の〕もし御心かはらずは、八月ばかりにものしたまへかし」とあれば、いとめやすきここちして、（作者）「かくなむはべめる。いちはやかりける暦は不定なりとは、さればこそきこえさせしか」とものしたれば、返りごともなくて、とばかりありて、みづから、（遠度）「いと腹立たしきこととききこえさせになむ、まゐりつる」とあれば、「何事にか。いとおどろおどろしくはべらむ。さらばこなたに」といはせたれば、（遠度）「よしよし、から夜昼まゐり来ては、いと

一七 犬の死骸を見れば、穢れに触れたことになり、五日の物忌に服さなければならない。従って、十九日の祭の使いには、触穢謹慎中で立つことができない。

一八 以下「……きこえよ」までは、遠度から道綱に宛てた手紙。

一九 と、しきりに道綱にせがむので（私はほとほと持てあまして）。

兼家の意向

二〇 以下「御返り」までは作者の兼家に宛てた手紙。

二一 あなた様（兼家）からお言葉を頂いて、それをあの方にお見せしたいと存じまして。通説は、「いかでさは……見せたてまつりつべくて」を地の文とするが、『全集』のごとく、作者の手紙の文面と見るのが穏当であろう。

二二 この件について御返事を賜りとう存じます。

二三 婚姻の件は、「月たちて」（今月）と思ったが。

二四 五月七月は婚姻を忌む月とされていた。六月でもよいが、いっそ、そうした忌月を済ました八月にしたらよい、の意。

二五 軽々しく事を運ぶより、時が稼げるし、まずは無難なことだと思って。

二六 「月たちてとなむ、暦御覧じて、ただいまものたまはする」（二三八頁）と、遠度が兼家の意向を得々と伝えて寄越したことを受けていう。

二七 あてにならない。

二八 不本意だが、まあよい。不承ぶしょう、の意。

二九 うるさがられて、却って、の意。

どはるかになりなむ（先のことになってしまいましょう）」とて、入らで[一]、とばかり（しばらく）助と物語して、立ちて、硯（すずり）、紙と乞ひたり。〔私が〕出だしたれば、書きて、おしひねりて[二]〔簾の内に〕入れていぬ（帰っていった）。見れば、

（遠度）[三]「ちぎりおきしうづきはいかにほととぎす
　　わがみのうきにかけはなれつつ

いかにしはべらまし（どうしたらよいのでしょう）。屈（く）しいたくこそ[四]。暮にを（夕暮れに参上します）」と書いたり。手もいと恥づかしげなりや（なかなかみごとなものだった）。返りごと、やがて（すぐ折り返し）追ひて書く。

（作者）[五]なほしのべ花たちばなの枝やなき
　　あふひすぎぬるうづきなれども

さて、その日ごろ[六]選び[七]まうけつる二十二日の夜、〔遠度が〕ものしたり（やって来た）。このたみは（今回は）、さきざきのさまにもあらず（今までの態度とはうって変って）、いとづしやか[八]になりまさりたるものから（一段と慎重に構えてはいるものの）、責むるは（その責めかたは）、さまいとわりなし（とても手がつけられない）。（遠度）「殿の御許され[九]は、道なくなりにたり（実現不可能に）。そのほどははるかにおぼえはべるを（八月まではあまりに先が長いと存じますので）、〔貴女の〕御かへりみにて（御配慮によって）、[一〇]いかでとなむ」とあれば、（作者）「いかに思して（どうお考えになって）、かうはのたまふ（そんなふうに仰せなのです）。

一　底本は「いとみ（挑（いど）み）」とあるが、「いらて」と改める説（『全注釈』『全集』）に従う。
二　手紙を巻いて、その両端を捻（ひね）って封の替りとすること。当座の略式の書状。
三　お約束の四月はどうなってしまったのでしょう。卯の花蔭を慕ってきたほととぎすも、飛び去ってゆく季節になってしまいました。私も姫君とのお話が遠のき、わが身の憂さに嘆き沈んでおります。「う」は「卯（の花）」に「憂（う）」を、「かけ」は「蔭」に接頭語の「かけ」を掛ける。
四　晴れやらぬ思いに、ふさぎ込んでおります。
五　やはり辛抱なさいませ。卯の花は散ってしまいましたが、いずれ、ほととぎすの宿る花橘がないわけでもございますまい。葵祭も終り、（お逢いすると、かねてお約束の）四月も暮れてしまいますが、機会がなくなったわけではありません。「花たちばな」は五月の景物で、ほととぎすの寄処（よすが）。「あふひ」は「葵（祭）」に「逢ふ日（養女との婚姻の予定）」を掛ける。
六　「その」は、「夜」にかかる。
七　暦を繰って、遠度がかねて選んでおいた、の意。「この月とこそは殿にも仰せはありしか。二十余日のほどなむ、よき日はあなる」（二四二頁）とあった。
八　重々しく落ち着き払った様子。底本は「つゝやか」とあるが、通説に従った。
九　お許しを頂くことは。
一〇　何とかして姫君にお逢わせ頂きたい、の意。

そのはるかなりとのたまふほどにや、一一初事(ういごと)もせむとなむ見ゆる」といへば、「いふかひなきほども物語はするは」といふ。「これは、いとさにはあらず。一二あやにくに面嫌(おもぎら)ひするほどなればこそ」などいふも、聞き分かぬやうに、いとわびしく見えたり。「胸はしるまでおぼえはべるを、一三この御簾(みす)のうちにだにさぶらふと思ひたまへてまかでむ。一四一つ一つをだに、なすことにしはべらむ。かへりみさせたまへ」といひて、簾(すだれ)に手をかくれば、いとけうとけれど、聞きも入れぬやうにて、「いたう更けぬらむを、一五例はさしもおぼえたまふ夜になむある」とつれなういへば、「いとかうは思ひきこえさせずこそありつれ。一六あさましう、いみじう、かぎりなう、嬉しと思ひたまふべし。御暦も一七軸もとになりぬ。わるくきこえさする。御気色もかかり」など、おりたちてわびいりたれば、いとなつかしさに、「なほいとわりなきことなりや。一八院に内裏(うち)になどさぶらひたまはむ昼間のやうに思しなせ」などいへば、「一九そのことの心は苦しうこそはあれ」

遠くて待ち遠しいとおっしゃる間にも　しようとのおつもりですね
（遠度）いくら頑是ない子供でも　話ぐらいはするものです　（作者）この子は　全
くそうではございません
ひどく気落ちした様子である　（遠度）胸が張りさけるほどに
せめて入れて頂けたと思うだけで満足して引き退り
ましょう　叶えて頂くことにいたしましょう　御配慮下さいませ
うす気味悪いけれども　聞かないふりを
して　（作者）
そっけなく　（遠度）全くこうまで薄情とは存じ上げませんでした
思いがけなく　思わなければなる
まいと存じます　ぶしつけなことを申し上げました　御機嫌も損じまし
て　しんそこからしょげかえっているので　親しみをおぼえて　（作者）
御無理な頼みでございますわ
とてもつろうございます

一一 男女が初めて言葉を交わすこと。歌の贈答などであって、必ずしも新枕(にいまくら)の意ではない。『大系』『全集』などは「初事」を「初潮」と見るが、続く「せむ」という意志的・行動的な表現からも不自然であろう。なお、通説は「せむ」の主語を養女とするが、遠度の前言を受けて、あなた（遠度）と見るべきであろう。

一二 あいにく人見知りをする年頃でして。

一三 以下に、姫君に逢わせて頂けないなら、の意が省略されている。

一四 姫君に逢わせて頂けるか、この御簾の内に入れて頂けるか、せめてそのどちらか一つを。

一五 「さ」は、夜の更けたことをさす。すっかり夜も更けて、ふだんなら、どこぞの女君と語らいたい頃合でしょう。皮肉をこめて突き離した物言い。

一六 前提条件として、「だが、こうしてお近づきになれただけでも」の意が省略されていると見る。

一七 具注暦(ぐちゅうれき)のことであろう。具注暦は巻子(かんす)仕立てで、六月以前と七月以降と上下二巻より成る。二月に求婚が始まり、現在は四月末。暦の上巻も二か月を残すのみで、巻子の軸近くなったことをいう。

一八 院・内裏などに伺候する昼間は、女のことで取り乱すこともなく、謹直である、そのようなお気持におなり下さい。底本は「さぶらひ給らん」とあるが、「さふらひたまはむ」とする説（『全集』）に従う。

一九 「ことの心」で一語。うちとけず、取り澄ましておれとおっしゃる、その御趣旨。

と、わびいりて[一]（しょげかえって）答ふるに、いといふかひなし（全くなだめようがない）。いらへわづらひて（〔私が〕返事に困って）、はてはものもいはねば、（遠度）「あなかしこ（恐縮です）、御気色も悪しうはべめり（御機嫌もすぐれぬ御様子）。さらばいま（もう）は仰せ言なからむには（仰せごとがない限り）、きこえさせじ（何も申し上げますまい）。いとかしこし（恐縮に存じます）」とて、爪はじき[二]うちして、ものもいはで、しばしありて立ちぬ。出づるに、（作者）「松明（まつ）」[三]などいはすれど、（侍女）「さらに取らせでなむ（全然お持ちにならないで）」[四]と聞くに、いとほしくなりて（気の毒になって）、まだつとめて（翌朝早く）、（作者）「いとあやにくに、『松明』とものたまはせで（松明をお貸し下さい）、帰らせたまふめりしは（お帰りのようでしたが）、たひらかにやときこえさせになむ（御無事でしたかしらとお伺いまでに）。

（作者）[五]
ほととぎすまたとふべくも語らはで
　かへる山路のこぐらかりけむ

[六]こそいとほしう」と書きてものしたり。さしおきて[七]くれば、かれより、

（遠度）[八]「とふ声はいつとなけれどほととぎす
　あけてくやしきものをこそ思へ

一　底本は「にすいりて」とあるが、『全注釈』の説に従った。
二　指の爪先を親指の腹に当てて弾（はじ）くこと。不満・非難の気持を表すしぐさ。
三　松明をどうぞと、侍女に言わせたが。
四　しょげてそそくさと帰った、の意を補う。
五　貴方様は、また尋ねようともおっしゃらずに、早早にお帰りでしたが、松明もないお帰りの道中はさぞかしお暗かったことでしょう。「ほととぎす」は遠度をさす。「とふ（訪ふ・飛ぶ）」「語らふ」「山路」は「ほととぎす」の縁語。
六　歌の第五句をそのまま受ける。
七　底本は「なれば」とあるが、通説に従った。さりげない慰めの手紙で、返事を必要としないとの配慮。
八　夏のこととて、ほととぎすは時を分かず夜な夜な訪れます。私もいつということなく始終お伺いしたいところですが、一夜明けた今朝は、昨夜の御無礼を後悔して胸を痛めております。「とりかへすものにもがもやはこどりのあけて悔しき物をこそ思へ」（『古今六帖』第六）、「夏の夜は浦島の子が箱なれやはかなくあけて悔しかるらむ」（『拾遺集』夏、中務）などの類歌がある。
九　そのように恨みごとを言っても。「くねる」は、すねて恨む、の意。
一〇　道綱に対する呼びかけ。

と、いたうかしこまり（恐縮至極に存じ）たまはりぬ（お手紙拝誦いたしました）」とのみあり。

九 さくねりても、またの日、「一〇助の君（遠度）、今日人々のがりものせむとするを（あちこち訪問するつもりでおりますが）、もろともに、一一司に（役所まで）、ときこえになむ（とお誘いに）」とて、門(かど)にものしたり。例の（先日のように）硯乞へば、紙おきて（紙を添えて）出だしたり。入れたる（［こちらに］）を見れば、あやしう（妙に）わななきたる手にて（ふるえた筆つきで）、一二「（遠度）昔の世に（前世に）いかなる罪をつくりはべりて、一三かうさまたげさせたまふ身となりはべりけむ。一四あやしきさまにのみなりまさりはべるは（みじめな有様になってゆくばかりで）、なりはべらむ（［結婚の］成就いたしますことも）こともいとかたし。さらにさらに（もうこれ以上は）きこえさせじ（決して申し上げますまい）。いまは一五高き峰になむのぼりはべるべき」など、ふさに（たくさん）書きたり。返りごと（作者）、「あなおそろしや。などかうはのたまはすらむ（どうしてそんなにまで仰せなのでしょう）。恨みきこえたまふべき人は、一六ことにこそはべるべかめれ（別のお方でございましょう）。

一七峰は知りはべらず、谷のしるべはしも」と書きて出だしたれば、助（道綱は）ひとつに乗りて（同じ車に）ものしぬ。助の、一八賜はり馬いとうつくしげなるを取りて（頂戴して）帰りたり。

その暮に、また、ものして、（遠度）「一夜のいとかしこきまで（先夜の恐縮千万なまで［しっこく］）きこえさせ

一一 遠度は、一旦、役所に出仕してから、諸家を訪問する予定。遠度の住居は不明だが、右馬寮出仕の途次、道綱を誘いに広幡中川に立ち寄るのは、かなりな迂路であろう。彼は汲々として熱意を示す。

一二 緊張し思い詰めたものであろう。

一三 貴女が（婚姻を）阻害あそばす我が身。すなわち貴女に妨げられるこの身。

一四 四月の結婚が八月に延び、養女に対面することも簾中に入ることも許されない現状をいう。

一五 人界を絶した峰にでも身を隠すより他ない。単に「山に入る（遁世する）」より強く、むしろ、身を投げようという、おどし文句。

一六 暗に兼家をさす。

一七 峰のことは存じませんが、谷の御案内ならいたしましょう。「し」「も」は強意。「峰」は人界を絶した処（死）、「谷」は人界へ下りる道（生）をいう。下文に『な死にそ』と仰せはべりしは」に当る。一説に、「人の妻(め)に通ひける見つけられて」として朝賀法師の「身投ぐとも人に知られじ世の中に知られぬ山を知るよしもがな」（『後撰集』雑二）及び、もとの男の返歌「世の中に知られぬ山に身投ぐとも谷のこころの言はで思はむ」（同）とあるのを引歌という。引歌とまではいえまいが、念頭にはあったかも知れない。

一八 毎年四月末には、東国から馬を貢献する「駒引(こまひき)」の年中行事があり、その前に馬寮の馬を整理するのがならいである。ここもその「賜はり馬」であろうか。

はべりしを思ひたまふれば、さらにいとかしこし。『いまはただ、殿より仰せあらむほどを、さぶらはむ』など、きこえさせになむ、今宵は生ひなほり[一]して、まゐりはべりつる。『な死にそ』[二]と仰せはべりしは、千歳[三]の命たふまじきここちなむしはべる。手を折りはべれば、指[四]三つばかりは、いとよう臥し起きしはべれど[五]、思ひやりのはるかにはべれば、つれづれとすごしはべらむ月日を、宿直[六]ばかりを、簀[七]の端わたり許されはべりなむや」と、いとたとしへなくけざやかにいへば、それにしたがひたる返りごとなどものして、今宵はいととく帰りぬ。

助を明け暮れ呼びまとはせば、つねにものす。女絵[八]をかしくかきたりけるがありければ、取りて懐に入れて持てきたり。見れば、釣殿[九]とおぼしき高欄[一〇]におしかかりて、中島[一一]の松をまぼりたる女あり。そこもとに、紙の端に書きて、かくおしつく。

[一二]いかにせむ池の水なみ騒ぎては

あらぬ噂

一 悔い改めて。もとの意は、成長して正常になること。ここは比喩的用法。

二 前文の作者の手紙「峰は知りはべらず、谷のしるべはしも」（二四七頁）を受けて言う。

三 人それぞれに前世から定められている寿命が、たとい、千年あったとしても、この恋の苦しさには堪えられない心地がいたします。

四 初めて求婚したのが二月で、現在四月末まで三か月たったことをいう。他に、兼家のいう八月までの三か月と見る考えもあるが、ここは、今までの経過を言い、次いで、これから先のこと「思ひやりのはるかに……」と展開する行文と見たい。

五 底本は「侍ると」とあるが、通説に従った。

六 作者や養女を護るための宿直。

七 宿直の侍は簀子に控えるのが例である。

八 男女の恋の情景・場面などを抒情的に描いた風俗画をいう。

九 寝殿造りの、池に臨んで設けられた建物。対屋と廊下で結ばれている。

一〇 簀子の外縁に設けた欄干。てすり。

一一 池の中ほどに作った島。

一二 あの人を、心ひそかに待ち続けているのに、いっこう訪れてくれない。何としよう。――池の水波があやしく騒いで、中島の松にかかるようなこと――あの人が心変りするようなこと――にでもなったら。「君をおきてあだし心をわが持たば末の松山波も越えな

心のうちのまつにかからば

また、一三やもめ住みしたる男の、文書きさして、頬杖つきて、一四もの思ふさましたるところに、

(作者)一五ささがにのいづこともなくふく風は
かくてあまたになりぞすらしも

とものして〔と書くと〕、〔道綱があちらに〕持て帰りおきけり。

かくてなほおなじごと絶えず、殿にもよほしきこえよ〔御催促申し上げてほしい〕など、つねにあれば、一六返りごともみせむとて〔返事でも見せてやろうと思って〕、(作者)一七「かくのみあるを、ここには答へなむわづらひぬる〔こちらでは返事に困ってしまいます〕」とものしたれば、(兼家)「程はさものしてしを〔時期はああ言ってやったのに〕、などかかくはあらむ〔どうしてそんなにあせるのだろう〕。八月待つほどは、そこに〔そちらで〕一八びしうもてなしたまふとか〔ちやほやもてなしておいでとか〕、世にいふめる〔世間では評判だそうな〕。それはしも〔全くこれは〕、一九うめきもきこえてむかし〔溜息でもつきたいところだよ〕」などあり。たはぶれと思ふほどに、たびたびかかれば〔そう言って来るので〕、あやしう思ひて、(作者)二〇「ここにはもよほしきこゆるにはあらず。いとうるさくはべれば、『すべてここにはのたまふまじきことなり〔こちらにおっしゃっても埒はあきません〕』とものしはべるを〔言っておりますのに〕、

む」(『古今集』東歌)を踏まえる。「まつ」は「松」に「待つ」を掛ける。一首は、画中の女性の心になって詠んだもの。

一三 独身暮し。前の絵と一連のものと見れば、「松をまぼりたる女」の待つ男性となるが、関係は不明。

一四 底本は「ものをもひまま」とあるが、「ものおもふさま」と改める説に従う。

一五 蜘蛛の巣を、あてどもなく風が吹き散らすように、この人は、あちこちの女にたくさん、恋文を書き散らしているようだ。「ささがに」は蜘蛛。「いづこ」の「い」は蜘蛛の巣・糸。「かく」は「巣がく」に「書く」を掛ける。「て」は筆跡。「てあまた」には、蜘蛛の手の多いことを響かす。

一六 こんな時の用意に、かねて作者が要求しておいた兼家の手紙(二四三頁)。

一七 遠度殿は、いつもこんな調子なので。

一八 あながち養女の縁組のためではなく、作者自身が遠度を憎からず思って、浮き浮きと応対している、の意。

一九 「うめく」は、切なく嘆息する、の意。兼家は、半ば冷やかしながらも、作者が他の男、しかも遠度風情に心を移しているという噂を気に病んでいるというのが本音であろう。それとて、作者への愛情というより、世間的な体面をおもんぱかってのことであろう。

二〇 こちらが、遠度殿に、訪れるようお仕向け申しているのではありません。

なほぞあめれば（相変らずのようなので）、みたまへあまりてなむ（手を焼きまして〔御相談するのです〕）。さて、なでふことにも（〔あの仰せは〕何ということで）はべるかな（ございますか）。

（作者）一 いまさらにいかなる駒かなつくべき
すさめぬ草とのがれにし身を

あなまばゆ（まあ憎らしい）」とものしけり。

頭（かう）の君、なほこの月（四月）のうちにはたのみをかけて（望みをかけて）、責む。このごろ、例の年にも似ず、「二ほととぎす館（たち）をとほして」といふばかりに鳴くと世に騒ぐ三。四文の端つかたに、（作者）「例ならぬ（例年にない）ほととぎすのおとなひにも、五やすき空なく思ふべかめり」と、六かしこまりをはなはだしうおきたれば（謹直に折り目正しく書いてやったので）、七つややかなることはものせざりけり。

助、「八馬槽（むまぶね）しばし」と借りけるを（借りようとしたところ）、九例の文の端に、（遠度）「助の君に、『ことならずは（事が成就しなければ）、馬槽もなし（馬槽もありません）』ときこえさせたまへ」とあり。返りごとにも、（作者）「馬槽は、一〇立てたるところありておぼすなれば（お考えのようですから）、一一給はら（お貸し）むにわづらはしかりなむ（頂いては〔却って〕面倒なことにもなりましょう）」とものしたれば、たちかへりて、（遠度）一二「立て

一 今さら酔狂な。どこのどなたが寄りついてくれましょう。馬でさえ喜んで食べない（あなたにさえ愛想をつかされた）枯草のように、世をのがれてしまった、この年寄りなどに。「大荒木の森の下草老いぬれば駒もすさめず刈る人もなし」（『古今集』雑上、読人しらず）を踏まえる。「すさむ」は、心に留めて愛する、の意。下句には自嘲と皮肉がこめられている。

二 ほととぎすが邸内を、つき通すように鋭く鳴く。当時の俗諺で、不吉な事の前兆とされていたらしい。

三 底本は「よにもかく」とあるが、「世に騒ぐ」とする説に従う。他に「鳴く。ここにも書く文」、「鳴くときくにも、かく文」、「鳴く時にも、かく、文」など諸案がある。

四 作者から遠度に送った手紙。

五 世間でも不安に思っているようです。他に、「思ふ」の主語を養女として、ほととぎすの声を聞くにつけて、娘も、結婚の時期が迫ってくるのを不安に思っているようだ、と解く考え（『全注釈』）もあるが、従えない。

六 「かしこまり……」の主語は作者。遠度を敬遠して、適当に距離をもうけようとの配慮。

七 遠度も、懸想じみた艶っぽいことは、書いて寄越さなかった。

八 馬のかいば桶を、暫く貸して欲しい。

九 作者宛の、いつもの手紙に。

一〇 「立てたるところ」は、心のうちに期するところ。

たるところはべなる槽は今日明日のほどにうちふすべきところほしげになむ」とぞある。

かくて、月はてぬれば、はるかになりはてぬるに、思ひ憂じぬる[一三]にやあらむ、おとなうて月たちぬ。四日に、雨いといたう降るほどに、助のもとに、「雨間はべらば、たち寄らせたまへ。きこえさすべきことなむある。上[一四]には、『身の宿世[一五]の思ひしられはべりて、きこえさせず』と、とり申させたまへ」とあり。かくのみ呼びつつは、なにごとといふこともなくて、たはぶれつつぞかへしける。

今日、かかる雨にも障らで、おなじところ[一六]なる人、ものへ詣でつ[一七]。障ることもなきにと思ひて出でたれば、ある者、「女神には、衣縫ひて奉るこそよかなれ。さしたまへ」と寄りきてささめけば、「いで、こころみむかし」とて、練[一八]の雛衣[一九]、三つ縫ひたり[二〇]。したがひどもに、かうぞ書きたりける[二一]は、いかなる心ばへにかありけむ、神ぞ知るらむかし。

求婚の下心をいう。
一一 底本は「給らんにわくらはしはしはかなん」とあるが、通説によって改めた。
一二「立てたるところ」ですと。そのように仰せの馬槽（私）は、今日明日にも、打ち臥す（姫君と共寝をする）所が欲しげでございます（馬槽は、すぐにも行きたい風情です）。「なる」は伝聞。作者の言葉尻を捉えた洒落。「立て」「ふす」はともに馬槽を置く、の意。「槽」は擬人化されたもので、遠度自身をさす。「うちふす」は、底本に「らち（埒）ふす」とある。
一三 くさくさとして、ふさぎ込む。
一四 貴婦人の尊称。母上。
一五 前世からの約束ごと。因縁。
一六 作者と同居している身内の者であろう。養女と見る説もあるが、養女ではあるまい。
一七 下文に三首の歌を奉っているところから、伏見稲荷（京都市伏見区深草）であろうか。伏見稲荷は上・中・下の三社がある。
一八 固織り。糸を固くしめて織った無地の絹。
一九 人形の衣裳。
二〇 下前。着物の前を打ち合せたとき、下に重なる部分。見えない下前にそっと、の意。
二一 次に見える歌は、いずれも兼家の愛情の回復を願ったもの。「いかなる心ばへ……」は、今さらどうなるものでもないことを知る作者の、われとわが行動に対する、むなしいつぶやきである。

(作者)一しろたへのころもは神にゆづりてむ
　へだてぬ仲にかへしなすべく

また、

(作者)二唐衣なれにしつまをうちかへし
　わがしたがひになすよしもがな

また、

(作者)三夏衣たつやとぞみるちはやぶる
　神をひとへにたのむ身なれば

暮るれば帰りぬ。

菖蒲の節供

明くれば、〔五月〕五日のあかつきに、四せうとなる人、ほかより(よそから)来て、「いづら(〔せうと〕どうした)、今日の五菖蒲は、などかおそうはつかうまつる(どうして早く葺いてさし上げないのだ)。夜しつる(昨夜のうちに)こそよけれ」などいふに、おどろきて(召使たちが目をさまして)、菖蒲ふく六なれば、みな人も起きて(侍女たちも皆起き出して)、格子放ちなどすれば、(〔せうと〕)「しばし格子はなまゐりそ(格子は上げずにおきなさい)。たゆく(ゆったりと)七かまへてせむ(工夫して葺こう)。八御覧ぜむにもとてなりけり」などいへど、みな起きはて

一　この雛衣は神様にお供えいたしましょう。あの人との仲を、隔てのない昔の仲に戻して頂きますように。「しろたへの」は「ころも」の枕詞だが、奉納した雛衣も恐らく白衣であったろう。

二　長年連れ添って馴染み交わした夫は、今や全く私に背を向けてしまいましたが、それを昔にかえし、私の思い通りになるようにする術はないものでしょうか。どうかその術をお教え下さい。「唐衣きつつなれにしつましあればはるばるきぬる旅をしぞ思ふ」(『古今集』羇旅、業平・『伊勢物語』)を本歌とする。「なれ」は、糊気が落ちて柔らかくなる意と馴染む意を、「つま」は着物の「褄」と「夫」を、「したがひ」は着物の「下交」と「従ひ」とを、それぞれ掛ける。「なれ」「つま」「かへし」「したがひ」は、「衣」の縁語。

三　今はもう、ひたすら神様のお力にすがるよりほかない身なので、こうして夏の単衣を裁ってお供えし、御験の現れるのを待ちのぞんでおります。「たつ」は衣を「裁つ」の意と、霊験が「顕つ(現れる)」の意を掛ける。「ちはやぶる」は「神」の枕詞。

四　男の兄弟。兄をも弟をもいう。底本は「せうとたる人」とあるが、通説に従って改めた。

五　五月五日は、軒に菖蒲を葺いて邪気を払った。

六　推定の助動詞。物音からそれと推定する。

七　底本は「かまへえせん」とあるが、「え」を「て」と改める説に従う。

ぬれば、事行なひて（あれこれ指図して）ふかす。昨日の雲かへす（吹き返す）風うち吹きたれば、あやめの香、はやう（すぐ）かかへて[九]、いとをかし。簀子に助と二人ゐて、天[一〇]下の木草を取り集めて（作者）「めづらかなる薬玉[一一]せむ」などいひて、そそくり（せっせと手を動かしていると）ゐたるほどに、このごろはめづらしげなう、ほととぎす[一二]の、群[一三]鳥厠におりゐたるなど、いひ[一四]ののしる声なれど、空をうちかけりて二声三声聞こえたるは、身にしみてをかしうおぼえたれば（趣深く感じていると）、「山[一五]ほととぎす今日とてや」などいはぬ人なうぞ、うち遊ぶめる（うたい興じているようだ）。すこし日たけて（日が高くなって）、頭の君（遠度）、「手結[一六]にものしたまはば（お出かけになるなら）[一七]、もろともに」とあり。（道綱）「さぶらはむ（お供いたしましょう）」といひつるを、しきりに（遠度）「おそし」などいひて人（使いが）来れば、ものしぬ。

またの日も、まだしきに、（遠度）「昨日は、うそぶかせたまふこと（〔お宅では〕歌など吟誦なさって）、しげかんめりしかば（お賑やかなようだったので）、えものもきこえずなりにき（消息をさし上げることもできずじまいでした）。いまのあひだも（今もさしあたって）、御暇あらばおはしませ。上のつらくおはしますこと（母上のつれないなさりようは）、さらにいはむかたなし（何とも言いようがありません）。さりとも（それでも）、命はべらば、世の中[一八]は見たまへてむ（いずれ結婚はできましょう）。死なば、

八 （作者が）御覧になるにしても、そのほう（ひと工夫したほう）がよいと思うからだ。底本は「御らんせんにもとも」とあるが、「も」を「て」と改める説に従う。底本のまま「もとも」を最も好都合の意に解く考えもある。

九 風に香が籠って漂ってきて。

一〇 ありとあらゆる。

一一 薬玉を作ろう。薬玉は、香料を袋に入れ、菖蒲・蓬（あるいは造花）などで飾り、五色の糸を長くたらしたもの。五月五日の節供に、邪気を払うため柱などに下げた。

一二 「ほととぎすの」は、「空をうちかけりて」に続く。

一三 群れをなした鳥が、厠の屋根にとまっている。「群鳥……声なれど」は挿入句。「群鳥」は、ほととぎす以外の雑鳥であろう。

一四 人々の騒いでいる声がするけれども。

一五 「あしひきの山ほととぎす今日とてやあやめの草のねにたててなく」（『古今六帖』第一）。

一六 五月五日は、左近の馬場で、左近衛府の将監以下の官人によって騎射が行われる。いわゆる「左近の真手結」である。

一七 道綱らが出かけるのは、射手としてではなく、見物である。

一八 「世の中」は夫婦の仲。「見る」は夫婦として情を交わす意。

一 思ひくらべても、いかがあらむ（何になりましょう）。よしよし、これは忍びごと二」とて、（遠度）

みづからはものせず（やって来ない）。また二日ばかりありて、まだしきに三、「とく四（遠度）

きこえむ。そなたにやまゐり来べき（〔私が〕そちらに参りましょうか）」などあれば、「はやうものせ（〔作者〕早く行っておいで）

よ。ここにはなにせむに（こちらに来てもらっても仕方がない）」とて、（道綱を）出だし立つ。例の、（道綱）「なにごとも

なかりつ」とて、帰りきたりぬ。いま（それから）二日ばかりありて、（遠度）「とりき

こゆべきことあり（是非申し上げたいことがあります）。おはしませ」とのみ書きて、まだしきにあり（早朝手紙が来た）。

（道綱）「ただいまさぶらふ（お伺いします）」といはせて、しばしあるほどに、雨いたう降

りぬ。夜さへかけて（夜に入ってまで）やまねば、え五ものせで、（道綱）六「情なし。消息をだに（せめてお手紙でも）」

とて、（道綱）「いとわりなき（あいにくの）雨に障（さは）りて、わびはべり（困っております）。かばかり七、

八 たえずゆくわがなか川の水まさり

をちなる人ぞ恋しかりける」

返りごと、

（遠度）九 あはぬせを恋しと思はば思ふどち

へむなか川にわれをすませよ

一 姫君のことを心にかけていても。「くらぶ」は、親しくつきあう、の意。

二 他人には聞かせられない、私だけの愚痴。

三 底本は「またしきより」とあるが、通説に従う。

四 早々に申し上げたい。底本は「よくきせん」とあって意味不明。仮りに「とくきこえむ」と改める。他に「とく寄せむ」「寄らせ給へ」などの諸案もある。

五 出かけられないで。「えものせで」を地の文とせず、道綱の言葉に含める説（『全注釈』）もある。

六 行かないのは、いかにも心ない。なお「情なし。消息をだに」を、道綱をうながす作者の言葉と見る考えもある。

七 これほどまでに。そのまま次の歌に続く。

八 絶えず行き来している私たちの仲ですが、この雨では、中川が増水して渡るにも渡れず、遠く隔てられた貴方が恋しくてなりません。「なか」は中川の「中」に、二人の「仲」を掛ける。「をち（遠方）なる人」は、対岸の人、遠度をさす。恋歌仕立てで、行けない由を訴えたもの。

九 逢えない背の君を恋しいとお思いなら、いっそ、思い合う者同士で御一緒に暮しましょう。中川のお宅に私を通わせて下さい。「せ」は「背（夫）」に「瀬」を、「すむ」は夫として通う意に、「澄む」を掛ける。「せ」「すむ」は「川」の縁語。「へ（経）む」は、過そうの意。贈歌に合わせ、道綱を女性に見立てたものだが、無論、背後には養女への懸想を訴えたもの。

などあるほどに、暮れはてて、雨やみたるに、みづからなり。例の一〇心もとなき筋をのみあれば、一一「なにか、一二三つとのたまひし指（および）一つは、折りあへぬほどに過ぐめるものを」といへば、「それもいかがはべらむ。一三不定（ふぢやう）なることどももはべめれば、一四屈（く）しはてて。一五また折らするほどにもやなりはべらむ。なほいかで一六大殿（おとど）の御暦、一七中切りて継ぐわざもしはべりにしがな」とあれば、いとをかしうて、一八「帰る雁をなかせて」など答へたれば、いとほがらかにうち笑ふ。さて、一九かのびびしう（ちや）もてなすとありしことを思ひて、二〇「いとまめやかには、心ひとつにもはべらず、そそのかしはべらむことは、かたきここちなむする」とものすれば、「いかなることにかはべらむ。いかでこれをだにうけたまはらむ」とて、あまたたび責めらるれば、げにとも知らせむ、二一ことばにてはいひにくきをと思ひて、「御覧ぜさするにも、びなきここちすれど、ただ、これもよほしきこえむことの苦しきを見たまへとてなむ」とて、かたはなべきところは破（や）り取りてさし出

御当人のお越しである　話題にするので　（作者）　折りも終らぬうちに過ぎてしまいそうですのに　（遠度）どうなりますことやら　延期というこことにでもなるかも知れません　（作者）帰ってくる雁を鳴かせてね　調子を合わせると　ちやほやもてなしていると書いて寄越した手紙を思い出して　（作者）まじめな話　私の一存にもまいりません（といって）主人に催促いたしますことは　むずかしいと存じます　（遠度）どういうことでございましょうか　是非ともその仔細なりと承りとうございます　なるほどと納得させよう　口ではとても説明しにくいからと　（作者）お目にかけるのも　具合の悪い気がいたしますが　この件を［殿に］催促申し上げるのが心苦しいわけをわかって頂きたいと存じまして　見られて具合の悪い部分は

一〇 待ち遠しく思う養女との一件ばかりを。
一一 何の、御心配には及びません。
一二 かつて遠度が「手を折りはべれば、指三つばかりは……思ひやりのはるかにはべれば……」（二四八頁）と言ったことを捉えていう。遠度が言ったのは二、三、四月の三か月。それを転じて、ここは五、六、七月の三か月のこととして言ったもの。
一三 そのお約束も、あてにならないことにもなりそうなので。
一四 すっかり、気落ちしておりまして。
一五 指を折らせる、すなわち、時期を繰り延べるようなこと。
一六 兼家。
一七 巻子（かんす）仕立ての暦の、途中を切り継いで、五月からすぐ八月に続けてもみたいものです。
一八 まだその季節でもないのに、雁を鳴かせて、ね。八月は雁の帰ってくる季節。遠度の暦の細工に調子を合わせ、鶏の声を真似て、深夜、函谷関を逃れた孟嘗君（もうしょうくん）の故事（『史記』）を踏まえた軽口であろう。
一九 兼家から作者宛の、「八月待つほどに、そこにびびしう……」（二四九頁）とあった手紙。
二〇 「帰る雁……」と調子を合わせすぎた軽口から、ふと真顔に戻った物言い。
二一 底本は「ことはにいつは」とあるが、『全注釈』の説に従った。

でたれば（〔遠度は〕）、簀子（すのこ）[一]にすべり出でて、おぼろなる月にあてて、久しう見て入りぬ（長い間見ていて〔部屋に〕）。（遠度）[二]「紙の色にさへ紛れて、さらにえ見たまへず（いっこうに読めません）。昼さぶらひて（昼出なおして）見たまへむ（拝見しましょう）」とてさし入れつ[三]。（作者）[四]「いまは（もう）破（や）りてむ」といへば、（遠度）「なほしばし破らせたまはで」などいひて、これなること（そこに書いてあることは）、ほのかにも見たり顔にもいはで（見たそぶりも見せないで）、ただ、（遠度）「ここに（私が）わづらひはべりしほどの（気をもんでおりました結婚の期日も）近うなれば（近づきましたし）、つつしむべきものなり（身を慎まなければいけないと）と人もいへば、心細う[五]もののおぼえはべること」とて、をりをりに（時々）その事とも聞こえぬほどに（何とも聞きとれぬように）しのびてうち誦（ずん）[六]ずることぞある。（遠度）「つとめて（明朝）、司（つかさ）にものすべきことはべるも（出仕しなければならない用件がありますのを）、助の君にきこえに、やがてさぶらはむ[七]（家からその足で伺いましょう）」とて立ちぬ。

昨夜（よべ）見せし文、枕上（まくらがみ）にあるを見れば、[八]わが破ると思ひしところはことにて（別のところで）、また（他に）破れたるところあるは、あやし（おかしい）、とぞ思へば（と思って考えてみると）、かの（あの）返りごとせしに（人に返事を書いた時に）、「いかなる駒か」とありしこと（詠んだ歌を）の、とかく書きつけたりし（あれこれ思案して下書したところを）を、[九]破り取りたるなべし。まだしきに（翌朝早く）、助のもとに、（遠度）「みだり風（風邪を引きまして）おこりてなむ、きこえしやうには（〔昨日〕申しあげたようには参上できません）えまゐらぬ。ここに午時（むまどき）[一〇]ば

一　室内（廂）には、燈火はなかったらしい。

＊　作者が遠度に見せた手紙は、作者が遠度に気のあるような噂を、兼家が皮肉まじりになじったもの。作者は、これを見せることによって自分の立場を訴え、性急な遠度の要求をなだめようとする。見られたくない部分は破いて。ところが後文によれば、作者の破いたところは別の部分で、さし出した手紙には、作者の兼家に宛てた「いまさらに……」の歌の草案（これこそ破り捨てたかった部分）がしたためてあった。おぼろな月明かりだが、遠度はおよその文面を判読したはずである。しかも、作者の手違いを知らない遠度は、「いまさらに……」の歌（いわば夫婦のひめごと）まで見せた作者の真意を測りかねたし、何よりも養女への異常に熱心な求婚が、作者とのあらぬ噂を呼んでいることに、ショックを受けたであろう。慎重にならざるを得ない。返答に窮した遠度は、暗くて読めなかったことにして、その場をしのぐにしくはない。以下の遠度の言動は、そうした行き違いを押えて読み解く必要があろう。

二　月もおぼろで、その上、料紙の色に字が紛れて。

三　御簾の下から返して寄越した。底本は「さしいれや」とあるが、「さしいれつ」とする説に従った。

四　兼家との私信で、さし障りもあり、昼間とっくりと見せるまでもないと思って、の意。

五　作者との噂を耳にした兼家の、今後の反応に対す

かりにおはしませ」とあり。例の（例によって）、なにごとにもあらじとて（格別な用事もないのだろうと思って）、ものせぬほどに、文[一一]あり。それには、「（遠度）例よりも急ぎきこえさせむとしつるを（いつもより急いで申し上げるつもりでおりましたが）、いとつつみ思ひたまふることありてなむ（遠慮したいと存じます事情がありまして）。昨夜の御文を（昨夜のお手紙は）わりなく見たまへがたくてなむ（ことのほか判読いたしかねまして）。わざと（わざわざ）きこえさせたまはむことこそ（〔殿に〕お取りなし頂きますことは）かたからめ、をりをりにはよろしかべいさまにと（何かの折にはよしなにと）頼みきこえさせながら（おすがり申し上げながら）、はかなき（取るに足りない）身のほどを、いかにとあはれに（いかがなものかと心細く）思うたまふる」など、例よりもひきつくろひて（改まって）、らうたげに（いじらしく）書いたり。返りごとは、よう[一二]なく常にしもと思ひて、せずなりぬ。またの日、なほいとほし（やはりお気の毒だ）、若[一三]やかなるさまにも（年がいもない）ありと思ひて、「（作者）昨日は、人の物忌（ものいみ）[一四]はべりしに、日暮れてなむ、『心[一五]あるとや』といふらむやうに、おき[一六]たまへし。をりをりにはいかでと思ひたまふるを（何とかお取りなしをと存じておりますが）、ついでなき身になりはべりてこそ（そんな機会もない身の上になっておりまして）。心うげ[一七]なる（御心労の）御端書（はしがき）をなむ、げにと思ひきこえさせしや（ごもっともとお察し申し上げましたよ）。紙の色は、昼[一八]もやおぼつかなうおぼさるらむ（昼でも読みにくいと思っておいでなのでしょうか）」とて、これよりものしたりけるをりに（こちらから使いをやったところ折しも）、〔先方では〕法師ばらあまたありて、騒がしげなりければ、

る不安から出た物言いであろう。

六 作者のしたためた「いまさらに……」の歌の草案を口ずさんだものであろう。

七 底本は「やりて」とあるが、通説に従った。

八 私が、見られては具合が悪いと思って、破いたつもりのところ。

九 主語は遠度。遠度が破いて持ち帰ったらしい。

一〇 正午前後。

一一 遠度から作者宛の手紙。

一二 そう毎度、返事をやる必要もあるまいと思って。

一三 遠度はしきりに「昨夜の御文をわりなく見たまへがたくてなむ」などというが、作者はすでに一部始終を察している。あらぬ噂にこだわったり、夫婦の内情（いまさらに、の歌）を覗かれ、すねて返事を出さないようなのも、いまさら年甲斐もないと思って。

一四 誰の物忌か不明。単なる口実か。

一五 「絶えずゆく飛鳥の川のよどみなば心あるとや人の思はむ」（『古今集』恋四、読人しらず）。始終、通って行くのに、行かなかったら、心変りでもしたと思うだろう、の意。

一六 お返事はさし上げずじまいになりました。

一七 底本は「心しけ」とあるが、「心うげ」とする説に従う。

一八 遠度の「紙の色にさへ紛れて……」（二五六頁）を受けていう。昼間なら見えるはず。本当に見ていないなら、どうぞ、の意。

さし置きて来にけり。まだしきにかれより、「さまかはりたる人々ものしはべりしに、日も暮れてなむ、使もまゐりにける。

なげきつつ明かし暮らせばほととぎす
みのうのはなのかげになりつつ

いかにしはべらむ、今宵はかしこまり」とさへあり。返りごとは、「昨日かへりにこそはべりけめ。なにか、さまではとあやしく、

かげにしもなどかなるらむうの花の
枝にしのばぬ心とぞきく」

とて、上かい消ちて、端に、「かたはなるここちしはべりや」と書いたり。

そのほどに、「左京のかみうせたまひぬ」とものすべかめるうちにも、つつしみ深うて、山寺になどしげうて、時々おどろかして、

六月もはてぬ。

七月になりぬ。八月近きここちするに、見る人はなほいとうら若

一 昨夜の作者からの文使いをいう。
二 嘆きつつ毎日を過しておりますので、ほととぎすの隠れる卯の花蔭、いやその影のように痩せ細ってしまいました、わが身をはかなんで。「ほととぎす」は遠度自身。「う」は「卯」に「憂」を、「かげ」は「蔭」に「影（痩せ細った姿）」を掛ける。
三 作者の使いの来た宵、つまり昨夜をいう。
四 あらぬ噂について、また「いまさらに」の歌を破いて持ち帰ったことについて、兼家・作者双方への思惑から閾が高く、自重恭順の意を表したもの。
五 このお返事は、昨日、頂いたものでしょうが。遠度の返事が、とり紛れて一夜遅れたことを、取りつくろってやった配慮と見る説（『全集』）に従う。
六 「さ」は、遠度の「今宵はかしこまり」を受ける。
七 どうして、くよくよと、影のように痩せ細られるのでしょう。ほととぎすなら卯の花蔭に忍びもしましょうが、貴方は、何事も胸に畳まず、おおらかに振舞う御気性と伺っておりますのに。「しのぶ」は姿を「隠す」意と、じっと「こらえる」の意を掛ける。
八 歌の上を墨で消して。塗りつぶしたわけではなく、遠度には十分、判読できたであろう。
九 歌を消したため、前文の「……あやしく」に続く。大の男が、そんなにまで気をつかって、畏まっているのはみっともない、の意と考えたい。
一〇 左京大夫藤原遠基。兼家の異母弟。遠度とは同母

遠度の破局

く、いかならむと思ふことしげきに紛れて、[一一]わが思ふことは、いまは絶えはてにたり。七月中(なか)の十日（二十日）ばかりになりぬ。頭(かう)の君、いと[一二]あざるれば、われを頼みたるかな（頼りにしているのだなと）と思ふほどに、ある人のいふやう（侍女が言うには）、（侍女）「右馬頭(うまのかん)の君は、[一三]人の妻(め)をぬすみとりてなむ、あるところにかくれゐたまへる。いみじうをこなることになむ（まったくおろかしい限りだと）、世にもいひ騒ぐなる（大騒ぎだそうです）」と聞きつれば、われは、かぎりなくめやすいことをも聞くかな（ほっとした耳よりな話を）、月の過ぐるに、いかにいひやらむと思ひつるに（気をもんでいたのに）、と思ふものから（と胸を撫でおろしたものの）、[一四]あやしの心やとは思ひ[一五]けむかし。さてまた文あり（〔遠度から〕）。見れば、[一六]人しも問ひたらむやうに、（遠度）「いで、あなあさまし（いやはや とんだことでございます）。心にもあらぬことを（心にもないことを）きこえさせ（お耳に入れまして）、[一七]八月にもすまじ。[一八]かからぬ筋にてもとりきこえさすること（お取りなしを願ってまいりましたことゆえ）はべりしかば、[一九]さりとも」などぞある。返りごと、（作者）「『心にもあらぬ』とのたまはせたるは、何にかあらむ（何のことでございましょう）。[二〇]『かからぬさまにて』とか、[二一]物忘れをせさせたまはざりけると見たまふるなむ（お見受けいたしますのは）、いとうしろやすき（ほんとに頼もしいことと）」とものしけり。

とも異母とも不明。その死去は五月二十七日のこと（『親信卿記』）である。

一一 兼家との仲にまつわる物思い。

一二 「あざる」は、いらだち騒ぐ意。底本は「あさりいかれは」とあるが、『総索引』『全集』の説に従う。

一三 底本は「もとのめ（旧妻）」とあるが、通説に従って改めた。

一四 こちらの縁談がここまで進んでいるのに、（遠度の心は）理解に苦しむ。

一五 その時、私は思ったことだ。底本は「なむ」とあるが、「けむ」とする説（『全集』）に従った。

一六 まるで、こちらから尋ねでもしたように。

一七 八月には、とても結婚できますまい。「す（住）む」は、夫として通うこと。改訂に諸説もあるが、底本のまま読み解く考え（『全集』）に従いたい。

一八 こうした浮いたことではなく、歴とした正妻として、筋を通して。他に、「かからぬ筋」を、養女の縁談とは無関係な、道綱との役所の主従関係と見る考えもあるが、後文の作者の、皮肉な物言いから見ても、当を得まい。

一九 いくらなんでも、お見限りにはなりますまい。

二〇 遠度の文の「かからぬ筋」を取り上げて言う。

二一 人妻云々のお忙しい中にも、私どもの娘のことを心にかけて、お忘れ下さらなかったのだと。遠度の図々しさに対する、精一杯の皮肉。

疱瘡おこりて

八月(はづき)になりぬ。この世の中は、疱瘡(もがさ)おこりてののしる（流行して大騒ぎである）。二十日のほどに、このわたりにも来にたり。助いふかたなく重くわづらふ。いかがはせむとて（何とも手の施しようがなくて）、言(こと)絶えたる人にも告ぐばかりあるに（あの人にも知らせねばと思うほど重態なので）、わがここちはまいてせむかたしらず。さいひてやはとて（そう言ってばかりもいられないと）、文して告げたれば、返りごといとあららかにてあり。さては（それからは）、ことばにてぞ（ただ口上で）、いかにと（［使の者に］）いはせたる。さるまじき人だにぞ来とぶらふめると見るここちぞ添ひて（見舞に来てくれるようなのにと思う気持も手伝って）、ただならざりける（［私は］穏やかでなかった）。右馬頭も面なく（遠慮もばつが悪そうにして）しばしばとひたまふ。九月ついたちにおこたりぬ（どうやら快復した）。

八月二十余日より降りそめにし雨、この月もやまず、降り暗がりて、この中川も大川もひとつにゆきあひぬべく見ゆれば（増水して一つに合流してしまいそうに）、いまや（［この家も］）流るるとさへおぼゆ。世の中いとあはれなり。門の（門前の）早稲田(わさだ)もいまだ刈り集めず、たまさかなる雨間には焼米(やいごめ)ばかりぞわづかにしたる。

疱瘡、世界にも（世間でも）さかりにて（猛威をふるって）、この一条の太政(だいじやう)の大殿(おほとの)の少将、二人ながら、その月（九月）の十六日に亡くなりぬといひ騒ぐ。思ひやるもいみ（おいた）

一 世間。洛中というほどの意。

二 天然痘(てんねんとう)。この年の疱瘡の流行は猖獗(しようけつ)を極め、『扶桑略記』に「八九月間有㆓疱瘡疫㆒、天下貴賤夭亡者多矣」と見え、その他の記録類にも、宮中並びに諸国の寺社で、病災を除くため頻りに修祓祈願の行われた由が見える。

三 道綱の手当てに心を砕く上に、兼家に知らせるべきか否か、苦慮するので、いっそう。

四 兼家に手紙で知らせてやったところ。

五 ひどくそっけない返事が来た。

六 主語は兼家。

七 見舞に来る義理合いもないような、それほど親しくない人でさえ。

八 賀茂川。

九 疱瘡の流行といい、長雨といい、それに兼家はひどく邪険である。折柄、晩秋を迎え、世の中の何もかもが心細く、滅入りそうな感じである。

一〇 たまさかの雨の晴れ間に、あわただしく早稲を刈り取り、それで焼米を作るぐらいが精一杯である。「焼米」は、新米を籾(もみ)のまま炒り、搗いて籾を取り去ったもの。

一一 一条太政大臣藤原伊尹。兼家の同母兄。

一二 伊尹の子息、左近少将挙賢(たかかた)（当年二十二歳）、右近少将義孝（当年二十一歳）。母は代明親王女。ともに少将だったので、兄は前少将、弟は後少将と呼ばれ将来を嘱望されていた。就中(なかんずく)、弟の義孝は容姿端麗、道心に厚く、声望も高かった。『大鏡』その他によれば、九月十六日、兄挙賢は朝、弟義孝は夕、相次いで亡くなったという。

一三 道綱は、このように全快したが。

一四 こちらの邸にいる者は。時姫腹の子供たちをさすものであろう。

一五 私もそなたを疎んずるつもりではないが。「なうて」は、底本に「ならて」とあるのを改めた。

一六 それはそうと。さりげなく、ふと話題を転ずる時の語。

一七 兼家の手紙の「忘れぬことは……」を受け、その「忘れ」という言葉尻を捉えたもの。「さもや」の「さ」は「忘れ」を受ける。

一八 大和だつ女。

一九 車輪の輻（や）の集まる中央にあって、出張った部分。いわゆる「こしき」。左右の車輪をつなぐ軸の両端にあたり、突出しているので、車が狭い道ですれ違うには邪魔になる。

二〇 随分と御無沙汰を重ねましたが、年月のめぐり来る間には、昨夜、車の筒が引っかかったように、時には、こうしてお会いする折もあるものですね。考えてみると、御縁があればこそです。「くるま」は、上から「年月のめぐり来る間」となり、下に「車」と展開する。「かかる」は、車の筒が引っかかった意に、「斯かる」の意を掛ける。

じきこと（わしい限りである）かぎりなし。これを聞くも、おこたりにたる人ぞゆゆしき（道綱は本当によかった）。一三かくてあれど、ことなることなければ（格別用事もないので）、まだありきもせず（〔道綱は〕外出もしない）。二十日あまりに、いとめづらしき文（〔あの人からの〕）にて、「（兼家）助はいかにぞ。一四ここなる人はみなおこたりにたるに、いかなれば見えざらむ（どうして〔助は〕姿を見せないのだろう）と、おぼつかなさに（気がかりでならない）なむ。いと憎くしたまふめれば（〔そなたが私を〕憎んでおいでのようなので）、一五疎（うと）むとはなうて、いどみなむ過ぎにける（意地を張って過ごしてしまった）。忘れぬことはありながら（忘れがたく心にはかけながらも）」とこまやかなるを、あやしとぞ思ふ。返りごと、問ひたる人の上ばかり（尋ねてきたあの子の近況だけ）書きて、端に「（作者）一六まこと、一七忘るるは、さもやはべらむ（その通りかも知れませんわね）」と書きてものしつ。

助、ありきし始むる日（はじめて外出した日）、道に、一八かの文やりしところ（文を通わせていた女と）、ゆきあひたりける（ばったり出会ったところ）を、いかがしけむ、一九車の筒（どう）かかりてわづらひけり（引っかかってこずったという次第で）とて、あくる日、（道綱）「昨夜（よべ）はさらになむ知らざりける（全然存じ上げませんでした）。さても（それにしても）、

二〇年月のめぐりくるまのわになりて
思へばかかるをりもありけり」

といひたりけるを、（〔先方では〕）取り入れて見て、その文の端に、なほなほしき（見栄えのしない筆跡）

手して、「あらず、ここには〱[一]」と重点（ぢゅうてん）[二]がちにて返したりけむこそなほあれ。
（で（大和の女）いいえ違います私はと返事がしたためてあったのは全く能がない）

かくて十月（かみなづき）になりぬ。二十日あまりのほどに、忌（いみ）[三]たがふとて、わたりたるところにて聞けば、かの忌のところ[四]には、子産み[五]たなりと人いふ。なほあらむよりは、あな憎とも聞き思ふべけれど、つれなうてある、宵[六]のほど、火ともし、台[七]などものしたるほどに、せうととおぼしき人、近うはひ寄りて、懐より、陸奥紙（みちのくにがみ）[八]にてひきむすびたる文の、枯れたる薄にさしたるを、取り出でたり。「あやし、誰（た）がぞ」といへば「なほ御覧ぜよ」といふ。開けて、火影（ほかげ）に見れば、心つきなき人の手の筋にいとよう似たり。書いたることは、「かの『いかなる駒か』[九]とありけむ[一〇]はいかが、
（移った所で　あのいけ好かない所では　子供を産んだそうだと　そのまま黙っていないで　気にもかけないでいた　食事などしたためている時に　兄弟に当る人が　結び文にした手紙で　（作者）　（せうと）まあ御覧ください　憎らしいあの人の筆跡に　（兼通））

霜枯れ[一一]の草のゆかりぞあはれなる
　こまがへりてもなつけてしがな

あな[一二]心苦し」とぞある。わが人にいひやりて、くやしと思ひしこと
（私があの人に　口惜しく思っていた歌の）

兼通の懸想

一「〱」は「ここには」のみでなく、「あらず、ここには」全体の繰り返しである。
二 踊り字だらけで。「重点」は「ゝ」「〱」などの繰り返しの符号をいう。
三 自宅が物忌に当る場合、事前にそれを避けて、他へ移ること。
四 兼家の情人近江。
五 後に三条天皇の女御となった兼家女綏子（母は従三位国章女）は、天延二年の出生である（『日本紀略』没享年逆算）。従って、この時、近江の生んだ子が綏子である可能性は極めて高く、とすれば、近江の素姓は国章女ということになる。
六 底本は「よゐ（夜居）」とあるが、「よひ（宵）」と改める説に従った。
七「台」は食膳の意。
八 檀紙。檀（まゆみ）の繊維で作った厚手の白紙。
九 作者が兼家に宛てた「いまさらにいかなる駒かなつくべきすさめぬ草とのがれにし身を」（二五〇頁）をさす。これが誤って遠度の手に渡り（二五六頁）、やがて兼通の耳に入ったものであろう。
一〇（誰も寄りつかないと）お嘆きだったそうですが、その後、いかがでしょう。
一一 霜枯れの草も同様、老いさらぼえたこの身の御縁につながる貴女――「すさめぬ草」とお嘆きの貴女が、おいたわしくてなりません。今一度、若返ってでも、貴女のお心を捉えたいものです。「霜枯れの草」は兼

の七文字なれば、[一三]いとあやし。[一四]「こはなぞ」と[一五]「堀川殿の御ことにや」と問へば、「太政大臣の御文なり。御随身にあるそれがしなむ、殿にもて来たりけるを、『おはせず』といひけれど、『なほ、たしかに』とてなむおきてける」といふ。いかにして[一六]聞きたまひけることにかあらむと、思へども思へどもいとあやし。また人ごとに[一七]いひあはせなどすれば、古めかしき人聞きつけて、「いとかたじけなし。はや御返りして、かのもて来たりけむ御随身にとらすべきものなり」とかしこまる。[一八]されば、[一九]かくおろかには思はざりけめど、いとなほざりなりや、

[二〇]ささわけばあれこそまさめ草枯れの
　駒なつくべき森のしたかは

とぞきこえける。ある人のいふやう、「これが返し、いまひとたびせむとて、なからまではあそばしたなるを、『末なむまだしき』とのたまふなる」と聞きて、久しうなりぬるなむ、をかしかりける。

通自身（当年五十歳）。「ゆかり」は、その縁につながる者。「こまがへり」は、「若返って」の意に、「駒返り（兼家から身を翻して）」の意を掛ける。上句は「紫の一本ゆゑに武蔵野の草はみながらあはれとぞ見る」（『古今集』雑上、読人しらず）を踏まえる。

一二 作者の境遇に同情して、胸が傷む、の意。

一三 どういう経緯で、「いかなる駒か」の歌が兼通の知るところとなったか、全く不思議である。

一四 これは一体、どうしたことでしょうと。「問へば」に続く。「なぞ」は底本に「かそ」とあるが、『全集』の説に従った。

一五 藤原兼通。兼家の同母兄。伊尹の後を襲って太政大臣となり、当時、兼家を圧倒する権勢であった。「堀川殿」は二条の南、堀川の東にあった基経の邸宅で、兼通が伝領して住んでいた。

一六 あの歌のことを、お聞き及びになったのだろう。

一七 この兼通殿の文の処置について相談していると。

一八 「されば」は、「とぞきこえける」にかかる。

一九 「かく」は、次の歌の初二句をさす。

二〇 御無体にも、笹を分けて通っておいでになろうとすると、いよいよ顔をそむけてしまうことになりましょう。駒（夫）も招き寄せられないような、枯れはてた森の下草（色香のうせた私）ですもの。「あれ」は「荒れ」に「離れ」を掛ける。「駒」は「いまさらに」の歌との関係で、兼家をさすものとみたい。ただし、「駒」を兼通と見る考え（『全注釈』）もある。

檳榔毛の人

臨時の祭[一]、明後日とて、助にはかに舞人にめされたり。これにつけてぞ（このことについて）、めづらしき文（〔あの人から〕）ある。「いかがする（(兼家) 仕度はどうしているか）」などて、いるべきもの（必要なものを）、みなものしたり（届けてくれた）。試楽[二]の日、あるやう[三]、「穢らひ[四]（(兼家)）のいとまなるところなれば、内裏にもえまゐるまじきを、まゐりきて見出だしたてむとするを（〔そちらへ〕伺って世話をして送り出してやろうと思うが）、寄せたまふまじかなれば（寄せつけて下さらないだろうから）、いかがすべからむ、いとおぼつかなきこと（心配でならない）」とあり。胸つぶれて（どきっとして）、いまさらに[五]なにせむにかと思ふことしげければ、(作者)「とく装束きてかしこへ（御本邸へ）をまゐれ[六]」とて、いそがしやりたりければ（せきたてて出してやったが）、まづぞ[七]うち泣かれける（先立つものは涙だった）。もろともに立ちて（〔あの人は〕一緒に立ち添って）、舞ひとわたりならさせて（ひととおり稽古させて）、まゐらせてけり（参内させた）。

祭の日、いかがは見ざらむとて（どうして見ないでいられようと）、出でたれば、北のつらに（道の北側に）、なでふこともなき[八]檳榔毛[九]、後[一〇]、口、うちおろして立てり（簾をおろして止っていた）。口のかた（車の前の方の）、簾の下より、清げなる掻練[一一]に紫の織物[一二]かさなりたる袖ぞさし出で[一三]ためる。女車なりけりと見るところに、車の後のかたにあたりたる人の家の門より、六位[一四]なるものの太刀佩きたる、ふるまひ出で来て（威儀を正して）、前（車の）

一 賀茂神社の臨時の祭。四月の葵祭に対して十一月下の酉の日、当年は二十三日（丁酉）に行われた（『日本紀略』）。

二 舞人・陪従（楽人）が宮中の楽所に集まって行う予行演習。この折は前日、二十二日の夜行われた（『親信卿記』）。

三 兼家が言って寄越したことは。

四 穢れに触れて出仕せず、休暇謹慎中なので。

五 ここまで疎遠になってしまった以上、今さら来てもらったところで、どうなるものでもない。

六 「を」は間投助詞。

七 作者の涙は道綱の後ろ姿にではなく、兼家の来訪をみずから却けた、終の破局に注がれたものである。

八 格別のこともなく、目立たない。

九 檳榔毛の車。檳榔の木の葉を晒して屋形を葺いた車。（二〇五頁注二〇）。

一〇 「後」は車の後ろ。「口」は車の前。

一一 生絹に対して練絹をいう。（一八七頁注一六）。

一二 紫の地に文様を織り出した絹布。

一三 簾の下からこぼれ出ている。いわゆる出衣である。後文によって兼家の車とわかるが、兼家の装束ではなく、伴った侍女のものであろう。

一四 袍の色は位階によって定まっていた。緑は六位ゆえ、作者はそれと知ったもの。

一五 赤い袍は五位の官人、黒い袍は四位以上の官人。

のかた（前の方に）にひざまづきて、ものをいふに、驚きて目をとどめて（おやと思って目をこらして）みれば、かれ（その男の）が出で来つる車のもとには、赤き人[一五]黒き人おしこりて（ぎっしり集まって）、数もしらぬほどに立てりけり。よく見もていけば（じっと瞳をこらしてみると）、見し人々[一六]のあるなりけりと思ふ。例の年よりは、こととうなりて[一七]、上達部（かんだちめ）[一八]の車かいつれて来るもの、みなかれを見てなべし[一九]、そこにとまりて、おなじところに、口をつどへて（車の前をそろえて）立ちたり。わが思ふ人、にはかに出でたるほどよりは（道綱は　急に召されて出かけた割には）、供人などもきらきらしう（きらびやかに）見えたり。上達部、手ごとに果物（くだもの）[二〇]などさし出でつつ、ものいひ（〔道綱に〕）などしたまへば、おもだたしき（面目をほどこしたような）ここちす。

また、古めかしき人（古風な私の父も）も、例の許されぬことにて[二一]、山吹の中にあるを[二二]、うちちりたる中に（散らばっている人たちの中から）、さしわきて（特に〔あの人が〕）とらへさせて（連れて来させて）、かのうちより（あの家の中から）酒などとり出でたれば（運び出してあったので）、土器（かはらけ）[二三]さしかけられなどするを見れば、ただその片時（〔私は〕ほんの一時）ばかり（だけは）や、ゆく心もありけむ（満ち足りた気分にもなったろうか）。

八橋の女

さて、助に、「かくてや」[二四]（このままでは）などさかしらがる人のありて（余計な世話をやく人があって）、ものいひつく（言い寄る）人あり（女ができた）。八橋（やつはし）[二五]のほどにやありけむ（あたりにゆかりのある女であろうか）、はじめて、

一六　作者邸に出入りして顔見知りの人々。これにより作者は、車の主を兼家と知った。この部分「よく見もて……あるなりけり」を侍女の言葉として、下の「と思ふ」を「といふ」と改める説（『全集』）もある。

一七　下賀茂神社における儀式が早く済んで。以下、一行はこれから上賀茂神社に参向するが、その間の休憩の風景である。

一八　車で来た上達部やその他、徒歩でうち連れてやって来た者たち。「上達部」は公卿、すなわち三位以上及び四位の参議をいう。

一九　檳榔毛の車のまわりにむらがった人たち。それを見て、車内の人を兼家と見てとったものであろう。

二〇　菓子・果実・酒肴などをいう。

二一　例によって、身分がら上達部の中に立ちまじることは許されないので。倫寧はこの時、従四位上散位（無官）であった。

二二　朝廷から陪従（祭の楽人）に賜る插頭（かざし）の山吹（造花）。すなわち、倫寧が陪従たちの中に立ちまじっているのを。

二三　父倫寧が盃をさされたりしているのを。

二四　いつまで独身でいるわけにもゆきますまい。

二五　愛知県知立市の歌枕。この女が実際、三河国に住んでいるわけではない。三河国にゆかりのある官人の娘というほどの意。ただし「八橋」を賀茂神社の御手洗川にかかる橋とする説もある。

一 むかし葛城山に住んでいたと言う、一言主神(ひとことぬしのかみ)の、その霊験が、今なおあらたかなものならば、ただ一言(ひとこと)——この手紙一本で、打ち解けて私に心を許してほしいものです。「ひとこと」は、私の「一言」に「一言主神」を掛け、上句は、その一言主神が葛城山(奈良県南葛城郡)に住んでいたと言う古伝承(『古事記』雄略記ほか)によって詠み起したもの。

二 私の手紙は八橋(貴女のもと)に届いて、きっと御覧頂けたろうと期待しておりましたが、その甲斐もなく、御返事は梨の礫(つぶて)。どこぞ帰りの蜘蛛手(くもで)の道に踏み迷ったものでしょうか。「ふみ」は「踏み」に「文」を掛ける。以下の「歌」の「ふみ」も同様。一首は『伊勢物語』九段の「水ゆく川の蜘蛛手なれば、橋を八つ渡せるによりてなむ、八橋といひける」によったもの。

三 お通いになることなど、とても、おできにならない道ですのに、この八橋にお手紙が届いた——私がお手紙を拝見した——からといって、何を期待していらっしゃるのでしょう。「通ふ」は、夫として通う、すなわち結婚する、の意。

四 通ってゆく道に、何のさしさわりがありましょう。あとは踏み始めた足跡を辿るだけのこと——もう、文が通い始めた二人の仲ですもの。今後を期待しております。

五 尋ねようとなさっても、所詮、甲斐のないこと。私のところは蜘蛛手ならぬ、大空の雲路ですから、辿

(道綱)一 葛城(かづらき)や神代のしるしふかからば
ただひとことにうちもとけなむ

返りごと、(今回はなかったようだ)こたびはなかめり。

(道綱)二 かへるさのくもではいづこ八橋の
ふみみてけむと頼むかひなく

こたみぞ返りごと、

(八橋)三 通ふべき道にもあらぬ八橋を
ふみみてきともなに頼むらむ

と、(達筆の侍女の手で)書き手して書いたり。また、

(道綱)四 なにかその通はむ道のかたからむ
ふみはじめたるあとを頼めば

また返りごと、

(八橋)五 たづぬともかひやなからむ大空の
雲路(くもぢ)は通ふあとはかもあらじ

六 まけじと思ひ顔なめれば、また、

（道綱）七 大空も雲のかけはしなくはこそ
　　通ふはかなきなげきをもせめ

返し、

（八橋）八 ふみみれど雲のかけはしあやふしと
　　思ひしらずも頼むなるかな

またやる、

（道綱）九 なほをらむ心たのもしあしたづの
　　雲路おりくるつばさやはなき

こたみは、「暗し」（日が暮れたからといってそれきりになった）とてやみぬ。

十二月（しはす）になりにたり。また、

（道綱）一〇 かたしきし年はふれどもさごろもの
　　涙にしむる時はなかりき

（八橋）「ものへなむ」（よそへ出かけまして）とて、返りごとなし。またの日ばかり、返りごと乞（こ）

るべき足跡もございますまい。前回の贈歌の「くもで（蜘蛛手）」を「雲路」に取りなしたもの。「あとはか」は、辿るべきあてど、目印をいう。

六 女方が、負けまいと気負った詠みぶりなので。

七 大丈夫です。大空に雲（蜘蛛）の懸け階（かけはし）が無ければ、通うあてどのないのを嘆きもしましょうが、大空にはそれがあります。「雲のかけはし」は、雲のたなびく様を懸け階（梯子）に譬えたものだが、詠者は、飽くまで「蜘蛛手」に拘泥して、「蜘蛛の懸け階」の意を掛けている。

八 踏んで通おうとなさっても、雲の懸け階は危ないもの――お手紙は確かに拝見しましたが、御本心のほどは怪しいもの。私は決して心を許してはおりません――それを御存じなく、やみくもにその気になっておいでのようですね。「ふみ」は「踏み」と「文」を掛ける。「あやふし」は、「踏み」については通い路の危険を、「文」については男の実意を疑う意とみたい。「なる」は推定。

九 お手紙を見て下さった以上、やはりこのまま頼みを繋いでおりましょう。危ないとおっしゃっても、恋する男には、葦田鶴のように、その危ない雲路を舞い下りる翼もありますよ。「あしたづ」は、葦辺の鶴の意から転じて、鶴一般の歌語。

一〇 私は長年、衣の片袖を敷いて、わびしい独り寝をしてきましたが、これまでに今ほど、切ない涙で夜着を濡らしたことはありませんでした。

ひにやりたれば、柧棱（そば）[1]の木に、（八橋）「みき」[2]とのみ書きておこせたり。

やがて、

（道綱）[3]わがなかはそばみぬるかと思ふまで
　みきとばかりもけしきばむかな

返りごと、

（八橋）[4]天雲の山のはるけき松なれば
　そばめる色はときはなりけり

[5]ふる年に節分（せちぶん）[6]するを、（道綱）（方違えは私の家へ）「こなたに」などいはせて、

（道綱）[7]いとせめて思ふ心を年のうちに
　はるくることも知らせてしがな

返りごとなし。また、（道綱）[8]（ほんの一夜ですから）「ほどなきことを、すぐせ（こちらでお過し下さい）」などやありけむ[9]、

（道綱）[10]かひなくて年暮れはつるものならば
　春にもあはぬ身ともこそなれ

こたみもなし。いかなるにかあらむと思ふほどに、「とかういふ人（あれこれ言い寄る男が）

一 にしきぎの古名。（二一四頁注九）。
二 「みき」は、落葉して裸になったにしきぎの「幹（みき）」を響かす。なお、女流歌人伊勢と平中（平貞文）の「みつ」問答は有名である。「おなじ女……返事もせざりければ……などかみつとものたまはぬといへりければ、ただ見つとのみぞいへりける」（類従本『伊勢集』、『平中物語』も同じ内容）と見える。
三 私たちの仲は、まるでそっぽを向き合ったように、「見た」とはまた、木で鼻をくくったような御返事ですね。「そばみ（顔をそむける）」は「柧棱」を取り込んだ語。
四 私は、天雲のかかった遙か彼方の峰に生えている松ですから、そっぽを向いているのは（松の緑のように）いつものことです。上句は道綱と無縁の存在を強調したもの。「そばめる色」は無愛想な態度。「そば」は「柧棱」に「岨（そば）（嶮しい山道）」を響かす。
五 旧年。天延二年をいう。
六 季節の変り目。ここは立春の前夜をいう。節分には方違え（かたたがえ）をする風習があった。
七 切なく思い詰めているこの胸の内を、年内にお目にかかって、判って頂きたいのです。そして、年内立春の晴れ晴れした気持で、新年を迎えたいのです。是非とも方違えにお越し下さい。「はるくる」は「春来る」に「はるく（晴らす）」を掛けたもの。
八 節分の方違えは一夜のみである。
九 あの子（道綱）が言ってやったことだろうか。

あまたあなり（大勢いるそうだ）」と聞く。さてなるべし（それでだろう）、

（道綱）一一 われならぬ人待つならばまつといはで
　　いたくな越しそ沖つ白波

返りごと、

（八橋）一二 越しもせず越さずもあらず波寄せの
　　浜はかけつつ年をこそふれ

年せめて（年が押しつまって）、

（道綱）一三 さもこそは波の心はつらからめ
　　年さへ越ゆるまつもありけり

返りごと、

（八橋）一四 千年ふる松もこそあれほどもなく
　　越えてはかへるほどや遠かる

とぞある。あやし、なでふことぞ（どうしたことだろう）と思ふ。風吹き荒るるほどにやる。

一〇 待つ甲斐もなく、今年も暮れてしまうなら、春も待たずに、この身は死んでしまうかも知れません。

一一 私以外の人を待っておいでなら、先日のお手紙（天雲の、の歌）のように、「松（待つ）」などと思わせぶりなことを言って、裏切るようなことはなさらないで下さい。女の歌の「松」を「待つ」に取りなして訴えたもの。「いたくな越しそ」は、「君をおきてあだし心をわが持たば末の松山波も越えなむ」（『古今集』東歌（あずまうた））による。波が松を越えるのは、心変りする意。

一二 心変りするもしないもございません。私は、今までずっと、どなたにも当りさわりなく心を寄せながら過してきたのですもの。「浜」は女性自身。「かけ」は波がかかる意と、心をかける意を掛ける。

一三 波（貴女）のお心が、そんなにまでつれないとは。波越す松と申しますが、年まで越して待っている人（私）もあるのですよ。

一四 千年を経た松だって、あればあるもの。一年ぐらいは物の数でもありません。間もなく年も越え、春がめぐって来るでしょう。そうしたら私は、遠からずおいとまします。それまでの辛抱です。「遠かる」は、底本「とほかす」。「遠かる」とする説に従う。下句は難解である。「かへる」は年が改まる意に、父の任国へ帰る、あるいは、貴方の目の届かない所へゆく（結婚を暗示か）の意を掛けたと見ておく。

（道綱）[一]吹く風につけてものを思ふかな
　大海(おほうみ)の波のしづ心なく

とてやりたるに、（侍女）[二]「きこゆべき人は、[三]今日のことを[四]しりてなむ」と、[五]異手(ことて)して[六]一葉(ひとは)ついたる枝につけたり。たちかへり、（道綱）「いとほしう」〔みじめでならない〕

などいひて、

（道綱）[七]わが思ふ人はたそとはみなせども
　嘆きの枝にやすまらぬかな

などぞいふめる。

[八]今年いたう荒るるとなくて〔空模様も〕、斑雪(はだらゆき)ふたたびばかりぞ降りつる。助の[九]ついたちのものども、また[一〇]白馬(あをむま)にものすべきなど〔着てゆく装束など〕、ものしつるほどに〔ととのえているうちに〕、暮れはつる日〔大晦日に〕にはなりにけり。[一一]明日のもの、[一二]をりまかせつつ、人にまかせなどして〔侍女たちに任せなどして〕、思へば、[一三]かうながらへ、今日になりにけるもあさましう〔あきれるばかりで〕、[一四]御魂(みたま)など見るにも、例のつきせぬことにおぼほれてぞ〔例年のようにつきせぬ物思いに浸っているうちに〕、[一五]はてにける。京のはてなれば〔広幡中川の邸は〕、夜いたう更けてぞ、[一六]たたき来なる。

一 吹く風につけても、よろず心を砕いております。大海の波が立ち騒ぐように、しきりに胸騒ぎがして。
二 お返事申し上げるべき姫君は。女の侍女の言葉。
三 内容は不明だが、女が父の任国へ下るか、結婚するか、そのいずれかの準備であろう。下文の道綱の嘆きからすれば、後者か。
四 かまけておりまして。「しる」は処置する、の意。
五 別人の筆跡で。
六 これが最後の言の葉（お手紙）、の意であろう。
七 私の思う人は他の誰でもない、貴女なのだと心に決めておりますのに、この枝の今にも散りそうな、一(ひと)枚(ひら)の木の葉のように、深い悲しみにうちひしがれております。「人は」には「一葉」を掛ける。
八 以下は、この日記をしめくくる、淡々としたなかに、無量の感慨を封じこめた年の暮れである。
九 元日の、参賀に列するための装束。
一〇 正月七日の白馬の節会（一八三頁注一九）。
一一 元日の年賀の客に出すための被け物(かずけもの)（布地類）。
一二 布に折り目をつけたり、巻かせたりして。
一三 このように、ものはかなく生きながらえて、今日まで過してきたのも。底本は、「かうなからこひ」とあるが、「かうながらへ」と改める説に従う。
一四 大晦日の夜には、亡き人の魂が訪れるという、その霊を祭る、いわゆる魂祭。作者にとっての魂祭は、常に、亡き母への思いである。

〔とぞ本に[一七]〕

一五 今年も終ってしまった。

一六 追儺（ついな）（七四頁注一）をする舎人（とねり）たちが、貴族の邸宅の門を叩きながら、町なかを回ること。「なる」は推定。

一七 「……たたき来なる」と書き納め、もとの本にはかくあるという、書写者の付記。

巻末歌集

[一]仏名（ぶつみやう）のあしたに〔翌朝〕、雪の降りければ、

[二]年のうちに　罪消つ庭に　降る雪は　つとめてのちは　積もらざらなむ

[三]殿、離（か）れたまひてのち〔足が遠のかれてから後〕、久しうありて、[四]七月十五日、[五]盆（ぼに）のことなど、きこえのたまへる〔御相談になられた〕御返りごとに、

[六]かかりける　この世も知らず　いまとてや　あはれ蓮（はちす）の　露を待つらむ

[七]四の宮の御子（ね）[八]の日に、殿〔兼家殿〕に代はりたてまつりて、

＊現存の『蜻蛉日記』には、いずれも下巻末に道綱母の家集が付載されている。詞書に、作者への敬語が見られることから、他撰と考えられ、また、道綱を「傅（ふ）の殿」と表記していることから、その任東宮傅（寛弘四年正月二十八日）以後の成立と考えられる。

一 仏名会。普通、十二月二十日前後の三日間、宮中で諸仏の名号を唱えて、罪障消滅を祈った法会。貴族の私邸でも行われ、期日は必ずしも一定していない。

二 年内にせっかく、罪障消滅を祈ったのだから、御仏名会の翌朝、庭に積る雪は、どうかもう、積らないでほしいものだ。「つとめて」は、仏名会の「翌朝」の意に「勤行して」の意を掛ける。

三 兼家をさす。

四 日記中には、天禄元年七月十余日（一一〇頁）、天禄三年七月十余日（二一五頁）に、于蘭盆会（うらぼんえ）の記事が見えるが、いつのこととも特定できない。

五 亡き母の盆供（ぼんぐ）。

六 亡き母上は、私どもがこんなはかない夫婦仲になったとも御存じなく、極楽の蓮の台（うてな）の上で、御仏（みほとけ）の恵みの露を、いや私どもの盆供を、今か今かとお待ちかねのことであろう。

七 村上天皇の第四皇子為平親王。母は安子。

八 本来は、長寿を祝って正月初子（はつね）の日に、野に出て小松を引く行事。ここは康保元年二月五日の、為平親王の北野の子の日の御遊（『日本紀略』）らしい。

峰の松　おのがよはひの　数よりも　いまいく千代ぞ　君にひかれて

その子の日の日記を、宮にさぶらふ人に借りたまへりけるを（お借りになったが）、その年は、后の宮うせさせたまへりけるほどに、暮れはてぬれば、またの年、春、返したまふとて、端に、

袖の色　変はれる春を　知らずして　去年にならへる　のべの松かも

尚侍の殿、「天の羽衣といふ題をよみて」ときこえさせたまへりければ（御所望申されたので）、

ぬれ衣に　あまの羽衣　むすびけり　かつは藻塩の　火をし消たねば

一 峰の松は、おのが千年の寿命に加えて、さらに幾千年も長寿を重ねることでしょう。君（四の宮）の御手に引かれ、その御長寿にあやかって。「ひかれ」は、引き抜かれて、の意に、誘われて、の意を掛ける。

二 当日の和歌などを収録した仮名日記であろう。

三 主語は道綱母。

四 村上天皇皇后安子。為平親王生母。康保元年四月二十九日崩御（『日本紀略』）。

五 返却に当ってしたためた手紙の端に。

六 この春は后の宮の喪中で、人々は皆、鈍色の喪服姿なのに、それも知らぬげに、野辺の小松はすくすくと成長して、去年ながらのつれない緑ですこと。「のべ」は「野辺」に「延べ（成長する）」を掛ける。「のべの松」には、成人した為平親王（十四歳）を譬えると見る考えもある。

七 兼家の妹登子（七二頁注七）。

八 潮汲む海人は、おのが濡れ衣（あらぬ噂）を嘆き、物思いの失せるという天の羽衣を結んで、空高く舞い昇ってしまいました。ところが一方、藻塩草を焼く火――肝心の胸の思ひ（火）を消さなかったので、噂はあまねく知れ渡り、物思いは却って募るばかりでした。「あま」は「海人」に「天」を掛ける。「天の羽衣」は天人の衣。昇天の具であると同時に、物思いの無くなる衣（『竹取物語』）である。作歌事情が不明なので、物語的趣向を構えた題詠と見ておく。なお、底本には、この歌及び次の歌の詞書（「陸奥国に……見

陸奥国(みちのくに)に、をかしかりけるところどころを、絵にかきて、[9]持てのぼりて見せたまひければ、

[10]陸奥(みちのく)の　ちかの島にて　見ましかば　いかに躑躅(つつじ)の　をかしからまし

ある人、賀茂の祭の日、婿(むこ)どりせむとするに、男のもとより、[11]あふひうれしきよし、いひおこせたりける返りごとに、人に代はりて、

[12]頼まずよ　御垣(みかき)をせばみ　あふひばは　標(しめ)のほかにも　ありといふなり

[13]親の御忌(いみ)にて、[14]一つところに、[15]はらからたち集まりておはするを、異人(こと)々は、[16]忌果てて、家に帰りぬるに、ひとり(一人残って)とまりて、

[17]深草の　宿になりぬる　宿守(も)ると　とまれる露の　たのもしげなさ

せたまひければ」）が脱落している。他本によって補った。

九 主語は父倫寧(ともやす)。倫寧は天暦八年十月陸奥へ下向。天徳三年末か同四年春には上洛したらしい。

一〇 陸奥のちかの島の現地を踏んで、まのあたり見たならば、この躑躅の岡の景色は、どんなに趣深いことであろう。「ちかの島」は、『枕草子』に「ちかの塩釜」と見えるが、所在不明。「ちか」は「近」を掛ける。「をか」は上から「躑躅の岡」（仙台市東郊）となり、下に続いて「をかし」と展開する。

一一 葵祭の日に「逢ふ（結婚できる）」とは嬉しい。

一二 「嬉しい」とおっしゃっても、こちらは、あてになどしておりません。神垣が狭くて、葵の葉が外まではびこっているように、貴方のお相手は、決った人（私）のほかにも、よそに沢山いらっしゃるようですから。「標」は占有を示す標識。神垣に同じ。底本は、初句「たのみすな」とある。

一三 父倫寧（貞元二年没『尊卑分脈』）の服喪。

一四 故人倫寧の邸宅であろう。

一五 兄弟姉妹たち。『長能集』にも、この折の贈答と思われる歌が見える。

一六 四十九日の忌が終って。

一七 草深く荒れつのったこの家に、後を守って残っていると、草葉に置く露のように、はかなく消えも入りそうな心地がします。「深草」は、草深く荒れた意に、地名「深草」（京都市伏見区）を掛ける。

返し、為雅の朝臣、

深草は　たれもこころに　しげりつつ　浅茅が原の　露と
消ぬべし

当帝の御五十日に、亥の子の形を作りたりけるに、

よろづ代を　呼ばふ山べの　亥の子こそ　君が仕ふる　よ
はひなるべし

殿より八重山吹を奉らせたまへりけるを、

たれかこの　数はさだめし　われはただ　とへとぞ思ふ
山吹の花

はらからの、陸奥国の守にてくだるを、長雨しけるころ、そのく
だる日、晴れたりければ、かの国に河伯といふ神あり、

一 道綱母の姉婿（二一一頁注一二）。
二 頼む人を失った深い悲しみは、貴女と御同様、胸の内に繁りつのって、この身も、浅茅が原に置く露のように、脆くも消えてしまいそうです。「浅茅が原」は、丈の低い茅が一面に生えている野原。「浅茅」は「深草」に対していう。
三 道綱を「傅の殿」と呼ぶところから、「当帝」は一条天皇と見る。天元三年（九八〇）六月一日誕生、母兼家女詮子。なお、「当帝」を円融天皇（天徳三年誕生）と見る考えもある。
四 誕生後、五十日目のお祝い。
五 猪。猪は多産ゆえ、めでたいとされていた。
六 置き物。
七 万代の齢を招き寄せ、叫び続ける山辺の猪こそ、貴女様がお仕えする皇子の、尽きることない御寿命を寿いでいるようでございます。「呼ばふ」は「呼び招く」に「寿ぎ鳴く」意を掛ける。「よはひ」は「齢」と「呼ばひ」の意を掛ける。「君」は生母詮子をさす。なお、「君に仕ふる（猪が皇子にお仕えする）」と改める説（『全注釈』）もある。
八 兼家。
九 道綱母へさし上げなさった。
一〇 この山吹の花びらの、八重という数は、どなたが決めたものでしょう。私なら、十重にしたいところ――いや、ただ「訪へ」と念じております。「とへ」は「十重」に「訪へ（おたずね下さい）」を掛けたも

[13]わが国の　神の守りや　添へりけむ　かわくけありし　天つそらかな

返し、

[14]いまぞ知る　かわくと聞けば　君がため　天照(あまて)る神の　名にこそありけれ

鶯、柳の枝にありといふ題を、

[15]わが宿の　柳の糸は　細くとも　くるうぐひすは　絶えずもあらなむ

[16]傅(ふ)の殿、初めて女のがり（女の許に）、やりたまふに、[17]代はりて、

[18]今日ぞとや　つらく待ち見む　わが恋は　始めもなきがこなたなるべし

たびたびの返りごとなかりければ、ほととぎすの形(かた)を作りて、

の。この歌は能因撰の『玄々集』及び『詞花集』雑上に入集している。

一一 作者の兄弟で陸奥守に任じた者はなく、不明。

一二 宮城県亘理(わたり)郡にあった「安福河伯神社（『延喜式』神名帳下）」の祭神。

一三 兄弟(はらから)の歌。わが任国におわす神の御加護が添ったものであろう。あれほどの長雨も、河伯の神のお蔭をもって、晴れあがる気配が見えたことだ。「かわく」は「乾く（雨が止む）」に「河伯」を掛ける。「け」は「気配」の意に、神の「霊兆」の意を掛ける。

一四 河伯の神の御加護で雨があがったと聞いて、今、わかりました。河伯とは、貴方のために大空を照らす天照大神の、またのお名前でしたのね。

一五 わが家の柳の枝は、糸のように細くても、その糸を手繰るように、鶯は迷わずにいつも、訪れてほしいものだ。「くる」は糸の縁語「繰る」に「来る」を掛ける。この歌は『玄々集』及び『玉葉集』春上に入集。

一六 道綱。「傅」はお守り役。道綱は寛弘四年一月二十八日より同八年六月十三日まで東宮傅に在任。

一七 道綱母が代作して。

一八 今日こそは、今日こそはと、切ない気持でお返事を待ち受けることになりましょうか。私の恋は、今日に始まったものではなく、はてしもなく遠い前世からのものなのに。「始めもなきがこなた」は、仏典の「無始以来」を和語に置きかえたもの。

飛びちがふ[一]　鳥のつばさを　いかなれば　巣立つ嘆きに　かへさざるらむ

なほ返りごとせざりければ、

ささがにの[二]　いかになるらむ　今日だにも　知らばや風の　みだるけしきを

また、

絶えてなほ[三]　すみのえになき　なかならば　岸に生ふなる　草もがな君

返し、

住吉の[四]　岸に生ふとは　知りにけり　摘まむ摘まじは　君がまにまに

実方(さねかた)[五]の兵衛佐(ひやうゑのすけ)に[六]あはすべし（結婚させることになっていると）と聞きたまひて、少将[七]にておはしけるほどのことなるべし、

一　この郭公(ほととぎす)は、自由に飛び交う翼を持ちながら、どうしてまた、巣立ちかね卵の内に籠って嘆いている雛のために、古巣の木に飛び帰って、その卵を孵(かえ)してやらないのでしょう――貴女は自由にお手紙を書く手を持ちながら、どうして、これほど嘆く私のために、御返事一つ下さらないのでしょう。ほんとに気が知れません。「嘆き」には「木」を、「かへさ」は「翼を返す」意に、「孵化する」「返事を出す」の意をそれぞれ掛ける。一首は、郭公が鶯の空巣に卵を産み捨てて、みずからは孵(かえ)さない習性を踏まえたもの。

二　私の恋はこの先、どうなるのでしょう。せめて今日こそ知りたいものです。蜘蛛の巣（私の心）を乱す風（私の手紙を見たはずの貴女）のお気持を。「ささがにのい」は蜘蛛の糸。蜘蛛は道綱。風は相手の女。「みだる」は「乱る」に「見たる」を掛ける。

三　全く梨の礫(つぶて)ゆえ、通って(かよ)ゆく御縁が全然ないとならば、いっそ、住吉の岸に生えているという恋忘れ草がほしいものです。この苦しさをお察し下さい。「すみのえ」は大阪市住吉区の歌枕。「すみ（住み）」は夫として通う意を、「えに」は「縁」を掛ける。一首は、「道知らば摘みにもゆかむ住の江の岸に生ふてふ恋忘れ草」（『古今集』墨滅歌、貫之）を踏まえる。

四　女の歌。住吉の岸に、そんなものが生えているとは、今のお手紙で初めて知りました。でも、摘もうと摘むまいと、それは貴方のお気に召すままです。

五　藤原実方。左大臣師尹(もろただ)の孫。天元元年（九七八）

[八]柏木の　森だにしげく　聞くものを　などか三笠の　山の
かひなき

返し、

[九]柏木も　三笠の山も　夏なれば　しげれどあやな　人の知
らなく

返りごとするを、親はらから制すと聞きて、[一〇]まろこすげにさして、

[一一]うちそばみ　君ひとり見よ　まろこすげ　まろは人すげ
なしといふなり

[一二]わづらひたまひて、

[一三]みつせ川　浅さのほども　知られじと　思ひしわれや　ま
づ渡りなむ

返し、

二月任右兵衛権佐。以後、永観二年（九八四）二月、左近少将になるまで、その官に在った。

六 この女性は、前の歌の女性とは別人であろう。以下八首も、同一女性との恋の消長ではなく、複数の恋愛と見たい。

七 主語は道綱。道綱は天元六年（九八三）二月、左近少将に任じ、以後四年間その職に在った。

八 柏木の森にさえ、頻繁に文を通わせていると聞いておりますのに、三笠の山にはどうして、御返事もなく、思う甲斐がないのでしょう。「柏木」は兵衛の異名。「三笠」は近衛の異名。

九 女の歌。柏木の森も三笠の山も、夏のこととて鬱蒼と茂っておりますが――お二人から頻りにお手紙を頂きますが、埒もないこと。私は一向に存じません。

一〇 菅の一種と思われるが不明。

一一 そしらぬ顔で横を向いて、貴女一人で読んで下さい。世間では私のことをすげない男と言っているそうですから、見つかると邪魔されましょう。「まろこすげ」は「まろ（自称）」の序。

一二 主語は道綱。

一三 三途の川は水深もわからない。心配でならないと思っていたが、その私が先ず、渡ることになろうとは。「みつせ川」は冥土にある三途の川。道綱が生死の間をさ迷った時のこととすると、疱瘡の折（天延二年）のことであろうか。底本は三句「しらはしと」。なお、この歌は『新千載集』哀傷に入集している。

一みつせ川　われより先に　渡りなば　みぎはにわぶる　身
とやなりなむ

返りごとするをり、せぬをりのありければ、

二かくめりと　見れば絶えぬる　ささがにの　糸ゆゑ風の
つらくもあるかな

七月七日、

三たなばたに　けさ引く糸の　露をおもみ　たわむけしき
も　見でややみなむ

これは、あ四した、

五わかつより　あしたの袖ぞ　濡れにける　何をひるまの
慰めにせむ

一 女の歌。貴方が三途の川を先にお渡りになったら、私は岸辺で途方に昏れることとなりましょう。そんな思いをおさせにならないで。この歌も『新千載集』哀傷に「返し、読人しらず」として入集。

二 巣を懸けたらしいと見ると、切れてしまう（お便りが来たかと思うと、ふっつり絶えてしまう）、まるで蜘蛛の糸のようなので、風（つれない貴女）のお心が恨めしいことです。「かく」は「懸く」に「書く」を掛ける。「風」は蜘蛛の糸を断ち切るもの。女の薄情をいう。一説に、返事を制止する周囲の者とも。

三 七夕の今朝、引き渡した五色の糸が、露の重さに撓んでいるように、貴女の靡いて下さるところは、ついに見ずじまいになってしまうのでしょうか。「糸」は七夕を祭る五色の糸。『詞花集』恋上に入集。

四 男女が契り交わした翌朝。後朝。

五 別れて帰る道すがら、私の袖は朝露に、いや涙の露にしっとりと濡れたことでした。今宵、再びお目にかかれるまで、（昼間）私は一体何を慰めにしたらよいのでしょう。「ひるま」は「干る間」に「昼間」を掛ける。底本は初句「わろより」。「わかつ（袖を分かつ）より」とする説（『講義』ほか）に従う。

六 藤原義懐。伊尹の子。権中納言に昇ったが、寛和二年（九八六）六月、花山天皇の譲位剃髪に従って出家した。底本は「にうたう殿中納言ためまさ……」とあるが、「中納言」は傍注が本文に混入したもの。

七 ひかげのかずら。蔓草ゆえ「糸」という。神事の

[六]入道殿、為雅（ためまさ）の朝臣の女（むすめ）を忘れたまひにけるのち、「[七]日蔭の糸結（編ん）びて（でほしい）」とて、給へりければ、それに代はりて、（為雅の娘に）

[八]かけて見し　末も絶えにし　日蔭草　何によそへて　今日結ぶらむ

[九]女院、いまだ位におはしましをり、[一〇]八講行なはせたまひける捧げ物に、[一一]蓮（はちす）の数珠（ずず）[一二]まゐらせたまふとて、

[一三]となふなる　なみの数には　あらねども　蓮（はちす）のうへの　露にかからむ

おなじころ、傅の殿、（詮子に）橘をまゐらせたまへりければ、

[一四]かばかりも　とひやはしつる　ほととぎす　花橘の　えにこそありけれ

折、冠の左右に飾りとして垂らした。
八 末長くと心に念じて契り交わした仲も、もう絶えてしまったというのに、（今さら縒（よ）りが戻るわけでもなし）何になぞらえて日蔭のかずらを結んだらよろしいのでしょう。「何によそへて……」は、今さら夫婦の仲によそえて結ぶこともできない、の意。
九 東三条女院詮子（兼家女）。天元元年（九七八）十一月、円融天皇の女御となり、寛和二年七月皇太后、正暦二年（九九一）九月、出家した。
一〇 法華八講。法華経八巻を、朝座・夕座二度ずつ、四日間に亙って講ずる法会。
一一 蓮の実で作った数珠。
一二 道綱母が詮子にお贈りあそばすに当って。
一三 極楽では、摩尼（まに）の法水が波立ち微妙（みみょう）の声を立てている由、それには及びもつきますまいが、せめて蓮の葉に置く露の恵みにでもあずかりとう存じます。上句は『観無量寿経』の「其摩尼水、流注華間、尋樹上下、其声微妙」による。『続後撰集』釈教に入集。
一四 詮子の歌。今まで、それほど御挨拶も頂きませんでしたのに、今日は畏れ入ります。これも花橘――昔の人の御縁というものでございましょう。「か」は「香」に「斯」、「とひ」は「飛び」に「訪（と）ひ」、「えに」は「枝に」と「縁（えに）」とを掛ける。いずれも「郭公」「橘」の縁語。「花橘」は、「さつき待つ花橘の香をかげば昔の人の袖の香ぞする」（『古今集』夏、読人しらず）を踏まえ、昔の人、詮子の母時姫をさす。

返し、

[一]橘の　なりものぼらぬ　みを知れば　下枝(しづえ)ならでは　とは
ぬとぞ聞く

[二]小一条の大将、[三]白川におはしけるに、傅の殿を、「かならずおは
せ」とて、待ちきこえたまひけるに、雨いたう降りければ、えおは
せぬほどに、随身(ずいじん)して、「[四]しづくをおほみ」ときこえたまへりける
返りごとに、

[五]濡れつつも　恋しき道は　避(よ)かなくに　まだきこえずと
思はざらなむ

[六]中将の尼に、〔道綱母が〕家を借りたまふに、貸したてまつらざりければ、

[七]蓮葉(はちすば)の　浮葉(うきは)をせばみ　この世にも　宿らぬ露と　身をぞ
知りぬる

一 道綱の歌。橘の実は上枝にはならぬとか、私は、出世もおぼつかない身の程を、よく存じておりますから、下枝にばかり木伝うという郭公(ほととぎす)のように、気安い下々の者とばかりつき合っております。貴女様はあまりに畏れ多くて。二句は、橘が上枝に実のならぬ意と出世しない意を、「み」は「実」と「身」を、「とは」は「飛ば」と「訪は」を掛ける。「下枝ならでは……」は、郭公の人目を忍ぶ習性をいう。二句、底本は「なりものならぬ」とあるが、通説によって改めた。

二 藤原済時(なりとき)。師尹(もろただ)の子。貞元二年(九七七)十月任右大将、永祚二年(九九〇)六月任左大将、長徳元年(九九五)没。

三 京都市左京区北白川付近。当時の別荘地帯。

四 「ほととぎす待つとき鳴かずこの暮や雫(しづく)を多み道やよくらむ」(『古今六帖』第一)を引いたもの。雨の雫が多いので(引く手あまたで)、拙宅などは敬遠したのだろうと、来訪を催促したもの。

五 道綱の歌。いくら雨に濡れても、恋しい道を避けたりはいたしませんものを、まだ訪れないなどと、お案じ下さいますな。きっとお伺いいたします。

六 源清時の娘。『尊卑分脈』の清時(宇多源氏)の女子に「号中将尼、歌人、後拾遺作者」とある。

七 道綱母の歌。極楽の蓮の浮葉は狭くて、露も宿れぬとか。あなたに家を貸して頂けない私は、あの世ならぬこの世でも、寄る辺のない露の身でございます。

返し、

蓮にも　たまゐよとこそ　結びしか　露はこころを　おきたがへけり

粟田野見て、帰りたまふとて、

花すすき　招きもやまぬ　山里に　こころのかぎり　とどめつるかな

故為雅の朝臣、普門寺に、千部の経供養するにおはして、帰りたまふに、小野殿の花、いとおもしろかりければ、車引き入れて、帰りたまふに、

薪こる　ことはきのふに　尽きにしを　いざをのの柄は　ここに朽たさむ

八 み仏は、蓮の浮葉にも露の玉が、いえ、魂が宿るように誓願を立てられました。極楽の蓮の浮葉が狭いなど、それは露（貴女）の心得ちがいというものです。「結び」は、仏が衆生済度の誓願を立てたことをいう。「たま」「結び」「おき」は「露」の縁語。

九 京都市東山区粟田口あたりをいう。

一〇 道綱母の歌。穂に出た薄が風に靡いて、いつまでも招いてくれるこの山里に、心の限りを残し留めて帰る私は、我にもなく、ただもううつろな思いだ。

一一 京都市左京区松ヶ崎の北方、岩倉長谷のあたりにあったらしい。

一二 千部の経を写して仏に供える法会。

一三 道綱母がお出かけになって。

一四 為雅の父文範の小野の山荘かという（岡一男『道綱母』）。「小野」は京都市左京区大原あたり。

一五 厳かな千部経供養は、昨日で終ったのだから、さあ今日は、斧の柄の朽ちるまでここで、花を楽しむことにしよう。初句は『法華経提婆達多品』に、釈迦の苦行求法を「拾レ薪設レ食」とあるのを踏まえ、千部経供養をいう。「をのの柄は……」は、晋の王質が、山中で仙人の囲碁に見とれているうちに、時の経つのを忘れ、斧の柄が朽ちてしまったという故事による。「をの」は「斧」に「小野」を掛ける。

駒競べの負けわざとおぼしくて（負けわざの料らしく）、銀の瓜破子をして、院に奉らむとしたまふに、「この笥にうたむ」とて、摂政殿より、歌きこえさせたまへりければ、

千代も経よ　たちかへりつつ　山城の　こまにくらべし
うりのすゑなり

絵のところに、山里にながめたる女あり、ほととぎす鳴くに、

都人　寝で待つらめや　ほととぎす　今ぞ山べを　鳴きて
過ぐなる

この歌は、寛和二年歌合にあり。

法師の、舟に乗りたるところ、

わたつうみは　あまの舟こそ　ありと聞け　のりたがへて
も　漕ぎ出けるかな

一 競馬の負け方が、勝ち方を招いて催す饗宴。
二 瓜を割ったような形をした破子。「破子」はしきりのある折り箱。
三 冷泉院であろう。
四 食器。本来は竹製のものをいうが、ここは銀の瓜破子。「うたむ」は、タガネで（歌を）彫ろう、の意。
五 兼家。兼家は寛和二年（九八六）六月二十四日、一条天皇の摂政となり、永祚二年（九九〇）五月五日まで在任。同年七月二日没した。
六 道綱母に歌を所望してこられたので。
七 実から種、種から実へと、とめどもなく繰り返し千年も経るがよい。山城の狛で仲間と成熟を競っていた瓜の末生よ。（そのように、院の君も末長く栄えますように）。「たちかへりつつ」は、無限に循環して、の意。「山城のこま」は京都府相楽郡山城町狛。催馬楽「山城」にも見える瓜の産地。「こま」は「狛」に「駒」を、「くらべ」は、瓜がその成熟を競う意に、競馬の意を掛ける。「すゑなり」は最後に生った実。
八 絵の図柄に、山里に物思わしげな女と、郭公が描かれている、そこに次の歌を詠み添えた、の意。
九 何の屈託もない都人は、郭公の声を聞こうと、寝ないで待っていることだろう。だが、その郭公は、寝もやらず物思いに沈んでいるこの山里あたりには、惜しげもなく、今しも鳴きながら飛んでゆくようだ。この歌は『拾遺集』夏に収められている。
一〇 寛和二年六月十日（二十巻本歌合巻は九日とす

殿、離(か)れたまひてのち、「かよふ人あべし」[一二]などきこえたまひけ(言ってお寄越しになられ)れば(たので)、

[一三]いまさらに　いかなる駒(こま)か　なつくべき　すさめぬ草と　のがれにし身を

[一四]歌合に、

卯(う)の花、

[一五]卯の花の　盛りなるべし　山里の　ころもさほせる　折と見ゆるは

ほととぎす、

[一六]ほととぎす　今ぞさわたる　声すなる　わが告げなくに　人や聞きけむ

あやめ草、

る）、花山天皇の主催された内裏歌合。道綱のために母が代作したもの。

一一 海に海人(あま)（尼）の乗る舟があるとは聞いていたが、よもや法師（男）が乗っていようとは。きっと乗り間違えて（法(のり)をたがえて）漕ぎ出したものであろう。「あま」は「海人」に「尼」を、「のり」は「乗り」に「法(のり)」を掛けたもの。この歌は『拾遺集』雑下に入集、「屏風に法師の舟に乗りて漕ぎいでたるところ」とあり、屏風歌である。

一二 貴女（道綱母）には通ってくる男がいるに違いない。

一三 今さら酔狂な。どんな男が寄りついたりいたしましょう。馬でさえ喜んで食べない枯草のように、世を逃れてしまった年老いた私なのに。日記（二五〇頁）。

一四 正暦四年（九九三）五月五日、東宮居貞親王帯刀(たちはき)陣(のじん)歌合。東宮（母兼家女超子）はのちの三条天皇。以下十首のうち、「卯の花」「ほととぎす」「蚊遣火」「蟬」「恋」の五首は、同歌合の右方に見える。

一五 今しも卯の花の盛りなのであろう。山里で白い衣を乾しているように見えるのは。「さほせる」の「さ」は接頭語。歌合本文には「卯の花のさかりなるらし山賤のころもさほせる折と見つるは」と見える。

一六 郭公(ほととぎす)が今しも鳴きながら飛んでゆく声が聞える。私は格別、知らせてやらないが、あの人は聞いただろうか。「さわたる」の「さ」は接頭語。同歌合には、四句を「わが告げなくを」とする。

一 あやめ草　今日のみぎはを　たづぬれば　ねを知りてこそ　かたよりにけれ

ほたる、

二 さみだれや　木暗き宿の　夕されは　面照るまでも　照らすほたるか

とこなつ、

三 咲きにける　枝なかりせば　とこなつも　のどけき名をや　残さざらまし

蚊遣火、

四 あやなしや　宿の蚊遣火　つけそめて　語らふ虫の　声をさけつる

蟬、

五 送るといふ　蟬の初声　聞くよりぞ　今かとむぎの　秋を知りぬる

一 端午の節供の今日、あやめ草を求めて水辺を訪れると、私どもの声を聞き知ってか、あやめ草のほうから好意を寄せて、こちらに靡いてくることだ。「ね」は、あやめ草を求める人々の「声」に、あやめ草の「根」を掛けたもの。「かたより」は、一方に近寄ること。

二 かき暗らし五月雨がしとしとと降る、鬱蒼と木々の茂ったこの宿の夕暮れは、面映いほど明るく、螢が顔を照らすことだ。「面照る」は、螢が顔を照らす意と、恥ずかしくて顔がほてる意を掛ける。

三 次々と咲きほころぶ枝がなかったなら、撫子は、常夏（永遠の夏）などという、のどやかな名も残さなかったろうに。「とこなつ」は撫子。なお、「咲きにける……」を、「咲いて散ってしまったあとの枯れ枝が残っていなかったら」と解く考え（『新注釈』）もある。

四 つまらないことをしてしまったものだ。やたらに蚊遣火をたき始めたばっかりに、心地よげに鳴く虫の声まで遠ざけてしまった。底本は「あやなくにことの」とあるが意味不明。歌合の本文（十巻本）に従った。

五 麦秋を送るという蟬の初声を聞いたとたんに、もう麦のみのる秋、そんな季節になったのだと、ふと感慨を催したことだ。一首は「五月蟬声送麦秋」（『千載佳句』『和漢朗詠集』李嘉祐）を踏まえたもの。「むぎの秋（麦秋）」は、麦を収穫する初夏をいう。歌合本文は三四句を「聞くよりも今はとむぎの」とする。

夏草、

駒や来る　人や分くると　待つほどに　しげりのみます
宿の夏草

恋、

思ひつつ　恋ひつつは寝じ　逢ふと見る　夢をさめては
くやしかりけり

祝ひ、

数知らぬ　まさごにたづの　ほどよりは　契りそめけむ
千代ぞすくなき

こころえぬところどころは、本のままに書けり。賀の歌は日記に
あれば書かず。

傅大納言道綱　大入道殿二男
左馬助卄　左衛門佐　左少将

六　馬が草を求めてやって来はすまいか、あの人が踏み分けて訪れはすまいかと、心待ちしているうちに、むなしく時は過ぎ、わが家は夏草が茂るばかりだ。

七　あの人のことを、恋しく思いながら寝ることなど、もうするまい。なまじ逢った夢を見ても、醒めての後はかえって切なく、そんな夢は見るのではなかったと悔まれてならない。「思ひつつ寝ればや人の見えつらむ夢と知りせば醒めざらましを」（『古今集』恋二、小野小町）を踏まえたもの。この歌は『玉葉集』恋三に、下句を「夢はさめてもわびしかりけり」として見える。

八　数も知れぬ浜の真砂に降り立った鶴の、その千年の齢にくらべたなら、お二人が初めて契り交わされた日のお約束、「千代かけて」などは、まだまだもの足りぬこと。さらにさらに末長く変りませぬように。「たづ」は「田鶴」に「立つ」を掛ける。一首は、東宮居貞親王（当年十八歳）を寿いだもの。

九　以下は、この集を書写した者の付記。納得のいかないところどころもあるが、それは原本のままに書きとめた。賀の歌は、日記にあるので省略した、の意。「賀の歌」は、小一条師尹五十賀の屏風歌（安和二年八月、一〇二頁）をいう。

歴

右中将三位

参議卅七　中納言卌二　右大将

大納言五十三　春宮傅

寛仁四年十月十六日薨六十六　天暦九年乙卯誕生

解説

犬養廉

一、作者とその周辺

『蜻蛉日記』は、十世紀の後半を生きた女性の自叙の物語である。それは、一夫多妻の不条理な招婿婚の時代を、おのが体験をもとに回想し凝視した点で、在来の伝奇的な物語とも、抒情的な歌物語とも違った新しい領域を拓いたものである。作者道綱母は作家であるよりも歌人であり、歌人であるよりも、一人の家庭女性である。生来の資質を眠らせて、ごく平凡な受領の娘として成長した彼女を、この作品の執筆に駆り立てた事情は、さかしらな説明よりも、序跋と共に作品自体が語りかけてくれよう。以下、作品理解の手引きとして先ず作者とその周辺を紹介しておきたい。

作　者

『蜻蛉日記』の作者右大将道綱母は藤原倫寧の娘として生れた。実名は知るべくもない。『尊卑分脈』は、兄弟として理能・長能のほか、藤原為雅室となった姉を載せるのみだが、『日記』によれば、なお二人の妹のいたことがわかる。母については多少曖昧なところがある。すなわち『尊卑分脈』は理能の母を主殿頭春道女、長能の母を源認女とするが、作者の項には注記がない。一方、書陵部本『道綱母集』の奥書には「母刑部大輔認女」とあって、これによれば作者は長能と同母ということになる。ところが、類従本『藤原長能集』の奥書を見ると、長能は永観二年（九八四）蔵人補任の時、三十六歳であって、作者の推定年齢より十歳ほど年少となってしまう。『日記』中、康保元年（九六四）秋、共に母の喪に籠り哀悼し（五三頁）、康保三年三月、作者邸で発病した兼家をかいがいしく扶け（六一頁）た「せうと」は、同母の兄と見るべく、十歳年少の長能ではあるまい。とすると、その人は理能こそ相応しく、母も春道女ということになろう。『藤原長能集』の件の奥書は『九歌仙伝』に拠ったもので、信憑性に問題はあるが、作者の母は一応、春道女と考えておきたい。春道女の系譜は一切不明である。

作者の生年を知る手がかりも、現在のところ皆無である。だが、『日記』天禄三年（九七二）三月の条に「この命をゆめばかり惜しからずおぼゆる、この物忌どもは……」（二〇八頁）とあるのを、吉川理吉氏は、作者三十七歳の厄年ではないかとされている（同頁注一〇）。とすれば、逆算して作者の出生は承平六年（九三六）となる。これによれば天暦八年（九五四）、兼家（二十六歳）の求婚当時、作者は十九歳であり、ほぼ妥当な年齢といえよう。他に手がかりとてない現在、吉川説によって承平六年の出生とみておく。本書の推定年齢、付録の年表もこれに従った。

作者の少女時代の生い立ちは知るべくもないが、後述のごとく父倫寧は下級京官として在京しており、『日記』に見える心やさしい父母の営む家庭で、同母兄理能や姉妹たちと仕合せな少女期を過したものであろう。『日記』に散見する和歌の教養、漢籍詩文の知識、琴・絵画の素養、さらには、後年、兼家が頻りに仕立物を託する染色裁縫の技芸も、このころ培われたものであろう。『尊卑分脈』には「本朝第一美人三人内也」とあり、『榻鴫暁筆』には「吾が朝に三人の美人有り。第一には光明皇后、第二麗景殿の女御堀川右大臣頼宗公の御むすめ後朱雀院の后妃是なり。第三法興院殿の室倫寧女、傅大納言道綱卿の母これ也」とある。後世の美女伝説の中で多分に潤色されたものではあろうが、才色兼備の、それだけにまた権高い少女の成長ぶりが思い浮んでこよう。兼家との結婚とその後のことは『日記』がすべてを語ってくれる。『日記』以後の彼女については、後に触れることとして、次に父倫寧を素描しておく。

父　倫　寧

倫寧は、藤原北家の左大臣冬嗣の長男長良の曾孫である。長良の次弟良房は太政大臣に昇り、その後裔は養子基経（長良三男）・忠平・師輔と代々摂関主流として栄えてゆくが、長良の門流は次第に斜陽化する。長良自身、その娘高子が清和天皇女御となり陽成天皇を儲けるが、官は権中納言に停り、その子高経は正四位下右兵衛督、その子惟岳は従五位下左馬頭に低迷、倫寧に至って完全に受領層として定着する。

倫寧は大学に学び文章生として官途を歩み始めた。学生時代は一世の碩学源順の先輩だったらしく、その交友は生涯に亙るが、倫寧の経歴を見ると、彼自身は学儒というより、実務に長じた能吏だったらしい。官歴の詳細は不明だが、記録類から動静を拾うと、天慶四年（九四一）中務少丞（『本朝世紀』）、天慶九年（九四六）右衛門少尉正六位上（『政事要略』）、その後天暦初年六位の蔵人となり、六年の功を経て巡爵、右馬助に任じた。吏務に通じた倫寧はまた、小野宮実頼の家司としても重用されていた。天暦三年昇殿し、同五年右兵衛佐に任じた兼家との接触もこのころからであろう。倫寧の地方歴任は天暦八年、陸奥任国に始まる。受領の初任が大国陸奥であるのも珍しく、実頼の推輓もさることながら、よほど能力を買われたものであろう。実頼の子実資は後年、父の日記を引用して、陸奥在任の倫寧が五年間の吏務を滞りなく果した上、年々金三千余両を遺し弁進したよしを記している（『小右記』長元五年八月二十五日条）。陸奥より上京後の彼は左衛門権佐や検非違使などの京官をしばらく勤め（『公卿補任』菅原輔正の項・『二中歴』ほか）、応和二年（九六二）河内守となった。康保元年秋、作者の母春道女が亡くなる。悲嘆に昏れて卒倒する作者を「親はひとりやはある。などかくはあるぞ」（五一頁）と励まし、葬儀万端をしたためたのもこの河内在任中のことである。康

保三年河内終任後一年、彼は丹波守に任じた。河内・丹波には若い子息長能も帯同したらしく、桂宮本『藤原長能集』には、

故伊勢守（倫寧）河内国さり侍りて、いのり申すことやありけむ、丹波になり侍りて、その国の神にかへり申して侍りけるに、くにの人などもてあつまり酒などたべけるに、かはらけとりて、おほみたまふ人もはべらむとて

いのりおきし神の心もいちじるくむかし人にもあへるけふかな

など見える。

有能な彼は決して苛斂誅求（かれんちゅうきゅう）の貪吏ではなく、土地の人々からも慕われていたらしい。天禄元年五月、太政大臣実頼が薨去、倫寧はその葬送に参じ（『日本紀略』）、翌二年六月には丹波から上京のその足で、鳴滝籠りの作者を見舞い下山を促している。翌月初瀬詣でを発意、作者が同行しているのは、傷心の娘を慰める父親の配慮でもあろうか。倫寧の丹波終任は天禄二年中のことらしく、翌年正月には平貞盛が交替赴任している（『類聚符宣抄』）。天延二年（九七四）十一月、作者は賀茂の臨時の祭の物見に出かける。その折、山吹をかざした陪従（べいじゅう）に立ちまじる倫寧を、兼家が特に招いて酒肴を供した模様は『日記』（二六五頁）に見るごとくである。この年の十二月十七日、倫寧は源順・藤原為雅・橘伊輔と四人連署で、除目（じもく）の公正を訴える奏状を奉っているが、位記は従四位下とある（『本朝文粋』）。この後ほどなく伊勢守に任じたらしいが、貞元二年（九七七）正四位下伊勢守として卒去した（『尊卑分脈』）。享年は不明である。『巻末歌集』『藤原長能集』には、服喪中、作者が為雅・長能と交わしたあわれ深い贈答がある。

倫寧は『日記』に見る限りでも、四、五条あたりの邸宅、一条西洞院の邸宅、広幡中川の別邸と三ケ所を領有している。『平兼盛奏状』に、「一国ヲ拝スル者ハ其ノ楽余リ有リ、金帛蔵ニ満ツ、酒肉案ニ堆シ、況ヤ数国ヲ転任スルモノヲヤ」とあるのは漢文的誇張であろうが、諸国歴任の彼の財力は推して知るべきものがあろう。この財力と篤実な人柄、殊にその肉親愛が作者の心の支えとなり、同時にそれがまた、彼女の甘えの構造とも深く関わっていることを見落してはなるまい。

兄　弟

作者の同母兄理能については、『尊卑分脈』に「使　従五上肥前守　母主殿頭春道女　長徳元八廿五卒」とあるのみで、他の経歴は不明である。『日記』中に見える「せうと」はほとんどこの理能であろうから、検非違使尉などの下級京官として多く在京していたものであろう。『巻末歌集』に「はらからの、陸奥国の守にてくだるを……」とあるのは、長能に陸奥下向の事実はなく、資料の裏付けはないが理能の任国をいうものであろう。なお『尊卑分脈』は理能の子女六人を載せるが、そのうち為善・為季・為祐の母を「肥後守清原元輔女」と注している。これによれば、理能は元輔女を妻とし、それは清少納言のかなり年長の、恐らく異母姉であったと思われる。

異母弟長能は右近将監、左近将監、帯刀先生等を経て永観二年（九八四）八月花山院の践祚と共に蔵人に任じ、その退位後は、永延二年（九八八）八月図書頭、正暦二年（九九一）二月上総介、寛弘六年（一〇〇九）正月伊賀守と歴任した（『中古三十六人歌仙伝』）。長能は早くから歌人としての名声が高く、花山院の後見たる義懐の室が姪（為雅女）という関係にもよろうか、東宮時代より院の側近で、寛和元年（九八五）八月、同二年六月の内裏歌合にも公任らに伍して活躍、一介の受領ながら花山院歌壇の中心的存在であった。能因が長能の門に入ったのはあまりに有名で（『袋草紙』）、歌道の師承関係は彼に始まるという。道綱母が寛和二年六月の内裏歌合に詠出するなど、長能と作者との交渉はむしろ『日記』以後に始まるといってよい。

為雅室となった姉は、『日記』中でも母と共に最も親身な存在であった。為雅は作者の家系と同じく長良の末裔で、従二位権中納言藤原文範の二男である。文範は円融院の行幸を仰いだ小野の山荘を有する風流貴公子で、その三男すなわち為雅の弟為信は紫式部の母方の祖父に当る。為雅自身も『日記』『巻末歌集』に作者との贈答を残す歌人で、『和漢朗詠集』に「行旅」の詩を一篇とどめている。『日記』に見る姉と為雅の仲は睦じかったらしく、長子中清を儲けている。『尊卑分脈』には為雅の子として中清のほか男子三人女子二人を載せるが、母の注記がなく、この姉の所生かどうか不明である。だがこのうち「義懐室」と注記のある女子は、『巻末歌集』に「入道殿（義懐）、為雅の朝臣の女を忘れたまひにけるのち、日蔭の糸結びてとて、給へりければ、それに代りて」と作者が代作している女性である。これも恐らく姉の儲けた為雅女であろう。

『日記』には安和二年（九六九）元旦、「天地を袋に縫ひて」と寿歌を唱える「はらからとおぼしき」（八七頁）人が登場する。これは翌天禄元年十二月、「南面にこのごろ来る人」（一三二頁）を通わせて懐妊、やがて翌二年二月「えさらず思ふべき産屋のこと」（一三五頁）と展開する妹であろう。さらに同年六月、鳴滝籠り中の作者を再度訪れる「わがもとのはらから」（一五二頁）も同一人物であろう。作者と同居して屈託なげなその挙措は、かなり年少の同母妹を思わせる。

　さらにもう一人。『日記』には天延元年（九七三）十一月、「あがたありきのところに、産屋のことありしを」（二三〇頁）と、倫寧邸の出産のことを記す。その五十日に作者の贈った賀歌に「今日ぞ垣根の梅をたづぬる」とあり、返歌には「枝わかみ雪間に咲ける初花は」とある。「垣根の梅」、「初花」は女子の誕生を思わせる。この妹は、恐らく後年、菅原孝標に嫁し、『更級日記』の作者を儲けた倫寧女であろう。

夫兼家

作者が半生を託した夫兼家の人間像は『日記』のリアルに描くところである。豪放磊落にして演技派、効果を計算した傍若無人な行動、女性の眼を通してのそれは、不思議にまた『大鏡』その他の描く政治家兼家像と符合するものがある。

兼家の出自は作者の家系と同じ藤原北家だが、当時、独走中の摂関主流である。彼は太政大臣良房の曾孫右大臣九条師輔の三男、母は従四位上武蔵守経邦女である。周辺を見渡すと叔父すなわち父師輔の兄弟に小野宮実頼（摂政太政大臣）、枇杷師氏（大納言）、小一条師尹（左大臣）がおり、彼自身の同母兄弟には、後に位人臣を極める伊尹（摂政太政大臣）、兼通（関白太政大臣）、さらには安子（村上天皇中宮、冷泉・円融天皇生母）、登子（重明親王妃のち村上天皇夫人）がいる。家格のほどが偲ばれよう。天暦八年（九五四）、作者に求婚した兼家は当時二十六歳、まだ従五位下右兵衛佐だが「柏木の木高きわたり」（一〇頁）と呼ばれるゆえんである。天暦十年九月少納言に任じ応和二年（九六二）正月従四位下に昇り、五月、心もゆかぬ兵部大輔に転じたことは『日記』（四二頁）に見るごとくである。その後の兼家は左京大夫を経て康保四年二月東宮（冷泉）亮に任じた。病弱な東宮を兼家に託す中宮安子の配慮でもあろうか。同年五月村上天皇は崩御、かくて東宮が践祚して冷泉朝を迎える。冷泉朝における兼家の躍進はめざましい。康保四年（九六七）六月、兄兼通に替って蔵人頭となり、九月守平親王（円融）の立太子と同時に東宮権亮を兼ね、十月には左中将正四位下に進む。翌安和元年十月には超子の入内を実現、十一月には従三位に昇り、兄兼通を超えて公卿に列し、十二月には超子が女御に立てられている。さらに翌安和二年二月には参議を経ず中納言に昇るという異例の栄進である。小野宮・九条・小一条三家の権力闘争の中で、見事な身の処し方というよりほかないが、兄兼通との根深い反目はこのあたりに生ずる。

安和二年八月冷泉天皇が譲位され、円融天皇が践祚、伊尹の孫師貞親王(花山)が立坊された。翌天禄元年は五月に実頼が薨じ、伊尹が摂政となり、八月には兼家も右大将に昇った。天禄三年閏二月、兼家は大納言に昇任したが、十一月伊尹が四十九歳で薨ずるや政局は一転、兼家の下風に雌伏していた中納言兼通が一躍、内大臣関白となる。『大鏡』の伝えるところによれば、かねて前途に不安を抱いていた兼通は、生前の中宮安子(あんし)(康保元年没)に「関白は次第のままにせさせ給へ」と一札したためさせ、このお墨付を守り袋のように首にかけていた。長兄伊尹の訃報に接するや即刻、円融天皇のもとに馳せ参じ、件の証文を示したところ、孝心深い天皇は、不快ながらやむなく兼通に関白の宣旨を下したという。またこの兼通は、平素の寝酒の肴に殺したばかりの雉(きじ)の肉を好み、そのため夜な夜な生きた雉を沓櫃(くつびつ)に用意させておいたという。その偏執ぶりは臨終にも発揮される。同じく『大鏡』によれば、貞元二年十一月、兼通は危篤の床に臥していた。門前を賑々しく先払いしてゆく者がいる。召使に聞くと兼家の一行だという。兼通は、長年不仲だったが、やはり兄弟というもの、臨終の床を見舞いに来たのであろうと、身辺を整えさせていたところ、兼家はそのまま素通りして参内したという。激怒した兼通は危篤の身に装束をまとい人に扶けられて参内した。すると、すでに兼通が亡くなったと聞いた兼家が今しも、天皇に関白職を奏請しているところである。兼通は最後の除目を行う旨、宣言し、後任の関白には小野宮頼忠を指名、兼家の右大将の職を召し上げ治部卿に貶(おと)して、退出すると間もなく亡くなったという。世継に対して青侍は「心つよくかしこくおはしましける殿なり」と兼通を称揚しているが、ここにあるのは陽性の兼家と陰性の兼通の摂関職をめぐるすさまじい執念であろう。失意の兼家は一〇九句から成る長歌(『拾遺集』雑下)を以て円融天皇に愁訴、天皇は「いなぶねの」(「最上川のぼれば下る稲舟のいなにはあらずこの月ばかり」『古今集』東歌)と答えている。兼家は翌貞元三年十月、頼忠の配慮により右大臣従二位に返り咲く。その後八年間、右大臣に停滞していた兼家は、寛和二年六月二十三日夜、詐謀を以て花山天皇を落飾譲位に追いこみ、円融皇后詮子(せんし)所生の懐仁親王(一条)の践祚を実現、宿願の摂政に就任した。五年を経た正暦元年、兼家は一月五日、愛孫一条天皇の元服に加冠役を奉仕、五月五日、病により摂政太政大臣を辞し関白となったが、八日にはその関白職も長子道隆に譲って出家した。かくて二条院の自邸を積善寺と改め、ひたすら後世(ごせ)を願う兼家は、それから二ケ月を経て七月二日、六十二歳で世を去った。このころ五十五歳で存命の作者は、その訃報をいかに聞いたことであろうか。

兼家の妻妾

『蜻蛉日記』の作者を別として、知られる限りの兼家の妻妾を挙げると、⑴時姫　⑵町の小路の女　⑶宰相兼忠女　⑷近江　⑸保子内親王　⑹藤原忠幹(ただもと)女　⑺大輔(たゆう)　⑻中将御息所である。⑴時姫は最も早く兼家に嫁し、道隆・道兼・道長・超子・詮子らの子女を儲け、三人の子息は関白となり、超子・詮子はそれぞれ冷泉・円融の妃として一条・三条両帝を生んだ。政治家兼家を支えたのは時姫といってよく、正妻格たるゆえんである。天元三年(九八〇)正月没したが、死後、正一位を追贈されている。⑵町の小路の女は兼家を蠱惑(こわく)してやまなかったが、一と時の寵愛で捨てられた薄幸な女性である。室生犀星の『かげろふの日記遺文』が彼女を取り上げている。⑶宰相兼忠女は時めくこともなく忘れられ、のちその娘が養女として作者に迎えられる。この養女は詮子の入内に従って出仕、「宮の宣旨」と呼ばれた(『栄花物語』さまざまのよろこび)というが、なおさだかではない。⑷近江は『日記』後半に兼家の寵愛を傾けた女性で、藤原国章女と思われる。『尊卑分脈』の兼家女に三条院女御綏子(すいし)を載せ、「母従三位国章女」「長保六正七薨卅一」と注がある。これによれば綏子の誕生は天延二年となり、『日記』天延二年十月二十余日に「かの忌のところ（近江）には子産みたなりと人いふ」（二六二頁）とあるのに符合する。近江はもと小野宮実頼の召人であったのを、実頼の没後兼家が召人としたもので、寵愛は深かったらしいが、『日記』に「色めく者なめれば」（二二〇頁）とあるごとく、のちに道隆とも通じ一女を儲け、兼家はこの女子を東宮の御匣殿に奉っている（『栄花物語』さまざまのよろこび）。(5)保子内親王は『日記』中、「さらずは、先帝の皇女たちがならむ」（二二一頁）と侍女たちに噂された女性で、『栄花物語』に「（村上の先帝の）女三宮を、この摂政殿（兼家）心にくくめでたきものに思ひきこえさせ給ひて、通ひきこえさせ給ひしかど、すべてことのほかにて絶え奉らせ給ひにしかば、その宮もこれを恥づかしきことにおぼし嘆きて失せ給ひにけり」（さまざまのよろこび）とある。同書にはこののち物怪となって兼家を苦しめた後日譚が見える。(6)藤原忠幹女は、『尊卑分脈』の忠幹の女子に「法興院関白（兼家）家女房式部少道義母」とあり、また同書、道隆弟の道義に「母勘解由長官忠幹女、日本第一色白也」とあるのがそれである。『日記』に康保元年夏「春うち過ぎて夏ごろ、宿直がちになるここちするに、つとめて、一日ありて、暮るればまゐりなどするを、あやしうと思ふに……」（四九頁）と記すのを、忠幹女との関係の時期と見る考えもあるが、詳細は不明である。(7)大輔は、超子付きの女房で、初め「大輔」のちに「典侍」と呼ばれた女性である。「大殿（兼家）年ごろやもめにておはしませば、御召人の典侍のおぼえ、年月にそへてただ権の北方にて、世の中の人名簿し、さて司召の折はただこの局に集る。院の女御の御方に大輔といひし人なり」（『栄花物語』さまざまのよろこび）とある。「大殿年ごろやもめにて……」によれば、天元三年（九八〇）時姫の没後、兼家の寵を得て威勢をふるったらしい。同書によれば保子内親王が寵を失ったのも、この大輔の出現によるという。(8)中将御息所は民部卿藤原元方の子懐忠の娘で、円融天皇の寵を受けて、中将御息所と呼ばれたが、のち兼家の妾となったもの。晩年の兼家は大輔を偏愛して中将更衣の幸いも薄かったらしい。

愛児道綱

道綱は天暦九年（九五五）八月つごもりの出生である。道綱の誕生は、ものはかなき生活の中で作者にとって唯一の確かな手ざわりであり、心の支えともなった。爾来二十年、天延二年十二月、行き昏れた作者の感慨は、「助のついたちのものども、また白馬にものすべきなど、ものしつるほどに、暮れはつる日にはなりにけり」（二七〇頁）と、ごく自然に道綱の上に回帰して、この『日記』は閉じられてゆく。それにしても、母親の中の「道綱」は、何といつまでも幼かったことか。『日記』中、天禄元年（九七〇）八月（十六歳）元服、同年十一月叙爵ののちも、道綱は相変らず「幼き人」と呼ばれている。この呼称に変化が現れるのは、天禄二年六月の鳴滝籠りからである。この部分には「頼もし人」（一四七頁）、「幼き人」（一五〇頁）、「大夫」（一五八頁）が現われ、以後はすべて「大夫」となり、天延二年一月（二十歳）「任右馬助」以降は「助」と呼ばれる。鳴滝籠りは漸く成人した道綱を再認識し、その母親離れをわびしく読み取ったものであろうか。もっとも、『日記』下巻では、不毛な恋愛贈答を重ねる道綱に、作者は「……いと幼きほどのことをのみいひければ、かうものしけり」（二二三頁）と、もどかしげに手を貸している。道綱が一人前に見えてくるのは『日記』以後であろう。道綱は貞元二年正月（二十三歳）左衛門佐、永観元年（二十九歳）左近少将になっている。花山朝を迎えるや、懐仁親王（母詮子）の即位を望む兼家の策謀は着々と進行、寛和二年六月二十三日、道兼は深夜ひそかに花山院を宮中から連れ出し出家に追いこむ。同夜これより先、道綱は神璽宝剣を東宮懐仁親王のもとに移し、ひと役買っている。かくて一条朝が成立、その功によってであろうか、道綱は同日蔵人に任じている。その後の道綱は永延元年（三十三歳）従三位、正暦元年父兼家を失うが、同二年九月（三十七歳）参議、長徳二年（九九六）四月（四十二歳）権中納言、十二月右近大将、翌三年大納言と順調に累進するが、すでに弟道兼・道長には遠く及ばない。器量というものであろうか。女性関係は源広女・源雅信女・道隆女・頼光女・弁乳母その他、多彩にして父親譲りだが、烏滸な説話が多い。一条院の時、御前の渡殿で酒宴の折、酔余、管絃に浮かれて進み出た道綱は舞いを舞ったところ、冠を落して一座の失笑を買った。顕光が嘲ったところ、立腹した道綱は、場所柄もわきまえず、「何事をいふぞ。妻をば人にくながれて（寝取られて）」と、顕光室の密通を暴露して、却ってその心なさを指弾されたという。『古事談』『続古事談』の伝えるエピソードである。『小右記』は、六十五歳の道綱の面影を次のように伝える。「道綱卿、入道殿ニ申サシメテ云フ。一家ノ兄ナリ。此ノ度、若シ丞相ニ任ゼザラバ何ノ恥カ之ニ勝ランン、只一二ケ月、貸シ給フベク……余思フ所ハ、第一ノ大納言ノ年労甚ダ太多ナリ。陳ブル所然ルベシ、但シ一文不通ノ人、未ダ丞相ニ任ゼザルノ故、世以テ許サズ……」（寛仁三年六月十五日条）と。道綱は、当年七十五歳の左大臣顕光が辞任するとの噂を聞いて、この年三月出家した前太政大臣道長（入道殿）に大臣職を請うたもの。道隆・道兼の没後、一族の長老たる自分が大臣にもならず、二十余年大納言に渋滞しているのは恥辱であって、一、二ケ月でも大臣職を貸してほしいとの訴えである。『小右記』の筆者小野宮実資は、一文不通の人（学才皆無の人）が大臣になった例はないから、世間が許さないであろうとにべもない。道綱が全くの無学だったとは思わないが、ここには、過保護な母に育てられ、父の余慶に縋って生きた蕩児の老残の影が濃い。道綱はこの翌寛仁四年（一〇二〇）十月十六日薨じた。享年六十六歳である。

二、蜻蛉日記の世界

1　上　巻

『蜻蛉日記』の上巻は、天暦八年夏から安和元年末に至る十五年間の回想である。冒頭は「かくありし時過ぎて……」と執筆意図の宣言に始まるが、この序文は上巻末の跋文と共に多くの問題を含むので、「成立」の項で触れることにする。だが最初にことわっておきたいのは、『蜻蛉日記』の主題が、この序文に示されるように、兼家との結婚生活における「ものはかなき身の上」を綴ったという、そうした理解は大筋において正しいといえよう。しかし、『日記』の記事内容は多岐に亙り濃淡緩急、しばしば主題を逸脱、作者は時に幸福な回想に浸りきってさえいる。この傾向は上巻において殊に顕著であろう。幸福な回想は現在の不幸を物語るといってしまえばそれまでだが、われわれは、素材の現在と執筆の現在を見据えながらも、その時々の作者の心の軌跡を、あるがままに辿ることが肝要である。幸福な記事は「ものはかなき身」を際立たせるための、意図的な配材という見方もあるが、主題の合理化もはなはだしい。大体、主題というものがそもそも、作者とは別の、多分に現代読者の解釈かも知れず、逆にそれに縛られて作品を色づけるのは、正しい読み方ではあるまい。作者の回想は、「ものはかなさ」を基調としながらも、たまゆらの幸福に浸って一向さしつかえなく、回想はむしろ錯落と揺れ、内に矛盾を孕みながら、愛憎のはざまを往還して漂うのである。諦観に似た安らぎに冷えさびてゆくには、下巻の世界を待たねばならない。上巻は十五年の長きに亙るので、主な記事内容を整理しておきたい。上巻はおよそ次の八ブロックより成る。

上巻の構造

序

(1)天暦八年夏〜同九年八月
　兼家の求婚―結婚―父の離京―道綱の誕生

(2)天暦九年九月〜天徳二年
　町の小路の女の出現・出産・凋落（ちょうらく）―兼家との長歌の応酬

(3)応和二年〜康保元年夏
　兼家任兵部大輔―兵部卿の宮との雅交

(4)康保元年秋〜同二年
　母の死・その周忌―姉の離京

(5)康保三年三月〜同年五月
　兼家発病―兼家邸訪問―葵祭の連歌―双六の賭

(6)康保三年八月〜同四年三月
　兼家の夜離（が）れ―稲荷・賀茂詣で―九条殿女御との贈答

(7)康保四年五月〜安和元年七月
　村上天皇崩御―佐理（すけまさ）夫妻の出家―兼家の栄進―兼家邸の近くへ移転―貞観殿登子との贈答

⑻安和元年九月～同年末

初瀬詣で―宇治の出迎え―御禊の物見

跋

右は、折々の贈答・嗟嘆・行事などを除く主な記事内容である。

玉の輿　この『日記』は兼家の求婚に始まる。といって、作者は「序」に続く導入部で「さて、あはつけかりしすきごとどものそれはそれとして」と、思わせぶりな過去の紹介も忘れない。天暦八年の夏であろう。父倫寧を介して兼家から求婚の意志が洩らされる。一応、「びなき」よしを答えた作者も、権門の貴公子の求婚には、心そぞろぐものがあったに違いない。業を煮やした兼家は、騎馬の侍を文使いに作者の門を叩かせた。求婚歌、

音にのみ聞けば悲しなほととぎすことかたらはむと思ふこころあり

も、直截的というより無造作な詠みぶりである。作者は、料紙・筆跡にも触れてその非常識ぶりを、「あらじとおぼゆるまで悪しければ、いとぞあやしき」と書き留めている。後年の兼家の風貌(ふうぼう)がすでに躍如たるものがあろうが、この荒々しい行動が却って作者の心を捉えたものであろうか。だが作者は慎重である。適当に男を突き放し瀬踏みを続けながら、その慕情を掻き立てる。兼家の贈歌を辿ってゆくと、次第に弱々しく哀願口調になってゆく。かくて初秋のころ兼家が通い始める。

夕ぐれのながれくるまを待つほどに涙おほゐの川とこそなれ

兼家の後朝(きぬぎぬ)の歌である。後朝の歌は一般的にオーバーで常套的なものだが、そして『日記』中の兼家の歌はおおむねぞんざいなものだが、これは技巧のうちに衷情を封じこめて繊細、作者の返歌も慕情を訴えて、まさに呼吸の合ったものである。

一体、兼家との結婚は客観的には、どのように見るべきであろうか。父倫寧の天暦八年段階の官位は従五位下右馬助だったらしい。藤原北家の末裔とはいえ、主流との逕庭はすでに甚だしく、小野宮実頼の家司たる倫寧の将来は、四位五位を極位とする受領でしかあるまい。それとても見とおしは暗く、当時のおびただしい申文が語るごとく、また時代はやや下るが、『枕草子』(除目に司得ぬ人の家)、『更級日記』(かへる年のむつきの司召)に見るごとく暗澹たるものである。倫寧にとって、官途を拓くためにも、九条師輔三男、村上中宮安子の弟たる兼家と娘の縁組は、またとない閨閥となり得たに違いない。后がねは及びもつかない家格であってみれば、作者にしても、この縁組は、現時点で期し得る最高のものであったろう。事実、超子・詮子が時姫腹にではなく、彼女に恵まれたなら、作者は二代の帝の祖母ともなり得たのである。けだし玉の輿というべきであろう。彼女の側にそのような打算があったかどうかは、知るべくもないが、後に見る彼女の上流志向は、この階層の未婚の女性のうちに、ごく自然に燻ゆり立つ夢でもあったのである。この結婚は彼女に、古物語のヒロインめいた充足をもたらすが、同時にそれが、続く現実にまみれる時、以下の日記世界を織りなすことになる。

ひとたび婚姻が成立すると男女の立場は逆転する。ひたすらに夫の訪れを待つ日が続く。十月には父倫寧が陸奥に旅立つことになる。この年は正月四日に太皇太后穏子が薨じたので、正月の除目は三月十四日に延期されている。この折、陸奥に任ぜられたものであろうか。とすれば、兼家の求婚以前のこととなるが、この抜擢には実頼の推輓以外に、兼家側の何等かの掩護が察せられないでもない。ともあれ、遠く旅立つ倫寧は、娘の後事を託すべく、その婚姻を急いだものであろう。「君をのみ頼むたびなる」の歌は、そうした事情を含んでのことである。彼女は「人はまだ見馴るといふべきほどにもあらず、見ゆるごとに、たださしくめるにのみあり」と綴り、旅ゆく父を思いながら、涙のうちにその年も暮れた。

道綱の誕生・いかに久しき　天暦九年は正月の贈答に続いて、八月末、道綱の出産をさりげなく記し、「そのほどの心ばへはしも、ねんごろなるやうなりけり」と書き留める。だが、町の小路の女との関係はこの頃すでに始まっている。妻の懐妊中の夫の不貞は今も珍しくない。まして一夫多妻の当時である。初冬のころ作者は、時ならぬ兼家の外出を尾行させて、紛れもない事実をつきとめる。一夜、女のもとで過したとおぼしき明け方の訪問に、作者はかたくなに門をとざして開けない。

　嘆きつつひとり寝る夜の明くる間はいかに久しきものとかは知る

有名なこの一首は、その翌朝、「なほもあらじ」と「移ろひたる菊」に插して「例よりはひきつくろって贈ったものである。「なほもあらじ」は、仮りにも夫たる兼家を門前払いしたことに対する反省である。従って、「嘆きつつ」の歌は、われとわが仕打ちに対する弁明、陳謝の歌だが、わが身の夜な夜なを哀切に訴え、末尾の「ものとかは知る」には、きりきりと相手に反問する厳しさがあろう。だが、こうした持って回った物言いに律義につき合う兼家ではない。「あくる（明くる・開くる）までも、こころみむとしつれど……」という兼家は、作者の心情を知りながらも、却って突き放した「げにやげに……」の歌で答える。作者の鬱憤は見てのごとくである。

越えて天暦十年は、三月四日、作者・兼家・為雅の間に唱和が見えるが、兼家は公然と町の小路の女のもとに通いそめ、今は時姫さえ顧みない。同居していた姉も「今は心やすかるべきところへ」と、よそへ移ってしまう。孤独な作者は五月三、四日、時姫に訴えかける。

（作者）
　そこにさへかるといふなる真菰草いかなる沢に根をとどむらむ

返し

（時姫）
真菰草かるとはよどの沢なれや根をとどむてふ沢はそことか

町の小路の女をめぐって、作者は時姫と同病相憐れむつもりであろうが、さて時姫のほうはどうであろう。「そこにさへ」という物言いは辞を低うして、時姫を立てたつもりであろうが、受け取った側は却って、いたく誇りを傷つけられたに違いない。果せるかな時姫の返歌はすげない反発である。作者は町の小路の女の存在を自明のこととしているが、時姫はどこまでそれを知っていようか。知っていたとしても、時姫にとって、町の小路の女も作者も、夫を奪うものとしては択ぶところがない。作者の自足は時姫の渇きでしかない。一人の男性をめぐる二人の女性の、あまりに自明な視点が作者には欠落していよう。それほどに懊悩（おうのう）が身をさいなんでいたというのであろうか。

兼家の訪れは次第に間遠になり、たまさかの訪れにも作者の心は結ぼほれて解けない。天徳元年、兼家は町の小路の女の出産で大童である。やがて夏のころ男児出産と聞く。だがこのころから、兼家は漸く町の小路の女から足が遠のいたようである。十月、町の小路の女は兼家の寵を失い、あまつさえ、大騒ぎをして生んだ男児が死んでしまう。有名な悪態、「孫王の、ひがみたりし皇子の落胤（おとしだね）なり。いふかたなくわろきこと限りなし……今ぞ胸はあきたる」がここにある。しかし一件落着後、兼家が時姫のもとに戻った時、作者は「ここには例のほどにぞ通ふめれば、ともすれば心づきなうのみ思ふ」のである。

長歌の応酬

長徳二年のことであろう。兼家の相変らずの態度に業を煮やした作者は、胸の火焔（ほむら）を「いかでつぶつぶと言ひ知らするものにもがな」と長歌を贈る。長歌は『万葉集』も第三期を境に次第に影を潜める。平安時代に入ってからのそれは、仁明天皇の四十賀に興福寺の大法師らが奉った長歌、『古今集』雑体に見える「古歌たてまつりし時、もくろくのその長歌」(貫之)などのごとく晴れの歌か、褻の歌でも衷情を結集した改まったもので、家集類に散見するその数も稀れである。『蜻蛉日記』には長歌三首を収めるが、長徳二年のそれは一二三句より成る長大なもの。結婚当初から約五年の生活の曲折に添って、鬱情をまさにつぶつぶと綴ったものである。今までの『日記』の総括というよりも、実際は逆で、長歌の歌稿が回想の骨組となったものであろうが、ここには作者の心の軌跡が、彼女の言い分として、まざまざと彫琢されていよう。兼家も八九句の長歌を以て答えている。兼家の答えは率直明快である。ここでは兼家の長歌を要約しておこう。大要次の如くになろうか。

結婚後、愛情が移ろうというが、それは世の男性の常である。ところが私は違う。陸奥に旅立った父上が書き置かれた心を思えばこそ、そなたをいとしく思って、せっせと通って行ったが、そなたの依怙地はつのるばかり。いつぞやなぞ、せっかく訪れたのに、そなたは姿も見せず、一人わびしく寝ざめがちな夜を過した。そんなところから疎む心がきざし初めたのだ。それをそれほどまでに恨むのなら、どうなりとそなたの思うようにするがよい。速見の御牧の荒駒はとても私の手にはおえない。といって、そうなったら、片飼の駒(道綱)があわれではないか。

兼家の長歌は、和歌的修辞のうちに韜晦、弁明した部分もあるが、作者の問いかけに一応、まっとうに切り結んで、従来にない率直なものである。説得の論理性ではない。こうした対応こそ作者のわだかまりを解きほぐすものであろうし、続く贈答を通じて作者の姿勢は軟化してゆく。

『日記』は次いで、町の小路の女の凋落(天徳二年ごろ)を紹介、兼家の任兵部大輔(応和二年五月)

のことを記す。ところで、この間に三年余の空白があり、作者はこれを埋めるのに、「むかしよりのことをばいかがはせむ、たへがたくとも、わが宿世のおこたりにこそあめれなど、心をちぢに思ひなしつつあり経るほどに」の一文を以てする。脱文を想定するには、あまりに自然な行文であり、作者の意図的な省筆と見るべきところであろう。この空白期に相当するのは、下巻天禄三年二月に、長々と語られる宰相兼忠女との交渉である。これは対読者意識の問題とも関わるので、天徳末年の項で触れたい。

幸福な日々

応和二年以後の上巻は、特筆される母の死、底流としての兼家の漁色を除けば、おおむね幸福な記事である。応和二年五月、心もゆかぬ兵部大輔に任じた兼家は、「世の中をいとうとましげにて、ここかしこ通ふよりほかのありきなど」もないので、くつろいで二日三日と作者邸に過す。こうした中で上司兵部卿の宮章明親王との雅交が始まる。宮は醍醐天皇の皇子で、詩文管絃にすぐれた風流貴公子である。『日記』は宮と兼家との贈答で進むが、そのあるものは作者も関与、宮の詠歌は十分に背後の作者を意識していよう。この一連は、兼家が多く作者邸にあり、日常の話題を頒ち合い、作者もまたごく自然に雅交中の人となっていよう。兼家の不在を見届けた上での、宮からの懸想めいた「とこなつに恋しきことや」の歌、続く女手・男手の文の応酬（四六頁）、また、かねて作者の所望していた薄が宮の歌と共に宮邸から贈られた一件（四九頁）などは、花やいだひと時のみやびとして作者の心をくすぐる思い出であろう。

康保元年初秋、作者は母に先立たれる。作者のこれまでを支え、ものはかない身の上を、いまわの際まで案じ続けた母の死と、続く服喪の記は、秋の山寺を背景にあわれ深く語られる。作者はこの間の兼家について、「うち泣きて、穢らひも忌むまじきさまにありければ……そのほどのありさまはしも、いとあはれに心ざしあるやうに見えけり」、「かくてあるほどに、立ちながらものして、日々にとふめれど……」と記し、また四十九日のことも「わが知る人、おほかたのことを行なひためれば、人人多くさしあひたり」と、その実意を回想している。母の死のそれはそれとして、まずは平穏な夫婦仲である。

康保三年三月、兼家は作者邸で発病する。豪放な兼家の弱々しい繰り言が続く。中でも、死の予感におののきながら、兼家が作者の再婚に触れて、「さりとも、おのが忌(いみ)のうちにしたまふな」と訴えるあたりは、それが苦しい息の下で発せられた言葉だけに、男の身勝手というよりも、作者には愛情のあかしとも響いたことであろう。作者の「せうと」に扶けられて帰る兼家と見送る作者と、この場面に日ごろのわだかまりはない。日に数回の消息往来、十余日を経て兼家から、「ものおぼえにたれば、あらはになどもあるべうもあらぬを、夜のまに渡れ……」と再三の催しがある。『日記』は、「いかがはせむとて、『車を賜へ』といひたれば、さし離れたる廊(らう)のかたに、いとようとりなししつらひて、端に待ち臥したりけり」と筆も走っている。非常な場合ではあるが、女性から男性を訪れるのは、異例中の異例であり、スリリングな兼家邸訪問のこの一夜を、作者は克明に綴っている。昼近く帰邸した作者と兼家の贈答「かぎりかと」「われもさぞ」には一分の呼吸の乱れもない。兵部大輔という不如意な官職、母の死、兼家の発病という、不幸を媒介として歩み寄る男女のあやにくさであろうか。「やうやう例のやうになりもてゆけば、例のほどに通ふ」と作者は書き留めるが、続く葵祭のエピソードは誇らかな自信に満ちてもいよう。

康保三年四月十四日、作者は祭の見物に出かけ、時姫の車を見てとると、その向いに車を立てる。さて行列を待つ間のつれづれに、あり合わせの橘の実に葵を添えて、

あふひとか聞けどもよそにたちばなの

と時姫に贈る。ややあって先方からは、

きみがつらさを今日こそは見れ

と付けて寄越した。作者は、「『憎かるべきものにては年経ぬるを、など、今日とのみいひたらむ』といふ人もあり」と侍女の言葉を紹介、また帰邸後の兼家の反応を「『さありし』など語れば、『食ひつぶしつべきここちこそすれ、とやいはざりし』とて、いとをかしと思ひけり」と記している。このエピソードから読み取れることは、作者が今や完全に時姫より優位に立ち、挑発的でさえあるということ、また兼家が作者邸を定位置として、全く作者側に立っているということである。少くともこの場合、作者は、女の闘いの勝者に自足しているかに見える。続いて「双六の賭(かけ)」で、五月の節会に「宮の御桟敷のひとつづきにて、二間ありけるを分けて、めでたうしつらひて」見せてもらったのも晴れがましい思い出であろう。にも拘らず、『日記』は「人憎からぬさまにて」と暗転、「世の中の人のやうならぬ」を嘆きつつ、兼家との争い、夜離れを訴え、「からものはかなき身の上も申さむ」と、稲荷・賀茂へ参詣する。もっとも、この物詣では、中巻のそれの如き切実さはなく、奉納歌「木綿襷(ゆふだすき)」に付された注記「神の聞かぬところに、きこえごちける」などには、明るい茶目気さえ覗(のぞ)かれよう。

御代替り

康保四年の記は、三月末のつれづれに、九条殿怤子（兼家の異母妹）と贈答した「かりのこ」問答に始まるが、五月二十五日の村上天皇崩御に続く世の中の明暗が浮彫りにされている。作者は「御陵(みささぎ)やなにやと聞くに、時めきたまへる人々いかに」と、女御・更衣の身の上に思いを馳せ、貞観殿登子(じょうがんでんとうし)と唱和、兵衛佐佐理(すけまさ)の出家、その後を追って出家した佐理夫人との贈答を書き留める。諒闇(りょうあん)の記事は哀れ深いものだが、その感慨は人生論的な無常観に向わず、身辺的な同情に終始している。

一方、東宮亮に任じていた兼家は、この年の二月、東宮（冷泉天皇）の践祚とともに蔵人頭に栄進する。先帝崩御の悲しみはそれとして、祝賀に詰めかける人々の応接に追われる作者は「すこし人ここちす」と正直に告白する。蔵人頭は劇職である。やがて兼家は「ところどころなる、いとさはりしげければ、悪しきを、近うさりぬべきところいできたり」と、作者を本邸近くに迎え取る。十一月のことである。これについて作者は「わたくしの心はなほおなじごとあれど」、「人は思ふやうなりと思ふべかめり」などと、現実の不如意を強調してはいるが、御代替りは世の悲しみとは裏腹に、幸福な日々をもたらしたかに見える。年末には、貞観殿登子も作者邸の西の対に退出している。

安和元年、元旦の昼さがり、作者は侍女の作った片足に尰の付いた木偶人形にかゝち栗を担わせて登子のもとに贈る。この一件は、侍女たちと共に『待たるるものは』なんど、うち笑っている折柄の座興である。「待たるるものは」は、「あらたまの年立ちかへる朝より待たるるものは鶯の声」（『古今六帖』第一）だが、無論、「待たるるものは殿のお越し」を響かせた明るいざれごとである。のちの天禄二年（九七二）元旦の述懐「さて、年ごろ思へば、などにかあらむ、ついたちの日は見えずしてやむ世なかりき」と較べれば、まずは満ち足りた元旦であろう。さればこそ登子との屈託のない「片尰（片恋）」問答ともなるのである。この登子との贈答は同年七月まで展開する。

初瀬詣で

作者はこの年九月、かねて念願の初瀬詣でに出立する。「たたむ月には大嘗会の御禊、これより女御代出で立たるべし。これ過ぐしてもろともにやは」という兼家に対して、「わがかたのことにしあらねば」という出立の弁である。特にこの月にと思い立ったのは、晩秋の野辺の魅力もさることながら、超子の女御代に花やぐ時姫方との落差が作者を初瀬に駆り立てたと見てよかろう。惰性的な日常から旅への脱出は、人の心を浄化もするし思念を深めもする。まして作者にとっては初めての長途の旅であり、すべてが新しい体験である。道の記は多少の昂奮と精細な描写を以て展開する。法性寺に門出して、橋寺、寺めくところと旅寝を重ねて、四日目に椿市に宿る。翌朝は、帰京の予定を問い合わせる兼家からの使いがやってくる。五日目に初瀬参籠。今しばしと思う作者は、翌朝、せき立てられて帰途に就く。そこここの饗応は兼家の配慮であろう。山城の久世で一泊、翌早朝、兼家の随身が出迎えに馳せ参ずる。聞けば、兼家も昨夕宇治に到着、作者の帰京を待ち受けているという。一行は人数も増え、宇治の渡りは活気に満ちている。川をはさんで先ず、「人心うぢの……」、「帰るひを……」の贈答があって、やがて賑々しく対岸に渡る。そこにはすでに精進落しの用意も調い、折から宇治滞在中の大納言師氏（もろうじ）からも、頻りに魚鳥山菜の贈物が届く。晩秋の宇治川を舞台に繰り拡げられる花やかな宴は、ごく自然に作者を兼家夫人たる実感に包み込んだものであろう。家の子の言葉「いみじかりつるものかな。御車の月の輪のほどの、日にあたりて見えつるは」、「近う花咲き、実なるまでなりにける日ごろよ」などを、追従と知りながらも特筆する作者は、それなりに心の弾む思い出だったに違いない。大嘗会の御禊を翌月に控えた兼家の、この忙中の出迎えは、あながち作者に対する心理作戦ばかりでもないらしい。精一杯の誠意でもあろう。帰京直後、兼家の「ここにしたまふべきこと、それそれ」という求めに、「いかがは」と立ち働く作者は、十分それに応えている。御禊の行列を拝観した作者は、「色ふしに出でたらむここちして、いまめかし」と書き留め、「月たちては、大嘗会の検見（けみ）やとし騒ぎ、われも物見のいそぎなどしつるほどに、つごもりにまたいそぎなどすめり」と、この年すなわち上巻の世界を閉じている。一転、不幸感にうち萎（な）えた「跋文」がなければ、上巻は、先ずは仕合わせのうちに擱筆（かくひつ）されたかにも見えよう。

2 中巻

中巻は安和二年から天禄二年に至る三年間の記録である。作者は「かくはかなながら、年たちかへる朝にはなりにけり」と筆を起こしているが、無論、この冒頭は、すでに完結した上巻の世界、特にその跋文をさながら受けて、続篇を綴る姿勢を示そう。中巻は、なごやかな年頭風景に始まるが、翌日には、時姫方と下衆同士のトラブルが起きて、やがて作者は少し離れた所に移転させられる。兼家は作者方に心を寄せて、「わざときらぎらしくて、日まぜ」などに通っては来るが、作者の心は楽しまず、「錦を着てとこそいへ、ふるさとへも帰りなむ」と思うのだった。先年十月十四日に入内した時姫腹の超子は、大嘗会の御禊に女御代に立ち、十二月七日には女御となっている。いずれその里邸となる東三条院の造営もすでに着手されていたであろう。『日記』は桃の節供、小弓のことなど身辺雑記的に展開、三月末、天下を震撼させた安和の変が勃発する。

安和の変

安和の変すなわち西宮左大臣源高明の失脚は、村上天皇の崩御に端を発する政争で、為平親王を女婿とする源高明に権力の移るのを恐れた藤原氏が、九歳の守平親王を擁して仕組んだ謀略である。策謀の中心は『大鏡』の語るごとく小一条師尹だが、近年の史家の指摘するように、背後には時の太政大臣小野宮実頼がいたらしい。小一条・小野宮流は、村上中宮安子（冷泉・円融の生母）を擁して独走する九条師輔にライバル意識を抱いていたが、天徳四年（九六〇）師輔、康保元年（九六四）安子、同四年村上天皇と、相次いで他界した安和段階で、九条家と深く結んだ高明――師輔の三女を妻とし、その没後は五女愛宮を妻としていた――こそ邪魔な存在であろう。従って事は源氏排斥だけではなく、藤氏北家内部の抗争でもあったわけである。師輔の三男兼家の立場は微妙である。しかし機を見るに敏な政治家兼家は、早くから守平親王の立坊に奔走（『大鏡』）、実頼・師尹の側に立って保身の道を拓いた。すなわちその限りでは、兼家もまた安和の変の間接的な協力者といえよう。

　作者は左大臣高明左遷の模様を克明に綴り、「身の上をのみする日記には入るまじきことなれども、悲しと思ひ入りしも誰ならねば、記しおくなり」と自注を付している。もとより事の真相など知るべくもなかったろうが、巷間の噂はいち早く侍女の口から耳に入ったはずである。そして、すでに権力構造の末端に身を寄せ、多少とも高明一族と繋がる作者なればこそ、高明の失脚をわが身に重ね合せて涙を注ぐのである。「悲しと思ひ入りしも誰ならねば」というのはその意味であり、作者の視点はもっぱら夫婦・親子の哀別という家庭の崩壊に絞られている。

ものはかなき身

　その年の閏五月、作者は長患いの床に臥す。御嶽精進の兼家が、折柄、新築中の東三条院に通う途次を再三立ちながら見舞う。一夕、兼家は、「これ、かしこのなり、見たまへ」と一本の蓮をことづける。『日記』は「あはれ、げに、いとをかしかなるところを、命も知らず、人の心も知らねば、『いつしか見せむ』とありしも、さもあらばれ、やみなむかし……」とあって、

　花に咲き実になりかかはる世を捨ててうき葉の露とわれぞ消ぬべき

と一首の独詠歌を書き留める。「花に咲き実になりかかはる」は、明らかに上巻末、初瀬詣での帰途、宇治の渡りでの家の子の追従「近う花咲き、実なるまでなりにける日ごろよ」と呼応するものであろう。これはその期待が潰え去った嘆きである。「いつしか見せむ」は、かつての睦言でもあったろう。超子が当帝の女御となった現在、新造東三条院は、その里邸として時姫母娘に用意されこそすれ、作

者は無縁なよそ人であろう。「命も知らず、人の心も知らねば」「さもあらばれ」「つゆばかり惜しとにはあらぬを」と繰り返される絶望感は、病苦と共に、あるいは病苦を凌ぐこの東三条院問題を考慮に入れねばなるまい。

日を経て回復のきざしの見えない作者は、万一に備えて遺書をしたためる。大方は後に残る道綱のことであるが、「年ごろ、御覧じはつまじくおぼえながら、かはりもはてざりける御心を見たまふれば……人にもいはぬことの、をかしなどきこえつるも、忘れずやあらむとすらむ」とあるのは、連れ添うた歳月の機微に触れて哀切である。ここには、平素の意地も張りも捨てた弱々しい作者がある。以後も折々、明るい記事は見えるが、上巻のそれとは質を異にするようである。

六月末、漸く小康を得た作者は、高明の北の方愛宮の出家を耳にして慰めの長歌を贈る。わが身によそえて哀れ深いものだが、愛宮の返歌は誤って時姫のもとに届けられたらしく、続く和歌の応酬はつれづれのすさびとなっている。八月、小一条左大臣師尹の五十の賀の屏風歌を所望され、気の進まぬままに九首を詠み送った。結果が二首の採用に終ったことを作者は不満顔に書き留めている。作者の本領は褻の歌にあり、そらぞらしい題詠には向かなかったといえよう。

十一月には雪が深く積った。作者は「いかなるにかありけむ、わりなく身心憂く、人つらく、悲しくおぼゆる」日に、切ない衷情を一首の独詠に託した。

　ふる雪につもる年をばよそへつつ消えむ期もなき身をぞ恨むる

など思ふほどに、つごもりの日、春のなかばにもなりにけり。

と。安和二年も暮れ、天禄元年春も半ばになってしまう。ここで注意すべきことは、安和二年秋から半歳の記事が端折られ、「ふる雪に」の一首を介して、天禄元年二月とおぼしき記事「人は、めでたく造りかかやかしつるところ（東三条院）に、明日なむ、今宵なむと、ののしるなれど、われは、思ひしもしるく、かくてもあれかしになりにたるなめり。されば、むげに懲りにしかばなど、思ひのべてあるほどに」まで、自嘲的に筆の走っていることである。そして、このあたりを境に、以後は幸福な記事も心なし陰翳が濃く、中巻は急速に「ものはかなき」色調に傾斜してゆく。

兼家に対する敬語

天禄元年三月十五日は、内裏の賭弓である。道綱は後手組の射手に選ばれ、舞人も仰せつかる。『日記』は、数日来の兼家のかいがいしい後見、当日の模様、負けること必定とされた予想を裏切り、道綱の健闘によって持となったこと、すぐれた舞によって御衣を拝領したこと、その前後の経緯がやや昂奮気味に綴られてゆく。

ところで、『蜻蛉日記』では、兼家を描くのに、会話はともかく、ほとんど敬語を使わない。全篇を通じてわずかに「る」「らる」の用例が約十七例である。そのうち三例はこの賭弓の段に集中している。先ず、試楽の夜、道綱の出来栄えを報告に来て、何くれと配慮を示した兼家について、「……などいひて、帰られぬれば、常はゆかぬここちも、あはれに嬉しうおぼゆることかぎりなし」とあるのがそれであり、次いで賭弓の当夜、内裏から退出した兼家を「……陵王も乗せてまかでられたり」、さらに「ありつるやう語り、わが面をおこしつること、上達部どものみな泣きらうたがりつることなど、かへすがへすも泣く泣く語らる」とある。これらの「る」「らる」を強引に自発と見る考えもあるが、まずは尊敬と見るのが自然であろう。応和二年五月、章明親王との唱和の展開する部分にも「ときこえらる」「ときこえられ」が見える。また天禄元年十一月、道綱の叙爵を心にかけ、大嘗会の忙しいさなかに、「そら胸病みてなむまかでぬる……」と訪れた兼家に、作者は「いささか昔のここちしたり。つとめて……とて出でられぬ」と記している。すべてに触れる余裕はないが、その他の用例もほとんど、兼家が作者及び道綱に懇切であった部分、いわば幸福な回想において、おのずと「る」「らる」が現われるのは面白い。この作品は、素材としての歌稿を手がかりに回想の糸を手繰るのだが、そしてそれは、「ものはかなき身物語」として取りしたためようとするのだが、作者は時にそうした執筆姿勢を忘れて、「素材」の「現在」に回帰し、その現在に浮沈しているといえよう。これは単に「る」「らる」だけの問題ではない。作者はしばしば執筆の「現在」から離れて、過ぎ去った日々に游泳する。幸福な記事がひとり歩きをし、一見矛盾した構成がまま見られるのも、作者のそうした性情によるものである。

唐崎祓え　石山詣で　殿上の賭弓から記事は一転、四、五月になると兼家の足は急速に遠のく。五月十八日には摂政太政大臣小野宮実頼が他界する。『日記』には見えないが、兼家の長兄伊尹はこの年正月、大納言より右大臣に昇り、五月二十日には実頼の後を襲って摂政となった。次いで六月十四日には、叔父大納言師氏が没した。上層権力機構の変動、殊に二人の伯叔父の物故と長兄の任摂政など、兼家は多事多端だったに違いない。あながち愛情の枯渇ともいえまいが、絶えて言づてもなく、「かくてかぞふれば、夜見ぬことは三十余(よ)日、昼見ぬことは四十余日になりにけり。いとにはかにあやしといへばおろかなり。心もゆかぬ世とはいひながら、まだいとかかる目は見ざりつれば……」と作者は記す。『日記』中、独詠歌がにわかに数を増してくるのもこの頃からである。『日記』は物詣でと家庭生活を交互に織りまぜながら展開してゆく。

作者は六月二十余日、唐崎(からさき)に祓(はら)えに出かける。この唐崎祓えは、兼家の訪れぬつれづれに、われとわが心をもてあぐねた作者の発意であるが、冒頭に「いかで、涼しきかたもやあると、心ものべがてら」とあるごとく、多分に気散じの旅である。作者の筆は内面よりも外界に、すなわち、関山の杣木(そまぎ)

を樵り下ろす営み、大津の漁家の家並み、唐崎の水際、清水のほとりの水飯など、新鮮な旅心にそぞろぎ立って、それ自体、紀行作品として見事な纏まりを見せている。帰路、粟田山に使いが来て、聞けばこの昼つ方、兼家が訪れたという。留守を見越したような訪れに、作者はいよいよ不信を募らせる。

帰宅後の作者は、所在のないまま軒先に稲の若苗を植え、貞観殿登子と消息を交わす。この部分に「貞観殿の御方は、一昨年、尚侍になりたまひにき」とあるが、登子が尚侍になったのは昨年安和二年の十月である。「一昨年」とあるのを重視すれば、この部分の執筆は天禄二年のこととなるが、さらに後年の記憶違いかも知れない。

七月の初めでもあろうか。兼家より文があり、返事と行き違いに兼家が訪れて一夜を過ごす。翌朝、兼家は「いま明日明後日のほどにも」と調子がよい。作者は「もしはた、このたびばかりにやあらむとこころみるに、やうやうまた日数過ぎゆく。さればよ」と記す。作者は死を願い、道綱に迷い、出家を思う。道綱に思案を洩らすと、道綱は「さなりたまはば、まろも法師になりてこそあらめ」と、愛蔵の鷹も放してしまう。日暮れに兼家から文があるが、「ただいま、ここちあしくて」と、すげなく返す。だが、案じていた亡母の盆供のことも、兼家は昨年通りに調えてくれた。作者は「亡き人をこそ思し忘れざりけれと、惜しからで悲しきものになむ」としたためている。兼家の夜離れは新しい女性関係との取り沙汰が頻りである。侍女たちは、手を拱いているよりもと、物詣でを奨める。「さらば、いと暑きほどなりとも、げにさいひてのみやは」と腰を上げる。

七月下旬、作者は石山に参詣する。前回の唐崎祓えとは打って変った思い詰めたものであり、行文にもそれはにじみ出ている。「有明の月はいと明けれど、会ふ人もなし。河原には死人も臥せりと見聞けど、恐しくもあらず。粟田山といふほどにゆきさりて、いと苦しきを、うち休めば、ともかくも思ひわかれず、ただ涙ぞこぼるる」、「申（さる）の終りばかりに、寺の中につきぬ。……ここちせむかた知らず苦しきままに、臥しまろびてぞ泣かるる」、「身のあるやうを仏に申すにも、涙に咽（むせ）ぶばかりにて、言ひもやられず」、「二なく思ふ人をも、人目によりて、とどめおきてしかば、出で離れたるついでに、死ぬるたばかりをもせばやと思ふには、まづこのほだしおぼえて、恋しう悲し」と、またしても思いは道綱に回帰してゆく。このたびの紀行描写は、作者の内的風景と交感して、冷えさびて繊細、読者の胸を打つものがある。

この石山詣でで見落せない一齣（こま）がある。行路、走井（はしりい）で休息を取っているところに、若狭守の一行がさしかかる。「供なる人、見知るべき者にもこそあれ、あないみじ」と、作者は身をすぼめる。地方に出れば受領の天下である。作者は「あはれ、程にしたがひては、思ふことなげにても行くかな」と、分に安んじて屈託もなげな一行を一応、肯定はするが、即座に反転、「さるは、明け暮れひざまづきありく者、ののしりてゆくにこそはあめれと思ふにも、胸さくるここちす」と、その口調は激しい。父倫寧は「あがた（県）ありき」であり、彼女自身も受領の娘には違いない。だが、ここにあるのは、まさしく中納言兼家夫人の意識であろう。章明親王・貞観殿登子・九条殿怤子らと自由に贈答してきた作者は、すでに一介の受領の娘ではない。その「胸さくるここち」とは、恐らく作者のもとにさえ辞を低うして追従して歩く輩の、傍若無人な振舞いに、身をすぼめて忍従しなければならない中納言夫人の、遣り場のない怒りであり、夫の顧みの薄い日蔭の嘆きである。若狭守とのゆくりない出会いも、作者の胸の火焔（ほむら）を掻き立てずにはおかないのである。

胎内の蛇肝を食む

七月は相撲（すまい）の節会である。兼家と近江（国章女）との仲は、この頃、抜きさしならぬものとなったのであろう。八月二日夜訪れた兼家の狂態はそのカモフラージュでもあろうか。八月五日、兼家は右近大将も兼ねる。「いともめでたし」という作者の口吻には皮肉な響きがあろう。十月二十六日、円融天皇の大嘗会の御禊がある。見物の作者の前を、兼家が鳳輦に供奉(ぐぶ)して通る。「や、いで、なほ人にすぐれたまへりかし。あなあたらし」という人々の嘆声を、作者は「いとどもののみすべなし」と聞く。十一月、兼家は、道綱の叙爵のため何くれと配慮する。兼家の心尽しを感謝しながらも、このあたりには、「いささか昔のここちしたり」、「昔ながらのここちならましかば」、「いにしへを思へば」、「昔も心のゆるぶやうにもなかりしかば」など、「昔」「いにしへ」の語が頻出、兼家との生活史に、作者ははっきりと段落を意識しているようである。

思ひせく胸のほむらはつれなくて涙をわかすものにざりける

とひとり呟(つぶや)きながら、十二月は三度の訪れで、その年も暮れてしまった。

天禄二年、今まで元旦に訪れぬことはなかった。「さもや」と待つ折しも、先駆の声がする。侍女たちもそそめき立っていると、通り過ぎてしまう。翌朝、仕立物を取りに使いを寄越して、「昨日は暮れてしまったので」と臆面もない。四日も例の前渡りである。五日は大饗、今宵こそと待つのに音沙汰もない。この年、兼家が訪れたのは一月も七日である。鬱積した思いをつぶつぶと訴えるが、寝たふりをして返事もない。諦めて口をつぐむと、目を開いて「いづら、はや寝たまへる」ととぼける。作者が岩木のようにかたくなに押し黙っていると、翌朝は物も言わずに帰っていった。音沙汰もなく二十日が過ぎる。その頃、近江との婚姻の成立した噂が耳に入る。町の小路の女の場合とは違って、すでに兼家との仲が冷えがたの折柄の、近江の出現である。

作者は、父倫寧邸に移って長精進に入る。勤行の日々に祈ることとは、「ただ、きはめて幸(さいは)ひなかりける身なり、年ごろをだに、世に心ゆるびなく憂しと思ひつるを、ましてかくあさましくなりぬ、とく、しなさせたまひて、菩提かなへたまへ」とばかりである。二十日ほどして作者は、尼姿になった夢を見る。さらに七、八日ののち、胎内に住む蛇が肝を食う。これを癒すには、顔に水を注ぐがよいとの夢を見る。作者は、「かく記しおくやうは、かかる身の果てを見聞かむ人、夢をも仏をも、用ゐるべしや、用ゐるまじやと、定めよとなり」と綴っている。忌み果てて自宅に帰った作者は、またまた兼家の前渡りに胸を焦がすことになる。

鳴滝籠り

かくて作者は、例ものする西山の寺に籠ることを思い立つ。『蜻蛉日記』のピークをなす、いわゆる鳴滝籠りである。二十余日に亙って、中巻の四分の一を占めるこの鳴滝籠りは、兼家との愛憎地獄から暫く逃れて、今行く末を思案、新しい生きざまをまさぐる貴重な体験となったが、それは飽くまで結果であって、当初の意図はそれほどのものではない。事の発端は、兼家を振り切るためではなく、むしろ兼家を振り向かせるための最後の賭でもあった。

六月四日、鳴滝参籠のため、そそくさと物を取りしたためる作者は、上筵の下に忘れられた兼家の薬を見つける。その畳紙に、

さむしろのした待つことも絶えぬればおかむかただになきぞ悲しき

としたため、手紙には「『身をし変へねば』とぞいふめれど、前渡りせさせたまはぬ世界もやあるとて、今日なむ。これもあやしき問はず語りにこそなりにけれ」と書いて、道綱に持たせてやる。思わせぶりな手紙にあわてた兼家からは、「よろづいとことわりにはあれど……こたみばかり、いふことをきくと思ひて、とまれ。言ひ合はすべきこともあれば、ただいま渡る」とある。引き止められてはと作者は鳴滝に急ぐ。作者の手紙は出家宣言にほかならず、妻に背かれたとあっては、中納言右大将兼家の世間態もあろう。さればこそ兼家は即刻、作者邸に使いを立て、すでに出発と聞くや、折柄、物

忌み中の身も顧みず、夜中はるばる鳴滝まで迎えに駆けつける。一方、侍女からの報告で、兼家の動きを知った作者は、「穢れ（月の障り）などせば、明日明後日（あすあさて）なども出でなむとするものを」と、大袈裟な事のなりゆきを苦々しく思う。当夜、迎えに参じた兼家にも、「……今宵ばかりと思ふことはべりてなむ、のぼりはべりつれば……」と弁じている。兼家の反応をとっくりと見届けた作者も、しかしただちに下山というわけにもゆくまい。翌朝、道綱にことづけた手紙にも、「……いまはあまえいたくて、まかり帰らむこともかたかるべきここちしける……いまいとくまかでぬべし」としたためる。本音であろう。だが、都では早くも出家の噂が流れ、作者は月の障りが始まる。「不浄のことあるを、出でむと思ひおきしかど、京はみなかたち異に言ひなしたるには、いとはしたなきここちすべし」と。離れた宿坊に籠って、作者は下山の機を失う。これが実情である。

さて、作者に出家の意図がないと見てとると、兼家は軽々に動かない。じっくりと時を待つことにする。心細い山住みを叔母が訪れ、妹が見舞いに来る。粗食に甘んじる道綱の衰弱が痛々しい。頃合いを見計らって、老女とおぼしき兼家の使いが賑々しく布施を携えてやって来る。理詰めの笠にかかった説得に、作者はかたくなに心をとざすが、帰った後を、「このたびの名残は、まいていとこよなくさうざうし」と書き留めている。数日後、兼家からの手紙が来る。「いとあさましくて帰りにしかば、またまたも、さこそはあらめ、憂く思ひ果てにためればと、思ひてなむ。もし、たまさかに出づべき日あらば、告げよ。迎へはせむ……」と。ここには、長年に亙って見てきた作者の心癖を計算に入れた、兼家なりの思いやりも覗（のぞ）かれよう。都の旧知と重ねる消息往来も、かえって物思いの催しぐさである。とある日の昼さがり、時姫腹の道隆が見舞いに訪れる。道綱より二歳年長の、凜々（りり）しい道隆をさし向けたのも無論、兼家の演出である。やがて某日、都の誰彼から、「今日、殿おはしますべきやうになむ聞く。こたみさへおりずは……」と知らせが来る。タイミングよく、当時、丹波在任中だった父倫寧も説得に訪れる。すべては兼家のさし金であろう。かくて兼家自身の出馬である。今回は有無を言わせぬ態度で、調度などをみしみしと取り片付けさせる。例の猿楽言が作者の神経を逆撫でするが、これも兼家流のやり方であろう。涙のみ浮いて身じろぎもしない作者を、道綱が手を取って車に乗せる。作者は夢路を辿るように連れ戻される。

二十余日の鳴滝籠りは兼家ペースで幕を閉じるが、この間、作者は兼家との生活のありようを、われとわが身に問い続け、一つの境地に到達したようである。といって、それはそれほど大袈裟なものではない。この時代の女性の誰しもが落ち着く境地である。兼家への愛執は断ち切るべくもなく、道綱の将来も含めて、この生活を守るよりほかはない。さりとて、その前途に明るい見とおしがあるわけでもない。兼家の妻妾の一人としての、あるがままの現実の容認といった、敗北への安住とでもいうべきものであろう。

天禄二年秋冬

七月二十余日、作者は父倫寧の一行と共に、再度、初瀬詣でに旅立つ。安和元年九月のそれと違って、今回は賑やかな道中である。故師氏の宇治の山荘、贄野の池、泉川とすべてが初度初瀬詣での思い出をそそって切ないが、それも一行の賑わしさに取り紛れて、意外な明るさがある。「三笠山をさしてゆくかひもなく、濡れまどふ」、「音せでわたる森の前を、さすがに、あなかまあなかまと、ただ手をかき、面を振り、そこらの人のあぎとふやうにすれば、さすがに、いとせむかたなくをかしく見ゆ」などの記述は、余裕をもって筆を楽しむかに見える。帰途は特に作者方の希望で、泉川を舟で下り、宇治に泊り、夜一夜、鵜飼いの興に明かして、翌日、京の父の家に帰り着いた。その翌日、兼家から寄せられた手紙には、「御迎へにもと思ひしかども、心の御ありきにもあらざりければ、びんなくおぼえてなむ。例のところにか、ただいまものす」とある。作者は「昔のことをたとしへなく思ひ出づらむとてなるべし」と素直に受け取っている。

八月初旬、相撲の還饗（かえりあるじ）も終ったころ、山寺に籠った兼家から「さらぬはつらき……」の文が来る。作者は「……ものと知らせむ……『よそのくもむら』もあいなくなむ」と答えている。鳴滝下山後、殊に初瀬詣で以後の記事には、ストレートな感情表白に替る、引歌による応酬、地の文が目立ってくる。加えて、感情を移入した天象描写がしっとりと定着してくる。これはすでに下巻の世界のものである。「九月のつごもり、いとあはれなる空の気色なり。まして昨日今日、風いと寒く、時雨うちしつつ、いみじくものあはれにおぼえたり……」、「すべて世に経ることかひなく、あぢきなきここち、いとするころなり。さながら明け暮れて二十日になりにたり……今朝も見出だしたれば、屋の上の霜いと白し」などがそれであり、作者は二十日のと絶えも淡々と記す。といって、作者はふっつりと兼家を諦めたのではない。鳴滝下山後、作者は兼家から「雨蛙（尼帰る）」とあだ名されたらしいが、夜離れの続く兼家に、むき出しに切り結ぶこともなく、多少の皮肉を籠めながら、こう言い送っている。

　おほばこの神のたすけやなかりけむ契りしことを思ひかへるは

近江のもとへ夜な夜な通うと耳にして、やはり穏やかならぬものがあるが、とかくするうち、その年も大晦日がやってきた。追儺（ついな）の賑わいを遠くに聞きながら、

　われのみのどかにて見聞けば、ことしも、ここちよげならむところのかぎりせまほしげなるわざにぞ見えける。「雪なむいみじう降る」といふなり。年のをはりには、何事につけても、思ひ残さざりけむかし。

と中巻は終っている。

3　下　巻

下巻は天禄三年元旦に始まる。前年末の滅入るような感慨とは打って変って、晴れがましい年頭風景の中で、作者は、「今年は天下に憎き人ありとも、思ひ嘆かじ」とわが身に言い聞かせる。かく言い聞かせること自体が反面の作者の心情を覗（のぞ）かせるものでもあるが。

さて、下巻の記事内容は、⑴養女を迎える、⑵道綱の懸想、⑶遠度の求婚と、およそ三部から成っている。無論、上中巻を受け継ぐ兼家との関係は、これらの底流とはなっているが、その描かれ方は副次的に影を潜め、もはや強力に全体を統一するものではない。⑴の養女譚は独立して物語的に構成され、それはやがて⑶の遠度の求婚譚へと展開するが、これを分断するごとく、折に触れての身辺雑記、⑵の道綱の懸想譚が織り込まれてくる。すなわち、下巻は部分的な物語化にも拘らず、時間の序列による日記性のゆえに全体が散漫なものとなっている。編年体と紀伝体の不整合といえようか。こうした下巻は、諸家によって、構造の破綻（はたん）、主題の分裂ないし喪失と評されたりもする。

兼家との愛憎に浮沈する女の業を綴り続けた作者は、鳴滝籠りを一応の段落として、以後、兼家の妻妾の一人として安んじてゆこうとする。年頭の所感はまさにそのようなものであろう。その意味で本来の主題は消滅したかも知れない。その限りでの『蜻蛉日記』の終焉（しゅうえん）である。だが作者は兼家との関係の余燼（よじん）を、そしてすでに子供の世代となった母親の所在なさを淡々と書き続ける

天禄三年の道綱は十八歳を迎えている。嘗（かつ）て母親と共に出家すべく愛蔵の鷹を放った道綱も、この四月には「大和だつ女」に文を通わせ始める。作者は、時に愛児をよその女性に手渡すための恋歌の代作もしなければならない。作者自身若やいで、たまゆらの「すきごと」を楽しむかにも見えるが、

そうとばかりはいえまい。たった一人の子を専有することによって、夫との不安にあえぐ生活を乗り越えて来ようとした作者の、これが下巻の現実である。子供に希望を繋ぎながら、成長のあかつきに、その子は母の手をすり抜けてゆく。いつの世にも余儀ない母親の嘆きであろう。さればこそ作者は、然るべき養女を迎えて、おのが老後を整えようとする。『蜻蛉日記』は下巻をも含めて、こうした「女の一生」の物語なのである。

養女を迎う

下巻の初めには三つの夢が語られている。(1)「御袖に月と日とを受けたまひて、月をば足の下に踏み、日をば胸にあてて抱きたまふとなむ、見てはべる」(石山の僧の夢)、(2)「この殿の御門を四足になすをこそ見しか」(ある者の夢)、(3)「右のかたの足のうらに、男、門といふ文字を、ふと書きつくれば、驚きて引き入ると見し」(作者の夢)である。(1)(2)は阿諛(あゆ)の跡が濃く、しかしながら、(3)はこれらに誘発された満更でもない夢であろう。いずれも道綱の将来に関する瑞夢と解かれ、作者は「もしおぼえぬさいはひもや」と胸を弾ませる。ところが『日記』は急転直下、「かくはあれど」と養女の件に展開してゆく。

かくはあれど、ただいまのごとくにては、ゆくすゑさへ心細きに、ただひとり男にてあれば、年ごろも、ここかしこに詣でなどするところには、このことを申しつくしつれば、いまはましてかたかるべき年齢(としよはひ)になりゆくを、いかで、いやしからざらむ人の女子(をんなご)ひとり取りて、後見もせむ、ひとりある人をもうち語らひて、わが命のはてにもあらせむと、この月ごろ思ひ立ちて……

作者は、道綱の他にいま一人の子供を年来、望み続けてきた。だが兼家の足はいよいよ遠のき、わが身もすでに三十八歳である。文面に関する限り、いわばそうした蹉跌(さてつ)感が、「この月ごろ」養女のことを思い立たせ、「わが命のはて」にも侍らせたいというのである。

ところで、この養女を迎える作者の意図をめぐって、(1)〜(3)の夢への現実的な対応策と見るむきもある。すなわち、養女を迎えることによって、兼家の心を繫ぎとめ、ゆくゆくは入内させ、わが身と道綱の栄耀の足がかりとするというものである。だが、この段階の作者に、そのような積極性があったであろうか。なるほど、(1)の夢については、「みかどをわがままに、おぼしきさまのまつりごとせむものぞ」と夢解かれ、それはそれなりに作者の胸を弾ませてはいる。作者の内には、嘗ての章明親王・貞観殿登子との贈答に見るごとき、上流社会への憧憬もあったろう。しかしながら(1)〜(3)の夢も、前掲のごとく「ただ今のごとくにては、ゆくすゑさへ心細きに……」という、うち萎えた行文に落ちてゆく。この述懐はやはり、天禄二年六月鳴滝参籠後の心境の中で素直に受け取るべきであろう。「年ごろ」女子を望んだ心には、時姫にいどむ対抗意識があったとしても、「月ごろ」思い立った養女の件には、中年を過ぎた作者の凋落(ちょうらく)感が深々と宿っていよう。時姫腹の超子は夙(と)く安和二年冷泉院に入内、詮子もこの年十二歳になっている。女子の入内は、父親の格別の後見が必要だが、夫の足がいよいよ遠のいた現在、あらたに養女を迎え、おおけない夢を託すほど、作者の現実認識は甘くはあるまい。むしろ、身辺索漠(さくばく)たる作者が、老後の死水をもと願ってのことと考えたい。

兼忠女の回想

養女の件は侍女の進言で、嘗て兼家の通った源宰相兼忠女の生んだ姫君が美しく成人している、同じくはその姫君をということになる。侍女の言葉を引き取って、作者は十余年を溯(さかのぼ)る当時の模様をまざまざと想起する。「そよや、さることありきかし。故陽成院(やうぜいゐん)の御後ぞかし」に始まり、「……後に聞きしかば、『ありしところに女子(をんなご)生みたなり。さぞとなむいふなる。さもあらむ。ここに取りてやはおきたらぬ』などのたまひし、それなり。させむかし」に至る長い独白である。見ての通り、兼家が兼忠女に贈った歌一首、兼忠女の歌二首を配し、その折の兼家との会話も再現して克明を極めている。この部分には多分に物語的潤色も予想されるが、それにしても鮮明な回想である。作者の手もとには、歌稿あるいは然るべきメモがあったものであろう。

兼家が兼忠女に通い初めたのは、宰相兼忠の喪中のことという。兼忠の死は天徳二年（九五八）七月一日である（『公卿補任』）。当年十二、三歳と記されている養女の出生は、逆算すると、天徳三年末から同四年にかけてのこととなろう。これはまさしく上巻の世界のことに属している。

ところで、右に該当する『日記』上巻、天徳年中の記事（三二一～四二頁）を思い出してみよう。出産後の町の小路の女が兼家の寵を失い、あまつさえその生んだ男児が死んだことを綴り、「されどここには例のほどにぞ通ふめれば、ともすれば心づきなうのみ思ふほどに……」とある。次いで兼家との長歌及び短歌の応酬を載せ、「時に七月七日（天徳二年）のことなり」と見える。上巻は以後、応和二年正月七日、兼家の四位昇叙まで三年余の記事を端折っている。その繋ぎの部分は、先にも触れたように、

むかしよりのことをばいかがはせむ、たへがたくとも、わが宿世のおこたりにこそあめれなど、心をちぢに思ひなしつつあり経るほどに、少納言の年経て、四つの品になりぬれば（応和二年正月七日）

となっている。養女を迎える今、十余年を溯って、当時の贈答歌まで掲げてなまなましく回想される兼家と兼忠女との交渉を、上巻の該当時期に求めてみると、右の「むかしよりのことをば……心をちぢに思ひなしつつありふるほど」に相当、さりげなく書き流されている。これはどういうことであろう。無論、日記はすべての事実を記すものではなく、作者による素材の取捨、構成は自由である。兼忠女の一件は、作者にとって取り上げるまでもないことだったのであろうか。だが、天徳二年初秋、一二三句から成る長歌に託して身を刻む懊悩を訴えた作者にとって、町の小路の女の一件落着後、一

と息つく間もない情況の新展開である。しかもこの度は、「孫王のひがみたりし皇子の落胤」ではなく、ともかくも歴とした陽成院の後裔、宰相兼忠の娘である。作者にも時姫にも優位に立つライバルのはずである。たといさだ過ぎた女性であっても、作者の心を揺るがさずにはおかなかったであろう。にも拘らず、下巻の回想では、そもそもの初めから、作者と兼家との間の明るい話題となっていたかに見える。『日記』中、一と筋に夫の夜離れを恨む姿は随所に見えるが、夫の夜離れの話題に与る寛容な作者は何処にも見当らない。

あえて臆測を加えるなら、上巻の天徳三、四年の部分には、かなり厳しい兼忠女に関する插話が、本来あったのではあるまいか。天禄三年二月、奇しくもその娘を養女に迎えるに当って、恐らくさし障りのあるその部分を削除、さりげない行文で埋め、下巻の無難な回想に置き換えたものではないか。宮仕え女性ならぬ作者の手記『蜻蛉日記』の、第一読者はこの養女だったはずである。明るい回想と理解ある表情もその辺を配慮したものであろう。

身辺雑記

二月十九日、作者は養女を迎え取った。消息不明の姫君と父親の再会はそれ自体、昔物語めくが、『日記』の描写もそれに相応しく、作者も兼家も泣きみ笑いみ、素直な昂奮のうちにその夜を過した。その後の『日記』は、次々に生起する身辺雑事を淡々と綴ってゆく。二十五日、近江の家の火事。二十五、六日、物忌中の兼家よりの文。二十八日、兼家来訪。閏二月一日、雨のち晴れ。三日、方塞がりは明けたが、兼家よりの文なし。四日、近火を兼家が見舞いに訪れる……等々。下巻の記事で先ず気付くことは、著しく日次記的なことである。殊に天禄三年一月から三月までの記事は日時が克明である。その日その日の執筆とは限らないが、具注暦などに書きとめたメモが素材となっていようか。伊藤博氏の調査によると、この傾向は天禄元年五、六月頃から大まかな日付となり、さらに天延元年頃からは漠然とした「月」単位の記述になるという。数次に亙る整理執筆の跡を覗かせるものであろう。

次に特徴的なのは気象描写である。「このごろ、空の気色なほりたちて、うらうらとのどかなり。暖かにもあらず、寒くもあらぬ風、梅にたぐひて鶯をさそふ。……庭の草、氷に許され顔なり」、「八日、雨降る。夜は石の上の苔苦しげに聞こえたり」、「三月になりぬ。木の芽すずめがくれになりて、祭のころおぼえて、榊、笛こひしう、……」のごとく、古歌詩文を踏まえたそれは風物詩でさえあり、そこには、上中巻とは違った季節の移ろいを見つめる静やかな目があろう。さらに、兼家の服装描写の現われるのも新しい特色である。「とばかりありて、……にほふばかりの桜襲の綾、文はこぼれぬばかりして、固文の表袴つやつやとして、……」といった具合である。上中巻の激情を濾過して、ある距離をおいた客観描写である。

道綱の懸想

天禄三年四月中旬、作者と道綱は知足院わたりに出かけ、その帰途、女車の後に続いた。女車の主、すなわち「大和だつ女」である。道綱のこの女性に対する懸想は天延二年九月まで二年半に及ぶもの。贈答は九ヶ所に分れて二十五首を収めるが、そのうち道綱の歌は十六首、先方からの返歌は八首のみ。相手は「さらにおぼえず」、「ものへなむ」、「いとふるめかしきここちすれば、きこえず」など、とかく言い紛らわして、はかばかしい返事もない。当の女性が幼少らしく、その返事も大方は侍女の代作である。業を煮やした作者は、

みがくれのほどといふともあやめ草なほ下刈らむ思ひあふやと

の一首を贈る。表だった作者の歌はこれのみだが、道綱の十六首も、そのあるものには作者の手が加わっていよう。道綱の懸想は執拗だが、この恋は成るともなく不毛のうちに終ってゆく。かつて作者

は道綱の将来を「人となして、うしろやすからむ妻などにあづけてこそ、死にも心やすからむ……」（中巻、天禄元年六月）と願ってもいる。漸くその時期を迎えた母として、道綱の懸想には十分、関心があったろうが、これはさほど深刻なものではなく、折々の興を書きとめたものであろう。因みに、道綱の子道命の誕生は天延二年である。とすると、その母源広女との恋愛はこのころのことであろうが、『日記』には何も見えない。作者の関知しないところで展開したものであろうか。なお『日記』の終末部には、道綱と八橋の女との贈答が十九首見える。仲介者があってのことだが、これも道綱の一方的な失恋に終っている。これらは、事の推移よりも、応酬そのものに興が絞られ、著しく私家集的なものであり、主題とは何ら関わるものではない。

広幡中川へ

天延元年九月、足繁く近江のもとに通うという兼家をよそに、作者は広幡中川の父の別邸に移る。父の配慮であろう。移転に先立って、「きこえさすべきこと」と手紙は出したが、兼家からは「つつしむことありてなむ」と、つれもない。移転後五、六日、「なぜ知らせなかった」との文がある。作者は虚心に返事をしたためる。

さなむとは告げきこゆべしとなむ思ひしかど、びなきところに、はたかたうおぼえしかばなむ。見たまひなれにしところにて、いまひとたびきこゆべくは思ひし

と。皮肉も怨情もない。作者は「二人の思い出のしみついたもとの家で、もう一度お話がしたかった」と万感を託して哀切である。これに答えた返事は「さもこそはあらめ。びなかなればなむ」であり、兼家はふっつりと跡を絶った。広幡中川の住まいは、賀茂川と中川のあわいの、あわれ深いところである。都の内のひとり寝とは違った寂寥が作者をさいなむ。訪れのない兼家からは、冬物、さては下襲（したがさね）の仕立の依頼がくる。作者は「忍びたるかた」、賀茂に詣でてその年も暮れてゆく。「八月より

絶えにし人、はかなくて正月にぞなりぬるかしとおぼゆるままに、涙もさくりもよよにこぼるる」と書きとめる。

天延二年正月二十五日、道綱は右馬助に任官する。上司右馬頭遠度は兼家の異母弟、道綱の叔父に当る。任官の挨拶に参上した道綱に、遠度は何くれと養女のことを問いただす。『日記』は暫く遠度の求婚譚に移る。

遠度の求婚

遠度の養女に対する求婚は、天延二年二月二十日過ぎ、折柄、院の賭弓(のりゆみ)の練習に励む道綱を通じて作者にもたらされる。爾来五ヶ月に亙り、下巻の約四分の一を占めてこの物語は展開する。遠度の異常な執心の真意は不明だが、恐らく大納言兼家女との縁組による保身が目的であろう。そもそも最初から反対の作者は、養女の年齢よりも遠度その人に対する不安によろう。もともと養女に関心の薄い兼家は、この縁組に大筋において賛成で、八月にとの意向である。話は煮詰ったかに見えるが、遠度は道綱の上司の立場を利用して頻りに作者に接近、兼家に働きかけて、事を急がせようとする。性急で強引な遠度は足繁く作者邸を訪れる。作者は時に当惑し時に同情もし、応対を重ねるが、やがてこれがあらぬ噂となって兼家の耳に入る。兼家から皮肉めいた手紙がくる。八月(はづき)待つほどは、そこにびしうもてなしたまふとか、世にいふめる。それはしもうめきもきこえてむかし

と。作者は、

いまさらにいかなる駒かなつくべきすさめぬ草とのがれにし身を

あなまばゆ

と折り返ししたためる。「あなまばゆ」には媚態(びたい)を帯びた若やぎがあろう。遠度の催促は相変らずで

ある。某夜、作者は自分の立場を説明すべく、兼家からの手紙を見せることにする。さし障りの箇所は破いて。ところが、作者の手違いから、「いまさらに」の歌が遠度の手に落ちてしまう。遠度は事のなりゆきをつかみかねて困惑する。やがて婚姻の八月が迫る。七月二十日、遠度が人妻を盗んで或る所に隠れているとの醜聞が流れる。この一件で結局、縁組みのことは沙汰止みになり、作者は胸を撫でおろす。あっけない幕切れである。格別のこともないこの求婚譚がかく膨張したのは、兼家を抜きにしてはあり得ない養女の結婚問題を通して、たとい消息往来の形でも、兼家との関係が常になくよみがえったことが、作者の筆を走らせたものであろう。遠度とのあらぬ噂をめぐる兼家との応酬にしても、この段階の作者には、昔にかえるたまゆらの若やぎだったのである。

この求婚譚は物語的と評されている。確かに、作者と遠度の対面場面など、部分的情景描写は極めて物語的であるが、「いまさらに」の歌の手違いの経緯など晦渋で、五ヶ月の過程に、女絵の歌、稲荷詣で、端午の節供など身辺雑記が介入して、全体のまとまりは散漫なものとなっている。

よそびと兼家

八月からは疱瘡が猖獗を極め、道綱も重く患ったが、作者の懸命な介抱の甲斐あって、九月のついたちに全快した。道綱を案じた兼家の手紙がひさびさにねんごろである。

十月二十日過ぎ、近江のところには綏子（三条天皇尚侍）が生れた。そのころ、太政大臣兼通（兼家の同母兄）のもとから、「かの『いかなる駒か』とありけむはいかが……」と懸想文が届く。『いかなる駒か』は、いつぞや遠度に持ち去られた「いまさらにいかなる駒かなつくべきすさめぬ草とのがれにし身を」をいう。兼通は同母兄ながら兼家を政敵として陰に陽に圧迫、のち貞元二年には右大将を召し上げ治部卿に貶している。抜け目のない遠度が件の歌を兼通に持ち込み、兼通は兼家の鼻をあかそうと、懸想に及んだものであろう。作者は兼通・兼家兄弟の不和を知ってか知らずか、すげない一首を返している。これに対し兼通は再度の贈歌を苦吟したが、ついに下句ができなかったと聞き、作者は「久しうなりぬるなむ、をかしかりける」と書きとめている。

十一月二十三日、賀茂の臨時の祭の物見に出かける。北の面に立てた女車に四位五位はもとより上達部もむらがっている。よく見ると顔身知りの随身もいる。兼家の車である。今の作者はよそびと兼家に歌を贈るでもなく、うつろに路上を眺めている。舞人に召された道綱も凜々しく立ちまじって、上達部の饗応を受けている。ややあって、兼家が陪従の中から父倫寧を見つけて酒肴を振舞う。作者は「ただその片時ばかりや、ゆく心もありけむ」と言葉少なに結んでいる。

『日記』は続いて、道綱と八橋の女との贈答十九首を載せ、年末のしみじみとした感慨を以て筆を擱いている。

京のはてなれば、夜いたう更けてぞ、たたき来なる。(とぞ本に)

二十一年の半生を綴り終ったここには、ひっそりとした、しかし無限の余韻が尾を曳いていよう。

『日記』以後の道綱母

『蜻蛉日記』以後の道綱母は、受領歴任の父倫寧の財力によって、おおむね静かな余生に安んじたようである。貞元二年(四十二歳)、伊勢在任中の父倫寧を失い、為雅・長能らと哀悼の贈答を交わしている(『巻末歌集』『藤原長能集』)が、その経済生活に翳りはなかったと思われる。『大鏡』に「きはめたる和歌の上手」と評される彼女の余生には詠歌があった。天元三年(四十五歳)七月二十日には、懐仁親王(一条天皇)の御五十日に、亥の子の形に添えて長寿の賀歌を詠んでいる。生母詮子に奉ったものであろう(『巻末歌集』)。年次は不明だが、中納言義懐に忘れられた姪為雅女のために代作、また、兼家の依頼によって、駒競（こまくらべ）の負態（まけわざ）として院に奉る銀の瓜破籠（うりわりご）に刻む歌も作っている（『巻末歌集』）。『日記』以後の兼家とも、こうした方面では交渉のあったことが知られよう。寛和二年（五十一歳）六月十日、内裏歌合には道綱のために代作したものであろう。「郭公」題で詠出している。

都人寝で待つらめやほととぎす今ぞ山辺を鳴きて過ぐなる　（『廿巻本歌合巻』ほか）

この歌は「郭公」秀歌五首のうちに数えられている（『袋草紙』）。正暦元年（五十五歳）七月二日、兼家が他界する。彼女の感慨はひとしおであったに違いない。同年十二月八日、皇太后詮子が亡母時姫のために法華八講を営み、蓮の数珠に添えて一首を奉った（『巻末歌集』）。この頃のことであろうか、為雅が普門寺で経供養するのに同行、帰途、為雅の父文範の小野の山荘に立ち寄って一首を詠んでいる（『巻末歌集』）。正暦四年（五十八歳）五月五日、東宮帯刀陣歌合には、卯（う）の花・ほととぎす・あやめ草・ほたる・とこなつ・蚊遣火（かやりび）・蟬・夏草・恋・祝ひを詠出（『巻末歌集』）した。『御堂関白集』の詞書に「ふの大納言のあまうへの御方に……」と見えるのを道綱母とすれば、最晩年は出家していたらしい。『小右記』長徳二年五月二日の条に「新中納言道綱亡母周忌法事」とあり、前年すなわち長徳元年（九九五）五月に没したと思われる。享年は推定六十歳である。

三、書名・成立・伝本

書　名

『蜻蛉日記』の名が文献に初めて現れるのは『大鏡』である。同書「兼家伝」に、「二郎君は陸奥守倫寧のぬしの女の腹におはせし君なり。道綱ときこえし。大納言までなりて右大将かけ給へりき。この母君きはめたる和歌の上手にておはしければ、この殿の通はせ給ひけるほどのこと、歌など書きあつめて、かげろふのにきとなづけて世にひろめ給へり」とあるのがそれである。「かげろふのにきとなづけて」とあるのは、上巻の跋文「あるかなきかのここちするかげろふの日記といふべし」をそのように読み解いたのであろうが、諸家の指摘するように、跋文の件の箇所は、「かげろふのようなはかない身の上の日記」(普通名詞)の意で、書名(固有名詞)ではあるまい。従って「かげろふのにき」は作者自身の命名ではなく、後人による呼び名で『大鏡』のころには、すでにそれが一般化していたということであろう。なお跋文の件の箇所は、

世の中と思ひしものはかげろふのあるかなきかの世にこそありけれ
(『古今六帖』第一、かげろふ)

あはれとも憂しともいはじかげろふのあるかなきかに消ぬる世なれば
(『後撰集』雑二、題しらず・読人しらず)

世の中といひつるものはかげろふのあるかなきかのほどにぞありける
(『後撰集』雑四、題しらず・読人しらず)

などによるという。あえて引歌とせずとも、「とりとめもなくはかない」の意で当時、常用されていた歌語「かげろふのあるかなきか」を、ごく自然に散文化したのかも知れない。ところで、「かげろふ」自体の意味内容にも一応、触れておきたい。

「かげろふ」については、①陽炎、②蜉蝣、③蜻蛉、④ゴッサマー(gossamer)が考えられてきたが、陽炎説が穏当なところであろう。①「陽炎」は、春夏の快晴の日、地表が暖まり空気が対流現象を起し、ために日射が屈折して景物がゆらゆらとゆがんで見えることをいう。前掲の古今六帖歌は、同書

天部の「稲妻」の次に置かれた九首歌群のうちの一首で、明らかにこの「陽炎」である。②「蜉蝣」は、夏のころ水辺に飛びかう昆虫で、体長一センチ内外、『文選』その他中国古典・仏典にも見え、「朝に生まれ夕に死す」といわれるもの。はかない譬えには相応しいが、上村悦子氏の調査によれば、平安時代は「ひを虫」と呼ばれ、「かげろふ」と呼ばれた例はない。③「蜻蛉」は「あきつ」、いわゆるトンボで、その体形からいっても、「あるかなきか」に相応しくない。④「ゴッサマー」は、川口久雄氏が提起されたもので、わが国では東北・北陸地方において十月末十一月ごろ、体長二、三ミリの小さな蜘蛛が、みずから出した糸に乗って風と共に飛翔する現象という。杜甫の詩や『和漢朗詠集』にも「遊絲」として見え、これはやがて「永久四年（一一一六）百首」の歌題ともなって、「遊ぶ絲」などと詠まれている。だがこれらはいずれも漢詩文的素材の移入で、平安貴族の実生活には馴染みの薄いものであろう。「遊絲」→「絲遊」→「かげろふ」の訓も鎌倉期以後のものでそれ以前には溯れない。以上見てきたごとく、「あるかなきかのかげろふ」の実体は「陽炎」が正しかろう。ただし作者自身は実体など問題ではなく、常用された歌語によって「物はかなさ」を実体化すれば事足りたものであろう。

本日記の書名表記は、『八雲御抄』に「遊士日記」と見えるほか、『明月記』（寛喜二年六月十七日の条）以下、大方は「蜻蛉日記」の文字を当てる。近世に至ってまま「遊絲」「陽炎」も散見する。如上の「かげろふ」の実体からすれば「陽炎」を当てるべきであろうが、当て字として定着した伝統的な「蜻蛉」に従うのが穏当であろう。

成　立

今日われわれの手にする『蜻蛉日記』は、作者自身の手によって、いつ、どのようにして編まれたものであろうか。本日記の場合は、執筆に先立つ原資料、すなわち歌稿・消息文・折々にしたためた紀行メモ等の存在が考えられ、それらを整理した素稿、さらに成稿、成稿の削除加筆といった段階も予想され、単純な成立年次の特定は困難であろう。諸家の論義が多岐に分かれ、定説を見ないゆえんである。

成立論の現状はおよそ次の二つに大別されよう。すなわち一つは、上中下三巻が、後年、回想によって一括執筆されたと考え、その時期を天延二年八月広幡中川のほとりに転居後、あるいは下巻末尾の天延二年十二月以後と見るもの。いま一つは、上巻のみ、あるいは上中巻が独自に成って、続いて下巻が書き継がれたと見るものである。最近の研究は、作品の緻密(ちみつ)な分析から、後者すなわち上中下三巻が個別に成立したと考え、それぞれの成立過程を探る方向を辿りつつある。もっとも、これらの論義も、官職呼称の矛盾、記事内容の精疎、心情表現の緩急、日時表記・文体の変化等々、作品の内部を手がかりとするもので、それはまた必然的に解釈の問題とも関わって、真相は依然として臆測のうちにある。ここでは錯綜する諸説の最大公約数的なものを挙げて、大方のしるべとしたい。

作品を通読すると、日記執筆と深く関わると思われる、少くとも三つの時期がある。①安和二年秋より天禄元年春、②天禄二年六月より同年末、③天延元年八月広幡中川に転居後、がそれである。

①については、上村悦子・川嶋明子氏が夙く指摘されたように、兼家によって新邸東三条院の造営が進捗、やがて完成する時期である。兼家は嘗て睦言の間に、この新邸に作者を迎える意向を洩らしていたらしい(九二頁)。事実、康保三年より安和元年に至る日記から忖度(そんたく)すれば、作者は多少とも、そうした期待を繋ぎ得る情況にあったと思われる。にも拘らず、中巻の安和二年後半は、無惨にもその期待が烏有に帰した時期である。この頃、時姫が新邸に迎えられていたかどうかの確証はないが、この新邸がすでに冷泉院女御たる時姫腹超子の里邸として用意されたこと、従って、いずれ時姫が新

邸の女主人となることは自明であろう。上巻の十五年を経て、決定的な挫折感が作者をさいなむことになる。安和二年十一月の独詠歌、

ふる雪につもる年をばよそへつつ消えむ期もなき身をぞ恨むる

は、そのような背景において解すべきものであろう。ここには作者の人生の、哀切な段落感が封じこめられている。守屋省吾氏が、安和二年八月より翌天禄元年一月に至る記事の簡略さも踏まえて、この時期こそ上巻執筆に当るとされるのは、けだし卓見であろう。

②は鳴滝籠りに始まる、いわば作者転生の時期である。この鳴滝籠りの実態は前章で触れたごとく、兼家の前渡りを思いあぐねた作者の、しかし発端は些細な気まぐれである。三週間の長きに亙ったのは、多分に作者の意地と体面、持ち前の権高く屈折した性格によろう。だが結果的に、われからのこの長期参籠は、作者の心を切りさいなみ、兼家との新しい関係の確認をもたらすことになる。ともかくも兼家に依存してきたこの生活は失ってはならない。愛執がそのすべてといったら嘘になろう。作者自身の処世も、老いた父親、漸く成人した道綱の今ゆく末への配慮もあろう。三十六歳の作者のうちにくすぶり続けた情念が清算されたわけではないが、三十日三十夜はわがもとへという、夫との関係にのみ浮沈してきた十七年と訣別しようと思う。かくて、情念の余燼を引きずりながらも、作者の思案は、兼家の妻妾の一人として分相応にみずからを規定してゆく。これは世知による妥協でもあり、「妻」から「母」への脱出でもあろう。敗北感を挺子として開ける余生の第一歩とでもいうべきか。ここには作者の精神史を句切る断層があり、日記執筆の契機が潜んでいよう。

上村悦子氏は、『蜻蛉日記』の本質は中巻にあるとの立場から、天禄元年一、二月より中巻の素稿、いわば「原中巻」ともいうべきものが編まれつつあり、天禄二年の鳴滝籠り中に、同じくはその前史

たる結婚以来の十五年間もと構想、下山後、上巻に属する歌稿類をも整理し、八月、初瀬詣でより帰京ののち、上中巻が今日のごとく成ったと考えられる。上村説は原中巻から上巻へと溯るところに特色もあり、問題もあろう。作者の懊悩(おうのう)を計量化することはできないが、懊悩度というものがあるとすれば、中巻においてこそ深刻であり、序跋を除く上巻の世界は、素材もさることながら、その回想も意外に明るい面をもつ。従って、原中巻→上巻→中巻→下巻という執筆順序の想定はいささか不自然ではあるまいか。むしろ守屋説のごとく、上巻は安和二年秋より天禄元年春にかけて一応成立、引き続き折々にメモ的な素稿が綴られ、鳴滝下山後、天禄二年八月再度の初瀬詣でより帰京ののち、今日の中巻が成ったと見るのが自然ではあるまいか。これも一つの臆測ではあるが、上巻の内容とはやや異質な、中巻の陰翳をさながら宿した「序」「跋」は、すでに成っていた上巻を続篇(中巻)に繋ぐべく、この中巻の執筆過程で上巻に付加されたものではないか。「かくありし時過ぎて」(序)、「かく年月はつもれども」(跋)、「かくはかなながら」(中巻冒頭)の照応はそのように考えておきたい。

下巻は、中巻の世界を受け継ぎながらも、全体の構成は極めて散漫なものとなっている。月日、時刻、天候等の克明な部分は具注暦等に記したメモ的原資料によるものであろうが、これらを取りしたためたのは、恐らく③の時期であろう。

③すなわち天延元年八月、広幡中川に移転したのは、兼家の床離れがもはや自明のこととなり、作者自身の手で兼家との二十年の生活に終止符を打ったもの、上中巻的かげろふのごとき身の上の終焉(しゅうえん)である。無論、道綱の父たる兼家とは、愛憎の埒外で細々と繋がってはいるが、上中巻のごとき緊張関係はない。下巻は、日記的・物語的・私家集的性格に分裂しているといわれる。日記的というのは、身辺雑事が時間の序列に従って組み上げられているという意味で確かに日記的である。物語的という

のは、主として養女を迎えるくだり、及びその延長の遠度求婚譚である。これらは素材の物語性に加えて、情景描写をまじえ、前後の記事から際立って増幅されたものである。私家集的というのは、道綱と大和だつ女、八橋の女との贈答部分である。上巻にも私家集的痕跡はまま見受けられるが、それらが前後の散文にしっとりと融け込んで歌物語化しているのと違って、下巻は贈答そのものの紹介に終わっている。部分的な纏まりと文体の冴えにも拘らず、全体の構成がかく散漫なのは、筆馴れた作者が、書くことを楽しみながら断続的に綴ったことを思わせ、同時にそれは、書くことに作者を駆り立てた——書かずにはいられない内的必然性がすでに枯渇したことをも物語っていよう。大方の説のごとく、下巻は天延三年中には擱筆したと見ておきたい。

伝本

『蜻蛉日記』は作者の手を離れて以来、『大鏡』『八雲御抄』『明月記』などにその名が散見するのみで、この間の伝来過程は全く不明である。『河海抄』などに本文の一部が引かれているところを見ると、歌道家・学者の間で伝写されたものであろうが、ほとんど日の目を見ることもなく、一般に流布したのは元禄十年（一六九七）の板本開版に始まるといってよい。現存の写本も近世初期を溯るものはなく、しかも、すべて同一祖本より出たもので、いわゆる異本というものがない。一応、現存諸本をその性格から大別すると、甲・乙・丙（或いは一類二類三類）の三つに分けられる。甲類は比較的素姓の良い、親本に忠実なもの。乙類は中巻を脱した二巻本。丙類は契沖校訂本系統に属する修正本である。これらはいずれも、親本が相当損われていたもののようで、誤脱が甚しく比校による補訂はあまり期待できない。

本書の底本に用いた宮内庁書陵部蔵本は、近世初期の写で、題簽は霊元天皇の宸筆にかかるもの。大型袋綴、上中下の三巻より成る。甲類第一種本と称されるもので、現存諸本中、最も善本と目されるもので、よく祖本の面影を伝えている。喜多義勇氏（『蜻蛉日記講義』昭和十二年）以後の注釈はすべてこれを底本とするが、校訂本文はそれぞれの立場によりかなりの異同がある。本書の本文も、校訂に当っては、能う限り先学の成果を吸収、よりよい本文の作成を心がけた。

〔参考文献〕

川嶋明子「蜻蛉日記における不幸の変容――成立を探る一つの手がかり――」『国語国文研究』三十三号・昭和四十一年三月
岡一男『道綱母――蜻蛉日記芸術攷――』有精堂・昭和四十五年十月
上村悦子『蜻蛉日記の研究』明治書院・昭和四十七年三月
秋山虔『王朝女流文学の世界』東京大学出版会・昭和四十七年六月
宮崎荘平『平安女流日記文学の研究』笠間書院・昭和四十七年十月
守屋省吾『蜻蛉日記形成論』笠間書院・昭和五十年九月
伊藤博『蜻蛉日記研究序説』笠間書院・昭和五十一年十二月
大曾根章介「父倫寧」『一冊の講座蜻蛉日記』有精堂・昭和五十六年四月

付録

蜻蛉日記関係年表

天皇	年号	西暦	作者推定年齢	日記関係事項	参考
醍醐	延長 七	九二九		兼家誕生。	
朱雀	承平 二	九三二		兄理能このころ誕生か。	
	四	九三四		姉(為雅妻)このころ誕生か。	
	五	九三五			『土佐日記』成る。
	六	九三六	1	作者誕生(推定)。	
	天慶 四	九四一	6	父倫寧、中務少丞在任。	
村上	九	九四六	11	倫寧、右衛門少尉在任。	四月二十日、朱雀天皇譲位。村上天皇践祚。
	天暦 元	九四七	12	兼家、元服。	四月二十六日、実頼任左大臣、師輔任右大臣。
	三	九四九	14	四月、兼家昇殿。この年弟長能誕生。	
	五	九五一	16	五月、兼家任右兵衛佐。	十月三十日、梨壺に撰和歌所を置く。
	七	九五三	18		この年、兼家長男道隆(母時姫)誕生。
	八	九五四	19	夏ごろ兼家、作者に求婚、消息往来、秋ごろ結婚。十月、倫寧、陸奥守として赴任。	十月十八日、師輔、横川に法華三昧堂を建立。
	九	九五五	20	八月末、道綱誕生。十月末、町の小路の女の存在を知る。	
	十	九五六	21	三月、兼家、町の小路の女に公然と通い始める。四月、同居の姉、為雅と共に転居。五月、時姫と贈答。秋ごろ兼家の足、次第に遠のく。九月、兼家任少納言。このころ時姫と贈答。	
	天徳 元	九五七	22	春、兼家、置き忘れた書物を取りによこす。夏ごろ町の小路の女、男児出産。秋冬、兼家やや訪れて唱和。	この年、兼家長女超子(母時姫)誕生か。

天皇	年号	西暦	年齢	事項	一般事項
	二	九五八	23	町の小路の女、兼家の寵を失い、男児死亡。長歌の贈答。 ――年次は判然としないが、この年のことか。	七月一日、宰相兼忠没。
	三	九五九	24	兼家、宰相兼忠女に通い、女児（のちの養女）を儲ける。 この間、 むかしよりのことをばいかがはせむ、たへがたくとも、わが宿世のおこたりにこそあめれなど、心をちぢに思ひなしつつあり経るほどに とあって記事空白	三月二日、守平親王（円融天皇、母安子）誕生。
	四	九六〇	25		三月三十日、天徳内裏歌合。 五月四日、右大臣師輔没。
	応和元	九六一	26		この年、兼家三男道兼（母時姫）誕生。
	二	九六二	27	一月、兼家従四位下。五月、兼家任兵部大輔。このころ兼家、兵部卿章明親王と贈答、多く作者邸がち。七月、兼家と共に山寺に参籠。	この年、兼家二女詮子（母時姫）誕生。
	三	九六三	28	一月、兼家還昇。倫寧任河内守。四月、斎院の御禊を見物。その後、章明親王より薄を贈られる。	
	康保元	九六四	29	夏ごろ兼家、宿直がち。藤原忠幹女に通うか。秋、山寺にて母死去。悲嘆のうちに服喪。	四月二十九日、皇后安子崩。
	二	九六五	30	秋、山寺で亡母の周忌。九月、姉、夫の任国に下向。姉を偲び叔母と唱和。	この年、兼家四男道義（母忠幹女）誕生か。
	三	九六六	31	三月、兼家、作者邸で発病。十数日後、作者、兼家邸を訪問。四月、祭見物に時姫と連歌応酬。五月、双六の賭によって端午の節会見物。このころより兼家の足遠のく。九月、稲荷・賀茂に参詣。	この年、兼家五男道長（母時姫）誕生。
冷泉	四	九六七	32	二月、兼家兼任東宮亮。三月、九条殿忯子と「かりのこ」の贈答。五月二十五日、村上天皇崩御、冷泉天皇践祚。六月、兼家任蔵人頭。貞観殿登子と贈答。七月、佐理夫妻出家。十月、兼家任左近中将。十一月、作者、兼家邸の近くに迎えら	六月四日、先帝の葬送。 九月一日、守平親王、皇太弟となる。

天皇	年号	西暦	年齢	事項	歴史事項
冷泉	康保 四	九六七	32	れる。年末、登子作者邸の西の対に退出。この年、倫寧、任丹波守か。	十二月十三日、実頼任太政大臣、高明任左大臣、師尹任右大臣。
	安和 元	九六八	33	一月、登子と木偶人形の贈答。三月、登子参内。五月、登子、除服のため兼家邸に退出。七月、終夜、登子と贈答。九月、初瀬参詣。帰途、宇治川に兼家の出迎えあり。十月、大嘗会の御禊。十一月、大嘗会。兼家、兄兼通を超えて従三位に昇る。 ——上巻・終——	十月十四日、超子入内。 十一月二十四日、大嘗会。 十二月七日、超子女御となる。
円融	二	九六九	34	一月二日、作者・時姫双方の下衆の間に乱闘。作者、離れた所に転居。三月末、西宮左大臣高明左遷。閏五月、作者病む。病状悪化、遺書をしたたむ。東三条院新造中。六月、高明の北の方愛宮に長歌を贈る。六月二十余日、一条西洞院の旧宅に移転。兼家、道綱を伴って御嶽に参詣。八月、左大臣師尹五十賀に屏風歌を詠進。道綱、童殿上、九月、兼家正三位。十月、登子、尚侍となる。十一月、「ふる雪に」の独詠歌あり。	三月二十五日、安和の変勃発。二十六日、左大臣源高明を大宰権帥とする。 四月一日、高明の西宮邸焼亡。 八月十三日、冷泉天皇譲位。円融天皇践祚。 十月十五日、左大臣師尹没。
	天禄 元	九七〇	35	三月十五日、内裏の賭弓。道綱の活躍により持となる。道綱、舞の功により御衣を賜わる。五月、兼家の常にない夜離れが続く。六月二十余日、唐崎祓えに出立。七月十余日、兼家より亡母の盆供が届く。二十日ごろ石山参籠に出立。八月、兼家兼任右近大将。八月、道綱元服。十月二十六日、大嘗会の御禊見物。十一月十七日、大嘗会。このころ、兼家は懇切である。十一月二十日、道綱、従五位下。この後、兼家の足、遠のく。十二月、「思ひせく」の独詠歌あり。	一月二十七日、在衡任左大臣。伊尹任右大臣。師氏任大納言。 五月十八日、摂政太政大臣実頼没。二十日、右大臣伊尹任摂政。 七月十四日、大納言師氏没。 十月十日、左大臣在衡没。
	二	九七一	36	元旦、兼家、門前を素通りする。その後、兼家との仲険悪。二月十余日、兼家と近江の婚姻の風聞あり。四月一日、道綱	

と長精進に入る。月末、尼姿となった夢を見る。さらに数日、胎内の蛇が肝を食む夢を見る。六月四日、鳴滝参籠に出立。その夜、兼家の迎えあるも下山せず。以後、三週間に亘り参籠、月末、兼家の強引な迎えによって連れ戻される。七月二十余日、父倫寧の一行と共に初瀬詣でに旅立つ。帰京翌日、兼家来訪。八、九月は七、八日ごとに訪れる。十一月二十日、兼家来訪、以後二十余日、跡を絶つ。十二月十六日、雨中を訪れて一泊、翌朝、今宵を約して帰るが、訪れない。作者は「あまがへる」の一首を贈る。大晦日、年末の回想あり。

――中巻・終――

十月二十九日、源高明召還の詔。
十一月二日、伊尹任太政大臣。源兼明任左大臣。頼忠任右大臣。

三　九七二　37

元旦、道綱、拝賀に参内。一月二十四日、兼家任権大納言。二月十七日、石山の僧より瑞夢のしらせあり、侍女また作者も瑞夢を見る。作者は養女を迎えることを思い立つ。宰相兼忠女と兼家との間に生れた女子の消息を聞き、交渉する。諒解成立。二月十九日、女子を迎え、その夜、兼家とも対面させる。閏二月二十九日、兼家任大納言。三月十八日、清水参詣。留守中、隣家焼亡。四月十余日、斎院の御禊見物。このころ知足院のあたりで、大和だつ女の車と行き逢う。これより、道綱と大和だつ女との文通が始まる。五月五日、養女と薬玉を作り詮子に贈る。六月、道綱、大和だつ女と贈答。父倫寧邸の人々、暫く作者邸に移り住む。七月十余日、兼家より亡母の盆供が届く。八月十七日、相撲の還饗。道綱、大和だつ女と贈答。作者は、この月に死ぬとさとしがあったが、何事もない。十月十余日、鳴滝に紅葉を見る。十二月二十余日、兼家来訪。

四月二十日、源高明帰京。
十一月一日、摂政太政大臣伊尹没。二十七日、兼通任内大臣関白。

天皇	年号	西暦	年齢	事項	一般事項
円融	天延元	九七三	38	一月、兼家は五日、十余日、二十日と来訪。二月、道綱、大和だつ女と贈答。五日、近江の家全焼。三月十五日、道綱、院の賭弓に活躍。四月二十三、四日、兼家、近火見舞に訪れる。五月二十日ごろ、兼家から旅立つ人に贈る歌の代作を依頼される。七月二十余日、兼家来訪。その後、訪れがない。足繁く近江のもとに通うと聞く。八月二十日過ぎ、作者、広幡中川のほとりに移り住む。十一月、父倫寧邸に出産のことあり。忍びたる方に詣で、三日後、賀茂に参詣する。	
	二	九七四	39	一月、父倫寧邸に、出産五十日の祝を贈る。十五日、旧年八月より絶えた兼家を思い、「もろ声に」の歌を詠む。二十六日、道綱任右馬助。二月二十日過ぎ、右馬頭遠度より道綱を介して、養女に求婚の申し出あり。これより、遠度、養女求婚の件で頻繁に来訪。兼家、内諾、縁組を八月に予定する。五月二十七日、左京大夫遠基（兼家弟）没。七月二十日ごろ、遠度が人妻を盗んだ風聞が立ち、縁談解消。皰瘡が流行、八月、道綱、皰瘡を患い重態。九月上旬全快。九月十六日伊尹の息挙賢、義孝、皰瘡のため没。道綱、外出の初めに大和だつ女に会い贈答。十月、近江、綏子を出産。このころ堀河太政大臣兼通、作者に懸想。十一月二十一日、道綱、賀茂の臨時の祭の舞人に召される。二十三日、祭の当日、見物に出て、たまたま兼家の、道綱、倫寧に寄せる厚誼を目撃して喜ぶ。道綱、八つ橋の女と贈答。年末に二度ほど雪降る。大晦日、魂祭・追儺の気配を静かに聞く。 ——下巻・終——	二月二十八日、兼通任太政大臣。 十二月十七日、倫寧・為雅・源順ら受領の補任に関して奏状。
	貞元元	九七六	41	三月、倫寧任伊勢守。	一月三日、居貞親王(三条天皇、母超子)誕生。

天皇	年号	年	西暦	年齢	事項	参考事項
		二	九七七	42	一月二十八日、道綱任左衛門佐。十月十一日、兼家、右近大将を停め治部卿に、道綱は土佐権守に貶される。兼家、円融天皇に長歌を奉って愁訴。この年、父倫寧没。	十月十一日、左大臣頼忠任関白。十一月八日、太政太臣兼通没。
	天元	元	九七八	43	十月二日、兼家復任右大臣。道綱復任左衛門佐。	八月十七日、詮子入内。
		三	九八〇	45	一月九日、道綱昇殿。七月、作者、懐仁親王の御五十日に賀歌を奉る。	一月十五日、時姫没。六月一日、懐仁親王（一条天皇、母詮子）誕生。
花山	永観	二	九八四	49		八月二十七日、円融天皇譲位、花山天皇践祚。
一条	寛和	二	九八六	51	六月十日、作者、内裏歌合に詠出。六月二十四日、右大臣兼家任摂政。十月十五日、道綱任右近中将。	六月二十三日、花山天皇譲位。一条天皇践祚。
	永延	元	九八七	52	十一月二十七日、道綱従三位。	
		二	九八八	53	三月、兼家、法性寺において六十の賀。	
	永祚	元	九八九	54	十二月二十日、摂政兼家任太政大臣。	六月二十六日、太政大臣頼忠没。
	正暦	元	九九〇	55	七月二日、太政大臣兼家没。十月五日、道綱兼任中宮権大夫。十二月八日、皇太后詮子、亡母時姫のために法華八講、作者、蓮の数珠を奉る。	一月五日、一条天皇元服、定子入内
		二	九九一	56	九月七日、道綱任参議。	九月七日、道兼任内大臣、道長任権大納言。
		四	九九三	58	五月五日、道綱母、東宮帯刀陣歌合に詠出。	
	長徳	元	九九五	60	五月上旬、道綱母没。	四月十日、関白道隆没。二十七日、道兼任関白。五月八日、道兼没。十一日、道長、内覧の宣旨。
		二	九九六		四月二十四日、道綱任中納言。五月二日、道綱、亡母の周忌法事を営む。	四月二十四日、内大臣伊周・中納言隆家配流。五月一日、中宮定子落飾。七月二十日、道長任左大臣。
		三	九九七		七月五日、道綱、任大納言（兼任右近大将・東宮大夫）。	四月五日、伊周・隆家召還。
	寛弘	四	一〇〇七		一月二十八日、道綱兼任東宮傅。	

蜻蛉日記関係系図

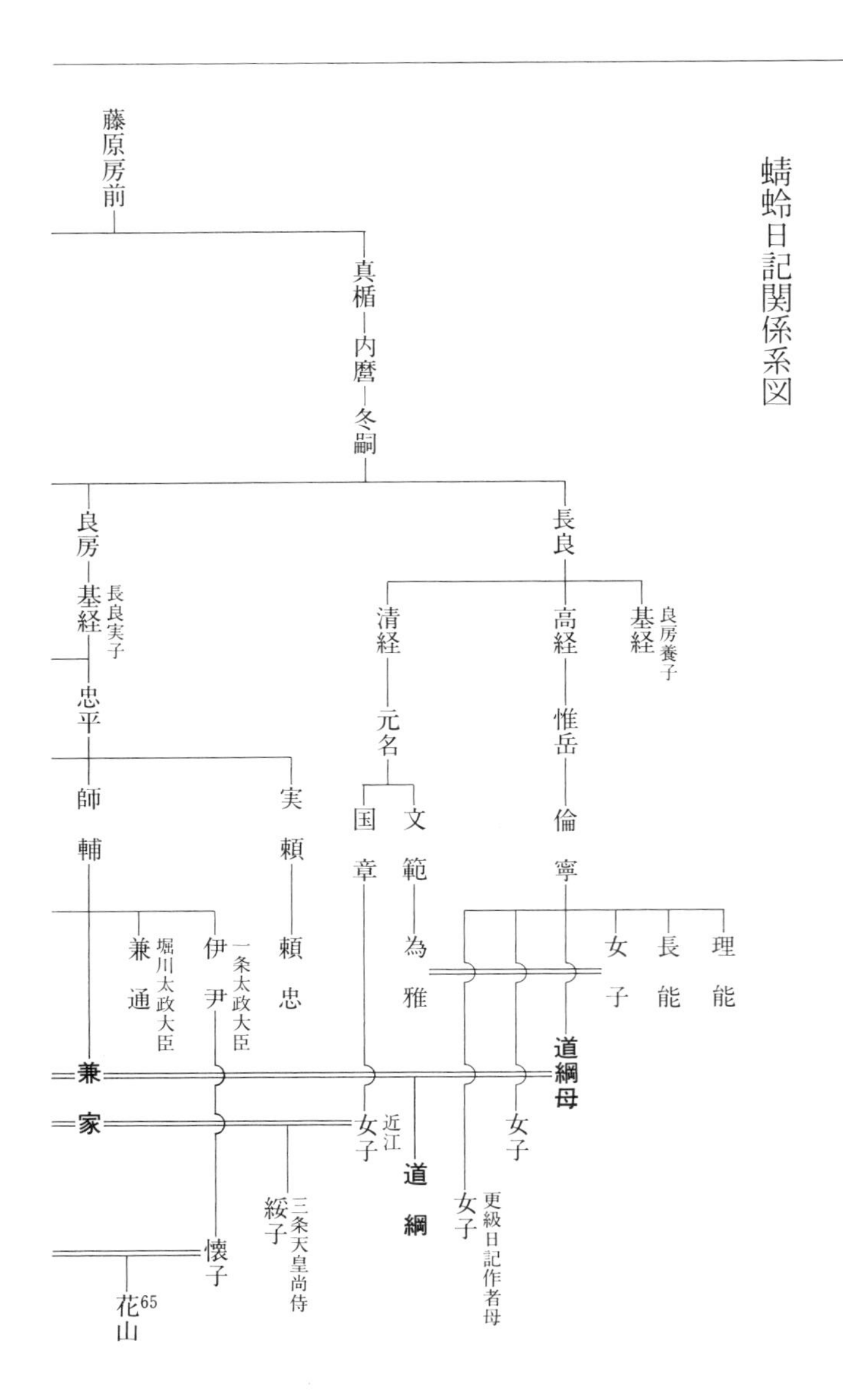
藤原房前
真楯
内麿
冬嗣
良房
基経
長良実子
忠平
師輔
実頼
頼忠
兼通
堀川太政大臣
伊尹
一条太政大臣
兼家
懐子
花山65
綏子
三条天皇尚侍
長良
清経
高経
基経
良房養子
元名
国章
文範
為雅
女子
近江
道綱
惟岳
倫寧
女子
長能
理能
道綱母
女子
女子
更級日記作者母

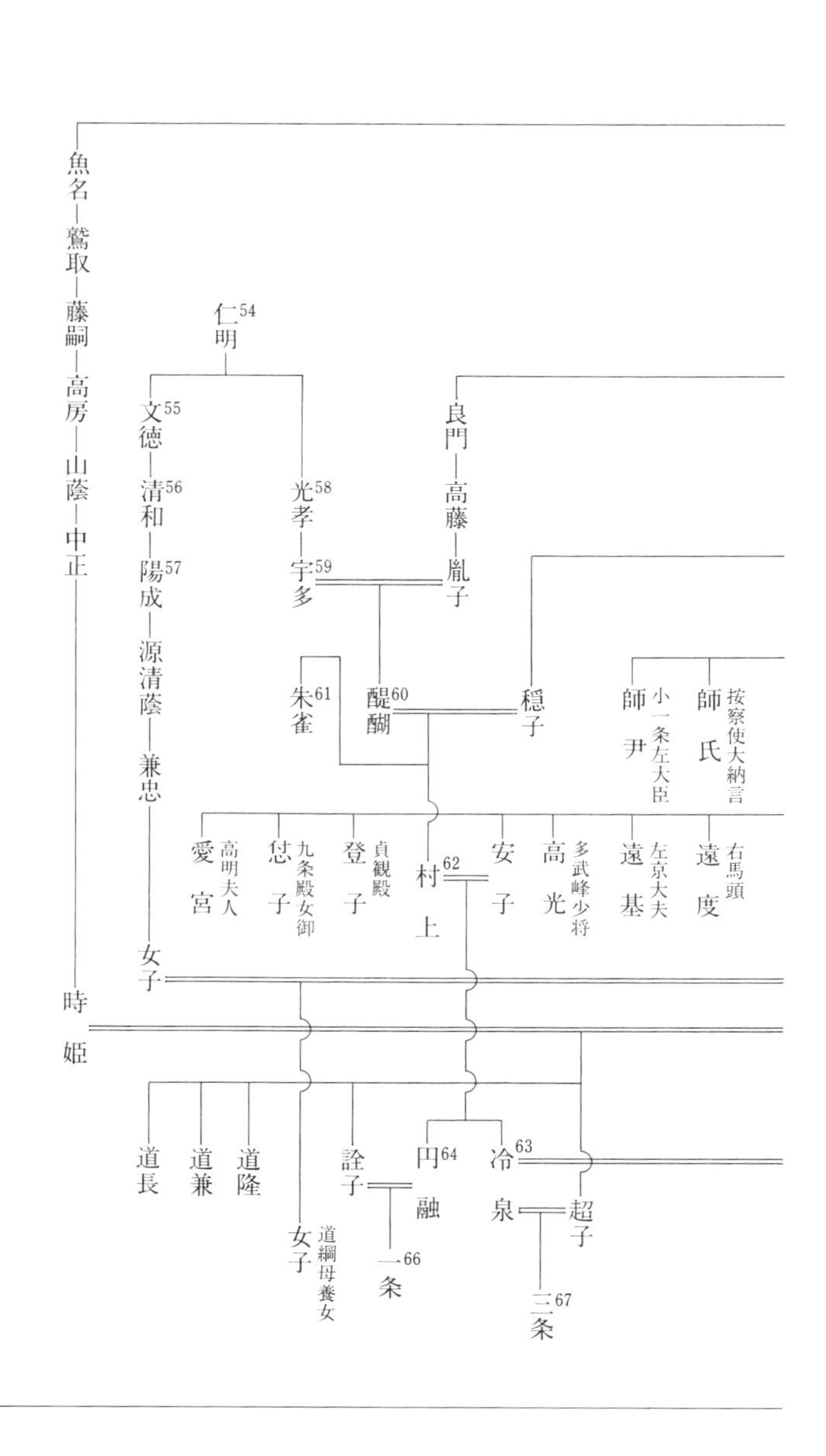

魚名
鷲取
藤嗣
高房
山蔭
中正
時姫
仁明 54
文徳 55
清和 56
陽成 57
源清蔭
兼忠
女子
光孝 58
宇多 59
良門
高藤
胤子
醍醐 60
朱雀 61
穏子
師尹 小一条左大臣
師氏 按察使大納言
愛宮 高明夫人
怤子 九条殿女御
登子 貞観殿
村上 62
安子
高光 多武峰少将
遠基 左京大夫
遠度 右馬頭
道長
道兼
道隆
詮子
女子 道綱母養女
円融 64
冷泉 63
超子
一条 66
三条 67

和歌索引

一、この索引は、『蜻蛉日記』及び『巻末歌集』の歌を、初句によって検索する便宜のために作成した。
一、すべて歴史的仮名遣いによる平仮名で記し、五十音順に配列した。
一、初句の同じ歌については、一字分下げて、—を付してその第二句を掲げた。
一、各行末の漢数字は、本書の頁数を示す。
一、『日記』『巻末歌集』の重出歌については双方の頁数を示し、『巻末歌集』所収歌については、•印を付した。
　なお、連歌については、双方の初句を掲げた。

あ行

た　行

な　行

は　行

ま　行

や　行

わ　行

新潮日本古典集成〈新装版〉

蜻蛉日記

平成二十九年九月三十日　発行

校注者　犬養　廉

発行者　佐藤隆信

発行所　株式会社　新潮社

〒一六二―八七一一　東京都新宿区矢来町七一

電話　〇三―三二六六―五四一一（編集部）
〇三―三二六六―五一一一（読者係）

http://www.shinchosha.co.jp

印刷所　大日本印刷株式会社

製本所　加藤製本株式会社

装画　佐多芳郎／装　幀　新潮社装幀室

組版　株式会社ＤＮＰメディア・アート

ISBN978-4-10-620812-6　C0395

■新潮日本古典集成